调教天子

锦代 ◎ 著

上

朝华出版社

图书在版编目（CIP）数据

调教天子/锦代著．—北京：朝华出版社，2010.7
ISBN 978－7－5054－2492－0

Ⅰ．①调… Ⅱ．①锦… Ⅲ．①长篇小说－中国－当代
Ⅳ．①I247.5

中国版本图书馆 CIP 数据核字（2010）第 139119 号

调教天子

作　　者	锦　代
选题策划	杨　彬　王　磊
责任编辑	王　磊
特约编辑	渔舟唱晚　成　美
责任印制	张文东
封面设计	小徐书装

出版发行	朝华出版社
社　　址	北京市西城区百万庄大街 24 号　　邮政编码　100037
订购电话	（010）68413840　68996050
传　　真	（010）88415258（发行部）
联系版权	j-yn@163.com
网　　址	www.mgpublishers.com
印　　刷	北京外文印刷厂
经　　销	全国新华书店
开　　本	710mm×1000mm　1/16　　　字　数　540 千字
印　　张	35
版　　次	2011 年 1 月第 1 版　2011 年 1 月第 1 次印刷
装　　别	平
书　　号	ISBN 978－7－5054－2492－0
定　　价	45.00 元（全二册）

版权所有　翻印必究·印装有误　负责调换

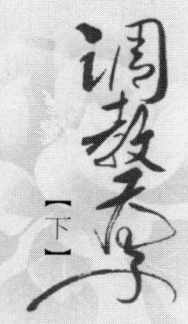

【目录】

第十四章 途逢惊变 285

第十五章 蜀中名医 303

第十六章 怒神降世 322

第十七章 飞鸾离愁 341

第十八章 猛将之争 361

第十九章 齐都末路 379

第二十章 夜籁缠绵 397

第二十一章 剑阁遇阻 414

第二十二章 忠义老付 430

第二十三章 色诱亲夫 447

第二十四章 爱欲交融 465

第二十五章 暗夜行刺 479

第二十六章 不速之客 492

第二十七章 受封之日 510

第二十八章 梦魇征兆 527

第二十九章 王离之殇 544

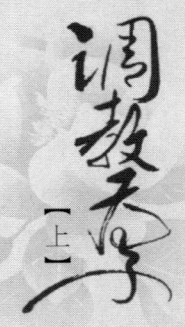

【目录】

序　　　章		1
第 一 章	暴力战神	5
第 二 章	无缘出征	29
第 三 章	麟儿孤儿	51
第 四 章	逃出生天	72
第 五 章	时空发明	95
第 六 章	清秀小贼	115
第 七 章	误解横生	138
第 八 章	一夫一妻	160
第 九 章	屈尊降贵	181
第 十 章	咄咄逼人	203
第十一章	纵情肆欲	225
第十二章	临淄田氏	247
第十三章	力抗群侯	268

对着一群媒体负责人,考古小队的副队长滔滔不绝地抒发着感情,表情激昂,唾沫横飞。

身边的各媒体代表也听得激动不已,唯有作为全国首席时尚杂志 VOC 代表的苏莱莱昏昏欲睡,主编让她负责一期以无名皇陵为主题的时尚专题,本想参观皇陵找点灵感,谁知竟是听副队长的长篇大论,那还不如睡上一觉,等进入正题再说。

苏莱莱有个特长,就是站着也能睡觉,中学时代在学校操场听校长豪言壮志的时候,就已经屡试不爽,多年未用,想不到这时竟又派上用场。

恍惚间,仿佛沉入梦境一般,飘飘忽忽,如雾似纱,听得悠远的男声传来,隐隐吟唤着她的名字,声音浑厚而低沉,"莱莱,你不能走。"

她尚未明白是怎么一回事,却又听到另外一声男声响起,"不要走,不要离开。"她想循声而去,声音却飘然而散,她不由轻叹,"我没走,是你走了呀,你别走才是啊!"

蓦然间却有凉意袭来,骤然转醒过来,一睁眼,竟是副队长激动万分的脸。

不等苏莱莱开口,副队长便迫不及待地开始演讲,"这位女士,想不到你也和我们的队员一样,对历史感同身受啊!我真是太感动,如今还能有你这样对古史满怀热情的年轻人!你看,我国古代人民的智慧是如此之高,不由得让我们现代人震惊啊!"

苏莱莱讪讪直笑,"是啊,是啊,震惊,伟大,感动……"却惊觉其余人都已不在这厅中,随即问道:"队长,他们怎么都离开了?"

副队长叹一口气道:"你说那些媒体代表啊,他们都是为找新闻才来,我讲完主墓室之后,就急急忙忙赶去珍宝厅参观珍品。只有女士你是真心为我们伟大的历史而动容,一直留在这里感受那遥远的气息。"

望着副队长一副抒情姿态,苏莱莱依旧面含微笑,手里的拳头却已然捏紧,心想,要不是我睡着,谁愿意待在这鬼地方听你喷口水。

副队长仿佛没察觉苏莱莱脸色的转变,依旧自得其乐地表演,一番激昂演讲之后,他神色忽转,声音微低几度,"这座皇陵有太多令人惊叹的东西,光是那壁画上人物的服饰就分外出彩,设计相当别致……"

脑里似乎有道灵光闪过,苏莱莱急切追问道:"队长,你说壁画上人物的服饰设计很别致?"

副队长笑道:"是呀,不过这只是我个人观点,因为从轮廓上来看,壁画上所绘的几幅单人图的服饰并不像秦汉两朝的装扮,虽然跟两朝服装有所类似,却别

序 章

　　锦衣华服，只奈何我依旧孤殿冷冷。金盘玉璧，却再难见你笑靥如初。若你我之间已渐渐远离，我终可以洒脱而去。只可惜纵使泪水满盈，再也寻不回最初的光景。原来这不过是在轮回中所经历的一场大梦，我们每一个人，都无法醒来。

　　先秦而后有汉，秦二世即位以来，到高祖刘邦建立汉朝，仅四年有余。此种说法自古皆为大众接受，历代史书也从未对此种种有过怀疑，一句"楚汉之争"便将这四年全数囊括。

　　而近年城郊连续出土的几处古迹却昭示着秦亡之后，并非西汉初始，近日一处类似秦始皇陵的地下陵寝出土，引起极大的轰动。

　　此陵虽规模不算太大，奇珍异宝却数不胜数，接着挖掘出大量宫廷用器，随葬品的数量与稀有度已然成为历代陵寝中的先列。考古学者便确定该陵为一处帝陵，而该墓主所统治的王朝竟是在秦汉之间。该王朝历时虽短，却推翻了所有史书上先秦后汉的结论。

　　一时间，发掘该皇陵的考古队立刻成为各类媒体追逐的对象。

　　"各位，我们能亲眼所见保存如此完好的先汉时代物件，你们的心情是否同我们的队员刚发掘出皇陵时一样激动呢？有幸能还原一段所未知的历史，我真是为我国的考古工作者骄傲和自豪。站在这恢弘壮丽的古皇陵中，我们仿佛能听到千军万马奔腾的声音，我们仿佛能看见万民朝圣的壮景。能生活在这样的时代，真是无比幸运！"

脑里迸出一丝凉意，慌乱之中她已明白了一切，自己竟然已穿越时空。只是与那些传奇小说故事不同，迎接她的并非英俊潇洒的王侯将相，而是充满恐惧的死亡。

难道这是所谓的命运？她心里泛起一阵苦笑，竟驱散一丝恐惧，用略微颤抖的声音朝树下喊道："靠！你们这些古代的野蛮人，不分青红皂白就乱杀人，我今天真这么倒霉死在你手上那也无话可说了！还诬陷我是奸细！"她越说越怒，身躯随着树枝起伏摆动。

显然，她这么做并不高明，武士们明显已经被她的嚣张气焰激怒，纷纷怒骂不绝。络腮胡子更是怒不可遏，狠狠咆哮道："秦狗，死到临头还嘴硬！尽讲些稀奇古怪的言语，想给同伙传递暗语么？看来你是自寻死路！"说罢，拉紧弓弦对准她。

苏莱莱这才意识到，撒泼在古代只会提前结束自己的性命而已，什么英雄救美人，穿越小说，都是虚构罢了。个个都能遇到个英俊美男爱得死去活来，可现实的性命却如草芥一般，被他们轻易折毁而已。

完蛋，箭已在弦，这一瞬间她仿佛已预见自己的死一般，闭上眼不敢面对。

锵！一声巨大的金属撞击声，而身体竟没有痛楚。难道说自己逃过一劫？！慌乱中睁开双眼，一时间竟彻底愕然。

一名骑着高大乌黑的骏马，手持金戟的男子替她挡开了利箭。

夕色的余晕中，她恍惚看到了救她一命的男子，身形高壮挺拔，身上的铠甲闪烁着晃眼光芒，神态高傲，眼神锐利，嘴角还残留着一抹血色的微笑。

余晖洒在他英俊的脸上，仿佛天神降临一般。

她立刻痴住，艺术始终是源于生活的！看来穿越小说也不都是杜撰的。心里一阵欣喜，仿佛他真是那个救她于水火的英雄，仿佛时间在这一刻静止。

但只片刻，他眼里发出一丝比杀意还冷酷的傲慢，声音浑厚凌厉，沉沉道："杀了她未免太便宜秦人，将她带回去折磨，纵使问不出秦军军情，也让秦军知道奸细的下场，令秦人知晓这天下必为我军所得！"

络腮胡子大笑应声，"遵命！上将军果然高瞻远瞩！属下自愧不如！"

那被称作上将军的男人，原以为是救她的英雄，哪知竟是个更可怕的恶魔！与其落到他手中被折磨至死，还不如跳下树去来个痛快。

脑里立刻闪过这念头，她咬咬牙，眼里竟几乎涌出几丝泪水。别哭，她暗暗自语，反正怎么也是个死，这样死好过被这种恶魔羞辱。

靠，艺术果然还是高于生活的，老天，你瞎眼了。她心里咒骂，不再多想，

第一章 暴力战神

片刻之间,竟已错落了时空。睁眼之后的我,却在注定之中与你相逢。

脑里只是一片空旷茫然,耳畔传来阵阵铁骑飞扬声音,空气中也弥散出尘土的呛味。

"这是个什么鬼地方!?"苏莱莱大喊,却发觉身体不稳,骤然摇晃摆动,她竟然坐在一棵巨大杉树的顶上。

一派柔和色调投入眼帘,正对着这棵大树的,是整片无际的野草满蒿,犹如芦苇般轻柔摇曳,似纱似羽。但一串马蹄飞奔声不断传来,与这片宁静截然相反,充满令人惊惧的气息。

苏莱莱的心忽然揪紧起来,这种莫名的心绪究竟是从何而来,是对未知世界的惊惧,还是对自己命运的焦虑?可现在仿佛由不得她多想,马蹄声越来越近,竟是直奔她而来一般,在树下戛然而止。她似乎不敢相信自己的眼睛,眼前竟是一列身披铠甲,装备齐全的古代武士!他们扬尘而至,竟也有几百骑之多,眼里都充满杀意,而这杀意正是冲着自己——这树上的入侵者而来。

来不及多想,苏莱莱本能地扭身想要逃跑,树枝却更加猛烈的摇晃起来,仿佛要将她甩落下去,吓得她身体瞬间僵硬,呆愣愣看着树下的武士们叫不出声。

一名看似将领、身材高壮、满脸络腮胡的武士昂首怒吼道:"秦狗的奸细,快滚下来束手就擒,倘若肯交代清楚,便留你一条小命,否则——"说着他竟搭起一柄长弓,箭头直指向她。

墓里没有任何关于帝后的物件，但却在墓室最内层的墙上有一幅单人的女性仕图，由装束看来，该女性应该就是帝后，只是她面部部分被侵蚀，难以分辨。但她的画像正对着皇帝的棺木，此女显然地位不凡。"

苏莱莱撇嘴道："难道你不允许皇帝是双双啊，或者说这女的是太后啊，既然看不清楚样子，谁知道是不是个老太婆。"

副队长大笑，不住摆手，"看来女士你对考古果然不了解啊，按当时帝后的冠带衣着等来看，该图中的女子绝对是一名年轻女子，如果是太后，她的佩饰穿戴应该不是这样。"转而轻叹一声，化为浅笑道，"而且画中她手上的那枚指环和墓中出土的不一样，指环样式精致轻巧，花纹奇特，虽然造价不菲却显得相当脱俗，仿佛跳出那个时代的设计佳作一样……"

苏莱莱斜眼浅笑，俏皮道："难道皇帝陛下聘请了 MARC JOCBS 为她设计？"

副队长推推眼镜，面上满是疑惑不解，"女士，你说的是什么啊？那个时代大陆应该还没有洋人吧，我的意思只是想说明此女地位不凡，根据推论，应该是帝后……也可能是宠妃，但皇后的可能性更大，因为仅仅是皇妃怎能受到如此尊荣……"

副队长讲得津津有味，蓦地转过头，却发觉苏莱莱根本没听进去，她正盯住墙上已模糊斑驳的壁画，眉头轻蹙起来。

"为什么这戒指竟然让我觉得熟悉……"她不由自主地呢喃道，声音却愈发低沉，"难道真有什么古代的 MARC JOCBS……古代的 TOM FORD，还是古代的……"

糟糕，那呼唤声又悠然飘来，仿佛魔咒似的钻入脑髓，刺痛她每一根神经，一阵轰鸣的金属交错声穿刺而来，像箭矢般飞闪而过。

倏然间，壁画上的戒指绽放出阵阵金光，令人咋舌，却又如此耀眼夺目，光芒渐渐泛开，却在最绚烂的那刻将她吞噬，随即转瞬而逝。一切都是在片刻之间。副队长慌忙回神后，光芒已然消失，四周不再有任何变化，只是眼前的那个女孩，却凭空消失！

出心裁，像是跟另外一种服饰结合，只可惜年代太过久远，大多模糊难辨，要等日后慢慢复原才能得出定论。"

心中涌起一阵喜悦，正是这副队长提醒了自己，何不以这非秦非汉的服饰与现代装束做一期主题呢？这样既围绕这无名皇陵，又与时尚完整衔接。

副队长犹然不知苏莱莱心中所想，自顾自说道："这皇陵疑点太多，以当时的技术，为什么能埋得如此之深，也不为盗墓者察觉有几千年之久，更让人称奇的是墓主人的棺木竟保存得完好无缺，仿佛从来没有被侵蚀一般。实在是太神奇了。"

话题却引起苏莱莱的好奇，"会不会是因为这里当初隔绝空气，是真空状态，所以棺木才没有损坏啊？"

副队长摇头撇嘴，"壁画被侵蚀极大，证明这里绝不是真空状态。而棺木竟能保存完好，实在是令人费解，我们目前正在对棺木的质地进行研究，希望能早日破解这个疑团。"

苏莱莱自言自语道："看来这又是个图坦卡蒙之类吧。"

副队长霎时又转为激动，"不错！这墓主生前一定是位君主，却英年早逝，只可惜我们还没法还原壁画，不能确定棺木里两具尸骨哪位是皇帝。"

"啊？"苏莱莱顿感惊奇，思绪片刻，接问道，"会不会是皇后跟皇帝同葬呢？"

副队长得意地直笑，"哈哈，女士，我们连这点常识都没有了吗，如果是女子的尸骨，我们肯定会首先朝皇后想的。"

"你是说？皇帝的棺木里的两具尸骨都是男的？"

副队长点头应声，"没错，就是这样。"

"这真是少见……"苏莱莱喃声道，"如果不是同皇帝的关系亲密到一定的程度，在天下唯我独尊的封建时代，皇帝怎么可能被允许跟别人合葬？难道说，皇帝他是……"她脸上忽然露出狡黠表情。

副队长慌忙打断，"你们这些年轻人，成天胡思乱想，虽然古时候有断袖之癖，但那是被视为羞耻的事，皇帝是一国之君，怎么会让世人知道自己是个同性恋，还公然大胆的和恋人死后合葬？"

"可是，说不定皇帝生前没有办法和他在一起，死后也就不在乎后人议论了，所以才只求死后在一起，要不他怎么把陵墓埋得那么深，几千年也没人找到，而且历史上也从未记载啊。"

副队长再度笑起来，"你说的问题我们队员早有人提出过，令人奇怪的是，这

闭上眼纵身跳下……

一阵轻微的冲击感袭来，苏莱莱蓦地睁眼，却惊觉一双有力的手臂紧紧接住她，眼前是那张永远也无法遗忘的脸。浓厚似剑的眉，狭长深邃的眼，俊挺的鼻梁右侧一颗清晰小痣，饱满的嘴唇微微上翘，俊逸的脸上，挂着邪气却迷人的笑容，却正是她的催命鬼符。

他盯住苏莱莱，脸上的笑意转瞬而逝，取而代之的，是满目凶狠的怒色，"这么想死？我可以救你一两次，同样也能救你数次。我要让你知道，落在我手里，你连死的资格都没有！"

他眼里的杀意愈发扩散，绽发出一种不可抗拒的威严。被他紧紧揽在怀里，苏莱莱却觉脸上冰凉，仿佛触到利刃一样，是铠甲吗，但为何却有尖锐的刺痛感？她甚至连脸都扭转不得，只能用余光游去，正是他手里的那把锋利刺眼的金戟，死死抵靠在自己的脸颊上。

她不敢动，稍微动弹都会被金戟划破脸，心里便不住地咒骂，刚才对于这个男人近乎仰慕的震惊已然被他恶劣的态度磨去。此时她恨不得一道闪电正中劈下，结果掉这该死的恶鬼的命。早不指望什么英雄出现，那就指望老天吧，她心里反复咒骂，却始终不敢出声。

他眼里依旧凌厉肃色，似乎看透她的内心似的，忽地猛力将她从怀里掷出，直摔下马去。

一阵痛楚袭来，好疼。苏莱莱咬咬牙，额头上有股温温的液体伴随着痛感溢出。她下意识地摸摸额头，摊手一看，竟满是鲜血，完蛋了，毁容了！强忍许久的泪水终于崩溃而出。镜子，创可贴……她脑里一团糟，瞬时手足无措。冷静，别慌，她不住对自己讲，片刻的回神，她忽然意识到自己的手袋里应有镜子和创可贴，随即打开手袋慌忙找起来。

还好，她平时随身带着这些东西，化妆包里有镜子，药包里有创可贴。她摸出镜子看，额头破了一大块，鲜血直渗，除此之外，脖子和肩上也被擦破好几处。她慌忙撕开创可贴，正要朝额头的伤口贴去，手腕竟被紧紧攥住。

又是他！怒火骤然猛升，竟暂时压下她的恐惧，抬头瞪住阻止她的男人，怒吼出声，"死变态杀人魔！我贴个创可贴你也不让，杀猪也要喘口气啊！"脱口而出，她才意识到自己的口无遮拦可能再次闯下大祸，望着他那张骇人的脸，她仿佛已预见接下来更惨淡的未来。

啊，老天，为什么我又图一时痛快，乱说胡话，刚才好歹还是个九死一生，现在，现在……恐怕是十死无生。

意外的，一阵笑意却从他脸上漾出，那张冻结的脸，似乎在这短暂的片刻融化。

这女子真是秦狗的奸细么？他心底竟闪过一丝疑问，她的举动竟会让他的心松懈起来。他这才仔细看清她，身段娇小，白皙光滑的肌肤，细柔的眉下，一双乌黑的眸子满是泪水，粉润嘴唇精致小巧。这奸细也算得上一名美人，只是为何她的装束如此奇特？不仅衣衫奇特，身为一名女子，竟一头短发，而最奇特的竟是她浑身上下那缕诱人的芳香，难道这是秦人蛊惑人心之物？

只是这女子哭泣的脸，怎似惹人怜惜的带雨梨花。她也算个娇滴滴的佳人，为何却在生死片刻迸出这么一句令人啼笑皆非的话？

他心底涌起一阵犹豫，但只片刻，脑里浮出一幕幕秦军残杀平民的画面来，多少人流离失所，多少无辜妇孺惨死，甚至连一方墓碑也不得拥有，只能横尸荒野，化为冤魂，没入尘土而已。

父亲与自己，正是为结束这残戮乱世，起兵对抗秦军。比起千万挣扎在秦人暴政下的百姓，一名秦人奸细女子的生死又算什么？纵使这女子再倾国倾城，温柔似水又如何，她终究是秦人的奸细，他心里暗自嘲笑，林峰，你竟会因一名女子迷茫，即使片刻，连这片刻的权利也不允。

他立刻敛回笑容，甩开她的柔荑，朝络腮胡子道："将她的物件拿走，绑住她，由马拖行回府。"

马？拖行？回府……一阵凉意充塞满脑，这浑蛋竟然这么恶毒！还未等她回神，双手已被人绑了个结实。她的手袋也被络腮胡子夺走。靠，苏莱莱咬牙轻骂道："我的GUCCI，弄坏了你赔我呀！"

不理会她的骂骂咧咧，林峰接过绑她的锁链，转回头，脸上仍旧一派威严神色，高声道："众将回府！"说罢扬鞭策马，奔行而去，众武士也随即扭身策马跟随前行。

双手被捆住，根本无力挣扎，只得被拖行，丛丛野草满蒿狂拂而过，苏莱莱的衣服很快被磨破，一阵火辣辣的灼烧感袭来，剧烈的疼痛感使得她放声大哭起来。

众武士里扬起阵阵欢呼声，"秦狗的下场！""杀死秦狗！""折磨死秦狗！"

疼痛在加剧，她觉得自己已快要昏厥，偏偏在这一刻，脑里却莫名清晰，竟冷静想到，这些人都说她是秦狗，难道，她穿越到了秦汉交替的乱世？

那么这些人应该是反秦阵营，她也不知从何生出如此勇气，本能的求生欲使得她大声哭喊："先秦而后有汉！秦之后是汉，汉分东西两朝，之后三国鼎立，接着转为魏晋，再有南北朝……"

忽地一声骤响，马蹄顿止，转来一张眉头紧蹙，令人恐惧的脸。

"你讲……什么？"林峰盯住地下衣衫破烂，满身伤痕的苏莱莱，这女子究竟想要讲些什么，他必须得知，倘若是秦军机要，那对军情必然大为有利。

纵身跃马而下，他仍然紧握着那根锁链，朝她行来，他的大手伸来，猛地托起她的脸，冷声问道："你想要讲什么？先秦而后有汉？秦军军情？"

"不……不是，我不是秦人，我不是奸细，我要说的是秦廷会被汉所取代……然后……汉被……"她轻咬着嘴唇，一副柔弱模样。

她还未说完，已被林峰厉声打断，"荒谬！一派胡言！先秦后汉，区区小女子，竟敢妄论天下大势，甚至连后几世都已知？！你既声称自己并非秦军奸细，却在此妖言惑众，莫非是这荒外野地里衍生的妖孽？"他眼里浮起莫名神色，非怒非恨，似乎荡漾着疑虑神情。

"不是的！我其实是未来……"话既至此，她却犹豫，只因她深知，解释又有何用，未来的世界，遥远的两千年后，对于这些古人来说，根本无法想象，他们跳不出时代的局限，永远不可能了解时空宇宙的浩瀚。

脑里快速闪过一丝能够暂时幸免的方法来，苏莱莱语带诚恳道："请上将军相信我，我绝不是秦人的奸细，我只是个普通人，而我说的都是事实，现在应该正是秦汉交接之时，不知道到底是哪年，不知胡亥是否还是皇帝……"

武士里立刻有人暴怒，"住口，此时正是甲午三年，胡亥那狗畜生，不配称帝，主公定能取而代之！"

BINGO！她心里暗自笑道，如此一来，便可知她穿越来的时代，正是秦二世尚未为赵高所杀的年代。她转而盯住林峰，做出祈求神色，"上将军，秦二世胡亥将在不久后为赵高所杀，请你相信我所说的一切……"

林峰稍有迟疑，她眼里满含泪水，衣衫破处露出白若羊脂的肌肤，胸前部分也磨破大片，白嫩的肩下隐约可见的胸脯，柔弱的姿态竟将自己心湖搅乱。妖孽，他的眉毛紧拧，黑眸却盯住她的眼无法转移，仿佛被下了蛊一般迷乱。

他的心绪竟混乱起来，或许这女子讲的是事实？不，她定是秦军精心训练出的奸细，懂得妖术迷惑人心，否则自己怎么可能犹豫错乱。

林峰忽地立身站起，解下身上的灰色披风，覆住苏莱莱，将绑缚她的锁链松下，裹住她抱上马背，语气稍微柔和几许，"姑且留你性命，等回府由军师辨别真伪。"

什么！还要等军师来验证！不是吧，苏莱莱还以为侥幸逃过一劫保住小命。

第一章 暴力战神

哪知竟然还要经过一道严厉考验。军师，她脑里立刻浮现出诸葛亮的样子来，这样的人一般智商都很高吧，她该如何让那么聪明的人也相信自己，饶她一死呢……

林峰狠狠的瞥过一眼，吓得她立刻低下头不敢多想。

他敛回怒意，将她揽住入怀，箍着她上马起行。

络腮胡子忙道："上将军，此女毕竟身份不明，为上将军安全……"

"她已是满身伤痕。"林峰淡淡道，嘴角浮起一丝志在必得的笑容，"即使没受伤，难道你认为，她能伤我分毫？"

络腮胡子慌忙低头，语带惊惧道："属下不敢，属下多虑……以上将军的武功谋略，当今天下绝对无人比肩。"

"哼，奉承的话就给我吞回去吧！"林峰丝毫未因络腮胡子的奉承而喜悦，脸上神色依旧威严。他低头瞥过怀里的苏莱莱，心里再度漾起缕缕迷茫，这神秘奇异的女子，应该是个妖孽，但或许，如她所说……

他确实已混乱，不知该如何定夺，他决定带她回去见那个被称为天下第一聪慧的人，他的军师，大概也只有那个人才能确定这女子究竟是敌是友。

苏莱莱随着众人回到林府，这座府邸并不华贵，也不雅致，但在这乱世之中，展现出一派大气恢弘的气度。大概由于府邸面积较大，所以更像一座巨型园林，由家宅侧印的身份来看，此宅的主人确实出身高贵，必为豪门大族。

林峰将苏莱莱从马上抱下，单手揽着她朝内廷行去。

几名家仆装扮的女眷立刻簇拥过来，纷纷向林峰行礼问好，所有人眼里都满是仰慕神色，却又毕恭毕敬。仿佛他的地位似神明一样受人尊崇，那么高高在上。

他微微点头回应，脸上却始终不带表情，只是问道："军师呢？"

"在庭院赏花，军师说近来秋息渐尽，若再不及时赏花，就只能赏到一派凋零了。"

"我知道了，下去吧。"他依旧神色傲慢，众女眷点头行礼后，纷纷退去。

"哼，这家伙始终难改掉风花雪月的无聊性情。"林峰自言自语道。苏莱莱抬头望住他，竟发现他脸上罩着愉悦的神情，这表情，是她一路上都未曾见过的，柔和而平静。

讲到这军师的时候，他竟然能露出如此的神情，想必这个人对他来说，非常重要吧。她暗忖道，他这般神色，只有对待信任的人才会有吧。

穿过盘旋曲绕的园中小路，一片葱郁锦绣的景色铺在眼前。

这就是林家的庭院？园中不乏奇花异草，美不胜收。花团锦簇之间，拥簇着一泓碧绿翠湖，湖面散落漂浮着片片莲叶，湖中央建着一座雅致小亭。而亭中仿佛有个人影斜卧在藤椅上。

林峰勾着她探入亭内，朝着那人道："似乎我又扫了你的雅兴。这女子是我在古树附近所抓，装束古怪，言语混乱。我怀疑她是秦人奸细，她却矢口否认，且道出一些耐人寻味的话，所以我需要你替我确认她所讲是否属实。"说罢将苏莱莱扔落下地，正落在藤椅下，直坠在那人脚下。

哎呀！疼死了，这个王八蛋，怎么总是不顾轻重地摔人啊！苏莱莱心底暗骂，却不由抬头朝那个军师望去。刹那间竟呼吸骤止，眼前的脸孔，竟意外地细致如画，完美无瑕。

乌黑似云的长发披肩垂下，肤白似玉，浓中带清的细眉，一对杏目似含水般澈亮，鼻子精致高挺，嘴唇如点睛之笔，恰到好处，只是微微泛白，气质宛若空谷幽兰，清冷而高洁。

苏莱莱怔了片刻，难道这就是人们说的天生丽质？没有化妆的天然美女，清幽似水，如莲初绽一般绝色。而且这么一个大美人还是个聪明的军师，如此佳人，难怪林峰讲到她的时候会露出那样温柔的表情。

对待所有人如此威严傲慢的林峰唯独对这美人展露出温和神色，自己最初居然自恃有几分美色，还以为林峰会因此放她一条生路，原来与这冰山美人一比，自己和丑小鸭又有什么区别。一种莫名的挫败感涌来，现代社会里，在时尚杂志社工作的她是众多男人追求的对象，她时尚漂亮，聪明伶俐。她一向对自己的外貌非常自信，以至于她落到古代摔破额头，最担心的却是毁容的问题。

可刚穿越，竟然就被重挫一回。

"唉，罢，想这些有什么用？"她对自己道，保命才是最重要的。她吃力地爬起身来，摊开小手，轻扶住大美人的膝，装出一副可怜兮兮的模样，"大小姐，你那么美，心地一定也很善良，请你相信我，我真的不是秦人的奸细。"

美人清冷的脸上却溢出一丝惊讶并且恼怒的神情来。

一旁的林峰顿然大笑出声。从未见过的笑容，仿佛难以忍住心中的感触，显然开怀不已。

苏莱莱反而觉得迷惑，他们这究竟是为何？

一声男性的嗓音响起，声音充满磁性，语调却格外冷淡，"林峰，你认为秦人都是傻子？以这种头脑，也会被选为秦军奸细？"

什——么？这个声音，竟然是"大美人"发出的！苏莱莱顿时傻住眼，惊得

松开扶在他膝盖上的手,张大嘴巴迸不出半个词来。

自己的耳朵没问题吧,"大美人"怎会有个男人声音!难道他是人妖?不对,这又不是泰国,哪来什么人妖。她疑惑地抬头,盯住"大美人",愕然无语。

他脸上泛着嘲弄神情,充满不屑与鄙夷。这次细看之下,她才发觉,"大美人"虽然肌肤白皙,脸型却有棱角,只是不太分明,虽然有一双含水大眼,眼角却狭长锐利。这些特征稍稍注意一下,便不会出错。况且他身着一袭褐色长袍,分明就是秦汉时期的男性装束啊!

一阵窘意浮上来,苏菜菜恨不得找个地洞钻进去。自己竟然脑残到连男女都分不清楚!她低声埋怨,都怪那个死恶鬼,要不是被他摔得脑子迷糊,自己怎么可能犯这种三岁小孩的错误。

可恶,她羞得小脸涨红,随即扭头朝林峰投去一个埋怨的神情。却发现林峰正面带微笑地望住她,脸上的表情竟一反常态的柔和安静。糟糕,怎么脸更发烫,心跳也加速起来了?她立刻垂下头,不敢再看他的脸。

这个女子,真是奸细?她似乎单纯得犯蠢,如此蠢的女子会是奸细?

林峰心里反复沉吟,他已经难以确定她的身份。她将自己比成猪,将男人错认成女子,为何她这些蠢笨的举动竟可以搅乱他的心,影响他的判断?还是因为她实在太过特别,如此直率单纯的女子,与这世上所有女人全然不同。

还有刚才那责怪自己的表情,为何竟会觉得格外迷人……他朝她瞥去,却发觉她低垂着头,始终不肯再抬起来。

她为何不敢正视,难道这女子是在装疯卖傻?目的是要我掉以轻心?他眉心微锁,心中涌起一股怒气。他忽地走到苏菜菜面前,狠狠捏住她的脸强迫她注视自己。

"别装傻。你其实已知他是男人吧,你认为玩弄点伎俩便能蒙混过关?"他恶狠狠道,眼神凌厉得可怕,仿佛要将她揉碎似的。

"没有,上将军,我真的是脑残了……我发誓我真的不知道他是男人……"苏菜菜用可怜兮兮的腔调应声道,心里却不住咒骂,"放手,死恶鬼,诅咒你祖宗十八代!"

林峰瞪住她,语气愈发凶狠,"莫名其妙!你这女子,是否不怕死?看来先前还没受够苦头。再不讲实话,便扒光你的衣服,将你扔去喂狗!"

靠,我刨你祖坟!

"住手。"一声淡然的声音响起,打断了苏菜菜预备好的大骂。她转眼望去,正是军师冷然开口,"林峰,你今日怎会如此暴躁?一名女子而已,倘若不是奸细，放她走就是；若确为奸细，自有军法处置。你却异常狂躁，身为军中统帅，不应如此失态。"

林峰眉头紧蹙，脸上逸过一丝不甘神色，转身瞪住军师，语气满是不服气的意味，"杨翾，你不过是我的军师而已，竟敢以如此态度训斥我?!"

离他太近，苏莱莱分明感到他的愤怒，这军师原想无论如何也会同他一致吧，怎料到竟然遭到一通训斥。唉，苏莱莱心里暗叹道："看来这暴力恶魔必然大怒。可怜的军师啊，现在的情形下，咱俩可真算是难姐难妹。"

杨翾却并无丝毫畏惧神色，面上依然平静如初，只是轻微叹息一声，突兀般立身而起。

他身形修长，虽较林峰纤瘦不少，却肩膀宽阔。苏莱莱心里职业本能地想到，若是在现代，此人如此高瘦的身材绝对是 DIOR HOMME 的绝佳模特，忽觉一阵窘意，转而暗骂道，"死人妖，你刚才怎么不起身，要是看了你这副身材我还能认错，那我当场就把眼珠子挖出来。"

暗骂得正兴起之际，却留意到杨翾一双略带鄙夷的眼正冷冷地注视着自己。

"看什么看，没见过美女吗？"苏莱莱迎住杨翾略带敌意的目光，得意地暗暗自语。

杨翾轻蔑地兜过她一眼，随即扭头轻按住林峰的手腕，欲将他从苏莱莱身上挪开，并沉声道："我不过提醒你冷静而已。放下她吧，千军万马你尚能坐怀不惊，怎么一名柔弱女子就能让你自乱阵脚？莫不是……"他语带嘲讽道，"你会看上这女子？"

"一派胡言！我会看上她？"林峰语气猛然高起，眼里的怒气仿佛更具体地被点燃一般，逞怒道，"这女人如此不知廉耻，衣着暴露，神态妖媚，更是身份未明。若论姿色，洛阳城内青楼中胜过她的比比皆是，你竟说出这等荒唐话！"他言语虽激烈，却明显松了手劲，几乎就将苏莱莱放开。

杨翾依然是淡淡笑意，"既然不是，你何惧她？论武力而言，你可是未逢敌手，也会畏惧青楼女子吗……"

他斜眼瞄向苏莱莱，暗忖道，以林峰一向高傲自负的脾性，唯有反激法才有用。这身份不明的女子，根本不屑为此费上几许谋略，只是此女行径确有意思，要么她就是一名痴呆傻子，要么，她也该是名绝顶聪明之人。

往后的结果，杨翾不愿继续猜想，对于他来说，尚未确定的事根本不需他费神。倘若此女真有过人智慧那又如何，哼，他心里冷嘲道，"骗得过林峰已算你高明，落到我手里，只会是原形毕露而已。"

第一章 暴力战神

只是林峰的态度却与近日的沉稳相去甚远，竟全然暴露本性，冲动易怒，爱以武力解决一切。多年的行军作战，已将他的本性逐渐隐去，加之自己时刻在他身边，他已渐渐展露出沉稳冷静的王者之态，但今日却会为一女子露出本性，念及此，一阵忧虑在杨翾心中反复徘徊，不由得眉头忽皱，露出一丝不悦的神色。

只是他的思绪立刻便被苏莱莱的一番惊人话语打断。

"够了吧！你们要打要杀悉听尊便，干吗搞人身攻击！诬陷我是秦人奸细也就算了，还说青楼女子都比我强！我告诉你们，人也是有尊严的！奶奶的，太侮辱人格了！"她蹙起秀眉大声吼道，不顾身上的疼痛，伸出双手用尽全力想要推开林峰。

"你……竟想要挣扎?!"林峰原本已松懈劲力，却被苏莱莱的动作再度激怒。

这女子脑子里全是稻草吗？杨翾心里泛起一丝憎恶情绪，刚劝服林峰，竟然又被她一搅而乱。他狠狠朝她投去警示的目光，转而面带平静，握住林峰的手腕试图再次让他冷静下来。

林峰反手一掌朝他推去，虽然力度不重，却将不通武艺的杨翾全然震退。林峰眼里充满恼怒神色，厉声咆哮，"将她投入死牢，待身份验明后就杀了她喂狗！"说罢他单手拎起苏莱莱，转身朝内廷而去。

忽地一个人影挡在他面前。

"杨翾，给我退下！"林峰厉声道，脸上再也不见对待杨翾所特有的平和神色。

杨翾冷冷盯住林峰，清冷的脸孔好似雕塑一般俊美无瑕，却静得可怕，眼里全是专注色彩。他并未讲话，伸手从腰际后侧，勾出把一只长不足尺的月形短刃来。

"你……"林峰瞬时怔住，暴怒的气息竟然在瞬间全降下来。

一瞬间，空气仿佛也静止，竟然嗅不出半点剑拔弩张的气息。

杨翾嘴边扬起一抹自信满满的淡笑，"林峰，你是否已经狂躁到连此刃也不认得？"

仿佛被冰水狂浇而下，脑里忽然清晰通彻起来，望着杨翾手中的赤色月形短刃，林峰闷哼道："我怎会不认得……你既然拿出'赤惊影'来，也罢，这女子就任由你处置吧！"

苏莱莱盯住那被称作"赤惊影"的短刃疑惑不已。这把短刃虽锻造精致，却更像饰物，并非利器，那一定并非什么名刃，莫非只是什么令牌之类？但为何林峰见到此刃会突然冷静下来？看来这短刃一定意义非凡，要是能偷到手，那……想到这儿，她竟得意地扁嘴一笑，仿佛已经顺利得手似的。

"有何好笑？你很得意？"林峰脸色忽又浮起一丝不快。

苏莱莱慌忙垂头，故作惨状道："没有没有，上将军，我……小女子不敢。将军肯饶小女子一命，小女子感激不尽，定会知无不言言无不尽……"她心里暗自好笑，模仿古人讲话。

林峰狠瞪她一眼，目光凌厉，"满口阿谀奉承，滚！"说罢松开她的手，朝杨翾道，"这女子随身还携着一包妖物，既然你要我留她性命，那便由你自己掂量吧。"随即将她的GUCCI手袋扔落在地。

杨翾不慌不忙地收回短刃别于身后，语气仍旧平静，"我并非要留她性命，不过是怕你慌乱心神。若查明此女子的奸细身份，喂狗也罢，卖到青楼也罢，一切随你。"

苏莱莱差点没昏厥过去，之前对杨翾的一点点感激瞬时荡然无存。还以为这人妖良心未泯，不愿看那暴力恶魔乱杀无辜，现在看来这帮人没一个好东西！

她下意识地攥紧手里的披风，小心翼翼地缩进里面，语带委屈道："你们这些野蛮人，喂狗就是谋杀，卖到青楼就是逼良为娼，你们个个说得跟玩儿似的，真是不把人命当回事。我到底做错了什么啊？竟然遇到你们这些王八蛋……"

她声音越来越细，只觉得一阵酸味涌向鼻子，眼泪猛地洒落而下，"不过是穿越了一回而已，为什么我这么倒霉。要是你们觉得不痛快，杀了我就是嘛，何必又是羞辱又是诋毁的。我都说过了，我真不是秦人的奸细，我还告诉你胡亥很快就会被赵高杀掉。可你们不信，你们这些小人……"

她呜咽道，声音也随之混沌，只听到她不断的咕哝声，内容却已模糊不清。

林峰心间泛起一阵浅浅的不忍来，竟有几分让人不适的痛感。仿佛想要就此罢手放过她一般，但自责感随即又猛烈袭来，心底那种莫名的感觉，让他再度混乱狂躁起来。

他努力克制住内心的混乱，扭过身躯，朝内廷走去，只甩下一句话，"这女子就由你处置吧，我还有事向父亲禀报。"

望着他离去的身影，杨翾轻叹了一口气，柔声自言自语道："还是逃了吗……"

"逃了？我没逃啊，杨军师。我现在伤成这样，疼死我了，走都走不动了，我能逃到哪里去啊？"苏莱莱一脸无辜道。

杨翾回转望住苏莱莱，发现她满脸的疑惑，心里不由得感到好笑。这稻草脑

第一章 暴力战神

般的女子，怎似心计深沉的秦军奸细？这女子挺傻，却有几分可爱。只是，倘若这一切举动都是她装出来的，那她岂非相当危险？

他轻闭双眼，暗思：那便先将她投入监牢，饿上几日罢。再将林峰口中的妖物仔细盘查一番。

只是，他轻锁眉头，林峰这口是心非的家伙，表面上对她要打要杀，只怕私下并不忍心，恐怕会差人送食物给她。但……忽地一抹笑容浮起，正好，林峰的无意正好替他验明此女的奸细身份。

"那个……"苏莱莱低声道，扬起俏脸，"杨军师，我可以拿回我的手袋吗？就是上将军扔的那个……"

从地上拾起她的手袋，杨翱眉角微扬，"不行，等验证你身份后才能拿回。"说罢，伸手欲将裹在她身上的披风扯开。

"停手啊，下流！"苏莱莱尖声号叫，双手抵在胸前极力阻止。

杨翱毫不理会，强行扯开林峰的披风，脸寒似冰道："我对你毫无兴趣，你最好乖乖听话，可以少受皮肉之苦。"

"我衣服破了……"她低下头，满眼委屈道。

扯下披风，杨翱才发觉她已衣不蔽体，露出一身白皙柔滑的肌肤，却是满身伤痕，好几处还皮开肉绽，闪着猩红的光芒，有些骇人。

杨翱心里却没丝毫不忍，目不转睛地仔细注视片刻，全然不理会苏莱莱满面的羞愧神色。确信她身上没有武器后，他将披风一角撕下，捆绑住她的手脚。然后，一手将她拦腰抱起，另一手攥住她的手袋，任由她骂声不绝，朝园外行去。

穿过满目葱郁的庭院，一条主道贯穿大宅至尽，宅内分布着近百余间房。而位于宅院最阴森幽暗之处的，正是林家的牢狱所在。

见杨翱到来，狱卒首领均是一副恭敬神色，只因军师几乎从不会亲临牢狱。今日竟然亲自押解囚犯，想必这囚犯必定相当重要。但当他看清苏莱莱时，却惊异万分，"军师，这纤小女子也是秦军爪牙？"

杨翱正色道："上将军今日于军中发现有秦军奸细，追至苇丛时却不见奸细的踪影，却在古树上发现了这女子，此女子形迹可疑。但却似乎并不能肯定，只能先将她关上几日，看她如何交代清楚。必要时……"他忽地顿住片刻，却还是继续讲下去，"对她用刑，但不要伤她性命。"

将苏莱莱交给狱卒首领，杨翱随即转身离开。身后却响起那个略带稚气的声音，不住号叫："不要动我手袋里的东西！不然我绝不饶你！做鬼也不放过你！"

"哼，这天下若真是有鬼的话，我早死千万次了。"杨翱自嘲道，头也不回地飒然离去。

杨翳回到主宅厅堂时，林峰的父亲林尚候已端坐在厅堂正中，而林峰正伫立于身旁，神色已恢复沉稳。

林尚候一袭银白头发，胡子也近花白，却满面睿智神色，气态威严，一副睥睨天下的长者姿态。见杨翳到来，他脸上泛起轻笑，"翳儿，我刚已听峰儿所讲，他抓回一名疑似秦军奸细的女子，已交由你所管？"

杨翳先行礼，继而道："回禀主公，确实如此。不知少主是否有提及，刚才属下一时情急，动用了赤惊影，还请主公见谅。"

林尚候昂然回应，"翳儿，你有时候就是太过迂腐，早已讲过，你是我自家人，老夫早视你为亲子，乃是峰儿的亲兄弟，为何你总还称老夫为主公，称峰儿为少主？人前还可说得过去，人下还如此，那岂不是折煞老夫。"

杨翳低头道："是，伯父，只因翳儿随意动用赤惊影，应该向您请罪。"

林尚候却敞怀大笑起来，"赤惊影本就是老主公赐予老夫的，翳儿身为老主公之子，动用此刃又有何不可！况且我看刚才的情形，实属应该动用！"

说话间转向林峰，一派肃色，"峰儿自幼性情冲动，多不顾及后果，若不是你一直从旁提醒，他早不知误了多少大事！现在做了军中主帅，更是以军职压人，丝毫不知冷静行事，空有一身过人武艺，自以为天下无双，却不知行事竟如此莽撞！"

林峰脸上溢过不快神色，想要争辩，却留意到杨翳眼里投去的暗示，于是极力克制下去，任由父亲怪责。

林尚候继续道："那名可疑女子现在何处？"

"我已将她押入地牢，命人严加看守，打算先饿她几日。当人饥饿之时，往往会失去坚强的意志，之后再对她用刑，相信她必讲实情。"杨翳淡淡道，目光游向林峰，见他眉心微蹙，心中已有几分确信，露出这样的表情，显然，这计策已成功了一半。

林尚候点头笑起来，眼里满是赞许神色，"还是翳儿行事谨慎，峰儿若学得你的一半，也不劳我如此费心了！"说着面带严厉，转脸朝林峰瞅去，发现他神色恍惚，眼神游离，虽然一副心不在焉的样子，却显然带着几分忧虑。

"峰儿？"林尚候又沉声唤道。

林峰却依然尚未回神一般，此时心中正挣扎不已。他深知杨翳为人，机智冷静，表面看上去虽然比自己柔和恬淡，实际上冷酷无情更甚自己百倍。刚才自己动怒，看上去似乎是杨翳救了那女子一命，其实不过是更为严厉的折磨而已。

想到这儿他竟然自责不已，只因自己内心狂躁，便对那女子态度残暴，倘若该女子真是无辜平民，怎能受得住军中严酷的刑法？父亲讲得对，自己行事确实太过冲动鲁莽，不过是疑心她身份而已，却为此暴躁动怒，难道只是为控制心神，就可以随意残害一条性命？

　　他愈觉思绪混乱起来，到底是想她死抑或怕她死，竟然连他自己也不能确定。

　　林尚候面上怒气骤增，厉声呵斥，"林峰！你究竟是否在听！？"

　　这声厉斥随即打断了林峰的思绪，令他回神而来，应声道："是，父亲，峰儿自当多向翾弟学习严谨行事……"

　　林尚候点头，笑意逐现，"治军也是如此，你身为军中统帅，倘若处事只凭自己兴起兴灭，我军又如何能推翻秦廷，为百姓开辟全新盛世呢？"

　　林峰闷声应是，目光却陷入迷离。这一次，林尚候并未察觉，却全然映入一侧的杨翾眼底。林峰，他心里轻叹一声，你始终还是被迷惑了呀。

　　这是什么鬼地方，又潮又臭。这就是古人的地牢，苏莱莱不由得捏起鼻子，关在这种地狱一般的地方，不死也残了。

　　狱卒首领走过来，扔下一包东西，神色整肃道："这是上将军命人给你换的衣袍，还有金疮药。你自己涂上吧！"

　　"那个暴力恶魔？会这么好心？"她惊讶道，不会是自己听错了吧。

　　"军师说了，先养好你身上的伤，再饿上你几日，看你这秦军奸细还不从实招来。"狱卒首领脸上浮出得意的笑容。

　　"死人妖，没安好心！"她恨恨地暗骂道，却依旧抓起那包东西打开来。里面是一套暗红色的女子锦袍，绣缎精致华美，如何看都不像是囚犯所穿，也绝不会是下人女眷之物，应该是府中小姐夫人所着。"这恶魔撞到脑子了？竟会把这么好的衣服送给我？不会是别有用心吧。"她皱眉道，"会不会上面涂了什么绝世毒药，穿上之后皮肤溃烂，尸骨无存啊……"她不由得一阵冷战，犹豫起来。

　　"哎，他要是真想杀自己，怎么都是个死，何必自己整得跟垃圾婆一样？身为时尚工作者，死也要死得有仪容。"她想道，"管他的吧，既然已送来了，穿就穿吧。"

　　"大哥……"她怯怯道，露出一抹尴尬笑意，"能不能别盯着我看啊，我要换衣服呢……"

　　"哼。"狱卒首领从鼻子里哼出一声，满脸鄙夷神色，"你以为你美若天仙呀，秦狗女子而已，送我都不稀看！"说罢扭身退去。

"那你还死盯着看了好半天……"苏莱莱咕哝道,见狱卒首领已走远,不禁又自言自语,"主编送的 PRADA 裙子……好几个月的工资啊……就这么打水漂啦……"身上的伤痕血迹已渐渐凝固,和裙子残破的布料粘在一起。她小心翼翼地脱下身上的连衣裙,即使如此,却还是扯到伤口。阵阵撕裂似的疼痛猛袭而来,疼得她哭号出声。

"哭什么啊,天塌下来当被盖……"她自顾自道,拿起那瓶金疮药,倒出药粉轻拍在伤口上,又是一阵刺辣的疼痛。她几乎再度放声哭号,却自娱似的面带微笑,轻声唱道:"对这个世界如果你有太多的抱怨,跌倒了就不敢继续往前走,为什么人要这么的脆弱,堕落,请你打开电视看看,多少人,为生命在勇敢地走下去,我们是不是该知足……"

地牢外,却是一张微带愁容的脸。

林峰不知自己此举是否正确,却始终无法挪开脚步。眼前所见的一切,都是他不曾想到,不曾见到的。自己不过是施舍了点同情罢了,为何却有一丝心痛的感觉?他倚靠在牢外冰冷的墙上,身边的树丛正完美地遮蔽住他的身影,忽觉几分茫然。她竟然可以带着眼泪微笑,分明已是疼得无法忍受,竟然还能放声歌唱。他曾经也抓过秦人奸细,虽然他们意志坚韧,却与这女子的乐观全然不同。这女子并不像是受过特训的,分明如同天性一般自然。

他内心似乎已经肯定了一般,一阵强烈的怜惜感猛然涌起。他推开树丛,想要冲进地牢,立即将她释放。

沙沙,树枝轻轻晃动起来,泛起声声清脆却刺耳的声音。一瞬间,这声音仿佛也刺痛了他的神经一般,令他再度清醒起来。"林峰,你这个冲动无脑的东西。"他咬咬牙自责道,无意识中竟随手捏断一根树枝,转身大步离去。

一个顾长的身影缓步自树丛深处步出,双眼微瞪,脸上略带着点忧心神色。

杨翾一直跟在林峰身后尾随至此,按平日林峰的嗅觉,应该早已察觉自己,但他竟全然不知,而他刚才那一系列举动,分明是内心挣扎。

杨翾拾起地上那根被林峰捏断的树枝,枝叶繁密,枝干粗硬。他用双手试图再掰断树枝,却感觉劲力不够。

他无奈地摇摇头,握着树枝,轻声叹息着离去。

又冷又饿,苏莱莱只觉得全身虚弱无力。被关进这鬼地方已是第五天了吧,这几日只喝了些不太干净的清水,她甚至连睁大眼怒骂的力气都没有了,一抬起头就一阵眩晕感。这样下去,即使他们不杀自己,这么忍着会比死更难受吧。她患有低血糖,所以随身都带着糖果巧克力之类,一旦觉得眩晕便拿出来吃,但来

第一章 暴力战神

到这地方后，她根本拿不回自己的手袋。

她努力睁开眼，不住地安慰自己要坚持，"这已过去好几天了，那狠心的人妖也该提审自己了吧，为何还不见人影？难不成他们已完全将自己忘记？那她岂不是只能待在这里被活活饿死？"

她不敢想下去，越想越觉得委屈。原本自己的生活那样的幸福，有疼爱她的父母，有一份她热爱的工作，还有一个伟大的理想，像《穿PRADA的恶魔》里的女孩那样，享受一个绚丽华美的人生。

只是这生活怎么会像玻璃球一般，轻轻一摔就碎裂一地。

"转瞬而已，离别了父母，丧失了理想，甚至连生存的权利都不能够拥有，即使哼唱着稻香自我慰藉又能如何？我是太盲目乐观了吧，还是我太幼稚，根本不能面对我已经失去这一切的事实呢？"她低声沉吟道，不住地骂自己是傻瓜，任自己再伪装坚强也好，泪水已是无法抵挡，决堤而下。

当我们面对现实的时候，却发现生存竟是如此艰辛，纵使再自我安慰，也终抵不过冰冷的事实。可是，我们又能做什么呢？她第一次感到了生命的无力，不能抵抗的悲哀，毫无扭转的可能，在这个弱肉强食的古代，自己的穿越又有什么意义呢？

她倚靠在牢门上，这样能不费力气，或许还能让她多保存些体力。她无奈地笑笑，闭上眼，脑里竟浮现出一幕幕开心的往事。

小时候她太顽劣，将花园里的茶花一朵朵全摘掉，父亲勃然大怒，拿起鸡毛掸打她的小腿。她边哭边狡辩道："爸爸讨厌！明明是手摘的，为什么打腿！"原来她从小就是如此桀骜的呀。

高中毕业后，她按照父母的志愿上了军医大，却格外厌恶血，誓死不做医生。不顾父母强烈反对，偷偷跑到时尚杂志社任职。

她仿佛还记得告知父母工作时，身为少将的父亲那张刚毅却铁青的脸。虽然恼怒，父亲却只讲了一句，"你已经长大，爸爸不会再干涉你，因为你是爸爸唯一的、最爱的女儿。只要你开心，爸爸比什么都开心。"

而身为商界女强人的母亲，却只在自己面前那样温柔，不论何时，都这样宠爱着自己，耳边仿佛听到妈妈柔和的声音，"我们的小公主啊，不论你在哪儿，都要记得爸爸妈妈永远爱你哟。"

泪水不住奔流而下，她疯狂地想念父母。脑里父母的身影怎么渐渐模糊……别走，她在心里轻喊出声。她想要追上去，但为何竟这般眩晕，呼吸像快停止一般？一阵窒息的感觉卷来，怎么连意识也开始模糊起来……

她沉沉地想要睡去，仿佛身体已不受控制，眼前也几近模糊。她依稀似乎看到有人影到来，太好了，她努力想要出声，昏厥感却忽地骤强。她渐渐失去意识，原本斜倚的身体也无力下滑。

眼前的一切令林峰愕然。这女子已有四日未进食，面色苍白得可怕，毫无一丝红润，原本粉色的嘴唇也变得苍白如纸。她显然已受不住这样的刑罚，昏厥过去了。

"来人……"林峰竭力克制住自己的情绪，沉声道，"立刻去厨房拿点白粥给她吃。"

狱卒首领面上却漾着为难的神色，"可是，军师吩咐过，她不肯招供便饿着她，等她意志消磨干净，自然会如实招供。"

一抹怒色自林峰眼里逸出，凛冽烁动，俊逸的脸孔竟满布可怖的厉色，"你想违抗我？难道你认为，我也要听命于杨翾?！"

狱卒吓得几乎颤抖起来，他深知林峰的脾性，见他如此暴怒，不由得牙齿也微微打颤道："是……是……属下……立刻……去。"说罢慌忙领命而去。

林峰倚着苏莱莱的牢门外低下身来，心里泛起闷疼触感。就这样透过牢门，他竟鬼使神差地伸出大手，将她的小手紧握入掌。

这……他心里再一阵震动，柔软白皙的手却无比冰凉。此时只是秋日时分，况且他送来的衣袍足以御寒，为何她的手竟如此冰凉？他凝视着她的脸，苍白的脸孔，苍白的气息，还挂着清晰的泪痕，显然是刚才流过泪水。

"哼！"他心里嘲笑似的自语，"你已撑不下去吧？之前还唱什么'勇敢地走下去……'如今却终于投降了吧。"

他无意识般抓紧她的手，仿佛想驱散那冰凉似的。望着已昏厥过去的她，他喃声低吟道："你这秦人奸细，此刻我命令你坚持住，绝不准有事。你若是再敢反抗我，一定绝不饶你！"

不多时，狱卒首领便端来一碗白粥，碗里腾升着缕缕白气。狱卒讪讪一笑，略带怯意的轻声，"上将军……属下已将粥端来啦……"

林峰松开苏莱莱的小手，起身，淡淡地言语，"将粥放下，打开牢门。"

狱卒首领将碗摆放在地上，从腰际摸索出钥匙，小心打开牢门的锁。

林峰立即推门而入，却传来狱卒首领急切的高声，"上将军请勿进入牢内！"

林峰顿怔片刻，转脸盯住狱卒首领，眼里仍是一副凛冽的不快神色。骇得狱卒首领忙道："属下……属下的意思是，牢内阴暗潮湿，并且多有虫蚁。上将军

第一章　暴力战神

是全军统帅，这种事实在不应劳您动手，属下自会将这女子抱出来，喂她进食……"

"我命令你抱她出来进食吗？"林峰眉角微扬，神情威赫。

狱卒首领不敢再多言一句。

林峰扶起已滑落在地的苏莱莱，脸上竟挂着清晰的怜惜神情，将她轻揽入怀。抱着已昏厥的她，垂下身直坐在牢房地上，目光紧紧纠缠，却并不抬头道："将粥给我。"

狱卒本还略有微词，心中却始终畏惧林峰，不敢开口，只得老实地端着碗钻进牢内，恭恭敬敬地呈给林峰。

林峰仍未抬头，只是接过碗，目光依旧拴在苏莱莱身上。望着她苍白的唇，他心中拧起一阵扯疼。

眼前仿佛还连连闪现她前几日那活蹦乱跳的嚣张样，怎么才过几日，就虚弱成这般？他猛然忆起刚抓住她时，她的惊人言语，她将自己比喻成猪，她却毫无察觉。她的身体还有些微微的温暖，手掌却冰凉无比，他心里竟涌动起强烈的，想要护住她的冲动。

"我，又被蛊惑了吗？"林峰的大脑渐渐混乱起来，竟连自己也回答不出这个答案，仿佛脑中一片混沌，愣愣地抓起羹勺盛粥喂她。

"是谁？"苏莱莱从迷糊中恢复了意识，却依然觉得昏昏沉沉，仿佛自己正躺在某人怀中，而这人正在喂自己食物。"是谁？是谁救了自己？"她嘴角微微上扬，却仍无力开口出声。她盯住他，心里反复言谢，却没力气睁开双眼。她竭力想撑开眼皮，却看不清面前那个人。只是这种感觉，为何如此熟悉，他正紧紧握住她的手，他的大手这般温暖，他的身躯也这样宽厚，仿佛庇佑着她，保护着她一般。

"林峰？"倏忽间，仿佛触及那张迷糊却深刻的脸，"不对，怎可能是他？"她暗暗自嘲道，"那暴力恶魔恨不得折磨死我，怎会救我，只是，他救过我……救过我吗？"

思绪却始终无法清晰，混沌一片。这安心的感觉，除了父母从未有过，又怎会是那暴力恶魔能给她的呢？她沉沉微笑，探出手指，全力紧勾住他的手掌，一定是爸爸，自己一定是做了噩梦，而现在，又回到家了吧……

她只是轻微动作，却将林峰已混乱的心绪搅扰得更加浑浊。短暂的片刻，他仿佛失却心神，分不清究竟是喜悦或是紧张。她冰凉却柔软的小手紧紧扣入他手掌，为何这一刻，四周的气息也纷扰着他的心神？他惊觉全身僵硬，竟手足无措。

而这一切，却全然投入到地牢外墙的杨翾眸底。他的脸泛浮起阵阵不满而焦虑的神色。

这一切原本都在他计算之内，他已预料到林峰心中对她的不忍，料到他会命人送食物给她。倘若这女子是秦人奸细，必定会犹豫不吃，但若不是，已饥饿几日的她必定狼吞虎咽。只是他却高估了此女子的承受力，低估了林峰对她的不忍。如此细微的失策，竟然导致这般后果。林峰不顾自己的身份，亲自给这身份未明的女子喂食，以他平日性情，怎可能犯如此低级错误，莫非这女子真有蛊惑男人的魅力？

杨翾心里泛起几分无奈，伸出右拳轻捶墙壁，触及林峰脸上那抹迷离神色，他恨恨咬牙，恨不得立即冲入牢内，将他拉出来痛斥一顿。

"冷静，冷静……"杨翾暗自低语。若此时不顾场合，贸然冲进去，即便拦下林峰的失措行为，又能如何，却只不过是得不偿失罢了。林峰必然察觉他跟踪之事，更会洞悉自己对他的不信任，倘若更甚，若得知自己曾利用他的不忍，必定勃然大怒。为这女子伤及彼此兄弟之情，实在太过不值。

他脑中迅速思考起此事的对策，既然事情的发展已偏离了原本计划，只能顺着错误的轨迹进行下去，他必须尽快将事态全然掌控，这次绝对不允许再失误。眼下初看来，这女子的嫌疑应不太大。意志力先撇去不谈，这女子显然身娇体弱，几日不进食而已，竟然饿至昏厥。她的脸色也确实太过苍白，大约也是个富家小姐出身，长期娇生惯养，可以说毫无抵抗力。但这不足以证明此女子毫无可疑，他必须立即想出更适应的对策来辨明，未确认的事便不能妄下定论，这是他一贯的处事原则。倘若不是自小就这般小心谨慎，他又如何有命安然活到今日？他的嘴角微微勾起一抹苦涩微笑。

而眼下最紧要的却是迫使林峰冷静，短短思索后，他已有了对策。

林峰并未发现杨翾的到来或是离去，只是怀抱着苏莱莱，望着她脸色浮出有好转迹象，心底竟有一阵清晰的喜悦涌动。

她苍白的脸上渐渐泛起浅浅的血色，令他愈觉欣喜，不由得放下碗，勾起手轻触她的脸颊，发觉已渐有些微温。她的肌肤柔嫩光滑，细腻如孩童一般，捧着她苍白的小脸，他竟不愿放手。

一旁的狱卒首领为他的举动疑惑不已，"上将军一向高傲自负，率军出战沉稳大气，治军更是严厉，对秦军绝不手软。今日怎会做出如此多惊讶行径？莫非上将军对这奸细女子……"

狱卒首领不敢继续往下想，这不是他应该过问的范畴，上将军虽然总是高高

在上，性情狂躁，却深得部下爱戴，想必上将军如此这般，却是有他的理由吧。

时间静静在林峰的失神中流去。

许久，一名身材高壮，身披铠甲，发髻歪斜，腰佩长剑的男人闯了进来，相貌尽现野兽派风范，嘴上一截小胡子却透出几分幽默，一双小眼厉芒烁动，嗓音粗犷豪放，"少爷，你果然在此啊！"

这声洪亮粗犷的话语忽起，却宛若细针似的猛地刺痛林峰，将他从混沌失神中猛然拉回。

"……老付，你怎会来此？"他一时竟觉惊慌，但只片刻，却转而恢复平静，沉沉道，"你不是在前方军阵扎营么？为何忽然回府？"

被称为老付的军官面上拧出一丝不满，高声道："真是气死老子！不知哪个大王八在军中散播谣言，都传到老子耳朵里了！说少爷你竟被一秦军女子迷惑，企图包庇秦人！老子不信，他们竟说有人亲眼目睹，少爷亲自到地牢喂这女子进食！老子一寻思，哎呀妈呀，这可是大事！好在阵前距府宅路程不远，于是老子立刻赶回来，但……少爷，这……"

林峰斜兜他一眼，刚毅脸孔上涌出几分怒意，"于是你便轻信这荒谬传言？！身为骑兵先锋，竟全无主见，擅自离营！"

老付语带委屈道："少爷！谁叫这谣言污蔑你，老子实在气不过！但少爷竟然真在此喂这小女娃子，老子不信少爷真会……"

厉色更盛，掀起林峰心中不可抑止的那股怒意，狠然咆哮，"住嘴！我已讲过多次，在我面前不得以此自称。莫非你真认为在军中时日已长，足以倚老卖老？！"

老付显然对林峰此举不满，纵然他平日敬重这少年将军，但自己毕竟长他十几岁，更是看着他成长的老将，于是顶嘴道："少爷难道真想包庇这身份未明的小女娃子？传闻要是越传越盛，只会损及少爷威名！少爷三思啊……"

林峰正欲再怒，却惊觉怀里的苏莱莱轻微抽动。刚才她已进食不少清粥，况且他一直抱她在怀，她的双手也逐渐恢复了些温暖。

心中忽地浮起安心触感，让他镇静下来，先前脑里的浑浊失神也逐渐退去。他盯住老付，眼里竟有几分缓和的色彩，"她一连几日饥饿都抵受不住，怎会是秦军奸细？况且她现已昏厥不醒，若不醒来，如何能将她的身份彻查？"

"少爷……"老付怒张的面孔也平静下来，正色道，"属下自然不信那些谣言，只是想听少爷亲口否认。属下只信得过少爷，倘若少爷说不是，属下立即去将那几个造谣生事的大王八砍了！"

林峰轻轻摆手，示意他冷静，俊逸的脸上逸过冷肃神色，盯住苏莱莱，起身将她平放在地面的稻草上，转身面对老付道："杀掉造谣之人只会越抹越黑，若想要止息谣言，唯有证实这女子并非秦军奸细。"

老付愕然不解，"但属下听营中传言，这女娃子是少爷亲自在芦蒿地附近所抓，少爷怎可能抓错人呢？"

林峰点头，暗叹，"那日我正率骑兵追赶潜在军中的秦军奸细，但此人没入芦蒿地便消失不见。这女子正好在那棵千年古树上放肆号叫，我以为此乃秦军奸细的障眼之法，便将她抓了回来，后我将她交给杨翾。他提出将此女子关入地牢，等她意志薄弱时再施以重刑，她必据实招供。但……"他不禁朝她望去，眼里逸过不忍神色，"这女子实在太过柔弱，并不像秦军奸细，倒似贵族小姐。只是她衣着奇特，言语混乱，还声称知胡亥死期。若由此下去，她经受不住毙命，将永远无法得知未解疑问。"

老付若有所思，讪讪道："哎呀妈呀，原来如此，少爷果然深思熟虑，属下确实肤浅，擅离职守不说，刚才还对少爷不敬，哈哈，真是……"他窘然大笑，笑声爽朗清亮，"请少爷处罚属下！保证绝无一句怨言！"

"好，你已让自己全身而退了吧，为何还不抽身而出？还妄图继续沉溺？"林峰心里暗斥道，即使他仍不舍离去，却已确认她无恙。他心中反复喃声自语，"是该冷静了吧？"

林峰收摄心神，命令道："既然你已赶回，那便由你暂时看守此女子。她应只是饿了几日，体弱气虚。你命人替她抱来一些软垫被褥，亲自喂她进食，这几日内应能复原。"

"啊？！"老付愕然出声，脸上布满不快神色，"要老子亲自伺候这小女娃子进食，她面子也太大了吧，随意找个人不就得啦……"

林峰眉心忽拧，一抹清晰怒色浮现上脸，"你是怀疑我的命令？"

老付忙低头摆手，"不敢……老……不，属下一切听从少爷吩咐，亲自伺候这小女娃子……"

林峰并未回应，只是转身拂袖而去。并非无话可讲，只是他担心，倘若再留在地牢，在她身边，自己会再也无法离去。

从昏厥中转醒时，竟已是第二日清晨。

苏莱莱睁开双眼，心里一阵剧烈的失落感袭来，如果不是她体力尚未完全恢复，几乎又要怒吼出声。

第一章　暴力战神

原来自己仍然在这鬼地方！梦里回家的路，竟始终混沌不明。

那熟悉的、怀抱着自己的那个人，原来并不是爸爸……她轻咬下唇，眼里漾出丝丝悲色，只是那感觉竟如此温暖，仿佛尽全力护着自己，她似乎还能忆起他宽大掌心的余温。那身影仿佛已相识多年，"是谁？究竟是谁……"

脑里竟闪过林峰的脸来，她忽觉一阵窘意。

"荒唐！"她暗自骂道，"怎么会想到是他？真是可笑！"她自嘲道，"难道自己昏厥过去，做了一个长长的美梦？"

但身旁，却不是干枯割手的稻草，她正躺在一层织锦软垫上，身上也盖着柔软舒适的刺锦被褥。这不是梦……她迷茫了，那个为她做这一切，全力守护自己的人，是谁……

"哎呀妈呀，小女娃子醒啦。"一声狂放粗亮的声音打断了她的思绪，这声音带着浓厚的辽北腔调，她循声望去。见一名军官装扮的壮汉朝自己行来，他面色平和，手里正端着一只青瓷大碗，碗里热气腾升。

一瞬间，苏莱莱几乎屏住呼吸。

眼前的这个壮汉，不正是穿越前那个滔滔不绝的副队长吗？

苏莱莱惊呼出声，猛地想要站立起身，却因体力不足，又跌摔下去。

"哎呀妈呀，大小姐，你可别摔坏了。不然少爷又要怪责老子……"老付喃喃道，随即走到苏莱莱面前坐下，握起碗里的羹勺，盛了半勺白粥朝她道："老子伺候小姐吃饭，哦不，喝粥啦，张嘴——"

苏莱莱并未张嘴，她一脸激动地握住老付的臂膀，语带颤抖道："副队长，你也穿越啦！想不到在这里竟然遇到现代人！这几天原来是你在照顾我？！谢谢你！"

她眼里闪着无辜的色彩，继而道："你既然帮了我这么多天，也不介意多帮帮我呀！你这么博学多识！一定知道该怎么回现代！你带我回家吧！我不想待在这里！"

老付张大嘴巴，一脸愕然，"哎呀妈呀，大小姐，摔坏脑子了吧？你说的话老子一句也听不懂呀，你叫老子带你回家？！啊不对，你咋知道老子是付队长？"

苏莱莱撇嘴道："我怎么不知道你是副队长，就是你害我穿越到这个鬼地方的！你现在自己也穿越了就假装不认识我了啊？你爱怎么穿怎么穿，我管不着，但是你不能拉个垫背的呀！你是不知道，我有多倒霉……"她说着故作可怜状，眼泪就要挤出来似的。

嘻嘻，她心里却暗笑，要知道装模作样，这可是我苏莱莱最拿手的。

"我真是太倒霉了,遇到两个变态啊,一个是暴力恶魔,另一个是冷血人妖!他们杀人不眨眼,非诬陷我是什么秦军奸细,那死暴力恶魔还命人妖把我关到这鬼地方,呜……"

她欲哭道:"我身体从小就不好,怎么受得住这样折腾啊……那死短命的暴力恶魔林峰……"她一时演得太过卖力,竟脱口而出林峰的名字。

老付原本一脸疑惑的脸忽地怒扭起来,"大胆小女娃子!竟敢咒骂少爷短命!吊死鬼打粉插花是吧?老子不抽你就不姓付!"他故意扭曲脸,做出一副骇然表情,企图吓吓这柔弱女娃,看她惊恐的模样,一定很逗乐。

意外地,苏莱莱却大笑起来,仿佛忍俊不禁般,"哈哈!副队长你竟然也姓付,难怪只能当副的当不了正的!我就咒骂林峰又怎么样,你也才穿越几天啊,就会拍他马屁了!真没出息!"

说到这,她撇撇嘴道:"不服你砍我呀!"

这老娘们,竟然不怕老子!老付心里泛起一阵窘意,幸好他军中的部将没看到,否则真是太丢脸了。不过,这丫头居然敢辱骂少爷,还"我就咒骂林峰又怎么样?"气焰太嚣张!他放下碗,忽地拔出腰间长剑,猛劈下去。

苏莱莱倒吸一阵凉气,剑稍稍偏了几许,砍在软垫上,竟也劈裂开来,足可见此剑有多锋利。

老付正色怒道:"还得瑟不?跟老子斗,简直就是茅房里打灯笼,照屎!"

苏莱莱脑里忽地疑惑了,这个人,说话如此粗鲁低俗,和满嘴文化用语的副队长简直是天壤之别。

难道他穿越之后性情大变?不可能吧,才穿来几天啊,怎么就……又或者,他根本就不是副队长,只是长相一样的古人版本而已,这玩笑开大了吧……她几乎要怨吼出声。脑里一阵轰鸣,却吐不出一个字来。

"傻啦?"老付忽地收剑回鞘,"娘们就是娘们,吓一吓就傻了。哼,要不是少爷吩咐要好好照顾你,老子刚才那一剑肯定就不会偏了,一刀就要你老命!"

苏莱莱怔怔道:"林峰吩咐你照顾我?这怎么可能,他不是想我死么……"

老付应声道:"要杀也是等查清楚你来历之后再杀,你以为少爷跟你一样猪脑子呀?脑子缺弦,难怪被抓。少爷还说你应该不是奸细,老子就恨胡亥怎么不多用点你这样的人当奸细啊,那秦国一定早嗝屁了!"

苏莱莱斜瞅了他一眼,自顾自道:"好像你很聪明似的,满嘴脏话,一看就是个上帝失手摔下来的旧洗衣机,哦不,异形才配得上你的外形。"

老付怒道:"又说什么?欺负老子听不懂你的屁话是不?"他心里却好笑,这

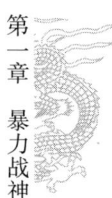

第一章 暴力战神

丫头竟如此牙尖嘴利。虽然听不懂她说的话，但他却可以肯定，这女子一定是在骂他。于是瞪了她一眼，"真想一剑把你砍机灵点！"

苏莱莱随即顶嘴道："真想一苍蝇拍把你抽进化。"

老付虽然不知道进化的含义，却也听得出苏莱莱在拐着弯骂他是苍蝇。于是狠狠道："你三年没洗口了是吧，竟敢骂老子是苍蝇！好，老子叫你见识见识我付家剑法十三式！"说着又拔出剑胡乱挥舞起来。

他高壮的身躯也扭动起来，那样子竟如此滑稽。

苏莱莱忍不住笑，逐渐红润的脸上漾起甜美的笑容，"你这么粗鲁，对女孩子也这么凶，当心娶不到老婆，一辈子光棍儿哦！"

"放屁！老子早立过誓言，主公和少爷一日不打下秦廷，老子一日不娶。等主公大业得成，老子一把娶八个老婆！"老付依旧乱舞着他的"付家剑法十三式"，一面得意洋洋道。

一时间，苏莱莱仿佛忘却了不能回家的悲伤，所有的不快和失落都在这短暂的快乐中融化了。

牢门外，两个长长的影子格外清晰。

远远望着她娇俏的脸庞，林峰脸上竟又浮起了难得一见的柔和笑容，"之前还浑身伤痕，饿到昏厥，竟如此快又这样欣喜，简直就跟孩童一样，看来之前是你我多虑了罢……她应该不会是……"他心里沉声道，她一定不会是秦人，一定不会。

"是吗？或许吧。"杨翳淡淡道，声音毫无情绪，心底却早已翻腾不已。

即使这女子身份已没可疑，她却终究来历蹊跷。最让他介怀的却是林峰的举止，分明如同一个初尝男女之情的懵懂男子般。

他苦笑道，自己扭转了局势又如何，原以为自己用信鸽通知军中部将，在老付面前制造"谣言满天飞"的假象，使得冲动却忠心的老付赶回阻止林峰的失措之举。这一步棋本走得非常成功，不想却被林峰反用，命令老付代自己照料这女子。

他心潮涌动着，想不到自己终究还是不能掌控全局，林峰已然陷入了这情爱纠缠中。他恨恨想道，已是无可奈何了吧，人心是无法掌控的。

另一个声音却在他心里暗叹道，"林峰也是个正常男子而已，遇到心仪女子陷入情爱纠葛并不足为奇，这种事也值得你为此不快吗？不，我只是担心林峰会被女色所迷，丧失王者之风而已。"

他转眼望去，不经意间，目光却触碰到苏莱莱欢笑的脸上。

第二章 无缘出征

苏莱莱眯眼笑道:"八个老婆?你以为自己是韦小宝啊?你这么呆头呆脑的,怎么能有那么聪明?"

老付瞪她道:"小女娃年纪小小,竟敢骂老子呆!长或风了是吧,赶紧把粥喝了!既然你自己醒了,老子可不伺候你!"

苏莱莱双手端起青瓷大碗,收敛了笑容,眼里流露出淡淡的悲伤,柔声道:"为什么你不是副队长呢,难道我真的回不去了吗……"转而又勉强一笑,"也罢,无论如何我也要谢你,如果不是你照顾我,我可能真的死在这里了……"

"奉命行事而已,你还真以为老子同情你呀?你要真是秦军奸细,老子一定不轻饶你!"老付闷声道,语气却异常平和,"你赶紧喝了粥,再过几日你应该就能复原了吧,老子好立即去请示少爷,仔细审问你。"

苏莱莱刚吞下一口粥,瞪圆眼道:"还要审啊?该说的我全都说了,就差没告诉他们我的三围和手机号码了!"

老付不解道:"三围和手机号码?又是什么玩意,小女娃能否说点老子听得懂的话?"

"……"苏莱莱顿时词穷,一时之间,她真不知该如何解释"三围"和"手机号码"给这个古人听。于是,她含混道:"哦……三围就是姓名、年纪、出身……手机号码就是……钟情所好。"

老付仿若大悟似的,"废话!你必须得告诉少爷你的三围和手机号码了!这些

也妄想隐瞒，有何居心啊你？"

苏莱莱尴尬笑笑，心里满是无奈，早知道换个词了……

老付却正色道："不准笑！别以为妖言几句就能蒙混过关，老子告诉你，少爷英明神武，你若是想耍小伎俩，那只能是自讨苦吃！况且……"

他面上浮起丝丝得意神情，"有老子在少爷身边，你这种邪门歪道赶紧给我牛屎虫搬家！否则叫你死无葬身之地！"他嘀咕道，仍旧一副得意神态，"怕了吧，知道怕就老实点，把你的三围和手机号码如实禀报少爷。"

苏莱莱心里愈发后悔，和这帮古人真是没理可以讲啊。

时间疾逝而去，穿越到这里已有二十来天了吧，提审一事竟不了了之。前几日老付还来照料她，这几日，除了狱卒首领每日按时送食外，几乎不见一个人影。

仿佛听说秦军大将章邯前几日投入了军中，秦军自此元气大伤，连吃败仗。赵高勾结周边列国，任用自己亲信，秦军统将几乎全是赵高手下。秦廷已尽失人心，只靠始皇时期的财富维持住秦军的强大配备后援。但此时一些军力强大的秦将或皇族名门，因被赵高排挤，纷纷自立门户，占城为王。

大概又要征战了吧，苏莱莱望着牢外轻轻叹息道，所以，一个身份未明的奸细又算什么，他们大概早把自己忘到九霄云外了吧。虽然每天都有人送食物来，可是这地方又脏又臭，自己已是好多天没有梳洗，身上已有股难闻的气味。

真成垃圾婆了！她皱眉，心里自语道，赶快提审我吧，早点证明我的清白，放我离开这鬼地方。出去后，就立即去那棵参天古树，她穿越来就是落在那棵树上。也许，那是个空间错层的缝隙吧，也许，到那里去就能回家。

她微闭双眼，心里默念着，祈求着。

林府议事正厅，一行人正商议着军略之事。

当中几乎全是身披战铠、头戴战盔的各路将军，他们纷纷围立在厅堂中央的几案旁。而林尚候正端坐正中，也是身着铠甲，依然烁烁精神，目光睿智。

林峰却独自一人斜坐在一旁的几案上，与众人不同，他一身日常着装，一袭黑色长袍，腰带却系得松垮，长袍也穿得松散，宽阔的胸膛有些外敞。他脸上一副漠然，双手抱怀不语，目光却死死盯着父亲，闪着不满的神色。

林尚候却并未注意到林峰脸上的不快，只顾安排军将事宜。约莫两个时辰之后，众将纷纷散去。

待军将全然退下，林峰却径直抵在门间，双手依旧抱怀，朝着自己的父亲怒目而视。

林尚候只是抬眼兜了林峰一眼，语调平和道："为何还不退下？议事已完，抵在门间有何目的?"

林峰脸上满是些因恼怒而起的怨色,愤愤道:"父亲为何不命峰儿领军出征?须知章邯已降,正是一举歼灭秦军主力的大好时机,此战秦军主帅正是赵高不成器的亲信赵冽,若是由我出马,必定得胜而归!为何却命守旧顽固的柳志展为中路主帅?为何不让我出征?!"

林尚候依旧平静,淡淡道:"不过是暂时无法出征而已,你竟骄躁至此,看来为父这个决定果然没错。"

"骄躁?"林峰咬牙闷哼出一声。

林尚候双手背后,严肃道:"不错,自我们正式起兵反抗秦廷暴政的那天起,我就告诉过你,要学会冷静,学会掌控自己的心神。你却屡屡将我的话抛之脑后!同样年纪,杨翾却比你成熟百倍,这些年我命他随你行军出征,就是要他随时提点你。这几年来,你仿佛也成熟不少,渐渐展露出大气之材,但短短几日内,你竟会因一女子慌乱心神,做出不少荒唐事来!你如此轻浮骄躁?我又怎能再命你领军作战?"

林峰强压住怒气,转问道:"荒唐?这些都是杨翾所说?"

林尚候正色道:"难道他说的不是事实吗?你还年长他几月,却如此不分轻重!你若有他一半缜密冷静,还需要我为军事担忧么?"

"是么?"林峰低声道,脸上闪过丝丝冰冷的怒意,忽地伸出右拳朝雕花的木门猛砸下去,木门立刻裂绽开来。

"父亲会后悔朝我说过此话的。"

"……"林尚候默然,心里却溢出阵阵喜悦。

三日之后,正是出征的日子。此次兵分两路,一路以扫清边围为首要目的,旨在歼灭同秦军结盟的边境各国的主力,由林尚候亲自统领,章邯协助而行;而另一中路,则是直面秦军,由原本为右将军的柳志展为三帅。

此次秦军主力,正是号称拥兵二十万的赵冽。赵冽行事偏激,暴躁凶残,但却擅长玩弄权谋之术,治军甚严,军中兵士大多惧怕于他。此时赵冽占据的南阳,正是划分大陆地界东西要塞之地。若是成功攻下南阳,便可纵入西北之地,一旦歼灭周边秦军同盟,便可形成南北东三面合围之势,攻陷咸阳便指日可待。

行军的当日,林峰却在行至地牢的途中遇到了这几日不愿见的人。

眼前的杨翾,一袭白色长衫,依旧长发顺垂飘逸,腰后别着"赤惊影"。

林峰略带嘲弄道:"为何这身装扮?原来你也无份出战?那日商议不是命你为中路军师,随柳志展出征么?"

第二章 无缘出征

杨翱平静道："看来你已经气急败坏，我只是文士而已，不需要现身阵前，自然不需要披甲戴盔。况且此次我随柳将军作战，与你无关吧？"

林峰盯住他，眼神凌厉无比，"拜你所赐，此次出征的确与我无关。"

杨翱默然，只是长叹一声。过了片刻，他才沉沉道："即使如此，还是无法阻止你的陷入。也罢，这世上没有男女可以抵挡情爱纠葛。"

林峰冷笑一声，"荒唐！不必找些无理借口搪塞。"

杨翱轻摇头，盯住林峰，眼里竟有一丝悲凉神情，"你难道不是去地牢寻她么？"

一抹失措神色自林峰脸上闪过，他忙道："我是为提审此女……"

"不必向我解释，你的口是心非对我没用。我只不过认为，你应该先确定自己的感情再上阵领军。须知你为一军统领，倘若还为情爱骄躁，又如何能掌控全局？"

杨翱依旧冰冷神色，眼里却烁动着丝丝期望，"所以这次你便冷静一段时日，但你要知道，我绝不会阻止你出战，因为只有你，才值得我舍命追随。"

林峰脸上的肃色渐渐淡去，取代的是一抹少有的笑容，自信的、大气的，以及对眼前人信任的笑容，"那你便老实在战场上等着我吧。"

说罢，转身朝前行去。

杨翱伫立在他身后，淡淡道："还是要去'提审'她么？"

林峰并未回头，只用浑厚的声音应道："是去'确认'。"

望着林峰离去的高大背影，杨翱心里泛起一阵浅浅的悲哀情绪。他自己也不知，仿佛不可预知未来而感觉愁苦一般，他竟想起了自己历经变迁的童年和少年时光。

林峰，你总是这样洒脱，即使难堪，也只是转瞬而已。

已经两周过去，苏莱莱无奈地倚靠在牢门上，仿佛已被遗忘了吧。但她却不是一个甘于孤独的人，即使已明显孤独也罢，也要自己找点乐子。

她嘶声号叫起来，"臭死了！脏死了！再不提审就出人命啦！"

冷冷清清毫无回应。

她仍不甘地大吼道："狱卒老大、付老头、人妖、短命恶魔，全死出来！我抗议你们虐待无辜少女！"

终于一声不耐烦的声音回应道："号够了没！大清早的，叫那么凄惨，撞鬼啦？"是狱卒首领的声音，显然对她故意做出的嘶声号叫极为不满。

苏莱莱抬抬头，撅嘴高声道："臭死了，我二十多天没洗澡了！赶紧审吧，审了好让我回家！全身脏死了，又痒！"

"才二十多天没洗澡而已，就号成这样，你以为你是大家闺秀啊？"狱卒首领语带讥讽道。

苏莱莱微蹙眉头，依然高声道："要换在你们这时代，那我当然是大家闺秀了！至少我也是出身清白的小姐呢。我父亲的军衔换到你们这个时代，不比你们家那个短命恶魔林峰级别低多少。"她脸上漾起丝丝得意。

"噢？"一个浑厚的声音由远至近而来，夹杂着几许不屑。

苏莱莱盯着那个身影，那个逐渐踱来的高大身影，眼前出现的竟是多日未见的短命恶魔林峰。

林峰一袭黑色长衫，发髻依然梳理得整齐，腰系一条黑纹腰带。和最初所见那个一身戎装的英武将军不同，日常装束的他，少了几分戾气，却更多了几分傲慢的神情。

他眉角轻扬，语调轻描淡写，"原来你父亲的军衔还在我这'短命恶魔'之上？"眼珠微转，又道，"那么究竟他是何方神圣？来路又如何？倘若是起义军中的某路，仿佛还没有一路能与我军抗衡，倘若不是起义军中一路，那么必为秦人。"

忽地眉心骤拧，语带凶狠道："你反复声称自己并非秦人！又当何解?!"

苏莱莱被他这么忽地恶煞神情吓得脸色忽白，颤颤巍巍道："我……真不是秦人，我……父亲和你都不是一个时代……"她更觉头疼，该怎样解释，解释又能起作用吗？

意外地，林峰并未继续恼怒，反而收敛了怒气，面带疑惑道："时代？你的话太含混怪异。既然你为自己申辩，那便放你出来，将你的来历出身，以及你那包妖物一并如实禀报。"

苏莱莱脸上立刻绽出喜悦神色，"上将军肯相信我了吗？太好了，太好了，我终于可以回家了！"

林峰盯住几乎手舞足蹈的她，心里泛起一缕淡淡的欣喜，那样莫名的欣喜。

苏莱莱皱皱眉头，"上将军，如果我交代清楚了，是不是可以放我回家？我……离开家这么久，真的很想念我的父母……"她的眼眶竟有些湿润，但这一次并不是演戏，大概说到父母，正是触动了她心底的伤感吧。

林峰竟有些不忍，他已不再奇怪自己为何会不忍，只是，他仍旧无法明白，自己始终无法控制这不忍。

第二章　无缘出征

他点头，却并未回答。

苏莱莱忙连声笑应道："上将军大恩大德小女子永世难忘，必定如实交代，下辈子做牛做马做丫鬟伺候上将军……"

她心里却骂道："下辈子，你做牛做马做驴伺候你主人我吧。"

林峰的脸色忽地沉下来，怒目道："给我闭嘴，再装模作样，立刻杀了你喂狗！"

哎呀呀，又是喂狗！苏莱莱吞了一口口水，额上几乎又要冒出冷汗。她脸上献媚的假笑骤然停止，呆呆地盯住林峰，蹦不出半个词来。

林峰紧绷的脸却在这一瞬间骤散开来，脸孔上浮起淡色却柔和的笑容，"哼，几句话就吓成这样。"

苏莱莱愤愤地瞪住林峰，心里正不断地咒骂，短命鬼不得好死。却全然不知道，此时被她咒骂的他，心中却满满地载着对她的怜惜。

林峰朝狱卒首领道："放她出去，并去前庭找几名女眷到'数院'来，替她梳洗更衣。我要亲自提审此女。"

狱卒首领上次因为顶撞林峰，惹得他大怒，这次对于此事便不敢再有微词。应声后打开牢锁，他转身唤来一名狱卒，命其前往前庭。

林峰推开牢门，一脸肃色道："还不出来？"

苏莱莱小声嘀咕着，歪歪斜斜地步出了牢房。

此时，她的心已经欢腾一片，终于可以离开这鬼地方啦！她几乎欢呼起来，想要大步朝前迈去，但她并未习惯穿着古式长袍，仿佛是不小心踩到了衣袍，忽觉脚下一滑，就要跌摔下来。

林峰风似的挡在她面前，她慌乱中差点失去平衡，竟直愣愣地伸出双手，拦腰紧抱住眼前的林峰，仿佛抱着一根可以护住她的柱子。

倏忽间，一阵熟悉的温暖感袭来，苏莱莱几乎全然怔住。这种感觉，怎么这样熟悉？仿佛一直守护着自己的那个人一般。为何会有这样的感觉？她抬起头望着他，莫名的，却仍然失措地望住他。

林峰眼里仍旧一副淡漠的不屑，"真是个笨蛋，连路都不会走。"

她盯住他，平日的牙尖嘴利这时却统统失效，都怪这股熟悉的感觉！她暗暗道："这感觉仿佛是前几日在地牢里守护她的那个人……不对，她心里否认，那个'守护神'不是付老头吗？自己怎么会误认是眼前这个短命恶魔？"但这感觉这样清晰，那天她昏厥的时候，紧紧抱住她的，究竟是谁？

手里仿佛还能忆起那种温暖的感觉……她这么想着，竟莫名其妙地伸出右手，怯怯地、小心地勾住林峰的大手。

噼！林峰却似触电一般，猛地甩开她的手。他脸上一阵尴尬神色，语调也有些急促道："做什么?！你这妖人女子，如此有伤风化，不知廉耻……"

苏莱莱忙声道歉，心忖，"也许真是自己误解了吧。"却并没有留意到林峰尴尬神色中一抹微甜的羞涩。

林府依方向总共分为五座大院，东面正是议事之处，西面为主人居所，南面则为家眷居所，北面多为空敞院落，即可做练武研文之所，又可安顿访客。西南靠后紧挨着花木庭院，而西北靠后则是牢狱所在。

西面的主人居所则又分为六个较小院落，分别以六艺命为"礼、乐、射、御、书、数"六座庭院。

林尚候与夫人一直居于'礼'院，两年前正室过世，原本居于"御"院的庶室便搬入"礼"院，此后"御"院便空置下来。"乐"院原本是杨翾同其母的居所，但其母在他幼年已逝，故此院一直为杨翾独住。

"书"院和"数"院皆为林家子女所居住，女子占"书"，男子居"数"，但林尚候子女稀薄，仅仅两女三男。长子八年前卒于秦军之手，幼子为庶室所生，自幼性格乖僻，喜好结识游侠异士，十年前便离家出走，踪迹难觅。所以"数"院也只有林峰一人居住。"射"院为林尚候藏卷之所，院内尽纳各家博学谋略言论。

苏莱莱被林峰抓到"数"院时，已有几名身着彩衫面庞清秀的侍女等候在这。

苏莱莱分明可以看到她们脸上充满崇敬的笑容，如同第一天她被抓来时所遇到的其他女眷一样。这个短命恶魔，竟有如此威慑力，或者说，这些情窦初开的小姑娘们对他满是仰慕?

"我呸！"她心里暗暗骂道，"这死短命恶魔有什么好，不就是身型高大威猛点，长相英俊潇洒点嘛。"她吐吐舌头，"一帮以貌取人的脑残女样。"

林峰仿佛看透了她似的，恨恨地瞪住她道："给我住嘴。"

苏莱莱脑袋一热，仿佛打了鸡血似的尖声道："我又没说话……又想冤枉我！"

林峰嘴角轻扬，语调却转为冰冷，"在我面前最好少耍花样。"

苏莱莱望住他那张英俊刚毅的脸，暗思道："如果不是总这么凶巴巴的样子，她也许会跟那帮脑残女一样对他花痴吧？只是他明明已经要放过自己似的，为什么却依旧这样凶神恶煞的态度？"

第二章 无缘出征

"哼!"她嘟囔道,"摆什么臭架子。"

林峰一把拧住她的衣领,眉头紧锁,沉声道:"你很厌恶我?"

啊?!他怎么知道?苏菜菜脸色陡转,慌忙道:"没……没有啊,我怎么敢……讨厌……上将军……"她望住林峰,略带怯意道,脸上浮起一缕尴尬而憨傻的笑容。

"……"林峰盯住她,却欲言又止。

片刻,他竟然松开了拧着她衣领的手,双手抱怀朝侍女们道:"带她去梳洗吧。"他忽地声音缓沉起来,眼里闪过一抹疑虑神色,"记得看住她,别让她逃了。"

苏菜菜不再小声嘀咕,她怕又被那个顺风耳似的短命恶魔听见。

林峰看着侍女们簇拥着苏菜菜进了后堂,怔怔地盯住她的身影,直到她们一起消失。他竟出神地笑起来,笑容柔和而浓郁。

林峰立在门间,双手撑开扶住。望着屋外草木繁盛的庭院,脑中竟闪现出一些幼时的记忆。那时大哥未亡,小弟尚幼,还有身为好友的杨翱,大家开朗好动,同如今的阴冷沉静相差甚远……自己则多年行军作战,早已习惯了厮杀惨烈的沙场生活。原来已是多久不记得这些?几乎就要遗忘了吗……

为何遇到她之后,却偏偏变得惆怅起来,竟会记起这些软软的回忆。

他冷哼一声,或许父亲说得对,此时的自己,并不适合上阵吧……是自己不敢承认,还是耻于承认呢?可事实却越渐清晰,他甚至连她的姓名都不知道。不过是好奇吧,对于未知的好奇,她身上有太多未知,吸引他好奇,如此而已吧……

只是自己究竟是在逃避么?既然只是对于未知的好奇,为何又一再退缩?你已经变得不再像自己了么?他脑里忽然浮现出杨翱临行前同自己说过的话。不错,身为一军统帅,倘若还为情爱骄躁,又有何资格统领全军?但,这是情爱?荒谬,不过是一时迷乱而已。或许还是未知,因为要了解未知的迷乱。

"少爷!"一声熟悉的男声响起,叫得几乎响雷似的高。

林峰猛断了思绪,定睛望去,果然,来者正是那个年纪不小,却总一副粗犷散漫的老付。

林峰收回双手,一脸肃色道:"你好像已随军出征,为何又在这?难道你又擅离职守?"

老付忙道:"没有。属下哪敢又擅离职守啊,这次是军师命属下回来通知少爷你的！我们刚行军不久，就得到探子回报，说是……"老付忽地声音颤抖起来，"说是昨日深夜，胡亥在咸阳郊行宫……被赵高所杀！"

一阵刺一般的尖锐感猛冲进林峰的脑里，他几乎怔得说不出话。只因为，这一切都被那个"未知"的她全然说中。

她究竟是何人？他眉头紧蹙，脸上惊异的神色如此清晰可见。他脑里忽地一阵空白，转身大步冲进内廷。他要问清楚，立刻就要弄明白，这个"未知"的女子究竟为何能预知这一切？

侍女替苏莱莱洗净了身体，替她备好了一件嫩黄色的长袍。头一次被这么多人盯着洗澡，苏莱莱羞得满脸通红。虽说大家都是女人，自己却赤条条的被这么多女人盯着看。她怯怯道："谢谢妹妹们啦，但是我可以自己穿衣服么？你们都这么看着我，我太不好意思啦……"

侍女们微笑着摇头。

苏莱莱又道："那可以把我的内衣给我吗……"

"小姐不是说已经脏了吗？所以柔儿替你拿去洗了。"一名叫柔儿的侍女道，稚气的脸庞微微绯红。

啊，抓狂啊。苏莱莱无奈笑笑，"那我穿什么呢……总不能直接挂空地穿外衣吧……"

柔儿脸又红道："小姐讲什么，柔儿听不明白。"

苏莱莱双手抱肩遮住胸道："我说总不能让我直接这么穿外衣吧，总得给我拿件里面穿的……"

柔儿脸再一红，"对不起，小姐，柔儿不知小姐没有内衬，所以没有准备……现在，现在替您去准备一件……"

"啊？"苏莱莱强压住不快的情绪，对着柔儿这么一个单纯可爱的小侍女，自己又有什么理由责备她呢？再说，这都得怪那白痴脑残短命恶魔。她无奈地叹了口气，微笑道："那好吧，我等你去拿，谢谢你啦。"

柔儿不住地点头言谢，随即步出内廷，却一头撞上了匆忙赶来的林峰。

柔儿骇然一惊，红着脸道："奴婢该死……"

林峰却并未理睬她，径直朝前行去。

柔儿急得在后面大声喊道："少爷，小姐还没……还没……"。

林峰此时脑里已是全然的空白，一心只想要找到苏莱莱问个清楚，根本没有听到柔儿的话。

听到急促的脚步声，苏莱莱心里浮起一阵欣喜。柔儿这个妹妹真可爱，速度

第二章 无缘出征

还挺快嘛。这时喜悦的心情盖过了之前的羞怯，她雀跃着从软椅中起身立起来，满心以为可以穿上干净的衣衫了。

但立刻地，一声尖叫声响了起来。

因为冲进来的人并不是柔儿，而是那个该死的短命恶魔！天啦，长这么大，从来没这么丢人过。她下意识地用手挡住身体，转身朝前跑去，羞得想要钻到几案下躲避。

林峰却从背后一把揽住她，紧紧地箍住她，让她动弹不得。

她伸手掐住他的手臂，本能地想迫使他放手。他却揽得更紧，死死箍住她。她不顾一切地大叫起来，尖声号叫："短命鬼，死变态！放开……"声音却渐渐无力起来。

忽地那件嫩黄色的长袍落下来，裹住了自己。她愣愣地转过脸，原本想要发怒的情绪竟在触碰到他脸的那刻停了下来。

和初见那日一样，他的脸那样俊逸，眼睛深邃，只是这一刻，他眼里竟满是莫名的失神神色。仿佛丧失了魂魄一般迷离，却又这么专注着自己，竟烁动着不解却眷恋的神色。我，是误会了吗？

苏莱莱几近怔住，林峰眼里那抹深深浅浅的眷恋神色竟仿佛能灼伤自己般。糟糕，我花痴了……她立刻低下头，不敢看他。糟糕，糟糕，她反复暗暗道。

"胡亥死了……为赵高所杀……"他的声音低沉得可怕。

苏莱莱猛地回转神来，应声道："是啊……我就说过嘛，所以我不是秦人……上将军应该相信我了吧。可以放我回家了吧……"

林峰猛力强使她扭转身子面对着自己，盯住她，脸上的怒色骤然泛开，"你为何知道这一切？！说！你究竟是何人？"

苏莱莱轻蹙眉头，"我只是个平凡人……"

"闭嘴！你绝不是！"林峰眼里的神色愈发肃杀的可怕，"你究竟是谁？"

苏莱莱被他的可怕神色骇住，语带怯意道："我……我叫苏莱莱，我只是个来自未来的普通人，在时尚杂志社工作，但是大学……学的是医学，我……今年十九岁……身高……"她忽地停了停，"身高体重应该不用交代了吧……"

林峰脸色明显地阴郁起来，他猛地掀起自己的长衫下摆，小腿上绑着的锋利的匕首烁动着刺眼的光芒。

苏莱莱尚未回神，这把利刃已经抵在了自己的脖子上。

"苏莱莱，你总是混淆视听，再不一次讲清楚，就切断你的脖子！"他的脸色阴沉，却坚毅而严肃。他是认真的，只是他眼里却恍惚着不忍。他在克制什么？

还是在躲闪着什么?

冰凉的利刃触得她恐惧,仿佛回到了最初时的那刻,她对他如此畏惧。他身上那种让人窒息的可怕气息,这一刻又沉沉地袭来。

她的眼泪倏然涌出,声音也颤抖着,"真的,我没骗你……我是未来的人……未来,就是和你们不是一个时代……就是……就是,你的儿子的儿子的儿子,就是好多代以后的那个时代……"她这次言语的确混乱起来。生死关头,她只能对"未来"这个词做出如此幼稚可笑的解释。

林峰眉角微松,眼神却依旧凌厉,"荒谬!.照你此说,我岂不是早该入墓!?"

"在我们那个时代,你确实应该已经……"苏莱莱顿了顿,"应该已经不存在了啊……"

林峰脸上浮起阵阵疑虑神色,只是眼神仍然让她惧怕,"你怎可能来到这里?!"

苏莱莱低声回应道:"我也想知道。我到一个无名帝陵参观,看到一幅壁画,然后那幅画就将我带到这里来,一醒来,就已经在那棵古树上。"

林峰眼里的厉色缓缓褪去,他收回匕首,"若你说的都是事实,你又如何得知胡亥之死?莫非你会妖术?"

苏莱莱忙道:"从书上知道的呀。胡亥的死对于我们那时代的人来说,是'已知'的事实,书上都有记载。所以我才知道。而对你们来说是'未知',所以你们不知道……"

自己原来只是'已知',而她却是个确切的'未知'。忽地一阵怅然的不快涌上林峰的心,他觉得胸口有些淡淡的闷疼。

但只片刻,一种莫名的情绪取代了隐隐的疼痛,鬼使神差的,他盯住她狠狠道:"既然你知道如此多'已知',那你便不能离开,你必须留在军中,替我找出所有的'已知'。"

什么?不能走?苏莱莱忽然觉得全身无力。虽然这些时日天天都有进食,但毕竟吃得并不健康,加上休息不佳,她的身体早已摇摇欲坠。一直支撑着她的就是回家的动力,一瞬间,林峰的话将她仅存的意志力全然敲碎。

她凝住眼前这个男人,这个能够搅乱自己的心迹,却又击碎自己希望的男人。这个可恶的短命恶魔……她忽觉一阵眩晕感猛然袭来。该死,这讨厌的低血糖!

她咬咬渐渐发白的嘴唇,身体不支的就要倒下。她强抗住晕厥感,想要支撑立起自己,却越发无力。他的手臂仿佛更大力地在箍紧自己,弄得自己快要窒息,呼吸缓不过来,更加重了昏厥。她只觉得身子不听使唤似的朝前坠去。

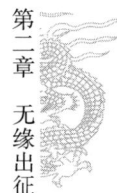

第二章 无缘出征

　　林峰伸出另一手围住她的背,轻轻地将她按入自己怀中。看着她苍白的脸,他心里满是不忍,只是,他却不愿意松开手。

　　他不准她逃。这个"未知"的女人,想要离去吗?"苏莱莱,"他心里默念道,"你不能回家,你必须留在这里。倘若有了你这'已知',这支军队必定足以颠覆天下!"

　　还有,他盯着怀里快要昏厥过去的她,你已经不能离开了,我已经看到了你的身体,今日之后,苏莱莱,你只能属于我。

　　苏莱莱再次醒来时,天色已是一片浓黑。自己真是不争气,这次又昏迷了多久?她睁开惺忪的双眼,伸出左手摸了摸自己的额头,温温的热度。躺在一张宽大精致的榻上,自己已穿戴整齐,身上覆着柔软的锦被。

　　一阵浓郁的熏香扑鼻而来。她不禁扭头望去,榻旁的鹤型香炉里正蔓出缕缕青烟,浸入空气中,缓缓散去。这间房间古朴清幽,离榻不远处,一张深色几案,案后是一袭灰色帘幕。案上列着几卷竹简,几张羊皮,旁边还斜搁着笔砚和刻刀。

　　"这是谁的房间?"苏莱莱微皱眉头,正在疑虑之中,灰色帘幕忽地被人一把掀开。

　　来的人是林峰,苏莱莱的目光却被他手上的东西死死地吸引住了。因为他手上拿着的,正是自己那个被抢走的GUCCI手袋。

　　"呃……"苏莱莱死盯住GUCCI手袋。看着他捏攥着手袋,将手袋揉成一团,她的心就被提到了顶点,几乎要碎了地疼。天!这是她成功做成第一个时尚专题时,爸爸送的限量版GUCCI,要两万多块……这一刻她脑子塞满了冲上前夺回包的冲动。

　　她的面部随着GUCCI手袋扭曲着,终于开口道,声音略带畏惧,"上将军,请别……别这么蹂躏我的手袋……"

　　林峰冷冷兜了她一眼,"这包袱实在古怪,我竟无法打开,但你偏偏昏厥不醒,所以我用短刃将其割破,这才打开这奇怪包袱。"说着,他脸上竟浮现起一丝洋洋得意的神情。

　　"啊……"苏莱莱高声尖叫一声,语带哭腔道,"我的GUCCI包!你就这么给割破了?"

　　林峰面上挂着淡淡不屑道:"那又如何,我打不开自然就割破它,有何稀奇?"

　　不知从哪来的劲力,苏莱莱双手紧攥成拳,嘶声号叫道:"你怎么这么野蛮!

打不开你不会想办法吗?随便就割破?那要是个人呢?要是不顺从你,你也不会说服他?"

林峰的脸色忽地阴沉下来,低声道:"人要是敢不顺从我,我就杀了他!"

苏莱莱感觉自己从未这样恼怒,竟生出同他顶嘴的勇气,大声道:"愚昧无知的野蛮鬼!进化不全的原始人!臭屁自大的低能儿!基因突变的寄生虫!"

林峰的脸色一步步越发暗沉,他眼里充满了恼怒的神情。你这个小女人,竟敢如此辱骂我?怒气冲上大脑,他冲到榻前,放下已被他割坏的手袋,一把拧住苏莱莱的脖子,满脸凶色地瞪着她,"你再骂一次看看?"

苏莱莱盯住他,心中对他的怒气早已驱散了惧怕,她恨恨道:"骂你怎样?要杀我吗?反正你这个反复的小人也没打算留我的命!你以为天下都得听命你一个人吗?根本就是愚昧无知!除了用武力解决你还会什么?你现在就杀了我吧!反正回不了家,待在你身边跟死又有什么区别?你这么看轻人命,杀了我还不就跟踩死只蚂蚁一样容易……"

她骂道,眼泪却狂落而下,"你答应放我回家,却又反悔。反正留在你身边早晚也是死,我干吗要装得那么敬畏你似的!反正我什么都没了,家没了,工作没了,还要命干什么?"她已没了对他的战战兢兢,敞声哭喊着,仿佛长久的宣泄在这一刻,全部爆发。

她哭得如此伤心,无助的眼里不断涌出泪水,苍白柔皙的脸颊上两道清晰的泪痕,粉白色的嘴唇微微张着,这样的她,竟扯疼了林峰的心。一阵阵清晰的触感,扯得他心尖隐隐作痛。

他垂下头,竟松开了掐住她脖子的手,低沉的声音满是悲伤,"你这么恨我么?"

"难道不应该恨吗?你出身名门,你是上将军,所以所有的人都只能顺从你吗?你想怎样就一定要怎样吗?你不问清楚就当我是奸细,现在你知道我不是奸细了,为什么又出尔反尔?你答应让我回家,为什么要强留我在这里?"她丝毫不理会他的悲伤神色,只顾斥责他的不是,只顾倾吐自己的不幸。

林峰一言不发,目光死死地缠住她,眼里的眷恋显得苍白和落寞。浓浓的夜色中,淡淡的月光投在他刚毅俊逸的脸上,折出彻骨的凉。

她却仍不依不饶,泪水满盈却顾不得拭去,"我一定阴魂不散,纠缠你一辈子,让你不得好死!"

"住嘴。"他厉声道,神情严肃而阴沉。

"动手呀?你不是说人要是不顺从,你就杀了他吗?我不会顺从你,你要是留

第二章 无缘出征

我在这里,我以后永远也不会顺从你!"

苏莱莱思维已经紊乱,留在这种地方,生不如死,她想要回家,疯狂地想要回家。她几近丧失了存活的念头,倘若不能回到现代社会,她真的情愿死掉。

林峰顿了片刻,忽地从腿上掏出之前那把匕首,抵在她脸上,声音竟有些意外的高,"我叫你住嘴!"

锋利的刀刃碰到她柔嫩的肌肤,立刻出现一道鲜红的血痕。冰冷的疼痛仿佛刺醒了她的神经一般,一瞬间,她竟退缩了。疼痛如此清晰,让她充血的大脑瞬时冷静了下来。

四周静寂得可怕,只能听到她的抽泣声。她哭泣着望着他,柔弱的模样竟如此惹人怜惜。

林峰沉声道:"留在我身边很为难你么?"

苏莱莱抽泣着,声音略微发颤,"你凶残暴戾,反复无常,而且野蛮自大,动辄就要杀人。留在你身边,和死有什么区别……"

他的脸上烁着怒色,"你不能反抗我,你必须留在我身边!"

"凭什么!"她高声怒吼。

林峰极力抑制住内心深处对她的怜爱心绪,放低声调道:"你知道太多世人所不知之事,若有你留在军中,定能大业得成,颠覆秦廷,一统天下。"

"你们的大业和我有什么关系!你这个自私的浑蛋!"眼泪再次滑落洒下,苏莱莱喃声道,"我不会顺从你,以后永远都不会……"她的声音开始含混起来。

林峰高傲的神经在这一刻被刺激到已无法忍受,他掷开匕首,狠狠地捏住她苍白的脸颊,"苏莱莱,你是在激怒我。"他恨意未消,恼怒的字句从牙缝里迸出,"你是我的人,却一再违逆我!"

"扯淡!"她尖声抗议道,"你胡说八道……"

"放肆!"林峰眼里满是威严神色,这神情忽地熟悉起来,同每次震慑住自己的神色一般,严酷而凛冽。刹那间,她不敢再出声,只愣愣地凝望住他。

他的眼里忽地漾起不可抑制的神色,那样难以捉摸的神色。

一阵温温的触感猛然袭来,将苏莱莱拉回神来,原来林峰竟吻上了她粉白冰凉的唇。她几乎惊蜇而起,却被一阵浅浅的眩晕感笼罩全身。他的嘴唇柔软炽热,仿佛炙烤着她,仿佛要给她温暖似的,她竟无力抗衡。她心中再次混乱起来,这个令她讨厌的男人,正吮吸着自己的唇,她却几近迷醉,身体仿佛快要被溶化似的迷醉。

林峰伸出双手紧紧将她揽入怀中,在她渐渐红润的唇上炽情地亲吻,在她耳边喃喃重复道:"我要让你活着,和我纠缠一辈子……"

她竟毫无反抗之力,如此简单地束手就擒。她心里恨自己没用,难道这么简单的亲吻,就让她迷醉了?难道自己已被他迷惑?

她的思绪矛盾起来,她分明是那样地憎恶他,为何却眷恋他的温存?这种熟悉的触感,仿佛那日守护她的那人,仿佛是吧……

只是脸上的伤口怎么开始疼起来,血的味道渐渐浓重起来……

"苏莱莱?"林峰忽觉脸上一阵冰凉,定睛一看,自己的侧脸竟淌着鲜血。

"苏莱莱,"林峰慌乱起来,脸色忽地一阵惨白,"你没事吧?"他眉头紧蹙,声音竟低而无力。

强烈的自责涌上心尖,令林峰悔恨不已。片刻的呆怔后,他疾声高吼起来,"来人!来人!"

余光斜兜住他焦急而失措的脸,苏莱莱心里竟衍出一阵得意的畅快感。仿佛报复了他蛮不讲理的行为似的,心中愉悦之情不断猛涌。

"少爷,发生什么事了?"老付立即破门而入,脸上满是焦虑神情,身后还跟随着几名神色紧张的侍女。

"叫大夫来!立刻!"林峰高声道,声音急促得竟有些慌。他的目光始终盯在苏莱莱满是鲜血的侧脸上,头也不抬地命令道。

"……是!"老付迟疑了片刻,却还是应承了。少爷难道真的对这个古怪的女子动情了?刚才他瞅到林峰怀里的苏莱莱,她颓依在林峰怀中,双目紧闭,侧脸上一道鲜红的血痕。即使如此,不过是小伤而已,为何林峰竟会如此紧张?可这是他身为部下应过问的么?他来不及多想,此时他只能奉命而已。

老付短暂的迟疑却激起了林峰的暴怒,他厉声咆哮道:"还不去?"

"是!是!"老付应声不及,转身便要离去。

却听到一声清脆的笑声,仿佛好似难以再憋住的笑意。霎时间在场的人几乎全然怔住,苏莱莱终于得意地大笑出声。

"找什么大夫,我就是军医大毕业的,可比你们原始人懂得多了。"她得意洋洋道,睁开眼,嘴角漾着胜利者似的微笑,却丝毫没有注意到身边人的脸色。

老付止住了脚步,不敢再出声,朝林峰望去。

林峰缓缓抬起了头,俊挺的侧脸上也是一片血渍,深黑的瞳孔骤然放大,闪过清楚的暴怒色彩。

老付却强忍住想要笑的冲动。从未见过林峰被愚弄的表情,那样失措却不甘

第二章 无缘出征

的神态，而他侧脸上的血渍竟同苏莱莱侧脸上的痕迹一样。之前所发生的事，老付心中已猜到了大半。这样的情形，虽不曾想到，却并不意外。

因为，临行前，杨翱已经将心中的猜测告知了自己，只是未料到，竟是在这样的情况下所明确，竟是在林峰从未见的狼狈状态中所明确。

林峰脸上渗出一阵阵不可遏止的怒气，他狠狠地怒视着苏莱莱，从牙缝中挤出沉沉的声，"原来你又在装模作样。"他低声闷哼，自嘲道，"我竟然会被你蒙蔽。"

苏莱莱斜兜他一眼，语带挑衅道："怪你自己笨嘛，还不承认吗？"她眨着长睫，一脸自得的神情。

林峰疾然起身，将她猛甩开，嘴唇似乎都要迸出烈焰来一般，怒气灌满了整个胸腔。这个女人，竟然如此捉弄他。自己刚才还像个傻子一般慌乱失措，结果却在部下面前全然出丑，这个可恨的女人，到这个时候竟然还言语张狂。

他咬牙切齿，心中恨不得一把抓住她撕成碎片，对她的怜爱却阻止他无法动手。他内心矛盾交织，只得死死瞪住她，目光冷厉却无奈。

她迎着他愤怒暴戾的目光，却嘴唇微翘，下巴轻扬，清澈的大眼也似笑非笑般得意。

两人的目光就这样相互缠绕着，对峙着。

"少爷……这，到底还要叫大夫来吗？"老付终于出声道，打破了这短暂而尴尬的静止。

林峰没有回答，依旧这么盯住苏莱莱，目光中的愤怒却渐渐褪去，浮起了阵阵不甘的神色。

而苏莱莱却收敛了目光，扭头投向榻上，她那可怜的GUCCI手袋已经瘫散在榻上。她摊开已经破掉的GUCCI包，从一堆东西中找出一个褐色小包，拿出一叠创可贴和一小瓶云南白药，再从另外一个白色小包里找出一支黑色蔷薇雕纹的镜子，自己简单地涂上药粉，将伤口贴了起来。

"好了。"苏莱莱笑笑，大声道，"付老头，别大惊小怪的，没事了。"

林峰的脸色却骤然再阴霾下来，他依然盯住苏莱莱，脸寒似冻。

"很有趣么？"他的声音低沉而阴冷。

苏莱莱撇嘴道："没什么趣，不过看你生气我就高兴，谁让你这么出尔反尔卑鄙无耻？"

她的责骂却再次激怒了林峰，他捏住她的手腕恨恨道："闭嘴！我不想再听到你嘴里出现这些字眼。"

苏莱莱心间浮起一阵淡淡的羞色，故意惹他生气只不过是借口而已，刚才那样的情形，他那样炽热眩晕的吻，自己竟然无法抵抗。倘若她再不以这样的方式中断，倘若继续这样缠绵下去，自己也许真的会恍惚失神吧。她怎样也料想不到，短短不到一月的时光，他竟然已触动了感情，只是这感情究竟代表着什么，连她自己也道不明白。

感情，不会有的吧，根本就不是一个时代，错层的时空永远是个错落的彼此，不能有交集，倘若相交，就必须遗失原本的生活，这是她不愿意也不能失去的。她心中并没有挣扎，这样对他浅浅的好感，又如何能以一生的幸福来交换呢？

她硬硬地抵触道："你既然不爱听，为什么不送我回家？要知道，我对你们的大业根本没用，我只是个不懂政治不懂军事的普通人而已。既然惹得你不高兴，又何必强留呢？"

林峰嘴角抽动了一下，眼里仍是浓浓厉色，"有没有用由我说了算，需要你质疑吗？"

"死野蛮短命鬼！"苏莱莱暗暗骂道，刚刚对他的一点点好感立刻全没，还是这样没有道理可讲，没有缘由，一切都由他决定。她压制了怒气，放低了语调道："我把我所知道的所有都告诉你行吗？我讲完之后，你可不可以放我回家？"

林峰却意外地恼怒起来，眉尖一挑，高声道："苏莱莱，到如今你依然想走？你已经是我的女人，却一再妄想离开？你是想挑战我的耐性吗？还是以为，我的确不忍杀你？"

苏莱莱瞪圆了大眼，也高声号起来："放屁！我什么时候成你的'女人'了！"

你这个可恶的女人！林峰被她粗鲁的言语激得脸色发白，却对她无计可施，只得狠狠瞪住她，咬牙厉声道："你的全身都被我看到了，难道你还能属于别的男人吗？况且，刚才我和你……"他停顿了顿，竟觉脸烫。

苏莱莱从鼻子里淡淡地哼了一声，不以为然道："你和我怎么了，就是吻了一下而已，难道这样就是你的人了？封建的原始人。"

她的轻描淡写却触痛了林峰高傲的自尊，他狠狠道："而已？"

"是啊！吻了一下而已，这就代表属于你了么？那要是别的男人再吻我的话，我不是又属于他了吗？这是谁定的规矩呀？"她高声争辩道。

"你敢让谁吻，我就杀了谁。"他强忍住内心的暴怒，故作冷静道。

"杀杀杀，你就知道杀，天底下那么多人，你杀得完吗？"她没有察觉对他的刺激，仍高声道。

第二章　无缘出征

林峰的脸上罩满失望至极却愤恨的神色,她过激的言语不断地刺激着自己的自负,仿佛玩弄着自己的感情似的轻浮。他脑里轰鸣不绝,对她的愤恨和爱意相互交织着,刺得他闷疼。

他失控似的紧紧拧住了苏莱莱纤细的手腕,猛力将她拖拽下榻,任她高声尖叫,将她摔在地。他的脸色阴沉得可怕,眼里盛满怒色,仿佛被她羞辱了一般,厉声低吼道:"你这妖人女子!淫秽低贱,不知廉耻!"

老付在一旁几乎呆住。他没料到苏莱莱竟敢如此大胆地激怒林峰,而且,这个女子为何说话如此轻浮?只是,林峰为何却倾心于她?因为她的美貌,还是她这太过特别的脾性?

重重的摔掷疼得苏莱莱呼号出声,她盯住满脸怒意的林峰,还想争辩什么,却被他恼怒的声音打断,"将她拖出去,给她手脚都带上枷锁!既然她那么想死,那就折磨死她!"

苏莱莱脑里一沉,几乎又要昏厥。刚才还炽情似火的他,怎么翻脸跟翻书一样快?她的心顿时跌到谷底。

老付应声道:"哎呀妈呀,少爷……真要带她下去呀?"

"带她下去。"林峰轻摆手,声音却显然低了几分。他头痛不已,脑中的矛盾抵触像针扎又似刀绞。他不想再为这个女人反复动怒,他心里乱作一团,仿佛不能上战场的积郁也在刚才一并爆发似的,他的头快要炸裂般的疼。

看着林峰眼里溢出淡淡的疲惫,老付暗暗叹息。从未见过林峰如此地冲动慌乱,这个仅仅出现不足一月的女子,为何偏能搅乱英明神武的少爷?他仿佛忆起了自己回府前,杨翾脸上的神色,也是那样略带疲惫的神色,无可奈何的神色。难道杨翾早已料到了林峰将经历的所有?还是说,连他也对这女子无计可施?

苏莱莱恨恨地目光扫向林峰,却见他微微合上双眼,搓拳轻捶额头,另一只手轻摆着示意他们退下。

老付从腰际抽出一根软绳,绑住苏莱莱的双手腕,收拾起她那个已经破掉的GUCCI手袋和一大堆从未见过的稀奇玩意,朝林峰复命后,拖拽着怒气未绝的苏莱莱,同侍女们一同离开。

我是否有些过分了?她的心中却反复辗转着。当着部下们、侍女们的面,我竟然同他这样讲话。

林峰何其高傲自负,在部将面前威严高大,在下人眼中犹如神明,虽然他确实暴躁反复,虽然他确实面目可憎,但始终却是他放过了自己。他脸上那抹无奈而悲伤的神情,竟让她的厉舌打结,她骂不出来,愣愣地看着老付关上房门,看着林峰那张刚毅却哀怅的脸消失在自己眼前。

老付遣散了侍女们，拽着苏莱莱，并没有朝牢狱的方向行去，转而步入了离"数"院不远处的另一座院落。

此时暮色已盛，一轮明月已经攀入顶空。夜色下柔光满阁，夜风轻息作响，院门上的牌匾在月色中若隐若现。

苏莱莱不由得抬起头，望见牌匾上一个狂洒的"乐"字。这又是谁的别院呢？她当然不知，只得跟随老付进入院内。同林峰的"数"院不同，这座院落装葺别致，四周各色花草树木错落有型，雅俗得体。

老付拽着苏莱莱缓步前行，一路回廊折转，朱户丹窗，碧檐彩瓦，简直同这院名相互衬映。苏莱莱看得入神，直至步入一座漆黑的屋子前。

"付老头，这么漂亮的地方有间黑屋？里面都是些什么刑具呀？好歹我们也相识一场，你能不能拣个好受点的，什么老虎凳竹签辣椒水的就免了吧，最多用皮鞭抽抽行吗？"苏莱莱深知林峰暴怒，自己受刑是在所难免，只能临死抱抱佛脚，祈求老付能手下留情。

"哼，你这个小女娃子，还是满嘴稀奇话。既然知道自己的下场，为啥又偏要同少爷作对？"老付瞪她，一脸鄙夷道。

苏莱莱眸子里却闪着看似无辜的淡色，怨怨道："谁让他凶残不讲理，而且明明答应，查明我的身份就送我回家。他既然已经相信我，却为什么要我留下帮他成就什么狗屁大业？我当然不能顺从他！"

老付叹气道："你懂个屁。少爷虽然性情易怒了点，但绝不是出尔反尔的小人，况且，他从未为女人大动干戈。你一张臭嘴就知道鬼扯，说的话还不知廉耻，你叫少爷如何不动怒？"

苏莱莱鼓腮怒道："连你也说我不知廉耻！我怎么不知廉耻了我啊，我在换衣服，是他自己要看的，也是他自己要亲的，他看了亲了就非得是他的人了啊，强抢民女嘛不是？"

老付脸色忽一阵白一阵红，恼怒地伸出拳头，朝着苏莱莱砸去。

她闭上眼"啊"一声惨号起来。

"号什么！又没打到你！"老付收回拳头，愤愤道，"看把你得瑟的，你还好意思跟狱卒头说你是千金小姐，怎么一点羞耻心也没有，这种话是你一个黄花闺女应该讲的么？况且，少爷已看过你的身体，那你铁定是他的人了，但你竟然说出还让别的男人亲你的话，这叫少爷老脸往哪搁呀？要是我家老娘们敢这么鬼扯，

老子一定割了她的舌头!"

苏莱莱撅嘴道:"你允许你自己娶八个老婆,凭什么不允许你老婆和别人亲吻啊?男女平等嘛。"

"放屁!自古就是男尊女卑,小女娃子竟敢跟老子扯男女平等,欠抽是吧?"虽然这么说,老付却松开了绳索,打开了房门。

房里一片黑漆漆的看不清楚,苏莱莱心里不禁泛起点惴意,抬头望着老付道:"真的要用刑么,大不了男女不平等好啦,你乐意娶一百个老婆都没人管你。"

老付放声狂笑起来,心里却满是无可奈何。这女子分明伶牙俐齿,思想古怪,却偏偏显得与众不同,让人不由得对她的惊人言语折服似的。也许正是她这样的特别,才会吸引如此优秀的少爷吧。

她的难以琢磨,她的行为都与当今天下的女子格格不入,却又能惹得男人怜惜。不过,倘若我要是有这样一个老婆,就算我死了,也得被她给气活。我可没有少爷这种本事,受不了这种折磨,他庆幸地笑笑。

老付步入黑屋,片刻之后,一片柔光忽地充满了整间房,顿时明亮清晰。

苏莱莱朝屋里探去,两侧的莲型烛台上正烁着柔和光芒,原来老付是去点燃了蜡烛。她环视房间,这间房间布置别致,墙上雕花刻景,地上覆着斑斓绒毡,屋内的几案上堆满竹简羊皮,四面墙前全放置着藤柜,上面摆满了竹简。而正中的墙上,也就是几案的背后,挂着一幅画风细腻的仕女图。

"进来啊!这里不是刑场,不用怕。"老付微笑道。

苏莱莱迟疑片刻,却还是蹑手蹑脚地钻进了屋子。

她的目光立刻被墙上的画轴吸引住。画中的女子,衣着华贵,却清丽脱俗,气质高贵典雅,而且眉目精致,恰到好处,犹如夕色的霞光一样美得沁人心脾。如此佳人,用"绝色"来形容她也不为过。

苏莱莱恍惚道:"好美的人……但她好像,有些面熟,只是想不起来……"

老付应声道:"她是军师的母亲,曾经的天下第一美女。"

苏莱莱蓦地叫道:"哦!我说呢,怎么感觉有点面熟,原来是人妖他妈啊。"

老付狠狠瞪了她一眼,"你这小女娃子把臭豆腐当口粮了是吧,咋总那么嘴臭?留点口德,切勿辱骂先人!"

"啊……"苏莱莱若有所思,忙道,"抱歉抱歉,我不知道她已去世,真是不好意思。"转而道,"那这里不就是那个人妖住的地方了?!"

脸上闪过清晰的怯意,苏莱莱已领教过杨翾的冷酷无情,刚才还庆幸不必用刑了,可将她送到杨翾这里来,比坐老虎凳还要痛苦。"死短命林峰!"她心里狠狠咒骂道，"你要打要杀自己动手不行吗？每次都要送到变态人妖这里来，比死还折磨人啊！"

老付似乎看透了她的心思似的，撇嘴笑道："看把你吓的。放心吧，军师随军出征，并不在府内。"

苏莱莱舒了口气，语带无奈道："林峰不是叫你折磨我么，你为什么带我来人妖住的地方？"

老付解开绑住苏莱莱手腕上的绳索，缠回腰间，正色道："军师料到少爷会和你有冲突，所以吩咐，倘若少爷发怒要老子罚你，就带你来这里。"

"人妖会这么好心？搞错了吧，他比林峰还可恶百倍，命你带我来这里一定不是帮我，我看他是别有用心。"苏莱莱脸上带着点鄙夷神色，语带不屑道。

老付道："没错呀。军师深知少爷的脾气，早料到要是你触怒少爷，他一时冲动一定会责难你，倘若真的伤了你，他又一定会后悔痛苦。为了避免刺激少爷的心绪，所以命老子带你来此。"

苏莱莱呲一声咧嘴道："说得好像他料事如神似的。"

"那是必定的。军师聪慧天下无人能及，老子最是佩服他了。"老付脸上浮现钦佩的表情。

苏莱莱立刻指着老付道："哇！原来你最佩服的人是人妖啊！还口口声声自己多忠心林峰，我告诉林峰去。"

"放屁！"老付扯声道，狠瞪了苏莱莱一眼，"哎呀妈呀，小女娃子真阴险，想利用老子来挑拨少爷同军师的感情吗？别枉费心思了！他们自小一起长大，感情比亲兄弟还好。"

"不笨嘛你。"苏莱莱眨眨长睫，抖了抖被绳索捆疼的双手，满带疑惑道，"我听狱卒头头说，你们主公就短命恶魔一个儿子，而人妖又是你们主公好友死前所托付的唯一亲子，所以人妖在你们府内地位相当于少爷一样，你们主公把他当成自己儿子一样看待。"

老付叹气道："区区狱卒只知道表面而已……"转而瞪住苏莱莱，"别再辱骂少爷同军师！"

苏莱莱尴尬笑笑，"呃，好……讲讲你知道的八卦吧，我保证不辱骂他们了。"

"八卦？"

"就是你所知道的内幕啦！"苏莱莱眼里闪着狡黠的光，哼哼，林峰，看我从你的笨蛋部下身上套出你和杨翱的八卦，然后弄成丑闻大肆传播，我让你们这些

第二章 无缘出征

没开化的原始人领教领教传媒的厉害!

　　她心里已经大体构造了绯闻的基调,既然老付说他们感情好,那就让他们更好。死林峰,你不让我回去,我就造你和杨翾的谣,反正你们也那么像断背山。你不是说看了裸体就是你的人了吗?好啊,我就让你们军中的人都知道,你经常和杨翾一起共浴!哈哈哈哈,她想到这里,掩不住得意地笑出声来。

　　"你笑什么?"老付疑惑地看着她。

　　"我是替你们少爷和你们军师伟大的'感情'欢快呢。"

　　老付没有多想,他又如何能想到苏莱莱的诡计呢?他反而大声朝苏莱莱道:"坐吧,你刚才才受伤,坐下听老子道来……"

　　见苏莱莱找了一张软椅倚下,老付却语塞道:"这些事讲给你听不大好吧,你老辱骂他们……"

　　苏莱莱眼里涌出似乎晶莹无辜的清澈色彩,柔柔道:"我都是你们少爷的'人'了,还有什么不好的呀。"

　　老付撇嘴道:"但你从未承认,你此刻怎么会承认了?有何企图呀你?"

　　好你个付老头,有两把刷子嘛。苏莱莱转而欲擒故纵道:"不讲就算了,我还以为你知道多少内幕呢,原来人家也不信任你嘛。看来你也就知道点皮毛,跟狱卒头头一样的待遇而已。"

　　"瞎扯!"老付果然上当,愤愤道,"老子跟着少爷出生入死,就跟少爷的大哥一样。虽然主仆有别,但是少爷同军师的事,老子是知道得最清楚的!你不信,老子现在就讲给你听……"

第三章 麟儿孤儿

老付吁一口凉气,眉心微蹙道:"主公原本有三子,少爷是次子。大少爷早在八年前被秦军杀了,小少爷更是离谱,从小就离经叛道,喜好结交游侠剑客。十年前他跟随一名游侠离府,之后连个鬼影都寻不着了……"说到此时,老付脸上泛起微微的悲色。

苏莱莱感叹道:"所以你们主公只剩下林峰一个儿子,那你们小少爷到底是死是活呢?"

老付摇头,"十年了,主公从未死心,每年都大费财力,派人搜寻打听,却不过是徒劳罢了。小少爷聪明伶俐,能言善辩。主公喜爱有加,但偏偏他性情古怪,既不喜欢行军作战,也不关心政治谋略,好像只想游弋天下似的。小少爷被拐走之后,主公就将军师收为义子。因为军师聪慧更是在小少爷之上,但毕竟不是亲子,主公命军师协助少爷,也是希望他能尽力辅助少爷,为日后的大业做准备。"

苏莱莱疑惑道:"你说的好像你们主公不喜欢林峰似的。"

老付正容道:"胡说,哪有父亲不爱子女的,只是少爷城府不深,主公不过是想磨炼他的心机而已。倘若不是主公有心磨炼他,这些年他又怎么能领军作战,赢得军中众人的信任呢?"

"那你老说你们小少爷怎么样……"

"主公心里有遗憾,本来膝下子女就不多,还痛失两子。主公虽然视军师仿佛亲子一样,毕竟也不能太过亲信啊,况且军师的身份又如此尴尬……"老付神态颇带无奈。

"尴尬?"苏莱莱心中一喜,说了半天废话,终于到正题了,我倒是要听听,是怎么尴尬的,莫非真如我所想,人妖对林峰……哈哈,要真是这样,那还用我造谣么,我只需要宣扬事实罢了。

想到这,她心里一阵雀跃,即刻道:"怎么尴尬了?"

老付目溜了她一番,也未多想,接着道:"这事得在府中超过十五年的老臣才能知道。老子和狱卒头那种职位低微之人不同,老子在府中已有二十多年。十五年前的那场变动确实记忆犹深啊……"

废话那么多,赶紧说啊!苏莱莱在心中催促道,却装作听得入神般,目光悠然似的注视着老付。

老付伸出手指,轻挠了下小胡子,装出一副饱读诗书的文士模样。

苏莱莱强忍住笑意,语调怅然道:"哎,一定是非常惊天动地的变动吧……"

老付点头,目光微微散乱,"十五年前,这府中的执事人原本是军师的父亲。也就是说,这林府原本姓杨的。"

"啊?"确实太过诧异,苏莱莱完全不曾想到。

"啊什么?"老付鄙夷地看看她,接着道,"军师的父亲本姓田,是齐国公子,后来秦狗狗统一天下,嬴政那狗贼看上田大人的万贯家财,却又不敢惹怒齐鲁之地众多贵族,于是御史使了招降的诡计,赐田大人三公之一的御史之位,另命田大人改姓为杨。老子看,嬴政那狗贼的目的就是迫使田大人剥去齐国贵族之名……"

老付叹气道:"田大人怕秦狗上演平原之战的惨剧,为保齐地官民,只得接受了嬴政的诡计。自此之后,嬴政不断以缴付税赋等借口向御史大人索要钱财土地。嬴政好大喜功,大兴土木,却搞得民怨沸腾。大人终于忍无可忍,在十五年前同主公商议反秦大计。"

苏莱莱微锁眉头,疑惑道:"这仿佛跟史书记载的不一样啊……"

"史书?"

"没什么……"苏莱莱尴尬地摆手,跟老付这木瓜脑袋怎么解释得清楚,还是让他继续说吧。

"那时候主公只是郡尉之职,虽然有官阶,身份地位却同御史大人有天渊之别。御史大人欣赏主公的雄图大志,更是佩服主公这份为天下万民反抗秦廷的决心,所以他们虽看似主仆有别,却胜似兄弟。于是共同商议反秦之事,哪知道……"老付脸上流露出清晰浓厚的伤感神色。

强烈的好奇心竟引得苏莱莱全然听进去，催促道："那到底发生了什么？"

老付低垂首，声音低沉，"此事竟走漏风声，被嬴政狗贼洞悉！这暴君当然大怒，却又无凭无据，于是命刺客刺杀御史大人！刺客行刺时虽然被主公击毙，但御史大人却身中一剑，那狗贼的剑上竟涂了剧毒！当夜……当夜大人就……"老付的嘴唇有些颤抖，神情也更显伤痛和愤怒。

苏莱莱也不自主地附和道："真是卑鄙！"

老付长叹一声，"当夜大人逝去，临终前将万贯家产良田交付给了主公。主公说什么也不敢接受，大人便恳求主公替他完成未完的大业，希望主公颠覆秦廷，造福万民！主公流着眼泪答应了大人的请求，大人将夫人同自己唯一的亲子也托付给了主公，希望主公善待他们，还将大人的家徽象征'赤惊影'传给了主公……"

苏莱莱眼里浮出些许迷惘，不解道："我看过'赤惊影'，但是好像是在杨翾手里呀。"

老付缓缓应道："主公取代了大人，成为了一方名门大户，但主公并非忘恩负义之人。他始终记得大人的恩德，便将'赤惊影'赠还给军师，并下令府中众人，倘若军师使用'赤惊影'，见此刃者不得违抗军师之命。"

"哦……"苏莱莱若有所思道，"难怪那天杨翾拿出'赤惊影'，林峰立刻就妥协了。"

老付点头，"主公接管大人家业后，便暗中励精图治，养精蓄锐，招揽训练出一支精悍的军队，一切准备妥当之后，几年前便正式起兵反秦。少爷自幼习武，武艺出众，天下几乎难有敌手；而大人逝去后，军师便苦读兵法谋略，早已是运筹帷幄，决胜千里。主公便命军师协助少爷，他们互补其短，互辅所长，可以说是绝佳配合啊！"说道这，老付脸上又闪过一丝自豪的神色。

"哎……那时候军师仅仅八岁而已，御史大人逝去不久，立刻门庭冷落，曾经那些成日相交的贵族们纷纷少了来往，或者转向讨好主公。有些人更是卑劣至极，散播大人的夫人同主公有染的谣言。虽然主公严惩了他们，夫人却受不住诋毁，她毕竟出身高贵，唉，一年之后便沉池自尽……留下军师孤苦一人……"老付的脸上再溢出怅然颜色。

苏莱莱怅叹一声，心中竟对事态倍感无奈。想不到杨翾的身世竟这样坎坷，原本是众人敬仰殷勤的麟儿，瞬时变成了无依无靠的孤儿，父母没了，家业也没了，连身份也如此轻易地失去了。所以他才会如此冷漠吧，经历这样的身世变迁，任谁也无法再保持纯白的心境。

她竟莫名地不忍再制造原本想要传播的谣言。想必他经历了太多的诋毁和中伤吧，倘若自己还能诋毁这样一个命运乖舛的人，那也丧失了做人的基本良心。良心，她不知道这个世界是否适用，只是，她做不到，她的心不允许。

　　"小女娃子？"老付眼内异光闪动，却发现苏莱莱眼里满是朦胧，一片迷茫失神状。

　　"小女娃子？！"老付再唤一声，声音显然高了几分，"愣了？"

　　苏莱莱抬起脸，面带浅笑，"付老头，谢谢你告诉我这些事。"

　　她心中已放弃了报复林峰的念头，虽然他们都责罚过她，但她却不忍再去触碰他们心中这些过往的伤心事。即使林峰，也未必毫无怅然吧，否则那日，他见到"赤惊影"时的表情为何那样无奈呢？

　　身份的调转，对于亲如手足的两人来说，怎可能毫无影响？只是心境不同罢了。于杨翾，是失去的沉痛、冷落的悲凉，以及生存的艰辛，他只能为了生存而忍耐、而蛰伏。于林峰，是得到的仓促、簇拥的虚假，还有最让他介怀的，是父亲的对比，仿佛他的一切都是轻易得来似的，因而掩盖了他真实的能力。

　　可是，这些又同我有什么关系呢？她苦笑笑，我始终是不属于这个世界的人，即使林峰带来的那短暂的心动，也无法扰乱我回去的念想。只是，我怎会为他，甚至为他们，感到落寞？

　　这个女子，为何她眼里竟有如此清晰的哀色。老付不得其解，仿佛也不用自己过问吧。他清清嗓子，将苏莱莱的GUCCI包平摊于几案上。

　　一堆稀奇古怪的玩意看得他眼花缭乱，他掇起一只黑赤色的方形东西来，这玩意闪烁发亮，低端还拴着几块硬片人像，不正是这个小女娃子吗？"这是什么妖物？是暗器吗？"

　　苏莱莱无奈地叹气应道："这是手机……"

　　"首级？这是谁的首级？！"老付脸上闪过一阵惊异神色，高声叱问道。

　　"拜托，这叫手机，不是首级！"苏莱莱蹙眉应道，"这也不是什么暗器，就是种通讯工具而已。"

　　老付的目光死盯住他手上的NOKIA N97，语带不解道："这个东西没有翅膀，能比信鸽好使？"

　　苏莱莱摊摊手，"那当然强过信鸽百倍。在我们那个时代，人们都是靠这个互相通讯的。有了这个东西，即使身在太平洋彼岸，也可以瞬间交流。"她脸上露出自豪神色。

老付却更加迷惑，她的话好像异族暗语一般，完全无法理解。

苏菜菜夺过手机，斜兜他一眼，"还给我，给你讲也讲不明白。弄坏了的话，我回去还得再买个新的。"

老付任由她夺去，从那堆东西中拣起一个黑色的方块来，上面还插着一条白色的长线，和那称为"手机"的东西差不多大小。"哎呀妈呀，这又是什么？也不是暗器？"

苏菜菜白了他一眼，"这个叫做IPHONE，用它可以打电话听音乐，也可以看影像。在我们的时代，这个是很流行的娱乐工具。"

老付面上有些难堪，于是微微恼怒道："都是些什么狗屁玩意！就欺负老子不懂是吗？"

"过来。"苏菜菜莞尔，朝老付眨眨长睫。

老付眼里满是疑惑，却还是朝她靠近去。她忽地夺过IPHONE，理开那白色长线，老付才发现线大概一尺长处分为了两条，而顶端是两个奇怪的白色圆体。苏菜菜绕到他身后，将那两个白色圆体分别塞进他的双耳。

"干啥！想谋杀老子？"他警觉地叫道，额头上竟渗出丝丝冷汗。

苏菜菜鄙夷地瞅他一眼，"原始人就是原始人，听着吧你。"说着，用右手握住IPHONE，手指在那黑色的物体上滑动起来。

一阵音乐在耳边骤然响起，一个男人的声音清晰地传来，"哪里有彩虹告诉我，能不能把我的愿望还给我……"

老付猛地从椅子里一跃而起，抽出长剑厉声道："哪来的小厮！给老子滚出来！"他表情紧张，显然为之惊恐。

苏菜菜笑得几乎站不稳。老付狠狠瞪住她，仿佛明白似的拔掉耳塞，举起长剑对着苏菜菜怒吼道："小女娃子，原来你果然是妖人！说，你是怎么将一个大活人装入这小黑块里的？"

苏菜菜掩不住笑意，"笑死我了……你倒是告诉我，我怎么能将活人装到IPHONE里啊！"

"挨疯？好一个凶险的名字！果真是妖人之物！老实交代，挨疯里的那个男人到底是人是鬼？你是怎么将其放入的？"老付厉声挥动剑道。

苏菜菜无奈叹气，"这只是声音而已啊，并不是将人放入IPHONE里，只是将周董的声音存储在这个IPHONE里而已……"她快疯掉了，她第一次深刻地感觉到了没文化真可怕的真谛。

老付脸上是似懂非懂的神情。

第三章　麟儿孤儿

苏莱莱走到案前,拣起一个小包,拉开拉链道:"这里都是我的化妆品,粉底、唇彩、睫毛膏、眼影、眼线膏、腮红……"

老付脸上露出得意的神色,"这老子知道!夫人小姐也常用这些古怪玩意装扮,胭脂水粉之类的吧!"

苏莱莱点头,"没错……"拿起另一个包道,"这里是些常用的药品,创可贴、云南白药、感冒药、消炎药、止痛片,甚至安眠药都有,哈哈,可以说是齐备啊!"

"药?这些小小东西也是药?药不都是草物吗?"

"都说时代不同啦……"

夜色愈发浓厚,星光稀疏却耀目,点缀着浓黑的天际,静谧和夜,总是交织着蔓延。仿佛命运难违般,她的未来,竟如这夜色一般深浊,让她无法看清。

这短暂的放松,竟让她沉沉睡去。

朦胧中,烁目的光从她眼皮上扫过,刺得苏莱莱转醒而来。

睁开眼,自己竟躺在榻上,身边放着自己的东西。她仿佛依稀想起,昨晚她太困乏,老付将她带到这房间睡下后才离去。

苏莱莱起身坐起。这房间布置同林峰的房间大致相似,只是显得较为清幽淡雅,墙上也挂着正堂中那名绝色女子的画像,想来这应是杨翾的房间吧。她摸摸身旁裂成两块的GUCCI手袋,一阵心疼,不由得浮起对林峰的怨气来。这短命恶魔,诅咒他不得好死!这么蛮横无理,这么嚣张自大。

忽然,一阵急促的脚步声传来,是谁?这脚步虽走得快,却异常轻盈,既非老付,也不应该是林峰。难道,是侍女?

苏莱莱本能地滑下身子,蜷缩回棉被中,拉起棉被遮住眼睛以下。

来者却是一名身材高挑的女子,一身赤色短袍装扮,秀发高束,身段高挑有致,面容娟秀,麦色肌肤健康润泽。她手里紧握住一只金把皮鞭,模样虽然秀美可人,面色却愤愤凶恶。

这女子气势汹汹而来,骇得苏莱莱下意识地拉拉棉被,缩下身去。

"滚出来!"银铃似的声音,却充满高傲和不屑。

是叫我么?苏莱莱不由得有些惊惧,却有些茫然,这女子为什么怒气冲冲朝自己而来?

女子毫不留情地猛挥鞭子,啪,鞭子打在棉被上,划出一条清晰的痕迹。

虽然隔着棉被,苏莱莱却依然感到了阵阵痛感。这女子出手竟然这么狠?再不出去,恐怕她会更加暴怒吧。她小心翼翼地从被子里钻出来,盯住女子轻声道:

"不知小姐找我有什么事？"

女子眉间渗出丝丝恨意，猛挥起鞭子朝苏莱莱抽去。一阵火辣的刺痛感突袭，即使隔着衣服，她的手臂上也立刻出现一道狰狞的红印。

苏莱莱抬起头，强忍住疼痛，狠狠瞪住女子，"你有毛病？！冲进别人房间乱抽人？"

女子恼怒之情更盛，"下贱！这是你的房间吗？不知廉耻的女人，竟堂而皇之地睡在男人的榻上！"

苏莱莱从榻上翻身跃下，高声道："那这又是你的房间吗？我睡这里关你什么事？"

女子被她一番话说得无法还击，俏丽的脸上泛起一阵恼怒的羞色。她咬牙怒视着苏莱莱，挥起鞭子朝她猛抽。

苏莱莱疼得哇哇大叫，连鞋也顾不上穿，扭身朝屋外跑去。

"站住！贱人！"女子高号起来。她是认真的，她的恼怒这样真实，这不是玩笑。苏莱莱心里有些后悔，刚才干吗跟她顶嘴，早知道这女子如此泼辣又一身武艺，不如服服软罢了。

这女子果然武艺上佳，苏莱莱刚冲到外院，她便追了上来，挥起手中的皮鞭，猛抽而下。

剧烈的疼痛使得苏莱莱站不稳，颓摔倒地。女子立刻冲到她身边，毫不留情地往她身上狠抽。她哪里抵受得住，没几下白皙的肌肤便绽出鲜红的血印来。

"住手，住手！"苏莱莱疼得哭喊起来。

"哼！活该！来路不明的妖女！"女子狠狠骂道，"下贱！还敢跟本小姐顶嘴！非打死你不可！"

苏莱莱抱紧手臂哭喊起来，任她如何求饶，女子丝毫不理，反而更加暴怒凶狠。

"别打了，三小姐！"这是老付的声音，她仿佛看到救星一般，等等，老付叫这女子三小姐？难道说，这女子是林府的千金？难怪这么刁蛮霸道，和她哥哥一样。苏莱莱恨恨想道，只是身体的疼痛灼得她动弹不得。

"老付？你来干什么！"林湘儿狠狠兜了老付一眼，暂时停了鞭笞。

"三小姐，您为何打苏姑娘？她究竟如何得罪您了？我老付代她给您认罪！要罚要打请朝属下来！"老付眼神里是坚定。

"老付……"苏莱莱心里竟涌起一阵感激。

"这同你无关，本小姐今日一定要打死这小贱人！"林湘儿冷冷道。

"三小姐！苏姑娘到底如何得罪您了？"

"这贱人竟敢睡在杨翾的榻上！我听宁儿她们说，这女人身份可疑，曾被疑为秦狗奸细！这贱人一定是想脱身，所以用色相……色诱……"林湘儿脸上泛起红霞色，耻于开口似的。

靠，原来这刁蛮小姐喜欢那人妖啊，怪不得这么暴躁！苏莱莱心里鄙夷道："这样野蛮的方法怎么可能得到爱情？要我是人妖，打死我也不会喜欢她。"

老付解释道："三小姐，您误会了！苏姑娘没有色诱军师，是军师吩咐让属下带苏姑娘在他房里休养的。"

笨老付！苏莱莱真恨不得给他一拳，他这解释，只会越抹越黑啊！

果然，林湘儿猛地更恼怒起来，她挥起鞭子，不断地狠抽。"他才不会吩咐你这种事！他才不会喜欢这种不知廉耻的小贱人！"

老付急道："三小姐息怒！三小姐若是不信，可以亲自问军师呀！住手吧，苏姑娘身子弱，禁不住你这么打的！三小姐若是有气，就发在我老付身上吧！"

"哼，我最讨厌这种装得楚楚可怜的娇弱样了！"林湘儿怨道，手劲更大力地挥起来。

"住手，刁蛮婆娘！"苏莱莱失声号叫道，痛楚让她无法忍耐，心中对林湘儿的愤怒奔涌而出。

"你说什么！你敢再说！"

"说又怎么样，刁蛮婆娘，不问清楚就动手打人，你这么泼辣谁会喜欢你！我要是杨翾，情愿当太监也不娶你！"

苏莱莱的话好似利针，根根扎得林湘儿疼痛不已。林湘儿恼羞成怒，手里的鞭子仿佛罗刹鬼一般，啃得苏莱莱的骨头崩碎似的裂疼。

"三小姐，住手，再打会出人命的！"老付焦灼地喊道。

"老付，本小姐警告你别管！"林湘儿怒瞪他，语调嚣张道，"谁敢阻止我打死这贱人，我决不饶他！"

疼痛这样清晰，仿佛要撕裂自己似的，果然，这个世界没有轻松和平静，只有疼痛和屈辱。自己在这里没有家人，没有财富，更没有地位，随意一个人都可以轻松地折磨自己，自己的命，和野草又有什么区别？

屈辱的眼泪顺着脸颊滑下，她心底竟莫名其妙地想要呼叫起来，林峰，她竟荒唐地想到了他的模样，快来救我，快来……自己究竟是怎么了，怎会向这个人求助，怎会如此……只是在这样的时刻，她的脑里竟本能地浮现出他的脸孔，仿佛树下那个接住她的那个人那样,救她出水火,即使还有更恐惧的折磨也罢,她脑里一片混乱。

……

疼痛竟忽然止住,鞭子声也骤然停止。苏菜菜屏住呼吸,抬起满是泪水的脸。时间仿佛定格,难道是听到了她的呼叫吗?林峰……

鞭子被林峰轻易拽住,任由林湘儿再大力也丝毫拖动不得。

"大哥。"林湘儿尴尬出声。

"松手。"林峰盯住林湘儿,冷冷道,目光凌厉。

"大哥,我要打死这丫头!"林湘儿顶嘴道。

"听不懂我的话吗?"林峰眼里的肃色,令林湘儿惊惧。

她蹑蹑道:"是……"随即松开了皮鞭。

林峰轻收回鞭子,一把掷开,丝毫不理会林湘儿羞怒的神色,俯下身体,抱起满身伤痕的苏菜菜,见她娇躯微颤,便在她耳边密斟低语,声音温柔而低浑,"苏菜菜,你还是这么倔,可若没有我在你身边,你如何能生存?"

泪水不住滑落,并不是因为疼痛。她知道,她心中竟是软软的触感,让她迷乱,让她无法防备。她竟伸出手,揽住林峰的脖子,失声痛哭起来。

林峰揽着她的腰肢,仿佛怕她再逃似的,紧箍住她,眼里烁动着疼惜的柔色,绽出摄人的魅力,搅得苏菜菜心神离醉。她竟失措地搂紧他,倚靠在他身上。

林峰转向林湘儿,满脸阴霾,"谁允许你打她?"

林湘儿低垂下头,咕哝道:"大哥为何多管闲事……"

"你可知在同谁讲话?"林峰侧目道。

林湘儿脸上漾出缕缕不满神色,鼓腮怒道:"大哥!你既然是湘儿的大哥,为何却向着外人?这贱人同杨翾……"

一阵压抑的气息袭来,林峰双眸含煞,虽然他只字未言,却将林湘儿完全震慑住。

老付慌忙插嘴道:"三小姐,你误会啦!苏姑娘同军师毫无瓜葛,她其实是少爷的意中人。"

林湘儿愕然,娇媚的脸上再浮出阵阵尴尬神色,却仄仄道:"那怎会在杨翾的房里睡觉?"

老付应道:"是军师……"话还未说完,就被林峰大声截过,"是我命老付带她在此休息。"

林湘儿闷声道:"可刚才老付却说是杨翾……"

第三章 麟儿孤儿

林峰眼里厉芒闪动，语调也陡高起来，"需要我向你禀报吗？！"

面对如此厉色的林峰，林湘儿不敢再出言顶撞。虽然她自小深得父亲宠爱，以至于造成今日刁蛮任性的脾性，在府中横行霸道，却唯独畏惧这个武艺出众、性情专制、暴躁更甚自己的哥哥。

其实林峰也溺爱妹妹，平日对她相当纵容，几乎很少朝她发怒，但今日却为了这个莫名其妙的古怪女子大发雷霆。倘若她真与杨翾有瓜葛，林峰怎可能为她大动干戈？那么，她应当真是兄长的意中人吧。

只是这样莫名其妙的女子，也能吸引到自己优秀出众的哥哥？她虽有几分姿色，却并非倾国倾城，况且言语粗俗，性情也不温顺，哥哥竟会迷上这等女子？

想到这，林湘儿脸上却扩出阵阵笑意。不过这样也好，这个妖女并不是诱惑杨翾的女子。哥哥从小自恃甚高，想必这女子必有她诱人的一面吧。

"抱歉……大哥，湘儿不知道，原来她是大哥的意中人。是湘儿误会了。"林湘儿悻悻道，转而语带歉意地朝苏莱莱，"抱歉，苏姑娘，是湘儿误解，竟然不知道姑娘将是湘儿的嫂子，不仅行事鲁莽，还胡乱说话，湘儿向你赔罪。"

一抹霞色浮上苏莱莱的小脸，她忽觉脸烫无比。林湘儿竟说什么嫂子，荒唐！她想要解释，抬头却撞到林峰凌厉的目光，他正狠狠地剜住自己。双目交击间，她觉得有些畏缩，原来想要出口的话竟被他的目光硬硬抵了回去。

一瞬间，她不知自己究竟为何退缩，这和她的本性太不相同，是畏惧林峰吗？还是说，自己心底竟乐于接受？

我迷失了吗？她不愿再想，无论如何，毕竟是他救了自己，感激也好，仰慕也罢。她不知道这是种什么感情，但自己是不可能会爱上他的吧，比起他来，家和现代文明社会的生活更让她珍惜百倍，既然她明确自己的心意，那么，就短暂地迷失吧。

苏莱莱不再多想，只是轻轻依偎在他怀中。她脸上罩着淡淡的红，仿佛从白皙的脸颊上渗出来一般，娇羞依顺的神态是林峰从未所见。

不是平日利嘴倔犟的她，不是言语荒蛮可爱的她，不是娇弱凄艳的她，也不是坚韧乐观的她。此刻的她，与之前每一刻的她都不同，这是她的又一张迷人的脸吧。她那么多模样，那样多姿态，只是，自己竟然爱着每一张脸，即使是反抗自己、激怒自己的那张可恶的脸。

林峰眸内的严厉神色猛然刹止，取代的是一缕浓郁迷离的色彩。他轻吻在她的侧脸，声若梦呓般的低语："苏莱莱，你休想离去，你根本就离不开我……"

是夜，远隔千里外的军营内却传来阵阵刺耳的裂帛声。

"荒唐！本帅好歹也是久经沙场的老将，何时轮到你这黄毛小儿来指指点点！？"说话的中年男子正是中路统帅柳志展。他朝着面前的杨翾怒目而视，粗糙的脸孔扭在一起，气势汹汹。

杨翾神色平静，依旧一副优雅俊逸的姿态，淡然自若道："上将军为何动怒？属下不过是提出见解而已，赵冽行事偏激，绝不是光明正大对阵交锋之人。我军初近南阳，军士疲惫，依照常理，他占据南阳，以逸待劳，应立即对战，拔得头筹是为上策，但他却闭门不出，想必是谋算暗箭之术。此人最擅长声东击西，分散敌军兵力，再逐个击破。上将军却命属下协同左将军攻占南阳背后的小城清邑，不是正给赵冽提供机会么？"

柳志展横眉怒道："区区竖子，不过跟随少主当了几日军师，便以为自己智谋无双？笑话！战场上的经验往往才是取胜的关键！本帅命你攻占清邑，就是要将我军化整为零！须知赵冽手下二十万兵力，我仅仅七万兵力，如何抗衡！？"

杨翾眉头微锁，凛然道："赵冽不过是夸大其词而已。章邯降于主公之后，秦军已大不如以前，赵冽虽是赵高亲信，却始终受命在外。上将军不是以为，赵高会倾其军力同我军对抗，只为确保南阳？"

柳志展面带鄙夷地笑道："黄毛小儿就是浅薄，竟不知道南阳之重！南阳一夺，秦军犹如丧失转圜枢纽，更是失去一道重要屏障，我军便可以纵入西北之地。现秦人已失东南，我军只需以南阳为中心扩至北部，便可顺利地三面合围秦人老巢！居然连南阳的意义都不知，真不知道主公为何命你协我出战！难道只因你父亲曾是御史？"

猛的一缕阴霾从杨翾脸上逸过，浓黑眸子里寒光闪动。他仄目朝向柳志展，语气中不再有敬仰和柔和，"怎么？上将军难道认为，北部定能顺利攻得，而南部已无秦人盟友？那么主公此次亲征，又意欲何为？！"

柳志展咋舌，故作镇定道："以我军勇猛，北部迟早不在话下，主公更能轻易击破秦人盟友，为我军创造胜果！"

杨翾脸上浮起一缕冰冷的笑容，似嘲弄又似不满，"上将军，若无战败的觉悟，就没有出征的资格。南阳对于你我均是个未知的战果，赵高必定想以南阳为饵，妄图歼灭我军。若被他们的虚实战术搅乱，结果只会得不偿失！"

柳志展忽地暴怒起来，"你难道要本帅服从于你，将我七万军士的命白白送给赵冽？本帅命你攻占清邑，目的就是要令赵冽腹背受敌！倘若死据此地，我军只能坐以待毙，被赵冽一举歼灭！"

杨翾亦怒目，声音意外地高了几分，"属下刚才已经讲明，赵冽善于逐个击破，更善于玩弄人心。此次他闭门不出，定是引我军分散兵力去偷袭！赵冽难道不知清邑对于南阳的意义么？竟只轻兵把守。况且清邑虽小，周围地势却多山崖沟壑，对于不熟悉地形的我军来说，一旦进入清邑，便很容易被反困于内。那时占据清邑的我军便会形同虚设，这注定是一步死棋！"

柳志展脸上的怒色愈发地浓厚，他猛地抽出佩剑，直向杨翾劈去。

这让杨翾猝不及防，刷一声，剑已抵住他的脖子。

他俊美的脸上却没有丝毫的惊慌，面对突如其来的利刃，他只淡淡道，语带不屑："上将军难道是要杀我么？还是说上将军已无对策应对？"

柳志展恨恨道："本帅自然不会无理杀你，你是主公溺爱的义子，又是前御史大人的独子，本帅不会自找麻烦。不过此次你便是本帅部下，你若连'军令'两字都不知道的话，那本帅亦可军法处置于你！"

军令！杨翾的脑里汹涌起来，居然用军令来压制自己？他脸上浮起一抹浅浅的怒色，但只片刻，他便回复了平静，沉声道："上将军始终要命属下协同左将军攻占清邑？"

柳志展冷笑一声，"黄毛小儿，本帅就让你见识见识何为经验，就让本帅替主公挫挫你的嚣张气焰！"

看来这老匹夫已下了决心，这一仗，非得按错误的轨迹进行下去。杨翾轻吁一声，脑里闪过一片片零碎的计谋来，反而让他的心绪顺畅起来。他嘴角的笑意浅泛开来，接道："属下领命。"

看着杨翾离去的身影，柳志展得意地笑道，笑声中满是鄙夷的意味，"夏虫岂可语冰。"

杨翾已然听到，却未做任何反应，他心中已有对策。身为军师，只能辅佐主帅而已，决定权始终在于主帅，而自己，亦只能服从。既然如此，那他只能速战速决，以一队精兵快速攻下清邑。而自己的兵力藏于清邑附近，之后即使主帅有难，也能够快速回撤。

夜风徐来，拂动着夜色，旷野的夜空中残星欲敛，天色将要破晓了吧。杨翾高瘦的身影独自伫立在营地间，双手抱怀，神情冷若冰霜。夜风冰凉似水，他却只穿着件灰色薄衫，夜里的寒意让他不快，但之前柳志展的一番话却更刺得他暗疼。

只是自己却无法抗命，柳志展始终是统帅，即使是他的命令错误，身为部将，却不得不领命执行。仿佛自己的一生都是在执行命令似的，冷漠而绝对。可自己又能如何？父亲逝去那夜，他悲恸无比，痛哭流涕，而一年后，母亲不顾他的阻拦沉池自尽后，他却未流一滴泪水。

他早已看透了世事，淡漠了人情。这个弱肉强食的乱世，倘若被情感羁绊，只会成为弱者，甚至丧失生存的本能。只是为何自己还这样在乎别人的奚落？当柳志展嘲讽自己时，自己竟也会动怒？

"你的定力还远远不足。"他淡淡自嘲道，夜空中浓黑渐化，暮色缓缓转近。林峰，纵然不能出征，你却依然可以随性而为，即使陷入情爱也好，你也毫无顾忌。

侍女们替苏莱莱上好创伤药，照顾她沉沉睡去。

林峰却守在榻旁，望着苏莱莱白皙娇嫩的脸，听着她均匀的呼吸，他竟用右手撑住脸，出神地笑起来。

"林峰……你……笑什么，不准笑……"若不是夜太静谧，苏莱莱的声音低微得几乎听不见。

林峰惊蛰而起，正要摆出一副凶煞神色吓她，却见她呢喃着，双目紧闭，娇俏的脸上分外安静，粉润的嘴唇微微张合，声音越发混沌。

原来只是梦话……林峰吁一口气。他伸出左手，探进被褥，轻轻勾住她柔嫩的小手，紧紧地扣住她的手指，心里竟漾起阵阵从未有过的触感。甜蜜而轻柔，让他沉醉，只有在她身边，他才能如此放松。

一阵脚步声却忽地传来，林峰立刻甩开苏莱莱的小手，敛回笑容，转回平日的威严厉色。

来者正是老付，他眉头微蹙，"少爷，你一夜未眠，小女娃子先由老子来照顾着，你先回房休息会儿吧。"

林峰黑眸转动，目光锐利地看了老付一眼。

老付忙道："哦不对，错啦，是属下……有时候说快了，老是忘，呵呵……"说着憨笑起来。

林峰心中好笑，却依旧厉声正色道："苏莱莱的那包物件，你已经查探清楚了？"

老付点头，"大致已查探清楚，尚无可疑，不过小女娃子的东西确实太古怪了，什么首级、挨破他，都是些挺凶险的名字……但实际上却又是很有趣的东西。"

"哦？"林峰漫不经心道，神色却依旧严肃。忽然，他眉心一拧，降低声音道，"那她交代那包袱该如何打开了么？"

第三章　麟儿孤儿

老付深感莫名，疑惑道："少爷想知道什么，属下不明白……"

"那就作罢。"林峰眉心舒展开，嘴角竟浮起一丝浅笑。随即又敛回笑容，沉声道，"刚才你所说的有趣的东西在何处？"

老付怡然道："那个首级小女娃子说什么也不肯给，但将挨疯借与属下。"说着，老付从腰带里抽出 IPHONE 恭恭敬敬地递给林峰。

林峰接过 IPHONE，俊逸的脸上浮起一缕疑惑神色，椭长的眼里满是精芒闪动。

老付插嘴道："少爷，这个挨疯是这么使的……"说罢替林峰戴上耳机，播放起音乐来。

耳边忽地出现一个陌生男人的声音，林峰并未惊慌而起，只是眉角上扬，飒然道："这是何人，为何声音会在苏莱莱的物件中？"

老付惊呼："哎呀妈呀！少爷真是英明神武！当时属下第一次听这玩意儿，竟吓个半死，还以为小女娃子要谋害老……属下。"他急忙住嘴，还好刹得及时。

林峰淡笑道："这不过是个人的声音罢了，她没有告诉你是何人么？"

老付闷声道："她说这个人叫啥周杰伦，她们粉丝都呼他为'周董'。据说是一种爱称……"说着垂头，斜兜着林峰，仿佛可预见他的表情似的。

一道清晰的怒色骤然浮现，林峰原本低浑的声音意外地高起来，透出阵阵暴怒气焰，震彻了空气一般，"爱称？！她竟然对这个男人有爱称？！"

老付愕然，一时不知如何作答。

"吵什么……天还没亮就听到你呼呼喝喝的……"是苏莱莱的声音。她仿佛被林峰吵醒了，揉揉眼睛，俏丽的脸上满是对他的不满。

林峰扯下耳机，将 IPHONE 甩给老付，疾冲到苏莱莱面前，大力拧住她的手臂，厉声道："苏莱莱，周杰伦是谁？"

苏莱莱被他一席话斥得一头雾水。这个短命恶魔，怎会知道周董？但立刻，看到老付手中的 IPHONE，她便全部明白。于是，她故意装出一个纯洁无辜的笑容道："是我最爱的人啊。"

倏忽间，空气中弥散出一阵清晰的怒意，并且带着一股强烈的酸味。林峰霍然拧起苏莱莱，逼着她面对自己，恶狠狠道："他在何处？！"

"问这个干什么！"苏莱莱不由得好笑，这个笨蛋短命恶魔。

林峰眼里怒色更盛，"我要杀了他！"

扑哧，苏莱莱再也忍耐不住，笑出声来。

林峰双眸含煞，愤愤道："苏莱莱，你还胆敢笑？"

"哈哈！笑死我了！哈哈！"苏莱莱放声大笑起来，看着林峰原来气势汹汹的脸孔，因为她的笑容变得恼怒更盛，却又掺着几许无辜的不解。心底忽地涌起一股淡淡的甜味，她竟鬼使神差地顺势伸出双手摸住他英俊的脸。

霎时间竟一抹浅霞逸过林峰的脸，暴怒的气息戛然而止。

苏莱莱双眼满是笑意，粉色的嘴唇微微上翘，"我笑你是个笨蛋！"不过，她心里暗暗道，有时候竟笨得那么可爱。

　　

三日后，赵冽依旧死守南阳，闭门谢战。左将军许靳同杨翾率领的两万步兵，领命绕至于南阳一水相隔的小城清邑。

清邑四周环山而抱，城郊贯野更是山峦叠错，沟谷山壑异常繁多。

清晨的清邑，还是一片宁静、和谐，山溪潺潺，微风徐徐作响，一阵悠扬的笛声泛在微凉的空气中。

刹那间，阵阵急促的马蹄声打乱了乐声的和谐，吹笛的少年站起身来，极目远眺，透过枝叶密集无隙的树影，遥见混沌的前方，一列军马队列正踏风而来，卷起漫天尘土。

列前是约两千人的骑兵，铁蹄飞扬，列后则是全副武装的步兵，正如漫涛洪涌般决堤而来。短短瞬息之间，沙尘漫天，骇人至极。

少年惊呼出声，没命地掉头狂奔，想要冲回城内，满心以为城内是能庇佑自己的怀抱。

只是令他未料到的是，城内竟涌出列列装备齐全的秦军，他们个个双目怒红，模样凶狠。少年骇得颓跌在地，没等他起身，一阵剧烈的痛感已经贯穿了他的身体。

少年闷哼一声，他甚至来不及看清贯穿自己的长戟，鲜血喷洒而出，即刻便毙命。

"秦狗！连平民也不放过！"起义骑兵里炸裂出阵阵咆哮声。已不是第一次目睹秦军的残暴，但每一次都能让他们愤慨至极。

天空阴霾涌动，厮杀惨号声，金石撞击声，交击不绝。四周血腥浓郁，平民们无力的嘶喊声如此轻易地便被湮没了。

战争就是如此残酷，除了死息和鲜红，再没有别的触感，再没有任何色彩。

交战两日，除却首日出击，清邑的秦军仿佛同起义军兜起了地势拉锯。秦军甚至不惜绑缚百姓为盾，手段之卑劣，显然这一切战略均是赵冽所定。

原本所知的军情是清邑秦军甚少，杨翾派出的五千精兵一时间竟不能速战速

第三章　麟儿孤儿

决。清邑久攻不下，许靳浮躁心急起来。离清邑十里外的营帐内，他沉声道："军师，将剩余一万五千兵力投入清邑吧，为何非要蛰守于此？"

杨翾摇头，神情冷漠，"清邑城中秦军一定未超过五千，赵冽正是利用地势在玩弄攻心之术。要是将这剩下的兵力全投入清邑，若主帅有难，则会没有足够时间回撤。"

许靳轻捶手心，愤愤道："可这清邑久攻不下，若是一旦粮草不足，我军必定败北啊！"

一双冷眸毫无感情，杨翾只是淡淡道："将军可知为何久攻不下？"

许靳叹道："秦军依靠城中妇孺为盾，我军将士不敢妄攻啊！"

一抹异常的神色逸过杨翾俊美无瑕的脸，森冷无比，"那就通告清邑五千将士，城中妇孺是秦军诡计，实际上皆是秦军亲属，我军将士不必顾及，统统诛杀。"

许靳的额头渗出粒粒冷汗，"军师，这样不大妥当吧。主公乃是义士，我军乃是义军，倘若滥杀无辜，那同秦人有何区别？"

杨翾的声音依旧淡然，却依旧森冷，"将军，城中的妇孺都是秦军的诡计，是秦军军属而已，并非无辜平民。"

许靳怯声道："军师……这……太不妥了吧……倘若主公和少主知道，一定会怪罪末将……军师，末将担当不起呀。若军师实在要这么做，那待末将禀明主帅再决定如何？"

哼，杨翾心里鄙夷地骂道，畏畏缩缩，你这庸碌之材，说到底还是怕担当罪责而已。他仄目而视，眼里的森冷逐渐扩散开来，竟绽出一种令人惊惧的气息。

"将军，此战的胜利同区区几百名妇孺的性命相比，孰轻孰重？"杨翾的声音冰寒彻骨，没有情绪，也没有感情。

许靳盯住杨翾，眼前的人，脸孔俊美得如画卷一样精致无瑕，目光看似清冷平淡，却暗藏着能吞噬血肉的修罗一般，冷酷无情，心无怜悯。

主公不是为了天下苍生才起兵反秦的吗？倘若滥杀平民，又和秦狗有何不同？只是若要取胜，这是不得已的途径吧，但倘若降罪下来，自己怎能担待？不过，这一切都是杨翾的计策，是他下的命令，若怪罪下来，也应当由他承担吧……

"将军，这是战争，杀死'敌军'需要理由吗？"杨翾嘴角浮起一抹冷笑，转而道，"即刻下令清邑将士，挡我军者，格杀勿论！"

一轮寒月浮升至半空，天空裂开一道愠红，血的呛味弥漫空中，城外的五千将士领命而战，如浮云震暴般，摧枯拉朽横扫而入。

撕心裂肺的哭喊响彻夜空，遍地的鲜血淌过残碎的肢体，绽放出缕缕凄冷凋敝的光芒。人类总是期待着生命的延续，妄想着战争的胜利，只是在屠戮面前，生存如幻想一样徒然。

仿佛要将这黑夜的杀戮清洗一般，残星退去时竟掀起卷卷薄雾，起初只是薄如纱帐，但随着气温骤降，竟愈发浓厚起来，天地之间瞬时混沌一片，分不清昼夜。

而另一面，离清邑十里的营地外。

"不妙，竟会起雾，难道天助秦人？！"杨翾骑在马上，原本平静的脸上溢出阵阵焦虑。

许靳满脸疑惑地瞅向杨翾，"军师此话是什么意思？起雾应该不妨碍我军攻占清邑吧。"

杨翾眉心紧锁，冷冷道："浓雾正可以替赵冽完成虚实之术。此时秦军主力大可借浓雾悄然出城，让主帅以为他们尚在南阳与自己对峙，事实上赵冽已率精兵攻击我路身后，以我军一万五千兵力，怎么是秦军对手？"

他的脸色愈加苍白，轻咬牙齿，沉声道："主帅对自己的决断非常自信，怎会料到赵冽的诡计，倘若赵冽将我路歼灭，主帅无疑失去左膀右臂……"

一阵惨白神色浮上许靳的脸，他惊慌失措道："那该如何是好？我路仅仅两万人马，还有五千将士尚在清邑攻城，倘若秦军真反攻我们，我们岂不是螳臂挡车？"

"冷静。"杨翾淡淡道，心中却翻腾汹涌，眉头不展。赵冽虽然行事并不缜密，但手下并不全都是庸碌之材，他的军师没理由不懂得利用大雾优势的，老天真是浑蛋，怎么会在此刻降下大雾？冷静，他反复对自己讲，这个时候慌乱只能坐以待毙。

杨翾脑中反复思量起来，大雾突降，正是赵冽借机转移兵力的好时机，他完全可能以虚张阵势瞒过柳志展，先灭弱方，即自己这路，再回击柳志展。若自己这路被歼灭，无论从兵力还是士气上，起义军都将大跌。

但，他转念道，以赵冽平日的行事喜好来看，此人忄生情急躁，凶残嗜杀，凡事追求一击必杀，待人对事从不留以余地，往往连根拔除。若自己是赵冽的话……

糟糕！心忽地一阵揪紧，杨翾清冷的黑眸蒙起一层深深的慌乱色彩。以赵冽的性情，他一定会调动精兵，一举东上，反噬洛阳，攻占起义军的总营。

而此时的洛阳城，只有大约一万兵力的守备，最初总议时，因为南阳距洛阳

第三章 麟儿孤儿

并不远，可以即时回撤，便将大量兵力投入前线。只是现在却没有料到，这场大雾无疑成了赵冽的护甲，掩护他施行这诡计。

林峰……你是否能察觉？而仅仅一万兵力，你又如何能抵挡？一股刺痛感汹涌而上，杨翾转向许靳，"将军，立刻回撤洛阳！"

许靳一头雾水，茫然道："军师，此意何解？为何要回撤洛阳呀？"

杨翾眉心紧拧，策动马缰，疾驰向前，冷声高吼："林峰有难！"

林峰，你一定要支持到我回撤，你不是自诩天下无双吗？你不是还要等我回去辅佐你吗？他心里腾涌刺痛，马蹄狂奔，扬起阵阵风沙，风驰间，脑里竟混乱地闪过幼时同林峰的种种往事。

"嗖"一股凉意扑面锥过，一支冷箭正飞速穿刺而来，杨翾下意识地侧身闪避。

马蹄声戛然而止，浓浓的雾色中，竟出现一列列全副武装的秦军。

杨翾苦笑一声，来拖滞我军的秦军，还是到了吗？看来赵冽的目的，果然是洛阳。

许靳追上前，高声命道："全军戒备，秦军已至！"转而朝杨翾道，"军师，快回营帐吧，秦军已至，马上就要对阵。"

杨翾眼里厉芒闪动，"以骑兵和弩兵强袭，切勿拖泥带水，只求速战速决。"他脸上是许靳从未见过的怒色，继而狠狠道，"赵冽，若林峰有意外，我一定叫你身首异处！"

千年帝都洛阳南据于黄河之岸，居天下腹地之中。北临嵯峨逶迤之邙岭，南对亘古耸立之嵩高山，亦偏临太室、少室二山之间。境内伊、洛、涧，诸水并流，其地广衍，平夷洞达，土质肥美，物产丰饶，周山环绕，雄关林立，自古形势甲于天下。

夏商两朝均建都于洛阳，西周转至镐京百余载，东周迁回洛阳，秦始皇统一天下后，虽定都咸阳，洛阳却依旧是贯穿东南部的枢纽，绝对的政治中心。

虽此时大秦帝国已是末路之相，在林家的治理下，洛阳却依旧繁花似锦，外城雄浑恢弘，洛水萦绕于城周，城里更是薄雾轻腾，润得洛阳城内各式花木笑靥骤绽。

夕色中的洛阳罩着金辉色的霙彩，城内行人依旧谈笑如往常。谁也想不到秦军的凶恶虎狼正步步临近。

城墙顶上的城门守备遥观四周，率先注意到西北方向阵阵风沙飞扬，而沙尘中正挟着浓烈的敌意。

黑压压一片洪流，定睛看去，一身黑甲。秦人以黑为国色，那么，这果然是秦军！一阵冷汗直冒，守备慌得高吼："秦军！秦军攻来了！"

守城将领心中颠簸翻涌起来，他一面厉声下令，"速点狼烟，全军戒备！"一面匆匆忙忙从城墙上冲下，骑上一匹马直奔林府。

林峰正端坐在"数院"正厅内，一件件仔细观看苏莱莱的物件，脸上挂着点好奇的神色。老付和林湘儿亦是在旁边看得异常惊喜，唯有苏莱莱抱怀斜倚在椅上，心里盘算着何时才能回到现代社会。

守城将领却忽地冲了进来，身后还跟着一名林府守卫，神色慌乱紧张，疾声道："少主！大事不妙，秦军竟攻城来了！"

林峰脸色倏地一转，猛地起身道："秦军不是正在南阳同我军对仗吗？怎么会攻至洛阳？"

守城将领怯声道："属下不知……只是秦军来势汹汹，仿佛人马不少！少主，我们应该如何是好？"

瞬时间，林峰俊挺刚毅的脸上阴沉无比，他眉心紧拧，沉声道："城中仅有一万人马吧？"

守城将领略带颤抖道："回少主……城中配备齐全的兵力是一万人，另外还有三千左右为维护洛阳治安的兵力，但武器配备不足……"

林峰声音低浑，"秦军大约多少兵马？"

守城将领摇头，"属下……属下不确定，但初看去，少说也有八万以上……"

老付忽地高声号骂起来，"他奶奶的！不带这么玩的，竟然搞偷袭，秦狗太卑鄙！"

林湘儿在一旁也怒声道："八万对一万三，我们怎么打得过呀！秦狗太卑鄙了，趁爹爹和杨翱不在就玩这种阴谋诡计！"

苏莱莱白了她一眼，心里暗暗道，没点出息，就知道杨翱，就算他在，一万三千人对八万人也是以卵击石而已。哎呀呀，不好，我跟他们一起，不是送死吗？不行，我得赶紧想办法逃回现代社会。

可是……她的目光竟不由自己控制般地游向了林峰。这样的悬殊，难道他打算以死相搏？

林峰的脸色却意外地平静了几分，刚硬的轮廓满是镇定，嘴角轻扬道："赵冽，看来我们低估了你。"转而朝向守城将领道，"我会立即拟出应战对策。命城中兵士迅速严阵以待，切勿慌乱阵脚，秦军气势虽盛，实际上不过是乌合之众罢

第三章 麟儿孤儿

了,不必惧怕。"他眼里闪烁着傲慢的色彩,神色镇定而自信。

"林峰,你在强逞什么英雄?苏莱莱盯住他,心里一阵莫名怨气。对方可是八万大军,你这洛阳区区的一万三千人,还有三千是从未上过战场的"城管",你竟然还是这样目空一切、傲慢自大,生死关头,你竟然拿自己的命去逞一时豪气?

她暗暗愤道,却转而想,关我什么事,这白痴原始人,要送死就让他去死好了。只是这城中无辜百姓……哎,又要受苦了,可这又关我什么事?历史上,哪场战争不是血流成河?我不过是个旁观者而已,根本无力改写历史。

"是,属下遵命。"守城将领领命后随即朝离林府不远的营地奔去。

看着守城将领离去,一抹凄迷神色猛地涌上林峰的黑眸,他转向老付,语调轻淡漠然得有些飘,"将我的'铄杀'同铠甲拿来。"继而道,"湘儿,你带这个女人去地牢……"

什么,苏莱莱差点惊蛰而起,又要关地牢?!

却分明听到林峰浑厚的低音,"最里面的牢房地底是林家的密道,此密道只有我同父亲知道,你带着这个女人躲去那里。密道的另一出口直接可避开秦军耳目,通往洛阳郊野,若是几日后……"

他忽地竟停顿了片刻,随即嘴边浮起那抹熟悉自信的微笑,朝向苏莱莱,"你会在密道里等我得胜归来,不是么?"

苏莱莱想要白他一眼,却忽觉一缕悲凉的感觉涌向心头,刺得她鼻腔有些酸楚。

片刻,老付扛着一副亮色的铠甲回到厅堂,身旁的两名守卫抬着一把金光闪闪的金戟。苏莱莱忽地回过神来,那把金戟,不正是第一天见到林峰,他所持的金戟吗?刚才听到他称为"铄杀"。这戟锋尖锐利,光芒四绽,更让她咋舌的是竟是两名守卫抬进来,那该有多重?

林峰披上铠甲,右手抓起铄杀金戟,倏忽间劲气狂起,他只轻轻挥戟,竟变化出数道利芒。同初见那日一样,依旧那样英伟挺拔,他却骤然转身,头也不回地离去。

老付向林湘儿和苏莱莱告别后,追随林峰而去了。

苏莱莱望着林峰的身影,看着风撩动着他身上的披风,竟晃得她的心慌乱无比。

她竟意外地叫起来:"林峰,你心里根本就没有把握吧?你不是要我帮你吗?为什么又要我去躲起来?"

林峰高大的身躯骤停了下来,他并未回头,却幽幽道:"这场仗,你已知吗?

我最后的结局是怎样?"

苏莱莱皱眉,"我不知道……但……"

"既然不知道,讲什么废话?!"他狠狠道,恢复了厉声,"你以为我会让我的女人身处险境么?"

又来了!苏莱莱有些头晕,这个死自大自恋狂,只是自己心里却漾起一丝柔柔的触感。她无言以对,只能默然。

回过神来,他已经消失不见。

林湘儿眼里也满是焦虑神色,对她道:"大嫂,跟湘儿去密道里暂时躲避吧。"

苏莱莱尴尬一笑,"说过好几次啦,你叫我菜菜就行了,我真不是你的大嫂……"是的,自己究竟算什么呀?生死危难之际,他为她的安危担心,自己却一心只想要借此机会逃跑。这个称号,她既不想担,也担不起吧。

林湘儿微笑,"大嫂还是在生气湘儿顶撞你的事吗?是湘儿太鲁莽,大嫂别往心里去啦。"

苏莱莱摆手,"没有啊。都过去了,我怎么可能那么小气,再说也是误会嘛。"

"那就好,那请大嫂跟湘儿一起去密道暂时躲避吧。战事迫在眉睫,我们别让大哥为我们担心了。"

"真的要去密道里躲避吗?"苏莱莱脸上浮起一丝忧虑。

林湘儿点头,"大哥的命令是毋庸置疑的,再说,他也是为了我们的安全着想。"林湘儿说着收拾了些点心干粮,装了些水在皮袋里,然后将皮鞭拾掇好,缠在腰际间,再从背后掏出一把铁制的柳形匕首递给苏莱莱道,"大嫂将这匕首收好,倘若遇到危难还可自保。"

"谢谢。"苏莱莱接过匕首,和自己的东西一起放进已缝好的GUCCI手袋里。看着手袋中心那道交错的白线,她心里一阵无奈。这浑蛋林峰,我还没跟他算弄坏我GUCCI包的账,干吗替他瞎操什么心。

跟着林湘儿步出了"数"院,狂风掀散了她的头发。秋日的气息越来越浓,已是风沙骤增的季节了。她一手紧拽着自己的GUCCI手袋,一手不断拨弄着自己的头发。似乎一个月来,头发也长了许多,回去后要记得去理发。我果然还是比较适合现代社会啊,她喃声自语道,脑里竟满是回家的念头。

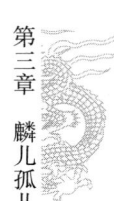

第三章 麟儿孤儿

第四章 逃出生天

　　天色微黯，洛阳郊外军营内的一万兵士已全然回撤到城内，目的只为全力守住洛阳城，守住起义军的命脉。

　　林峰已布好了战略，因人马数量悬殊，只能以守为主，况且城中粮草充足，只要能熬过先头两日，以杨翾的聪慧，必定能察觉，及时回撤相救。所以只要当下死守不攻。

　　林峰骑马立在城门内，多年来的戎马生涯，他早已看破了生死，只是为何这一刻，他竟有阵阵心慌的感觉，是因为背负了洛阳一城百姓的命运吗？还是因为，心中始终惦念的那个让他欲罢不能的女子？

　　赵冽性情残暴，倘若洛阳失守，定会屠尽一城百姓，这是林峰所不容的，只是自己仅仅一万有余的人马，该如何扭转这如斯逆势？计策算尽，竟会犯下如此大错，父亲，倘若你知道，此刻心底必定后悔不已吧。

　　但我怎能束手就擒？赵冽，任你的虎狼之师再强大也好，这一仗，我定会拼死而战，只为这满城的无辜，只为我想要保护的她。

　　铁骑声震如雷，战马嘶鸣不断，秦军士兵如黑潮般向洛阳城门涌来，他们冒着漫天的箭羽冲到城墙下，架起云梯，蚁附而上。

　　然而守城的士兵却更加以命相抗，箭矢、巨石、甚至沸水齐下。士兵们的家人也多在洛阳，守护亲人的勇气成为他们最坚固的盾牌。

　　整整一夜，洛阳城依旧坚固如昔。

四周都是触目惊心的血迹，城墙下积满了冰凉的尸体。清晨的曙光照在尸体上，折起一抹刺目的血色。

苏莱莱和林湘儿躲在密道里，她们只能依稀听到外面交战的撞击厮杀声。

看着林湘儿俏美的脸上依旧愁眉不展，苏莱莱轻声问道："你很担心吗？"

林湘儿点头，"大哥征战无数，却从没有露出过像今日这样悲凉的神情。虽然他装得自信满满……"

苏莱莱不由道："你大哥……是个怎样的人？"

林湘儿脸上浮起孺慕的神情，"大哥在我心中是个大英雄。他豪气万丈，武艺无双，统军能力也极强，平日对我们也是极好的，只是……有时候脾气太过暴躁，凡事非要依自己的性子，难免会太过霸道专制了。"

苏莱莱心里嘀咕，你的脾气也差不多，又任性又霸道，看来有其兄必有其妹呀。

林湘儿继续道："这么多年，大哥身边一个女人也没有，连朋友也几乎没有。除了杨翾外，似乎大哥不相信别人。你是例外，大哥这么喜欢你，一定是真心要你做我的大嫂。"

苏莱莱悻悻道："那我还真是荣幸呢……"

林湘儿睁圆杏目，"洛阳城中不知多少名门贵族小姐都想嫁给大哥，哪怕是做妾也行。"

苏莱莱没好气道："那让他全娶了不就得了。"脱口而出，才意识到脸颊发烫，自己这语带怨气的回答，究竟是……

林湘儿眯眼微笑道："大哥可不是登徒子。"

苏莱莱心里却不断埋怨自己，这关你什么事呢？难道要放弃这个绝佳的逃跑机会吗？对他浅浅的感触就能打乱你的心绪吗？她回过神来，柔声道："不知道现在外面怎样了，刚才还有交战的声音，现在好像安静了好多。"

一番话让林湘儿忽地紧张起来，眼里涌出阵阵焦灼而畏惧的神色，"静了？难道秦狗已经攻下洛阳了？大哥……"她眼里竟忽地蒙上一层透明的泪光。

苏莱莱的心一阵揪痛，林湘儿的模样竟让她有几分难过。她轻轻握住林湘儿的手，喃声道："他不会有事的，一定不会的……"

"嗯。"林湘儿倚靠在她身旁，声音微微的甜蜜，"菜菜，其实我挺喜欢你。虽然第一次见面被你气个半死，可是，你的奇异，还有你的张狂，都很让我喜欢。你知道吗？林府中从来没有女人敢跟我顶嘴，你是第一个。可是我觉得很欣赏你，若是……"

第四章　逃出生天

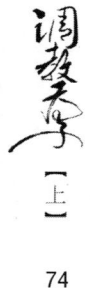

林湘儿的声音忽地空灵起来,"大哥同我们都能度过这个劫难,我们就结拜成姐妹吧……"

苏莱莱低声道:"傻瓜,我们会度过的,而且我已经当你是我的好姐妹了。"

林湘儿声音又略喜悦了些,"是吗?你多大了?几月生的?"

"我今年十九岁,生日是十二月九日,你呢?"

"我今年十八岁,是三月初六生的。"

苏莱莱随即算道:"哦,按我们那时代的算法,你的生日应该是四月十日,你是白羊座呀,怪不得和我这个射手座这么合拍。"

林湘儿面上满是疑惑,"莱莱,你讲什么?"

苏莱莱柔柔笑道:"我是说我比你大几个月,我应该是姐姐呢。"

林湘儿笑道:"嗯,可我不想叫你姐姐,就叫你莱莱行吗?"她忽地垂头,眼里竟涌出泪水,"我唯一的姐姐在我很小的时候就出嫁了,本来有三个哥哥,可一个走了,一个死了,倘若大哥也……"

望着林湘儿,苏莱莱心里充满了不忍和愧疚,她是真心想把自己当朋友的,但自己却……可她心中强烈的回家欲望却战胜了对林湘儿的愧疚,对不起,林湘儿,如果我们有幸能生存在一个时代,我们一定能成为真正的好朋友。

"湘儿,坚强点,林峰最在意的就是我们的平安,为了他我们更要坚强呀。"苏莱莱轻声道,从林湘儿的包裹里拿出一块点心,递给她道,"别饿着肚子,我们还要等他胜利归来呢。"

"嗯,谢谢你。"林湘儿擦擦眼泪,接过点心吃了起来。

苏莱莱趁她吃点心的时候,悄悄从药包里拿出一颗安眠药,将胶囊里的药粉偷偷倒进水里,轻晃皮袋,递给林湘儿道:"再喝点水吧。"

"谢谢。"林湘儿眼里满是晶莹的感激色彩。这真挚的神色,让苏莱莱更加愧疚,她扭过头,躲避着林湘儿的目光。

"这水味道怎么有些怪……"林湘儿忽然觉得头有些晕,竟困乏不已。难道是因为一夜未眠?她想不出缘由,眼皮太过沉重,困倦袭得她支持不住,竟依靠在苏莱莱肩上,沉沉地睡去。

苏莱莱将林湘儿放平,拿了些稻草覆在她身上,然后拿出镜子和化妆包来,给自己化了一个浓厚的烟熏妆。这样出去,即使被守城卫兵发现,若不细看,旁人应该认不出来吧。

她小心裹好自己的东西,从彩袍上割下一角,做成头巾包裹住头发。然后,她提着GUCCI手袋,沿着密道,朝另一端匍匐行去。

静谧的气息中，传来林湘儿平静的呼吸声，苏莱莱不忍回头，她必须不停前行。她原本想留点东西给林湘儿，却又放弃了这想法。还是让她忘记自己吧，在他们最危难的时刻，自己这个离他们而去的自私人，又怎么值得她回忆呢？

一缕微微的火光耀了进来，密道的另一端出口就在眼前，苏莱莱的心却是五味翻腾。你应该高兴啊，马上就可以离开这个地方，回到现代社会了，为什么心里却满是悲伤的触感？

再见，林湘儿，我的朋友，虽然仅仅一夜而已。再见，付老头，祝你娶到八个美女当老婆。

她努力让自己笑着，眼眶却反而湿润，于是她努力地回想现代社会的一切让她开心快乐的事。这短暂却深刻的古代时光，在一幕幕对家乡的甜蜜回忆中，裂成碎片，消失不见。

她心里终于提起了勇气，说出那句一直没有讲出的话，再见，林峰。

这是？洛阳的郊野？清晨昼色将暮色蕴染，青空下一片空旷，远处却仿佛看到屡屡火光，空气中似乎还残留着血的腥味。

苏莱莱望着夜空，大口呼吸着，自己终于自由了，可以踏上回家的路了。只是接下来，她要怎样去到那片芦蒿地，寻到那棵千年古树呢？

走得太仓促，事先竟然没有做好充足准备。她轻咬嘴唇，埋怨自己道，但既然已逃了出来，先凭记忆找找吧。

可林峰抓住自己那天，自己太过害怕，对路早已毫无记忆。洛阳此刻还是战区，倘若瞎闯乱撞，搞不好连小命都会玩完。

苏莱莱的目光随着远处的火光游弋，这郊外应该也住有平民吧。既然是洛阳居民，应该知道芦蒿野地，不妨去向他们询问一下。

她朝火光奔去，渐渐火光骤盛，出现在她眼前的却完全并非她所想的而是漫野的营帐相连，一列列身披铠甲的士兵如塑像般伫立。

而更惊惧的是，那随风扬起的军旗上，分明写着一个斗大的字，虽然篆字她认识得不多，却分明认识那个清晰的"秦"字。

这里竟然是秦军的营地！一时间她吓得双腿发软。遥观四周，营地正沿着丘陵蜿蜒而上，前方正是临近洛水，渡过洛水，便是洛阳城墙，而洛水旁，是一座山势奇特的山谷，谷口狭窄弯曲。

她却忽地听到一阵脚步声，吓得她扭身回头而跑。

"站住！"一个高昂的男声喊道，显然她已被发觉。

第四章 逃出生天

完蛋了，怎么会被秦军发现？她心中恐惧不已，闭上眼睛，没命地朝前狂奔。可是穿着这长袍，却怎么也快不起来。

身后的黑甲秦将却越来越近，一把揪住她的长袍，正声道："站住！"

情急中她慌忙脱下长袍，身上只剩下一件白纱短裙，死命地朝前狂奔。

意外地，那男人居然大喊一声："姑娘，你……"随即停住了脚步，低声喃喃道，"非礼勿视，非礼勿视……"

秦人深受法家思想影响，可军队里怎么会有个啼笑皆非的酸儒？

瞬时的走神，苏莱莱竟停下了脚步，锵，一道冷锋划过，她的头巾被劈散开来，几丝头发掉落。

这黑甲秦将什么时候冲到自己面前的？可恶，竟然装傻害我走神！苏莱莱心中怨气骤涨，却抬头看着眼前的秦人不敢出声。

这黑甲秦将身形魁梧，从装束上来看，他军衔应该不低，两道浓眉英气十足，眼里满是坚毅。他的脸看上去满是正直，想不到竟然会使这种卑鄙的小伎俩。可恶的秦人，看来林峰他们那帮人没说错，秦人都是凶残虚伪之辈。

"你不是洛阳的普通百姓吧？"黑甲秦将瞪住她道。

"将军误会，小女子是咸阳人士，此时是来投靠洛阳亲戚的，想不到竟然遇到战乱……呜……"她故意低下头，想要挤出几滴眼泪。

"抬起头来！"对方正色道，"你说自己从咸阳来？莫非你是老秦人？"

苏莱莱忽地脑子灵光一闪，猛点头道："对呀，对啦，赳赳老秦，共赴国难嘛。"电视剧我可没白看，她心中暗笑。

"姑娘既是秦人为何见到在下又拼命逃跑？在下还误以为你是叛军的奸细呢。"黑甲秦将说着收剑回鞘。

苏莱莱无可奈何地笑笑，被起义军当成秦军奸细，又被秦军当成起义军奸细，难道我长得很像奸细？做什么孽了我，怎么这么倒霉。

"姑娘既是秦人，那速速离开此地吧。"黑甲秦将说着拾起苏莱莱的长袍，递给她道，"姑娘请穿好衣衫，夜里天凉。"

苏莱莱接过长袍，这秦人真蠢，哈哈，几下就骗过去了。不过，他倒挺正派，并没有为难自己。她微笑着穿上长袍，手里的GUCCI手袋却不小心落在地上。她尴尬地朝黑甲秦将笑笑，立刻拾起来，却没发现包里的匕首滑了出来。

"姑娘，你的匕首。"黑甲秦将拾起匕首，霎时间，脸色竟阴沉下来。

苏莱莱望住他，面带疑惑。

"你不是老秦人！"黑甲秦将忽地高吼道，他猛地再拔出剑，挡在苏莱莱面前，面有怒色，"你包里的匕首是叛军林贼之物，上面还有他们的家徽。你跟他们有什么瓜葛？"

完蛋！露馅了，一时间她竟愕然失措，不知道该如何应对。

"左将军，这女子原来跟叛军林贼有关！"一个尖细的声音传来，苏莱莱扭头看去，一名模样精瘦奸诈的黑甲秦将正骑马而来，身后跟着一列手持长戟的黑甲秦兵。

精瘦秦将脸上露出一丝狡诈的笑容，"这女子极有可能是林尚候老贼的爱女，将此女献给上将军必定是大功一件！左将军，见者有份，莫要独占军功哟。"

黑甲秦将脸上逸过一缕厌恶神色，淡淡道："右将军，本将自会处理，不劳你费心。"说着他朝秦兵道，"来人，将这女子押回大营。"

苏莱莱放声号叫道："不关我事呀！那匕首是我捡的！"秦兵却丝毫不理会她，将她绑个牢靠。

精瘦秦将讨了个不快，看着黑甲秦将押着苏莱莱回营，鄙夷道："呸，不就是王翦的孙子吗？还真以为自己是战神再世。"

秦军大营中，苏莱莱被押跪在地，双手双脚都被绑牢，根本没有逃跑的机会。她心里后悔不已，早知道留在密道也好过现在这样，为什么自己步步走，步步错？难道自己今年真的犯太岁？

秦军的主帅赵冽正端坐营中，他年纪同林尚候相近，却一脸凶神恶煞，一双眼珠仿佛淌血似的恐怖。他盯着绑苏莱莱来的黑甲秦将，语带不屑道："王离，本帅叫你思考攻城良策，不是叫你去抓什么叛军女子，这种小事也要禀告本帅吗？"

一旁的精瘦秦将立刻语带恭敬道："上将军训斥得是，不过这女子极有可能是林尚候那老贼的爱女。若用此女要挟，想必林贼必定难以继续固守洛阳。"

赵冽冷冷道："熊靖辅，本帅问的是王离，你搭什么腔？"

熊靖辅仄悚道："属下多嘴。"

王离正色道："回上将军，末将不赞成右将军要挟的主张。即使此女子是林贼的子女，我堂堂秦人也不应当用这种卑劣的手段取胜！"

赵冽冷笑道："好一个卑劣的手段，那你倒说给本帅听听，你有什么妙计能攻破洛阳城门呀？"

王离沉声道："洛阳城中守备绝不会多于两万，我军有八万人马，攻入洛阳是迟早的事。"

赵冽高声奸笑起来，之后一脸怒色，"我呸！你让我八万人马在这跟林贼玩拉

锯?我们现在不过是骗过柳志展那老匹夫,但他身边有个奸狡小子,恐怕已识破我们的计策了吧。本帅告诉你,我们可没时间跟林贼耗,必须尽快攻下洛阳!"

王离不慌不倚道:"上将军,末将之前就谏言过,以浓雾掩护是妙计,但是我们应当将躲在清邑附近的另一路叛军剿灭,再回头收拾柳志展那老贼。但上将军为何非要攻入洛阳?洛阳兵力并不多,就算攻下,也只是百姓遭殃而已,对叛军损伤不大呀!"

赵冽怒目道:"你懂个屁!你爷爷是大秦战神不代表你也是。本帅不想同你们两多费口舌,没事的话滚回自己营帐想想对策,不要妨碍本帅办正事。"

王离眼里闪过一丝怒色,却只能低头应声道:"诺。"

一旁的熊靖辅接嘴道:"上将军,属下确实认为以此女要挟林贼是个可行之计啊!"

赵冽走到苏莱莱面前,血色的目光吓得她有些发颤。审视片刻后,赵冽道:"计策是可行,但这丫头不是林尚候的女儿。"

熊靖辅失声道:"不会吧,刚才属下看过她的匕首了,确实是林老贼的家室才能持有的呀。而且,战前探子就回报说,林贼的小姐不见人影,并没同林小贼一起,所以属下认为她是……"

苏莱莱瞪住熊靖辅,心里早将他的祖宗十八代骂了个遍。这干瘪的家伙,口口声声贼来贼去,你自己的样子才最像个贼,你们全家都是贼。

赵冽摆手,"两年前我跟随章邯那叛徒同林尚候作战,见过他女儿。他女儿比这女子身姿高挑,但却不及这女子白皙清秀。"

"啊……真可惜。"熊靖辅失望道,仿佛苏莱莱是他所抓获,到手的功绩打了水漂一样。

转眼他眼里又闪过一抹淫色,恬笑道:"上将军,既然这女子不是林老贼的女儿,那可否交予属下处置?"

赵冽漠然道:"别他娘的就知道玩乐,赶紧想攻城对策,带她下去吧!"

熊靖辅面上一阵欣喜,"谢上将军!属下今晚一面玩乐一面想对策,明日定让上将军满意。"说罢露出更猥亵的笑容。

苏莱莱瞪圆大眼,不是吧!赵冽要把她交给这个满脸淫笑的狗贼?被这种垃圾侮辱,那还不如一头撞死。她脑中一片空白,不知该怎样办,头几乎要昏厥似的疼痛。

一旁却有个坚定的声音响起,"上将军,此女子是末将抓获,应当由末将处置!不必劳烦右将军越俎代庖!"

说话的正是王离，他一脸凛凛神色，目光异常坚定。

熊靖辅面上立刻浮起一抹憎恶神色，忙道："上将军刚才已经将此女交予本将，左将军，你不是要同本将争夺吧？"

王离瞪住他，"难道不许么？此女子是本将最先抓获，难道不应由本将处置么？"

熊靖辅被他说得无言以对，只得搬出赵冽道："上将军刚才已经下令交予本将，你难道要上将军收回命令吗？"

王离正色道："上将军明鉴，定会秉公下令！"

赵冽不耐烦道："都给我闭嘴！真想吐你们俩一脸口水！看看你们自己，抢个女人怎么就如此来劲儿了？想个计策都他娘的跟只鳖似的！"转而厉声道，"王离，既然这女人是你抓获的，你就带下去吧。你们俩赶紧给我滚下去，别杵在这里影响本帅的思路！"

苏莱莱却暗自好笑，看着赵冽训斥他们，有种山寨大王骂小弟似的过瘾。

王离朝赵冽行礼后，提起苏莱莱朝营帐外而去。熊靖辅狠狠剜住王离，眼珠子快要掉出来似的通红。

临离开前，苏莱莱得意地朝熊靖辅飞去一个中指。

熊靖辅气得发狂，虽然不懂苏莱莱的意思，却也知道她在嘲笑自己的失败。他闷声朝赵冽拜别，也怒气冲冲地回到自己的营帐。

回到自己的营帐后，熊靖辅越想越恼怒，这么个娇美的女子，到手的肥肉，竟然就让王离这小子截了去，他脑里忽地想起那把匕首来。

绝不会错，那是林尚候的家人才能持有的匕首，这女子既然不是林尚候的子女，莫非是林尚候的小妾？总之这女子地位应该不简单，何况她长得娇艳秀美，肌肤白净似雪，身段玲珑有致，这种姿色，怎可能是林府下人？

哼，赵冽不同意也罢，我大可宣扬我军捉到此女的事，搅乱林贼军心。既然女人捞不到，军功好歹也该分一杯羹吧！

洛阳城内营地，忽地一名士兵奔到主帅房前，门外的守卫将他拦在外面。

老付从房内出来，满脸的不快，"又有什么军情！少爷一天一夜没有合眼了，现才刚刚睡着，有什么先禀告老子！"

士兵神色慌张，"禀告付队长，根据探子回报，三小姐现被秦将王离所抓，现在正在秦狗的营地里，他们还将这匕首送了回来。"

老付接过匕首，一阵惊慌，惊觉额有冷汗，"什么，三小姐被抓了……可少爷

才刚睡下……"

铿，一声金属撞地的巨响，老付惊得回头一看，林峰已经站在身后，手持"铄杀"金戟满面怒色，"秦狗妄图造谣乱我军心！我已将湘儿安置到安全之地。传令下去，切勿相信秦军谣言！"

"是！"士兵领命退下。

老付正一脸迷茫，却听到林峰低沉的声音，急促而紧张，"老付，立刻随我回府一趟。"

林家密道内。

"三小姐，三小姐……"仿佛有人在呼唤，林湘儿依旧睡眼惺忪，恍惚间，老付同林峰正在自己眼前。

"大哥，老付，你们都没事，太好了！"林湘儿揉揉眼，起身坐起来，满脸喜悦道，"洛阳守住了么？我到底睡了多久呀……"

"这个问题我们想问你呢，三小姐，为何就你一人在此？"老付一脸焦急神色。

"菜菜，她不见了么？她不是一直同我在一起么？"林湘儿满脸疑惑。

林峰的脸色阴霾得可怕，他的声音低到极点，"她逃走了。"

林湘儿惊呼道："不会！她怎么会逃走呢？她答应跟我做好姐妹的，怎么会逃走了？我……我怎么什么都不记得了。"

老付沉声道："三小姐，你再想想，你们最后在一起是如何的情形？"

林湘儿喃声道："当时我很担心大哥，她安慰我，说大哥一定会平安，然后，我们说要成为好姐妹，然后……然后她让我吃了些点心，喝了些水。"

老付打开水袋，闻到一股怪异的药味，"看来她在水里下了药，这药跟蒙汗药味道有几分相似。"

林峰俊逸的脸上逸过一缕凄厉神色，他压低声音，努力控制自己的情绪道："湘儿，父亲送你的匕首呢？"

"我给菜菜了。她没有防身之物，我给她暂时防身用。"她抬头望住林峰，"大哥，难道菜菜给我下药逃走了？她为何要这样……我那么相信她……"林湘儿脸上露出阵阵悲伤的神情。

老付叹气道："她被秦军抓了，因为她手上有三小姐的匕首。秦军把她当成你，企图搅乱我军心。"

林湘儿失声道："啊？怎会这样？大哥……秦狗残暴，一定会伤害她的。虽然她逃走了，但是我们怎么能任由秦狗折磨她呢？大哥……"林湘儿说着抬头望着林峰道。

"可现在战况如此危急，少爷必须在城内坐镇呀！不如让属下去营救苏姑娘？"老付正色道。

林峰摆手，阵阵扯痛搅得他头痛不已。苏莱莱，这个可恶的女人，他时刻为她的安危担忧，她却仍然只想要逃跑！但此刻她却在秦军手上，他们有对她用刑吗？她身上的伤还没有全好，怎么受得住？

他竟不知道自己此刻是何种心绪，既愤怒她的逃离，又担忧她的处境，心中矛盾不已。

大概之前太过困乏，苏莱莱在王离营帐里休息到次日黄昏才转醒过来。

见苏莱莱醒来，王离将GUCCI手袋扔还给她，叹气道："你走吧，我不会伤害无辜。"

苏莱莱眸内闪过欣喜之色，"你真的肯放我走？"

王离点头，"没错，你迅速离开吧，不过我给你个忠告，跟着叛军，注定不会有好下场！"

苏莱莱捋捋头发，微笑道："放心。我要回家的，我的家离这里很远很远，一旦回去了，就再也不会回来了。"她心底忽地漾起一缕悲凉，但只片刻，又问道，"王将军，你知道洛阳附近的芦蒿野地怎么去吗？"

"那里是你家？"

苏莱莱微微笑笑，摇头道："那不是我家，只是回我家的必经之路。"

王离起身装戴整齐，别好长剑，淡淡道："此地离芦蒿野地并不远，我骑马送你过去吧。"

心里起了一阵感激之情，苏莱莱忽地想劝王离退隐尘世，因为史书上他为秦廷征战沙场，却因为仅仅一次的失利就被赵高诛杀。她有些于心不忍，却不敢开口，她怕又因为讲述太多未来的事，引起这些古人的好奇，又一次失去回家的机会。

王离扶苏莱莱上了马，带着她向西而去。望着夕阳渐渐落幕，洛水蕴起阵阵薄雾，她心中有些凌乱。她竭力不让自己回忆，此时，再也没有什么能比回家让她欣喜。即使这样的夕阳，她想起从树下跌落的那一刻。

天色却骤然暗下来。转瞬间而已，夕阳便坠下山脚，夜幕再一次沉沉来临。

苏莱莱正沉浸在能回家的喜悦中，猛然间，马惊声而起，支支利箭朝他们飞刺而来。

马蹄骤停，将他们猛然甩落在地，继而狂奔离去。

第四章 逃出生天

王离扶起苏莱莱，关切道："姑娘，你没事吧？有没有受伤？"

苏莱莱摇摇头，强忍着疼痛。从马上摔下，她的脚踝扭伤，钻心地疼，她却装作没事的样子。

"哼，还真是恩爱呢。"这奸诈的声音，让苏莱莱警觉起来。

果然，熊靖辅带着一队手持弓箭、腰佩长剑的秦兵从夜色中缓缓步出。

王离怒目道："熊靖辅！你竟敢在此伏击本将？！"

熊靖辅仄声道："喷喷，王离大将军，你既然敢携带敌军潜逃，本将又有何不敢伏击你呢？"

王离正色道："一派胡言！昨日在上将军面前已经证实，她并非林尚侯之女，又何来敌军一说？"

熊靖辅仄目道："并非林尚侯之女，不表示同林贼无瓜葛，但你竟想放走此女。来人，将王离给我绑了，待本将收拾了这女子后，将他送给上将军发落！"

王离拔出长剑，"熊靖辅，你敢！"

熊靖辅得意地笑笑，"绑他！"十几名秦兵立刻一拥而上。

见秦兵已经拖滞住王离，熊靖辅面带淫笑走到苏莱莱面前，吓得苏莱莱靠在草地上不住后退。

王离高声喊道："姑娘！快跑，沿着这条路，再翻过一座山丘，顺着洛水而下就能找到你要去的地方了！"说罢持剑同秦兵交击起来。

苏莱莱咬紧牙关，强忍住脚踝的疼痛，站起身来朝前奔去。

熊靖辅追上去戏谑道："别逃呀，小美人。你要是乖乖的，本将就温柔点收拾你，你要是不乖，可别怪本将粗暴了哦。"

"我呸！"苏莱莱大声骂道，"淫魔，有多远给我死多远！"她的脚踝却不争气地剧痛起来，她的步伐渐渐缓慢下来，可她仍然咬着牙努力狂奔。

"哎哟，好辣的美人，不过嘴里骂本将，却放慢脚步，心里还是希望本将收拾你的吧！"熊靖辅发出阵阵淫荡的笑容。

苏莱莱没命地狂奔，逃离的勇气竟让她逃出好远，回头竟看不到王离和秦兵。可这淫魔熊靖辅却死死跟在身后。

脚踝又一阵剧烈扯痛，痛得她颓摔在地。

熊靖辅立刻冲到她面前，得意地大笑，"跑不动了吧，老老实实伺候本将吧。"说着凑过身来，无耻地将苏莱莱压住，一只手按在她白皙的肩上，伸出另一只手强要剥她的衣袍。

一阵强烈的屈辱感袭来，苏莱莱嘶叫出声。熊靖辅虽瘦，力气却异常大，压得她透不过气来，她尖声怒骂道："滚开！滚开！滚开！……"她恨不得将这个恶心的男人千刀万剐。

她双手被压在身后，背部却抵着什么东西硬硬地疼。苏莱莱辨认出来了，是她的GUCCI手袋！此时，手袋正被她压在身下。熊靖辅无耻地贴过脸来，在她脸上磨蹭。她伸出手在GUCCI手袋里拂过，随手抓到一只硬硬方方的玻璃瓶。

熊靖辅剥掉自己的铠甲，他依旧压住苏莱莱，正准备脱掉自己的内衫，倏忽间，却见到苏莱莱蓦地手一抬，一阵刺眼的水雾直冲自己眼睛喷来。

猛烈酸辣的痛感直刺双眼，熊靖辅尖声道："你这臭娘们……"双手捂住眼睛用力揉起来。

苏莱莱立刻起身。在刚才千钧一发之际，是她包里的CHANEL MISS COCO香水救了她。趁着熊靖辅双眼还在疼，她紧攥住GUCCI手袋和MISS COCO，拖着疼痛的脚步，努力向前而去。

过了一阵，又一串脚步声急促而来。难道熊靖辅又追上来，他的眼已经不疼了吗？她咬住嘴唇，提起一只脚，单脚向前跑去，身后的脚步却愈发接近。

没办法，只好再使一次MISS COCO。她握紧香水瓶，准备熊靖辅扑过来时就反身朝他眼睛喷去。

仿佛上天同她作对似的，不等她转过身，就被对方狠狠地伏压在了身下。扑在漫野的荒草上，有一阵浓烈的青草味道，她的心却荡起阵阵绝望。对方的身躯如此有力，让她完全动弹不得，她手里紧握着香水瓶，却根本无法转身喷向他。

对方急促的气息逐渐靠近，在她脖子周围缠绕着。被他紧紧压住，她喉里的嘶声也呼不出来，她闭上眼睛用尽全力想要挣扎，却被死死箍住。

他的大手攀上了自己的双手，手指扣住她的手指。这感觉，怎会有些熟悉？温暖而安心的感觉，仿佛那日在地牢里守护她的那个人。她来不及想，他已经凑过来，在她白皙的颈上柔柔吻下。可恶，这感觉怎么如此熟悉，竟让她颤抖的身体安定下来。

"又想要逃吗？苏莱莱。"这个声音，令她嘴角浮起一缕笑容，强忍许久的泪水终于崩然滑落。

林峰，依然是你……她猛烈抽泣着，心中的愁绪竟浑浊不堪。他的怀抱依旧温暖，她合上双眼，依偎在他的怀抱里，贪婪地享受着他的气息，心里交织着悱恻和甜蜜。

一时间，苏莱莱已经泪如泉涌，空旷静谧的山谷间，她的啜泣声格外清亮。

第四章 逃出生天

林峰炽热的唇在她的耳际游弋，轻柔而细腻，嗓音低厚而浑浊，"受伤了么？"

苏莱莱泣声道："从马上摔下来的时候，脚踝扭伤了……"

林峰起身将她抱起来，紧揽在怀中，她眼里的泪水不住淌下，娇弱的模样让他心疼不已。她抬头望住他，林峰紧绷的脸却突然舒展开来，放声大笑起来。

苏莱莱原本白皙的脸此刻却像京剧脸谱般，一片花彩，浓厚的眼影和睫毛膏被泪水沾湿，脸上还沾着几根青草。

"你干吗笑我？"苏莱莱呜咽道。

林峰挑了挑眉，伸出大手轻轻将她脸上的青草拂去，敛回笑容道："还能走吗？"

苏莱莱用手捏了捏脚踝，酸痛不已，摇摇头，"不能了，疼得我没法动。"

"那你小心、抓紧了。"他忽地用左手紧揽苏莱莱，右手从地上抓起铄杀金戟，高喊一声，"疾夜。"

一匹通体乌黑、马鬃直长飘逸的高大骏马忽地从山谷处斜奔而下，林峰抱着苏莱莱跃身上马，策动缰绳，似风般奔行。

身后响起阵阵风驰声，夹杂着箭矢的飞袭声，不住传来的还有熊靖辅尖利的咆哮声，"站住，哪来的小贼！竟敢抢走本将的女人！"

一缕怒色涌上林峰俊挺的脸。不是又要发火吧？苏莱莱心里急切道，逃命要紧呀。她张开嘴，话还没出口，林峰已拉紧了缰绳，"疾夜"骤然停蹄而止。

苏莱莱伸出手使劲拽动缰绳，一面大声道："快跑，快跑！别跟你主人似的笨蛋！停下来送什么死！对方可是有好多人……"可任由她怎样拽绳，"疾夜"对她毫不理睬，就是止步不前。

一声傲慢的声音，"闭嘴。"

她抬头仰视林峰，他一双黑眸内满是杀意，嘴角却勾起一抹胜者的笑容。

熊靖辅骑着马带着一队秦兵追上来，丑陋的面孔因妒意变得更加扭曲，阴阳怪气地叫道："小贼，别以为投降就不用死！敢跟本将抢女人，就叫你死无全尸！"他朝秦兵喊道，"放箭！"

立刻箭羽飞刺而来，苏莱莱吓得蓦地闭眼，缩着身体紧紧蜷在林峰怀中。

林峰挥起铄杀金戟，瞬时间，挽起湛湛金光，一阵阵金器交击声不断。他挥戟旋身转行，将箭矢纷纷击飞。

见箭矢竟伤不了对方，熊靖辅暴跳如雷，"上去给本将杀了这小贼！"他咬牙切齿，从马侧腰抽出一柄长剑，策马冲来。秦兵们抽出侧身的佩剑，挥出剑花，猛袭而来。

熊靖辅冲到林峰近前，猛地拉紧马缰，顿时怔目，"林贼?!"转而笑道，"果然是林尚候的独子！哈哈，真是得来全不费工夫！兄弟们，看清楚，此人正是林贼的大少爷，谁能取到他项上人头，封地封爵荣华富贵享之不尽！"

秦兵们立刻变得双目通红，挥起武器蜂拥而上。军爵制度下的秦兵，个个如豺狼虎豹一般凶狠。

"哼，一群蝼蚁。"林峰旋回铄杀金戟，以戟尖为着点，将全身猛劲贯汇其中，戟劲合鸣。他挥起金戟，横扫而过，光影中掀起一片血腥味。

先前冲来的几个秦兵躲闪不及，当场毙命。秦兵却无所畏惧，疯狂地奔上前去，却纷纷毙命，溅出片片血花，发出刺鼻的腥味。看着暴毙的同卒，剩余的几名秦兵骇然惊惧，不敢再凑上前去送死。

熊靖辅的脸色忽地转为惨白。眼前的这个人，竟如此威猛凶悍，原以为自己人多势众，想不到几乎被他屠尽了。熊靖辅的心猛一阵揪紧，高声道："撤！"

剩下的几名秦兵立刻退散逃命。

熊靖辅调转马头正准备逃，看到林峰策马奔来，单手一挥，一道金光闪过，熊靖辅使出全身劲力，迅速扬起佩剑抵住铄杀金戟。

"林贼，大战当前，身为主帅，竟然还只身前往敌军营区，真是有勇无谋。不想死就乖乖投降！"熊靖辅尖声叫道，想要扰乱林峰心神。

林峰丝毫不为熊靖辅所动，眼里的威严扩散开来，"就凭你？"

强烈的压迫感冲击得熊靖辅快要抵挡不住，他的手骨几乎快要被震碎了一般，但他好歹也是大秦帝国的铮铮勇士，怎么能轻易被反贼诛杀？他用尽全力用剑抵住铄杀金戟，金属撞击发出刺耳的声音。

熊靖辅的目光忽地扫到了林峰怀里的苏莱莱，一阵恨意涌上心，狠狠道："原来你这小贼也垂涎她。哈哈哈哈，不过可惜呀，本将早已尝过她的滋味了！"

林峰脸色顿变，双目着火似的燃起阵阵怒意，猛地旋回铄杀金戟，转而朝熊靖辅狠刺而下。

熊靖辅心中一抹阴笑，趁林峰收回金戟的片刻，左手拔出一把短剑，猛地朝苏莱莱刺去。

林峰黑眸忽闪，他脑里一片空旷，只有强烈地护住苏莱莱的念头，猛地侧身挡去，手臂被熊靖辅的短剑刺个正着，登时血流如注。

这混账竟然想伤害她！他眼里凶光骤闪，脑里立刻塞满了清晰狂怒，犹然忘记了手臂的痛楚，铄杀金戟挥下，招招凶狠劈刺在熊靖辅身上。

第四章 逃出生天

熊靖辅原本以为自己这招偷袭能趁机击伤林峰,保住自己一条命,却不料却更激怒了他。眼前的这个人,太过强大,自己根本毫无取胜的可能……脑中的念头还没结束,熊靖辅已经惨号着瞪着眼睛断了气。

熊靖辅死前的惨号惊得苏莱莱睁开眼睛,眼前的一幕让她完全怔住。地上斜躺着十几具尸体,而就在身旁,是熊靖辅狰狞恐怖的面孔,身上更是千疮百孔,残破不堪。

"啊!"苏莱莱尖声嘶号起来,心中的恐惧使她不住地颤抖。

"别怕,已经没人会伤到你。"林峰沉声道,目光中的凶色渐渐敛回。

苏莱莱惊恐不已。眼前的林峰,竟让她觉得陌生,他的面孔依旧英俊,眼神凌厉,却有种让她害怕的恐惧。她看着他铠甲上的点点血迹,仿佛面对一个恐怖的杀人魔头一样陌生。

她竟发癫似的从手袋里抽出香水瓶,用力地朝着林峰左臂的伤口上砸去。

呼,香水瓶撞到坚硬的铠甲上,立刻碎裂开来,香水汩汩流出,顿时空气中飘荡着一阵浓郁的芳香。

林峰右臂的伤口却被灼烧一样地剧烈疼痛,脸上满是痛苦表情。他手劲竟忽地一松,苏莱莱一把推开他,坠下马来,脚踝却疼痛不已。她无法站稳,就在地上翻滚了几圈,才勉强匍匐着向前爬去。

"苏莱莱!"他低声怒号道。他真是被她激怒了,右臂的伤口还在灼热发痛,却远远抵不过他此刻心头的一丝扯痛。

苏莱莱哭着朝前爬去,脑里已经混沌,充满了对他的恐惧。从未见过真实尸体的她,竟在这短短的瞬间,见识了如此惨烈的一幕。她的心绪已经混乱,完全不知所措,她只想逃开,对林峰的恐惧已占据了她所有的思绪。

林峰跃下"疾夜",迅速追上苏莱莱,伸出左手一把揽住苏莱莱的腰肢,任由苏莱莱不住挣扎,剑眉紧拧,怒目道:"你依然只顾逃走!"

泪水汹涌而下,苏莱莱哭喊着:"救命,救命!"

林峰狠狠瞪住她,"你在叫谁救你?!"

苏莱莱凄声高喊:"不要杀我!"

"混账!我怎么会杀你?"林峰怒吼道,真恨不得把这女人的脑子切开,看看是怎么长的。

"爸爸,妈妈,救我,救我!"她竟失声哭喊起来,声音愈发无力,"这里好恐怖,我想回家……"

望着她哭泣的脸,林峰的心竟立刻软了下来,将她轻轻揽入怀中,紧紧地抱住她。闭上眼，他心中竟是一片悲怆。也难怪她会这样反应，这些天来的确提心吊胆，刚刚躲过淫贼，却又撞上如此血腥的场面，对一个柔弱女子来说，确实太过骇人。

她讲过，她生活的那个年代，是一个盛世，没有战争，没有杀戮，平民安居乐业。这不正是自己想给百姓开创的时代吗？既然自己如此爱她，为何又要这般自私，强扭她的意志，将她强留在身边？既然爱她，为何不放她回到那个和平时代，为何要强留她在这个硝烟弥漫的乱世？

况且，这场仗，连他自己也不知道能撑到何时。他总认为自己能保护她的安全，却怎会忽略，让她回家，才是对她最好的庇佑。

林峰嘴角勾起一抹苦笑，轻轻捧起苏莱莱的小脸，看着她花猫似的脸，心中对她的不舍刺得他头痛，但脑中不断重复着之前的决定。他垂下脸，狠狠含住了她柔软的嘴唇。

苏莱莱蓦地回神，他又一次吻了自己，他的嘴唇依旧炙热，气息却不像头次那样温柔，满是急促和凶狠。她脑里轰裂作响，想要推开他，却被他紧扣在怀中，丝毫无法挣扎。

林峰渐渐收回了嘴唇，死死地盯住她，眼眸里满是悸动，却闪烁着丝丝不舍。苏莱莱愣愣地望住他，之前对他的惊惧竟在这目光中逐渐褪散，目光里满是无辜神色。

"我送你去芦蒿野地。"林峰忽地躲闪过苏莱莱的目光，语调轻淡道。抬起头，月色投入他深不见底的黑眸里，一片落寞。

苏莱莱扬起小脸，怯怯道："真的要送我回家？"林峰点头不语，唤来"疾夜"，抱着她重回马上。

林峰策起马缰，"疾夜"已然飞驰如梭。苏莱莱耳边响起阵阵如风般的呼啸声，勉强睁开眼，夜色恍惚而过。她已经不再惧怕，下意识间紧抱住他。

此刻的他已没有了让她恐惧的气息，她依偎在他怀中，心中却泛起丝丝惆怅。她应该满是喜悦呀，为什么脑里却不住妄图时间停滞，停在这平静和安详之中？

渐渐风声停止，她睁开眼，眼前竟是那棵参天古树。暗沉的夜幕中，夜风掀起四周的芦蒿，摇曳如纱。

"要如何做才能回家？"林峰淡淡道，避开她的目光。

"我穿越来的时候，正好落在那树顶上，我想，那个时空的夹缝应该就在树顶。"她眼里闪烁着清澈的色彩。

第四章 逃出生天

"抓紧我。"林峰握住苏莱莱的小手，让她环住自己的脖子，他一手紧揽她的腰肢，一手挥起铄杀金戟，狠刺入树干，踩住戟杆腾空跃起。

苏莱莱吓得惊叫一声，闭上眼睛紧紧箍住林峰。脑里再次一片空旷的茫然，脑里依稀响起最初的铁骑飞扬声。

树枝晃动作响，苏莱莱睁开眼睛，已到了树顶，阵阵夜风拂过，冷得她颤抖不断。林峰蹙了蹙眉，解下披风裹住她颤抖的身躯。

恍惚中，阵阵金色光芒耀来，树顶上竟绽出一张朦胧浮动的金色圆幕。这就是时空错层的入口！苏莱莱脸上浮起清晰的欣喜神色。

看着她脸上的表情，一阵不快猛袭林峰，仿佛心被掏空似的闷疼。他松开她，垂下头，嗓音哽咽似的低浑，"回去吧。"

苏莱莱却愣然了，望着林峰，她竟然怔怔地伸出手，摸着他满是愁容的脸。

林峰轻握住她的小手，痴痴地凝视住她，眼神贪婪而炙热。但只片刻，他猛地甩开她的柔荑，纵身一跃而下。

夜风忽的狂啸起来，树枝噼啪作响。苏莱莱拽紧裹住自己的披风，目光缠在了树下林峰的身影上。

林峰正要抽出树干上的铄杀金戟，忽警觉似的猛一转头，阵阵箭矢直面飞来。他侧身闪避，箭雨却铺天盖地般密集。他双目怒张，咬牙运劲，猛拔出铄杀金戟。

胸口却不受控制般地绞痛起来，他目光扫过，原来锁骨附近位置上竟中了一箭。箭尖穿过铠甲的缝隙，刺破了他的身体，箭头上好像涂有毒液，一阵阵如撕裂般绞痛。

阵阵火光忽近，火焰晃动中，有一张苏莱莱熟悉的脸。是王离！他身边还跟着一大队秦兵。王离怎么会袭击她？苏莱莱惊呼出声。

王离脸上满是悲愤神情，"姑娘，想不到你真同林贼关系密切，还联手杀了右将军！枉王某还担心你的安危，你竟……"

苏莱莱高声道："你不是被绑了吗？"

王离愤然道："都是老秦人，讲清楚自然没事！但这林贼是我大秦的死敌，决不能放过他！姑娘，王某之前劝过你，切勿和叛军同流合污，你当时信誓旦旦说不会，但你竟然苟同林贼杀害我秦将，那绝不能饶你！"他大声下令道，"将那女子拿下！但不要伤害到她！"

几名秦兵立刻挥起佩剑，朝古树奔去。

"苏莱莱，跟秦人讲什么废话，还不快滚!?"林峰怒吼道，挥起铄杀金戟挡住秦兵。伤口上的毒液却迅速地蔓延开来，整只手臂立刻似火烧一样难忍。他咬紧牙齿，挥着铄杀金戟朝着秦兵猛力横扫。

王离沉声道："再上！拿下那女子！"

另外几名秦兵立刻汹涌奔上。

疼痛钻心，林峰拔掉箭头，忽觉右臂开始麻木起来。他却强忍疼痛，紧握铄杀金戟，将秦兵一拨拨横扫倒地。

苏莱莱已经跨入错层半个身体，却发现林峰的样子有些奇怪，仿佛力不从心似的，脸孔也因痛苦有些狰狞，他却强忍着痛苦挥动铄杀金戟，竭尽全力为她阻拦着凶恶的秦兵。

林峰……他受伤了？苏莱莱心一紧，她竟停住脚步，无法朝前行去。

"苏莱莱！"他低吼道，依旧挥动着铄杀金戟，声音恼怒而凌厉，"快给我滚！"

苏莱莱的心绪却莫名地晃荡起来，望着林峰的身影，心竟好像他的伤口一样疼痛不已。她脑里一片紊乱，她竟鬼使神差地收回身体，朝着树下大吼："住手！王离，住手！不要伤害他！"

王离心里也燃起一股莫名的怒意，他拉紧弓弦，对准苏莱莱就放了一箭。

苏莱莱惊得大喊一声，树枝猛烈摇动起来，箭矢擦着她的脸飞过。她猛一个踉跄，从树上颓跌下来。

王离心里却泛起一阵闷疼，放出箭的最后时刻，他竟然下意识地偏了几许，否则怎会没命中？看着她从那样高的树顶跌下，他心里竟一阵莫名的紧张。

耳边的风声猛然刹止，她蓦地睁眼，一双有力的手臂紧紧接住了她。如最初那日一样，从树上跌下的她，张开眼，见到的就是那张永远无法忘记的脸孔。林峰，为何又回到了最初的那日，只是，却是完全不同的心境，这是何种羁绊？仿佛命运相连似的，纠缠交织，无法斩断。

"笨蛋！"林峰狠狠道，"想害我分神么？"他厉声斥责她，眼里却绽出阵阵无可抗拒的威严气息。他用疼痛的右手紧揽住苏莱莱，将铄杀金戟换到左手，挥起阵阵金光，如风卷残云般掀动，顿时血色四溅。

几名秦兵立刻毙命，剩下的号叫着"妖怪"，就没命地逃走了。

林峰狭长的眼里闪过一抹阴沉，挥起铄杀金戟猛攻向王离。金戟直刺而下，王离的佩剑被打落在地，身上血痕累累，转瞬间，戟尖已直抵住他的喉咙。

王离惊出一身冷汗，"林贼！你竟然能以左手使戟？！"

林峰勾眉冷笑，"那又如何？"

王离长叹一声，凄然道："早听说林尚候的独子武艺盖世无双，今日王某既然

技不如人，死在你手上也无话可说，只叹无法再报效我大秦！"于是轻合双目，仿佛凛然受死一般。

林峰挑起铄杀金戟，却听到苏莱莱大吼一声："不要！"

林峰随即收摄劲力，依旧以戟尖抵住王离的喉咙，怒目道："你竟替他求情？"

苏莱莱眼里溢出一缕不忍，"他救过我。饶他一命吧，而且他已经伤成这样……"

一股羞怒愤然而起，王离瞪住苏莱莱，"王某不需要你的同情！"

苏莱莱低声道："王将军，我没有同情你，我只是感激你。"

王离感觉羞愤难耐，身上的伤口却血流不止，疼痛难忍。

"王将军，你赶紧回营治疗吧。你是个好人，我会一直记得你的恩情的！"苏莱莱眨着长睫。

林峰嘴角微扬，眼里射出一种睥睨天下的气度，"那便放你回去，让你亲眼证实我是如何颠覆秦廷！"

被林峰的话一激，王离反而生出存活的勇气，他拖着残破的身躯，跨上马背，策马远去了。

望着王离远去的身影，林峰唤来"疾夜"，将苏莱莱抱上马背。他跃身上马，手臂的绞痛却忽地贯及整个胸腔，他竟手抖，铄杀金戟啷当落地，接着他颅内一阵昏厥，颓然摔下马来。

"林峰！"苏莱莱惊呼道，从马上跃下。落地时她脚踝又一阵疼痛，但她却丝毫感觉不到，她扑到林峰身上，神色紧张，"你受伤了吗？"

林峰面色是从未见过的苍白，嘴唇也褪去血色般，右肩锁骨处的伤口已经一片乌黑。他中毒已久，却一直强忍到现在，他眼里漾着强忍的痛苦神色，声音低沉，"不用你管，快回去！"

"你中毒了？！"苏莱莱惊呼一声。

"快滚！"他低吼一声。

"这个时候你还逞强！"苏莱莱怒骂道，泪水竟夺眶而出，"不要有事，我不要你有事……"

他的声音越来越低，恍惚间听到他叫她回去，说不能让她和自己一起送死。

苏莱莱泣不成声，慌乱中，她竟想起了GUCCI手袋里的药包。她手忙脚乱地打开药包，慌乱地寻找着药，却没有一种药是可以解毒的。她无力地瘫坐在地上，放声大哭起来。

空旷的山谷，夜空繁星点点。四周的芦蒿晃动得她难受，心像被割破了一般的无力。

林峰终于失去了意识，苏莱莱伏到他身上哭泣不断。她恨自己的无能为力，她不断喃声道："不要死，不要死啊……"

她脑里蓦地闪过一些片段，忽然解开他的铠甲，掀开他的长衫。他锁骨附近的伤口看上去如此狰狞，由于他生生拔掉箭头，勾起一块皮肉，鲜血因毒素已变得乌黑，令人心生恐怖。

不知从何而来的勇气，苏莱莱竟俯下身子，替他将毒液吸出。她喃喃道："我只在电视上看过，老天保佑这个真的有用啊！"

看着林峰伤口处的毒素渐渐退去，苏莱莱伸出手背捋捋额头上的汗，露出一抹温柔的笑容。她的身体却开始瘫软无力，伏在林峰身上，恍惚中竟然听到帝陵里那个浑厚而低沉的男声，"莱莱，你不能走……"

原来是你……泪水迷茫住双眼，她紧紧揽住他，梦呓般低语："我不走……我陪着你……"

马蹄声临近而来，脑颅里一阵强烈的眩晕感，是又有人要伤害林峰吗？她不能再让人伤他……全身却毫无力气，直到恍惚中出现老付那张飞沙走石、鬼斧神工的脸来，她终于合上眼，昏厥过去。

这是……帝陵的地宫？旷荡的地宫，阴暗恐怖的气息，苏莱莱浑身发抖，冰冷的空气冻得她紧抱住身体。

帝陵中为何空无一人？她猛地回过神来，我竟然回到了现代？脑颅里一阵愕然，林峰呢？她忽地意识到，他已不在身边，只是转瞬而已，已与他错落了时空。

终于回来了，自己应该高兴的呀，为什么心里却被堵住似的憋闷难忍？她咬咬牙，忘掉那段经历吧。只是，此刻他是否已无恙？她皱皱眉，扶起身边的石台努力站起身来。

四周的火光却突然亮起来，苏莱莱吓得尖叫，手颤抖着滑下，竟触碰到石台上一块光滑的木盖。哐当，巨大的木盖应声从石台上划过，重重摔落在地上。

苏莱莱一个踉跄，猛地跌在石台前。她下意识地扶住石台的边缘，眼前的一幕却让她目瞪口呆。

石台里置放着一副雕琢精致的棺木，棺盖已摔落在地，棺里躺的人身着黑袍，身旁放着一柄金光四射的金戟，而他的面孔，竟如此熟悉。

苏莱莱颓然跌坐在地上，呆愣片刻后，她心中的恐惧竟全然消失，一阵猛烈

第四章 逃出生天

的痛楚揪着她骤然站起身，无所畏惧地扑到棺木前，眼泪忽地奔涌而出。

"林峰……"她放声号哭，心里竟是前所未有的闷疼，痛得她无能为力。泪水顺着脸颊落下，空旷静谧的帝陵中只能听到她凄冷的哭声。她喃声道："对不起……都是我害了你，如果不是为了救我……如果我不穿越……"

恍惚中，她戚戚地望住他，伸出手轻覆在他英俊平静的脸上。忽地两行鲜血竟从他紧闭的双眼中流下，吓得她惊叫一声，跌摔在地上，脑颅中忽地一阵绞痛袭来，她眼前也开始鲜红起来……他眼里流下的鲜血刺得她精神崩溃，她哭喊着他的名字，失神般在空荡荡的地宫中狂奔。

忽地一只手抓住她的肩，她惊呼一声，蓦地一阵强光闪过。

"菜菜，你没事吧?!"眼前竟是林湘儿焦急的脸孔。而自己，也并没有在黑暗阴冷的地宫中，而是躺在"数"院的房中。

"我……"苏菜菜怔了片刻，坐起身子，脸上浮起一缕焦虑表情，"林峰呢？"

"大哥在他房里。"林湘儿轻叹了口气，"已经医治过他，他已经无碍，只是还未醒来，老付在那守着。"

他已经没有生命危险了！苏菜菜心中忽地放松，刚才那个恐怖的梦境，还好，只是个梦魇而已。

望着苏菜菜脸上的忧虑神色，林湘儿柔声道："菜菜，谢谢你！我听老付说，是你替大哥吸走了毒液，所以才保住了他的命……"

一缕尴尬的红霞浮上苏菜菜苍白的小脸，她低声道："都是我不好……如果不是我给你下药偷跑的话，他也不会受伤……"

林湘儿忽地拧紧眉毛，故意摆出恼怒的样子道："你也知道吗！你说走就走，还偷偷给我下蒙汗药！你真是罪该万死！"

苏菜菜讪讪道："真是抱歉，我知道我错了……"

林湘儿怒斥道："你倒是洒脱！说逃就逃，你知道我们多担心你么？你若是遇到危险又该如何？"她的脸色忽地柔和起来，眼里满是悲怆，"听秦狗说你被捉了，你知道我们多么着急么……"

苏菜菜沉声道："对不起……"

林湘儿瞪了她一眼，脸上浮起一抹诡笑，"谁要你假惺惺道歉……你要真愧疚，就留在大哥身边陪伴他一世……"

苏菜菜悻悻地笑笑，低下头不语。一世？对于她来说，这太遥远，只是，若没有这次生死劫难，她又怎会知道自己对林峰的感情。

"小女娃子，你醒过来了？"是老付熟悉的粗豪声调。

"付老头,我记得好像是你救回我们的……谢谢你啊。"苏莱莱微笑道。

老付摆摆手,"别说谢,老子怎可能让少爷身处险境,这是分内之责。"

苏莱莱轻蹙眉头,"林峰……怎么会跑去犯险?"

老付提高嗓子,"你个鬼女娃子,还好意思问!还不是为了救你!少爷不放心别人,所以身为我军主帅,却为你擅离职守,只身出入敌营……你这鬼心眼女娃子,竟然给三小姐下药偷跑,照老子说,让你叫秦狗分尸了,救你个屁!"

苏莱莱自知理亏,不好跟老付顶嘴,嘴巴却还是嘀嘀咕咕动着,"你不也没保护好你的少爷吗?还分我的尸……去死,第一个就肢解了你这只大河马。"

老付狠狠瞪她一眼,"又暗中跟老子顶嘴是吧?好呀,老子今天就跟你这败家老娘们练练。"

苏莱莱瞪圆眼睛,"付老头,你最近阴阳失调还是信期不规律啊,喷我一脸口水干什么?"

老付气得瞠目脸红,愤愤道:"信不信老子把你扔回秦军军营里!"

苏莱莱做出一副很疑惑的样子,"你——说——什——么?"说罢故意露出一抹天真无邪的笑容,接着道,"我——听——不——见——你——大——点——声!"

"……"老付脸色发白,对她无可奈何。

林湘儿在一旁再也强忍不住,大笑起来。

苏莱莱望着林湘儿脸上的笑容,也甜甜地笑起来,心中却漾起淡淡的惆怅。虽然林峰已经暂时性命无忧,但秦军攻下洛阳只是几日之内的事。到时候洛阳沦陷,始终难逃城破人亡的命运。原本这一切都与她毫无关联,只是,林峰舍命的相救,却让她知晓了自己对他的感情,自己原来竟如此担心他的安危,那个梦魇,仿佛还清晰在眼前。她脑里浮现出林峰双目流血的模样矣,让她惊惧万分。

她不能看着他在自己面前逝去,她不能让梦魇成为现实。虽然"一世"太遥不可及,她却确认"此刻",她必须留在他身边,同他一起守住洛阳。

一声急促的声音搅乱了她的思绪,一名守将面色慌乱地冲了进来,"付队长,少主为何还不出现?兵士们情绪躁动,纷纷嚷着要听少主的对敌部署。秦军已经蠢蠢欲动,该如何应战,大家心里都没底,我军兵力现只剩大约一万,士兵们想请少主出面明示,抚慰下大家。"

老付尴尬应道:"少爷……少爷尚在思考中……不是叫你告诉他们,再多等几日么?"

守将面色焦灼,"士兵们已无耐性再等了!少主迟迟不现身,士兵中已有谣

言，说少主身染沉疴，将不久于人世，所以才放任不管，妄图整个洛阳为他陪葬……"

"放屁！"老付怒斥道，"秦狗造的谣也能让你们这帮孙子上当？咱们都是跟随少爷出生入死过的兄弟，难道他是那种人么？"

守将低头沉声道："属下正是不信谣言，才赶来请少主前去部署战略，让大家也安心的呀。"

老付生硬地回应："你既然相信少爷，那也无妨再等几日，等少爷思考清楚后将详细部署告知。"

守将眉心紧锁，面有难色，"付队长，属下也有三日未见少主，少主究竟有何要事，为何不肯见我们？"

老付一时语塞。他怎能告诉守将，林峰因为救一名女子，只身前往敌营受伤尚未苏醒？若让军士们知道一向谨守军纪、治军严厉的林峰竟擅离职守，身为主帅，竟犯下如此大错，此时必定军心大降。但军士们都需要心里慰藉，至少让他们知道这场仗的对策，不是毫无意义的送死。

可林峰尚在昏睡，守将却在这关头前来……

第五章 时空发明

正在老付一筹莫展时,耳边却响起苏莱莱轻甜却镇定的声音,"少主说了,秦军贪图临近城墙,以为容易攻城,所以找了个自以为最适合的地方扎营,但那地方近邻洛水,前不能速攻,背有一狭口山谷,后无法全身而退。所以只要将他们逼入山谷,就能以逸待劳。"

守将面有疑虑,"姑娘是?"

苏莱莱随口道:"我曾同杨翱一起拜在鬼谷子门下,最近刚从山里归来,帮主公同少主共建大业,少主封我为副军师,现替少主传达他的部署。"她面不改色,说得头头是道,心里却暗叫,哎呀呀,学古人说话真是累死了。

守将恭敬道:"原来姑娘是军师的同窗,只是少主从未提及何为副军师……"

一旁的林湘儿接嘴道:"废话,这种机密大哥能随便到处说么?"

苏莱莱朝她投去一个微笑,接着正色道:"没错,少主原本不打算公布我的身份,但此次洛阳守城战我军毫无优势,为了最终取胜,也只好让我公开参与军略。"

林湘儿高声道:"怎么?难道副军师传达的军略有何不妥吗?!"说着面上浮起阵阵怒色。

一旁的老付被这两个女人弄得无言以对,只能愕然点头应声。

守将摇头道:"不。此军略真是高人所为,也只有少主同军师这样的人杰才能想出,副军师既是军师同窗,那智慧谋虑自是非比寻常,属下佩服。"

苏莱莱心里感到好笑，这么简单的计策，小时候在爸爸的书柜里随便一翻就能看到一大堆，这种策略，在古人眼里竟然是绝世妙计……天啦！到古代当天才那也太容易了吧。

她忍住笑，故意板着脸，学着林峰说过的话道："哼，奉承的话就给我吞回去吧！"

守将尴尬道："是是是，属下立刻就回去部署……"说着转身离开。

守将退下后，林湘儿笑个不停，老付却面带忧虑，"鬼女娃子，你的计策听上去虽然很妙，可是以我军区区一万兵力，如何能将数万的秦军逼入山谷？"

苏莱莱思索了片刻，微笑道："他们人虽然多，却不一定都是有效劳动力。咱们只要能提升装备，一万人就足够打败他们啦。"

老付鄙夷道："鬼女娃子，我军装备已算是最精良的，还有啥可提升的。"

苏莱莱摇头，"我说过时代不同，你们这些东西在我们那时代可不算精良。虽然以你们的智慧做不出枪支弹药，但是我们可以提升骑兵的装备。"

老付疑惑道："我们的战马是自匈奴购得，已经是当世良驹。"

苏莱莱笑笑，从身边的GUCCI手袋里掏出一个小记事本，拿出一只圆珠笔，在纸上画出一个奇怪的物体构图，递给老付和林湘儿。

"莱莱，这是什么？和骑兵有何关系？"林湘儿眨着眼睛。

苏莱莱嘴角勾出一缕自信的笑容，"这叫做马镫。有了这样东西，秦军必定会被我们的一万人逼入山谷。"

老付意外地沉默了。望着眼前的苏莱莱，他忽地明白了一直以来林峰对她莫名其妙的迷恋。

阳光洒在苏莱莱苍白的脸上，仿佛相互融合了一般明亮。她沉声道："付老头，立即下令照这个图赶制马镫，要是人手不够，务必请洛阳百姓帮忙！"

老付愣然，苏莱莱能巧妙化解刚才的难堪，想必心中已经有了计划吧。只是，她不过一介女流，况且从未上过战场，究竟能否信任她呢？但眼下时间紧迫，根本容不得他诸多踌躇。既然是少爷看中的女子，那么，就相信她吧。

夜里凉意突袭，夜空低闷，黯无光华。

洛阳城中却灯火通明，军工们正连夜赶制着马镫，而几乎全城的百姓亦赶来帮手，他们有的帮着缝制皮革，有的帮着烧炉打铁，其余的则帮着往来搬运。

苏莱莱身后跟着老付，从人群中缓缓踱过，望着百姓敬慕的目光，心里泛起丝丝自豪。但这场生死之战，她已不知道结果究竟是如何，史书上毫无提及，她唯有赌上自己所知道的一切。只是自己从未实战，只是从爸爸书柜里的兵法书上略知一二。虽然嘴上告诉老付，一定会取得胜利，可事实上有多少胜算，连她自己也不得而知。

忽地夜风扬起，雨丝淅沥洒下，百姓们早有准备，纷纷撑起斗帐。

苏菜菜扬起脸，几滴雨珠斜洒在她白皙的脸上，浅浅的凉意。忽地一把米色的伞挡在眼前，也挡住了雨丝。

"谢谢你，付老头。"苏菜菜柔声道，轻拂掉在脸上的水滴，转头微笑。

老付撑着雨伞，脸上却露出一丝不快，"谢个屁。你这鬼女娃子，这马镫到底有没有你说的那么神奇？老子找谁考证去啊？"

苏菜菜并未动怒，微笑道："如果没有马镫，骑手必须至少一手扶鞍鞯，能使用单手兵刃和轻型兵刃，杀伤力较大的武器，比如锤、斧，长矛等兵刃根本不能使用。这时骑兵除速度占优外，其战斗力是远不如脚踏实地的步兵的。"

老付撇嘴，"放屁，少爷在马上也能熟练使用铄杀金戟，从未有步兵是他的对手。"

苏菜菜斜兜了他一眼，"他是基因突变的妖怪……不要用他和普通骑兵比较。"

老付瞪圆小眼，嘶声道："你又辱骂少爷！难道忘了他为了救你……"

"嘘……"还没等老付说完，苏菜菜伸出食指按在嘴上，狠狠瞪了他一眼，小声道，"想死啊，再这么大声，全世界都会知道你的少爷现在还躺在床上养伤呢。"

"苏菜菜，你可知罪？"背后响起熟悉的声音，浑厚低沉。

苏菜菜蓦地转身，一抹红晕突上小脸。

"竟敢散播谣言，本帅是躺在床上养伤吗？"林峰挑眉道。

苏菜菜愣愣凝视林峰，目光缠在他略微苍白的脸上。他还是那副高傲威赫的模样，只是他眼里一缕深色死死盯住她，无法转移。

你这个讨厌的短命恶魔……看着他那双臭屁却深情的眼，她忽然鼻子一酸，眼眶里的泪水猛地滴落。

林峰却忽地伸出手，一把揽过苏菜菜的肩，将她紧紧搂住。望着满脸泪水的她，林峰眸里的深色更加浓郁。

苏菜菜低下头，林峰的突然出现竟让她愁绪不已，心中的惊惧已经完全驱散。她伸出双臂，柔柔地缠住他的腰，轻依在他宽阔的怀抱中。

"林峰……"她喃声道，"你没事真好……"

林峰没有回应，他只是紧抱住苏菜菜，嘴边勾起一抹淡淡的笑容。

老付激动不已,堂堂几尺大汉,竟然当着众人憨笑起来。

"少主!"人群中扬起阵阵呼声。

林峰朝百姓们点头浅笑,他的脸色还有几分苍白,显然尚未痊愈,但他的姿态大气从容得像个王者。眼下敌人攻城在即,他却依旧能泰然自若,仿佛初见时一般,威严不容一丝怀疑。

"林峰,这场仗,我不知道我的想法对不对……"苏莱莱仰起脸望住他道。

"你不相信自己?"林峰俯视她,眼里有淡淡肃色。

苏莱莱轻蹙秀眉,"我从来不知道打仗是怎么一回事,我只是在我爸爸的兵法书上看到一些计策而已。"

林峰眉角略扬,"那你是否信我?"

苏莱莱点头,俏美的眼里满是对他的信赖。

林峰哂然一笑,黑眸里散发出摄人的魅力,抬眉道:"那你就给我坚信自己。"

洛水衬起薄薄白雾,白昼初临的片刻,马蹄飞踏而过,溅起阵阵水声。秦军嘶号着再次直冲洛阳城门而来。

只是秦兵完全未曾料到,紧闭了几日的洛阳城门忽地敞开。晨日的阳光撩过他们的眼,马蹄声陡然疾响,伴随着声声冲杀的吼声,城内竟涌出一列铁骑,个个手持长枪,卷起尘土漫天。

两军激战起来,秦军骑兵很快便显出劣势。义军骑兵因为配备了马镫,便能仅仅以双脚就能控制马匹,秦军骑兵却不得不一手握缰,一手以轻武器对战。义军的长枪不仅攻击范围极大,且杀伤力明显大大高出秦军骑兵的轻武器。不多时而已,黑甲的秦人骑兵便惨号着纷纷坠马毙命。

原本以为洛阳城门大开,是林贼投降的征兆,怎知道他们竟会忽地扭转逆势。赵冽身处步兵之中,愤愤地咬牙切齿。为何叛军的骑兵竟能灵活使用长枪?长枪威力极大,却因其重量难以单手使用,无法被骑兵广泛运用。

而叛军,为何竟能在一夜之间急速提高了骑兵的战斗力?赵冽的目光猛地移到叛军骑兵上,他们的装甲马匹并无突出之处,难道是那个栓在马上,骑兵脚步悬挂处的奇特之物?

"情况不妙,叛军骑兵竟然有如天助,上将军,暂且退兵吧!"王离皱眉道,身上的伤口还未痊愈,仍在隐隐作痛。

"放屁!区区几千骑兵,又能奈我何?"赵冽瞪他一眼,鄙夷道,"让你老实回咸阳养伤，非要跟本帅上战场，结果一来就长敌军志气灭我军威风。你是否认为我大秦勇士都跟你一样没用，根本不是林贼对手？"

王离眉间流露出一缕不满神色，"上将军，自我大秦开国以后，骑兵已经逐渐取代战车成为军中主力！骑兵倘若强大，步兵根本不是对手呀！"

赵冽猛地转头脸，狠狠剜住王离道："不战便言败，妄你还是王翦的孙子！呸！给我滚回咸阳！不要死在我面前玷污我的视线！"

王离沉声道："上将军！我们都是大秦子民，何来畏惧叛军一说！属下不过不愿将士们白白送命！"

赵冽眼珠漫红，咬牙道："王离，本帅现在撤你军职！你已不是左将军，明白的话迅速滚开，本帅可不保没人将你误杀！"继而高声传令，"步兵分成四路包围林贼的骑兵，只要歼灭他们，洛阳便在我们眼前！"

"诺！"黑压压的人群中炸起响亮的回应。

看着朝着叛军骑兵攻去的步兵，王离脑里一片悲凉，赵冽就这样任由我大秦勇士送死？他们都是老秦人，守护着家人，忠心于秦廷。我怎能任由他们无意义死去？可以我一己之力根本无法抵挡叛军，亦无法改变赵冽的命令……既然不能扭转事态，那不如同他们一起殉国而去，也好过苟延残喘回到咸阳！

王离撑着还在隐隐作痛的身躯，拔出佩剑，跟着秦军步兵朝前冲去。

赵冽鲜红的眼珠里竟忽地起了一层薄雾，王离，为何我如此刺激你，你竟然还不肯回到咸阳？！难道真想为这残破秦廷战死吗？

赵冽脑里忽地竟浮现二十年前的事。自己刚被封为都尉时，才二十多岁意气风发的年纪，受封之日，见到了被称为秦国"战神"的王翦。他永远也无法忘记那日，王翦那气度非凡的神态。那时候他已将王翦视为自己终生的目标，对王翦的崇慕，使得他对待王离的态度难以平和。即使平时对王离总是态度恶劣，却全是想要磨炼他而已。

想到这里，赵冽心底竟涌起一阵伤感的怅然。

血味弥漫，四周的惨状触目惊心。秦军的步兵却已经损失大半，而义军的骑兵也倒下不少。

"报上将军！大事不好，我军后营的粮仓起火！"

一声尖锐的声音激得赵冽脑部一阵轰鸣，原本强大的秦帝国步兵竟被仅仅几千骑兵打得如此狼狈，他原以为至少还能以多胜少，将他们拉锯至死。哪知道他们竟能如此顽抗，眼下更严重的竟是粮草被毁！这样怎能同有整个洛阳做后备的叛军进行拉锯？！

赵洌握紧拳头，咬牙喃声道："好个林贼竖子！竟能将本帅逼退！"转而高声下令道，"全军撤退！"

洛阳城门上，望着城外的惨况，苏莱莱心里泛起丝丝不快，可她却无能为力，战争就是如此，她只是个凡人，此刻，她只要林峰活下来。她顾不上其他人的性命，她只能替他们祈福，希望他们能有幸福的下世。

秦军仓皇退去，老付激动得高声道："想不到鬼女娃子真有两下子！"说着转向林峰，"少爷，请立刻下令追击秦狗，将他们逼入谷内！"

林峰却摆手，"既然他们粮草已毁，必定挨不了多时。我方刚才损失也不小，传令将士回城，关闭城门整顿，今晚再攻秦营。"

老付愤愤道："少爷，为啥不乘胜追击啊，老子打头阵，将秦狗一举歼灭！"

苏莱莱抬头斜瞟了林峰一眼，心里暗暗道："笨蛋付老头，粮草被毁，秦人军心大失，如果秦廷再对他们不理不问，那就连战意也没了。现在追击，他们还有可能拼全力一战，但等到他们丧失抵抗的意志的时候再进攻，那简直就是轻而易举。完了，付老头，又捅马蜂窝了，明知道你的少爷脾气那么暴躁，还胆敢违抗他的命令。嘻嘻，不过，我支持你，反正被骂的也是你。"

果然，林峰狠狠瞪住老付，厉声呵斥道："听不到我说关城门吗?！"

老付讨了个痛骂，讪讪应声，退下传令去了。

剩下的骑兵逐渐退回洛阳城，不远处却扬起浓浓风沙，马蹄声急促而来，沙尘声中夹杂着金甲的声音。

林峰的脸色忽转，眉心紧蹙。

苏莱莱也是一阵惊蛰，难道秦军竟然回击？不对啊，对方的粮仓起火，此刻应该正赶回营地。那或者说，难道秦军还有援军？

林峰扬起铄杀金戟，疾步朝城下行去。

苏莱莱却跟着他下到城门前，忽地猛拽住他的披风，死死盯住他。

"你这是做何？放开。"他厉声道。

苏莱莱摇头，"应该是我问你要干什么。你明明知道自己伤还没好……"

林峰回道："若是秦兵回袭，我要确认骑兵顺利回撤。"

苏莱莱望住他，乌黑的眼眸里漾着不情愿的神色，"你是想亲自替骑兵掩护吗？不行！太危险了。你知道你是主帅吗？万一你有意外，整个洛阳就保不住了！"

林峰却飒然笑起来，满脸自信，"我会有意外？"

这个自大狂，伤还没好，那嚣张劲又来了……苏莱莱白了他一眼，略带埋怨道:"谁知道你这个基因突变的野蛮人会不会……"她白皙的脸颊忽地涌出一缕红润。

"废话!你不是信我么?"林峰甩开她的小手,跳上"疾夜",朝她投去一缕柔和的笑容。

苏菜菜还未回过神来,林峰已经策马奔出城去。

一阵尘沙自远而来,极快移动。

林峰高声下令道:"即刻撤回城内!"他挥起铄杀金戟,虽然毒素已清除,锁骨旁的伤口却隐隐在渗着血,裂痛不止。但这点伤痛对于他来说,根本无所畏惧。

盯住移行而来的对手,林峰嘴角逸过一抹笑容,赵洌,你既然回来送死,那么便成全你!

沙尘弥漫散开,缓缓退去之际,为首的骏马背上却恍惚出现一个令林峰熟悉的身影。

"林峰!"蹄声戛然而止,出现在林峰眼前的,竟是杨翾那张俊美无瑕的脸,只是不见了原本清冷沉静的神情,是难得一见的焦灼。

但只转瞬,一抹释然的淡笑从杨翾嘴角浮出,"你还活着?"

林峰勾眉笑道:"你很意外?"

杨翾摇摇头,嘴边的笑容蔓延开来,变得柔和。

两人从马上下来,面对面伫立着,忽地击掌放声大笑起来,笑声浑厚却清亮。

等到杨翾所带回的人马齐入城后,城门守军将城门紧紧关闭。

杨翾朝向林峰,面带疑惑,"我被秦军拖滞,损失近半数才能在五日内赶回,我刚才见城外满是秦军尸体,看来他们损失惨重。你究竟用了何种妙计,竟能抵挡住秦军数万大军?"

林峰回道:"秦军选了个利于我军的地方扎营,我方已烧毁秦军粮草,只需今夜突袭,将余下的秦军步兵逼入后面的山谷,以我强悍骑兵守住谷口,他们只能束手待毙而已。"

杨翾眉心忽紧,俊逸的脸上闪过一丝惊异却敬佩的神情,却仍冷冷道:"该计策只算中规中矩,且风险太大。若秦军以骑兵突围,我军并无城墙为屏障,最后仍只能被秦军反噬。"

林峰夷然笑道:"但秦军的骑兵已所剩无几。刚才我军开城门迎战,正是要一举歼灭秦军骑兵。"

杨翾嘴角一抹浅笑,"大开城门作战,果然是你的做派,孤注一掷拼个死活,

第五章 时空发明

完全没想过万一战败又当如何进退。"

林峰扬眉，"若无十足把握，你认为我会以全城百姓的性命为赌注？"

杨翾审视四周，沉声道："为何你的骑兵竟能使用长枪？难道这就是你必胜的把握？"

林峰点头，"不错。因为昨夜我军骑兵已经全数配备上'马镫'，便能以双脚控制马匹，自然能使用攻击力强大的长枪。"

"马镫？"杨翾朝骑兵望去，见骑兵的脚悬挂在马身两侧的铁制器物上，只需以双腿夹马，便能前行后退，而无需单手握缰，自然骑兵能空出双手使用长枪等重型兵器。多年来，他一直苦于骑兵只能以轻武器作战，面对大队步兵，丝毫无法显示出其的优越性，他曾想过多种改良方案，均不能使得骑兵完全解放双手。林峰竟然能在一夜之间想出这么个奇妙工具，大大提升骑兵的作战性，自此之后，骑兵必然将成为决定战役的主导。

心底一丝莫名的情绪涌上，杨翾竟无法说出缘由，他盯住林峰，低声道："你何时想出这绝妙工具的？为何从未告诉我。"

林峰转头望向不远处，目光紧紧锁在苏莱莱的脸上，"计策、马镫，都是她想出来的。"

一抹略微愕然的神色从杨翾脸上逸过，这个意外太让他震惊，这绝妙的马镫竟然是苏莱莱这个稻草脑袋女人所想出的？不可能，苏莱莱怎可能拥有这种智慧……她不过是个简单纯真的女子罢了，竟然能解决自己多年来也无能为力的难题？

他朝苏莱莱望去，见她正在给一名受伤的骑兵包扎，而老付正站在身旁，手里提着一篮草药绑布。

"付老头，给我一块三七。"苏莱莱伸出手向老付道。

老付扁嘴，在篮子里捡来捡去，摸出一个形如甘薯的东西递给苏莱莱。

苏莱莱一头冷汗，"我叫你给我三七，你拿块茯苓给我干什么？"

老付脸上浮现一抹不满的怨气，"刚才不是你说的吗？三七长得像甘薯，茯苓长得像姜吗？老子没拿错，要是也是你说错了！"

"臭河马！我说的是三七像姜，茯苓像甘薯好不好啊！"苏莱莱怒气冲冲道。

老付也不甘她数落，怒道："败家老娘们，是你自己没讲清楚好吧！再说了，老子堂堂少爷的近卫队长，你竟让老子干这种娘们干的活！信不信我抽你个大耳光子！"

苏莱莱略带鄙夷地兜他一眼，"难道不是你的少爷命你协助我的么？！"

老付龇牙，抽象派的脸上满是无可奈何的神情，他嘀咕着从篮子里摸出个三苏莱莱切开一半三七，递给受伤的骑兵，和颜悦色道："如果伤口还会淌血，记得嚼碎一点点这个，一次大概吃个一两钱，过几日青肿就会逐渐消退。"

骑兵点头道："谢谢苏军师。"

老付在一旁瞪圆眼睛道："就分了半块，塞牙都不够，省着点吃知道不？不然不够吃，飚血的时候别怪到副军师头上。"

骑兵张大嘴巴说不出话，愕然地盯住苏莱莱。

苏莱莱狠狠瞪了老付一眼，"这是草药，你以为是大米，敞开肚子使劲吃？"

骑兵捂住嘴巴，却强忍不住笑出声来。

老付皱眉，板起一张脸冲着骑兵道："笑个屁！再笑割了你舌头！"

苏莱莱白他一眼，冲着他道："凶什么凶！"

老付闷声道："老子现在连个小兵也不敢惹了……"

苏莱莱眯眼笑道："怎么，又想使你的付家剑法十三式呀？"

骑兵终于放声大笑起来，肩上的伤口扯得他又哇哇叫起来。

老付立刻得意道："活该，遭报应了吧，哈哈！"说罢领着篮子，得意洋洋地扭着魁梧的身躯朝另一个受伤的骑兵走去。

"等等我哟，付老头！"苏莱莱尖声叫道，跟着老付追去。

望着苏莱莱和老付的模样，杨翾竟松懈了心神，心底竟生出几分佩服。为何她平时简单得像个孩童，却有如此缜密的心思？而且她甚至还懂医术，看上去那样蠢笨的一个人，她的智慧却无疑是当世顶尖。他脑里涌出一阵莫名情绪，林峰，难道你一开始就知道，她竟是个稀世奇才？

杨翾剩余的兵马同林峰会聚，洛阳的兵马顿时增加到两万四千，而秦军也只剩下三万八千左右人马，且几乎全为步兵。更为雪上加霜的是，粮草被毁，秦军士兵们的士气大跌，很多人已丧失信心，不愿再战，甚至出现了不少逃兵。

赵冽已立刻传书咸阳，请求赵高命南阳附近的郡县即刻筹备粮草，以备再战。赵高却为此大怒，不仅责骂赵冽多日攻不下洛阳，竟还妄图要粮草。南阳附近的郡县其实多为富足，但赵高怎能任由自己的荷包被赵冽挖空，他丝毫不顾及洛阳附近的秦军的急迫形势，只为保全自己的万金来源。

当夜火光冲天，面对气势高涨的义军，秦军将士完全消极对战，节节败退。

义军的骑兵势如破竹般涌过，秦军的士兵死伤惨重，唯有不断后退。一切都如苏莱莱所料一样，秦军虽然人数远远高于义军，却已丧失了战心，纷纷朝山谷退去。

义军骑兵立刻守死谷口，并架起弓箭盾牌，将三万秦军死死封在山谷内。

进退两难，眼见突围的步兵纷纷倒下，赵冽不得不下令停攻。望着面前展开

第五章　时空发明

的铁色盾牌,他的心跌至谷底,冷如寒冬。

林峰怀抱着苏莱莱坐在"疾夜"上,火光映射在他硬朗俊挺的脸上,泛出耀眼光芒。他执戟厉声道,瞳孔里满是摄人威严,"赵冽,若不想剩余的几万秦人为你陪葬,立刻出来受降!"

浓浓夜色中,露出赵冽凶悍的脸。他冷笑一声,叹道:"林贼,想不到我八万大军竟会沦落到任你鱼肉的地步……"只是此刻又能如何,难道以身殉国?自己倒可轻易死去,但这三万秦兵又该如何?难道任由叛军残杀吗?这些年来,为保全家人,自己已经不得不顺从赵高,在外人眼里,他俨然是赵高的亲信,却不知道他也是迫于无奈而为。

倘若投降,自己必定难逃恶名,只是不降,难道真如林峰所说,让这三万人给自己陪葬吗?他脑里反复交战,无法抉择。

杨翾骑马在林峰身侧,见赵冽踌躇不定,忽地冷笑一声,"赵将军,你还有路可退吗?你不是指望留在南阳的三万兵马赶来营救你吧?"

赵冽骂道:"你当本帅是三岁小儿?你既然安然赶回,想必南阳已被你们夺去。既然落在你们手上,本帅亦无话可说,我大秦军人绝不投降叛军!"

杨翾脸寒如冰,神态却依旧俊逸优雅,"大秦军人?将军记性真不太好,难道忘记向你们发号施令的是谁了么?"

这话正攻到赵冽的弱点,他脸上泛起阵阵青色,恼怒道:"这同你们叛军有何关系?要杀就杀,何必废话!"

杨翾幽幽笑道:"将军果然对赵丞相忠心尽责,在下佩服。既然将军愿意同三万将士一同为赵丞相殉职,我军必定乐意成全。"突然忽地脸色陡转,阴沉无比,狠狠道,"请少主下令放箭!"

赵冽面色一阵惨白,盯住林峰,高声吼道:"林峰!你真要赶尽杀绝?"

林峰神态威严,眸里厉芒闪动,"本帅已给你机会。"

赵冽仰望夜空,二十年前的一切历历在目,他见证了大秦帝国由盛转衰的全部。仿佛从商鞅建立军功爵制度以来,大秦帝国的命运就决定了,过于强大的军事力量成就了秦国的兴盛,却又彻底摧毁了世间的平衡状态,最终堕入了盛极必衰的轮回。

二十年前秦始皇时代的秦王朝,如此兴盛的过往,竟如烟雾般消失不见。那个俊美的小子说得对,如今千疮百孔的大秦,仿佛已成了实现赵高私欲的工具而已。自己为何还要带上三万将士为他白白牺牲?已有太多秦将死去,换来的不过是核心人物短暂的奢靡而已,之前是胡亥,现在则是赵高。

倘若是为雄才大略的秦始皇,他一定死战到底,可如今的征战,还有何种意义？他扭头回望，秦军将士们的脸上，也满是疲惫畏惧的神色。

倏忽间，赵泗脑里一阵轰鸣，如同现在的形势一样，他的确已无路可退。他垂下头，翻下马来，掏出帅印，捧在手心，一步步地走到林峰面前。

如同二十年前，他从王翦手中接过都尉一般。

大秦帝国在我的心中就这样落幕了吗？赵泗忽地一阵伤感，自己难道已经老去？大秦的这个历史舞台，是否到了将要让出的时刻了？

赵泗交ал帅印，抬头蓦地撞上林峰肃色的目光。这个年轻人，身上的王者气度甚至胜过他父亲数倍，这短短一日间的奇迹，已让赵泗折服，他将会颠覆天下，将会为万民开创出一个全新盛世。

秦，将在这史卷中退去，而这个男人，必将成为天下之主！

赵泗归降，被困于谷中的秦军也得到了解脱，纷纷交出武器，面对他们的，将是全新的生活。

人群中却响起一个坚定的声音，"上将军！绝不可投降林贼！"

苏莱莱一惊，这不是王离的声音吗？之前他被林峰重伤，为何没有回到咸阳，还留在洛阳干什么？

林峰挑了挑眉，目光中折出淡淡的蔑视，"王离？那日已饶你一命，如今又来找死？"

苏莱莱盯住林峰，心中却有几分焦虑。王离这时站出来反对赵泗投降，无疑成为阻碍林峰的石子，以林峰暴虐的性格，一定会将他杀之后快。她微皱眉头，正想开口，却听到赵泗厉声斥责王离道："王离，你又跑出来丢什么人！别忘了，你已经不是左将军了！识趣的就给我死远点！"

王离怒目正色道："上将军！身为大秦的都尉，竟然向叛军摇尾乞怜，丢人的是你自己！属下一直敬你，想不到你竟然贪生怕死！若我是你，一定以身殉国！"

赵泗怒视王离，狠狠道："放屁！你懂何为良禽择木而栖吗？况且皇上早已驾崩，你殉的是大秦吗？不过是赵高而已。明白的话赶紧滚蛋，不要在这里惹少主发怒！"心中却焦急不已，王离，你这个愣孩子，怎么还不明白我的目的呢？你这刚直性情，要你降伏实在太难，既然不愿投降，你何必自寻死路呢？明白的话赶紧离开啊！

王离苦笑一声，"祖父说过，上将军对大秦忠心耿耿，但我今日才知道，你的忠心，在功名利禄前根本一文不值，甚至臭不可闻！我王离只不过蝼蚁而已，死不足惜，但自问死也对得起老秦人的祖宗！"说着他拔出佩剑，着朝林峰猛攻奔来。

"不自量力。"林峰冷哼一声，劲力忽起，挥动铄杀金戟，猛一横扫，直抵王离刺去。

苏莱莱脑里一阵紧张，已来不及阻止林峰，她下意识地闭眼，不忍看王离的死状。

千钧一发之际，赵冽却忽地以身躯挡在了王离面前。林峰双目猛惊，却已无法收戟，劲力太大，铄杀金戟猛刺而下，穿透赵冽的身躯而过，顿时鲜血四溅。

王离呆滞住，直至看到赵冽痛苦的表情，才失声惊呼，"上将军！上将军……"

赵冽咳出大摊鲜血，惨笑道，面部因痛苦而扭曲，"王离……快离开此地……回到乡下……做个凡人……"

王离忽觉喉间哽咽，"上将军……为何……为何要舍命救我？为何不让王某殉国？为何不成全我……"

赵冽面色惨白，艰难地叹气道："你爷爷是我这一生……最敬佩的人……我不能……看着你为赵高死去……王离……保住性命……我不想在那个世界……无法面对……王翦将军……"赵冽又咳出大堆鲜血，双眼沉重无比。

我真是老了吗……王离，本想劝你择明主，林峰将是开创新盛世之人，本想劝你追随他的，只是……已来不及了……

赵冽缓缓闭上双眼断了气。

苏莱莱心中怆然，赵冽虽然是敌军，却在生死时刻，用自己的身躯保全了王离，只因为自己对王翦的崇慕。谁说秦人都是凶残无情的？其实他们也同这世上所有平凡人类一样，懂得恩情羁绊，赵冽不正是最好的证明么？苏莱莱忽地眼眶有些湿润。

林峰叹气一声，却转而瞪住王离怒道："还不快滚？"

王离起身，眼眸发红，他挥起佩剑，"林贼，休想王某臣服于你！我宁愿一死，也要与你同归于尽！"

林峰双眼蒙起杀意，狠狠道："混账！既然你不能体谅赵冽死的意义，那就让你死无全尸！"说罢劲力再起，挥动铄杀金戟。

不好，林峰显然已被王离激怒，一定会置他于死地。苏莱莱脑里一片慌乱，那这样，赵冽岂不是死得毫无意义了吗？况且，王离救过她，她怎能让林峰杀掉自己的恩人？

林峰一把挑掉王离的佩剑，旋起铄杀金戟，正要刺向王离，苏莱莱却忽地起身，扬起头，猛地吻住他的嘴唇。

林峰愕然失措，手中的铄杀金戟却陡然刹止。这个可恶女人，竟然在这一刻做出如此荒唐举动，弄得他猛然分神，只是她竟然第一次主动亲吻自己。他脑里忽地有些浑浊，她的嘴唇香甜柔软，竟让他心神迷醉。

他英俊的脸忽地一阵泛红，他推开她，扭开脸望向别处，尴尬道："放肆，大庭广众下……"

望着林峰略微泛红的脸，杨翱心底竟生出一阵莫名的不快。他脸上阴霾忽起，冲着王离呵斥道："少主已饶你一命，还不走？"

王离盯着苏莱莱，心里却翻腾愤恨，为何自己竟沦落到要她来救自己？为何她这样善良美丽的女子，竟然也属于林峰……

见王离还呆立不走，杨翱冷笑一声，"王离，是否要少主将你一家老小杀个精光才肯走？"

王离猛地回神，忽然之间，竟明白了赵冽为他而死的深意。他蹒跚起身，爬上赵冽的马，策动缰绳飞驰而去。火光晃动，林峰那张威严英俊的脸让他永远深记，林峰，终有一日，我一定要算清你给我的所有耻辱！

苏莱莱松了一口气，夜风吹乱了她的发丝，她柔柔地微笑，靠在林峰的怀里，细声道："林峰，谢谢你放过王离，请你以后都别再杀他好吗？"

林峰不快道："你是在跟我谈条件么？"

"没有，我都说了'请'字了呀，是我请求你嘛。"她撒娇，伸出手圈住他道。

"你第一次请求我，竟然是为别的男人。"林峰眼里的怒色却忽地骤增，厉声道，"那我更要将王离碎尸万段。"

"死野蛮人！你还讲理不讲理了！"苏莱莱恨恨道，她气得收回双手，微微撅起粉色嘴唇，"王离是我的救命恩人啊，难道你父母没教过你知恩图报吗？既然你说爱我，为什么不能尊重我的恩人？"

"救你的是他？"林峰一双黑眸闪过一抹不屑的神色。

苏莱莱会意似的扁嘴笑笑，又伸出手圈住林峰的脖子，装出一副娇憨神态，"才不是他呢，当然是你啦！谁都打不过你，你最厉害，天底下只有你才有本事救我！"

林峰仄目，脸上却浮起一缕充满怜惜的笑容。他伸出手搂住苏莱莱的腰，盯住她，沉声道："你是我的，我不准任何人同我抢！"

苏莱莱的小脸倏地飞霞，她盯住林峰点点头。

这一幕却让一旁的杨翱越不是滋味。他说不出究竟是为何，一贯冷静沉着的自己为何却无法控制自己的情绪？他竟忽地又再出声，"少主，正事为重，儿女私情请回府再讲。"

第五章　时空发明

林峰斜兜了他一眼,朝老付肃目道:"将秦军降兵武器收回,将他们收编入我军。若有顽死不从者,立斩无赦!"

"是!"老付领命,率着义军骑兵,将缴去武器的秦军押入洛阳城。

人群如黑潮般前行,渐渐从身边远去。

林峰一脸阴沉道:"杨翾,想想该如何使用这些降将。"转而又怒道,"刚才谁让你代我发号施令?!"

杨翾并未动怒,只淡淡回应道:"我不多管这闲事,你此刻又何来娇柔私情可谈。"

林峰怒斥一声:"多事!"转而策动马缰,"疾夜"立刻疾行奔去。

看着"疾夜"消失在黑夜中,杨翾冰冷的眼里折出淡淡的色彩,莫名的,并没有任何情绪。只是他心里的情绪却让他自己也陌生起来,虽然他早已习惯,却比任何一夜都感觉到落寞。看着林峰拥着心爱的女子离去,将自己这可怕的孤独,映衬得分外明显。

洛阳之战,以秦军的大败告终,赵冽的计策终于同他的性命一样,在清晨的曙光中灰飞散去。经此一役,位于大陆中轴的南阳,仅仅一日之内便被义军攻陷。

只转眼一瞬而已,大陆的势力断然分为多块,林家俨然已经成为除却秦廷之外的最大势力。两个月之后,林尚候同章邯从南部顺利归来,秦廷更是丧失周边列国的支撑,只剩下咸阳附近数里范围,赵高紧握着最后的十万大军,仍不愿放掉手中的权位。而北部的前燕国贵族,却是另一股不可忽视的巨大势力。

战争,仍然还要继续。

初雪的夜晚,洛阳城内寂静如昔,雪簌簌轻下,朦胧缥缈,像天际落下的薄纱。夜色中的点点雪屑,纷扬飞散,恍如光华。

苏莱莱躺在榻上,望着窗外的雪似扯絮飞绒,心中满是惆怅。

这期间她作为副军师随林峰杨翾一齐攻下了南阳附近的多个城池,短短的三个月时光应该会让她一世难忘吧。

日间林峰向林尚候提出同她的亲事,林尚候却转向同前燕国贵族燕京苏家结盟灭秦之事。亲事又一次被搁置了,谁都看得出来,林尚候并不愿意接纳她。

虽然林尚候欣赏苏莱莱的聪明才智,但对于看中身份地位的古人来说,她这个来历不明,又毫无背景的女子如何匹配得上自己的独子?如今的天下大势已经日趋明了,林尚候是最有可能推翻秦廷的势力,若是他成为天下之主,他日林峰必定也会君临天下,他怎能容忍林峰娶一个对政治毫无所助的女人呢?

苏莱莱轻叹一声,微微合上双眼,不过这样也好,她始终是不属于这个世界。

之前留下，不过是不能忍受让林峰身陷危境罢了。其实洛阳守城一役，她早就应该离去的，只是每每望着他迷人的眼，就丧失了离开的意志。

是应该决定的时候了吧……她忽觉一阵心酸，留在这里的时间越久，她变得越来越害怕离别。只是，自己又能改变什么呢？他既然已经平安，自己又能奢求些什么呢？林峰终究是个古人，不能像自己一样为爱随心所欲，纵使是自己，也难以为了爱情放下现代社会的一切，她到底还是习惯了现代方便的生活，但为何，却贪恋着和他相处的每个瞬息呢？

天下基本已经大定，林峰应该已经不会再有危难。他有深沉睿智的父亲，还有机智善谋的挚友，他是名门贵胄，他还一身无匹武艺。自己这么小小的力量，早已不足以守护他什么了吧。苏莱莱翻身趴下，卷紧被褥将脸贴在枕上，眼眶里竟泛出两行咸咸的泪水。

已不知过了多久，她竟沉沉睡去。恍惚中，她怎么又回到了空荡荡的帝陵地宫中？这是个梦而已吧。她告诉自己要镇定，四周却黑暗无边，她走不出去。明知道是个可怕的梦魇，不管她走多远，却辗转又回到最初的起点。她眼前仿佛出现林峰的身影，她伸手抱他，却抓不住一丝痕迹。不，不要再做这个可怕的梦，她不停地告诉自己，醒来，醒来……

一阵冰凉的感觉袭来，苏莱莱猛睁开双眼，长吁一口气，屋内的炭炉中暗暗的火光映在她苍白的脸上，两道浅浅的泪痕。

她起身，只披上一件雪裘斗篷，缓缓朝屋外踱去。

她提起一只灯盏，屋外的空气刺骨，冷得她直战抖。她伸手抓紧斗篷，沿着走廊缓行。突然，在林峰的房间前停住了脚步。

林峰的房门紧闭，屋内没有灯火，只能隐隐觉出炭炉的暗光，空气中也只能听到雪落的声音。此时已过了午夜，他应该正在安然熟睡吧，苏莱莱犹豫着伸出手，想要敲他的房门。接触到冰冷木板的瞬间，却倏地收回了手，她终究无法向他说出离别。转身望着漫天纷飞的雪绒，她内心空得发痛。

耳边却响起轻缓的脚步声，一缕淡淡的火光投进她的眼帘。

苏莱莱扭头望去，一个修长的身影，他披着一件白裘斗篷，手里也提着一只幽幽的灯盏，一张俊美的脸孔，表情像空气一样冰冷。

"杨翾……"她自语道，"你怎么会在这里？"

"那你又为何在此？"杨翾停下脚步，兜了她一眼，淡淡的语气。

"我……睡不着，所以……出来瞎转转。"她垂下头，轻咬嘴唇道。

"同你一样。"他轻描淡写，转而稍稍加重语气，"不过理由同你不一样罢了。"

第五章 时空发明

"你知道我睡不着的理由?"苏莱莱略带疑惑地问道。

杨翾嘴角微翘,转身继续朝前行去,语调冷若冰霜,"既然来了,为何不进去?"

苏莱莱望着他的身影,沉声道:"还是不要打扰他休息好了……"接着道,"那你呢?为什么也睡不着?"

杨翾继续前行,淡淡应道:"与你无关。"他的声音冰冷,立刻没入空气中,化为白雾消失。

苏莱莱没有听清,因为杨翾已走远,她仿佛听到他说"与你有关",心里忽地升起一阵茫然。她想要知道究竟是为什么,于是快步追上前去。

杨翾并未停下脚步,只是朝着自己的"乐"院行去。苏莱莱在后面轻喊着:"等等……"并快步挡在了他面前。他冷冷道:"你有何事?"

苏莱莱气喘吁吁道:"你刚才说你睡不着跟我有关?我做什么事了?难道是白天我说的改进弓弩的方法不好吗?"

杨翾仄目,心中却微微好笑,这个女人的耳朵就跟她的脑子似的,一时聪慧非凡,一时又愚钝异常。他轻声说:"还不回房吗?屋外太冷,穿这么薄会冻伤的。"说着继续前行。

苏莱莱立刻追着他的脚步,杨翾虽然走得慢,却因为腿长,迈出一步,苏莱莱不得不加快脚步迈好几步,却仍然只能跟在他身后咕哝道:"杨翾,你说清楚呀,到底跟我有什么关系啊?"

看着她笨拙地跟随自己脚步的模样,杨翾心里忽地涌出一缕无法自控的情绪,仿佛妒意糅合着疼惜。自洛阳守城战之后,他时常会生出这种奇妙的愁绪。苏莱莱的聪慧让他惊叹,而她又那样天真单纯,让自己无法向防备他人一般警觉。甚至有时候,望着她的笑容,他竟能驱散心中的烦闷。

仅仅是敬佩而已吧,只是敬佩萌生的关注,足以让自己迟钝吗?难道自己也……不,太过荒唐,她是林峰的心上人,他对她的关注,仅仅是因为林峰,因为自己最好的兄弟而已……

他嘴角滤过一丝浅笑,转向苏莱莱道:"你会下棋么?"

"下棋啊?"苏莱莱嘟囔道,"看我爸爸下过,可我就会一点点,很菜的……"

杨翾轻咳一声,语调淡漠,"既然睡不着,那与我下棋吧。"

苏莱莱撅嘴,"你那么聪明,我一定不是你的对手啦,再说我下围棋很菜的,玩什么QQ龙珠我倒是高手。"

杨翾抬抬眉毛,冰冷的眼眸里却闪着一丝薄光,"不战就降,如何能让林峰的父亲接纳你?"

苏莱莱哑然，白皙的脸上一缕羞色，却转而不快道："我也没有奢求他能接纳我……"

杨翩俊秀的脸掠过一抹阴沉，"自暴自弃，你凭什么匹配林峰？！"

苏莱莱脸色忽黯，浮出清晰的怒气，眼眶也微微泛红，"是呀！我根本就配不上林峰，他是贵族大少爷，我就是个来历不明的女子而已！我没有背景，没有地位，我什么都不能帮他，我怎么能配得上他？"

"是么？"杨翩淡淡回应，语气转为不屑，"看来你已丧失了斗志。"

苏莱莱再也无法忍受，心中的酸楚涌上来，泪水猛然滴落。她咬咬牙，转身朝外走去。

杨翩蹙眉，"你这是做什么？朝我发怒么？"

苏莱莱没有理会他，抽泣着加快脚步朝院外走去。

杨翩快步追上她，一把拖住她的手腕，脸寒如冰，"你就如此认命么？"

苏莱莱仰起脸盯住他，满脸泪水，"他父亲也好，你也好，你们这些人根本都看不起我，都认为我不是名门小姐，配不上林峰，我认命不正合你意吗？"

她满脸的泪水竟扯痛了杨翩的心，他本想反激她，却说不出口能鼓励她斗志的话，他脑里犹豫争斗，怔怔地望着她。

终于，理智战胜了情绪，他冷笑一声，俊美的脸孔如夜色一般黯淡，"既然认命，那今夜为何不能入睡？"

"这和你有关系吗！"她怒吼一声，仿佛被他激怒。

杨翩松开了手，"你不是爱林峰吗？"一双眼眸里毫无情绪，转过身淡淡道，"我以为你至少能为他抗争的。"他轻叹一声，踩着地上的积雪朝前去了。

林峰……苏莱莱忽地冷静下来，她骤然想起那些个让她惊惧的梦境来，她已经深爱上他，她又如何能去面对没有他的世界……她脑里血液上涌，仿佛不记得自己对现代社会的念想，脑里只剩下林峰高大的身影和他刚毅俊挺的脸。杨翩说得对，她至少应该为了林峰，与命运抗争的。

她拭去脸颊上的泪水，迈开步伐，高声道："不就是下棋么？谁说我没斗志了！等等！"

杨翩停下脚步，雪落在他的脸上，倏地融成水滴，胸口却一缕窒息的闷。

苏莱莱随杨翩来到"乐"院旁的一座较小院落，推门进屋，满目的竹简皮卷，均是高高垒在四周。而房间正中，一张四方几案上，正摆放着一面石制围棋盘，案旁正放着两盒黑白棋子。

杨翩点燃两侧烛台，燃起炭炉，吹熄灯盏。他卸下斗篷，在案旁的软垫上跪

第五章 时空发明

111

下，轻抬手道："请。"

苏莱莱也解下斗篷，鼓腮道："跪着多难受啊，我能不能坐着啊？"

杨翾淡淡道："不必拘礼，随意好了。"看着苏莱莱抱着腿坐下，却不由得心中有些好笑。

苏莱莱盯住棋盘，仿佛眼珠子都要落到盘上，用手指指着道："一，二，三……十六，十七……这棋盘纵横怎么只有十七道啊？"

杨翾微微扬眉，"棋盘不是十七道么？"

"不对啊！我们下棋，都是十九道呢，你这个才十七道，那对我太不公平啦！你得让子给我！"苏莱莱狡黠地笑笑，自言自语道，"让多少个呢？嘿嘿，你既然这么厉害，就让一半吧。"

杨翾冷冷道："那你选子吧。"

苏莱莱心里想，虽然我技术很菜，但我老爸可不是盖的，好歹也算是老干部活动中心的"棋王"，你居然肯让我一半子，好，就杀你个人仰马翻！嘎嘎，于是得意地笑笑，"我选黑的。"

两人倒出棋子，摆好棋盘。

不到几时，苏莱莱已经无路可行。她瞪圆了眼，垂下头自顾自道："不是吧！才十几分钟，我就被打成一级伤残了。"她又抬起头，盯住杨翾道，"这盘不算，再来一盘。我刚才看走样了……"

杨翾也盯住她，脸上的表情依然淡漠如水，"再下十盘也是如此结局。"

苏莱莱猛地跳起身，双手叉腰，脸上满是不服的表情，"士可杀不可辱！人妖，再来一盘，保证杀翻你！"

杨翾嘴角露出一丝冰冷笑容，"棋技差距太大，不用再来。"

苏莱莱扁嘴，"刚才不是你叫我燃起斗志的吗？干吗！现在又要打击我自信啊！"

杨翾抬眼望着她，她白皙的小脸因为炭火而泛出丝丝微红，眼睛如一泓清泉，粉润的嘴唇微微扁起，嘴角却自然上翘，忽然间自己竟有些心神恍惚。

"干吗！"苏莱莱粗鲁地叫道，"我脸上有金子拣啊！"

杨翾俯下头，冷冷地瞥了她一眼，"时候已经不早，你应该回'数'院休息。"

"搞什么嘛！"苏莱莱却来了劲，挽起长袍的袖子，大声道，"怕输给我是吧！想忽悠我去睡觉，门都没有！"

苏莱莱本以为自己搞笑的话语能逗笑这个总是板着一张死人脸的人妖，却不想杨翾忽地起身，目光冷得刺骨。他抓起苏莱莱的斗篷，扔给她，声音依旧淡漠得不带一丝感情，"回去。"

苏莱莱不情愿地接过斗篷，既然人家都下了逐客令，自己再赖着不走也是徒然。唉，这个人妖的脾气太怪，其实她心中是感激他的，今夜若不是他的一番话，自己又如何下定决心留在林峰身边呢？只是他总是这冷冷的态度，想跟他这样脾气的人做朋友实在太难了吧，完全不知道他心底到底在想些什么。

"哎，算了吧，明天有机会做点现代的美食送他吧，当是谢礼。"她想道，正要披上斗篷，却看见杨翾猛烈咳嗽起来。他捂住胸口，脸上的表情竟有几分痛苦。

"喂，人妖，你没事吧？"苏莱莱放下斗篷，绕到杨翾身边，抬头望住他。只见他眉头紧锁，神情痛苦，不时气喘。

杨翾却推开苏莱莱，转身扶住四周的书架，不断喘息。

苏莱莱脸上浮起一丝焦虑，"你有哮喘？"

杨翾却摇头，一脸阴霾。苏莱莱身上散出阵阵馥郁的芳香，他不能适应，这香气刺激得他胸腔满闷如窒，他的脸色越发晦暗。

"糟糕，可能是我身上的香体露味道。"苏莱莱道。从杨翾的模样来看，他大有可能是过敏性哮喘。她扶住他，让他侧身依靠在几案上。

"没事的，不要紧张，轻松点呀。"苏莱莱自言自语道，伸出手将杨翾的左手摊开。他掌心发烫，"鱼际……鱼际穴……"她在他纤长的手指上摸索着，脸上满是焦虑神情，喃喃出声，"都怪我上大学的时候总是偷懒……竟然找个鱼际穴都找不到，你撑住啊！"

杨翾呼吸急促，眼前有些模糊，恍惚中却看到苏莱莱那张焦急的脸。她也会替我担心？他心中泛起一缕奇异的怅然，脑里竟想起幼时哮喘发作时，母亲满盈泪水的脸。

苏莱莱在他手掌临近大拇指侧的边缘用力向下按下，接着按左右方向按揉着。一阵阵酸胀感袭来，他轻轻蹙眉，却不觉难忍，呼吸也渐渐顺畅起来。他怔怔盯住她的脸，她却丝毫没有察觉，一直垂头认真替他按揉着。

望着苏莱莱的模样，杨翾心里竟又生出莫名的触感。仿佛时间停滞了般，他连自己的气喘声都已经听不到。

脑海里却突然猛闪过林峰的样子来，杨翾几乎惊起，却忽地沉静下来。他闭上双眼，不愿再看苏莱莱。

大约几分钟后，苏莱莱停了下来。她起身环视四周，转而问道："这屋子里怎么没有茶啊？"

杨翾睁开眼睛，声音略轻，"夜半时刻，谁有闲心烧水煮茶？"

"茶碱可以缓解哮喘的。"苏莱莱思虑片刻，道，"你先等等，我去烧水。"

第五章 时空发明

杨翾却冷冷回绝，"不必，我已经无碍，你回房休息吧。"

"你干吗赶我走，病人居然比医生还凶！老老实实的等我回来！"苏莱莱挑挑眉。

杨翾伏在几案旁，原本苍白的脸色更加黯淡，他压低了眼皮，幽幽道："我很糟吧，竟然如此没用。"

苏莱莱呵斥道："胡说八道，生病也叫没用吗？你是人，又不是机器，是人就会生病会痛呀，怎么能说是没用呢？"

"林峰……他不会如此。"杨翾淡淡道，眼里却折出一缕妒色。

苏莱莱忽然捂嘴笑起来，"那野蛮人不会？你太纯真了吧！"转而柔声道，"那个野蛮人可怕痛了，但是死要面子，每次受伤给他包扎，总是面无表情，装得一点痛楚也没有。但要是身边只有我，经常痛得哇哇叫，还总是凶我，说我故意整他……"

她自顾自地说着，露出甜蜜的笑容，仿佛沉浸在热恋中的小女人谈及自己的男人一般。杨翾脑里蓦然间有如芒刺，瞬时后，他恢复了冷静，淡然道："去烧水泡茶吧。"

"好！"苏莱莱故作粗犷地轻号一声，穿起斗篷，点起灯盏推门而去。

杨翾朝苏莱莱之前的座位看去，软垫上竟躺着一块小小薄薄的长形硬片。他拾起来，这硬片材质奇特，他从未见，是她那个时代的物件吧？他仿佛记起来，她挂在那个"手机"上的一大叠，怎会掉落在此呢？这硬片上的图中人不正是苏莱莱吗？穿着奇特却华丽的衣衫，脸上的妆容使得她看上去比实际年纪成熟一些，娇艳的嘴唇闪着亮色的光泽。

杨翾抬头望着屋外，雪屑仍不停地漫天飞舞，心中的触感让他迷醉而混乱。他紧紧捏着有苏莱莱模样的硬片，竟鬼使神差地将硬片塞入腰带中。

第六章 清秀小贼

杨翾一觉醒来时，已是次日正午。仿佛一夜难寐，但好在止住了哮喘，侍女替他穿衣洗漱之后，房外传来了苏莱莱清脆的声音。

心中竟一阵莫名欣喜，杨翾起身推开房门，脸色却顿时结冰。因为透过苏莱莱笑吟吟的脸，他清晰地看到林湘儿站在身后，略带羞涩的神色。

苏莱莱用肩膀噌噌林湘儿，狡黠地笑道："杨翾，湘儿很关心你呢，听说你昨天晚上哮喘发作，今天专门给你煲的姜汁南瓜麦芽汤，这个对治疗哮喘很有好处的！"

林湘儿身后还站着一名侍女，手里正端着一盅汤水，想必就是她做的汤吧？但林湘儿根本不懂医术，怎么懂治疗哮喘？不用想，一定是苏莱莱教她的。他斜眼瞟了林湘儿一眼，淡淡道："多谢三小姐。"

林湘儿微锁秀眉，"翾哥哥，都这么多年了，你还总称我三小姐。父亲早说过，咱们是一家人呀！"

杨翾不语，冷漠的神情仿佛拒人于千里之外般，场面顿时十分尴尬。

你个死人妖，成天一副死人脸，我们跟你有深仇大恨呢，装个样子笑笑也不行吗？听说你哮喘犯了，林湘儿大清早就起来给你煲汤，没有功劳也有苦劳嘛！干吗那个要死不活的样子，早知道就不救你了，憋死活该！

苏莱莱心里咕哝，却不好当着林湘儿数落杨翾，只好开口道："杨翾啊，你这哮喘已经很多年了吧。我看你生活太不健康啦，平时应该注意多锻炼身体，提高机体的应激能力啊。你看看野蛮人，成天练功，像头牛似的，想病也难啊……"

林湘儿在一旁笑起来，"可别让大哥听见，不然又会冲你吹胡子瞪眼啦。"

苏莱莱得意道："我当着他也这么说，因为他本来就是四肢发达头脑简单的野蛮人嘛。"

林湘儿和苏莱莱说着唧唧喳喳闹开来，然后一起大笑，满是八婆的神情一般。

杨翾冷冷兜了她们一眼，转身朝房内行去。

"哎呀，你看你，把他都吓跑了，真是。"苏莱莱埋怨道。

林湘儿撇嘴，"胡说，明明就是你吓走的。你知道翾哥哥瘦，还如此大声说大哥胸肌大……"

"啊？"苏莱莱瞪圆眼睛，"我的意思是让他多练练嘛……"说着拉着林湘儿钻进杨翾房间，看着他静静地坐在几案旁，拿起一卷竹简正在看。便立刻冲过去，按住竹简道，"别闷在屋子里看书，没事多出去骑骑马、跑跑步啊！跟你好兄弟一起练武吧！"

杨翾抬头望着她，练武？他从未想过，一直以来，他认为有个聪明的头脑胜过武艺。他嘴角微斜，语调淡然，"还有事么？"

苏莱莱瞪了他一眼，"不听医生的话，以后有你受的。"接着道，"记得忌酒忌太咸的食物，多喝茶，不能吃鱼虾之类的，平时多吃新鲜蔬菜，还有莲子、栗子、山药等滋补肺脾的东西。"转而朝向林湘儿，"那几种食疗的汤做法都会了吧？"

林湘儿笑道："放心吧，我都会做了！"

"好啦，那我上城里看看哪里有移山人参卖……"苏莱莱说着从手里的GUCCI手袋里拿出三张麝香虎骨膏道，"给他天突、肺俞、定喘三穴贴上这个，位置都记得吧？"

林湘儿点头，"知道呀！早上你讲那么多次，还记不住吗？"

"那我闪了……"苏莱莱朝林湘儿眨眼，转而向杨翾狡黠一笑，转身而去，离去前将房门拉上。

看着房门关上，苏莱莱的脸从缝隙中渐渐隐去，杨翾心里忽地一阵烦闷。他扔下竹简，漠然地盯住几案，俊逸的眸子里毫无神采。

林湘儿在旁边不断说着话，杨翾却一句也听不进去，直到她退下自己的外衫，紧靠在自己胸前为他敷药，他眼里仍旧一派清冷寂寥神色，仿佛丧失了魂魄的雕塑一般，丝毫没有留意林湘儿羞红的俏脸。

苏莱莱将已经长至颈子的头发挽成个小髻，换上件男式短袍，将GUCCI手袋拴在侧腰，穿上一双短靴。打开镜子，望着英气十足的自己，苏菜菜得意地大笑一声："帅！"装了几个刀币，叫上老付这个保镖，便朝市集行去。

已不是第一次逛市集，她却仍玩得不亦乐乎，买了一大堆东西。身后的老付抱着大堆杂物，抱怨道："不是说出来给军师买移山人参吗？你买这么多没用的玩意儿干什么！"

苏菜菜回头兜他一眼，"谁说我买的东西没用了！我就觉得有用！"

老付不满地撇撇胡子，拣出一个花瓶道："这东西府内多的是，还都是上等货色！老子不明白你买这破瓶子做什么！当夜壶吗？"

苏菜菜眼带鄙夷，"这可是青花瓷，和周董的歌一样……"说着翘起兰花指，故作仕女地唱道，"天青色等烟雨而我在等你，炊烟袅袅升起隔江千万里，在瓶底书汉隶仿前朝的飘逸，就当我为遇见你伏笔……"

"哎呀妈呀，想吐了……"老付装出恶心的样子，"再说，这叫青瓷，不是什么青花瓷。"

"什么！"苏菜菜一惊，收回手道，"这东西不是青花瓷啊？"

"反正老子没听过什么青花瓷……"

等等，好像上历史课讲过，青花瓷最早出现在唐朝，那么现在哪有什么青花瓷啊！晕啊！苏菜菜撇嘴道："他奶奶的，花这么多钱买个垃圾！"

老付得意地笑道："活该吧，砸了呗！"

苏菜菜抬头盯住老付，愤愤道："偏不砸，留着给你当夜壶。"说着大笑一声，哼着小曲蹦蹦跳跳朝前而去。

这臭女娃子！看着她的身影，老付笑起来，古灵精怪，和商议战略的她判若两人。她这样的女子确实也是世间少有吧，难怪能迷住威风凛凛的少爷，只是，她却没有任何政治背景，主公怎么会接纳这样的女子呢？唉，老付心中一阵惆怅，日后少爷成婚，恐怕只会给苏菜菜一个妾室的名分吧。

苏菜菜走到一个小摊前，小摊后面有条狭窄小巷，她正抬眼一看，忽地小巷中冒住个人影，一把将她拉进巷子里。

吓得她惊叫一声，那影子却将一小袋东西塞到她腰带里，扶住她的手臂，怯怯地躲在她身后。

小巷深处传来尖锐的叫骂声，随即而来的，是一群气势汹汹、面带凶色的男子。

苏菜菜扭头望去，拽住她手臂的是一个穿着灰布衣服的少年。他面目清秀，皮肤白皙透亮，一双眼含水似的清亮，小小的嘴唇薄薄泛红，样子弱弱的像个女

第六章 清秀小贼

孩子。这个漂亮的少年是个贼？难道他偷了那帮人的钱袋？那刚才他塞到自己腰间的东西，难道就是赃物？

"小贼，偷老子的钱袋！还不给我吐出来！"为首的一名满目凶狠的男子冲着苏莱莱身后的少年道。

少年没有做声，怯怯地拽住苏莱莱，水汪汪的大眼睛里是一副可怜兮兮的柔弱模样。苏莱莱忽地觉得自己是个英雄一般，看着一帮大男人欺负个小男孩，同情弱者的心情猛涌。她叉起腰，大声呵斥道："几个大男人欺负小孩子，算什么本事啊！"

"呸！小鬼，不想死的滚开！那小贼偷老子钱袋，你还想包庇他不是？"

少年却扶住苏莱莱小声道："哥哥，是他们偷我的，我不过是偷回来而已……呜呜。"他的声音清脆娇弱，像个姑娘似的清柔。

"听到了没有，是你们先偷他的！"苏莱莱抱怀道，"一帮大男人，几个臭钱而已，偷了你多少钱，本小……本少爷替他还就是了！"

"别给他们……哥哥，那钱袋原本就是我的……"少年弱弱道，白皙的小脸泛出淡淡的瑰红。

"放屁！小贼睁眼说什么瞎话！老子根本不认识你！"为首的男子怒骂道。

"凶什么啊！"苏莱莱瞪住他们道，"你们是不是男人啊，几个破钱而已！和小孩子较起劲来了！"

"臭小子！关你什么事，少多管闲事知道不！"

苏莱莱自得一笑，"那我就要管怎么样？"

为首的男子恼怒起来，却是轰然大笑，"那老子连你一块打！"

见苏莱莱的威风劲，少年心中一喜，不住点头道："嗯嗯，哥哥，打他们！"说着对着男子们做鬼脸，满是嘲弄。

男子们彻底暴怒，挥起手里的木棍，朝苏莱莱和少年直奔过来。

"哥哥，上，打他们！"少年得意地怂恿道。本以为苏莱莱能大展威风，替他打走这帮地痞，谁知道这个头跟自己一般高的"哥哥"竟然一反刚才的嚣张，拉起他的手，大声吼道："想死啊，闪！"

"啊……"少年急忙跟着苏莱莱逃出小巷，身后的男人紧追不放。少年显然身娇体弱，才跑了几步，便气喘吁吁。眼看男子们已经冲到面前，少年闭上眼睛，只好抓住最后的稻草，高喊道："哥哥，救命！"

苏莱莱咬牙，脸上满是无奈，这个笨蛋小贼，偷了东西还那么慢腾腾的，她紧握住少年柔嫩的手，眼见木棒落下，呼！一声，老付已经挡在了面前，用刚才那个青瓷瓶狠狠地砸在了为首男子的头上。

"哈哈，打得好！"少年得意地拍手大叫。

哎呀妈呀，苏菜菜长吁一口气，转眼盯住眼前的少年，见他怯怯的模样，面孔又如此清秀柔美，简直像个女子，但杨翱的经历让她忽地有些茫然。她脑里衍生出一缕疑惑，竟鬼使神差地伸出手，朝着少年的胸部猛摸了一把。

"淫贼！"少年忽地惊叫一声，清澈的眸子里几乎满是泪水，"哥哥是坏人！"

苏菜菜愕然，少年的反应已经让她明白，但是看着她那假惺惺的娇样，不由得扁嘴道："反应那么大干什么，反正也是平的，跟没有似的。"

少年俏脸一红，起身拍拍身上的灰，撇撇嘴道："你胸脯是比我大，但也不必挖苦我嘛。"

苏菜菜白皙的脸浮起一抹尴尬红霞，怏怏道："你，你怎么知道……"

少年柔柔一笑，"刚才抱你的时候，偷偷摸过……嘻嘻。"

老付在一旁大笑起来，"哈哈，两个都是老娘们，笑死老子了！"

两个声音同时响起，"闭嘴！"

老付被两人同时数落，忽地一愣，竟呆呆地吐不出一句话来。

望着老付呆愣的模样，苏菜菜不禁大笑起来，少女起先还没有回过神，片刻之后，也呵呵大笑出声。

"付，付队长……"为首的男子头冒鲜血，脸上却满是惊恐，"那个小孩儿伙同那小妞子偷了我的钱袋，所以我们才追……"

老付回过神，目带鄙夷地看了苏菜菜一眼，转身道："偷了你多少钱啊？老子赔你。"

"啊……"男子怯怯道，"既然小姑娘是付队长的熟人，那便……那便算了罢。"说着捂着满是鲜血的头，和其他的男子一同离开了。

"咦，你这个大狗熊真厉害，那帮人全被你吓走啦！"少女眨眼，笑吟吟地看着老付道。

"你这小丫头，不学好，跟鬼女娃子一样，满嘴喷粪！"老付瞪着少女，满脸怒气。

"说得好！"苏菜菜跷起大拇指，得意地笑道，"有创意！"

"谢谢哦。"少女会意地笑笑，却转而摆手道，"那后会有期啦！"

苏菜菜掏出钱袋，"你的钱袋不要了吗？"

少女掩嘴笑道："他们人都走了，我留着有何用呀，不如当做谢礼送你吧。"

第六章 清秀小贼

一抹愕然神色涌上苏莱莱白皙的脸，"这钱袋真是你偷人家的？"

少女点点头，"谁让那个带头的家伙不肯回答我的问题，所以本小姐就好好地教训了他一把。"

苏莱莱将钱袋扔给少女，"你去还给人家吧，你要问什么，看我能不能帮你。"

少女撇嘴，"不去，要去你去还，我才不去。"

苏莱莱瞪她，"真没教养……"

老付却在一旁插嘴，"没见你比她强多少呀……"

苏莱莱恨恨地磨牙，却无可奈何。她拉住少女的手，厉声道："把钱还给人家，你要问什么，我告诉你就是了！"

少女的目光却飘到远处的一队守城巡卫身上，眸里满是痴痴的神色。

"喂，你说话啊！"苏莱莱轻摇少女，却见她像失魂一般，只呆呆地盯住守城巡卫们，眼里逸过深深的落寞神色。

苏莱莱轻声道："你是要找什么人吗？"

仿佛被猜中心思般，少女满脸惊愕，盯住苏莱莱张开嘴，却欲言又止，只是长叹一声，满脸郁郁，柔声自语道："芳草萋萋，魂所无依。遗恨历历，悱恻无期。生死辗转离，千年梦渐熄。"

苏莱莱猛一个踉跄，强忍笑道："想不到姑娘还是女诗人呢……"

"唉，你既不能知，亦不能懂的。"少女抬头望望天空，满目忧伤。

好一个女版"李煜"，行为看似野蛮，内里忧愁似水……苏莱莱暗暗好笑，却仿佛明白似的问道："你是想找自己失散的恋人吧？"

少女惊呼道："啊！你好聪明！你如何知道的？"

猜的呗！苏莱莱心中暗暗道，一看你这羞涩模样就知道，古人女子大多羞于表露感情，即使林湘儿这样的刁蛮女子，一提到爱人也是娇柔万分。苏莱莱得意洋洋道："那当然啦，我可是林家义军的副军师呢，你这点小儿女心思，逃不出我的法眼。"

"啊？你是林家的军师？"少女惊异万分。

"是副的……"苏莱莱讪讪笑道。

少女雀跃笑道："那你认识林峰上将军吗？"

林峰？苏莱莱猛然一震，她转眼盯住少女欣喜的脸，怔怔道："莫非，你要找的人……是他？"

少女点头，喃喃自语道："是呀，找到他就能……"小脸忽地泛起红润。

一阵轰塌感涌上脑颅，犹如刺芒一般扎得苏莱莱脑颅剧烈疼痛。这个少女失散多年的恋人竟然是林峰？自己为何从未听说……林峰为何有意隐瞒自己……那么，究竟该不该带她去见林峰……若他俩相见回忆起往事，届时自己又当如何自处……种种疑问交绞纠缠，让她无法沉静。

老付瞥了少女一眼，冷冷道："你究竟是何人，为何要找我家少爷？"

少女轻咬嘴唇，"我叫苏黛夕……从燕京来，我父亲叫苏方桓。"

老付惊呼，"你是北燕苏家的大小姐？胡扯吧？堂堂苏家小姐，怎么会一个人跑到洛阳来？"

苏黛夕嘟嘴，"不相信我就算了，我也没求你，姐姐会帮我的，对么？"说着盯住苏莱莱，却见她仍是愣愣的神色。

"对了，好心的姐姐，我如何称呼你呀？你真的会带我去找林峰么？"苏黛夕轻轻拉拉苏莱莱的手。

找林峰？苏莱莱抬起脸，望住苏黛夕。白皙的肌肤，柔美的模样，她也是个十足的美人啊，更何况，她乃是燕国贵族小姐，不正是林尚候想要联盟的苏家吗？她这样出身高贵的小姐才是符合林尚候心中期望的儿媳吧，更何况，她竟然早就深爱林峰，否则为何会千里迢迢跑来洛阳，寻找挚爱的恋人呢……

一阵闷疼袭来，她愣愣应道："我叫苏莱莱……"

"啊！你也姓苏啊！怪不得咱俩这么有缘分呢！"苏黛夕兴奋道，"太好了！姐姐快带我去见林峰吧……"

罢了，该来的始终逃不了。苏莱莱悲叹了一口气，微微点头，带着雀跃的苏黛夕朝林府行去。午后的阳光洒在积雪上，却映得她的脸，愈发苍白。

苏莱莱带着苏黛夕迈进"数"院，一个高大的身影猛地投入眼帘。

林峰身着一件褐色长袍，披覆一件灰裘斗篷，他转过脸，狠狠地盯住苏莱莱，原本肃色的脸上浮起一抹淡淡笑容。

苏莱莱蓦然失措，望着他迷人的微笑，呆呆地伫立在原地，无法移动脚步。

"过来。"他抬起下巴，略带命令的语气。

苏莱莱侧过脸，不愿看他，她轻声对身后的苏黛夕道："他就是你要找的人……"她想要立刻离开，她害怕看到他们相见时的景象，她害怕一切如自己猜想的那般可怕。

"苏莱莱，我叫你过来！"林峰仿佛有些不快。

苏莱莱垂下头，低声道："这位姑娘是燕北苏家的大小姐……是来找你的。"说完转身朝院外走去。

第六章 清秀小贼

林峰却大步迈到她身边,一把将她箍入怀中,立眉斥责道:"你听不到我叫你过来么?"

没有缘由地,苏莱莱竟然生出一股怨气,狠狠地推他,怒声道:"你听不到我说有人找你吗?"

林峰眼里厉色忽涨,反而更大力地紧箍住她,"让她退下!"

苏莱莱狠狠瞪住他,"凭什么让人家退下!人家堂堂一个名门小姐,千里迢迢从燕京到洛阳来找你,吃了多少苦你知道吗?你一句退下就算了?你怎么这么不负责任?"

林峰被她的态度激怒,黑眸里凛冽无比,"莫名其妙!"

心中的憋闷刺得苏莱莱无法再忍受,她昂起头,高声顶嘴道:"莫名其妙的是你!你为什么从不告诉我你过去有个恋人?为什么要等人家找上门才告诉我?你凭什么当我是傻瓜一样欺骗?"

"放肆!"林峰狠狠道,盯住她,怒不可恕,"我几时欺骗过你?"

望着他英俊硬朗的脸,苏莱莱眼里竟忽地湿润起来。她努力强忍着,将泪水逼回去,"苏小姐是来找失散的恋人,也就是你!你别告诉我你忘记了吧?说过的话那么容易忘记的吗?"

林峰被她气得双目冒火,"荒唐!你这个女人,脑子里全是稻草么?"

"是啊!我脑残,但也好过你睁着眼睛说瞎话。向我承认过去有这么难吗?我虽然小心眼,但是和你们原始人不一样,你如果选她,我会离开的!"苏莱莱大声道。

"你胆敢离开我!"林峰咆哮起来,脸上的厉色扩散开来,骇人的气息,令人恐惧。

苏莱莱有些畏缩,望着他凌厉的眼神,顿时竟然语塞起来。

当她想再开口时,却听到苏黛夕略带怯意道:"不好意思,姐姐,我不知道你和林峰上将军,是我不好……"

"不关你事!"苏莱莱怒气冲冲道,"是他蛮不讲理!"

苏黛夕尴尬道:"不是呀,姐姐,是我没讲清楚。其实我要找林峰上将军是想向他打听一个人,那个人才是我失散的恋人……"

啊?苏莱莱差点眼珠子迸出来似的一惊,心底却漾起阵阵庆幸的喜悦,转而忽地感到一阵强烈羞愧。她竟然都没有问清楚就乱怀疑林峰,还朝他乱发脾气……

完蛋,四周的气息像是要爆炸的倒计时一般,苏莱莱仿佛可以预见之后的惨苏莱莱伸出手臂，紧紧搂住苏黛夕，略施粉黛的小脸微微泛红。望着苏黛夕满脸失神的模样，她低低道："黛夕，不要难过，我答应过你，一定帮你找到仇青！你就回家好好等着吧。"

苏黛夕双目依旧无神，自顾自怜道："即使找到他又能如何，父亲始终还是会命我和不喜欢的贵族公子成亲，这是他的原则。"

苏莱莱摇头，"只要你不愿意，没有人可以强扭你的意志，明白吗？"

"那我又能如何，早知道不如死去算了，也好过与厌恶的人一起生活一世！"苏黛夕只是苦笑。

苏莱莱眉角微扬，略带怒意道："你不能这么消极！你从没有反抗，怎么知道不能成功呢？想死是最愚蠢的念头！若我是你，一定同父亲顽抗到底，让他知道，'政治'不能左右我的幸福！"

苏黛夕抬起头，眼前的苏莱莱，白皙的皮肤，明亮的眼眸，清秀的面孔隐隐透出几分顽皮，她肩头狭窄，更显得身姿娇小。这样一个女子，怎会有这样的勇气？自己只想过偷偷逃跑，她竟然想要同父亲"顽抗"。难道这就是身为军师的原因吗？她参与了男人的社会，竟然能生出这样惊骇的念头。

苏黛夕轻声问道："我能如何顽抗？父亲决定的事，从未改变，五年前计划得那样周详，却还没到城门就会抓了回来。这次好不容易逃到洛阳，以为能躲开父亲找到他，却不知一切依然在父亲的掌控之中。"

苏莱莱沉声道："如果我是你，我才不会私奔。你私奔的意义等于抛弃了你的父亲，天底下哪有父亲不爱儿女的呢？你要离他而去，跟随一个他认为不能保护你的男人，他当然不能接受。"

"那姐姐会怎样做？"苏黛夕微皱眉头。

苏莱莱笑道："我会让父亲知道，他的女儿很爱他，而且，他的女儿选择了一个正确的人。我会让他知道仇青的好！"

"可是父亲认为仇青出身低微，心底对他就看不上眼，我如何能让父亲知道他的好呢？"苏黛夕满脸疑惑问道。

苏莱莱愤愤道："为什么古代人总是讲什么门当户对！即使毫不相干的两个人也能被迫结为夫妻，而真心相爱的情侣却屡屡被拆散！什么梁山伯与祝英台，什么罗密欧与朱丽叶！我偏偏不认命！"

看着苏黛夕满脸的疑虑，她抿嘴笑道："你对仇青有信心吗？"

苏黛夕点头，"我相信他！但是，现在却连他在哪里都不知道……"

"你相信他那就够了！你放心，我一定会努力帮你找到他的！只要他还活着的

话!"苏莱莱拍拍胸脯承诺道。

"啊……那他会不会已经不在了……"苏黛夕嗫嚅道。

"啊,呸呸呸,是我乌鸦嘴!"苏莱莱忙道,"他一定还活着的!"

苏黛夕扬起脸,浓浓的忧悒神色。

苏莱莱清清嗓子,"别总闷闷不乐,我给你讲个笑话吧!有一天,乌龟受伤了,于是让蜗牛去买药。过了两个时辰,蜗牛还没回来。乌龟急了骂道:他妈的再不回来老子就死了!这时门外传来了蜗牛的声音:你他妈再说老子不去了!"说完哈哈大笑起来。

苏黛夕却一脸茫然,"姐姐我没听明白,为什么乌龟受伤不自己去买药呢?蜗牛既然没回来,为什么门外又有他的声音呢?"

苏莱莱张大嘴巴,脸顿时结冰似的尴尬。

苏莱莱愕然的模样却逗笑了苏黛夕,她掩嘴笑起来,心中竟涌起缕缕暖意,让她感到意外的安心。

苏莱莱也放声大笑起来,心中仿佛敞亮似的舒心。

马车外却是寒风呼啸,杨翩坐在马上,阵阵寒风拂乱了他长及腰间的头发,冷眸里的淡色清晰可见。车内传来苏莱莱和苏黛夕清脆的笑声,却将他的心绪搅得难以平静。

为何我竟不能冷静,竟如此迷乱?究竟是在惧怕什么,还是无法面对失去的错落吗?

他微垂眼睑,低声冷哼,嘲笑着自己的失措。

暮色渐临,冷月攀升,带起阵阵刺骨寒风。

考虑到苏黛夕整日几乎没怎么进食,苏莱莱做好一些小点,盛在盘中,端到苏黛夕的营帐中。

帐中却空无一人。这乌黑的夜半时分,苏黛夕一个女子,为何不在营中休息?难道是心绪烦闷,独自散步?再者说,她半路逃跑?但四周都是守卫的兵士,她怎可能逃得掉呢?

心中一丝难以言明的触感,苏莱莱放下盘碗,急急起身朝杨翩的营帐跑去。

掀开帐帘,一阵温暖气息迎面扑来,杨翩颀长的背影投入眼中。

"人妖,黛夕不见了,你看到她了吗?"苏莱莱的语气有些急促。

"她不见了,与你何关?"杨翩并未转身回头,只是冷冷回应。

"我们既然答应了林峰的爸爸,要安全送她回燕京,你怎么能任由她不见?!她只是个小女孩,万一有什么意外那该怎么办!"苏莱莱抬头盯住他,眼里满是焦虑。

杨翲忽地转身,身后传来一声威严的声音,"苏小姐现正在别帐休息,不必焦急。"

苏莱莱望去,杨翲的身后,正端坐着林尚候,身边的护卫列队排开,脚下一排雕刻精致的木箱,一派威严肃穆的神色。"林……主公……"苏莱莱面有疑惑。

林尚候冷眼瞅过苏莱莱一眼,却语调平和,"苏莱莱,你可知老夫为何来此?"

苏莱莱愣然摇头,她本能地朝杨翲望去,却见他目光淡然。显然,从这个冷脸人妖身上找不出丝毫的提示。

林尚候眼神犀利,声若洪钟,"苏莱莱!你既然任我军副军师一职,多有劳心,这些珍宝,均赏赐于你。你尽可全数拿走!"护卫随即打开木箱,箱中珍宝均是稀世罕见,泛出一片耀目光芒。

苏莱莱蹙眉,"主公,我不明白你是什么意思。之前不是命我去燕京商议结盟事宜吗?现在都还没谈成,为什么又赏我这么多珍宝?"

林尚候缓步踱到苏莱莱身侧,面色沉静,"老夫望你收下珍宝,回到故乡!此次结盟由杨翲一人即可!"

苏莱莱愕然道:"主公之前不是说给我机会立功吗?为什么现在要叫我回故乡?"

林尚候冷冷道:"还不明白么?老夫已同苏大人商议好,两家结亲,由峰儿迎娶苏小姐。峰儿却一心想娶你,你若不走,峰儿如何能同苏小姐结婚?"

原来如此,什么给她机会立功,什么为说服贵族们,原来一切都是为了赶走她的骗局!林尚候太了解自己的儿子,若林峰在她身边,这个计划难以实施。所以才下了如此荒谬的命令,表面是让她和杨翲北上燕京联盟,其实不过是赶走她的步骤而已。

苏莱莱怒目,她盯住林尚候道:"你根本没有问过林峰和黛夕,却要替他们做主,这根本就与林峰跟黛夕无关,不过是你们两个家族的联姻罢了!"

林尚候道:"不错,林、苏两家的联盟想要稳固,必须以婚姻维系!况且他们郎才女貌,正是大合之兆。"

"胡说!你问过林峰吗?他愿意迎娶黛夕吗?你凭什么替他决定!"苏莱莱怒气冲冲。

"大胆!"护卫厉声呵斥道。林尚候却摆手,示意护卫不必制止,他眼里漫出湛然神光,"峰儿乃是老夫独子,日后定要继承老夫大业。身处此位,他必须选

第六章 清秀小贼

择一个有利于政治的妻室。你若真爱峰儿，应该明白他的宏图大志。"

"宏图大志是要用一生的幸福来交换吗？"苏莱莱高声道，"这不过是你自己的大志！你没有问过林峰，怎么知道他的大志？如果林峰愿意接受你的安排，那不用你赶，我自己会走！但是如果他要我留在他身边，我绝对不会离开！"

苏莱莱，你真是牙尖嘴利，行为独特又专断，若生为男子，以你的智慧脾性，一定不亚于当世英才，只可惜，你错身为女子，而且只是个出身蹊跷的女子。林尚候心中泛起阵阵惋惜，为两大势力的永久联盟，林峰必须接受我替他安排的婚事！

"苏莱莱，老夫的确欣赏你的聪慧，亦很欣赏你的特立独行。但你可知道自己身份低微，凭何让我峰儿娶你为妻？"林尚候厉声道。

"主公，不，林伯伯，在我们那个时候应该这么称呼的，"苏莱莱正色道，"你凭什么说我身份低微？就因为我不是你这个时代的贵族小姐，帮不上你们的大业吗？可这能代表什么？如果换到我们的时代，你们又算什么呢？"

林尚候脸色微黯，"峰儿提及过你的'时代'说，老夫认为纯粹是一派胡言！原本你聪明伶俐，可以考虑由峰儿纳你为妾，但你用媚术魅惑峰儿，竟然让他对你迷恋至深，老夫便容不得你了！唯有令你回去故乡，永不再返回！"

苏莱莱吼道："纳我为妾？凭什么要求我跟别的女人分享林峰！"

林尚候被苏莱莱一番话激得脸色发青，一旁的杨翾忽地回头，狠狠瞪住苏莱莱，"苏莱莱，你太无礼！"

苏莱莱顶嘴道："是你们无理在先！"转而怒视杨翾，"那天晚上是你劝我要有斗志，可为什么才几天而已，你竟然又要消灭我的信心？！"

杨翾无言以对，心底一阵清晰的扯疼。他躲闪着苏莱莱怨艾的目光，他竭力让自己心静如水。

林尚候却转而平静，威严的脸孔上露出一抹笑容，"你又如何知道峰儿不肯被分享？男子三妻四妾平常事而已，倘若为天下之主，更是妃嫔无数。你现在倒是风华正茂，可终有一日容颜衰老，你又自信能独占峰儿几时？"

林尚候的话好似一把尖刀，猛刺入她的心里，让她猝不及防。林峰，他终究只是个古人，这世男子，要么薄情寡幸，要么处处留情。林峰……他会是这样的人吗？如果有一天，自己容颜老去，他会不会将自己弃如敝屣？

苏莱莱思绪紊乱起来，想到未来的可怕，让她焦虑万分。这是古代，没有法律的保护，终有一日，当林峰不再爱她时，自己的结局会是何等凄凉？不会，林峰并非那类不负责任的好色男人，他怎可能变心呢？可他那样光芒万丈，那样夺目耀眼，终有一日会成为王者，而自己，能陪他到那一天吗？

林尚候已经留意到苏莱莱落魄的神情，以此来刺激她果然颇有奏效，他朝杨翻投去一抹赞许的笑容。若不是杨翻提议此计，以苏莱莱这样激烈的性格，坚定的心情又如何能动摇呢？

"苏莱莱，与其赌一个未明的结果，不如斩断情丝，带着珍宝离去。以你的聪慧，难道还不能通晓这个道理？"林尚候将双手负于身后，神色转为平静。

苏莱莱愣然失神，只呆呆盯住帐外，仿佛融入黑夜一般的黯色，心底的怀疑让她觉得自己丑陋不堪，她竟忧心起自己的结局，若最终难逃凄惨命运，还不如回去现代社会，至少不必承受这样的煎熬。

我究竟是怎样了，为何变得畏畏缩缩、害怕错落？这并不是我吧，我怎那样害怕失去……她的心底涌起淡淡的悲痛，她不能不顾结局地全情投入。林峰让她如此深刻，无法忘却，她不能面对他冷漠的表情，更不能面对他像对自己那般去宠爱着另外的女人……

"送我回家吧，但我不要珍宝。"她淡淡道，心中却一片抽痛。失去了林峰，还有什么珍宝更值得她珍惜呢？

林尚候低声吩咐道："即刻护送苏副军师前往芦蒿野地！"说着带着护卫们离帐而去。

两名护卫替苏莱莱披上厚厚的裘毛斗篷，替她收拾妥当，扶她上马车，策动缰绳，踏着浓浓夜色起行。

又是一片无尽黑夜，天幕中的寒星闪烁着冰冷的光泽，耳边轻啸的夜风让苏莱莱无法平静，恍惚间她忽然想起同林峰的种种回忆，那日也是这无边黯淡，她想起林峰宽广温暖的怀抱，她根本就无法离开林峰，她怎可能忘记他……

她蓦然惊醒，一阵强烈的悔意袭来。倏忽间，她想叫护卫送她回去，可这又怎么可能呢？她思索道。从GUCCI手袋中找出没用完的JDORE香水，透过马车缝隙一路喷洒。等护卫走后，她能凭着独特的香味找到回去的路。

马车声戛然而止，苏莱莱听到护卫呼唤她的声音。她拽住GUCCI手袋，拉紧裘毛斗篷，朝护卫道："麻烦你们一路护送我，我自己会回家，你们回去复命吧。"

其中一名护卫却露出一丝凶色，"副军师，让我们送你最后一程吧！"

"不用，我自己会……"不对，气息不对，为什么护卫竟是目露凶光？苏莱莱昂起头，"既然已经送到了，请回去吧！"

第六章 清秀小贼

另一名身型较高的护卫道:"副军师,恕我们不能回去,主公命我们在此结果你的性命,我们只好奉命行事。"

苏莱莱额冒冷汗,"林尚候只命我回家而已,什么时候说过要杀我?"

较矮护卫道:"副军师,若非主公吩咐,属下怎敢伤害少主挚爱之人?"较高护卫叹气道:"虽然你承诺回去故乡,可主公怎知你能否忘却少主。倘若他日你再回来,难保少主不会又泥足深陷呀,为保万全,只能委屈副军师了!"

苏莱莱倒吸一口凉气,原来赶走她竟然还只是个最好的假设,林尚候真正的目的,不只是要拆散他们而已,更是要结果她的命,好让林峰彻底断绝念想。

脑中忽地闪过林峰深邃迷人的眼,让她割舍不下,惊惶不安中,她朝马奔去,想要爬上马背逃离。

较高护卫陡地挡在她面前,"副军师,认命吧,只能怪你自己为何能迷惑少主。"

"不行!"苏莱莱哭喊起来,"杀了我,林峰不会放过你们!"

较矮护卫道:"少主永远也不会知道,副军师就安心上路吧!"说着从怀中掏出一只白瓷小瓶。较高护卫立刻反绑住苏莱莱的双手,掰开她的嘴,较矮护卫随即朝她口里倒入瓶内的药粉,从腰际解下一只酒袋,直朝苏莱莱嘴里猛灌。

好苦,药粉和着酒而下,滑入肚肠,引起一阵烧灼。剧烈的烧灼折磨得苏莱莱痛苦不堪,她无力地滑下,身体像丧失了机能一般瘫软。

见苏莱莱无力倒下,眼里完全失却了神采,一阵强烈的愧疚感涌上护卫的心,还没有确定她已断气,便叹一口气,匆忙着上马离去了。

主营帐内,一缕幽幽的火光耀得杨翾双眼干涩。他手中捏着苏莱莱的硬片,轻轻撞击几案的桌面。这既是可预见的结局,自己也是直接策划这一切的主使之一,为何心中却疼得难忍。是因为耻于自己的诡计吗?不,他早已习惯杀人,难道只是因为对象是她,才会让自己,如此坐立不安?

"军师。"忽地一声护卫的回报响起,仿佛利针一般扎疼了他。

他立刻将硬片塞回腰际,收起愁容,摆出惯有的冷漠神情,"办妥了?"

较矮护卫应道:"回禀军师,一切依主公同军师的吩咐。"较高护卫接道:"按军师的吩咐,已灌下钩吻,大约两个时辰便会气绝,苏莱莱必定……"

未等护卫讲完,一抹怒色忽地从杨翾俊美的脸上浮出,"退下。"

较矮护卫不解道:"军师……"

"退下!"杨翾陡然怒斥一声。

"是……"两名护卫垂下头,悻悻离开。刚跨出营帐,守帐的兵士即刻一拥而上，将两名护卫乱枪刺死。

杨翱并未抬眼，面不改色道："拖下去。"

杀了护卫，只要等苏菜菜一死，这个秘密将永远地消逝吧？即使林峰如何癫狂，也不能改变苏菜菜不在的事实，接着一切就会如林尚侯所安排一样，林峰迎娶苏黛夕，之后推翻秦廷，继承林尚候的大业，君临天下。

这不正是自己的期望么？他缓缓步出营帐，天际竟又飞舞起洋洋洒洒的雪屑，这如冰夜色让他心绪不能顺畅，丝丝雪屑更是让他不断想起那夜的落雪。

忽觉胸口竟有些闷疼，难道又是哮喘发作？只是身边已经没有了苏菜菜。杨翱脑中骤然闪过她那张白皙娇憨的笑脸，还有她紧握住自己掌心为他按揉时候的触感，忽然之间，她的一颦一笑都在脑中清晰闪现。

他合上双眼，此刻的她，应该正在生死的边际挣扎吧，很快，她就能远离痛苦，很快，她就能失去意识，忘记一切，甚至连林峰也忘记……

他脑中略略恍惚，这种强烈的心痛他已多年不曾有过，偏偏在这一刻接踵而至，让他难以招架，夜风拂过，卷起一阵刺痛的冰凉。仿佛也刺醒了他一般，他无法忘记那夜她奔波的神情，无法忘记她清澈见底的眼，他怎能让她孤零零一个人躺在冰冷的荒野……

脑中的念头让杨翱竟然失去理智般的冲动，他冲回主营帐，装起一壶甘草汤，披起白裘斗篷，跳上马背，不顾守卫的阻拦，飞驰奔去。

一路上熟悉的香气仿佛引导着他似的，他的呼吸有些不顺，胸口一股窒闷的气息。

冬日的野地一片荒芜，夜风刮起缕缕飞絮，穿过满目雪碎，杨翱终于看到斜躺在地上的苏菜菜。

她蜷缩成一团，几乎停止呼吸，脸孔苍白得可怕，半闭着双眼，秀眉上挂着点点雪渍，娇柔的嘴唇毫无一丝血色。

杨翱扶起苏菜菜，脱下斗篷裹住她，紧紧抱住她小小的身躯。她的身体冰冷无比，她的气息若有若无，她的模样僵如尸体。恍惚中，他脑中竟然浮现九岁那年，母亲沉池自尽的场景。望着母亲那张满脸泪水的脸渐渐消逝，自己既无法阻止，却又无法割舍，那时自己竟然没有一滴眼泪。自那时起，他已经丧失了感情，他已经冰封了自己的心。

地上一摊结冰的酒，忽地映出自己的脸，这张惊慌失措的脸让他自己也陌生起来。自己终究并不是真正的冷若冰霜，多年以来，冰封的不过是那张脸而已。他原以为自己的心也已封闭，只是此刻他才知晓，原来这心里暗藏的炙热，竟然

第六章　清秀小贼

可以烤得自己焦灼难忍。

　　杨翻解下甘草汤壶，掰开苏菜菜的嘴，不停地喂她喝，直至她断续吐出。她身上的香气引得他胸闷加剧，他却强忍住窒息的痛楚，直至她渐渐有了些微弱的呼吸。

　　他抱她上马，沿着原路返回去，雪渐渐掩盖了她留下的香水味。风雪飒飒作响，望着怀里的苏菜菜，他犹然忘记了一切，林峰的模样在他脑里渐渐退去，他俯身垂首，吻上她苍白如纸的嘴唇。

　　他一手握紧缰绳，一手紧抱住她，任由骏马缓缓前行，胸中的炙热燃得他无法收回嘴唇，不断纠缠着她柔软却冰凉的唇。

　　意识迷糊间，苏菜菜仿佛感觉到有人紧紧抱住她，渐渐给她温暖。她睁不开眼，嘴唇却有微微的触感。林峰……是你……来救了我吗？这甜甜的触感让她安心，她心中不断低唤着林峰，沉沉昏去。

　　清晨，林峰如往常般早起，独自在北院挥戟练武。脑里忽地浮现出苏菜菜顽皮的模样，这个懒虫一定还在甜美的睡梦中吧，估计下午就能抵达第一个城池荥阳。洛阳北上燕京路途遥远，况且联盟也需时日，这一来一去至少会与她分离一月以上，可才短短一日而已，竟然就难以遏制地想念。

　　不过，这次分离却是值得，若苏菜菜顺利完成结盟的重任，想必在军中的威望将大增，等到她顺利归来，父亲应该不会再阻挠他们的婚事。这个结果值得他忍受对她的思念煎熬。他嘴角微扬，心底一阵欣喜，生出无穷劲力，挥起铄杀金戟，带出道道夺目光芒。

　　"少爷！大事不好了！"老付的一声粗号急急传来。

　　老付莽撞冲入，粗犷的脸上满是焦虑神色。林峰收摄劲力，止住金戟，轻挑剑眉，"成日大惊小怪，讲吧，又是何事禀报？"

　　老付一边急喘一边紧锁眉头，"主公……主公刚得到军师传书，说……说……"老付忽地畏缩起来，盯住林峰，一脸畏惧。

　　林峰脸上浮起一丝疑惑，转而正色道："讲！"

　　老付怯怯道："少爷……这……"

　　一抹怒色犹然呈现在林峰脸上，眼里的凌厉骇得老付吞吞吐吐道："军师传书来……说那个鬼女娃子……她，她又逃走了……"

　　林峰脑里猛然一震，他厉声道："满嘴胡言！苏菜菜胆敢逃跑？她又能逃至何处！"

老付垂下头不敢抬头看他,"主公现在……正厅,军师的传书和证物都在……少爷可以自行确认。"

胸腔涌起一股绞心的怒气,林峰顾不上将铄杀金戟放回,抓着戟转身冲去北院,朝正厅而去。

正厅内,林尚候面色发黯,却依旧气度沉静似水。他双手在身后,手里正握着杨翾事先就已写好的绢布传书。

如预料般,林峰怒气冲冲地闯入,手里还攥着铄杀金戟。林尚候从他的怒气中嗅出阵阵怀疑,仿佛不愿相信这消息一般。

"父亲,刚才老付告知孩儿,杨翾传书说苏莱莱逃跑?!"林峰面上怒意清晰。

林尚候点头道:"不错,这正是杨翾的手书,连夜送来,为父也是刚刚得知。"说着将绢布递给林峰。

林峰接过绢布,上面的字迹确实是杨翾亲笔书写,苏莱莱竟然又用她现代的药物迷昏守卫,偷了马逃去芦蒿野地。

林峰怒目,绢布上的缕缕墨迹仿佛根根利针,扎得他暴跳如雷。他将绢布掷掉,盯住林尚候道:"父亲,此事太荒唐!苏莱莱若想逃走,这几月间大有时机,为何偏偏选此时动身?"

林尚候沉声道:"为父也不愿相信这是事实。为父已袤明心迹,表示她若立下联盟大功,便同意你们的亲事,怎料她却半路逃回故乡。依为父看,她还是割舍不下她原本的生活,唉……"说罢叹息一声,斜眼朝林峰探去。

林峰眉头紧蹙,目光中绽出的怒色竟夹杂着点点悲伤。他咬牙,愤然道:"确定是她自己逃走?难道未派人去芦蒿野地搜寻?"

看来林峰对苏莱莱爱意甚深,竟会想到她是遭旁人绑走,只是,林峰啊,作为我的儿子,我怎能不了解你的脾性?你的傲气怎能忍受这女子的一再欺骗,越是爱她,便会越痛恨她的欺瞒。

林尚候将一深褐色小包递给林峰,"这是杨翾一同派人送回的。他说是在古树下拾到的,你应该认得吧。"

这是苏莱莱的钱袋,她曾说过这在他们那时代叫做"钱包"。钱包没有拉锁,林峰手轻轻地便摊开来。钱包里夹着几张色彩斑斓的纸张,他记得这是她们那时代的"钱币"。没错,这的确是苏莱莱独有的东西,难道是她真的已经离开了?

胸腔里清晰的震怒,脑里却阵阵悲凉,又仿佛锥刺一般。她真的自己逃走了?怎么可能,她不是爱自己的么?仿佛还能感觉她柔软的身躯依偎在自己怀里的感觉,转瞬一日而已,她竟然已经弃自己而去。难道她在自己面前的温柔和深情都

只是伪装而已么？

倏忽间，他的目光竟然游向她钱包内夹着的一张小小图像。图中的她笑脸盈盈，神采飞扬，美得有些耀目，而她手里握着一本图册。但她身边竟站着一名也是脸带笑容的男人，短短的头发层次微乱，神情略带高傲。

一阵强烈的妒意渗进心腔，望着图中她娇艳的模样，林峰的心里有一缕淡淡的悸动，只是她旁边的男人，却清晰得分外刺眼。难道这就是她逃走的理由？她一直依偎着自己，不过是蛰伏的顺从罢了。心底涌上从未有过的狂躁，刺激得他暴怒起来，他咆哮道："老付！给我备马，我要去见杨翾！"

林尚候忙阻拦道："峰儿，你这是作何？既然苏莱莱已经弃你而去，即使找到杨翾也问不出究竟！大丈夫何患无妻，你竟然为一个女子躁动，如何能接任天下？"

林峰转头，满目凛冽的神色，怒斥道："连一女子都不能掌控，有何资格问鼎天下？！"说罢冷笑一声，转身朝外行去。

林尚候面色忽黯，一抹不快的神色浮现，他低声对身边护卫道："拦住他。"六名护卫齐齐拔出佩剑，朝前冲去。

林峰怒目狠视护卫，运起劲力挥动铄杀金戟，道道金光湛过，横扫而下，戟尖带起劲力撞击而过，护卫们被震得踉跄后退。

"谁再拦我？！"林峰怒吼一声，面目阴沉得可怕，眸里的煞意竟然泛起阵阵血色，如同一头被激怒的狮子一般。

一夜风雪过去，苏莱莱高烧未退，一直处于半清醒之间，只是军中上下都以为苏莱莱已经离去，甚至连苏黛夕也不得而知。傍晚时分，队列终于抵达了荥阳。自荥阳纳入林尚候之地后，原郡守府如今已驻军府邸。

天色微暗，杨翾将藏在兵器匣内的苏莱莱抱出，将她放置自己的榻上。这期间他不时给她灌服芪芑，相较昨夜，她的气色已大有好转。只是依旧神智恍惚，仿佛半梦半醒之间一般，时而低声呼唤林峰，时而怜怜啜泣。

但无论如何，总算保住了她的命。只是她未死的事终究瞒不了多久，林尚候迟早会得知，他又会再起杀意吗？苏莱莱没死，林尚候必然看清自己的阳奉阴违。多年来，他从未违抗过林尚候的命令，既因为出于林尚候的器重，更是因为，林尚候从未想过伤他性命。

届时自己应该如何面对林尚候？难道向他坦诚，自己已经钟情于苏莱莱，求他将她赐给自己吗？这倒是个能保住她性命的方法，只是，他又如何能面对林峰？以林峰暴躁的脾气，能轻易罢休？况且，最让杨翾介怀的是，苏莱莱心中根本就没有他，即使自己救回她，即使自己紧拥着温暖的她，即使自己如此失措地亲吻她，她嘴里反复呼唤的，仍然只是林峰。

望着苏莱莱苍白的脸颊，微合着的双眼，杨翾伸出手，轻轻抚过她柔嫩的肌肤，心里泛起一阵软软的怜爱。神智恍惚间，她眉头蹙动，眼前的人影略微清晰起来，她微启唇，双眼也缓缓睁开来。

猛一阵痉挛，他立刻收回手。

"我……没有死呢。"她甜美的微笑，声音却轻飘飘的，不带一丝气力。凝住眼前的人，"林峰呢？"

杨翾盯住她，双目淡漠，如往常所知的那样，不带丝毫感情，语调冰冷，"林峰一直都在洛阳。"

"噢……"她似乎明白似的垂下长睫，略带失落的语气，"谢谢你。"

这一切都是由我策划，激你离去、使用钩吻、欺瞒林峰，都是我的计策，你却对害你的人说感激？望著苏莱莱清亮如水的眼神，他心里掀起一阵沉闷的阵痛。

一缕凄迷神色从杨翾眼里漾起，他忽地沉沉道："等你恢复，便回你的故乡吧，我不能保证还能救你。"

"不！"苏莱莱用力吼道，声音却仍无力，"我不要离开冰峰……"

一股莫名的怒气竟从杨翾心底涌上，"你真以为林尚候会接纳你？"

"他接纳不接纳，和我无关。"她抬眼望着杨翾，"我只要林峰，接纳我……"

她眼里对林峰的眷恋清晰可见，却刺得杨翾暗疼。他忍住不快的情绪，依旧是那副淡淡神色，"你若想死，那便死好了，你的生死也同我无关。"他起身转去，胸口却忽地一阵窒闷。他轻轻按住胸口，缓缓呼吸。

"我包里有一卷薄荷熏香……"苏莱莱并没有回答他，只是关切道，"前几天我请人做的，可是我和你赌气，没有送给你……"她怯怯道，像个犯错的孩子似的，"你不舒服的话，就点燃熏香，能缓和你的呼喘……"

忽然之间，仿佛哽住呼吸一般，苏莱莱的柔声细语搅得杨翾再度迷乱起来。她却并未发现，依旧缓缓说着："我的包还在吗？你能找找……那卷熏香吗？"

恍惚间，他的心竟然违背自己的大脑，替他做出了决定一般，望住她虚弱苍白的脸，心里却满是疼惜。他喘息着道："若不保住性命，你又如何能与林峰厮守？"

第七章 误解横生

苏莱莱抬头望住杨翾,俊美的脸孔,仿佛因为呼吸的不顺畅而略显痛苦。和之前那样冷漠的态度不同,他眸子里的怨怒中却夹杂着深深浅浅的浊色。他仿佛是认真要帮助自己,难道是为了报答自己?

苏莱莱疑惑的目光中漾着缕缕感激的神色,忽然间使得杨翾竟窘迫不自在起来。他缓缓顺畅心气,移开盯住她的目光,侧首斜视着几案,低低道:"难道你不想同他厮守么?"

"想!当然想。"她随即应道,转而微蹙秀眉,"可是我如果回家,就不知道还能不能再来这里了……"

杨翾并未望她,只沉沉道:"若林尚候知道你尚在,一定会再取你性命。要想他不再干涉此事,一是你死去,再或者林峰不再爱你。"

"如果我回去了,大可能就再也回不来了,我不能……冒这个险……"苏莱莱轻咳道,"那大不了不要命了!"她神色略微愤慨起来。

"糊涂!"杨翾忽地回转头,狠狠瞪住她,目光冰冷得可怕,"莽撞行事只会得不偿失。你可以死去,将所有痛苦扔给爱你的人?"他声音略略低沉,"为了林峰,你只能活着。"

"可是我,"苏莱莱怯怯道,"我该怎么办呢?"

望着她无助的模样,杨翾心中矛盾不已,既想要保护她让她露出笑容,但即使为她奔波,为她出谋划策又如何,到最后不过是为他人做嫁衣罢了。只是他怎这个可恶的女人，竟然一次又一次欺骗自己，一再逃跑，这一次，竟然诱骗自己的挚友助她逃跑?！她太放肆，纵使自己再爱她又如何，这样一个桀骜不驯的女子，他怎能掌握她?！

林峰脸上闪过清晰的恨意，浓眉紧拧，狭长的双眼里煞意不断扩散，他的模样让苏莱莱心里忐忑起来。

苏莱莱略带怯意道："都是我的错，不关他的事……"

林峰松开紧拽着杨翾头发的手，蓦地转挑起铄杀金戟，直指苏莱莱，眼里的恨意却夹杂着丝丝失落。他死死瞪住她，仿佛咬牙切齿一般的语调，"苏莱莱，你竟然又一次妄图逃跑！"

苏莱莱微垂蓁首，她不敢抬头望住林峰充满怒气和失望的目光。

林峰怒吼道："抬起头来！你是否根本不愿待在我身边！?"

怎么可能……苏莱莱心中一阵揪紧，你怎么会有如此荒谬的想法，可是，她能解释吗？她甚至连抬头望着他那双眼的勇气都没有。她轻咬着嘴唇，心里的闷意让她隐隐难忍。

林峰一把捏住苏莱莱苍白的小脸，毫不怜惜地强抬起来，命她望着自己，凶狠地命令："我在问你话！张嘴回答！"

苏莱莱低垂长睫，略带抵触的语气答道："是又怎样……"

一道凶色从林峰黑眸内闪过，他咆哮起来，神色凶狠得可怕，手的劲力竟不由自主地加大。苏莱莱感觉颌骨仿佛就要被他捏碎似的裂疼，眼泪猛地滑落。

"假装依顺，不过是你逃走的计策罢了?！"他厉声问道。

"是……"她违心地答道。

"诱骗杨翾，利用他助你逃跑！?"他声音加大。

"是……"她望着他满是厉色的脸，强抑着对他的感情，故作冷漠地应道。

林峰的脸色愈发阴沉，他狠狠道："你的依顺，只是因为畏惧，你从未爱过我！?"

苏莱莱愣然失措，张开嘴却如何也无法说出是。望着他厉色却迷人的眼眸，她的泪水竟决堤似的无法阻挡。她怎能一再欺瞒，纵然瞒过别人，又如何欺骗自己？泪水滑过脸颊，沾染入唇，咸咸的微带苦涩。她轻摇着头，沉沉道："不……"

林峰眼里暗藏的情意却缓缓退去，取代的，是一抹淡淡的哀色，以及清晰可见的愤怒。他放开苏莱莱的小脸，一脸阴霾，"此刻你还妄图欺骗？打算再次迷

惑我,然后再次逃离么?"

"林峰……为什么竟然不相信我……苏莱莱望住林峰渐渐阴沉的脸,心中不住撕扯着。她想要解释,想要将一切都告诉他,她甚至想要紧紧依靠着他。昨夜几乎死去,她脑里混沌不已,反复着只有他,只是,为何当他出现在自己面前,却抓不住真实的他?她愣愣地盯住他,不住道:"不,不是……"

苏莱莱眼里不断落下的泪水却搅得林峰心神狂乱,对她强烈的爱意催促着罢手,心中的不忍几乎就要逼得自己原谅她。忽地脑海里浮现出苏莱莱身边那个陌生男人的影像来,她脸上的笑容是那么甜蜜,那才是苏莱莱真正倾心之人吧,而自己,究竟又能算做什么?难道仅仅只是令她畏惧、令她屈服的恶魔而已么?

自己征战沙场多年,却从未败于任何之手,只是为何苏莱莱这名娇柔女子,竟可以将自己玩弄于股掌之中?高傲自负的脾性激起林峰心里愈发强烈的暴怒,他单手揽起苏莱莱的腰肢,面色满是凶狠,"你以为我还会给你机会愚弄我么?!"眼里迸出足以吞没人的恐惧气息。

他箍着苏莱莱,收回铄杀金戟,半侧过脸,满眼怒色,"杨翾,念在你不过是被这女人挑拨,这次便不再追究,若你胆敢再背叛我,切勿怪我不记手足情谊!"说罢直朝房外而去。

"林峰,你要如何处置她?"杨翾用右手按住左肩,强忍住疼痛,俊美白净的脸上显出几分痛楚的神情。

"这不是你该过问之事!"林峰狠狠瞪他一眼。

"你明知此事是我策谋,却将怒气撒在一柔弱女子身上,是大丈夫所为么?"杨翾嘴角轻扬,脸上的痛苦已稍稍减退。

林峰猛地转身,眼里的怒意扩大开来,"你有何资格责问我?!"

杨翾幽幽道:"既然爱她,为何又忍心伤她。林峰,难道你只是要一个能满足你自负脾性的女子而已么?"

林峰骤然挥起金戟,直抵住杨翾的脖子,眼里的凌厉更甚,"你胆敢再袒护她,我便让你给她陪葬!"

苏莱莱猛一怔,陪葬?这么说,林峰已起了杀心?为何事情会发展成这样?难道继续错下去么……不若这样,她又能如何呢?她脑里开始胶着混乱,竟然连一个对策也思考不出。

杨翾强忍住左肩的裂痛,将右手伸向腰际。此事他已手足无措,林峰这次确实被激怒了,相信苏莱莱又一次弃自己而去的他,怎能轻易饶恕她?以苏莱莱此时尚虚弱的身体,若受刑的话,不出两日则小命难保。

杨翱勾出"赤惊影",冰冷的眼眸内略微浮起了一丝忧心。多年来,他从不轻易使用"赤惊影",为何苏莱莱出现之后竟又再次拿出?只是此刻,他必须保住苏莱莱的命,他不能任由林峰冲动暴怒,不计后果地伤害她。

既是为了林峰不会后悔,更是为了自己。

林峰眉心骤然紧拧,忽地运起劲力,挥动铄杀金戟,朝杨翱猛挑过去。

铄杀金戟从杨翱手上滑过,阵阵压抑的重力将他的手猛地一震,劲力震得他猛地松手,"锵"一声,"赤惊影"忽地脱手飞出,猛地扎在身后的窗板上。

林峰眼里的威严压迫着杨翱,望着林峰那双令人恐惧的眼,杨翱心里竟然生出一阵无助的情绪。

杨翱望着林峰扭头转身而去,看着苏莱莱被他的臂膀死死箍住,仿佛认命一般的失魂神情,心里竟一阵窒息似的疼痛。他不加犹豫,语带慌乱地低吼道:"林峰,她的身体还未复原,对她用刑定会要了她的命!"

林峰并未回头,他兜了苏莱莱一眼,眼里充满了丧失理智般的恨意,"要她的命?你以为我会如此仁慈?我要叫她生不如死!"

看着林峰拧着苏莱莱渐渐远去,杨翱原本已经顺畅的心气竟然又开始郁郁闷疼,仿佛窒息一般的痛楚。他喘息不停,仿佛就要死去一般的闷。他甚至没有心情去调节自己的喘息,父母逝去之后,他便再也不知无助的滋味,如今面对挚友的林峰,自己竟然无助得如此彻底。

一直以来,在林峰身边,自己究竟是何种身份?挚友、部下、兄弟?其实连他自己也不知,只是将林峰视为最重要的人,朋友也好,兄弟也罢,即使是服从亦是心甘情愿,只是为何看着林峰无情地带走苏莱莱,自己无力救她,心中竟会丧失理智般的衍生出对林峰的恨意?

恍惚之间,意识有些散乱,他扶住几案,轻轻滑下,转身背靠在几案旁,用苏莱莱教他的方法轻轻按揉手掌的鱼际穴,呼吸缓缓顺畅起来。脑里的想法也渐渐坚定起来,他不能让林峰折磨苏莱莱,若林峰不再想要她,那自己就带着她逃走吧。但这些年自己劳心劳力的付出,最后连一丝功业也无法留下。

可即使千秋功业留下又如何,他甚至一直以来不明白究竟为何而战。他没有林峰的大志,一直以来,他只认为,他想要拿回自己本该拥有的。他深知若逃走,他将再也没有机会得回所失,只是此时他的心中竟然前所未有地通彻,仿佛已看透一切似的通彻。

什么天下大势、皇权珍宝,什么功名利禄、名门贵族,就让林峰他们争去吧,若无人分享这一切,人生还有何意义?林峰,若不是你,我又如何能明了自己一

第七章 误解横生

直以来征战的目的？若不是你，我又如何能下定决心，离弃所有，甚至离弃你呢？

荥阳的地牢阴暗潮湿，虽然牢室较少，比起林家地牢却过犹不及，空气中弥漫着缕缕腐臭的气味。

但这阴暗的地牢，却也不及林峰脸色的一丝森沉。他铁青的面孔上覆满阴霾，不见了往日的神情，如同最初遇到他那时一般，满是震慑和凶狠的气息。

"啪！"林峰将苏莱莱狠狠摔落在地，眸里的凛冽让她不敢直视。

荥阳狱卒首领曾参与过洛阳守城一役，见到这场景，骇然失声，"少主，您为何亲自押解副军师来此？"

林峰脸色一沉，"将她锁起来，用荆棘笞死她！"

荥阳狱卒首领骇得脸色惨白，"少主，请您息怒……副军师究竟所犯何事？属下实在下不了手呀。"

林峰眉头忽蹙，恶狠狠地瞪住狱卒道："你想违令？"

荥阳狱卒首领慌忙不迭道："不敢不敢，属下怎敢违抗少主命令，只是副军师乃是手无缚鸡之力的女子，况且屡有战功，少主为何忍心下如此重手……"

林峰猛地挥出铄杀金戟，挑眉怒道："区区狱卒，胆敢妄自质疑？！"

"属下知罪！属下……只是……"荥阳狱卒首领原本还想解释，触及到林峰凌厉的目光，只得将想说的话活活吞了回去。

"废物，畏畏缩缩！将她锁起，拿荆棘给我！"林峰怒斥一声，随即收回铄杀金戟。

荥阳狱卒首领不敢再多有言词，只得唤来几人，将苏莱莱手脚绑牢，再给她戴上沉重铁链，牢牢锁在牢室内。片刻后，狱卒首领诺诺地将一根满是荆棘刺和血迹的长鞭交给林峰。

林峰将铄杀金戟搁置一旁，一转脸满目含煞，厉声道："全部给我退下！"

狱卒们虽然心有不忍，却奈何不敢违抗林峰的命令，只得悻悻退下。

林峰执起荆棘鞭，大步迈到苏莱莱面前，满脸阴沉，"苏莱莱，你依然死性不改，一再违逆我，一再背叛我！"

苏莱莱摇头，满面的泪水却不容她解释什么，她只能否认他的话，却不能说出为何要否认。她的语言没有任何根据，在林峰以为的事实面前，显得那样苍白无力。

"为何不解释？！"林峰眼里肃色更甚，"还是说，你根本无法反驳？！"

"是的。"苏莱莱垂下头，声音轻飘飘的，毫无气力一般，"你说的都是事实，我无法反驳……"

林峰眼里闪过一丝无情的恨意，他蓦地扬起荆棘鞭，狠狠地朝苏莱莱猛抽而下，厉声斥问道："为何要假装爱我，是玩弄我？还是报复我？"

荆棘刺狠狠扎在苏莱莱身上，划破她白皙柔嫩的肌肤，勾出道道血痕。剧烈的疼痛激得她哭号出声，她颤抖着回应，嘴唇白得如纸，"我没有假装。"

林峰脸上的恼怒更彻底地激起了，他怒吼道，眼里仿佛燃着火焰似的，"此时此刻你仍然在装模作样！"他收回荆棘，狠狠捏住苏莱莱的小脸，"玩弄我就这么有趣？！"

苏莱莱苍白的脸上浮出一缕痛苦的神情，她无力地望着林峰，目光里满是无辜，可是她无法解释，她只能承担。

脑里充斥着清晰的恨意，林峰无法控制住自己的情绪，对苏莱莱浓烈的爱意让他大脑充血，而她的违逆却极大地刺激了他高傲自负的神经。她苍白的嘴唇微张着，隐隐看到几颗洁白的牙齿，他脑里竟然莫名地涌起一股要吻她的冲动。瞬时间，他竟敛回了凶色，不由自主地微合上眼，想要吻上她那娇俏小巧的樱唇。

倏的一阵凉意袭来，却反而更点燃了林峰脑里的怒意，只差一点，自己又会被她诱惑。她那模样让他无法自拔，只是，这一切只是她的伪装而已吧，即使那甜蜜依顺的神情，她也只是对那个陌生的男人……

林峰狠心地甩开苏莱莱的脸，眼里折出一抹浑浊的神采，转瞬而已，心中的恨意已完全压下了对她的爱意，他再度扬起荆棘鞭狠抽起来。

"林峰……林峰……"苏莱莱失声哭叫，声音却渐渐微弱无力。

看着苏莱莱疼痛的哭号，林峰心里再度涌起一阵难忍的抽动，他沉声低号道："住嘴！不准唤我的名字！"心里却杂乱搅动，听着她不住唤着自己的名字，却无法自主地想要住手。矛盾的心绪不断扎着他，转而化为对她的愤怒，竟然恨不得将她碎成裂片。

"林峰……"不管他怎样凶狠地折磨她，苏莱莱嘴里依旧喃喃唤着他的名字，只是愈发缓慢和微弱。身上的毒素刚刚清除，体力仍然很虚弱，她显然已受不住林峰的笞打，脑里绞痛不已，眼皮渐渐沉重。

"混账！"林峰咬牙切齿，他从腰际掏出苏莱莱的钱包，一把朝苏莱莱脸上掷去，黑眸里满是充满妒意的怒火，"嘴里唤着我，心里却挂念着其他男人！"

这是我的钱包，为何会在林峰那儿？苏莱莱朝甩落在地的钱包望去，林峰怎么会说自己心中挂念着别人呢？难道，是钱包里的那张照片？那是她作为VOC编辑时，做一期明星时尚心得，采访周杰伦时与他的合影，作为周杰伦的歌迷，这

第七章 误解横生

张照片自然被她视作重要物件放在钱包里。只是,林峰并不知道,身为古人的他,也不可能理解现代社会的人际关系。

唉,这个笨蛋野蛮人!苏莱莱抬眼朝他望去,尽管此刻他如此凶狠失常,尽管他不懂得怜惜自己,她却始终对他恨不起来。这一切的误会,终有一日会明了吗?只是,自己等得到那时吗?林峰会不会失手杀了自己……不,他不会,从他的表情上,她已经确信了自己的判断。

她仿佛能从他那双锐利的双眼里发现些隐隐的涌动,这个基因突变大脑白痴的野蛮人……任他再怎样蛮横也好,她怎么舍得离开他?疼痛那样清楚,她却扬起嘴角,朝他挤出一个笑容。

她那抹微笑猛地渗入林峰的回忆,仿佛几月前,初次将她关入林府地牢的那日,那个浑身伤痕、满脸泪水却哼着歌曲努力微笑的她,又再一次在自己的眼前清晰闪现。

顿时他的眼眶竟有些干涩难忍,他几乎不能抑制自己的情绪般,竟然就要紧紧抱住她,竟然就想狠狠吻上她。

阳光折在铄杀金戟上,晃动着的光芒耀疼了林峰的双目。望着苏莱莱浑身触目的血痕,手中的荆棘刺仿佛在自己身上乱扎一般,一时间他无法再清醒地做出任何决定。

他狠力仍掉荆棘鞭,执起铄杀金戟,怒然离去。

夜已降临,荥阳的地牢内依旧暗无天日,纵使是冰冷的月光,也无法透隙而入。

苏莱莱半合着眼睑,低垂的睫毛上,沾着串串泪光。身上的伤痕清晰而狰狞,血已经凝固,暗红一片。她的脸颊和嘴唇已血色竟褪,苍白似纸。中毒后的体力尚未恢复,却又遭受如此刑罚,她小小的身躯,已经无法承受如此重荷,意识已有些恍惚,只剩下一口倔犟的气。

她仍旧固执地相信,林峰会返回释放她,林峰会原谅她。只是,他并不知道事实,而自己却又无法向他言明,他究竟该如何给自己一个理由来原谅她?

她有些怨艾,这残破的身体,无法反抗,也无法追到他身边。自从穿越来这古代,她的身体已不如以前,低血糖的症状时而严重起来,再次流了那样多的血,她的脑里已是一片混沌。

抬起眼皮朝下望去,她竟觉得恐惧和眩晕。

恍惚间,眼前出现一张满是忧虑的脸。那张俊美无瑕的脸,椭长清冷的眼里身边。他始终割舍不下,这世间平凡女子又怎能和她比拟,若失去她,他会悔恨一世吧。

林峰用手轻轻温暖着苏莱莱冰冷的小脸,抓起杨翾的裘毛披风将她紧紧裹住,眼里的柔和却灼热着,浓黑的眸子仿佛能烤化她似的。他沉声道,命令似的语气,"你若再骗我,我决不饶你。"

"我才没有骗你!一直都没有……"苏莱莱望着他,眼里的清澈搅得林峰心神有些恍惚。

"不准走!"他忽地低声咆哮起来,"不准去找那个眯眯眼男人!"

啊?顿时的浓情蜜意被他一句"眯眯眼男人"给打破了,苏莱莱啼笑皆非,"你是在说周杰伦吗?我怎么可能去找他呢?"

"对,就是这个混账!"他恶狠狠道,脸上满是不快神色,"你若敢再想他,我一定将他碎尸万段!"

"臭野蛮人,成天就爱威胁人……"她将头靠在他宽阔的胸膛前,轻声呢喃,"告诉过你多少次啦,周杰伦是我偶像。你知道什么是偶像吗?就是我崇拜的人,是敬仰之情,根本不是男女之情……"

"从今日起,你不准崇拜他!你只能崇拜我!"他瞪住她低吼。

苏莱莱小声咕哝道:"我敢说不吗?"

林峰嘴角勾起一丝笑意,从地上拾起苏莱莱的钱包,将钱包里的照片抽出来,正要撕成碎片,却听到苏莱莱竭力喊道:"住手……"

林峰收回手,面上再度浮起不悦神情,冷哼道:"口口声声说不想这混账,却连一张画像也不能舍弃!"

苏莱莱无力笑笑,轻轻道:"我留在你身边,不会再有机会拍这样的照片了……留下来好吗?"

林峰虽然不懂何为照片,却能明白她想表述的意思。这女人竟然还敢跟他谈条件,实在太过可恶!可是,自己又能奈何呢?割舍不下她的终究是自己,纵然她留念着别人,他又如何能任她离自己而去?

林峰并未开口答应苏莱莱,却将照片还给她。

苏莱莱小心翼翼地将照片收回,塞入钱包的夹层中。她抬头望住林峰,一脸娇羞神态,"这样好了,你也不用看到他,就不会生气了……"她憨憨地笑道。

"笨蛋。"他轻声责怪道,望着她纯净的双眼,仿佛将心底那股拧作一团的怒气渐渐驱散。

她傻傻笑着,眼皮却忽觉更加沉重,脑里的昏厥感让她有些恍惚。不能昏去,

第七章 误解横生

这可恶的身体,她心里咒骂着,却无法控制般的难忍,心跳也骤然加快起来,天气如此寒冷,身体却冒出阵阵虚汗。

"头晕么?"林峰面上生出阵阵焦灼神色,他急切地问道,"我立刻带你去看大夫!"他将她抱起,疾然朝牢外奔去。

夜风在耳边呼啸,发出令人惊惧的声响。苏莱莱心里却满是柔暂的温暖,即使不知未来的方向,此刻她却能依偎在林峰怀里,享受着短暂的甜蜜。

幽幽的烛火散发出淡淡光芒,床上遥遥映出杨翾颀长的身影。林峰上前一掌掀开房门,直蹿进去。

"林峰?!"杨翾原本焦虑的脸上却骤转惊异,旋即压低声音,脸寒如冰道:"你来作何?"

林峰将苏莱莱放在榻上,朝杨翾仄目道:"去命荥阳最好的大夫来给苏莱莱医治!"

杨翾轻叹一口气,漠然道:"你不是想要折磨死她么?"

林峰忽地面色铁青,厉声道:"你非要我向你承认失败么?!"继而压下怒气,沉声道,"快去找大夫!"

杨翾摇头道:"此时已是深夜,荥阳城中何来大夫?只有几里外的军营中尚有军医而已。"

林峰扭头低吼道:"那就去找军医来!你骑上疾夜,立刻叫军医过来!"

早知如此,当初为何又忍心下如此重手?杨翾心中对林峰极有微词,却并未言明,望着苏莱莱痛苦却甜蜜的神情,心里充斥着一阵难以释怀的痛苦。他语气生硬道:"苏莱莱说过自己饥饿的时候,便会有'低血糖'的症状,此时的应急对策是喂食糖果与她。"

说着他从武器匣里拿出苏莱莱那个 GUCCI 手袋,从里面摸出一个陶瓷小瓶,轻轻勾出一块白色的糖块来。

杨翾走到苏莱莱面前,正想要将糖块喂给她吃,却触到林峰焦急的表情。他心里竟忽地一阵退缩,将糖块递给林峰,摆出一副冷漠神态,"喂她吃下,暂时可以缓解她的眩晕症状,我去找军医来。"说着转身推门离去。

望着杨翾疾去的背影,林峰心中竟漾起一股莫名的滋味。杨翾竟然能清楚地记得她所患的病名,甚至连应对的症状都如此熟练,原来自己竟然还不如他重视苏莱莱,竟然忽略如此多?

他脑里忽地闪过一丝不祥的触感,但随即却被自己否认,我怎能有如此荒谬的想法?杨翾是我的挚友,如同手足兄弟一般,他怎可能对苏莱莱……他只不过是比较谨慎心细罢了。

　　他重重叹息一声,将糖块轻轻喂给苏莱莱吃下,脸上的愁容却始终无法散去。

　　"林峰……开心一点!"苏莱莱望住他的眼,柔柔道,"我没事的。"

　　她的表情激起林峰心里最柔软的愁绪,他猛地俯下身体,紧紧揽住她,低声道:"我今后再也不会伤害你。"

　　"我相信你……"苏莱莱伸出手,轻轻勾住他的脖子,低低道,声音浑浊不堪,"我爱你,只爱你只要你,不会爱别人……"

　　她的衷情话语让他无法自控,他垂下脸,紧紧吻住她苍白却甜蜜的樱唇。和之前暴戾霸道的气息不同,他的吻轻柔细腻,嘴唇炙烧狂热,仿佛要与她融合似的,让她心神俱醉。他湿润的舌抵开her轻咬的牙齿,直直探入她香润的嘴里,缠住她柔软的舌。如此暖色的气息和触感,竟让她的身体颤抖起来,仿佛要沉醉一般,几乎就要立即昏厥过去。

　　"我也只爱你,只要你,绝不会爱别人。"他在她耳边密斟轻语,浑厚低声的声音更搅得她迷乱。

　　而房外,他们的私声爱语却传入尚未走远的杨翾耳中。他头痛欲裂,无法忍受痛苦一般,掏出"赤惊影",狠狠朝自己手臂划下,顿时鲜血四溢。他却连嘶声惨号的权利都不能拥有,除了苦笑自己的失败,他还能做什么?除了忘记她,他还能祈求什么?

　　杨翾别回"赤惊影",朝马厩行去,冰冷俊美的眸子里丧失了神采一般的浑浊。他仍然只能接受,并且忘却,甚至连自己深爱上她的事实也要统统忘却。

　　军医来时,已是残星微敛,即将破晓的天色蒙着一层灰色的黯淡。

　　军医替苏莱莱包扎完毕,上过草药后,关切道:"副军师长期血虚萎黄,此时定是饮食不佳,再加上身上受伤再度损血,才会眩晕心悸。"转而喃声道,"是何人如此大胆,竟敢重伤副军师?"

　　林峰忽地脸色一变,浓眉紧蹙间却透出一阵尴尬神色。他不禁朝杨翾望去,却见他双目失神,满是浊色,只愣然盯着自己的左臂,神情清冷。

　　"是我,"林峰刚开头道,却被苏莱莱抢过话茬,她抬高声调,一脸无辜地指指林峰道:"是他没保护好我,才会遭到贼人袭击,都怪他……哼!"

　　林峰一怔,继而目光凛凛道:"多事。"

　　苏莱莱立刻撅嘴,还以颜色,"我就多事……"

　　见到此种场景,军医抿嘴笑道:"少主对副军师的关切之情真是深厚无

第七章　误解横生

比啊。"

苏莱莱白了林峰一眼,目光中闪烁着些许调侃,"是呀,有如涛涛江水连绵不绝嘛……"

军医猛然大笑,不住道:"不错,不错,副军师好文采啊!"

"多谢军医夸奖。"苏莱莱礼貌地朝军医点头微笑。转而抬头斜兜住林峰不太自然的脸,似笑非笑道:"不过啊,希望下次不要再有如黄河泛滥一发不可收拾就是啦……"

林峰咬牙切齿,面对这个伶牙嘴利的苏莱莱,他竟然会束手无策。可是她却是在维护着自己的形象,这又如何能让他对她真正愤怒。即使她的话语让自己有些难堪,他心里却只盛着对她的悯惜之情。

军医起身,拿出一卷竹简,写下药方后,递给身旁的侍女,正色嘱咐,"以这几味药材煎服,每日三次,长期调养。"

还未等侍女接下竹简,苏莱莱便抢着道:"军医大夫,能给我看下你写的那个方子吗?"

"当然可以。"军医讪讪笑道,转而恭恭敬敬地将竹简递给苏莱莱。

"呃,这个……"苏莱莱却语塞,只因为这复杂的篆书仿佛扭在一起的字符似的,让她根本无法辨别,刚才一时着急想看看军医开的方子是否正确,竟然忘记了自己并不认识几个篆字。她羞怯地扁扁嘴,用手肘轻轻碰了碰林峰,"野蛮人,你说这个方子上写的是什么?"

林峰嘴角勾起一缕笑意,淡淡道:"副军师不是好文采么?怎么,看不懂药方?"

可恶……苏莱莱轻哼一声,明明知道我看不懂你们的字,还装模作样,报复我吧。她依靠在林峰身上,将竹简递给侍女,轻声道:"不用看我也知道……无非就是熟地黄、当归、黄芪再加个驴皮制成的阿胶一通煎服吧。"

侍女望着竹简,语带喜悦道:"没错,副军师说的跟军医写的完全一样!"

苏莱莱抬头望住林峰,俏丽的小脸上一抹得意神情,仿佛胜利似的甜美微笑。

林峰却意外地并未被她激怒,他眼里涟漪般逐渐扩大的温柔笑意,竟忽地搅得她的脸烫起来。

军医浅笑道:"不错,药方大约如副军师所说,只是……"军医略感奇怪,露出不解神情,"只是阿胶不是牛皮所采制的么?为何副军师说是由驴皮制成?"

苏莱莱眉心微蹙,脑里思索片刻,忽地秀眸弯成一道月形,张嘴笑道:"好像阿胶是唐朝之后才改用驴皮所制,这之前都是牛皮……"接着自语道,"不过驴皮采制的阿胶药用功效更好，所以唐代之后就改用驴皮了。"

军医听得半解半惑，大约能明白苏莱莱说驴皮药用功效更甚，只是何为唐朝？这让他难以理解，早听说过副军师言语奇特，思维古怪，今日难得一见，果然如传闻中一般。

望着苏莱莱自顾说着让这世人无法理解的言语，白皙的脸孔上微微泛起粉色，她俏皮却动人的眼，还有那微白的柔唇，竟勾得林峰心中一阵灼热。她浑身上下包扎着白色绑带，裹得像只臃肿的小白猪，他仿佛记起第一次见她时，她将自己比喻成猪时的场景。

林峰心底暗思道，今后不论再多愤怒，他也绝不允许自己伤害她，当然，也包括其他任何人。他要护着她，护着她那张苍白纯净的脸，护着属于他的一切。

已不知时过多久，迷迷糊糊中，苏莱莱仿佛听到清脆的女子呼唤声，声音渐近而来，仿佛在耳边一般。

她蓦地睁眼，目光触到苏黛夕笑吟吟的俏脸。

"黛夕！"苏莱莱喜出望外。

"姐姐醒啦！"苏黛夕满目欣喜，"黛夕听杨大人说你受伤了，心中甚是挂念……唯恐姐姐出什么意外。"说着双眼竟有些发红。

"呵呵……"苏莱莱讪讪地笑笑，这也会红了眼？太小题大做了吧。不过苏黛夕对她的关切倒是真实的，大抵她天性比较柔弱善感，一些在自己眼里的芝麻绿豆小事，也能触动苏黛夕伤感的神经。

"姐姐笑什么，是笑黛夕没用么？"苏黛夕撅嘴道。

"没没没，我是高兴啊，黛夕你这么关心我。"苏莱莱急忙摆手应道。

苏黛夕飒然一笑，"可不是呗，听说你途中遭到贼匪，黛夕忧心得几日无心进食，都消瘦了呢。"

苏莱莱撅嘴，故意做出一副不屑的神情道："是随行的厨子手艺太差，害你没胃口吧。"

苏黛夕惊呼道："啊！姐姐着实厉害！一眼就看出来蹊跷啦！"

苏莱莱眼里浮起一抹无奈的神色，仄目道："你也不用就这么快承认嘛，真是太不给我面子……"

苏黛夕撒娇似的挽起苏莱莱的手臂，娇声道："姐姐最好啦，姐姐才不会生黛夕气的对不对？"

"嗯嗯，谁让我比你大两岁？既然你叫我姐姐，那我当然不会生妹妹的气啦。"

第七章　误解横生

苏黛夕眼里满是真挚神色，转而低垂下头，将挂在腰间的一只碧玉环取下来，正色道："姐姐，这碧玉环是黛夕娘亲还在世时，送给黛夕的护身符，如今黛夕将它送给姐姐，有了这个，姐姐定能逢凶化吉，平安一世。"说罢将碧玉环塞给苏莱莱。

这只碧玉环，雕琢精细，玉色纯净无瑕，晃着幽幽的碧绿，一眼看去便分外夺目。"不行，这是你娘亲的遗物，这么贵重，我不能要。"苏莱莱轻摇螓首，柔声道，"再说，你把护身符给了我，那怎么保自己平安呢？"

苏黛夕乌黑的眸子里烁动着清晰的愁绪，她轻轻咬了咬嘴唇，"黛夕这次回燕京，只怕是没有机会再出城一步了……既然在燕京城内，又何来凶险呢？"

苏莱莱轻叹道："黛夕，我答应过你，一定帮你找到仇青，别放弃好吗？"

苏黛夕眸底似有泪光，垂着头道："可是这些年，他了无音讯，他在黛夕记忆中的模样，仿佛都已模糊……"

"黛夕，其实我也没想过今天的自己会在这里结识你。甚至从没想过会遇到林峰……"苏莱莱目光微微散乱，"可是事实上一切都发生了，这样不可思议，却又不容置疑，好像一切都是上天注定的一样。"她转向苏黛夕，语调郑重道，"黛夕，你要相信你们一定会再见，因为你和他早就约好了呀。"

苏黛夕抬起头，望住苏莱莱坚定的目光，仿佛心中得到慰藉似的畅然。她咧开嘴笑道："谢谢姐姐！"转而将碧玉环塞入苏莱莱手心，"那这个护身符姐姐更要收好，这便是黛夕对姐姐的信任。"

苏莱莱微蹙秀眉，似有为难神色。苏黛夕如此盛情，但此物如此贵重，她怎能轻易接受呢？

"姐姐，黛夕身边未有兄弟姐妹，这护身符就算做黛夕送给姐姐的信物吧，从今日起，姐姐就算是黛夕的亲姐姐好么？"苏黛夕脸色泛起微红。

苏莱莱有些不知所措，耳边忽然传来一声充满磁性却淡漠的声音，"既然苏小姐执意要送你此物，亦表示你俩有缘，何不收下？"

循声望去，来者果然是杨翾。他面色比平时更显苍白，嘴唇缺乏血色似的浅，一袭白色长袍更显他一尘不染的气质，原本精致无瑕的五官映衬得愈发清冷，只是眉目间却仿佛暗藏着不屑似的冷漠，左臂上缠绑着绷带，这应该是前日被林峰所伤吧。苏莱莱暗暗思索道，不对，她清晰地记得，林峰只是用铄杀金戟砸伤了他的肩，可这手臂……

"人妖，你的手臂是怎么回事？"苏莱莱关切地问道，语调中略带疑虑。

杨翾避开她的目光，微转首，眼眸内依旧漠然如昔，但他心底却挣扎得混乱不堪。为何你如此畏缩,竟连她的目光也不敢触及了么?看来那夜的痛楚已让你忘却。他心底竟荡起一缕凄冷,既已决定遗忘,为何不敢直视?顷刻间,手臂上的痛楚再度清晰起来。

　　他抬起脸,盯住她略微焦虑的眼,嘴角一缕浅不可见的笑,如同往常一般的冷漠语调,"这同你无关。"

第七章　误解横生

第八章 一夫一妻

死人妖,又来这套!苏莱莱愤愤地扁嘴瞪住杨翾,正准备敞开喉咙大声数落他,却无意地瞥过他冰寒彻骨的眸子。为何她却能从中窥视到隐隐寂寥?也罢,一直以来,他都是如此冷若冰霜,可当她遇到危难时,他却一再相助,其实,他是外冷内热吧,说到底他也并不算是个坏人。

既然他这么爱板着一张僵尸脸装酷耍帅,那就成全他吧。苏莱莱嘴边掠过一丝笑容,"那好吧,既然军师你'命令'我收下,身为你的手下,我只好收下黛夕的好意啦!"

"那黛夕替姐姐挂上!"苏黛夕雀跃道,立刻将碧玉环拴挂在苏莱莱腰带上,抬起满是笑容的脸,"从此往后,姐姐和黛夕便是亲姐妹!"

"嗯,以后有福同享有祸同当,那句怎么讲的,有钱一起赚,有妞一起泡!"苏莱莱脱口而出,却发觉苏黛夕张大嘴巴一脸不解。

"哈哈,我太高兴,话都讲错了,把网络上男生的经典名句都讲出来啦!"苏莱莱耸耸肩,憨笑道。

"网络?网络是为何物?"苏黛夕满是疑惑。

"网络,就是我们那个时代的……"

苏莱莱兴奋地讲述着令苏黛夕稀奇的事物,望着她脸上不时渗出的甜美笑容,杨翾心中却拧起阵阵不自在的闷意。他转身缓步踱出屋外,两个女孩谈笑入境,丝毫没有发觉他的离去。

这样也好，她对自己的忽视清晰可见，自己亦不会流连，更不会生出前夜那种想要带她逃离的荒谬想法。

一切如同往昔，彼此的身份、关联，包括情感。他依旧是那个冷漠阴沉，只论数字与成败的自己。

杨翾抬起眼帘，敛回原本的苦笑，却猛地和眼前的来人目光相撞。

对方目光深邃，却透着阵阵威严，嘴角上还挂着一缕自负的微笑。

杨翾冷冷瞥了林峰一眼，淡淡道："苏小姐在里面。"

林峰亦淡然回应："她同苏莱莱感情甚好，有何疑问？"

杨翾脸色微黯，眼眸中透露出截然的阴冷，"苏莱莱的确大度，既已知你将成为苏黛夕夫婿，却依旧能与她如此亲昵。"

林峰狭长的眼里厉芒顿闪，肃色尽起，"杨翾，你是否有意取笑？"

杨翾嘴角微有弧度，浮上一缕冰冷笑容，略带讥笑的意味，"若要死死掌握苏家，最佳的方式便是联姻，难道你不知？"

林峰浓眉深锁，怒叱一声，"此计出自你手？！"

"你认为呢？"杨翾只是微垂低眼，仿佛不带情绪地低声沉吟。

林峰面色阴沉起来，忽地恶狠狠地拧住杨翾的衣领，怒喝道："杨翾，你太放肆！谁给你权利决定我的婚事？！"

杨翾眼里却漾起一股从未所见的阴狠神色，他猛力弹开林峰的手，冷眸斜视道："你父亲要做的事，从不允许旁人干涉，岂是我能掌控。"

林峰暴怒一声，"那苏莱莱又如何得知？！"

听及此问，杨翾眼里逸过一丝凄迷之色，即刻却转为阴冷笑意，"自然是我告知的。"他双目含霜，继而道，"原来想劝服她委身做妾，她却执意不肯，最后情愿离开也不愿与他人分享你。"

"原来这是她逃离的真实理由。"林峰目光一凛，"为何她却不肯向我讲明？"

触及林峰凌厉的目光，杨翾却无所顾忌般朝前行去，他敛回冷笑，"我怎知？"

林峰眼里涌动起难以琢磨的神色，顾不上回应杨翾，大步朝房内行去。

"哎呀呀，你们这些原始人，神出鬼没的，人妖刚走，你跑来凑什么热闹？"见林峰突兀地闯入，苏莱莱轻蹙起秀眉，略带撒娇似的语气。

"上将军是来看姐姐的吧。"苏黛夕朝他叩礼道。

林峰朝苏黛夕回礼似轻点头，转而朝向苏莱莱，略带凌厉的目光，"苏莱莱，为何要隐瞒真相？！"

苏莱莱满目疑惑，朝着苏黛夕面面相觑。

"为何宁死也不肯说？若我不返回，你如何能撑得过去？"林峰迈到榻前，凝住她，声音低浑。

苏黛夕更是一副不解，怔怔望住林峰道："上将军是何意呀？"

"呃……他的意思是说……是说我被贼匪劫了却隐瞒他，害他慌慌忙忙的从洛阳赶来，黛夕你不知道，这野蛮人脾气太难伺候……"苏莱莱对苏黛夕说着，却对林峰暗使眼色，示意他别再讲下去。

"苏小姐，你先退下。"林峰转向苏黛夕，冷声道。

这野蛮人什么态度……苏莱莱愤愤道："喂……你不会用'请'字吗？"

林峰眼里凌厉一闪，瞪住苏莱莱道："放肆，你敢命令我？"

"臭野蛮人……我是在教你懂得'礼貌'！"苏莱莱顶嘴。

"废话，这不是命令么？"林峰瞥她一眼，恶狠狠道。

一旁的苏黛夕忙劝止道："姐姐，上将军，你们别再争执，黛夕正好也有些累，正想回房休息呢。"说着起身拜别离去。

"黛夕……"苏莱莱一时不知该讲些什么，却见苏黛夕朝她暗示似的微笑。她也只好报以笑容，直至苏黛夕彻底消失在眼前。

"好啦，把人家给吓走了，满意了吧。"苏莱莱撇嘴道，"成天对别人呼来唤去的，一点也不尊重人！"

林峰兀然起身，猛一把将苏莱莱揽入怀中，语气稍稍柔和了些，"你为何隐瞒自己逃离的真相？"

"说了又有什么用，反正我的确逃跑了。"她艾艾道。

"若我未返回来，你是否就打算负着这个委屈到死？若你死了，我岂非犯下弥天大错？！"他闷声道，浓直的眉骤然紧蹙。

苏莱莱抬眼迎着他的目光，"因为我知道你一定会回来，你不会忍心让我死，就算我总是气你，你还是会原谅我，对吧？"她俏皮一笑。

"大胆，你在挑衅我么？"他挑眉，厉声道。

"我就是这么大胆。"她故作无赖地娇笑，轻抬下巴，"你敢喜欢别人，我就离开你！"

林峰狭长凛厉的双目中满是怒意，可面对苏莱莱得意娇俏的脸，却无可奈何地压制下去，沉声道："绝不与别人分享，身为女人，你竟敢如此奢望？"

"我那个时代是一夫一妻制的，身为男人，要是娶几个老婆，那是犯法的事！"她轻轻戳戳他，一本正经道。

望着苏莱莱严肃认真的脸孔，林峰却飒然大笑起来，"一夫一妻制？简直是妄想！历代君王名士，均是有妻有妾，小小女子，竟敢妄想独占夫君？"

霎时间，苏莱莱却玉面生寒，她咬咬牙齿，想要使劲推开林峰，却仍被他死死箍住，她扬起小脸，恨恨道："那你是要按你父亲的安排，与黛夕联姻，然后给我个妾室的名分？！"

"哼，父亲岂能左右我。"林峰脸上浮起一抹傲然神色。回望住苏莱莱道，"经由此事，我不会再顾及贵族们的意愿，我会娶你做正室，任何人亦不能阻挠我！"他嘴角掠起一抹浅笑，满心以为苏莱莱会感激涕零，对也柔情似水。

出乎意料的，苏莱莱脸上却丝毫未见悦色，反而愤愤道："正室又怎样？就是说你以后还是要娶别的女人吗？"

"苏黛夕是你好友，我自然不会娶她，况且我对她毫无兴趣！"林峰眼里泛着缕缕清晰的高傲神色。

苏莱莱高喝道："那最终还是要娶别的女人！"

林峰被她的态度激怒，眼里透出阵阵肃色，"那又如何？与你何干？！"

苏莱莱不知从何生出一股猛力，竟狠狠地推动他，"什么叫与我无关！你昨天说只爱我，只要我，今天怎么就变卦了！你要娶别的人，那我就走！"

一股怒火自林峰心底猛撩而上，苏莱莱竟然又想要逃走，这可恨女人，不仅屡教不改，还变本加厉的直接以离开要挟自己。他生出劲力将苏莱莱压倒在榻上，狠狠压制住她，怒目道："苏莱莱，你敢要挟我？！"

"我才没有要挟你！是你无耻！明明昨天说过的话，一晚上就能忘掉！"她毫不示弱地高吼道。

"越来越放肆！"他怒斥道，"你可知何为贤良淑德？你如此恶劣态度，他日如何为人妻子？"

"我才不会嫁给你！"苏莱莱竟觉得鼻腔有些酸楚，泪水在眼眶中回旋。

"住嘴！"林峰怒吼道，眸里寒光骤增，"你胆敢嫁别人！"

"你出去！"泪水再也难以阻挡似的滑落，苏莱莱却立刻抹去。她怎能任由他替自己抉择，纵然心中对他的爱意再浓厚，她也不能容忍他践踏自己那小小的尊严。她咬咬嘴唇，厉声高吼："你出去！出去！"

"你！"林峰被她激得恼怒不已，可自己是首日才认识她么？一直以来，她的倔犟，甚至超过了自己，他脑中的怒火撩得他想要折磨她，胸中的悯爱却让他不忍伤害她，况且他早有誓言，再也不会对她施暴。

可若继续面对她莫名的偏执，他必定会愈发暴怒。

第八章 一夫一妻

"苏莱莱,你太不知好歹!"他松开劲力,起身狠道,转而拂袖离去,只甩下一句话,"你自己冷静想想!"

冷静想想?我该如何冷静想想,难道冷静地接受你们那些狗屁三妻四妾的理论吗?苏莱莱深吸进一口气,林峰,你为何让我这般失望。早知如此,还不如离去,又何必多此一举再回来呢?

雪止几日,冬日的暖阳斜洒在地面上,折起满目柔光。夕色余晖未尽,层层叠叠中映出串串人影,穿过窗户映射在苏莱莱脸上,慵散而温暖。

穿过蜿蜒回折的前庭,她竟茫然来到了荥阳府邸的马厩前。

一眼便认出了高大出众的疾夜,她缓缓走过去,抬起手轻轻抚摸疾夜飘逸的黑鬃,面带忧愁,自言自语道:"疾夜,为什么你的主人那么可恶?昨天晚上,他明明说了那么让我感动的话……可今天就忘记!如果他真要三妻四妾,那我就是看错了他!"

疾夜只是摇摆着头,马鬃随着头轻轻滑动。

她眨着眼,出神地望住疾夜,"你不同意吗?难道你要我妥协?"

疾夜停止摆头,依旧望住前方。

"我不能妥协!疾夜,你带我走好吗?带我去芦蒿野地!既然你主人三心二意,随意践踏我的自尊,那我还不如再走就是!"她轻轻拍拍疾夜,眼神中满是坚定神色。

疾夜只是低垂首。

"你也支持我对吧!"苏莱莱得志般的一笑,绕到疾夜身侧,拉起疾夜的缰绳,妄图翻身上马。可是疾夜体型太过高大,更何况它从未配备马镫,她根本攀不上去。

苏莱莱撇嘴,微蹙秀眉道:"你不是通人性吗?那你就蹲下来,让我骑上去啊!"

疾夜扭头望住她,清澈的眼里烁动着灵色。

"你看我干什么,既然支持我,就蹲下来让我骑上你,然后带我回家,光说不练算什么支持!"她叉腰,愤愤道。

疾夜骤然摆头,飞逸的鬃毛略微拂过苏莱莱的小脸,咯得她瞪圆杏目,"你刚才明明支持我了,现在又反悔了!你这只破马,跟你主人一样出尔反尔!"

不远处响起一阵冷冷的、略带嘲讽的笑声。

苏莱莱回转而望,眼前一副俊丽无瑕的容貌,浓中带清的眉,清俊的双目,脸上挂着浅浅的笑容。

"死人妖,你笑什么!"她愤然道。

"副军师居然朝一匹马撒气,实在幼稚可笑。"杨翙故作冷漠道,心里却无法控制般泛起一股怜爱之情。她出人意料的举动,和这世女子不同的言行,如此种种,都撩动得他阵阵悸动。

"你就尽情嘲笑我吧。"她幽幽道,眼里充满了怨艾神色。

杨翙冷睨了她一眼,试探道:"你真想离开?不是说笑?"

"怎么,难道你还肯带我离开?"她面带无辜道。

胸腔一阵抽动,竟如同一阵暖风,吹乱杨翙静谧的心,心底涌起一股莫名的冲动,伴随着清晰的喜悦,他几乎要兴奋地回应,手臂的疼痛忽地猛然将他刺醒。她不过是说笑罢了,为何聪慧睿智的自己竟然如同丧失理智般轻信?

这太可怕,自己怎会蠢笨至此?

他轻瞥左臂的伤痕处,舒一口气道:"你同林峰又有争执?"

"人妖,如果你深爱一个女人,你还会再娶别的女人么?"她轻眨长睫。

杨翙忽地一怔,转而望住她,神情漠然道:"我绝不会深爱一名女子。"

"啊!"苏莱莱意外地惊呼一声,朝他挤眉弄眼道,"难道你深爱男人?"

"闭嘴。"他拧眉,冷冰的眼眸有些刺得人生疼。

苏莱莱咕哝道:"难道不是吗?如果不是你干吗答非所问。"

杨翙心中一阵惘然,我不过是无法答你,若我告知你,这个深爱的女人就是你,你又当如何自处?杨翙嘴角滤过一缕苦笑。还会再娶别人,心里还能容下别人么?多年以来,能进入我心里的就仅仅你而已,又如何能洒脱再娶?

只是这答案,他并不能如实相告。

"这问题是对我,还是只想借我的回答映衬林峰?"杨翙淡然道,"人同人毕竟有异,而你关心的只是林峰的答案,又何必多此一举问我。"

苏莱莱脸上的笑容骤然退去,取代的是一抹清晰的愁色,"他说一夫一妻是妄想,还说历代君王名士都是有妻有妾。"

杨翙冷冷应道:"不仅是林峰,普天下的男子皆是如此。"

"可我不能接受!"苏莱莱怒道,"我做不到像你们古代女人一样,我不能和别人分享他!就算你们认为我自私也好,我就是不能大度到容忍他再爱别人!"

杨翙只是淡然的语调,"男女之情本就自私,他既然应承你只爱你,即便再娶,也只是地位身份所需罢了,若不涉及情感,你又如何不能接受?"

"那也不行!要是想到他和别人……"她垂头,微怨的目光,"也许我真是很

第八章 一夫一妻

165

自私,可你不会明白。"

杨翾神色平静道:"你那个时代,男子只能娶一名女子?"

苏莱莱点头:"是的,如果娶多个女人,那就犯了重婚罪。可林峰不明白,也不理解我,他根本不知道,我为了留在他身边,要下多大的决心……"她眼眶竟有些红,"我必须抛弃在现代社会的一切生活,再也不能见父母……"触及父母,泪水竟难以止住地落下。

望着她泪水满盈,竟揪得他心里一阵闷疼。

"那么你将放弃?准备回乡去?"杨翾略带轻蔑语气道,"又一次不战先言败?"

"我才没有言败,我只是不能妥协他,你明白吗?"苏莱莱抹去眼泪,扬起眉角道,"他不准我离开,那我偏要离开给他看,除非他肯妥协我!"

杨翾嘴角微扬,勾起一抹浅笑,"很好,看来你已不需我再多言。"

"可是他这破马,根本就不甩我……"苏莱莱皱眉道,"你就不能帮我找匹好马吗?那我下次再逃跑也用不着在你面前丢人啦。"

"会的。"杨翾轻描淡写回应道,转身轻轻摆手离去。

望着杨翾顾长的背影,苏莱莱脸上浮起一抹甜美的微笑,笑容中满是信任神色。转过头,她继续瞪着疾夜道:"破马,识趣的就立刻蹲下来,帮了我忙,少不了打赏你,美食还是美眉,任君挑选啊……"

背后却仿佛有个身影移动,不由得让苏莱莱倒吸一口冷气,难道有人跟踪她?不对呀,难道是有人躲在马厩中?

一阵凉意袭来,身后的黑影竟猛然蹿起,一只结实白皙的手臂骤然滑出,猛地死死箍住苏莱莱。林峰?不,这感觉不对,她惊得猛然扭头,却触及到一张黑布裹着的脸孔,只露出一对焦灼的细眼。

"你是谁!救……"话还未讲完,对方已经紧捂住她的嘴,让她无法出声。这个黑影的劲力甚大,仿佛除了林峰,难有人与之比拟一般。这究竟是何人,为何要躲在马厩中突然袭击她……她脑中浑浊焦急,却无法多想,那黑影身上倏然绽出一阵幽香,难以抗拒似的直钻入鼻,那香气馥郁,却搅得她思绪混乱起来。

杨翾突的一震,依稀听到苏莱莱的声音,只是为何骤然散去?一阵不祥的触感袭来,猛然回望,苏莱莱已不在疾夜身旁。眼前一袭黑影骤然掠过,蓦然间眼前竟闪过苏莱莱的脸来。黑影朝后院翻去,杨翾即刻朝黑影追去,赶至府邸之外,黑影却如空气般凭空消逝。

杨翾心急如焚,是何人抓走了苏莱莱?但仅凭自己的一时焦灼,又如何能解救她，冷静！他强迫着自己冷静，黑影已难寻得踪迹，眼下只能立即告知林峰，同他一同商量对策。

幽然的香气轻旋浮绕，搅得苏莱莱迷茫不堪，双眼疲惫不已。这黑影究竟是敌是友，为何要抓自己？可恶，竟连他的模样都不可得知，只是他那双眼，怎会依稀感觉有些熟悉，仿佛曾在何处见过……

荥阳府邸正厅内，驻城守将正叩跪在林峰面前，交代着军营中的兵力分布。但林峰此时心绪烦乱，同苏莱莱的争执仿佛还在耳边浮现，搅得他无心思考。

骤然间，杨翾大步迈入，清俊的眸里焦灼不堪，慌忙道："林峰，苏莱莱被一黑影抓走，立刻吩咐人去寻她！"

林峰顿然一怔，却立刻眼珠微转道："我已警告过你，切勿跟她一同胡闹！玩这种小伎俩，实在有失你水准。"

"你认为我像是在同你胡闹？"杨翾眸里闪过一丝阴霾。

林峰蔑然瞥过一眼，却触及到杨翾阴冷怨艾的目光。多年来，若非紧急万分，杨翾极少以这种眼神望住自己，难道说，他所讲的是事实？

一阵清晰的不快涌上心头，林峰竟觉得脑中忽凉，厉声道："究竟何人如此大胆！"

杨翾轻摇首，"我不知，我不过见到一个黑影从后院翻出，追出府外却已消失无踪。"

"难道是秦人？"林峰眉心紧拧，眼里散发出阵阵怒气。

"府邸四周守卫森严，秦人无法探入。此人应是荥阳守军一员，否则无法来去自如。至于此人是否为秦人内应，尚难以断定。"杨翾分析道，"只是秦人亦没有抓走苏莱莱的理由，若要擒王，应针对你，若要卸掉你左右臂膀，也应针对我才是。"

"既非秦人，何人竟会针对她？"林峰怒目道。

难道说，林尚候已洞悉一切，意欲再度除掉苏莱莱？杨翾脸色陡转，惨白无比。心底猛地一空，脑里竟迟钝起来。

冷静，若慌乱无措，又如何能救出她……杨翾沉入思绪，林尚候一贯行事谨慎求稳，直接劫人这等幼稚行为怎可能出自他手。

"林峰，我暂时不能洞悉此人的目的，但此人的身份应是荥阳守军。"杨翾沉声道，"既是此地守军，劫人后必不会藏身城中，以免被熟人认出，而我看他朝后院翻去，应是朝城后的太冉山脉而去。"

林峰双眸含煞，恶狠狠道："大胆狂徒，竟敢在我眼皮下劫走人！"转而朝着荥阳守将厉声道，"立刻命人封锁荥阳出口，全城搜寻，再将城后山脉围死！"

"是！"荥阳守将领命退下。

"杨翾，替我挑选百来名精兵，我要亲自捉拿这嚣张狂徒！"林峰忽转首，眼里堆满肃杀神色。

杨翾却微蹙眉头，"前年攻下荥阳一战，你我都曾体会过太冉的恐怖，山势太过陡峭，且易守难攻，若此狂徒并非独自一人，你贸然前去，容易正中伏击。"

"你是不信我么？"林峰怒斥道，"哼，任他埋伏吧，大丈夫若连营救挚爱都要假手他人，又如何能称雄天下！"

"我只是替你担忧罢了。若你无惧，我又有何惧？"杨翾不示弱地冷冷回应。

林峰仄目，"你留守荥阳，如无意外，父亲应快赶到了。你替我告知他，即使贵族全然反对，我亦会娶苏莱莱为妻！"

"此等心迹还是你自己告知吧，况且苏莱莱是否愿意做你正室还是未知。"杨翾淡淡道，眸子里如同往常一样清冷。

林峰眉角微挑，眸里闪过一丝不容抗拒的威严，"此事由得她拒绝么？"说罢执起铄杀金戟，带起道道金光，径直朝外而去。

太冉位于荥阳北两里之侧，其山势陡峭险峻，诸峰簇拥起伏，逶迤连绵。

天色渐渐暗下，一轮明月初挂，夜凉无比，山风徐起间，刺骨地冷。穿过层层叠嶂的山峦，隐隐夜雾飘然而至。

黑影挟着苏莱莱由断崖古道攀岩而上，一眼望去，峰峦参差，峡谷纵横，再顺着一斜盘绕蜿蜒的峡谷山壁而下，风浪呼啸，仰首间只望到一片云雾弥漫。

倏然间，黑影在一处野蒿蔓布、青雾缭绕的山谷前止住了脚步。

山谷里冰凉无比，冻得苏莱莱不住颤抖。见她双唇渐渐泛紫，黑影眉目间却透出一缕焦虑神色，随即将身上的衣袍解开来。

"干……干……干什么你！"苏莱莱警觉道，却因太冷颤抖不止。

黑影亦骇得猛然一抖，随即讪讪傻笑，将衣袍轻轻披覆在她身上，开口道："苏小姐莫要误会……在下……在下是怕小姐受冻。"

原来他是好心！苏莱莱舒了一口气，看他言语神情，倒像是个老实本分的人，为何却做出劫人的事来？难道他是扮好人以求让她掉以轻心？苏莱莱不安地想到，旋即道："你究竟是谁？为什么无缘无故抓我到这里来？！"

"抱歉，苏小姐，在下……在下是迫不得已才……才出此下策。"黑影略带歉意道，细长的眼里闪烁着清晰歉意。

"你认识我?"苏莱莱眼里一阵疑虑,"可你为什么蒙着个脸,是怕我认出你吗?"

"不……不!"黑影慌忙摆手,"苏小姐肯定不知在下,不过在下认识小姐罢了……"

看这傻小子说话如此木讷,怎会是穷凶极恶的贼匪呢?可这家伙一路抓她攀入谷内,大气都没喘几下,武艺一定相当超凡。莫非此人是江湖侠士,得知本小姐在战场上的飒爽英姿,暗暗将本小姐劫来一表衷肠?苏莱莱不由得捂嘴傻笑。

望住他只穿着单薄的衣袍,苏莱莱有些不忍,但转而心忖道,是你把我抓到这大冰窖一样的地方来,我接受你的好意那也是天经地义,活该你受冻……于是将他的衣袍紧紧缚住自己。

"那你抓我来,究竟是为了什么?"她轻声问道。

"在下……是受故人所托。"黑影轻叹一口气,转而语带深情道,"小姐可是忘却了碧池月下之约?"

哎呀呀……苏莱莱听得头皮发麻,全身各处的鸡皮疙瘩猛一个紧急集合。

"芳草萋萋,魂所无依。遗恨历历,悱恻无期。生死辗转离,千年梦渐熄。"黑影眼里的神情愈发深邃。

"大哥,你怎么也作诗啊……那我还你一句好了,天雷一声落地响,内嫩外焦你最强!"苏莱莱大声笑着回应,脑里却忽地一闪,咦,我为何要说"也"作诗?等等,那小子作的诗怎会有些耳熟,仿佛在何地曾听过。

黑影眼里溢出一丝失落深色,喃喃道:"小姐已经全然遗忘了么……"

苏莱莱忙摆手道:"也不是啦,我好像有点印象,你老蒙着个脸,害我想找点线索也不行。你干脆把那黑布取掉,说不定我就能想起什么呢。"她眨眨长睫,露出一抹狡黠的微笑。

"是么,可是小姐应从不认识在下……"黑影有些犹豫,但思索片刻,仍旧道,"好吧,那就按小姐所求。"他说着解下缠裹在脸上的黑布,渐渐露出一张白皙的脸孔来。

这张脸……瞬时间,时空静止般,却格外令人突兀,苏莱莱只觉得自己几乎暂止了心跳。

浓厚笔直的眉下,一双细小却有神的眼眸,高挺的鼻子,嘴角却略微朝下弯扬,这模样,怎会越看越像周杰伦……

苏莱莱愕然失神,咧开嘴怔怔道:"周董……不会你也穿越了吧……"

"苏小姐讲什么,在下不明白……"黑影轻垂首,露出一丝羞怯神色。

难怪被抓时，竟会觉得那双眼如此熟悉！苏莱莱蓦地忆起，不对，眼前这小子并非周董本尊，但老付的事例让她相信，在这神奇的时代，一切皆有可能。

但细看之下，发觉此人与周董并非一模一样，甚至大有差别。这黑影的身型比周杰伦高壮不少，却皮肤白皙，脸孔亦稍微长几许，气质神态更是与周董有天壤之别。周杰伦可是傲气十足的流行天王，但眼前这小子，却显得格外老实忠厚。

可这也足够苏莱莱激动不已。她脸上立刻浮起喜悦神色，堆起满面关切，"你把衣袍给我，会着凉吧，你还是拿回去……"

"小姐不必客气！在下练过武，身体强壮，不怕冻伤！"他却叩礼道，一副谦恭姿态。

苏莱莱望住他，心中不住翻腾，穿越到此一趟，却遇上如此多奇妙之事，山寨版的副队长，山寨版的周董，要是日后能遇到两个山寨版的父母就好了，那么想他们的时候至少也能稍事慰藉。可是，心中却不由涌起一股惆怅，自己究竟能留到何时呢？她和林峰之间的争执还未妥协，若有朝一日，当林峰真的左拥右抱妻妾成群，自己又将落入何种境地呢？

她思绪不出，茫然出神。

"苏小姐！"黑影大呼一声，将她猛地惊醒过来。

"苏小姐，你已看了在下，为何还不能想起故人……"黑影怅然叹息道，"难道苏小姐已决意下嫁林家少主，忘却故人了么？"

"我才没决定嫁给林峰！"苏莱莱立刻横眉，赌气似的回应。目光却骤然扫过腰际的碧玉环来，脑里骤然清晰闪现，刚才黑影所吟的诗句，原来正与苏黛夕与自己初遇时所吟如出一辙。

难怪这黑影总是满口故人，还讲什么"碧池月下"，如此说来，这黑影难道是仇青？！他之所以抓自己前来，大概正是因为这碧玉环吧，将自己误认为了苏黛夕。

可为何他却说是受人所托？难道他并非仇青，那么他究竟是何人……

"既然苏小姐不肯嫁给林峰，那可否请小姐同在下一同了却一桩心愿！"黑影正色道，满目恳求神情。

"你弄错了，其实我……"苏莱莱正要解释清楚。

山谷间却陡然隆隆巨响，雷鸣般大作，仿佛落石坠崖，掀起一阵猛烈的摇晃，顷刻间，恍若山崩。

"难道是有人追来？苏小姐别怕，在下会保护你！"黑影将苏莱莱挡在身后，猛地拔出佩剑，眼眸中满是坚定神色。

"大胆狂徒,你有何资格保护我的女人?!"一声低浑怒吼掷地而来。

薄雾之间,一个高大挺拔的身影若隐若现,阵阵金光驱去绕绕青雾,露出林峰俊逸却怒火中烧的脸。

"上将军,在下敬佩你乃是顶天立地的大英雄,但你为何却强扭苏小姐的意愿?!"面对林峰的突然而至,黑影非但没有惊骇失措,反而双目一凛,正色质问。

"你无权责问本帅!"林峰眉心紧拧,眸底泛起阵阵凶色。他面色阴沉可怕,劲力浑然狂起,挥动铄杀金戟,带起烁眼金光,飞旋着猛攻而去。

眼见对方电掣而至,黑影猛然舞起长剑,腾身朝林峰刺去。

见此状,苏莱莱尖声吼道:"喂,你别冲去送死!"心中不由得替黑影担忧起来。这黑影怎会不知进退,难道要与林峰硬抗?他虽然武艺出众,但又怎是林峰的对手呢?况且此时此刻,林峰的暴怒更加重了他的戾气,黑影并非恶人,她怎能任由他被林峰误杀。

"小姐不必担心在下!在下就算拼死,也绝不让林峰抢走你!"黑影高喝道,旋身突进,劲力游弋而起间,挽出阵阵剑花。

一阵怒火突涌上林峰的胸腔,激得他恨意更甚,眼里的煞意疾闪,剑眉狠拧,遂扬起铄杀金戟,朝着黑影全力狠劈。

锵——铛——金器撞击交织,震耳欲聋。两人均催动劲力,相互交击撞裂,这场景不禁叫人胆战心惊,长剑绞击缠绕铄杀金戟,两人怒目对视。

苏莱莱呆若木鸡,黑影竟有如此令人惊叹的武艺,寻常武将连林峰的一击都无法抵挡,即使是熊靖辅这样的大将,也不过三两招之间而已,这黑影却已接了数招!

月色逐现,月光微洒在黑影脸上,不见丝毫惊惧之色,一双细目烁然芒闪,散发出阵阵从容神色。

此人双目为何如此熟悉?!林峰蓦然大悟,脸上顿时阴霾俱起,面前这张脸孔,竟是苏莱莱钱包中的那个眯眼男人!她不是声称此人只在她那时代么?她不是声称对此人只是敬仰之情么?

可为何却偏让自己在此刻撞上这混账!

她是被这混账劫走的么?难道她打算再次逃离自己,同这混账双宿双飞?

太过放肆!他怎能由得她一再欺骗!林峰眼里却猛地涌出一阵清晰的杀意,他伸出左手,提握住戟尾,运起劲力,反手一旋带过,双手执戟猛劈而下。

黑影扬起长剑攻去,却发觉对方劲道已与之前完全不同,一抬眼,竟发现林

第八章 一夫一妻

峰双目绽出阵阵狞红，仿佛丧失常性的猛兽一般凶狠暴戾。

黑影咬紧牙关，双手执剑紧抵，却已全然不敌，对方力道太盛，恨劲扑来，竟压得自己双手发颤，筋脉仿佛要断裂似的疼痛难忍。

手筋似乎已快被震断，黑影眼前一沉，长剑竟猛然脱手，锒铛落地。

林峰嘴角掠过一丝血色笑意，旋即改单手，挥起铄杀金戟猛刺下。

黑影愕然失神，林峰果然如同传闻中，强若罗刹厉鬼一般，他竟只能闭眼待死。千钧一发之际，苏莱莱竟猛得飞扑过来，直挡在黑影身前。

林峰猛然一震，眸里闪过一丝慌乱神色，疾然收回铄杀金戟，几乎收手不及。

"苏莱莱！"他猛一声咆哮，眼里闪烁着厉色。

苏莱莱并未理睬林峰，面对着黑影，脸上浮出一抹焦虑神色，"你没事吧！"

黑影茫然失措，刚才他仿佛明明听到林峰唤她"苏莱莱"，可这并非他要寻的人。难道自己竟然抓错了人？

"退下！"林峰怒吼一声。

苏莱莱并未转身，只是背对着他道："我不会让你滥杀无辜。"

"你仍在护着这混账！"林峰厉声呵斥，"想同他私奔？！"

"放屁！"苏莱莱转身立起，迎住他凌厉的目光，"你不要污蔑我！"

"是你敷衍我！"林峰厉吼道，"你所谓的敬仰之情就是同他纠缠不清！还声称绝不嫁我，难道是要嫁这混账！"

"胡搅蛮缠！"苏莱莱狠狠瞪他一眼，心中却暗自发笑，这白痴原来是将黑影错认成了周杰伦，才会一顿醋意大发。

"苏莱莱，你若敢跟他走，我立刻手刃这混账！"林峰眼里寒光一闪。

"你威胁我吗？"苏莱莱挑眉道。

她脸上似笑非笑的得意神情却勾起了林峰的妒火，他面色一沉，猛一把将苏莱莱拧起来，反手朝后甩去。

哎呀呀，这野蛮人力气太大，随手一扔竟摔得自己骨头都要碎了似的疼，苏莱莱骂骂咧咧道，抬起头却看到林峰挥起铄杀金戟就要朝黑影刺下。不好！苏莱莱心里一阵揪紧，命悬一线之际，黑影竟骤地拾起地上的长剑，死死抵住金戟。

林峰脸上浮起一丝不快神色，这黑影武艺虽不及自己，却是多年来唯一能与自己抗衡的人，更可恶的此人竟是苏莱莱的心仪对象。那昨夜苏莱莱的亲昵誓言又是真是假？！若是真，为何她心里又容得下别人，若不是……他遏制住自己，不愿往下想。

"住手！"苏莱莱高声喊道。

林峰并未理会她，只狠狠道："你当我在同你说笑?!"

"他，他是仇青！"危急时刻，苏莱莱来不及多想，只好脱口而出。

"苏莱莱，你又想玩弄何种伎俩?!"林峰怒斥道。

不错，林峰分明是唤她"苏莱莱"，他仿佛记得，军中有位女性的副军师，依稀是叫这个名字的，那由此看来，自己真是抓错了人，黑影心底一沉，可她为何会知道仇青……

"上将军，在下实在愚钝，在下原本受故人所托要寻得苏黛夕小姐，却不想冒犯了副军师……"黑影沉声道，垂下头，"在下既触犯军令，掳掠副军师，愿意一死赎罪，只是恳请上将军帮在下一个忙……"

林峰被这突如其来的逆转疑惑了，厉声道："你二人妄图玩弄本帅?!"

"白痴野蛮人，你听不明白吗？他要找的是黛夕，但是找错了，才把我抓来的！"苏莱莱叹道，"大概是黛夕这个碧玉环，又加上我也姓苏，所以才一直误会。"

"荒谬！"林峰呵斥道，"此人分明是你恋恋不忘的那个混账！"他怒气冲冲，却满是嫉妒的意味。

"你是在吃醋吗？"苏莱莱略带笑意道。

林峰面上忽地浮起一缕尴尬神色，却立刻怒目道："那又如何！你分明应承我对他并无男女之情！"

"你这只脑残的河马！"她掩嘴笑道，"看清楚再来发怒好吧，他只是长得挺像周董而已。"

"住嘴！不准提那混账名字！"林峰恶狠狠道。

"不提就不提，凶什么凶……"苏莱莱垂下头，撅嘴嘀咕道。

对于他们之间的对话，黑影浑然不懂，愣愣地望着林峰。

林峰瞥了他一眼，这小子土气未脱，呆愣得如一根木头，虽然五官同画中人有几分神似，气质却显然有天壤之别。难道，真如苏莱莱所讲，这人只是长相相似罢了？但一触及到那张脸，心里一股怒火就猛燃而上，林峰再次挥起铄杀金戟，目光凛冽得可怕，"本帅决不饶你，你这张脸实在可恶！"

黑影茫然。

林峰的歪理让苏莱莱哭笑不得，继而愤愤道："人家的脸哪儿招惹你了？小心眼！"

"你再袒护他，我叫他死得更惨。"林峰冷冷道。

"你变态啊……"苏莱莱怒嗔道，白皙的小脸浮起不快神色。

第八章 一夫一妻

"在下甘心领死!在下只有一个心愿,就是能将我挚友的遗物带给苏黛夕小姐,请上将军和副军师成全!"黑影沉声道。

遗物?苏莱莱猛地一怔,转而道:"你的挚友,难道是……仇青?"

黑影面上浮起一缕悲怆神色,"不错,正是他。"

"究竟是怎么一回事?那你到底是谁?"苏莱莱急切道。

"在下名为韩希尧,五年前与仇青一同加入洛阳义军。可前年在荥阳攻战中,仇青他……他重伤不治,临终前托付我要找到苏黛夕小姐,将他的遗物和遗言交予她……"韩希尧垂下头,悲声道。

仇青已经不在人世!苏黛夕并不知道这个噩耗,苦等了五年的人竟已与自己阴阳永隔,将是何种心绪?她如何能得知自己纵身所追附的,竟是一段漫无边际的空虚?一世之约,缘系一线,却不知这一头竟已是个死结。人如轻烟,誓言在时间的流逝前不过恍如暖阳下的雪碎,茫然望不到终处。若她得知自己魂牵一世的恋人,竟已只化作一捧焦土时,又当如何去面对这揪心痛楚?

告知她事实太过残酷,这必然摧毁她一切的希望。

苏莱莱扬起脸,神色无比严肃,"这个消息,绝不能告诉黛夕!"说着她缓缓走到韩希尧面前,将他扶起来。

林峰却一把攀住她的手腕,眼眸一派深色,"此事与你无关,跟我回去!"

苏莱莱却猛甩开林峰的手,仰首迎住他的目光,略带抱怨的语气,"什么与我无关!像你这种三心二意的人,怎么懂得他们的誓约?!"

林峰面上立刻溢出一丝怒意,"你违抗我?"

"违抗你又怎样,反正又不是第一次。"她冷冷瞥了他一眼。

"又顶撞我!"林峰拧眉,恶声道,"枉我大费周折赶来救你!"

苏莱莱狠狠瞪他一眼,对他的怨气还催促着自己同他作对,只是想到苏黛夕同仇青的生死约,心中竟霍然有些凄然。刹那间脑中浮起那个噩梦,虽然已经过去多时,现在想起仍令她心有余悸。若逝去的那人不是仇青,而是林峰……她触电似的昂起头,望住林峰那双狭长锐利的眼,恍惚中,竟仿佛看到那狰狞的血泪,如此触目惊心,自他眼里汩汩流下,一瞬间,她心脉竟不能顺畅呼吸。

"我……"她竟不由自主地退缩,想要同他顽抗到底的心绪也淡化了。

她眼里的神色凄怆而落寞,撩起林峰内心深处的怜惜。每每见到她娇柔无助的神色,任自己再怒气冲天也好,总无法对她决绝。他伸出左手,将她牢牢揽入怀中,语气却分明柔和了许多,"你不能顺从我些么?"

苏莱莱叹息一声，目光中满是凄艳，"你能理解失去挚爱的心绪吗……"

林峰竟不知如何作答，望着苏莱莱空洞的眼眸，心却堵住似的闷。

"黛夕苦等了仇青五年，结果却永远失去了他。她本来就不够勇气跟父亲对抗，如果她知道仇青已经过世，以她的个性，甚至会做出伤害自己的行为来；如果我不管，难道就看着黛夕痛不欲生？"苏莱莱扬起小脸，对着林峰义正词严。

林峰眉心微蹙，刚毅俊挺的脸上闪过一抹未可莫名的神情。面对苏莱莱的善良纯真，他又如何能阻挡她替人着想的心绪？纵然自己再不愿她过问别人的私事，又如何能隔绝她同苏黛夕的友情？不愿再同苏黛夕有瓜葛，终究只是自己的意愿罢了，他为何又不断地强扭她的意愿？况且，苏莱莱已经平安，只要待在自己身边，就算她再桀骜不驯也罢。原以为他对她的恨未消，但得知她被劫走，却依旧心急如焚，他终究无法洒脱。

林峰松开苏莱莱，转向神情愣然的韩希尧，阴沉下脸，目光凌厉道："虽情有可原，但你究竟是私自劫走了副军师。触犯军令，理应受罚！"

韩希尧猛然点头，"是！在下甘心受罚！"

这不讲理的死野蛮人，苏莱莱正要发作，却见林峰抬眉道："你如今是何等军衔？"

韩希尧略带尴尬道："在下惭愧，参军五年来，仍只是一介士兵……"

这等人才竟只是一名普通士兵，且已参军五年，想不到荥阳军营中竟埋没了这等身手的将才。以韩希尧的勇猛同出色的武艺，任军口将军已绰绰有余，而且此人若再加以训练，更是能担任先锋的重任。林峰心中暗自叹息，一直以来，都是自己亲自上阵为先锋，军中并无身手出众的武将足以代替自己，但随着父亲势力渐大，自己的身份已不同往日，军中更迫切需要一名骁勇善战的先锋武将。

这韩希尧不正是自己寻觅多时的目标么？但当林峰触及到韩希尧那张令他生厌的脸孔，心中不禁燃起一股莫名妒火。他眼里掠过一丝威严神色，命令似的语气，仿佛不容抗拒般，"那便连降你三级！"

啊？我没听错吧，苏莱莱猛然睁大眼睛，"他已经是个小兵，还连降三级……难道你要让他去扫茅房吗？"

"在下愿意打扫茅房！"韩希尧神色恳切道，"上将军不杀在下，已是格外开恩！"

"脑残！"苏莱莱脱口而出道。

望住苏莱莱顽皮的模样，林峰心底竟缕过阵阵喜悦，对韩希尧的怒气也顿降了大半。"韩希尧，本帅绝不会让你如此好过！"他依旧厉色道。

苏莱莱立刻扭头瞪住林峰，一丝略带鄙夷的目光。

林峰目光一凛，"韩希尧，你既有如此身手，那本帅便罚你为我军右先锋，并兼任中路将军！"

韩希尧愕然失措，仿佛不敢相信天降奇运，神色恍惚地望住林峰发呆。

苏莱莱露出欣喜的笑容，朝林峰投去一缕赞许的目光，转而拍拍韩希尧道："发什么呆，还不赶快谢他？叫他给兵符，免得他等会儿反悔！"

"副军师，不要胡言乱语。"林峰斜兜苏莱莱一眼，神色严肃道。

哼，装模作样，苏莱莱不服气地回瞥了林峰一眼。

林峰扶起韩希尧，不容抗拒的威严神色，"此军职凶险无比，随时都有丧命之虑，若不想殒命沙场，就给我变得更强！"

"是！谢上将军恩典！"韩希尧受宠若惊，不住点头，却忽而眉心不展道，"可是，仇青的托付……"

苏莱莱面色微黯道："黛夕现在在荥阳，你已经升为先锋，见到她的机会肯定是有的，只不过，如果告诉她仇青的死讯，我怕她会接受不了，万一萌生短见……"

韩希尧恍悟道："副军师说得是，在下一时情急，只顾应付故人所托，却并未考虑到苏小姐的心绪。"

"黛夕已对自己的婚姻丧失信心，唯一的希望就是仇青，如果见不到仇青，终有一日她只能被迫嫁给一个自己不喜欢的人……"苏莱莱喃声自语道，目光却不由得游向林峰。

哼，胡思乱想！林峰狠狠回剜了苏莱莱一眼。

苏莱莱轻垂蠒首，面对眼前境况，究竟该如何应对？

脑里忽地浮现一个似乎可行的方法，苏莱莱忙问道："韩将军，黛夕同仇青之间的私事，你都清楚吗？"

韩希尧沉吟片刻道："他们如何相识相知，又是如何相恋，仇青曾反复讲给我听过，一些很深刻的细节我也几乎知晓，只是再细的私密事，仇青就不曾提及了。"

"就这么办！"苏莱莱轻捶了手心，盯住韩希尧道，"从现在开始，你不是韩希尧，你就是仇青！"

韩希尧深惑不解，"副军师何出此言？"

"除了仇青和黛夕，你是唯一深知他们情事的人，况且黛夕说过，已经不太记得仇青的样子，你年纪与仇青相仿，是唯一可以冒充仇青暂时给黛夕希望的人！"

苏莱莱正色道。

韩希尧忙摆手道："不，不！在下怎能冒充挚友去欺瞒嫂子，这于礼不合呀！"

"木鱼脑袋！"苏莱莱愤愤道，"又不是要你真的跟黛夕双宿双飞！只是让你现在冒充一下仇青，稳住黛夕的心绪，好让她有希望，不会自暴自弃，明白吗？"

韩希尧慌忙摇头，"副军师莫要为难在下！在下怎能做出这等事……这实在对苏小姐太过不敬！"

你这呆子，倒是挺会替黛夕打算嘛。苏莱莱心中暗想，却故意板起脸，微怒道："你不会对黛夕恭敬点吗？哼，再说，你小子要是敢对黛夕乱动手动脚，我第一个就砍了你的咸猪手！"

韩希尧面有难色，支吾着不肯应承。

林峰却眉头一紧，满目肃色道："韩希尧，本帅命令你，从此刻起，你的身份便是'仇青'！"

韩希尧骇然失措，单脚跪下道："上将军，这实在……比杀了在下还难啊！"

林峰嘴角浮起一弯笑容，"本帅说过，绝不会轻饶你，这是你应得的惩罚！"

臭野蛮人，现在这么如此清醒？是不是跟我在一起久了，脑子也灵活起来啦！苏莱莱得意地耸肩暗笑。

仿佛一缕柔光，苏莱莱的笑容竟照得林峰心间涌起一阵温和的暖意。为何面对她的如此姿态，自己总无法狠下心绪去要求她？分明之前还对她怒意未消，这一刻，却不由自主地被她掌控，被她牵引着做出同她一致的决定。

此刻，韩希尧脑中的思绪却翻腾不已。他怎能以挚友的身份去接近他的爱人呢？这岂不是对仇青的辜负？可他又如何能忍心看着仇青挚爱之人痛不欲生呢？况且，面对上将军的军令，又敢怎样拒绝呢？

"别再犹豫了，眼下只好这样。你换个角度想想，也许，这正是要你代替仇青给黛夕一丝希望呢！"苏莱莱在一旁轻声道。

韩希尧转首望住苏莱莱，茫然间，仿佛已明白她话中的深意。

倘若他不是将苏莱莱误认，苏黛夕恐怕现已得知仇青的死讯，此刻的她，又将是何种伤痛情形呢？但一切都脱离了原本的轨迹，或许，真如苏莱莱所言，上天正是要他代替仇青留住苏黛夕最后一丝希望。冥冥中，早已有天意吧。

恍惚中，他已有了抉择。

同一时间内，荥阳府邸处却迎来了面色沉如铁青的林尚候。

第八章 一夫一妻

面对林尚候的盛怒，杨翾却不慌不忙，依旧一派优雅俊逸的姿态，朝林尚候叩礼后，侧身而立。

"翾儿，为何林峰不在府内?!"林尚候怒意正盛，竟一反常态，直呼林峰姓名。

杨翾眼眸里清冷如旧，淡然自若道："回禀伯父，苏莱莱遭人劫走，林峰正是去营救她。"

一抹愕然神色尽现在林尚候脸上，随即阴霾满布。他沉声对身侧的护卫道："你们先退下。"

"是!"护卫们领命，随即退出房外，并将房门闭住。

"这究竟是为何?"林尚候厉声叱问，眼角的皱纹也紧拧作一团。

杨翾只是冷冷侧首，并未作答。

"翾儿，难道苏莱莱未死?!"林尚候压低声音，怒目道。

杨翾微微点头，接而悲叹一声，眼里满是凄厉神色。

"这女子竟如此命大?!连钩吻都不能取她性命……"林尚候喃声自语道。眼底却忽地浮起一缕恍悟般的怒色，"不可能！就算一身强体壮的男子服下钩吻，也不过半夜光景罢了！苏莱莱如何能躲过一劫？难道是护卫阳奉阴违?"林尚候瞥了杨翾一眼，故作惊讶道。

在试探我么？杨翾已然留意到林尚候眼里的怀疑神色，以林尚候的睿智，又怎会想不到呢？护卫岂敢如此大胆违逆主公的命令，况且深知此计的人，不过寥寥数人而已。

试探便试探罢，反正我也并不想多做隐瞒。杨翾怅叹一声，脸寒似冰道："伯父，此事是属下失职。"

"你同情苏莱莱?"林尚候依旧试探地问道。

"一名来历不明的女子而已，属下绝不会滥施同情。"杨翾冷笑一声，面带不屑道，"只不过林峰是属下挚友，属下深知，若失去苏莱莱，林峰定会一蹶不振。"

林尚候盯住杨翾，却见他目光有些闪烁，与平时沉着冷静的神色不同，仿佛藏有心事一般。

"翾儿，你可知你一念之差，竟可能导致老夫错失燕北苏家！"林尚候厉声呵斥道，见杨翾清冷的眼眸里泛起一阵自责，便软下语气道，"你向来了解老夫的大志，所谓联姻不过只是暂时而已，老夫要的是整个苏家！若峰儿迎娶苏小姐，苏方恒亦只能乖乖将兵力财力全数奉上；若只是一纸盟约，我军又何来正当理由攫取苏家？"

"是属下失职，属下不忍林峰为情所苦，一时手软，才自作主张留下苏莱莱一命。属下愿承担一切责罚。"杨翾垂低眼睑，淡淡回应。

"如今情况，罚你又有何用。"林尚候眼眸中猛地闪过一丝杀意，"立即吩咐老夫的护卫前去寻苏莱莱，务必力求在峰儿之前找到她！"

杨翾猛然一震，林尚候眼里的杀意犹如芒刺，扎得他茫然失措。

"只要在峰儿寻得她之前了结她，一切就犹如贼人所为。"林尚候沉声道，"翾儿，你不可一错再错，你一贯比峰儿识大体，理应明白孰轻孰重。"

杨翾猛然抬首，林尚候那看似平和的目光却恍如利刃一般慑人。

眼见杨翾原本淡漠的脸上竟流露出慌乱神色，林尚候心底竟一阵沉闷。多年以来，自己看着杨翾长大，早已把他等同于自己的亲子，自己怎会不了解他的秉性？

这孩子同林峰不同，悲喜不流于神色，仿佛看尽世事一般淡然，举止行为不仅谨慎，更深知轻重之分，大概自幼亲人离世，未免处事太过冷漠残忍，一切均以利益计算。若说会因怕林峰为情所苦，以杨翾的脾性，更会将苏莱莱处之而后快。而他脸上那抹难以掩饰的慌乱，已让林尚候全然了解他的心绪。

林尚候并未直接点破，只是神色凝重道："翾儿，你父亲曾告诉老夫一句哲理，他说'大丈夫征服天下，小男人却苟且于女人。征服天下者，必将征服女人；苟且女人者则死于女身'你可知其意？"

杨翾避开林尚候的目光，漠然点头，神色依旧散乱。

"你同峰儿亲如兄弟，他不如你成熟稳重，但老夫认为，你必会将这道理告知他。"林尚候转至杨翾身旁，伸出手，轻拍他的肩，面色微黯，却如同关爱子女的长辈一般，目光中满是厚望。

难道已无转圜的余地了么？杨翾心底发空般的闷，眼眸里失神似的落寞，"是。"

"很好。"林尚候满意地笑道，"老夫明白你心绪，此事老夫便亲自吩咐心腹去办。"见杨翾并未反对，林尚候转身朝外而去。

"伯父！"背后却一声急促呼唤。

林尚候停下脚步，转过头，却发现杨翾竟颓跪在地，全无了往日的孤傲，脸上的焦灼神色掩盖了平日的清冷淡漠，一双隽美的眼里只剩下无助神色。

"伯父，请您放过苏莱莱。"他略微张嘴，随即轻咬住微白的嘴唇。

"你这是作何？！"林尚候怒目道，"难道不懂你父亲话中的深意？！"

"我明白！"他低吼道，"但求伯父放过她！"他垂下头，从腰际勾出"赤惊影"，"这是翱儿唯一一次向伯父使用此刃，亦是最后一次！求伯父放过她，今后此刃将永远归于伯父！"

"翱儿，你根本没明白！"林尚候将"赤惊影"还给杨翱，怅叹一声，"以你这等人才，还愁求不来天下淑女吗？"

杨翱目光凌乱，只是苦笑一声。

林尚候叹息一声，转而恨恨道："纵使留她一命又如何，你以为峰儿会甘心相让？"

杨翱瞥了一眼"赤惊影"，眸里闪过一丝凄迷神色，"若我死去，便可了解此事。伯父不愿收下'赤惊影'，那请伯父收下翱儿这条命吧，原本十五年前，翱儿就应追随父母而去。"

诚如所料，一提及自己父母，林尚候眼里便泛浮起深深的愧疚神色。

"翱儿，莫要胡言乱语！你父亲是我一世恩人，你有如我亲子一般，我怎会伤你性命！"林尚候悲愤道。

"若伯父肯放过苏莱莱，翱儿定会竭尽全力，襄助伯父收纳苏家，之后再奉上性命向伯父领罪！"他抬眼望住林尚候道，眸底充满企求的深意。

"不可再提奉上性命之事！"林尚候厉声斥责道，"若留得苏莱莱，那峰儿岂不是会得知老夫害她之事？！"

"苏莱莱并未告知林峰。她很明白，若林峰得知此事，只会百害无利，所以绝不会让林峰知道。"杨翱拧眉道，神情略带恳切。

林尚候望住杨翱，他脸上的祈求神色竟分外清晰。这触及到林尚候心底的愁绪，让他悲叹不已，只得摆手道："也罢，也罢，那便依你所言，放过苏莱莱。"

"谢伯父，谢伯父恩典！"杨翱即刻叩首，俊美的脸庞溢出意外的欣喜，竟不由自主地重复言谢。

望着杨翱脸上难得一见的笑容，林尚候却心似刀绞。苏莱莱这来历不明的女子，究竟有何德何能，竟能让自己两个如此优秀的儿子都钟情于她，且如此不顾一切似的癫狂？

第九章　屈尊降贵

满穹星辰纷敛之际，夜色渐退，柔息风声在最后一丝暮色中缠荡回旋，仿佛不曾经历过混乱似的，荥阳府邸再次迎来了短暂的祥和晨曦。

林峰回府之前，林尚候便在茫茫暮色中踏上返回洛阳的路途。他最终还是放弃了夺走苏莱莱性命的决定，既然杨翾已承诺尽全力另谋计策攫取燕北苏家，自己又何必一意孤行，伤人性命呢？在他眼中，苏莱莱虽然身份卑微，甚至不值一提，但自己两个儿子都已深爱于她，若强行诛杀她，其结果或者只是个悲剧。

况且，她只是一介女子，却并不似当世的妇孺一般，竟然能深明大义，未向林峰抱怨一句，光是这点宽宏气度，已足以让林尚候佩服。可叹人终是有肉有血之物，人心终究难以掌控。唉，林峰同杨翾已长大成人，早已不是蜷缩在自己荫庇下的懵懂少年。

林尚候怅叹一声，苍苍莽莽的晴空下，竟让他感觉格外孤冷。

自己的须发已经泛白，未来的历史将由林峰他们主宰，自己已到了快要谢幕的时分了么？胸腔竟泛起一阵闷堵，引得他连续咳嗽不止。自己的儿子们，已是如此出众，他们已不需要自己为他们抉择一切，他们已足以担起重任。

这历史卷案上的一笔重墨，将由他们书写。

他忽觉得有些疲惫，这战火纷飞的乱世，却偏偏锻造出两个如此优异的儿子，只是，那个揪动他心底最深处的小儿子，彻儿啊，你究竟身在何方？

林峰同苏莱莱回府时，天色已经微亮，轻柔白雾笼罩下的荥阳城，格外迷人。

一踏入荥阳府邸,苏莱莱便拽着韩希尧朝苏黛夕的住处而去。林峰拦她不住,只得恨恨返回房内。

端坐在榻上,他却难以入眠。自回城一路,苏莱莱几乎不同他交流,即使只字片语,也只是同韩希尧一起商量应付苏黛夕之事,他几近暴怒,却不住强压,她似乎有意躲避自己,甚至连她的目光,都始终未曾落到自己身上。

可恶,这女人究竟想作何?!自己已经一再屈尊降贵地姑息她,放任她的猖狂言语,甚至纵容她的荒谬举止,她仍不知足么?!

林峰恨恨想道,苏莱莱太难掌握,她的想法怎会如此不可思议!自古以来,都是男尊女卑,女子从夫乃是她的德行操守,可这苏莱莱却一再颠覆世俗,竟向他提出"一夫一妻"!

她竟敢对自己诸多要求?!

可自己却又如此爱她,即使当世最娇艳的贵青女子,又如何能与她比拟呢?她的姿容并非绝代风华,却也足以摄走自己心魂,而她出众的智慧见识又足以与当世豪杰比肩,她的多才多艺,甚至她的特立独行,都让自己深深迷恋。自己分明已经被她全然擒获,这世其他女子同她相比,又何尝不是庸脂俗粉?!自己心中已满满全被她占据,又怎能容纳别人?

只是婚配之事,能够光凭爱恨主宰么?

林峰思索不出,脑中甚至恍惚迷惑。自幼所接受的教育便是男尊女卑,大丈夫理当诸多妻妾,但他大可只爱她一人,可这苏莱莱,为何她不仅要独占自己的心,连其他所有也要全部霸占?

忽然嘎吱一声,猛地打断了他的思绪。他侧脸望去,原来是杨翩推门而入。

林峰敛回愁容,目光凛凛,沉声道:"你有何事?"

杨翩神态冷漠,回身关上房门,只是淡淡回应,"你父亲夜间来过,但在你回府前已离去。"

林峰眸底透出些许疑问,"父亲为何不等我回来?难道你已将我要娶苏莱莱为正室的决定告知与他?"

杨翩微摇首,"我并未提及此事,但他已知你心意。"

"哼!我早说过,父亲又如何能左右我。"林峰露出一抹自大的笑容,眸里却又忽地掠过一丝怨怒神色,"可这放肆女人,却斗胆拒绝嫁给我!"

杨翩并未有丝毫惊异,径直围着桌案坐下,提起赤紫色的茶壶倒出一杯茶,淡然道:"你早应有所知,她与平凡女子全然不同,若以普通女子德行相求,她只会让你愈发恼怒。"

林峰咬牙道："我已对她纵容之至！若她只是平凡女子，你以为凭她种种恶行，还有命活到今日？"

杨翾嘴角微微上扬，清冷的眸子中浮出淡淡柔色，"平凡女子自然会对你感恩戴德，可她是苏莱莱，她有自己的骄傲。"

"以我的地位身份，竟对她一再妥协，这还不足以让她对我稍微顺从?!"林峰怒目道。

杨翾心中涌出一阵不快，林峰，你已获得甚多，为何还不知足？你这欲壑难填的自大，究竟要延展到何种境地？他垂头望住手中的紫砂茶杯，青绿色的水面竟映出自己眼里清晰的妒意，我究竟是在作何，不是早已下定决心成全他俩，给她幸福么？为何此刻的恨意竟烧得我如此丑陋?!

他猛地收摄心神，压下心中的妒火，回复平静神色道："林峰，难道你不知，她爱的并非你的'出众'，而只是你一人而已。"

林峰浓眉微蹙，狭长的眼里一片惑色，"此意何解？"

杨翾端起茶杯，一饮而尽，声音也略微湿漉，"你自会明白。"

林峰却骤然起身，硬朗的脸孔上泛起阵阵怨恨的怒色，咬牙切齿道："一派胡言！她爱的只我一人?!她心中分明还有那眯眼男人！"

杨翾低垂眼睫，清俊无瑕的脸冷若冰霜，"她从未承认，况且此人并不存在于当世。"

林峰猛地冲到杨翾面前，直直坐下，狠狠道："可眼下军中出现一名长相同那混账极为相似的男子！而且该男子武艺出众，我已封他为中路先锋！"

"怎么？你嫉妒？后悔封赐先锋之位给他？"杨翾嘴边掠过一抹冷笑。

林峰脸上溢出不自然的神色，侧首道："胡说！一介平民，有何资格让我嫉妒！"

"既然他根本不足为惧，你又何至恼怒？"杨翾依旧漠然的语调。

林峰回转脸来，满目厉色，夹杂着清晰的妒意，"可苏莱莱竟如此维护那混账！一路上对我不理不睬！"

杨翾心中忽地一震，恍惚有些不快，却立刻被压制下去。他淡笑道："似乎是你气她在先。"

"自古来，哪个圣人豪杰不是有妻有妾？她竟提什么'一夫一妻'！莫非你认同她这谬论?!"林峰恶声道。

杨翾盯住林峰，黑眸里泛起一缕寒芒，"若她同你口中那混账仍有瓜葛，你会

第九章　屈尊降贵

否介意?"

一抹怒气清晰在脸,林峰浓眉骤拧,厉声道:"我不许!"

"你可以有妻有妾,她却连个念想都不可有,你是否太过专制?"

林峰眼眸发红,厉声怒叱道:"我向来如此!苏莱莱胆敢同那混账纠缠,我就叫他们玉石俱焚!"

"你凭何左右她的意志?!"杨翾只是冷冷一笑,语气淡漠。

林峰怒火猛起,竟挥拳猛砸在桌上,霍然立起道:"她又凭何践踏我的尊严!"

"是么?"杨翾并未恼怒,淡淡应道,抬眼望住林峰,"那她的尊严可任由你践踏?"

林峰怔然,脑里如疾似电般散乱。杨翾的一席话,犹然将他刺醒,瞬时间,他竟恍然察觉这其中的深意。

她只是对外貌酷似那眯眼男人的韩希尧稍许关切罢了,自己竟妒火中烧,若她成为那眯眼男人的妻……他不能想象。

那岂止是恨意而已么?他会受伤,却并非因为被她践踏了尊严,只因为他如此爱她,只想她属于自己,他怎能接受她同别的男人纠缠不清?若是如此,他会被她的行为重伤,究竟会伤至何状,连他自己都不可得知。

她亦是如此深爱自己,若自己左拥右抱,那她也会受伤。他又如何忍心重伤她,他早已决心护她一世。

既然难以割舍她,又何必伤害她呢?只是为何自己,又再次妥协?可自己却又这般心甘情愿,究竟为何,他想不出因由。

林峰嘴角勾起一抹迷人笑容,唉,苏莱莱,你这猖狂女子,我竟对你无可奈何,枉我一再想驯服你,却想不到,时至今日,被驯服的人始终还是自己。

韩希尧随着苏莱莱来到内院,透过微敞的房门,隐隐看到一位身着茜红罗衫,外罩洁白裘毛披覆的少女,遥遥便看到她腰似绿柳,肌肤白皙,明眸皓齿,气质更是柔弱娇美。

这就是苏黛夕?他真正想寻的人,仇青念念不忘的女子……

"路上吩咐你的话,都记牢了吗?"苏莱莱低声问道。

韩希尧点头应道,声音细微得有些模糊,"副军师放心,在下已牢记在心。只是副军师……真的要在下欺瞒苏小姐么?"

苏莱莱微蹙秀眉道:"不都说好了吗?一切按计划行事,你临阵脱逃太不厚道了吧!"

"不敢不敢,在下只是害怕被识破……"说话间,韩希尧的目光骤然落到苏黛夕孤寂的脸上,心中竟泛起一阵莫名的情绪。

你这个木鱼脑袋,亏你还长了一张山寨周杰伦的脸,怎么一点周董的傲气也没有!苏莱莱瞥了韩希尧一眼,伸出手轻拍了拍他的背,目光中满是砥砺神色,"相信你自己吧,也相信仇青一定会在暗中协助你!"

是么,仇青,你会在另一个世界默默襄助么?这一切都是如你意愿?倘若真如你所愿,即使是赴汤蹈火又有何畏惧呢……一抹欣慰的笑容从韩希尧脸上浮出,他朝苏莱莱点头,目光里满是坚定神色。

苏莱莱暗舒一口气,猛地快步向前,推开苏黛夕的房门,一脸惊喜神色,"黛夕!黛夕!我有个好消息要告诉你!"

苏黛夕疑惑不解,扬起脸孔望住苏莱莱道:"何事让姐姐这样高兴呀?一大早就急忙赶来呢。"

苏莱莱抿嘴一笑,转身望向身后的韩希尧,语气中是掩饰不住的兴奋,"昨夜我跟野蛮人一夜没睡,因为我们得到了关于一个人的消息!"

苏黛夕蹙眉道:"一个人……究竟是何人?让姐姐如此欣喜?"

"不对,应该是我替你高兴才对,因为这个人……"苏莱莱欲言又止,只是绕行到苏黛夕身边,回过脸朝韩希尧投去一个暗示的眼神。

望住苏黛夕白皙娇弱的脸庞,韩希尧竟觉心跳不止,仿佛不敢直视她的目光般。他机械地走到她面前,压低嗓音,沉沉道:"苏小姐,五年之期,你已忘却碧池月下的约定了么?"

苏黛夕愕然盯住苏莱莱,伸出手摇摇她的臂膀,"姐姐,这……"

苏莱莱嘴角随即弯起一缕微笑,"黛夕,你独自跑来洛阳不就是为了他吗?怎么现在见到害羞了呀。"

"你是……仇青?!"苏黛夕眼里烁动着惊异神色,"你真是仇青么?"

"苏小姐,不,黛夕……"韩希尧蓦地脸色泛红,一时间竟支吾着说不出话。

这笨蛋韩希尧,一点也不知道随机应变,望着黛夕就呆成这样!见韩希尧羞怯不语,顿时场面尴尬无比,苏莱莱忙解围道:"黛夕,仇青在前年荥阳攻据战后就编入荥阳驻军,所以才没能在洛阳寻到他。而正好你将护身符送给了我,昨天我跟随野蛮人去军营巡视,仇青见到碧玉环,于是不住追问我,想不到竟然这样巧!"

苏黛夕的眼眶竟骤然湿润,虽然韩希尧那张脸如此陌生,她却能从他身上感

第九章 屈尊降贵

到阵阵熟悉的感觉。累积了五年的思念，在这一刻竟掀起她心底最深处的愁绪，仿佛有无尽言语要向他道出，却张着嘴吐不出一个词。泪水已无法阻拦，她柔柔道："仇青……终于……终于让我找到你了！"

望着苏黛夕满是泪水的容颜，韩希尧心中却莫名地不忍。自己并非仇青，他怎能去欺骗苦等了五年的她呢？可她眼里晶莹的泪，却更拨动得他难以言明真相。

韩希尧惘然失神，恍惚间他迎住她的目光低声道："是我不好，竟让你等了我五年……"

苏黛夕却不住摇头，"不怪你！都是我自己笨，找来找去，也找不到你。其实这五年我不断探寻你的下落，却始终一无所获……"

韩希尧轻咬嘴唇，生硬地用苏莱莱所教他的话说道："我为生存，已改名为韩希尧，所以上将军才没能查到我……"

苏黛夕柔声道，泪水涟涟，"不管你唤作什么，你还记得我，你就是我认识的仇青！"

苏莱莱心里忽地一阵揪疼，苏黛夕这一刻的泪水，如此真实，只是她却犹然不知，那个让她满目泪水的人，却并不真实。她满心欣喜，迎来的却是一个虚假的团聚，若她得知真相，她怎能承受这样的欺骗，也许连她们的友谊，都将面临隔阂的危境吧。

自己这么做，是否错了？苏莱莱恍然间有些迷茫，自己嘴上说着是给苏黛夕一个希望，可心底深处又何尝不是怕苏黛夕顺从父亲的安排，成为林峰的妻室，变作自己的敌人呢？为何自己心底深处那可恨的图谋竟如此狭隘和荒唐？苏莱莱有些不知所措，仿佛无法面对自己一般，她尴尬笑道："你们这么长时间没见，一定有好多话要讲，那我……我先去休息一会儿，一晚上没睡，很累……"

"嗯，姐姐，谢谢你！辛苦你为黛夕这般奔波，姐姐赶快去休息吧，别累坏了身子！"苏黛夕略微眯起眼道，眼中还泛着泪花。

"好的，你们慢聊，我先回房。"苏莱莱闷声回应，推开房门的瞬间竟有些犹豫。可若告诉苏黛夕真相，只会带给她更大的伤害，她比谁都理解，因为那个可怕的梦，她才能够下决心离弃现代社会的一切，留守在这让她不快的时代。

眼皮分明沉重干涩，却毫无睡意。苏莱莱心中一片混乱，向侍女询问了厨房所在。她独自一人回到这里，要想做些点心，并非她肚饿，因为林峰也是一夜未眠。不知为何，她竟想要亲自动手为他做早餐。

此时此刻的他，应当正在熟睡中吧，一夜折腾，他一定早已疲惫不堪。眼前蓦地闪过林峰那张刚毅英俊的脸来，深邃的黑眸似乎勾起她心底深处的酸楚。

她直直立在案前,将面粉和入清水,愣然地大力揉捏起来。眼泪却止不住地猛涌,沿着脸颊不住而下。

自己……究竟在做些什么?这已不是自己了吧,有什么事竟能打倒她呢?她能躲避他一时,一日,却终究无法躲避一世,倘若离开,又怎能甘心失去,可留下的意义还存在吗?她怎能眼见他左拥右抱,却还要学习古代女子一般贤良淑德、宽宏大量?不仅不介意与别人分享爱人,甚至荒唐地鼓励他雨露均沾?

她的爱里只容得下他一人,他却不允许她独占自己。

若有朝一日,看着他怀抱着别的女子,自己又能以何种心境面对呢?说她自私也好,怪她荒唐也罢,她不能面对那种错愕。倘若那日来临,她已被弃如敝履,她还不如死去!

既然这份情感羁绊注定要被别人分享,那还不如遗忘全部,任由这世的佳人尤物去争夺吧!可为何她还迟迟不肯动身,竟会荒唐地来此……她已经无法再沉下心绪揉面,顾不上擦拭掉手上的面粉,她竟逃出去,伏在枯色斑驳的井边放肆抽泣。

林峰同杨翮在苏黛夕处寻不到苏莱莱,房内也不见人影,才得知她竟已去厨房,于是急急赶至。却遥遥望见井边的苏莱莱,神色凄迷,满脸泪水,她正仿佛依靠在井边,仿佛要探入似的。

她难道是想轻生?!一阵猛震,两人心底同时颠簸抽疼起来,焦虑神色骤然攀上脸颊。

林峰浓眉紧拧,猛然大步朝她奔去,厉声呵斥道:"苏莱莱!你想做什么?!"

苏莱莱猛然一惊,竟忽地失去平衡,双手一滑,颓然朝井口直直倒去。

林峰双目含煞,猛得伸出双臂,将她狠狠勾入怀中,却陡然失去重心,踉跄退倒,狠狠摔在地上。

苏莱莱伏倒在他身上,原来委屈的心绪却又被吓得惊惶不定,索性放声大哭起来。望着她的模样,林峰原本阴沉铁青的脸孔,却缓缓舒展开来,一腔怒斥的话语,竟生生抵了回去。

杨翮长长舒了一口气,慌忙收摄心神,恢复平时的漠然沉稳。

"你疯了么?为何要轻生!"林峰坐立起身,伸出一双有力的长臂,将她牢牢圈住道。

苏莱莱探出小手拭去泪水,"没有,我才不会那么傻!"

"你的命是我的!你胆敢死去?!"此时此刻,她竟然还不承认!这女人究竟想作何?!一阵怒意猛涌上脑,他的神情满是凶狠。

第九章 屈尊降贵

"没有，没有！我都说了没有！"她盯住他，咬着牙一字一句道。

林峰脸上却泛起一抹落魄神色，面对她如此倔犟的容颜，他心底竟不断地泛起难忍的心绪，不断催促着要他妥协。他怒吼起来，语气分明无可奈何，"我再也不娶，只娶你一人！你胆敢寻死！"

什么？我没有听错吧？这恍然间突如其来的喜讯仿佛令她难以置信，她猛地抬起小脸，望着林峰，见他目光死死缠住自己，似有不甘却又无奈。

"是真的吗？"她又伸出手擦拭泪水，一脸无助道。

林峰恶声道："废话！我几时骗过你?！"

"屁！你总说话不算数，前一秒是这样这样，后一秒是那样那样！"苏菜菜撅嘴，伸出手比画道。

林峰狠狠瞪住她，却几乎忍俊不禁，她满是面粉的小脸，滑稽却娇俏。为何她的举动总让自己心潮起伏，即使是最恼怒的时刻，也能瞬间转为喜悦？

"你这只蠢花脸猪。"林峰沉声低吟，伸出大手将她脸上的面粉轻轻擦去，眼中满是怜惜神色。他脑中竟浮现那次救回她的场景，每每如此，都让他难以割舍。其他女子又怎能如她这样摄人心扉？他早已深爱至此，那些所谓传统礼俗全都见鬼去罢，他就只要她一人！

此时苏菜菜心中却盘算起另一个念头，嘴角随即拂过一缕狡黠微笑，趁林峰满目痴色地凝住自己，她猛伸出满是面粉的双手，一把朝着他脸颊扑去。

林峰恍然回神，一抹清晰怒色浮现在脸上，英俊的脸颊却布满面粉，一片惨白。

"苏菜菜！"林峰咬牙咆哮。

"嘻嘻！活该！"苏菜菜猛推开她，得意地起身大笑，"谁让你那么蠢，居然以为我跳井。告诉你，姑奶奶再活个两百年都不嫌多！"说着转首一溜烟跑开。

林峰骤然起身，怒吼道："你给我站住！"

苏菜菜得意地伸出双手，张牙舞爪般朝前跑去，却猛地撞上神情清冷、脸寒若冰的杨翾。

"喂，人妖，林峰叫我把这个给你。"她摆出一个纯洁的笑容，捏紧手掌伸给杨翾。

杨翾面上闪过一丝疑虑，却仍垂头朝她手掌望去。

扑！一阵面粉飞扬，顿时粉尘弥散，瞬时间，杨翾俊逸的脸颊上也多了一大片雪白的面粉。

"哈哈……笨蛋人妖！"她得意地不住拍手，转身朝内廷跑去，甩下一句，

"毒害别人去啦!"

胸腔一阵猛烈窒闷,杨翾却强压住想要猛喘的感觉,伸出手掸掉脸上的面粉,按住胸缓缓呼吸起来。

林峰随即赶上来,轻拍拍他的肩,关切地问道:"呼吸还顺畅么?"

杨翾垂下眼帘,轻点首。

"苏菜菜太无法无天!我去将她抓回来!"林峰恨恨道。

"由她吧……"杨翾眉角微扬,心中却难以释然。为何他竟希望抱住她的人,是自己?不是要搁置么,自己明明心静如水,面对她却笨拙无措,难道她竟已深入心腔,难以剥离?人为何要有如此多欲望,我竟又被欲望控制么?他微合双眼,面对林峰的关切,他更无法面对自己自私的爱欲,为何不能洒脱些呢?

烟消云散之后,行程依旧要继续。

林峰本想带苏菜菜一同返回洛阳,她却断然拒绝。在她心中,燕京之行既是她未完成的任务,亦是她对苏黛夕的承诺,即使此行的意义对她建立威信已作用不大,却是她仍要坚守的约定。

相聚之后自然再次分别,苏菜菜不知道等待她的燕京之行还会有什么凶险境地,只是经历种种之后,反而更坚定了她争取幸福的决心。既然已同他有了誓约,她便已经无所怨悔。

路上倒也平安,苏黛夕对韩希尧已是难以割舍,而韩希尧的眼眸中,也分明多了些眷恋神色。让他们相识,究竟是否正确?苏菜菜想不出,可见到苏黛夕幸福的笑容,她却不能言明真相,只能将这谎言继续下去。

转眼间,十日已过,终于在暮色纷暗的黄昏抵达了燕京城。

周武王灭商建周,封帝尧之后于蓟,封召公奭于燕。厉经数载岁月洗涤,燕终并于蓟,以蓟城为国都,称为燕京。而自战国燕国建都于此之后,燕京已逐步成为北方大陆的最大城市。此时,雄浑恢弘的燕京城尽现于眼前。

入城之后,遂发现街道纵横交错,井然有序。店铺楼宇鳞次栉比,一派欣欣向荣之相。见到此种街景,各人心绪却各不相同。

苏黛夕同韩希尧显得有些落寞,只因接下来要面对她严厉专制的父亲。这短暂的十日路程,已让她难以忘怀,虽然现在"仇青"已是中路将军,但他毕竟出身寒微。父亲一心想将自己许给林家,虽然苏菜菜同杨翾已承诺助她解除婚约,可届时他们又如何能奈何父亲的专断?

杨翾心中却泛起略微感叹,难怪林尚候不惜牺牲林峰的情爱幸福,也要同苏

第九章 屈尊降贵

家联姻,这燕京城显然极为富庶,虽然气度磅礴不及洛阳,但其此刻的风华,却足以与洛阳比肩而立。

唯独苏莱莱兴奋不已,她此时的心境激动万分。燕京正是千年之后的北京城,他们又如何能想到,此时只是一方富城的燕京,在千年轮回之后,竟成为天下之门。

"北京欢迎你,有梦想谁都了不起,有勇气就会有奇迹……"苏莱莱竟钻出马车,高高立在车上,展开双臂,大声唱起来。

车夫被她突如其来的举动骇出一头冷汗,尴尬地回望她一眼道:"副军师真是好雅兴……"

杨翮蓦地扭头望去,她还是这么活蹦乱跳,浑身上下满是朝气一般,心中竟拂过淡淡悸动。他急忙回首,心中埋怨自己的失态。

"嘿!北京我来啦!打开你家大门欢迎我吧!"苏莱莱得意的重重地拍拍车夫的肩,扯开嗓子高号道。

队列却戛然而止,一座恢弘华贵的府邸犹然尽现。

一声尖锐而张狂的呼声扑面而来,"肃静!哪来的土鳖,以为是你们家后院呢?!"

什么!居然骂我土鳖!一阵怒火猛燃而上,苏莱莱扶住车夫,站到车辕上高声回击,"居然连结盟的使者都不认识!打你小丫令的,跟你丫死磕!"

众将士被苏莱莱的泼辣劲惊呆,纷纷张大嘴愕然失措。

那声音传来,"你丫活腻歪了是吧,跑到苏大人府邸撒野,死一边儿去!"

可恶!苏莱莱捏紧拳头,这家伙声音怎会这样大,不行,不能向他示弱,她扶住车夫的肩,直直地踩住他攀上车顶,大声号叫道:"有脾气就放马过来!没长眼睛的小屁孩儿!看清楚了!谁在咱们这!"她垂头小声道,"黛夕黛夕,快出来教训你家的保安,太嚣张啦!"却忽地站不稳,歪歪扭扭地从车顶直摔而下。

苏莱莱眼疾手快抓住车幛,却依然猛滑而下,嘭一声,她直直摔跌在地,顿时尘土飞扬。

前行领队的骑兵纷纷捂嘴而笑。

杨翮眸里闪过一丝彻骨的阴冷,骇得骑兵们立刻止住笑容,慌忙露出镇定严肃的神色。

"将苏大人的联盟手信交给他,让他闭嘴!"杨翮朝骑兵首领道。

"是!"骑兵首领郑言领命道,随即吩咐部下取出苏方恒的绸布手信,朝苏家府邸门卫行去。

杨翾侧身下马，径直走到苏菜菜身边，将她扶起，轻轻掸去她身上的灰土，清冷的目光中却夹杂着些许关切，"你太过冒失，为何不小心些。"

　　"我来到北京，所以激动嘛！"苏菜菜也随着他拍拍身上的尘土，"人妖，你知道吗？在我的时代，这座城市叫做北京，是我们的首都！北京是国际大都市，不仅非常大，还很繁华，去年还举行了奥运会！这可是我们国家第一次举办奥运会呢！全世界的焦点都集中在了北京，中国人真的扬眉吐气啦！"她不顾旁人诧异的目光，自顾自地滔滔不绝道。

　　杨翾并不能完全听懂她话中的含义，可望着她如此投入专注的神情，心中泛起缕缕怜惜。仿佛难以压制的感触，竟让他不能自控似的，俯下身子靠在她耳畔轻声道，声音依旧淡漠，却依稀带着微微呵护的意味，"傻瓜，他们都在看你。"

　　一抹红霞从苏菜菜脸颊生出，她垂头摊手道："对不起，我太激动了……不该跟人对骂，不该爬车，我是不是很丢林峰的脸？"

　　这声刺耳的"林峰"却猛地扯痛杨翾的神经，他眼里的深色立刻退去，转而直起身子，径直跨上马背，不带一丝犹豫似的。

　　苏菜菜却浑然不解，这人妖又是怎么不高兴了？难道是生她的气了？可是她已经道歉了呀，难道她刚才真的很出丑吗？人妖一向孤芳自赏，都不太把她放在眼里，想必自己一番糗态更是让他嘲弄吧。哼，笑就笑吧，死人妖，你这是赤裸裸的嫉妒，嫉妒我霸占了你的林峰！想到这里，她竟立刻捂不住似的就要笑起来。

　　却猛地一声似曾熟悉的声音传来，只是说话人的语气已全然变换，"啊！原来是洛阳林家的使节，小姐竟也在车上！小的有眼不识泰山！刚才出言不逊还请见谅！"

　　面对这门卫截然不同的态度，郑言鄙夷地从鼻子里哼出一声，转而回来向杨翾禀报。

　　杨翾自然不会同这等小角色计较。他点点头，策马行到苏菜菜身边，脸寒似冰，"副军师，回马车内，我们即刻入府。"

　　苏菜菜不满似的撅嘴道："我还没教训他呢！"

　　杨翾眉心忽蹙，一抹清晰的阴鸷在脸，"速回车内！"说着策动缰绳，径直入府而去。

　　哼，好的不学，学什么林峰，摆臭架子！苏菜菜吐吐舌头，却还是钻回了车内。

　　联盟队列缓缓进入苏家府邸之内，傍晚的冷风刮来，微微刺骨的疼。风声中却清晰听到那熟悉的声音，足以想象的满脸堆笑，"使节大人您走好，小姐您小

第九章　屈尊降贵

心身子，小的们一定小心伺候着……"

古代人也是如此见风使舵，苏莱莱这回算是彻底见识，相比现代过犹不及。

一切安顿妥当，夜色已渐起，苏方恒当夜便设宴款待，提及林峰更是赞不绝口，仿佛即要成为自己乘龙快婿似的大喜。

除了杨翾敷衍客套的神色外，苏黛夕和苏莱莱两人均是愁眉不展。

晚宴散去，苏莱莱独自倚靠在桌案上，究竟该如何使得苏方恒心甘情愿放弃婚约，却又诚心结盟呢？

唯有这样，苏黛夕才能够摆脱政治婚姻的束缚，亦只有如此，林尚候才能赞同自己与林峰的亲事。可是，究竟应当从何入手呢？

门外忽地沉沉响起叩门声，苏莱莱抬起眼，轻声道："请进。"

来者果然是那个僵尸脸人妖。哼，苏莱莱赌气似的扭过头，背对着他。

杨翾却并未动怒，只是在她身侧坐下，语气清淡似水，"之后的任务甚重，你若还怨我，怎同我协作配合？"

"谁怨你呀，我才没那么小气。"苏莱莱转过脸，斜兜他一眼道，"说吧，要我做什么啊？"

杨翾眸里不带一丝情绪，冷冷道："只因此事会利用到你的好姐妹，才会找你商议。"

"要利用黛夕？"苏莱莱猛地瞪住他，满脸不快，"黛夕已经够苦了，你还利用她，你有没有良心啊！"

"轻声点。"杨翾淡淡道，"你想全苏府的人都知道我同你的诡计么？"

"胡说，分明就是你一个人的！"苏莱莱愤愤道。

杨翾望着她，眼里竟流露出丝丝眷恋，却立刻被压制下去。他冷笑一声，"我现已同你商议过，所以你已是我的共犯。"

"你……我没有同意！"苏莱莱捏紧拳头，恨恨道。

"同意不同意，你已不能抉择，此事势在必行。"迎住苏莱莱微怨的目光，杨翾心里却衍出阵阵疼痛的畅快。

"不行，我不能利用黛夕！"她垂下头道。

"主公誓要得到苏家的兵情和兵力分布情况，若要混入军中，唯一的缺口便是苏黛夕。"杨翾毫不理睬她的反对，冷声道。

苏莱莱紧锁眉心，"黛夕是我好朋友，我们却偷他父亲的兵情，这样太没有良心！"

"良心？"杨翾冷眸里闪过一丝阴霾，"乱世之中，称雄者便是善类，夺得天下的人才能主宰一切，难道这些道理，林峰从未提及?!"

望住杨翾那张清俊完美的脸孔，她心中纷乱恍惚不堪，为何他长得这样好看，心肠却如此冷漠决绝？自己曾以为他就是这样冷酷无情，可为何自己落难，他却一再相助？原以为是自己错解了他，只是为何此刻的他，又露出他那张如同修罗一般不通情理的脸孔？难道一直以来，自己从未认识他？

黯漠的氛围，对峙的两人，冰冻的气息中，连月光也毫无一抹暖意。

苏莱莱猛然起身，迎住杨翾森冷的目光，"林峰从来没说过！林峰也不会这么做！"

杨翾垂眼淡淡道："你企图占据林峰全部情爱，却连他本性都不了解。"

"你不是林峰最好的朋友吗？如果为了得到权势、地位，要夺走你所拥有的一切，他绝不会这么做的！"苏莱莱正色道。

杨翾嘴角却弯起一缕浅浅弧线，冷冷一笑道："他已经夺走了。"

苏莱莱噱然道："你的家产……不是你父亲送给他父亲的吗？怎么算是他夺走你的？"

杨翾却并未回应，只目光淡淡地盯着几案不语。

"再说了，他们也对你很好啊，你现在不也成军师了吗？有财有势，要是以后真能夺得天下，你怎么也是个丞相太尉的，这怎么算夺走尔拥有的呀?!"苏莱莱愤愤不平道。

杨翾抬眼，目光略微散乱。盯住苏莱莱，他心里却泛起阵阵不快。事实上，这家产的确是父亲赠出，只是他从未计较，林尚候不仅没有将他除去，却将他这身份尴尬之人留在身边，像亲子一般抚养，他又如何能同他们计较得失？只是为何面对着她，自己尽会说出这种言语？难道自己心底深处的嫉恨，又再度沉沉而来？

"喂，你说呀，人妖，装什么哑巴，说话啊！"苏莱莱嚷嚷道，在他面前不断晃起手来。

杨翾伸出手，轻轻将她晃动的手挑开，摆出一副冰冷寒面，"我不想再同你解释，若你执意不肯，我自有办法叫你不得不配合我。"

"死人妖，我智商不比你低。你想算计我，还早了两千年呢！"她得意地瞥了他一眼。

"随你。"杨翾冷冷回应，忽地起身朝屋外而去，却猛然回转，脸色铁青得可怕，"我独自行动的话，可难保苏黛夕是否会受伤害。"

第九章 屈尊降贵

"站住！"苏莱莱大吼一声，猛地冲到他面前，气势汹汹的模样，眼里好似燃火似的愤怒。

杨翾冷眼瞅她一眼，心中却有些疑虑，难道自己的话，刺激到她了？苏莱莱，你为何竟好心肠得近乎呆傻？

然而出人意料的，苏莱莱抬起脸，却蓦地笑逐颜开。她伸手攥住杨翾的长袖，语带恳切道："人妖大大，你最善良啦，就放过黛夕一马好吧？别利用她去夺走她父亲的家财啊。"

杨翾轻轻扯回衣袖，眼眸里掠过一丝尴尬神色，转而脸寒似冰道："这等大事你却如此儿戏。"

苏莱莱却丝毫未有羞愧神色，随即再攥起他的袖口道："军师大人，只要不危害黛夕，我保证配合你，任由你差遣，打洗脚水也好搓背也好，保证绝无怨言。"

杨翾心底却泛起微样的甜味，仿佛带着温温的触感，她这撒娇的俏颜，只在林峰面前有过，此时此刻为何却对着自己……倏忽间，他竟觉心神茫恍而迷醉。他恍惚点头，闷声应允。

"嗯哪，谢谢你！其实路上我想出了个法子，就是让苏大人知道黛夕已经是'仇青'的人，这样他就没办法强迫黛夕嫁到林家啦，一般电视剧里都是这么演的……"苏莱莱昂起头，伸出左手食指勾勾下巴，自顾自道，右手却仍然拽住杨翾的衣袖。

杨翾死死盯住她的脸，仿佛无法挪动身躯一般，竟任由她拖着自己的衣袖，只是心中却翻涌难忍，几近让他不可自控。

"哎呀！我想到啦！"苏莱莱忽地立起食指，"让黛夕吃牛肉加栗子，这样就会造成不断呕吐的迹象，她的脉象也会紊乱，能暂时蒙蔽大夫。然后我们只需要再收买那个最有名的医生，让他一口咬定黛夕是有了，这样不就骗过苏大人了吗？"

杨翾想："此计虽然幼稚，却并非不可行。眼下时间太过紧张，若要苏方恒放弃婚约而又诚心结盟，只能让他在情理上愧对林家，而她的女儿尚未出阁，却已非完璧，甚至同男子有了身孕，苏方恒的脸面自然挂不住，只能乖乖退婚。"

他淡淡道："可苏黛夕乃是千金，却落下未婚先孕的恶名，难道不是伤害她？"

苏莱莱撇嘴道："这个消息当然不能外传啦！再说了，就算未婚先孕又怎么了？虽然不怎么光彩，也不算十恶不赦吧。你们这些原始人，脑子就是不开化！"

"是么？"杨翾虽对她的惊人言论有些感叹，却并不深感意外。以苏莱莱如此特立独行的性情，这种言论又算什么。她与这世女子太多不同，但偏偏他竟能全盘接受，他甚至不认为她惊世骇俗，他只觉得她竟如此勇敢，敢言这世女子不敢之言，敢做这世女子不敢之事。

也只有她，这样独特迷人的她，才能如此勾人心弦吧。林峰也罢，自己也好，纵使再卓越出众，却都不可避免地被俘获。

"那就这么说定啦！"苏莱莱得意地笑笑，"我去做牛肉栗子汤！"

"这种事让侍女去。"杨翾淡漠回应。

"不是，我想去自己弄啊，顺便给你做点南瓜姜汁麦芽汤。"她眨眨长睫道。

杨翾低垂眼帘，"这不是林湘儿做的么？"

"笨，当然是我教她的。"她得意地笑道，拖拽住他的衣袖，推开房门道，"走，跟我一起去！"

为何你竟连假装或敷衍都不会，就轻易地说出真话？你竟看不出我在试探你么？杨翾心中泛起淡淡的闷疼，面对不懂掩饰的苏莱莱，他竟手足无措。

他只得愣愣地跟随着她，他甚至渴望她拉住的不是他的衣袖，而是他的手，他几乎无法控制般的想紧紧握住她的小手，但他始终还是压制了下去。他想起对林尚候的承诺，也是他对自己的束缚。他要成全林峰，他怎能连自己的情欲都无法抑制？可自己明知她绝不愿伤害苏黛夕，却故作姿态找她商议，难道自己不是为了得到她的恳求，看到她撒娇的模样么？自己究竟在算计些什么，可为何等自己的心思一个个成功时，自己却又全然退缩了？

一夜忙碌，对于苏莱莱的提议，苏黛夕自是欣然接受。虽然韩希尧极力反对，却终拗不过苏黛夕，同样也是因为他已无法选择，要么被揭穿自己仿冒的身份，要么便是接受苏莱莱的提议，与苏黛夕一起将这场戏演下去。

当晚苏黛夕毫不犹豫地饮下了牛肉栗子汤，夜间便感到阵阵恶心感反复上涌，次日清晨便呕吐不止，府中世医均认为是饮食不当，开了几副应对的方子，吩咐下人熬服给苏黛夕。

苏黛夕的侍女黎儿，自小便在她身边照顾，感情深厚，对于苏黛夕决定的每件事均是极力支持，这次关系小姐的终身幸福，自然也是全力配合。苏方恒对黎儿深信不疑，所以会命她端药喂服苏黛夕，却想不到黎儿进屋便将药淋入了草木之中。所以苏黛夕的呕吐时而又翻腾起来，药物仿佛毫无作用。

联盟的议事不得不后推一日，可直至次日晌午，苏黛夕的状况仍不见起色。苏方恒心中有些焦虑。林家势力强盛，如今兵力亦胜过秦廷，而自己的辖地虽富

第九章 屈尊降贵

庶有余，军事力量却相对弱势，甚至无法同秦廷以及另外几股势力抗衡。若要保住燕京及周边民众不在战乱中遭受屠戮，唯一的途径便是与其中一股强力结盟，以自己富庶的物资换取对方强大的军力支撑，而林家，正是最好的选择。

　　此次他们主动提出与自己结盟，更是天赐良机。林尚候独有一子，而自己独得一女，若两家结为姻亲，自己无疑是多了一道强力屏障，更何况，自己疼爱的女儿亦能得到更为强大的庇护和依靠。他已让对方使者等了两日，若再因为女儿身体不适一再拖延，岂不是怠慢了对方？

　　当日午宴之后，苏方恒同部下们便在议事厅中同杨翾一行人商谈结盟事宜。

　　之前交通与粮草运输等共通合作均谈得融洽，但当苏方恒提及联姻之事，杨翾的脸色却忽地阴霾起来。他冷冷扫过苏方恒一眼，"苏大人，主公乃是真心诚意同你结为姻亲，只是苏大人仿佛心意不诚，有所隐瞒吧。"

　　苏方恒愕然道："军师这是何意？老夫已经坦诚布公，岂有隐瞒之说？"

　　杨翾目光凛凛，沉声道："苏小姐早有意中人，甚至为此人独赴洛阳，大人却要将苏小姐配与少主，似乎并不妥当。"

　　苏方恒尴尬道："此事老夫早已如实相告，军师亦是知情。小女年幼懵懂，才会做出离家出走的荒唐事来，林大人既令人将小女护送回来，以后老夫定会严加管教，让她懂得贤良淑德、懂识大体，这如何不妥？"

　　苏莱莱在一旁听得耳朵起茧。这些古代的封建人，成日就知道贤良淑德，可他们口中的贤良淑德却根本不是要求女子贤明善谋，只不过是禁锢女子思想自由的一道枷锁罢了。她瞥了苏方恒一眼，正想就他这"贤良淑德"大加指责，却猛地触及到杨翾阴沉的目光。他微垂了垂眼睑，轻轻皱眉，示意她不要出声。

　　哼，不说就不说。苏莱莱没好气地瞪了他一眼，转而斜昂起头，目光扫视四周。

　　望着苏莱莱的模样，杨翾嘴角勾起一抹浅笑，转而朝向苏方恒道："只是在下仿佛听说苏小姐已寻得意中人。"

　　苏方恒摇头道："不可能。林大人已替老夫查过，他军中并无此人！"

　　"天下之大，除却林家辖地，大有此人容身之处，林大人又如何能确认？"杨翾淡淡应道。

　　苏方恒眉心微皱，疑惑道："军师此意何解？"

　　杨翾淡淡一笑，俊美的脸上却猛然泛起湛然寒光，"苏大人为何隐瞒苏小姐已非完璧之事？！"

　　苏莱莱猛地回神，狠狠盯住杨翾，一脸怨责神色。你个死人妖！不是说私下讲给苏方恒一个人听的么，你怎么当着众人就说出来，这样太过分了吧？但此时情景，她却又不能骂出声来，只能用眼神传达。

杨翾迎住她责怨的目光，却幽然一笑，冰冷的眼眸中绽出缕缕挑衅的意味。心疼你的好姐妹么？笨蛋，要使得苏方恒难堪羞愧而退婚，当众挑明的效用无疑胜过私下数倍。这种时候讲仁慈，苏莱莱，你还真是傻得可爱。

苏方恒面色斗转，怒火猛起，这小子竟然当众羞辱自己的爱女！这比羞辱他自己还要可憎，让他怒不可遏。他狠狠拍案起身叱道："大胆！这可是林大人授意？！若看不起我苏方恒大可明说！竟口出狂言，如此诋毁我的女儿！"

杨翾却冷冷瞥了他一眼，轻轻拾起桌案上的竹简，淡然目若道："在下不过听到些流言而已，大人何须动怒？是否属实还须由大人亲自查证。"

这时苏方恒部将中一名身披铠甲，面目忠厚粗鲁的武将猛然冲出来，粗声粗气地厉叱道："放屁！小姐乃是千金之躯，从小洁身自好！你这长着一张娘们脸的小子，竟敢玷污我家小姐名节！"

杨翾眸底蓦地闪过一道冰寒彻骨的凉意，猛地将手中的竹简狠掷在几案上，声音森冷无比，"我同你主公讲话，几时由得你插嘴？！"

对面人群中炸出阵阵低吼。这小子太过狂妄，来到燕京地界，竟还如此目中无人！刷刷——苏方恒的手下纷纷拔出佩剑，满目怒色道，林家太过仗势欺人，讲明联盟结姻，却用这种诡计毁我苏家名声！而这身为林家军师的小子，竟然张狂无比，全不将我等放在眼里！

苏莱莱猛地一惊，惊异地发现身边的武将们骤然立起，猛拔出佩剑，目光中烁动着毫无畏惧的神色，视死如归一般坚韧。

顿时场景剑拔弩张般的窒闷。

搞什么，好好的一场谈判非得弄成刀光剑影不可吗？苏莱莱心中阵阵揪紧，朝人群望去，目光中怎会出现一个似乎熟悉的身影来？

"臭小子，竟敢羞辱我堂堂唐将军！"刚才那武将面露凶色，猛力抽出长剑，挥起一阵狠炙劲力，朝杨翾直攻而来。

锵铠——剑击声猛撞，阵阵斥力挟着难以抵挡的猛劲，将唐将军震得趔趄直退。

众人抬眼一看，一名身披亮银铠甲，神色炯炯的少年武将正只身抵挡在杨翾身前，手持一杆亮色长枪，目光中满是坚毅神光。

笨蛋韩希尧！苏莱莱双拳几乎捏紧，你长个山寨周董的脸就真当自己是周董了吗？这个时候出什么风头，以为自己很拉风吗？不是吩咐过叫你暂时不要出面

第九章 屈尊降贵

吗?！这下好了，非打起来不可，完蛋了，好好的一个计划，被你们这帮浑蛋全盘打乱了！

苏方恒却几乎愕然，唐将军已是自己旗下第一勇将，其武艺出众，尚未逢及敌手，想不到被林家一个名不见经传的小将一击败退。早听说林尚候独子更是武艺绝伦，天下无双，眼前这小将已足以让他震惊不已，那林家的公子岂非更加强势威猛？

就算将来者全然斩杀，却对林家根基一无所伤，反而会激怒对方，若兴兵攻伐，只会是燕京百姓遭殃。

苏方恒眼里的怒色缓缓退去，面对如此境地，纵使再脸上无光，身为一城之主，他也不能只为自己女儿的名声而不分轻重地大动干戈，况且黛夕确实已病了两日，大夫们已对症下药，却仍不见好转，这其间，究竟有何因由？

忽地一声尖锐的声音响起，不住地喊老爷老爷，门外的侍卫却阻拦着不放他进入。

苏方恒侧脸沉声，"让他进来。"

一名仆人装扮的年轻男子猛冲而入，正撞上手持武器、神色凶狠的双方，吓得双腿发软，颤声道："老爷……老爷……小姐她……小姐她……"

苏方恒怒斥道："小姐究竟怎样?！"

仆人牙齿打结，面对气势汹汹的两方，颤颤巍巍道："小姐……小姐她要寻死！"

苏府内院中，早已是乱作一团，哭号呼喊声，嚷嚷尖叫声，人群往来不绝，攒动间掀起阵阵慌乱气息。

苏方恒面色铁青，急急赶来时，部将们也随之而来。

虽然开头有些出乎意料，但正戏就该上演了，苏莱莱心中浮起一缕悦色。即使她不愿将此事暴露于众人之前，但既然已经行到这一步，已是置于无法避免，亦不能退缩的境地。

苏莱莱随着众人探入内院，发觉苏黛夕房门前已堆满了人，均是神色紧张，颤颤失色。苏方恒的部将们将下人们遣走，在门前一字排开，仿佛迎接首脑似的凝重肃然。心中恍然有些忐忑，苏莱莱暗暗告诫自己要镇定，倘若被这种场景吓慌了神，这场戏就只能被揭穿，之后的种种计划只能全盘放弃。她装作有些怯然的神色，小心翼翼地跟在杨翾身后。

苏莱莱刚踏入房间，就听到苏黛夕一声带着哭腔的高吼，"让我去死……我不要活啦!"抬眼望去,苏黛夕正踮脚站在桌案上,手里紧拽着一根手腕般的粗绳,俏美的容颜沾满了泪水,却正套在绳口上。

想不到这丫头还真有一套,演技相当过关。苏莱莱暗暗自得道,却忽地一回神,哎呀呀!老天爷呀,这是谁干的好事?不是让他们找条白绢吗?到时候吊上去一扯就断,是哪个脑残找了这么粗一根麻绳!这家伙难道跟苏黛夕有仇吗!不好,这傻丫头太纯,脑子一向不太灵光,万一她就这么真吊上去,非得要了她的小命不可!

苏莱莱立即向苏黛夕挤眉弄眼,想叫她别真吊上去。

苏黛夕却显然未留意到苏莱莱的眼色,仍旧卖力演出,大声哭喊道:"让我死,不准拦我!"

黎儿站在下面手足无措,只得大声哭泣道:"小姐不要呀……何事不能释怀,非要寻死啊!"

苏黛夕扯开嗓门道:"父亲要将我嫁给林家的妖怪,我宁死也不从!"

见此场景,苏方恒怒目道:"放肆!众目睽睽之下竟然做出此等荒唐行径!"转而朝向身旁部将,"将小姐拦下来!"

"是!"两名身材高壮的武将领命,随即朝苏黛夕行去。

"别过来!"苏黛夕高声哭号,妄图阻止武将,却丝毫没用。她脑中一急,想起苏莱莱说过,到万不得已的时刻,就将头套入绳圈内,放心,这绳一定事前处理过,不会伤你性命。

苏黛夕猛合上双眼,拽起绳圈,猛朝前一挺,直钻入绳圈内。

天啦!你还真吊啦!苏莱莱额头即刻冒出冷汗,眼见苏黛夕双脚离桌而起,心底抽空似的紧张。糟糕!那绳子这样粗,而且没有丝毫被割过的痕迹,怎么办?一时之间,苏莱莱竟然慌乱失措,若真的伤害了苏黛夕,她一辈子也不能原谅自己。她心底竟也混乱起来,她毫无对策,眉心紧锁,鼻腔一股愕然酸涩,身体也不由得微抖起来。

忽地一股窒息感猛袭而来,苏黛夕脑中一阵迷乱,这种苦涩而无力的感觉就是死亡吗?

"小姐!"人群中漾起阵阵凄厉的呼声。

苏方恒几乎止住呼吸,他抚养了十七年的亲生女儿,他的心头肉,竟然会做出如此烈性的行为来?!难道自己竟从未真正了解女儿?!

此刻的气息紧张无比,千钧一发之际,一个身影忽地飞身而起,迅如疾电似的直掠过苏黛夕身侧,挥起手中亮眼的长枪,竟生生将这粗绳直撕而断。

第九章 屈尊降贵

心中的巨石猛然落地,苏莱莱几乎瘫坐在地上。

苏黛夕蓦然睁眼,恍惚间看清了眼前之人,仇青?!怎会是他,之前同苏莱莱商议时,不是吩咐他藏匿起来么?为何他会在此刻出现……

韩希尧怀住苏黛夕,首次同她这样亲近,他竟然不敢直视她的脸,只觉得自己脸颊阵阵发烫,烧得自己尴尬失神。

苏方恒疾然冲上前,满目哀色,"夕儿,你还好么,可有伤到何处?"

苏黛夕侧过脸,闪避开苏方恒关切的目光,怯怯地畏缩在韩希尧怀中。

"夕儿,你为何不答?你可知你几乎吓死为父!"苏方恒吁一口气道。

苏黛夕抽泣道:"女儿宁愿死去,也不要嫁给林家的那个怪物……"

杨翾瞥了苏莱莱一眼,不用多想,敢这样肆无忌惮地形容林峰的,还能有谁?苏黛夕竟然说出这种惊人言语,想必是出自苏莱莱之口。怪物、人妖、变态、脑残……她的词汇新奇怪异,却又颇有意思,她长着一张"毒舌",只是为何却有一颗纯净善良的心?

苏方恒面色尴尬道:"夕儿,你从哪儿听到这等荒谬流言,林公子人才出众,况且你已见过呀。"

苏黛夕愤愤道:"正因为见过,女儿才敢这样讲!"说着略带畏惧似的将头轻轻倚靠在韩希尧怀抱中。

她这一自然举动却扰乱了韩希尧的心绪,顿时脸孔涨红,愣然将苏黛夕抱至榻前,轻轻放下,瞥过苏黛夕痴情的目光,他竟闪避不敢面对。

苏方恒朝韩希尧投去一抹赞许的笑容,遂道:"多谢阁下搭救小女,阁下武艺出众,敢问大名?"

韩希尧蓦地措手不及,神色散乱,垂头不语。

见此状,苏莱莱一个跨步将韩希尧拉回人群,讪讪笑道:"他只是我军一名普通骑兵,微不足道罢了。"转而狠狠地瞪了韩希尧一眼。

见对方有意避忌,苏方恒也不再多问,朝杨翾同苏莱莱致歉道:"想不到小女如此顽劣,老夫实在有愧林大人,还望两位军师谅解。"

杨翾仄目掠过一眼,淡淡道:"看来苏小姐对我们少主很是不满,竟能将少主称作怪物。"

苏方恒尴尬笑道:"小女见识浅薄,满嘴胡言,出言不逊还请见谅。"

杨翾冷眸微转,略带讥讽道:"不敢。小姐风趣诙谐,知道我们远道而来,特意演出一幕好戏,此等人才,想必是我们少主不能匹配。"

见杨翾又出言挖苦苏黛夕,唐将军怒目一声:"你!"随即欲再度拔剑教训他。

杨翾眼里闪过一抹阴狠的鄙夷神色,身旁的韩希尧即刻挡在他面前。眼见这武艺高强的小将随时赴命般的姿态,唐将军只能恨恨地压制住心里的怒气。

"父亲,女儿宁死不从!若父亲一日不取消婚约,女儿还会不断寻死!若上吊不可行,女儿还能割腕;割腕不行,女儿还可服毒;服毒不遂,女儿还能跳城楼摔死!"苏黛夕满目坚定,转而低垂蛾首,声若游离道,"父亲真忍心将女儿当做政治的牺牲品么,毁掉女儿一生的幸福?"

苏方恒大感无奈道:"为父替你千挑万选,才选中了林家公子,他乃是人中之龙,你嫁过去之后,将是一生无忧,这怎会是毁掉你一生的幸福?"

"林家公子就是个怪物,暴戾凶残,蛮横无理,胸无点墨不说,还庸庸碌碌!简直就是个只仗着父亲的纨绔子弟!父亲竟要将女儿嫁给这种废物?"苏黛夕怒气铮铮道。

顿时,场面尴尬万分。

杨翾冷笑一声,"苏小姐真有见地,既然我们少主如此不济,若委屈小姐嫁来,岂非强人所难?"

苏黛夕正色道:"可不是!要是嫁给他,我还不如死掉!反正死法甚多,你们救得了我一次,救不了我一世!"

苏方恒眼里满是怒色,一副恨铁不成钢的神情。

见时机已成熟,苏莱莱小心翼翼地从人群中钻出,缓步走到榻前,面带笑容道:"黛夕妹妹,婚约什么的可以推后再说,你可不能再寻死啦!"

苏黛夕面上浮起一抹欣慰神色,"姐姐,若父亲执意要将黛夕嫁到林家,黛夕定会不顾一切求死!"

苏莱莱撇嘴道:"妹妹啊,你不知道吗?吊死很难看的。死的时候,舌头吐出来,像这样!"说着摆出个面目可憎的鬼脸。

"啊……"苏黛夕略带惊恐道,"那,大不了我割腕!"

"割腕啊,妹妹,这个倒不会丑,但是痛得你死去活来,而且半天还死不了,血一滴滴地流尽,不断地煎熬着死去,享受人间炼狱一样呀!"

"啊!"苏黛夕略微坐起,"那我服毒算了!"

"服毒还行,就是穿肠过,苦得你难受,五脏六腑全部化掉。你下辈子再做人的时候,就会没心没肺,啧啧,惨绝人寰啊!"

"如此可怕……"苏黛夕眼带怯意道,"那我就从城楼上跳下去摔死好了!"

"这倒是个不错的死法,但是妹妹,你跳的时候要选高点的城楼,万一不够

第九章 屈尊降贵

高,摔不死你,摔成个半身不遂,或者老年痴呆什么的,那可真就人间惨剧啦!"苏莱莱眨着长睫,一副严肃神色。

苏黛夕顿时愕然。

望着苏莱莱看似认真的神情,杨翾心底拂起缕缕强烈的悸动。她依旧如此让人错愕,让人猝不及防,面对她种种举动,自己又如何能够抵挡?他暗叹一声,纵然自己再深陷又能如何,她的心,满满的只容得下林峰一人。

第十章 咄咄逼人

眼见自己的众多"死法"一一被苏莱莱驳斥得毫无价值，苏黛夕索性扭动身子放声大哭起来，"你们别管我，我活不下去，我活不下去！"

苏方恒气得瞪圆眼珠怒道："为父真是太纵容你了，竟然将你宠惯成这副模样！"

苏莱莱轻轻按住苏黛夕的肩膀道："妹妹，你是不是有什么难言之隐啊？你告诉苏大人，父女俩有什么不能明说的呢？"

苏黛夕抬眼望住苏莱莱，微启朱唇，却欲言又止，仍IE放声啼哭道："我不要嫁，我死也不嫁到林家！"

苏莱莱会意地起身朝苏方恒道："苏大人，妹妹一定是有心事，可当着这么多人说不出来，不如让大家先行退下好吗？"

苏方恒正为这种家丑曝光而恼怒，苏莱莱的提议正好给了他一个台阶下，自然是毫不犹疑地遣散部将和下人。

见苏方恒那方的人已纷纷退下，苏莱莱朝苏黛夕使了个眼色，遂转而道："那我们也先告辞，妹妹你有什么话就讲给苏大人听吧！"说罢命己方兵士们一同离去。

韩希尧却忍不住扭头回望，直到苏莱莱厉声遏制他，才不舍似的跟随众将而去。

苏黛夕却忽地高声道："姐姐，你别走好吗！"

苏菜菜停下脚步,回头盯住苏黛夕,却见她又喊了声:"杨大人,也请留步!"

杨翾冷冷应道:"小姐可是有事?"

苏黛夕点点头,目光忽地落到门外的韩希尧身上,却转而轻轻垂下头,一副愧疚神色。

众人已全然退下,苏菜菜将房门关上,缓缓走到苏黛夕身侧,柔声道:"妹妹有什么事就说吧,如果真有难处,我们也不会不讲情理的!"

苏黛夕略带怯意道:"姐姐,杨大人,对不起,刚才是黛夕口不择言,诋毁了上将军……"

苏菜菜摆手道:"没关系啦!你别自责,再说你也没说错多少啊,那家伙就是个怪物嘛……"正得意洋洋地述说着,却猛触及到杨翾冷厉的目光,仿佛恐吓她似的阴冷,让她忽地明白自己的失言,只好悻悻地住嘴。

苏方恒恼怒道:"夕儿,你一向知书达理,今日怎会如此荒唐?!"

苏黛夕却忽地从榻上翻下,直直跪在苏方恒面前,泪如决堤般不住滑落,"父亲,您一向宠爱女儿,女儿恳求您,别将女儿嫁到林家……女儿真情愿死去……"

此时此刻,苏黛夕脸上的泪水如此真挚,苏方恒立刻心软道:"夕儿,难道林家公子真如此不合你意?"

苏黛夕大声哭泣道:"女儿知道上将军人才出众……可是,女儿还是不能嫁他!"

苏方恒眉头紧皱,略微动怒道:"夕儿,你既知他人才出众,为何还拒绝这等好事?林大人亲自派人护送你回来,可谓真心实意同我们联姻。为父不知,你究竟还有何不满!"

苏黛夕垂下头,轻轻拉住苏方恒的衣袍泣声道:"父亲,女儿五年前就已经许人了,女儿心中只有他,此生非他不嫁!"

一提及此事,苏方恒勃然大怒道:"荒唐!那姓仇的小子只是一介平民!何德何能娶你为妻?!"

"那若是他已有功名呢?父亲……若仇青已非当日的穷小子,父亲是否能将女儿许给他?!"苏黛夕言辞恳切道。

苏方恒仍旧怒不可遏道:"住嘴!为父不想提及此人!即使他已飞黄腾达,他仍只是个下人出身!凭何匹配你这苏家大小姐?!"

一股怒火忽蹿上心头,苏菜菜正欲朝前同苏方恒理论一番,却忽觉一只大手轻轻覆住了自己的手。她霍然抬头,却见杨翾眼里又是一副沉沉的漠色。

干什么，死人妖，我做什么你都要管？她狠狠地剜了他一眼。

杨翾并未动怒，却冷声道："苏大人，既然苏小姐已是非君不嫁，您又何必强迫她嫁给我家少主？"

苏方恒满目怒色道："婚姻大事，一贯乃是遵从父命！身为苏家小姐，更应明白事理，怎能随意将终生托付给出身低微之人？"

可恶，遵从父命，就是被迫与自己毫无情爱的陌生人结合吗？这就是所谓的明白事理？苏菜菜心中怒意翻滚，她努力想要甩开杨翾的手，不停地扭着手腕，脸色愤愤，嘴里嘟囔着不断。

听见苏菜菜细声的咕哝，杨翾嘴角略微上扬，心中竟意外地轻快舒畅，却仍面无表情的不动声色，只是任由苏菜菜扭动几下，却又用力将她的小手揉入掌心，神色平静道："苏小姐如此决绝，想必流言也并非捕风捉影，既然如此，苏大人不如成全他们罢了。"

苏方恒恨恨道："林大人若是不满此桩婚事，老夫大可退婚！但若要老夫成全那穷小子，做梦！哼！以为勾到夕儿就能变成乘龙快婿吗。五年前若不是夕儿求情，老夫定令那小子横尸街头！"

可恨，苏方恒太过分！苏菜菜心中泛起阵阵伤意，仿佛触及到自己的伤痛一般。他说要将仇青横尸街头，这何尝又不是林尚候的行为？他们这些豪门贵族，一切以所谓的政治为重，其实不过是为了扩张自己的欲望罢了，子女在他们眼里，难道只是替自己沟通交际的工具而已吗？！

苏菜菜咬咬牙，嘴里恍然有声，这可恶人妖，放手！怎么每每关键时刻都拦着我！她用力想要挣开他的手，却反被他紧紧捏在手心，可恨呐！苏菜菜恨恨想道，这人妖怎么力气也这么大！

杨翾脸上泛起浅浅的绯色，却隐隐藏在淡然似水的神色之下。她白皙柔滑的小手轻轻在自己手心摩挲，这短暂的时刻，竟拨乱了他全部的心绪。恍惚间，他恨不得时间顿止，让他能够如同林峰一般，无所顾忌地享受着她带来的甜蜜气息。

苏菜菜疑惑地朝他望去，这人妖脸上，怎会罩着一丝从未所见的欣然神色？

"主公若不满，便不会派在下来此。只是倘若苏小姐真如传言那般，已非完璧之身，而苏大人欲将苏小姐配于少主，若主公得知，只怕在下同样担负不起这罪责。"杨翾依旧是冷漠声调。

苏方恒厉声道："你一再诋毁我女儿，究竟意欲何为？！"

苏黛夕却大声哭泣道："父亲……父亲……杨大人所讲的……都是事实……女儿其实……其实已经……已经怀有身孕！"说话间忽地一阵恶心感猛涌，几乎

又要呕吐。

苏莱莱愕然想道，不必演这么卖力吧，刚才你那个要呕吐的表情还真是形象。转而又一想，不对，那仿佛是真的要呕吐，这丫头，难道没服药！不是叫她可以轻量吃一些药吗？不至于太伤身体呀！难道她为了演出逼真，竟然强忍着没有吃药？！

黛夕……苏莱莱心里忽地涌出一阵浅浅的悲绪，为了能同仇青厮守，你竟然不顾自己身体，你这般痴情，可若你知道，你一心想要奔赴的，竟只是一个套着"仇青"外壳的别人，你知道真相后又是何种境地？苏莱莱心底涌起阵阵不忍，这个决定，究竟是对是错？

猛然回神，发现苏方恒的脸色惨白，仿佛窒息似的错落神色，"夕儿……你在胡言乱语些什么？！"

苏黛夕垂头低泣道："请父亲原谅女儿。女儿已经同仇青定了终身，如今已有了他的骨肉，女儿怎能再嫁他人？！"

瞬时间，苏方恒的脸孔渗出清晰无比的暴怒神色，他咆哮道："夕儿！你怎能做出如此低贱无耻之事！我燕北苏家的脸都让你丢光了！"他不住喘息道，仿佛真是气急攻心般，自己的宝贝女儿竟然当着外人的面，承认自己未婚先孕！

苏黛夕已是泣不成声，"父亲应该明白女儿为何不能再嫁林家……"

苏方恒怒气难抑，几乎捶胸顿足般，恨得说不出一句话来。

见此情形，杨翱轻抬眉毛，声音不带半丝同情，只冷若冰霜道："事实已清楚，在下从未诋毁小姐，在下甚至还低估了小姐。原来小姐不止已非完璧，甚至已有子嗣，难道苏大人想让我们少主当个挂名父亲？"

一番话说得苏方恒面红耳赤，愧疚无比。

"杨大人，所有错都是黛夕一人，同父亲无关，大人请别羞辱父亲……"苏黛夕恳切道。

苏方恒眼里怒芒闪现，他猛地一把掀开苏黛夕，叱声道："老夫没有你这样丢人的女儿！"

苏莱莱心中骤然扯疼，见苏方恒竟这样对自己女儿，忍不住又要冲出去，却猛地被杨翱死死拖住。她愤然出声，却被杨翱高声打断，"苏大人，先处理好你的家事，再谈盟约之事吧！"

苏莱莱还想说些什么，却被杨翱攥着拖出房去。

不住回望，屋内传来苏黛夕悲泣的声音，还有苏方恒恼怒的大骂。

"你放手！"苏莱莱怒吼一声，使出全力狠挣开杨翱，怒气冲冲道，"干吗老拦着我!"

杨翾冷冷瞥她一眼,并未回答。

"苏方恒不能这样辱骂自己女儿!你还在旁边推波助澜,你要他们父女无法和解才乐意吗?!"苏菜菜厉声问道。

"若不是我拦你,你这脾气,一定将所有事全抖出来,难道这就是你对苏黛夕的'帮助'?"杨翾鄙夷地看她一眼道。

"我……我只是看不惯……"苏菜菜也意识到自己的失态,面色尴尬,声音却略带悲怆情绪,"我不想看他们父女反目……黛夕其实内心很爱苏大人……"她垂下头,眼里涌动着一些晶莹的泪丝。

"我的爸爸那么爱我,可我却……现在想待在他身边却没有机会……其实我……羡慕黛夕,还能同她父亲吵架……"她伸出小手,轻轻抹去眼眶的泪珠。

她抬起脸来,努力挤出一个笑容道:"对不起,我跟你讲这些干吗,影响你心情了吧。"

杨翾依然神色淡淡,望着她满是泪水的脸庞,却鬼使神差地伸出双臂,将她轻轻拥入怀中,低声不语,心中的冲动灼得他几近吐露心迹,却始终难以启齿。

"干吗啊你!"苏菜菜抬起脸,露出娇俏的神情,"想吃我豆腐!没门没窗,连地洞也没!"她得意地笑笑,"不过看在你是野蛮人最好的朋友的分上,就让你占一回便宜吧!肩膀借你靠靠,也允许你做我的好姐妹!"她眯眼笑道。

杨翾伸出手,想要抚上她泛着微红的小脸,却再次捏成拳收缩回来。他叹一口气,将她放开,直直朝前走去。只迈了几步,他却仍不由得回头望住她,沉声道:"那就做你的好姐妹。"

短短两日间,却让苏方恒感觉有如一世般烦闷漫长。

毕竟是家丑不可外扬,苏方恒并未张扬此事,只是暗暗命府中最有声望的世医替苏黛夕诊断,却不知这已是个事先设好的局罢了。面对世医确认苏黛夕已有身孕的结果,苏方恒从最初的愕然不信转到颓然失策,最后终于无法控制般,勃然暴怒。

苏黛夕只得终日泪水涟涟,不断求情,希冀父亲能想透事理,明白自己的苦心。

然而终事与愿违,苏方恒非但不应允女儿的恳求,甚至将苏黛夕禁锢在房内,不得外出一步。

只是面对苏黛夕腹中的"骨肉",身为父亲的自己,又如何能眼睁睁将自己

第十章 咄咄逼人

的孙儿的性命扼杀？但这孩子，终是无名无姓来历不正的孽缘罢了，难道竟要自己堂堂燕北苏家招纳一名身份低微的平民为婿？

想到这里，苏方恒不禁恨恨咬牙，五年前的一念之仁，竟然造就了今日如此沉孽的恶果。仇青，无名无迹，更无任何身份背景，这种芸芸众生凭何在这纷争乱世中成为自己女儿最坚固的堤防？

自己一心想让女儿嫁入林家，一方面确实是想为燕京城上下寻得一方庇护，却更是想替女儿觅得一位值得依靠托付的男子，而这个人，必须要足够强大，才能确保女儿在这纷乱尘世的安危。但苏黛夕却不知自己的苦心，被情爱迷惑的她，除了那年少时的懵懂誓约，竟已不能容下任何男子。

苏方恒心中踌躇万分。苏黛夕的母亲盛年早逝，只留下苏黛夕一个女儿，挚爱的离去让苏方恒彻底丧失了追求情爱的本能，他的女儿，已是他唯一的惦念。

可女儿终究还是幼稚单纯，始终不能理解父亲的苦心。偷跑出城也罢，竟做出私通男子的苟且之事，一介千金小姐，竟然如此不知礼义廉耻。苏家毕竟是当世名门，若被外人得知女儿的丑事，不知又会招致如何的讥讽嘲笑……

矛盾之中，苏方恒终于仍被这名门的身份遮盖了目光，任由对苏黛夕的愤怒左右了自己。

他眼里闪过一道厉芒，随即唤来心腹手下，面色阴沉无比，"让世医配出一副堕胎汤药，给小姐灌下。若小姐拼死抵抗，就将小姐手脚捆绑，强迫灌下！"

黯淡无光的夜空，郁郁闷沉，仿佛预演着随之欲来的灰幕。一道电闪从空中劈裂而过，绽出缕缕青蓝色的裂纹，霎时间暴雷轰然作响，疾雨瓢泼而下。

嘎吱——推门的尖锐刺耳声响起，却迅速被雷声淹没。

苏方恒抬眼望去，屋内一切摆设如旧，之前挣扎的痕迹也被清扫而去，黎儿满脸愁容地守在榻前，而苏黛夕，自己的女儿，竟直直平躺在榻上，面色苍白无力，神情失魂落魄一般。

见到老爷来此，黎儿微怯道："老爷……"

苏方恒摆手，神色凝重，愁眉始终不展。

望着苏黛夕如此凄然的神色，空洞的眼眶里依稀还有泪水，苏方恒心中阵阵刺痛。他重重叹气一声，"夕儿，为父所做一切，也是为你终生幸福谋算，你是无论如何也不能配那穷小子的。"

苏黛夕只是略微垂眼，始终低啜无语。

竟然还是如此固执？！苏方恒强压下心中的怒气，沉声道："夕儿，你可知那穷小子现在何处？"

苏黛夕蓦然惊醒，父亲打听仇青的下落做什么？难道父亲见自己宁死不肯屈从，想要杀掉仇青性命，好彻底断绝自己的念想？！

她疾然摇头道："女儿不知！"

一缕怒意犹然浮现，苏方恒厉声道："你已服下汤药，同这小子已无瓜葛！为何还隐瞒他的行踪？！"

苏黛夕抬眼盯住苏方恒，眼里满是他所从未见的坚定和愤怒，"父亲想要害仇青性命，好让女儿死心是么？女儿绝不会告诉你！"

"荒唐！身为燕北苏家的大小姐，我苏方恒的女儿，竟然干出此等不知廉耻的丢人事来！为父念你年幼无知，再次饶恕你，现在不过要你说出那穷小子的下落，你竟然断然拒绝！"苏方恒怒不可遏，大声斥骂道。

"女儿不会告诉父亲！"苏黛夕咬紧牙齿，满眼的恨意死死盯住苏方恒，"父亲若要害他，女儿亦不会活过今日！"

苏方恒被苏黛夕一番话激得心绪激动，心窝里阵阵抽扯似的痛。面对如此倔犟的女儿，若再同她争执下去，只怕自己会气得吐血。

他猛然起身，既然苏黛夕死活不肯说出仇青的下落，那便也不必留情面给她！仇青应离燕京不远，甚至就在这燕京城内，若得知苏黛夕有难，一定会现身在前。既然苏黛夕宁死也要维护这令自己憎恶的穷小子，那她已是投身别的男子，早不念及父女之间的亲情，那自己又何必顾及她？

苏方恒恨恨想道，却不忍回望苏黛夕那落寞脆弱的模样。

短短一日内，燕京城随即遍传苏黛夕因偷跑去洛阳寻亲之事，已被苏方恒逐出苏府，但苏黛夕离开府当日，便遭到贼匪劫杀，生死未卜。

而此时苏府内的林家驻地，苏莱莱的房内，却有一人坐立不安。

苏莱莱左手中正握着一只深红色的苹果，右手握着"赤惊影"，一边削苹果皮一边嘴里念念有词，"苹果呢，光洗洗就吃就没那么美味了，一定要削皮的嘛……"

眼看红色的果皮条条落下，很快一只苹果便削好了。苏莱莱笑意盎然地递给身旁的韩希尧，"给你尝尝你莱莱姐削的苹果。"

韩希尧神色略微恍惚，听到苏莱莱叫他，才猛然回神，盯住眼前的苹果，愕然道："副军师……为何经你削皮的苹果怎会比这个小了一半？属下分明记得这盘子里的苹果大小几乎一样呀。"

旁边的侍卫不由得拎起桌上的红色果皮，神色严肃道："不都在这了么？"随即掩嘴暗笑起来。

第十章 咄咄逼人

苏莱莱顿觉头冒冷汗，尴尬不已，却挥起"赤惊影"，故作镇定道："都是这把破刀！弯弯扭扭的，所以才会削成这样，不是我手艺差！"

侍卫笑道："副军师，有句俗话叫'不会撑船懒河湾'，副军师可知么？"

苏莱莱撇撇嘴，挥起"赤惊影"在侍卫眼前晃来晃去，"说什么说什么呐！"

耀得侍卫畏缩直退，慌忙道歉道："不敢不敢，副军师才华出众，连削苹果亦是人中之凤，无可比拟！"面对苏莱莱故作凶恶的模样，却忍不住笑声不断。

韩希尧却怅叹一声，只啃了一口苹果便无心再吃，神色焦虑道："不知苏小姐如今是否安然无恙，现在燕京城到处都传苏小姐生死不明……"

苏莱莱收起"赤惊影"，在韩希尧身侧坐下道："这不过是苏方恒想引出你的计策而已。黛夕要是真有意外，他怎么还有心成天待在府内呢？"

韩希尧眉心紧蹙道："可是我们也不知事实，苏府的下人们都说好几日不见小姐了。若真是有意外，我们岂不成了始作俑者？"

苏莱莱斜兜了他一眼道："你就听那个人妖的，他让你按兵不动，你就老实待在这里吃苹果吹牛睡觉吧，外面发生什么事就别操心啦。"

韩希尧本还想争论些什么，却又思索不出究竟，只好点头应是。

苏莱莱叹气一声，"我也知道你担心黛夕，我又怎么不担心她呢？现在人妖去跟苏方恒谈判，在他回来前，我们还是暂时按原计划行事吧。"

"是……"韩希尧眼里精芒闪烁，却拂着清晰的焦躁。

时间缓缓流逝，一阵脚步声临近，难道是杨翾返了？苏莱莱起身上前，却猛地撞上匆忙而来的女子，抬眼一看，竟是苏黛夕的侍女黎儿。她神色慌张，眼里还不住淌着泪滴。

"副军师，请救救小姐吧！"一见到苏莱莱，黎儿仿佛见了救星似的几乎情绪失控。

"黎儿，究竟是怎么一回事？黛夕出了什么意外？"

黎儿泣不成声，"小姐不肯告诉老爷仇公子的下落，老爷大怒，于是命人暴打小姐，还将小姐投入牢狱内，说要打断小姐手脚！活活饿死！"

苏莱莱微微蹙眉道："是你亲眼所见？"

黎儿抽泣道："奴婢只见到小姐被打昏过去，接着被拖入了牢狱，之后就不知了。奴婢冒死来找副军师，求副军师救救小姐！"说着就要跪下。

苏莱莱忙扶住她，"既然你是偷跑来的，赶快回去吧，要是让苏大人知道，你也会被罚的。"

"奴婢不怕被罚，只恳请副军师救小姐。"

苏莱莱点头道："好，我会的。黎儿，你赶快回去，我立刻想办法！"

黎儿抹抹脸上的泪迹，不住应谢，慌忙抽身离去。

苏莱莱轻轻捶额头道："黛夕被贼匪劫走果然是个圈套，目的就是要引你上钩，但黎儿这个讯息，却不能确认是否还是个圈套……"

韩希尧即刻低吼道："黎儿同苏小姐情深如姐妹，她怎会害小姐？副军师，请肯准属下前去营救苏小姐！"

苏莱莱愁眉不解，摇头道："苏大人很爱黛夕，不可能忍心这么折磨自己的女儿。还是等军师回来再说吧！"

韩希尧铮铮道："若军师一日不回，就眼睁睁看着小姐被折磨么？副军师刚才不是答应黎儿了么？为何说话不算数？难道只是敷衍她？！"

一番话仿佛利针，正中苏莱莱弱点，让她愣然无措。韩希尧一番苦心确实没错，但自己的忧虑也并非没有道理，若贸然前去，万一打乱计划，这件事又能怎样收尾？！

韩希尧满面焦灼神色，心绪早已杂乱不堪。虽然短暂十日内的相处，苏黛夕的纯真与痴情却已经深深印刻在心，他怎能让她为自己受苦？只是，她为的是自己么？自己终究不是"仇青"！韩希尧心中顿起阵阵茫然，却翻然觉悟，即使自己并非"仇青"，即使自己并不是她所等候之人，心中累积的牵连已无法斩断。

韩希尧忽地猛然单脚跪立，满脸坚毅神情，"副军师，恕属下违抗军令，在下绝不能眼见小姐受苦！等在下救出小姐，决意任凭两位军师处罚！"说罢起身，执起亮银长枪，转而探身而去。

苏莱莱忙冲上前，阻住韩希尧的去向，"别轻举妄动呀，苏方恒一定是想引出你！你贸然前去，不但救不了黛夕，还会把事情越弄越糟！"

韩希尧踌躇片刻，却眉心忽拧，只垂下头低叹一声，又手猛然一掀，决然离去。

苏莱莱颓然倒地，脸上浮出一缕忧色。身旁的侍卫忙将她扶起，愤愤道："韩先锋竟然径直违抗军令，属下带人去拦住他！"

"不用了……"苏莱莱摇头，"以他的武力，除了林峰，谁又能拦住他呢……"不错，阻止韩希尧已是徒然。

韩希尧难道不知这极可能只是个陷阱么？为何依旧凛然奔赴？难道只是为了仇青临死的嘱托？为了完满挚友同恋人的生死盟誓？韩希尧终究只是仿冒的"仇青"，他又如何能取代仇青冒死拯救苏黛夕……世界上怎有如此蠢笨之人，为了

友人的挚爱,竟可以抛去功名利禄,甚至说,性命?苏莱莱蓦然惊醒,难道说,韩希尧已经对苏黛夕情根深种?!

韩希尧朝苏府下人询问到牢狱之地,便只身疾然前往。

刚探入这阴暗境地,竟一阵紧绷感猛然袭来。狱内黯无光亮,韩希尧只朝前行了几步,惊觉支支尖锐箭矢如冰刺一般,朝着自己狠钻猛锥。

他随即挥起银枪,旋着身子将这可憎的箭矢抵开。

忽地人影晃动,恍惚间卷起缕缕青烟,弥散出幽幽香味。这香味直钻入鼻,味道竟让他如此熟悉,同以前仇青送给他的一模一样!仇青说过,这香正是苏府内廷所特有,那么说来,苏黛夕果真没关在此地!

看来苏方恒真是要用苏黛夕引自己前来,否则怎会布下利箭?但自己已不能后退,况且,苏黛夕确实遭受折磨,苏方恒的目的只是为擒住自己么?若自己赴死,那么,身为父亲的苏方恒如何也不会毒害亲女吧……

韩希尧想不出更多应对之策,心中对苏黛夕的担忧让他不想再躲闪,既然注定如此,那也要全力保住她!他低吼一声,从未如此刻一样无所畏惧,"苏大人,你不是要寻得在下的行踪么?为何要为难小姐?!"坚韧笃定的声音在狱室内回旋回荡,却并未有一声回应。

身边陡然涌出一列列全副武装的武士,猛扑上前将韩希尧狠狠反身压倒,极为快速地将他的亮银枪夺走,将他手脚锁上条条铁链。

灯火骤起,明亮的火光中,却并不见苏方恒的身影,只是投映出唐将军得意满溢的脸。

"想不到你就是仇青!苏大人果然神机妙算,他说仇青一定藏在林家之中!原来竟是你这小子!"唐将军正色道,"大人已命末将布下天罗地网,任你小子武艺再高,终于还是只能束手就擒!"

身旁堆满手持利刃的武士,韩希尧却并未有一丝惊惧,淡然道:"在下自始至终便不想反抗,只想请求大人放了小姐,若大人要在下这条命,在下绝无怨言!"

唐将军冷哼一声,"仇青!你这等不忠不义之人,没资格跟苏大人谈条件!大人很快便会赶来,有什么遗言,赶紧想好吧!"

眼前的火光晃得眼疼,可苏黛夕究竟是否平安?除了此事,韩希尧此时心中已再无任何挂念。

次日协谈,并无任何进展,苏方恒仿佛略有心事般,看来明日还得将此事推波助澜。杨翾心中思绪着,身后跟随着几名侍卫,忽然遥遥看到苏莱莱竟倚在房外的围栏上。

望到苏莱莱，心中仿佛驱散了几分烦闷，杨翾眉角微扬，朝她直行而去。

"人妖，你总算回来了！"苏莱莱起身道，眉心拧在一起，满脸愁容。

杨翾只是冷兜了她一眼，淡淡道："何事让副军师愁眉不展？"

苏莱莱神色焦虑，忙道："那个笨韩希尧，竟然跑去牢里救黛夕！任我怎么也拦不住！"

一抹冷光从杨翾眼底闪过，"他怎会贸然前去？"

"黎儿跑来说黛夕被苏方恒毒打，然后关进了牢里，还说苏方恒声称要活活饿死黛夕！"苏莱莱鼓腮道，仍旧紧拧秀眉。

杨翾冷哼一声，"苏方恒如此溺爱这女儿，怎会下此毒手，不过是引出'仇青'的诡计罢了。"

"我也这么告诉他了，可是他说情愿违抗军令受罚，也要去救黛夕。"苏莱莱低垂下头。

杨翾瞥过苏莱莱，嗓音冷若冰霜，"你为何不拦他？"

"我这小身板，怎么拦他？你又不是不知道他武功那么高……"苏莱莱恹恹道，"再说我又想，苏方恒如果是想引出'仇青'，也应该广泛撒网啊。刚才只针对我们，他怎么可能知道'仇青'在我们这呢？"

杨翾一双冷眸里逸过锐利神色，"苏黛夕曾问过她父亲，若是'仇青'现在有了功名，是否能够成全，难道这还不够明显么？"

苏莱莱不解地问道："这怎么明显了？这么一句话就能看出'仇青'是在我们这？"

"一句话当然不能确认，却能引起怀疑，有了怀疑，自然就会查探。"杨翾目光微黯，转向苏莱莱，"想必韩希尧现在已经被抓获，而苏黛夕却仍一无所知。"

苏莱莱歉然垂头，沉声道："对不起，是我没按你吩咐，没将韩希尧看好，我愿意接受处罚。"

"处罚你又有何用。"杨翾神色淡漠似水，"只好等到明日，我亲自去找苏方恒要人。"

苏莱莱却昂首望住他，满目疑惑道："为什么要等到明天？今天不行吗？万一晚了，苏方恒真的痛下杀手，那我们不是害了他？黛夕要知道……"

杨翾低垂眼睑，深邃俊逸的眸子里烁动着毫无怜惜的神色，"若明日去，是为林家先锋失去行踪，若今日去，却是因为仇青。你我同仇青并不相识，亦只是今日才知他竟是仇青。"

他忽地俯下身子，轻靠在她耳边低语，"况且，一个韩希尧死去，又与苏黛夕

第十章 咄咄逼人

何干?"说罢直起身子,神态依旧傲然孤冷。

苏菜菜迎住杨翾冷漠无情的目光,心中泛起一阵难以言明的怒意。这个僵尸脸人妖,难道是从石头里蹦出来的?韩希尧肯为苏黛夕死去,纵然他不是仇青也罢,这分情意,又怎能用一个"何干"来诠释?不通情感交错的杨翾,永远是这般冷漠现实,眼里永远只有自己而已。

杨翾却仿佛觉出了苏菜菜的心思,面对此景,他还能做何解释呢?不过如此也好,就让她蔑视自己吧,再者,自己本就不通人情,若不是因为她,自己又怎会有今日的种种烦闷?

苏菜菜始终不能理解杨翾的话,甚至不知他对自己的讥讽,一个韩希尧死去,和苏黛夕何干呢?苏黛夕爱的不过是仇青罢了。而若自己死去,又与他何干呢?她爱的不过是林峰而已。

次日清晨,晨曦只是微微蕴上青烟,杨翾缓缓睁眼,用手轻捶额头。昨夜又不住辗转,近日夜间哮喘常犯,心绪总是不得安宁。他从榻上起身,脱下身上的白袍,屋外却传来喧闹的争执声。他轻拧眉头,耳畔传来侍女推诿的声音,"副军师,不是奴婢多事,只是军师还未起身……"

"叫你别拦我,居然不听命令,给我退下!"随之而来的,却是苏菜菜的恼怒声。

她狐假虎威故作姿态的训斥声直传入耳,杨翾不由得好笑,正取下搭在衣桁上的褐色长衫,房门却猛一声被推开,露出她气势汹汹的脸来。

"这人妖,睡成仙了……"苏菜菜喃声自语,大步探进屋子,面对杨翾高声吼道,"都这个时候还不起床!赶快去找苏方恒要人呀!"

杨翾淡淡瞥过她一眼,这苏菜菜果然不懂礼仪,竟如此大胆直闯男子卧室,而且面对自己赤裸着上身,竟然毫无面红耳赤。这种惊人行径,又有多少女子敢行?

心中拂过一抹异样的触感,他冷然道:"你将侍女赶走,让我如何更衣?"

"你们这些大少爷,起个床还要人服侍,穿件衣服还要人帮你们!"苏菜菜斜兜他一眼,面带不屑道,"知道什么叫自己动手丰衣足食吗?!"

杨翾目光中的冷意微散,略带戏谑的口吻,"难道副军师不打算助我更衣么?"

"做梦!"苏菜菜怒叱一句,见他一脸阴霾,却转而软了口气,"等把侍女叫回来,又不知道拖到何年何月了!"随即将他手里的褐色长衫夺过来,撇嘴道,

"既然是你的姐妹，那本军师就勉为其难帮你一把啦！快速地穿好快速地去要人！"

苏莱莱将手里的GUCCI手袋摆到桌案上，绕到杨翾身侧，轻轻拍了下他的背，"坐下呀！你这么高，让我怎么帮你呢?!"

杨翾惶然失措，自己只是一句戏言，为何她却当了真……一时间他脑中竟有些恍惚，思绪微微混乱起来。他怔怔坐下，盯住她白皙娇柔的脸颊，她却并未察觉，只是认真地展开衣衫，小心翼翼地替他披覆上身，再仔细替他系上腰带。

他忽觉心跳疾速不止，她认真的模样竟也如此迷人，顿时间自己竟愣如死物，只得任由她摆弄一般。一时间，他心里对她的近乎迷乱的悸动，又沉沉涌来。

"好了，穿好了！"苏莱莱直起身子，转身走过去，将衣桁上的裘毛披风递给杨翾，微笑道，"最后披上这外套，就不会冷了。"

杨翾接过裘毛披风，披在身上。清晨的阳光懒懒洒过，分明是柔和的暖阳，为何他却觉得刺眼无比，竟让他眼睛酸涩难忍。

苏莱莱并未留意到他眉间流露的一抹凄色，只催促道："连衣服也伺候你穿了，赶快去要人吧！"

杨翾只是回过脸盯着她，神情孤寂而冷漠。

"难道你想吃了早饭再去？太贪心了吧你！"苏莱莱愤愤道，娇俏的脸上却忽地浮起一抹笑意，"嘿嘿，我早料到啦。"说着从GUCCI手袋中掏出一个雕琢细致的小木盒，打开一看，竟满是晶莹透亮的精致糕点。

见他眸里毫无神采，她却随即收起盒子，大声道："别指望吃完再走，时间紧迫，只允许你边走边吃！"

杨翾暗自好笑，并未理睬她，却转而径直推门而出。

身后却响起苏莱莱慌忙的声音，嘴里却好像包着食物似的，声音稍微怪异，"喂，等等我，等我先吃两块……哎呀呀，我也还没吃早饭呢……"

杨翾并不理会苏莱莱，只独自朝前行去。他微微昂首，只是瞬间而已，为何这清晨的暖阳，此刻却变作柔光四溢？难道是她，竟已将心口的阴霾全然驱散？

苏方恒的脸色似乎比往日更加铁青阴沉。

"军师，这仇青虽是林家先锋，却仍不能掩饰他的罪责！他引诱我夕儿，破坏两家姻亲关系，林家怎能容下这不忠不义之人？"苏方恒怒声道。

杨翾淡淡道："苏大人，在下已讲明，此人姓韩名曰希尧，怎会是诱拐小姐之人?!"

苏方恒正色道："此人已承认，韩希尧只是他的化名，目的就是隐藏身份！也

第十章 咄咄逼人

难怪林家不知，此人诡计多端，不仅改名换姓，就连模样也同五年前不太相似！"苏方恒略带疑惑道，但疑虑随即被愤怒所取代，"但此人的确是仇青！是苏林两家的共敌，军师不必替此人求情！"

"在下不过是惜才而已，即使此人是仇青，亦不能因此否认此人之材。"杨翱神情漠然，语调平静。

苏方恒立眉怒目道："纵使此人才华出众又如何？他依旧只是一介出身低微的穷小子！"

苏莱莱难以再忍，插嘴道："有才华就代表以后能封爵授侯！现在穷又怎样？如今这种乱世英雄辈出，只要有才华，就有机会成就功名，甚至称雄！你出身再高贵又怎样？没本事不也一样混不下去！"

"你……"苏方恒被苏莱莱一番话斥得尴尬无比，"区区女子，怎懂天下大势！"

苏莱莱正色道："难道你不知道吗？人的未来是可以通过自己改变的，特别在这种人才辈出的乱世。没人知道未来究竟由谁主宰，出身不代表一切！出身再高贵的人，也可能成为出身低微人的阶下之臣！如果有朝一日，你眼中鄙视的穷小子成为万人仰仗的豪门贵胄，而你却因沦落为路边病残，你还能笑着说出这番言论吗？"

"荒谬，荒谬！"苏方恒被苏莱莱一番话驳斥得无言以对，气得脸色发白，连连怒目。

杨翱眼里浮过隐隐漠色，苏莱莱，也只有你才能说出令这世所有人都惊讶的话语，但这偏偏却是事实。世人都以身份血统互相抬高或蔑视，却无人能掌控未来的一切，即使秦始皇这样拥有雄才大略的枭雄，却也抵不过精衰力竭的那日，终不过化为枯骨，落为尘埃罢了。谁又曾想过，巍巍大秦帝国，苍浑壮阔的江山，竟会在短短数年之间，被一众出身低微的豪杰一步步摧毁。

苏莱莱，她不是不懂天下大势，而是太过透彻。看似纯真稚嫩的她，为何却拥有勘破世事的智慧？这世僭妄女子，终日只知荣华富贵，满心冀望攀龙附凤，相较之下，何其荒唐可笑！如此的她，让自己如何能抗拒，纵使再理智也罢，始终已是难以自拔地完全陷入。

杨翱眸底闪过狠鸷的神色，他压低嗓音道："苏大人，在下向来期望林苏两家永葆盟友关系，但若大人执意处死韩希尧，休怪林家不计前恩，举兵讨伐燕京！"

一听到"讨伐燕京"四字，苏方恒立即骇然失色。虽然自己坐拥燕京数百里，军力却一直是自己的软肋。原本冀望依附林家可保住燕京繁华，却不想此时此刻，林家不但翻脸无情，竟还要举兵攻伐！难道就此服软，放过仇青？一想到这出身寒微的穷小子竟然占据了女儿的全部情爱，甚至连同林家结为姻亲的机会都一并破坏，苏方恒心底的闷恨便不住上涌。他怎能轻饶那可恶小子！不将他千刀万剐凌迟处死，已是对他太过仁慈。

正在苏方恒焦头烂额之际，竟听到侍卫的声音，"小姐，你不能进去。大人在内里同林家使者谈正事，吩咐无关人等不得入内！"

苏方恒猛抬眼看去，见苏黛夕猛然破门而入，满脸尘土颜色，见到苏方恒，眼里的泪水便不住狂涌。她直冲到苏方恒面前，骤然下跪，凄声哭道："父亲，女儿求求您，求您放过仇青……求您饶他性命吧！"

苏方恒横眉怒斥，"谁允许你私跑出来？来人，将小姐关回房内！"

苏黛夕忽地低垂螓首，紧紧拉住苏方恒的衣摆，泪水肆虐道："父亲……女儿只有这一个请求……若父亲放过他，要女儿嫁猫嫁狗都绝无怨言！"

苏方恒恼羞不已，眼见女儿已经迷惑至此，心中却仿佛万箭穿心一般疼痛。

"住口！不准再提放过此人，否则你不再是我苏方恒的女儿！"

苏莱莱厉声斥道："苏大人！你怎能这样不近人情？黛夕已经跪下来求你，你难道不能成全他们吗？"

"这是我苏家的家事！轮不到你这外人来管！"苏方恒咆哮道。

杨翾心中泛起一缕微怒，苏方恒始终还是忌惮林家的，原本自己的威胁已起了作用，只是为何偏在此时，苏黛夕竟然冲了进来？结果非但没能软化苏方恒的意志，反而更激燃了苏方恒心中最深处的怒火。

苏黛夕不住抽泣道，神色凄然落寞，"难道女儿这般恳求，父亲还是执意要处死他么？"

苏方恒眼里闪过一抹厉色，"老夫已将这畜生处死！只恨没能将他千刀万剐！"

"不会的，父亲不会这般凶残，父亲不会伤害女儿唯一的爱人……"苏黛夕哀泣道，猛然摇头。

苏方恒俯下身体，毫不留情地将苏黛夕掀倒在地，目光里满是煞意，"老夫昨夜就已处决此人！他死时还妄图见你一面，但老夫一刀就结果了他。这小子不是武艺超群么？为何一刀就断了气，想凌迟他也不可！"

这声声言语宛如芒刺，直刺入心。苏黛夕愕然错落，秀美的眸子恍然失色，她呜咽道："父亲为何这般决绝……为何非要拆散我们……"她垂下头，幽幽道，"父亲可记得女儿说过，若仇青死去，女儿绝不会活过今日……"说着竟忽地从

第十章 咄咄逼人

袖口倒出一小瓶药剂，决然吞下。一时间众人几乎惊呼出声，顷刻间，已见苏黛夕颓然滑倒在地。

计划中并没有这场戏！苏黛夕的毒药从何而来？苏莱莱恍然失措，她想不出，耳畔不住响起隐隐临近的低吟——你本是尘土，仍要归于尘土。此时此刻，她脑中已混乱得快要晕厥。

苏方恒肃色的面孔瞬时煞白无比，他如何能够估算到此种境地？！女儿竟再度故技重施，并且比上一次更为坚决！

隐约中，仿佛自己的身体轻盈起来，阵阵瘫软的无力感袭来，只是呼吸为何竟变得困难？胸腔一股窒闷之气，堵得苏黛夕心气难以顺畅，脑颅内绞痛欲裂一般，思绪竟然莽莽散去，意识恍恍模糊。

"夕儿！你别吓为父！"苏方恒凄声叫吼，猛地俯身抱起苏黛夕，神情慌乱，焦灼万分，瞬时间，他的面孔竟苍老了数岁。

苏黛夕柔润的小脸却渐渐褪去血色，嘴唇泛起乌浊色彩，眼前一片模糊。恍惚中，仿佛触到父亲惊恐的脸，她抿嘴勉强笑笑，声若游丝，"父亲……女儿不会……让他一个人走……"

一抹惊慌失措神色涌上，苏方恒嘶声怒吼道："快来人！快来人！快唤世医来！"他低垂下头，双眼无尽惊慌，"夕儿，别吓为父，夕儿，坚持住呀！"

望住脸色陡白的父亲，苏黛夕轻垂眼睑，长长的睫毛上缀满晶莹泪珠，"父亲……请原谅……女儿不孝……不能再……陪伴父亲左右……"说话间，五脏六腑一阵绞痛猛然袭来，毒药仿佛锥刺一般穿肠而过，疼痛如此难忍，几乎快要死去一般。

女儿痛苦的神情如此清晰，苏方恒却手足无措，眼看女儿气息渐渐弱去，他的心仿佛被抽空似的无力。为何女儿竟如此决绝，即使失却性命，也无法与那穷小子分开么？自己究竟造了什么罪孽，为何女儿情愿为这男子死去也不肯接受自己替她安排的美意！

苏方恒几乎崩溃。多年来，苏黛夕是他唯一的寄望，也是他独一的惦念。十几年前，他失去挚爱时，也是如此茫然无措，难道如今，自己竟然连她的女儿也难以保全？这种失去至亲的锥心之痛他已经尝过一次，为何今日又要再次面对？他们琴瑟和鸣，他们恍若仙眷，只是他得到一切，却得不到时间。失去她那日，他已心死如灰，若不是望着年幼的苏黛夕那双清澈纯真的眼眸，他怎会坚韧存活至今……苏方恒心痛无比，自己并无妄图占据天下的大志，亦不妄成为万民景仰的人杰，他只是想守护住这座燕京城而已，守护住女儿生存的净土罢了。

可为何女儿却不能理解自己，难道自己为她着想的一切，竟然只是催化她香消玉殒的毒药而已么?!

"夕儿，是父亲错了！父亲不该强迫你的意愿，只要你平安，父亲一切随你……"苏方恒声音几乎沙哑。

"父亲……女儿不怪你……女儿只是去……去陪他而已……这是我们的……盟誓……"苏黛夕望住苏方恒焦急的脸孔，努力伸出颤巍的手。

"为父骗了夕儿。为父并没杀那小子，只要夕儿没事，为父就成全你！你想要什么为父就给你什么，哪怕是要了为父的老命！"苏方恒紧紧握住女儿的小手，声音颤抖起来，显出深深的惧色。

"嗯……"苏黛夕只闷然低低出声，剧烈的疼痛已占据了她的五感。她忽然觉得身体飘然若飞般，毫无一丝气力，她微微合上双眼，手缓缓滑低沉下。

霎时间，苏方恒眼里的惊惧陡然剧增，他猛地抬起头癫狂似的狂喊："来人呐！来人呐！谁来救救我的夕儿！"

仆人带着世医慌忙赶至，世医再三把脉察看，却始终神色黯然，最后只得无力摇头悲叹："小姐心脉无息，已经是殒命脉象呀！小的……已经无能为力……"

清晰怒色犹然在脸，苏方恒咆哮道："胡说！你救不了，还做什么世医？救不了我的夕儿，老夫叫你全家人头落地！"

世医吓得颓摔在地，惊恐地颤抖不断道："大人……大人饶命，不是小的不救，是小姐已死，小的……纵然再有妙方，也无力回天……起死回生呀！"

苏方恒狠狠将世医踢翻，恶声吼道："放屁！夕儿怎会死？你立刻救夕儿！"

世医哭号不止，不住求饶。

苏莱莱蓦然惊醒，慌忙朝苏黛夕跑去，却被杨翾一把拖拽住手腕。她回头而望，眼眸里满是惑然怒色，"你这又是做什么?!"

杨翾拧眉低声道："苏方恒无法承受失去爱女之痛，已濒入癫狂，若你插手此事，只是白白送命罢了。"

苏莱莱厉声道："我要救黛夕！你放开！"

杨翾眼里浮起一抹阴沉的冷厉神色，"苏黛夕已死，你如何能救她？若救不了她，就算你是林家副军师，苏方恒一样会杀你。"

苏莱莱眼底蒙上了一层沉沉怒色，这种情景从所未见。她咬咬牙，怒声道："你这种冷漠无情的人，又怎么能理解失去至亲的痛苦！"

杨翾脸色蓦然失色，一片阴霾，他狠狠道："你只是我部下，难道你妄图违抗

第十章 咄咄逼人

军令?!"

苏莱莱猛力挣开手,眼里是无所畏惧的飒然神色,"那我自请辞职!我现在什么也不是!不是你们林家的狗屁军师,我不需要听你的军令!我就是个医生,我要救人!"

语毕,她不顾杨翾阴暗的怒色,径直冲到苏黛夕身边。

苏方恒愕然地盯住她,"你难道能救我夕儿?!"

苏莱莱点头,"我不能确定,但我会尽我全力,如果黛夕……"她垂下头,却又猛然抬起头,嘴角抿起一缕微笑,"我一定会救回黛夕。"

苏莱莱替苏黛夕检查了下身躯,再捋起苏黛夕嘴角一丝淡白唾沫,轻轻闻了下,低声道:"黛夕呼吸已停,按照常理,已算做死亡……世医并没所错,请苏大人别伤他性命。"

苏方恒立眉怒道:"你不是能救我夕儿么?!难道你在玩弄老夫?!"

苏莱莱摇头,淡淡道:"我说的是事实,但不过只是表面事实。从表面看来,黛夕已经停止呼吸,也就是脉象无息。但我刚才伏在黛夕胸口,隐约感到微弱心跳,只是频率极低,以你们古人的医学知识,是难以观察出来的。所以说,黛夕只是'假死'而已。"

苏方恒慌忙道:"那便是有救么?只要你能救夕儿,金银财宝,良田家宅,哪怕是整座燕京城,老夫都如数奉上!"

苏莱莱道:"我不是为了这些才救黛夕的。"转而抬头对世医道,"世医老伯,你有银针吗?"

世医不住点头,"有,有,小的这就去给副军师取来!"

苏方恒愁眉不展,疑惑道:"你真有把握救我夕儿?!"

苏莱莱点头,"我说过我一定会的!苏大人请为我准备一间空房,除了世医协助我外,千万别让旁人打扰我,另外请苏大人命人准备炉火和艾叶。"

"好!"苏方恒唤来一名侍卫,"立刻按照副军师所讲去办!"

房门紧闭,苏方恒守在门外,神色焦虑至极。女儿的性命是否能留住,全掌握在苏莱莱一人手中,她不过是一名女子而已,虽确有才华,但她毕竟只是懂得军事谋略的军师而已,如何能行世医所不能呢?

杨翾抱怀倚在门侧,神色冷漠,俊逸的脸上不见一丝情绪,仿佛一切与他无关一般,但心中却不住翻腾。苏莱莱只是逞一时义气么?仿佛她并非自吹自擂之人,但她既然接下这苦差,难道真有把握?

苏黛夕的面色确实已惨白无比,世医也断定无药可医。身中砒霜之毒,能有几分生存可能呢？苏莱莱明知若救不回苏黛夕，自己的结局必然一死。究竟是何种心绪，竟能让她毫不畏惧，毅然出手？

她那震怒的神情，如此深刻，让他头痛欲裂。他这种冷漠无情的人，不能理解失去至亲的痛苦么……的确，他早失去过了，到如今，已麻木的他，又如何能理解呢？他早已冷漠至此，只是自始至终，他从未无情。算罢，既然如此，那便如她所愿，自己就做这么个冷漠无情的恶人吧，也好将她身边的林峰，映衬得更加高大伟岸。

他昂头望着天空，俊美的脸上逸过浅浅苦笑。

整整一夜过去，房内依旧未见任何大动静，只不时传来阵阵低低的忙碌声。

苏方恒几乎毫无倦意。面对女儿的生死关头，他又怎能安然入睡，更无心进食。虽然近来略有回温，但冬日盛寒，仆人们不忍心主人受苦，搬来暖炉安置在房门外，又抬来软椅绒垫，以致苏方恒不必遭冻。天空渐渐泛起昼色，苏方恒遣散旁人，只留下黎儿陪伴身旁。缕缕午寒的风刮过，卷起萧瑟的凉意，苏方恒心中却一片深黑黯淡，佝偻在房门外心绪不宁，轻轻咳嗽不止，怆然道："黎儿，老夫是否……对夕儿太过严苛？"

黎儿蓦地一惊，微怯道："老爷为何有此一问？老爷向来对小姐关爱备至……"

"你知道老夫为何遣散旁人，只留你在此么？"苏方恒仄目道。

黎儿惶然不解，"奴婢不知……老爷是否要处罚奴婢……"

苏方恒摇头道，眼里并非是对待下人的神色，却满是长者的慈目神色，"黎儿，你本是贵胄千金，却无奈成了夕儿的侍女，你可有嫉恨过老夫？"

泪水骤然涌出，黎儿猛摇蓁首道："自然是没有！奴婢一家触怒始皇帝，被判灭门，若不是大人怜悯，奴婢早就不知葬在何处……"

苏方恒叹气道："你虽是夕儿侍女，但却是这府中唯一值得老夫信赖之人，你可知老夫曾利用你……将那仇青擒获？"

黎儿垂头抽泣，"都怪奴婢，若奴婢不去乞求副军师，老爷也不会抓住仇公子，那么小姐也不会这般……只是奴婢不忍小姐受苦，更不忍心老爷同小姐父女反目！"

苏方恒长叹一声，声音带着淡淡的无奈愁绪，"你说，老夫这次是否真有做错？"

黎儿愕然扭头，望住苏方恒神色凄然的脸孔，心中一阵悲绪。自己的父亲当

第十章 咄咄逼人

年因悯惜一名修葺长城的奴役,触怒秦始皇龙颜,全家惨遭屠戮。身为御史的苏方恒不仅救自己一命,更从未将自己视为下人。在她眼中,苏方恒就如同父亲一般足够敬畏和仰仗,而苏黛夕则是自己从小照顾的亲人。如今两人的对立让她心如刀绞,同样举足轻重的两方,她又如何能够眼看着这对骨肉至亲互相误解呢?

念及此,黎儿眼里不禁浮起一丝哀色,"老爷,奴婢也不知。在奴婢心中,老爷同小姐都没有对错,只是奴婢始终不明,为何事情竟会变作如此境地……"

"没有……对错?"苏方恒若有所思道,眼角的皱纹略略挽起。

黎儿点头,沉沉道:"老爷一心想给小姐找个值得依靠的归宿,但小姐认为自己已找到……究竟是谁对,或是谁错,或者老爷同小姐都没错呢?"

没有对错,黎儿的一席话,忽地竟让苏方恒明白了一缕显而易见的道理。难道自己同女儿之间的矛盾,只是源于互相的不理解么?相互都认为自己的观念正确,却全然忽略了对方的心意。只是,自己毕竟见识广阔,人生经验历练也强过女儿百倍,但女儿为何竟毫无道理地拒绝自己的好意?为何她竟不能体会父亲疼爱子女的心情?!

暮色退却,燕京在清晨的薄雾中隐约可见,新的一日接踵而至。

脚步声缓缓传来,苏方恒抬起脸孔,微微皱眉,却发现来者竟并非自己部将或府中下人,而是林家那个俊挺无瑕的军师。他孤身而至,身旁并未有任何随从,神色清冷,眉间却挂着淡淡的焦虑。

苏方恒疑惑道:"天只微亮,军师为何不多休息一阵?小女这里有老夫亲自照料。"

杨翾瞥了他一眼,略抬下巴,清俊的眸里满是不屑神色,心中低声自语道,你女儿的死活,又同我何干。他却敛回蔑视神色,淡淡道:"苏大人,你可知生死由命的含义?"

苏方恒惑然不解,思绪片刻后,一抹怒色渐浮在脸,"军师此话是何意思?!难道诅咒小女?!"

杨翾嘴角浅浅挽起,"在下还不至于心肠狠毒至此。若小姐能顺利脱险,自然是求之不得,但若不幸,在下请求苏大人务必知晓生死有命的道理。"

苏方恒怒目道:"军师此意何解?!是要警告老夫?"

杨翾眸里一片清冷淡色,"苏小姐自寻短见,与旁人无虞。苏莱莱救她,乃是看重与她的情谊,并非慑于大人的命令,这并非她的义务。"

苏方恒愤愤道:"军师是要告诫老夫,不得迁怒于副军师么?"

杨翾微侧首,冷冷瞥过苏方恒,"不错,若苏莱莱无力回天,只能叹一声苏小姐红颜命薄，与她无关。"

苏方恒怒道："行医救人乃是天经地义！若救不回人岂不是庸医，与草菅人命又有何区别？！"

杨翾低声道："苏大人，在下只请求大人一次。"

苏方恒恼羞成怒，"你这是何种态度？！"

"在下已提醒大人，若大人执意不听，定要让苏莱莱为小姐陪葬，在下可向大人保证，"杨翾眼眸里忽地绽出缕缕阴冷色彩，犹如芒刺般，"定会叫燕京城为她陪葬。"

面对这显而易见的威胁，苏方恒心中恨意难消。林家气势太强，这冷脸军师狂妄无理，动辄就以兴兵攻伐要挟，但冷静想想，他所讲并非全不在理。苏莱莱只是个军师，况且身为林家阵营，却出手相救，自己如何能迁怒于她呢？但，一想到自己可能永远失去女儿，心中的怒火便不可抑制地猛燃而上。

正要发作，房内却传来窸窸窣窣的声音。

忽一声刺耳声响，房门骤开，露出世医恍然苍老的脸孔，却依旧可见掩饰不住的欣喜，"老爷！老爷！小姐……小姐活啦！真是奇迹呀！小姐竟然死而复生！"

这个消息足以振奋所有人，苏方恒几乎无法压抑狂喜神情，连回应都顾及不上，一把掀开覆在身上的绒被，起身直奔入房。黎儿也忙扔下手中的裘毛手套，随之赶入。

房内一阵浓郁的艾草气味，郁郁闷人，世医正在忙着收拾痕迹。苏黛夕直直躺在榻上，面上已有浅浅血色，呼吸均匀。

苏莱莱正立在榻旁，轻轻替苏黛夕覆上绒被，疲惫苍白的脸上，露出一抹甜美的笑容。

"夕儿！"苏方恒几乎老泪纵横。他在榻上坐下，伸出手轻轻抚过苏黛夕满是泪痕的脸，感觉温温的暖意，"你没事了就好！你几乎吓死为父！"

黎儿也喜极而泣，伏在苏黛夕身侧不住道："上天保佑，上天保佑！小姐总算平安无事了！"

见此种场景，苏莱莱心中泛过一缕欣慰，只是无力的昏眩感却沉沉袭来。为救苏黛夕，她已两日不眠不休，不仅毫无进食，甚至连水也没有时间喝。她的嘴唇已苍白如纸，脑颅里混混沌沌。

杨翾心中却浮起一阵不快，甚至有些排斥的敌意，听到黎儿不住讲到上天保佑，竟让他近乎恼怒。上天保佑？若没有苏莱莱，他倒想看看，这上天该如何保

佑濒死的苏黛夕?!她为救人劳力奔波两日,竟无人问候半句。

他踱到苏菜菜身后,耳旁却响起她微弱无力的声音,"苏大人,黛夕体内的毒素已排出大部分,但这几天还需要每天都喝绿豆甘草汤……记得每天两次……"

苏方恒不住点头,随即吩咐黎儿,"快吩咐下去!"

黎儿立刻领命奔走而去。

好累!一阵猛烈的无力感袭来,仿佛身体被抽干了似的难忍,眼前忽地有些暗淡起来。难道这低血糖的老毛病又犯了?唉,之前太忙于救苏黛夕,竟然忘记自己的毛病……她心中微微埋怨起来,可为何这昏厥感竟越来越沉,竟沉得让她意识混乱起来?她忽觉双腿发软,浑身无力重坠,眼前一黑,朝后颓倒而下。

苏菜菜直倒去的瞬间,杨翱猛地挺在她身后,伸出双臂,直直稳稳地将她接住。她已彻底昏去,双目紧闭。她的气息渐缓,娇柔的身体瘫软无力,她的头轻柔地蹭在自己胸前,淡淡的触碰感却撩得他心中一阵莫名的激动。他立刻勾转手臂,将已昏厥的她反身抱起。

至此时此刻,苏方恒这才恍然回神,语带关切地问道:"副军师……不要紧么?"

一侧的世医接道:"副军师是操劳太多,并无大碍,只消休息半日,进些食物就能恢复。副军师尚未合眼,尽心尽力为小姐救治,甚至滴水未进呀!副军师的针术古怪无比,虽是老夫从未所见,却已臻化境呀!"

苏方恒笑道:"真是感激副军师不辞劳苦救得小女一命!"

杨翱冷冷扫了苏方恒一眼,脸寒似冰,他本想讽刺苏方恒几句,却仍旧强忍下来。此刻他已无心情再顾及旁人,苏黛夕无碍与否又与他何干?他只要确认苏菜菜无事。即使他这种自私冷漠,甚至被所爱的人憎恶,但他深知,这种冷漠早已深入骨髓,无法更改。

第十一章 纵情肆欲

　　杨翾将苏莱莱紧揽在怀，抱着她瘫软似絮的娇躯，心绪跌宕起伏。回到自己的房内，遂将房门紧闭；轻轻将她平置于榻上，从她腰间随身携带的包里取出一小颗糖块喂给她吃。她却依旧紧抿双唇，紧闭双目，仿佛已失去意识般沉睡。

　　看来她确实是太过劳累吧。这亦是意料之中，她的身体本就娇弱，虽然成日神清气爽活蹦乱跳，实际却仿佛白瓷一般晶莹易碎。杨翾颔首，原本冰冷的目光此刻却变得炙热，深深刺入她的脸颊。苏莱莱，你为何如此善良，宁愿自己忍受这般痛苦折磨，却毅然不顾一切救人？只为她叫你一声姐姐么？就值得你如此全力以赴？

　　他不禁伸出大手，轻轻抚过苏莱莱苍白柔皙的小脸。相距上次触碰她的脸颊，已有段时日，为何再次与她独处时，依旧忐忑不安？只是他不明，当他面对她时，却总是退缩，可为何当她失去意识，他这心底深处对她狂热的眷恋，又一次次激烈涌来？她的呼吸微微轻柔，虽然早已疲惫不堪，她的脸上却依然残留着淡淡笑容。同上一次被毒害不同，她的表情安然祥和，娇俏的脸不断勾起他心底的怜惜愁绪。

　　杨翾伸出手背在她的脸颊滑过，她的肌肤依旧光滑细腻，使得他无法停止。你究竟在作何……他忽地缩回手，盯住她迷人的脸，心底却泛起令自己厌倦的情绪。为何又一次不知羞耻地对她出手？难道已忘却与林尚候的承诺？难道连自己的意愿都要违背么？若如此继续深陷，最后又能如何收场？她终究不爱自己，纵使自己再狂热又能如何？那不如罢手吧，他心中暗暗责怪自己道。为何自己如此沦落，竟连这点自控力也已然全失？

"林峰……"苏莱莱梦中呓语，含含糊糊传来一个刺耳无比的字眼。

她娇声的呓语竟有如利刃刺痛了他的神经，更挑得他几乎恼怒，原来已近乎收摄的心神瞬间无可阻挡般的蔓延。自己满脑都是她，可为何即使在梦中，她唤的人，始终都是林峰？！难道自己连占据她一丝惦念的可能都不配拥有？林峰……林峰……这原本让他信赖的名字，此刻却恍若梦魇般凶狠。

他脑中的猛烈恨意激得他难以自控，俊美清冷的眸子里燃起清晰的妒火。望着她那张蛊惑自己心神的嘴唇，他猛地俯下身子，轻伏在她身上，轻咬着她的樱唇狠狠吻上。

谁？意识迷糊中，却仿佛感觉到一种陌生却又熟悉的触感。她脑中想要抵抗，却根本毫无气力，只能下意识地排斥着退缩。

苏莱莱无意识的抗拒更激发了杨翾狂躁的心绪，心中对她无法抹去的迷恋让他失却了心神，吮吸着她柔软冰凉的唇，胸中竟燃起阵阵难以遏制的灼热。他顺着她的脸颊缠绵吻下，在她白皙的颈上狠狠索求，心中的妒火已全然扰乱了他的心绪。这种痛苦却又刺激的感觉，将他的神智挑得浑浊不堪，竟让他迷醉起来。身体炽热无比，心神也恍惚散乱，他一手揽着她不住深吻，另一只手摸索到她腰间，急促将她的腰带解开。看着她身上的长袍随即散开，他断然掀开她的衣领，吻上她洁白如玉的肩，攀上她瘫软娇柔的身子。难以抑制的爱欲让他完全丧失平日的理智，他将她的衣袍扯下，她挺立的胸脯霍然呈现于眼前。他伸手挽到她背后，企图解开缠裹在她胸前的内衬。

紧闭双眼的她却发出微弱的低吟，"林峰……坏蛋……不准……"刹那间，这娇柔的呼唤却犹若冰水一般凉至心底，将杨翾的欲望断然浇灭，将他从迷醉失神中猛拽而回。

胸腔一股窒闷的气息，堵得他心间阵阵绞痛，仿佛这令人憎恶的哮症，又隐隐发作。他面部微微扭曲，立身坐起，捂住胸口不住喘息。

身后传来苏莱莱细微的鼾声，口中念念有词，"妈妈……爸爸……林峰……"随即一阵憨然傻笑。

她太过劳累了吧，竟然能如此沉睡，甚至连他之前的无礼行为，也毫无察觉。她对自己毫无防备，为何自己却如此丑陋低劣，竟然妄图占据她的身子，玷污她的清白？杨翾强压下心中的欲火，挽起袖口，露出手臂上那道清晰的伤痕。你已堕落至此？枉你自命出身高贵，饱读诗书，怎会做出市井流痞的无耻行为来？

杨翾怅叹一声，遂慌忙将苏莱莱的衣袍轻轻揽好，替她覆上厚绒被。望着她甜美柔和的熟睡神色，他终于斩断了心绪，从榻上起身，轻轻端坐在几案旁，清俊的眸子里却是一片无尽寂寥。

次日黄昏，苏莱莱已然转醒，已恢复了大半体力。侍女们煮了些白粥青菜，端到房里，苏莱莱却一脸不满神色，"我几天没吃饭了，就弄些菜叶喂我！就算是猪饿了几天也得上顿好的嘛！"她撇嘴道。

侍女被她的话语逗笑，强忍住笑意道："副军师请见谅，因为军师吩咐……"

"军师军师，这死人妖不就比我大一级吗？老拿职位压我，可恶！"苏莱莱眼带鄙夷道。

一袭淡漠声响起，"你好像已不是副军师。"随着声音愈发临近，杨翾冷若冰霜的脸孔尽现眼前，"医治苏黛夕前，你已向我请辞。"

"啊！"苏莱莱失声叫道，这死人妖居然还记得那么清楚！她忙道："我记得你没批准，所以请辞不算，本姑娘还是副军师大人！"

"你以为狡辩对我有效么？"杨翾轻声道，眼眸中显示微微淡色。

苏莱莱鼓腮摇头道："不记得啦……不记得啦……我没说过……没说过……"

杨翾依旧漠然神色，"你很清楚，你的伎俩对于我这个冷漠无情的人从来不起作用。"

这个人妖怎么会冒出这么一句话来?! 苏莱莱猛然想起，救人那日，因为杨翾的阻止，她情急之下口不择言，难道这句话刺伤了杨翾？她忽地忆起老付曾经讲述的旧事，杨翾八岁丧父，不仅被褫夺了贵族身份，仅仅一年后更失去了母亲，相较自己，他身世如此凄苦，怎能说他不知失去至亲的痛苦呢？大抵这世上，没有人比他更能了解失去至亲的痛楚吧。自己当时讲话未经大脑，现在回想起来，心中竟是无尽悔意。

她轻叹一口气，柔柔道："对不起，我收回那天的话，你能原谅我吗？"

杨翾淡淡瞥了她一眼，面无神色道："我早已遗忘。"

"我不是有心的！"苏莱莱认真道，恳求的目光，"我这个人有时候讲话没经大脑，可我会改！你不要生气好吗？"

杨翾只冷冷应道："我已讲明，此事我早已忘却。"

苏莱莱恹恹道："那还是生气了呀……"转而抬高了声音道，"那你说怎样才能原谅我呀？"随即低头自语道，"打洗脚水、捶背、做饭……"

面对她恳切的神色，杨翾心中怅然微惑，但他早已有了抉择，若一再违背己愿，他又如何能面对林尚候，面对林峰，甚至面对自己？

第十一章 纵情肆欲

他侧目,沉沉道:"不要再提此事。"

苏菜菜悻悻道:"那好吧。"面对总是将心事闷入心底的他,她只能无可奈何。他的心思太深沉,自己根本无法琢磨,不知他心中何时是喜,何时是悲。他不愿意向任何人透露,自己又能如何揣测呢?有时候,她甚至觉得同他沟通都显得那般困难。

她起身坐到桌案旁,轻轻舀出一勺白粥,吹呼着吞下,身旁的他,竟然静得毫无一句言语。她用手肘轻轻抵了下他,自己寻着话题道:"这回事情算是解决了吧,那我们什么时候能回洛阳呢?"

杨翾却仄目,冷声回应道:"苏方恒很快便会主动退婚,届时自然便可回洛阳。"

"哦。"苏菜菜伸手托住下巴,轻声应道,转而自顾自道,声音腻得有些轻飘飘,"我都想早点回去了呢,好久没见林峰了,不知道那野蛮人最近还好不好。"忽地面上浮出淡淡绯色,"昨天都梦到他了……"

她娇俏微红的脸此刻却分外刺眼。她毫不知情,甚至连他越界的举动都理解为一袭炽情春梦,梦里梦外也罢,除了林峰,她甚至对别人都不作猜想。如此更好,遗忘比任何刺激都更具有效果。他们都必须遗忘,只是她不带记忆,而自己却只能将这记忆吞入,任由反复焦灼绞击,最后还是只好遗忘。

他起身离去,他不愿再同她讲太多。燕京之行已快要结束了么?只剩下划上一个完满的结果?那么,就由他去完成吧。只是他已做到这样,究竟成全了谁?

原本中断的合谈终随着苏黛夕的性命而延续。虽然偏离了最初的轨迹,却依然得到了意外的收获。经此一劫,苏方恒几乎彻悟,对挽回苏黛夕性命的苏菜菜更是感激涕零。对于退婚之事,不再恼怒伤怀,反而主动提及,甚至愿意表示自愧,以万匹良驹相赠。

然而出乎意料,杨翾那张冷漠如霜的脸孔却毫无起色。他将礼单轻轻放置在案,眼眸里寒芒闪动,"最初在下便提出退婚一事,苏大人却以为我林家有意诋毁小姐,执意不肯,为何如今又主动提及此事?"

苏方恒神色略微尴尬道:"经历此事,老夫已深知小女的心意,老夫决不能失去女儿,故只好向林大人毁约。"

杨翾嘴角浮起一缕冷笑,微带讥讽的语调,"况且小姐早已于他人珠胎暗结,如何能与少主成就姻缘。"

苏方恒面有微怒,却碍于情面,再加上此事确实自己理亏,不得不感叹道:

"此事乃是老夫管教无方，但天下父母皆爱子女，老夫不愿再强逆女儿的意图，所以只好向林大人赔罪！"

杨翾淡淡道："在下能体谅苏大人的爱女之心，只是此事不仅是两大家族的联姻，更是两大势力的结盟，若因此一拍两散，实在太过不值。"

苏方恒正色道："老夫乃是一言九鼎之人，既然已经同林家协定好结盟事宜，怎会因联姻不成而反悔！"

杨翾轻摇首，神色平静道："在下自然相信苏大人是信守承诺之人，只是洛阳众贵族皆知林、苏两家结姻之事，若让贵族们得知林家被女方主动退婚，大人可知后果如何？"

苏方恒眉心微蹙，神色疑惑地望住杨翾。

杨翾接着道："若贵族们不知真相，只会妄自揣测，难保会有不利于少主的流言传出，届时主公自然尽失颜面。可若由得贵族们得知真相，不仅小姐声名不保，更会导致少主脸上无光。"

苏方恒思绪起来，不禁愕然出声，"那可如何是好？"

杨翾并未作答，却转而叹息道："少主心中原有挚爱，主公为同大人结成百世盟约，不惜牺牲少主个人情爱，以求达成美事，只可惜……"说罢欲言又止，神色郁郁。

苏方恒果然面色焦灼，急切道："少主亦同小女一样，心中早就另有所属？！"

杨翾冷冷瞥了苏方恒一眼，"这乃是洛阳军中人所共知之事，少主的挚爱正是救小姐一命的人。"

"副军师？！"苏方恒大感意外，不禁惊呼出声，一副讶然神色。

见苏方恒脸上浮起微微的愧疚神色，杨翾低垂眼睑，淡然出声，"此事同退婚无关，在下多嘴了。"

苏莱莱竟然是林家少主挚爱之人，为何从未听她提及？那么按理说来，要嫁与林峰的女儿应该是她的仇敌，可为何她却能毫无妒意、诚心诚意救了女儿一命？苏方恒思索不出，在他的眼里，普通女子自古心胸狭窄，眼里容不得一粒沙子，贤明通理的女子实在太少。可为何这看似平凡的苏莱莱，却会在生死关键时刻，毫不犹豫地救了可能夺走自己夫婿的女子？

苏方恒感叹一声，自言自语道："想不到副军师如此深明大义，不仅不怪老夫的女儿可能夺走自己所爱，反而出手相救……"

见苏方恒已经走上自己引好的途径上，杨翾接道："少主原本不知联姻之事，主公乃是看重同大人的交情，所以瞒住少主，与大人商议联姻一事。若少主得知

第十一章 纵情肆欲

229

将要迎娶之人已换作他人，不知会是何种心绪。"说罢抬起一双冷眸，神色清冷地瞅住苏方恒。

苏方恒目光游离，脑中反复思索着，忽地抬起头望住杨翾道："那不如老夫向林大人请求，既然少主钟情之人是小女的恩人，那苏家必定乐意成全！"

杨翾故作为难道："只是主公欲同大人结为姻亲，又怎会任由少主意图。只可惜小姐已不能出嫁，而大人膝下又只有一女而已。"说着叹息不已，仿佛真为苏方恒惋惜似的。

苏方恒恍然猛悟，面带欣然神色道："副军师是小女恩人，在老夫眼里，自然如同苏家小姐一般。不如老夫收副军师为义女，由她代替小女与少主联姻，如此既合乎林大人所求，又使得有情之人成就眷侣。"

杨翾微微张嘴，故意露出一副略微惊喜的神色，"大人考虑果然周全，此计实在绝妙可行。"

听到杨翾的赞美，苏方恒面色大悦，不禁摆手笑道："哪里哪里，军师过奖。"

杨翾敛回笑容，冰冷的眸子依旧毫无神色般的淡漠。他卷起竹简做的礼单，还给苏方恒道："大人的妙计使得此事两全其美，林家怎能收下此礼，望大人收回。"

苏方恒连忙推辞，"既然副军师将成老夫义女，那这出嫁行妆自然必不可少。"

"燕北已承诺为林家长期供给军资，副军师又怎能再纳大人厚礼。"一泓淡笑自杨翾嘴角溢出。

苏方恒到底是一方豪门，已完全听出此话的深意，遂笑道："老夫定为义女置办妥当！三年无偿军资如何？"

一抹笑意扩散开来，杨翾忙道："大人恩泽真是荫及两家！在下心悦诚服。"

"军师客气，待老夫近日立即准备，手书一封与林大人。"苏方恒也露出满意笑容。

杨翾鞠礼道："既然此事已了，还望大人释放韩希尧。"

一抹清晰的不快犹然浮现，苏方恒面色顿黯，扭首低声道："既然此人是林家先锋，那老夫便放过他罢。"

杨翾忽地想起苏莱莱的嘱托，原本他不愿意插手苏黛夕同韩希尧的事，对于他来说，旁人之事他向来毫无兴趣，既不过问亦不关心，只是想起苏莱莱恳切的目光，清澈的眼眸仿佛不容拒绝似的让他无措。他暗暗沉吟，转而正色道："小姐对他衷情至深，大人既然深爱小姐，为何不依小姐意愿成全他俩？"

苏方恒脸上的皱纹倏然拧紧，他沉沉呼出一口气道："老夫不让夕儿跟随那穷小子，是为了夕儿的幸福。她如今尚年幼，自然不能理解老夫的美意，日后她自会明白。"

杨翾眉角轻扬，目光依旧沉静似水，"这只是强加的美意，大人叫她如何明白并且接受？"

强加的……美意？苏方恒怔然，他一心以为自己的种种举动都是为女儿好，却不想竟让女儿一再反抗；自己总认为她尚幼，不懂人世纷乱险恶，却不知自己在冥冥中，是束缚她身心的最终源头。原以为自己所做的一切，都是出自对女儿的庇护，却彻底忽略了她的念头。十二年已过了呀，女儿早已不是妻子逝去那时的懵懂幼女，她已有了自己的思维，有了自己所思所想的人。难道自己所做一切，只是强加的善意而已么？难道自己如此惊恐排斥，只是因为对那出身低寒的小子的彻底否决么？其实自始至终，自己否决的，又何尝不是女儿的抉择？！

苏方恒半合双目，流露出些许颓然的神色，"唉……我老了，若是不能将夕儿托付给值得信赖之人，我又如何有脸面去见夕儿的母亲……"

一缕浅笑自杨翾嘴角泛起，"韩希尧人才出众，更是少主极为器重之人，若他日主公问鼎天下，韩希尧自然前途无限，大人又如何得知小姐今日的抉择乃是错误呢？"

苏方恒恍然回神，脑中幕幕浮现出韩希尧出现过的种种场景。首次合谈时只身突围，只一击便使唐将军彻底退败；苏黛夕寻短见时的飞救佳人，身手利落飒然；最后独闯牢狱，面对众人围攻，抛却兵器后却依旧凛然沉稳。此人的身手与胆识，早已不是五年前那个沉默内向的白脸小子，难道这五年时间的历练，竟已将他打磨成一颗亮眼明珠？

两道紧蹙的眉毛从苏方恒脸上缓缓展开，他声音低沉，略略带着点无可奈何的情绪，"既然此人得少主赏识，那老夫便姑且不阻拦他们，但老夫决计不能让夕儿冒险，等他封侯授爵那日，老夫自当亲手替他同夕儿筹办亲事！"

杨翾细长的眸里泛浮起浅浅的赞许神色，但只转瞬，便被清幽的冷漠淹去了。苏方恒终于松口，虽然只是表示观望，却已然迈出了至关重要的一步。若苏莱莱得知这消息，恐怕会狂喜不已吧。他仿佛已能预见她挥舞乱蹦的身影，身为旁人，她竟然可以比当事者还要兴奋，大概也只有她这个笨蛋，才会为别人之事如此劳尽心力。

可若不是她如此纯挚的善良，又怎会救了苏黛夕的性命，又怎会化解一切纠

第十一章 纵情肆欲

结烦乱？仿佛有时候，自己患得患失的对策，竟然敌不过她毫无心机的纯洁。

他垂低眼帘，心中却有微温的触感。这趟燕京之行，自己的任务已然完满，对于林尚候也罢，对于林峰也罢，甚至对于苏莱莱，他都已履行了承诺。

一切纠葛在晨曦的青色中，宛若薄雾一般缓缓散去，对于经历生死的苏黛夕同韩希尧来讲，燕京的短短十日，却好似历经一世般冗长。尘埃落地之后，却又不得不面临离散的困扰。人世便是如此，分合聚散恍如天际的云幔，不可预料，难以拒绝。缘分深深浅浅，却时有悲喜愁烦，只不过教会眷恋尘世的男女一个最为简单的道理，倘若从未有获得，那又何来失落？

离行之日，韩希尧竟然始终没能见到苏黛夕。其实他应得知，苏方恒已有允诺，要等到自己封侯晋爵之日，才能迎娶苏黛夕。只是自己终究只是个假冒的仇青，即使他日功名得成，又能如何呢？难道真回到燕京，履行这所谓的盟誓么？这不过是妄想罢了，即使苏黛夕所期盼的，也不过是仇青罢了，自己始终只是替代者而已。只是为何离去之日，却仿佛心有不甘一般？

韩希尧重重叹息道，望着渐渐远去的燕京城，心中竟然涌起一股莫可名状的悲凉。

身后却传来苏莱莱同骑兵首领的争执声，清楚地听得她尖声道："你到底把苏大人送的那些礼物放哪儿了？我不是吩咐过你一定要带走吗？"

那骑兵首领郑言声带委屈道："军师下令不得私自收受苏大人的礼物，所以属下……属下留给燕京城的百姓了……"

"你！"苏莱莱跺脚惊呼一声，白皙的脸上泛起阵阵怒色，"那不只是苏大人的礼物呀，还有我足足逛了三天燕京城的采购！你就这么送了?！"

郑言尴然道："属下实在不知竟有副军师之物。原本想还给苏大人，但大人执意不肯，所以属下便自作主张，送了百姓……副军师，难道这有何不妥么？"

"……这这……没……没什么不妥……"苏莱莱强忍住心中怒气，摆出一副道貌岸然的大度样，"造福百姓嘛，是好事……"转而忽地叉腰怒斥起来，"可你又不是慈善机构的，用得着连东西带人一起送吗！"

郑言疑惑不解，满脸恍惚道："副军师此意何解？属下只将礼物送出，军中并无少人呀。"

"你你你……"苏莱莱被郑言激得气急败坏道，"送到哪儿了？告诉我，我回去找他们要！"

郑言面有难色道："那些东西又多又大件，光是装破衣服的箱子就有五箱。那些衣服又破又烂，穿了也衣不蔽体，咱府上可没人穿这种东西呀，正好送给乞丐，夏天炎热的时候也可在家穿穿呀。"

苏莱莱脸色一阵惨白，"你把我设计的衣服全送给乞丐了?!"

郑言欣然点头，满面得意的神色，"嗯，全送啦，燕京城的乞丐，一个也不能少，整整五大箱，送了一整天呢。"

望着郑言自得骄傲的面色，苏莱莱再也按捺不住心中的怒意，双手捏成爪型，咬牙切齿道："三天不打你上房揭瓦!·谁让你私自动我的东西了！我的设计啊，我还打算运回洛阳城去卖的！我杀了你这个败家孩子！"

郑言愕然尖叫："啊！"看着苏莱莱站在马车上直扑过来，连忙策动缰绳，朝前奔去。

"可恶，欺负我不会骑马！"苏莱莱恨恨道，使出劲力不住猛摇车夫，"给我追！"

车夫被她晃得头昏眼花，伏在车辕前不住求饶，"副军师，饶命呀，马车怎能追得上战马呀！"

"可恶可恶！"苏莱莱愤愤道，"郑言给我站住！就算把我的设计毁了也就算了，竟然……竟然把人也给弄没了！"

韩希尧回转头，满面疑虑道："副军师，为何说把人也弄没了？"

苏莱莱恨恨撇嘴，仿佛不能言明似的瞪了韩希尧一眼。这叫她如何出声呢，难道告诉他，那家伙把他的老婆也弄没了?！

一侧的杨翾嘴角却勾起一抹笑意，似笑非笑般淡漠。

苏莱莱瞪他一眼，咕哝道："笑个屁，要不是你假清廉，说什么不收礼，郑言能这么蠢把东西都送人了吗？"心中却思索道，既然已经如此，不如将自己暗谋的事情告诉这死人妖，也让他帮忙出个主意，尽快寻回人来。

见苏莱莱的思索模样，杨翾眸里清冷无光，只沉沉唤了一声："郑言，不可再捉弄副军师，将人放出来吧。"

"是！"郑言拉紧缰绳，忽地从马背上翻身而下，转而绕行到队伍尾后，将行囊中的武器匣打开。

武器匣中，钻出一个柔美玲珑的身影，一张俏丽熟悉的容颜突现眼前。顿时，韩希尧涨红了脸，愕然失声，"黛……黛夕……"

苏莱莱惊呼起来，"哎呀呀！你没事呀！"转而朝向杨翾笑道，"原来没有送人啊！"

苏莱莱，就你这点小诡计，何时能瞒得住我的双眼？望着她甜美却洋洋得意

第十一章 纵情肆欲

的笑容，杨翾心中却泛起一阵难忍的酸楚，仿佛提醒着他的心绪似的。他收摄回心神，望着前方茫然不清的天际，接下来的时间，还是交由她自己吧。

苏黛夕大口呼吸着，即使此时的空气依然冰冷，却让她感到阵阵甜味，自由而随性的惬意。她扬起娟秀小脸，露出极喜的笑容，"姐姐！"

苏莱莱迫不及待地从马车上跃下，几乎趔趄摔倒，却猛地稳立住，朝苏黛夕飞扑过去。仿佛分隔许久的亲人见面一般，两个女孩子紧紧圈住对方，欢笑不已，串串清脆笑声不断。

一旁的韩希尧却慌乱失措，面对着苏黛夕笑容满盈的脸，只觉得自己脸颊发烫，心跳竟急速不止。他甚至不敢直视苏黛夕，只好愣然盯住苏莱莱道："副军师……为何……为何黛夕……会在我们队中？"

苏莱莱抿嘴一笑，"笨呀，这还不明白吗？还不是为了跟着你？"

顿时苏黛夕玉面生霞，伸出小手捏成拳头轻轻捶打苏莱莱的肩膀，"姐姐……别说那么直白啦！"

苏莱莱叉腰大笑，"看把你羞的！我这是坦白！既然喜欢人家，就大声说，没什么好羞的呀！"说罢轻拍苏黛夕的背，朝着天空轻声喊道，"苏黛夕爱韩希尧！"

倏然间，当事者两人脸骤然红至颈项。

苏黛夕羞怯地倚靠在苏莱莱身上，将小脸低埋在她的肩头，却遮掩不住一张欣喜的容颜。韩希尧则低下头轻咬住下唇，嘴角却扩出缕缕狂喜的笑意。

"姐姐……这里这么多人，别那样大声啦……"苏黛夕捂嘴道，却捂不住满脸的笑容。

"怕什么，你求我把你偷偷带出来，不就是为了能跟他厮守吗？"苏莱莱轻轻覆住苏黛夕的肩，双眼眯成两道弯月，"既然出来了，还害羞什么！"说着将苏黛夕轻轻推到韩希尧面前，露出一抹狡黠而略有深意的笑容，"韩先锋，本军师就将我的好妹妹交给你了，从现在开始，你要负责她的安全，要每时每刻都守护住她！否则军法处置！你明白了吗？"

韩希尧立刻下马领命，望着羞涩的苏黛夕，一时竟憬然失神。自从被苏方恒关押之后，这是他首日见到她，为何心境又恍若首次一般，既兴奋又紧张，让他无法自然相处，只能觉出心跳不断的声音。

"发什么呆！还不领命?！"苏莱莱提高嗓音道。

韩希尧蓦然回神，两道浓眉微微直起，他沉声道："是！属下领命！"转而朝向苏黛夕，轻轻拉起她的柔荑，面色微窘，语带木讷道，"苏……苏小姐……不，黛夕……"

苏黛夕昂起头，抬眼凝住他，柔柔望住他的双眼。

她充满真挚情意的目光柔似一泓湖水，竟使得韩希尧不知从何生出一股勇气，神色坚定道："在下绝不让小姐身处险境，必定誓死守护小姐，直至永远！"

苏黛夕垂低满面羞怯笑容的脸，不住地点头。

队列中绽出阵阵喜悦的欢呼声，四周一双双眼眸里，充满了各种各样的目光，艳羡的、欣然的、心怀祝福的，甚至歆歙的。

"韩希尧也爱苏黛夕！"苏菜菜得意地大喊一声，随即转向骑兵们，"听到了吗？这个八卦，你们要负责传遍整个洛阳！"

"是！"声音齐齐响起。

"姐姐……你……讨厌……大嘴巴……"苏黛夕蓦地满面通红，却轻轻扣住韩希尧的手。她轻轻挨在他身侧，脸上的甜蜜羞涩清晰可见。

"副军师——大嘴巴——副军师——大嘴巴！"人群中炸出阵阵呼声。

"你们……你们……可恶！"苏菜菜咬咬牙齿，捏紧拳头跺脚道。

"嘻嘻，黛夕也要说姐姐！"见到苏菜菜的窘态，苏黛夕忽地雀跃而起，轻轻松开韩希尧的手，对着苏菜菜大声道，"副军师爱上将军！"

人群中骤然响起片片哄笑声。

"笑什么！不准笑！"苏菜菜怒斥道，脸上却转而浮起一缕笑容，心情仿佛不带一丝杂质般的轻松甜美。她跳上马车，用力摇晃车夫的肩，朝着前方大声道："走啦！"

队列再度前行，欢笑夹杂着马蹄声，缕缕散去，朝着身后消失不见的燕京城浑浑蔓延。

杨翾倏然回头，目光触在了苏菜菜毫无防备的纯挚容颜上，恍惚之间，却仿佛看到她樱唇微启。声音太过细微，被这马蹄踏行声沉沉湮没，只是，他却清晰看到她那嘴形，正低低反复诉说着同一句话。

"我爱林峰。"

苏菜菜入痴的甜美笑容印入心间，杨翾轻转回首，清冷寥落的目光中却泛起一缕无奈的苦涩。

燕京城苏府内，对着苏黛夕空荡荡的房间，苏方恒已说不出清楚究竟是何种心绪。难道一切都是注定么？忽地一抹悲凉的空旷感沉沉袭来。他展开女儿留下的竹简，嘴上却浮出一抹夷然笑容，印刻在他深深浅浅的皱纹之间，泛起祥和而笃定的神采。

第十一章 纵情肆欲

既然这是女儿选择的路，那就由她走下去吧，况且，她身边还有那个愿意为她赴汤蹈火的傻小子，还有那个古灵精怪却全力呵护她的鬼丫头。

回程之途已去五日，终于离开燕北苏家的势力范围，跨入苏林两家交界之处。而这处在交界处的重要城池，正是曾经前赵国的都城——邯郸。

邯郸前临河洛，背倚漳水，虎视中原，凝聚着一派王霸之气，战国时代唯一能在军事上与秦国抗衡的赵国，便是建都于此。如今数百载已过，随着秦帝国的衰落，邯郸逐渐成为各路军阀相争的沃土。

但这邯郸的郡守却是一名善于察言观色、溜须拍马的小人，他有着自己的一套生存之道。他名义上虽接受秦廷管辖，秦廷却早已不发其俸禄，他自然也是断绝了交纳给秦廷的税金。一方面，他疯狂搜刮民脂民膏，敛财手段甚多。另一方面他大开城门，广迎各方诸侯、谄媚臣服，同时借助庞大的财势，与邯郸周边势力均有盟约，故成为当时中立的灰色地带、无人攻伐。

林峰对此人极看不入眼，之前攻据河洛之地时，就曾向林尚候请求过诛杀此人，一举吞并邯郸。却遭到林尚候和杨翾的一致反对，只因当时林家势力尚未能傲视群雄，若轻易出手攻打邯郸，必会招致各路军阀联攻，结果只是得不偿失。故此，邯郸因各势力汇聚于此，反而成就了商贾走卒的庇佑之所。

夕色笼罩中的邯郸城，弥散着一股奢靡腐化的气息。

苏莱莱从马车中探出头来，露出一脸兴奋的笑容，"邯郸！邯郸耶！来的时候你们说什么也不肯路过，这次回去总应该去看看了吧！"

苏黛夕也从马车中钻出，"对呀对呀！黛夕也没去过邯郸，姐姐我们一起去吧！"

"嗯！"苏莱莱点头应道，转向苏黛夕，"邯郸是前赵国的都城，这里好多历史名事呢！"说着她伸出手掌，掰着指头道，"负荆请罪、完璧归赵、围魏救赵、胡服骑射、邯郸学步……"

苏黛夕听得兴奋不已，迫不及待道："那我们赶快去邯郸吧！"

苏莱莱朝着前面的杨翾大声喊道："喂，死人妖！我们今天就留宿邯郸城好吗？"

却转来一张如霜似冻的脸，杨翾沉声道："不行。"遂转而朝郑言道，"传令下去，切勿进入邯郸，今夜驻留附近的邺都。"

"是！"郑言领命，随即调转马头，传令而下。

"死人妖，你命里克我吗？为什么我说什么你就否决什么？"苏莱莱拧起眉毛，怒气冲冲。

杨翾并无一丝怒意，一双眼眸依旧淡漠似水，"我早讲过，邯郸并非林家势力范围，我们只有区区五百人而已，切忌太过招摇，沾惹上不必要的麻烦。"

苏莱莱顶嘴道，脸上满是不满神色，"我们就是路过邯郸一下，又没招惹那个郡守，怕什么啊！"

杨翾冷声斥责道："枉你身为副军师，竟然如此道理都不知晓。"

苏莱莱恨恨地磨牙，转而念到杨翾所说不无道理，五百人的队列虽然数量并非太多，但相较来往商旅过客，确实也太过扎眼。此地即属于三不管地带，那必定鱼龙混杂，说不定就有敌对势力混入。若被他们得知林家使者的身份，想必确实会招致危险。

既然如此，她无奈地叹息道："那好吧，今天晚上还是去邺都留宿吧。"

夜暮，两个娇小的身影从邺都附近的营帐中偷偷溜出。

一阵夜风拂来，泛起一阵清晰凉意。

"啊……啊……"苏黛夕忽觉鼻子发痒，似乎快要喷嚏一般，"嘘——"苏莱莱猛一把捂住她的嘴，用极低的声音道："别出声……"

两人蹑手蹑脚地穿过高及膝盖的荒草蔓蒿，朝着邯郸城的方向狂奔而去。

"哇，姐姐，你好聪明，你如何知道不会被军师发现呢？"苏黛夕边跑边问道。

"那人妖每天晚上都要看书，他一旦坐下来看书，就是外面打雷也不关心。这不正好给我们机会溜出来吗？哈哈哈哈！"苏莱莱得意地耸肩大笑。

"黛夕正愁不能去见识邯郸城呢，姐姐太厉害啦，竟然想到偷跑出来的办法！"苏黛夕眼里流露出敬佩神色。

"哼，我们就是去看看也不让，小气鬼。不是说怕人多太招摇吗？那就咱们两个去，就算被他们抓回来，咱们也有道理！"苏莱莱轻扬秀眉，满面自得神色。

不多时，苏黛夕便累得气喘吁吁，她放慢脚步道："哎……不行啦，累死啦……姐姐，慢点呀！"

苏莱莱拉起苏黛夕的手，"你看，城门就在那儿啦，很快就到了，打起精神加油哟！"

苏黛夕摆摆手，喘息不断道："哎呀，累死啦累死啦，姐姐为何不让仇青陪伴咱们一起出来呢？他还能保护咱们安全呢。"

苏莱莱伸出食指摇摇，正色道："他那么老实，一定会禀报给那个人妖，咱们还指望能逃出来吗？"说罢拉住苏黛夕朝前继续奔去，"快点快点，马上就到啦，早点去逛完早点回营地，免得被他们发现！"

第十一章 纵情肆欲

苏黛夕点点头，只得随着苏莱莱的疾奔，朝着近在咫尺的邯郸城直行而去。

缱绻星光满穹，夜空下的邯郸城绽出绚烂夺目的色彩。两人随着一批商贾鱼樵一起由南门入城。此时正是黄昏尾时，邯郸城内却灯火通明，恍若白昼一般。

街道两旁商铺林立，各式商品琳琅满目，讨价还价声不时传入耳内。见此情景，苏莱莱不禁感叹道："早听说邯郸的夜市最为出名，今天见到还是很感叹呀，简直就像个超大型的自由市场！即使是洛阳，也没有这么兴盛的夜市呀！"

"可不是！"苏黛夕喘息片刻，接道，"就算是燕京，到了人定时分，临街商铺也都收拾打烊了呢！"

苏莱莱眨着长睫，从系在腰际的GUCCI口袋里掏出手机。这几个月来，她一直关机，原本是打算留着电池回家再用，既然已经决定伫留在古代，何不拍下这令人惊叹的场景？她拉着苏黛夕躲到一面墙角，小心翼翼地打开手机。

"太好了，只消耗了一格电池，诺基亚的质量确实赞呐。"她喃喃自语。

苏黛夕满面疑惑，一双秀目更是充满惊讶神色，"姐姐，你拿出这个首级来作何？"

苏莱莱顿时无语，不用问，一定是老付那笨蛋的杰作。她讪讪笑道："这可不是首级，这叫手机，我是想用它来拍照。"

苏黛夕满目茫然，"拍照？"

"等我拍出来了你就知道啦！"苏莱莱抬眉笑道。拉着苏黛夕缓缓自墙角踱出，一派缤纷色彩投入眼帘，究竟应该拍何种景色呢？她审视四周，发现前方竟有大堆人围在一小摊前，脸上充满惊异神色，仿佛对摊主感叹不已。

好奇心促使两人朝那小摊行去，渐渐临近，却听得众人惊呼鼓掌，不住喝彩。难道这小摊竟有奇珍异宝？或者说摊主拥有过人奇技？拍照的事就先搁置，苏莱莱不禁掩嘴笑道，于是将手机关好，放回袋中，拽住苏黛夕的手，直朝人堆挤去。

"让开，让开……哪来的小鬼，挤什么挤！"人群中响起阵阵不和谐的声音，将两人从人堆中猛挤出来。

"可恶！"苏莱莱愤愤道。

"姐姐，算了吧，那些人个个长得牛高马大的，咱们怎可能挤得过他们？不如去别的摊子吧。"苏黛夕神色怨艾道。

"这摊子的东西一定很神奇！既然好容易才跑出来，不进去看看怎么行！"苏莱莱摇头道，"我就不信挤不进去！"说着又朝着人群间隔中的缝隙直钻而去。

"哎呀，哎呀呀……"拥挤的人群猛推朝前，一阵挤压袭来，压得苏莱莱右手猛地一松，和苏黛夕猛然分开来，她竟直直钻入圈内。

"姐姐……姐姐……"苏黛夕急得高声呼道,但她娇柔的脆声,很快便被人群的哄笑鼓掌声淹没。她在圈外踱来踱去,神色焦虑,不住想要再找到缝隙钻入,却奈何身娇体弱,一拥上去便被挤了出来。

摊子前竖着一盏布幕招牌,洋洋洒洒写着几个大字。苏莱莱愕然,转脸朝身旁一名肥胖汉子问道:"大哥,请问那招牌上写的是什么呀?'

肥胖汉子眼里浮起一缕鄙夷神色,从鼻腔里哼出一声,却还是应声道:"连'皇天神相'的招牌都不认识,哪里来的乡下丫头。"

苏莱莱扁嘴回瞪了肥胖汉子一眼,心忖道,皇天神相?这家伙不就是个算命的么?还以为有什么珍奇异事呢,原来不过是神棍忽悠人的把戏而已。国人向来崇尚怪力鬼神,即使在科技发达的现代社会,也有神棍赖以生存的平台,又何况是在这蒙昧的乱世?

她抬眼朝那"皇天神相"望去,那家伙干瘪猥琐,嘴上两撇胡子透露出狡猾奸诈的神色,一看就是个善于胡诌的骗子。这些笨蛋竟将这种神棍奉若神灵,还满是拥护崇拜,真是幼稚可笑。不过既然是愿者上钩,她也无意踢破这骗子的诡计,只是枉费她大费周章挤进来看,竟然是这等景象。

还是让这些无知的原始人继续崇拜这神棍吧。她轻吁一口气,随即准备转身离去。

人群中却传来一声,"神相既然如此料事如神,可否以天眼窥视下如今天下大势?究竟谁才是今后的天下共主?"

这话题似乎蛮有意思,苏莱莱暗忖道,那不如让我瞧瞧,这神棍究竟如何推测未来趋势。

面对众人的殷殷期盼,皇天神相终于轻咳两声,半合起双眼,摆出一副仙风道骨、勘破尘世般的神态,"天下已乱多时,本神相早些时日开启天眼,已得玄武大帝告知真相!但……"说着半睁眼道,"此乃天机,古语有云,天机不可泄漏也。若要本神相向你等俗世凡人透漏天机,倘若玄武大帝怪罪下来,该如何是好呀?"

"啊……"人群中响起阵阵失望声音。

"但……"皇天神相眯瞪着眼,两撇小胡子微微上扬,"本神相为人间正道,不惜牺牲肉身,只是……"他故作为难,流露出一抹哀然神色。

"神相有何难处?"人群中一名头裹灰巾、相貌丑陋的年轻男子扬声问道。

"若本神相筹得善款,为玄武大帝兴建一座祠庙,想必不至灰飞烟灭,更能荫

第十一章 纵情肆欲

及后人。"皇天神相神色严肃道。

"哼,露出本性了吧,绕来绕去还不是为了骗钱,这才是重点。苏莱莱轻蔑地瞥了皇天神相一眼,但显然,他并无察觉。

"灰头巾"脸上浮起一缕动容神采,声音忽地转为激昂,掷地有声道:"神相为天下万民不惜牺牲自己肉身,着实让人感动!况且修葺祠庙乃是造福千秋万代!我头一个支持!"说罢掏出钱袋,率先捐出钱币。

好你个皇天神相,配套设施果然齐全,居然连托都找好了!苏莱莱白他一眼,正想开头嘲笑,却发现周围众人纷纷解囊。

不是吧!这帮蠢蛋,这种荒谬幼稚的谎言也相信?

眼见众人纷纷上当,皇天神相露出欣然神色,伸出小指轻轻钩钩嘴上的胡子,嘴角浮起一抹奸狡笑容,"咳咳……既然尔等如此关心天下大势,那本相便豁出去,告知天机!"他蓦地猛睁大眼道,"如今秦廷无道,自然不可能如始皇帝期望那样千秋万代!而放眼如今各大势力,相较之下,各有千秋!但天命不可违抗,玄武大帝早已批示本神相,如今天下的共主,乃是——"

苏莱莱心中好笑,想说洛阳林家对吧,小孩子都知道。如今林家虎踞中原,军力庞大,更是深得百姓拥戴,相较几大势力,燕北苏家军事疲软,临淄田家内部相争,蜀中则是奸臣当政,林家毫无疑问是唯一可能摧毁秦廷,并且吞并各家的势力。哼,用这种常识去骗钱,未免太过肤浅吧!

出乎意料的,皇天神相竟然张大嘴巴,呼出一声:"乃是胶东临淄的前齐贵族!"

苏莱莱面上的表情几乎拧到一起,看来这皇天神相不仅是个招摇撞骗的神棍而已,更是个不学无术的蠢货!稍微有点常识的人都能明白的事,他竟然如此信口胡诌。

人群中也响起一阵不信任的疑惑声。

皇天神相露出一抹鄙夷神色,"尔等有何疑虑,难道是不信玄武大帝么?"

"灰头巾"忙道:"神相,我们当然相信,只不过当今大势看来,洛阳林家占据中原富庶之地,而且军力庞大,为何敌不过临淄田家呢?"

"是呀,林家势力庞大,而且帐下人才济济,林家公子武艺天下无双,那个美男军师智谋无双,他们配合无间,简直可以说是所向披靡!"人群中扬起一个声音。

"不错,听说前些日子,更是收纳了一位人才出众的副军师。那姑娘据说是美男军师的师妹,一到军中便设计出众多新奇装备,简直就是位女中豪杰呀!"另一个声音响起。

听到旁人如此议论夸赞自己，苏莱莱心中不禁甜蜜无比。她极力掩住笑不成形的嘴，心中如沐春风般爽快。

皇天神相忽地目光一敛，沉下脸来，"此女正是症结所在！"

这狗屁神棍什么意思？苏莱莱敛回笑容，面带怒气地瞪住他。

皇天神相叹息一声，故作惋惜道："此女正是导致林家难以成大势的因由！大家想想，圣人早有批示，女子无才便是德，林家非但不遵循前人古训，竟然还任由女子担任军师重任，况且，本神相早就开启天眼窥视过，此女子乃是千年狐妖降世，道行颇高，借与男子厮混汲取阳气！林家竟然将此等妖孽留在府中，他们乃是自断龙脉，与旁人无虞。"

啧啧，人群中议论纷纷，疑虑鄙夷声此起彼伏。

这混账神棍，信口开河也就罢了，竟然出口伤人，污蔑我是什么"千年狐妖"！苏莱莱气结，心中怒气猛涌直上，终于按捺不住，怒斥出声："神棍，你凭什么胡言乱语！"

皇天神相眉头忽皱，"小姑娘，你可知辱骂神相会遭天谴？"

苏莱莱冷哼一声，厉声道："什么狗屁神相，你不过就是个到处招摇撞骗的江湖术士罢了！"

"你……"皇天神相欲发作，却奈何自己形象，不便与个娇弱女子制气，于是转眼瞥过苏莱莱，做出捏指算计的动作，叹息道，"姑娘印堂发黑，本神相掐指一算，你乃是五行欠水，若仍不注意收敛唇舌，胡乱说话，只怕将有厄运降临，实乃大凶之兆呀！"

"算卦嘛，我也会，刚才本姑娘也替你算了一卦，你就是五行欠揍！"苏莱莱指着皇天神相叱道。

人群中忽地响起阵阵哄笑声。

皇天神相尴尬失色，眼里闪过一丝凶恶的怒色，但眼见围观群众竟然被这女子逗笑，想必对自己亦是心中有所怀疑，眼下和这女子争个嘴上输赢并无意义，应当及时让这些人信服自己才是。于是，他故作镇定道："本神相早已扬名在外，姑娘只是没见过本神相的神迹，所以才口出狂言吧！好，本神相今日就叫你见识见识！"

哼，有什么杀手锏就赶快使出来吧！苏莱莱白他一眼道："好呀，我也让大家看看你这个神棍是怎样骗财骗色！"

"念你年幼无知，本神相不同你计较，若你再血口喷人，本神相会即刻叫你

第十一章 纵情肆欲

好看!"

"废话那么多!有什么真本事,亮出来呀!"苏莱莱高声道。

皇天神相狠狠瞪过苏莱莱一眼,从摊帐下掏出一只木制飞鸢来。

苏莱莱抬眼看去,这飞鸢做工精巧,栩栩如生,更让人惊叹的是,鸢翅只是薄薄一片木材做成,却雕出根根羽毛,鸢尾由数片薄片构成,微微低垂,鸢喙精致小巧,只一刀勾勒,简直巧夺天工。

看着苏莱莱瞠目的模样,皇天神相眼里浮起一缕扬扬得意,"此鸟是个死物,但本神相偏偏能让此物化为活物,就让你们看看本神相的修为!"说罢轻握住飞鸢的腹部,对着飞鸢嘀嘀咕咕念着听不明白的咒语。

飞鸢的头忽地微微抬了起来,竟拍拍翅膀,猛然腾空而起,直驰天际。

人群中炸出串串惊呼声,面对如此神奇异事,无一不张大嘴巴,对皇天神相心悦诚服。

这分明只是只木制的飞鸢,为何却能腾翅翱翔?一时之间,苏莱莱竟也愣然失措,脑中不断思索究竟。

皇天神相大笑起来,一副小人得志的嘴脸,"如何?被本神相的神迹吓呆了吧!本神相念在你是女子又年幼,只当你是遭人迷惑。识相的赶快离开,不要在此丢人现眼。"

"滚吧!滚吧!""灰头巾"果然又及时配合道。

一阵喝彩声传来,苏莱莱顿觉脸上发烫。虽然她并不在乎旁人耻笑,却痛恨那神棍的无耻嘴脸,只是这神棍分明不学无术,怎会有这样的能力?而那只木制鸢,究竟又是如何飞翔的呢?

苏莱莱垂头思索,旁人将她朝人群外推去。她竟无力抵抗,愕然中竟被挤出圈外。

"那只鸟明明是木制的,为什么能飞起来……"她喃声自语道。

"姐姐,这里一点也不好玩,黛夕好累,咱们回去营帐好么?"苏黛夕娇声道。

苏莱莱长叹一声,虽然心有万分不情愿,却抵不过此刻的失意,遂只好接受苏黛夕的意见,随着她朝城外行去。

人群中却反而喧闹不断,"呀!快看!那飞鸢为何坠下来啦?"一声突起的呼声猛然截断苏莱莱的思绪,她抬眼看去,徘徊旋绕间,飞鸢却在前方忽地猛然直垂坠下。围观的人群纷纷呼喊着,随即朝那方向蜂拥而去。

"黛夕你等等我，我去看看就回来！"苏莱莱倍感惊虑，立刻甩开苏黛夕的手，跟随大队人群直奔而去。

"姐姐……姐姐！"苏黛夕心中恍惚不安，放声大呼，望着身边的人群疾然散去，苏莱莱的身影很快便没入人群，消失不见。

飞鸢自空中直线垂落，落地的一刻，皇天神相的脸色顿时惨白。这次怎会才飞行片刻就直垂而落？之前数次飞行，虽不能做到连飞三日不绝，却也至少能撑住一个时辰之久呀，为何偏偏这次竟然迅速跌落？

苏莱莱朝前直冲过去，钻入人群中挤来挤去，终于在互相推掀间挤到了最前面。她拾起坠地的飞鸢，乍然失色。令人惊叹不已的是，从如此高空跌落，这飞鸢居然毫发无损！这究竟是何种神技，那神棍怎可能做出如此绝妙精巧的东西？能拥有如此巧思的人物，怎可能是个骗吃骗喝的神棍？她脑里忽地闪过一些片段来，她依稀记得小时候曾在爸爸的书柜中读到一本《墨子》，里面曾经提及一些关于机关的记载。

法自术起，机由心生。机关术！她蓦然大悟，这正是百家争鸣的时代，其中一门极为出名的门派——墨家，他们最为出名的正是巧夺天工的木甲机关！

难道这神棍是个墨者？呸，墨家讲求兼爱非攻，门者个个以高洁傲气自居，怎可能做出这种鼠辈行为？

她想不出这神棍究竟和墨家有何种关联，她将木制翻转来，在腹底靠近尾部的地方发现一个类似齿轮的结构。这东西做得娇小细致，当鸢尾垂下时，正好全然遮盖住，难怪刚才那神棍拿出来时她看不出任何机关。

齿轮上绕着一缕韧度极强的细线，若将这线死死拉紧，便可生出一股劲力，使得飞鸢腾空冲天。

原来这和小时候所玩的玩具原理差不多嘛！只是，这错落的世代毕竟相隔两千多年，这时候竟有如此巧技，古人的智慧也并非简单。虽然科技有所不及，却不乏能人异士，能制做出这样精巧的飞鸢，不得不让她感叹佩服。

苏莱莱嘴角勾起一抹自信的笑容，刚才那神棍想必是急于出风头，所以只随便绕拉了几下细线，并未将齿轮紧紧拉牢，所以飞鸢才会腾起一会儿便因动力不足而跌落。

"大胆女贼，竟想偷本神相的神鸢！"传来皇天神相气急败坏的声音，遥遥看着他正朝着自己狂奔而来，身后正跟着那神色慌乱的"灰头巾"。

"什么神鸢，就是个机关术而已，以为我不知道吗？"苏莱莱大声回道，一面不断将齿轮上的细线拉紧。

第十一章 纵情肆欲

"放屁！只有本神相才能使得神鸢飞起，女贼速速放下！否则别怪本神相不客气！"

苏莱莱扮出个鬼脸，吐吐舌头道："神鸢是吧，你不是说只有你才能让它飞吗？但是不好意思，它现在不认你当老大啦！它说你虐待它，要跟我！哈哈！"她蹦跶起来，看着皇天神相和"灰头巾"满面怒意的狂奔，不禁狂喜不已。

"混账！本神相和你没完！"皇天神相嘶吼着，声音因为太过竭力呼喊而嘶哑起来，逗得众人大笑不止。

苏莱莱松开手，呼——飞鸢再次腾升而起，振翅突飞。

一阵阵欢呼声再次响起，人们对苏莱莱刮目相看，更是对皇天神相嗤之以鼻。

皇天神相怒不可遏，瞪住天空中不断盘旋的飞鸢狂叱，"给我滚下来！滚下来！"旁边"灰头巾"耷拉垂首，一副无精打采的衰败模样。

"叫什么啊，你以为它真的有灵性吗？它不过就是个死物而已，这是墨家的'机关术'。你从哪儿弄来这么个玩意，竟然不知道它的底细吗？"苏莱莱眨眨眼，对着皇天神相道。

"臭娘们，你完蛋了！你可知得罪老子的下场吗？老子上面有人！"皇天神相怒色道。

苏莱莱笑得前仰后翻，指着皇天神相道："怎么，你要叫你老大来收拾我呀？你老大是谁？就是那个玄武大帝吗？那你叫他来呀……哈哈！"

皇天神相眼里闪过一抹狠毒神色，见众人都在望着天际，他瞪住苏莱莱低声道："你以为临淄田家是那么好惹的么？"

苏莱莱瞥过他一眼，"你刚才算什么狗屁天下共主，我就猜到你的后台了。怎么，难道堂堂临淄田家会为难我个小小女子？"

皇天神相咬牙切齿，正欲发作，却听到一声清脆的声音。

"临淄田家了不起呀？姐姐可是林家的副军师，以后还是上将军夫人，怕你们啊！"苏黛夕从人群中钻出，挽住苏莱莱的手臂，得意地叉腰大声道。

这笨丫头！

苏莱莱脸色骤然转白，心中正祈求这白痴神棍没有听到，却见皇天神相大笑出声，"哈哈！想不到你竟然就是那个千年狐妖！真是得来全不费工夫啊！来人啊，将她抓住！"

苏莱莱猛然回神，只见临近商铺中竟然涌出数十名身负铠甲手持兵器的武士。他们神色凶狠，满目杀意，朝两人直扑而来。

"姐姐，他们是什么人，为什么要抓人啊？"苏黛夕吓得抱住苏莱莱失声痛哭。

苏莱莱倒吸一口冷气,自己太过失策,只顾图出一口恶气,竟然暴露了身份,杨翾所担心的事,终于发生了。她俩都只是手无缚鸡之力的女子,如何面对这全副武装的凶狠武士?!

皇天神相眼带蔑视道:"只抓这个千年狐妖回去!让这小姑娘回去给林家少主带话,若想赎回他的女人,找临淄田家要人吧!"

武士们闷声领命,狠狠将苏黛夕拉开,朝路中央直甩而去。重重摔碰在摊面上,苏黛夕的额头即刻磕出一抹触目的鲜血。武士随即露出凶狠残暴的目光,将苏莱莱一把攫住。

一阵绝望而无助的感觉袭来,令苏莱莱悔恨不已。自己擅自逃出来玩闹,不仅连累了苏黛夕受伤,甚至被敌对势力所擒,妄图以她来要挟林峰。

林峰……我究竟该怎样,为何此刻你远在洛阳?!

心里漾起一阵无力的绝望感,苏莱莱不住默念着林峰,猛然紧闭双眼,紧紧抱住手臂,企图用自己不值一提的力量做出抵抗。

一阵刺鼻的酸味猛袭而来,空气中顿时粉尘弥散,浓烈的酸腐味立即泛然四扩。苏莱莱忽睁开眼,空气中却一片混沌,如雾似帐般缥缈。一道强光骤然亮起,直刺眼而来,极强的光线耀得她双眼疲惫不堪,竟难以睁眼,只好再次紧闭。

耳边随即传来呼啸缕去的风声,像是飞鸢拍打着翅膀一般,她竟感觉身体腾空而起,格外的轻盈。风声迎来,狂然拂乱她的发丝,缕缕发丝直扎脸颊,她只好再度睁开眼来。

她几乎惊呼出声,一个身着墨色长衫、身负宽大长剑的修长飘逸的身影正紧紧揽住自己,洒然破空疾行,宛若清扬的风般颠簸起伏,却又犹若迅疾的电般飞掣。

这身影竟能突入众围之中将她救出?难道他会传说中的轻功?苏莱莱垂头望去,张大嘴巴惊呼不已,眼前的飘逸男子并非御气而行,而是直直站在长及半米的巨型木制飞鸢上!他一手紧揽住惊慌失措的苏莱莱,一手拽住一条细长韧线,稳稳驾着飞鸢前行而去。

恍惚失措中,苏莱莱猛然昂起头,想要看清这个救她一命的奇人。一阵狂风忽涌而至,晃动得她睁不开眼。她极力撑住眼睑,死死盯住那身影,他飘洒的头发扎成长长马尾,随着风不住浮动,倏然间被风猛拂而起,一张清润如玉的侧脸投入眼帘。他嘴角微翘,俊秀的脸上如此干净清爽,一双狭长的眼睛满是洒然神色。

阵阵风声跌宕而过，眼前那抹墨色长衫渐渐浓重，他身后那柄巨大的利刃烁出湛然奇光。突如其来的降临，以及令人叹而观止的天工，所有一切的重叠，让苏莱莱脑中骤然而明。

飞鸢缓缓降下，直落在邺都营帐附近的一片野蒿地中。

"你……你究竟是谁？为什么要出手相救？"苏莱莱抬起脸，望住这神态飘逸的男子道。

男子嘴角只是勾起一缕淡淡笑意，他将苏莱莱放开，拉起飞鸢的线，忽地将飞鸢反复折叠起来。

看着半米长的巨型飞鸢在男子手中不住折小，最终合成一只方形木箱，苏莱莱惊叹不已。脑子忽地闪现出之前的场景，她高声道："你究竟是谁？难道那神棍的飞鸢也是你做的？你是墨家的人？你为什么要救我？"

男子眉角微扬，露出一抹清逸的笑容，却忽地从随身的腰带中掏出一只木哨，轻轻吹动间，一匹骏马疾奔而出。

男子轻身跃上马背，策动缰绳，骏马猛啸一声，扬蹄起行。

"喂！你还没回答我的问题呢！怎么就走了呀？"望着男子策马离去，苏莱莱放声吼道。

男子并未回头，只是前行而去，很快便没入野蒿中，消失不见，阵阵风声却传来模糊的声音，苏莱莱依稀听到，你的问题太多，后会无期——

第十二章 临淄田氏

墨者洒然而去，甚至连姓名也不曾留下。

可恶，救人还诸多要求，耍完连个正脸也不给。苏菜菜捋捋被风拂乱的头发，心中暗暗咕哝道。

"啊！"她蓦然醒悟般叫起，"黛夕！黛夕还在邯郸！"

那恶人皇天神棍捉不到自己，必定会将苏黛夕捉回去，这下糟了！她心中焦急不已，事已至此，她只能去找杨翾和韩希尧，求他们救回苏黛夕。即使会按军令处罚，如今她也顾及不了这么多。她心急如焚，慌忙朝营帐奔去。

营帐的火光晃动得她心乱如麻，更让她忐忑不安。她直冲进杨翾的主营帐，垂低头大声道，像个犯错的孩子般，"人妖，我私自带黛夕逛邯郸城，她被临淄田家的人抓了！求你立即命人去救她，我愿意接受一切处罚，绝无怨言！"她不敢抬头，满面羞愧地盯住地面道。

"是么？"传来杨翾一声冷淡如水的回应，转而一声厉声训斥，"副军师，你屡次视军令为无物，如今竟然犯下大错！"

"是……我……对不起，我有罪，你怎么罚我都行，赶紧去救黛夕吧！"苏菜菜头埋得更低。

"既然是你犯下大错，为何不自己补救？"杨翾眼里泛起一抹漠然。

"我要是有办法就不来找你了！"她咬咬牙，"我知道我错了，我道歉我认罪我该死，反正，反正我就是个蠢货！你赶紧派人救黛夕吧！只要能救她，你叫我做牛做马做你丫鬟服侍你……"她说着抬起头，瞬时间却觉脸颊发烫，白皙的小

脸涨得通红。

面前的杨翱,依旧一副冷漠清俊的神色,只是他背后竟然站着韩希尧和笑容满盈的苏黛夕。

苏莱莱面上立刻爬满尴尬,她扁起嘴,朝杨翱望去,却发觉他脸上竟然罩着一抹淡淡的得意神色,仿佛嘲弄似的,却又静漠似水般淡然。

"姐姐……我们不是有意捉弄你的!"苏黛夕直蹿到苏莱莱身侧,拉住她的臂弯,"是军师说要给你个教训,好叫你记得过错……"

苏莱莱从鼻子里低低哼出一声,随即敛回目光,转向苏黛夕,望着她头上裹着的绑带,语带关切道:"黛夕,你平安就好,我担心死了,就怕你被他们抓住。幸好你没事呀,是韩希尧救你回来的吗?"

苏黛夕摇摇头,"是一名身着墨色长衫的侠士救出我,但是在邯郸南门时遇到军师和仇青哥哥,那侠士便立刻离去了。"

墨色长衫?!等等,救走自己的那个耍帅的飘逸小白脸,不也正是穿着一袭墨色长衫吗?苏莱莱眉心忽蹙,难道这家伙有分身之术?竟能在同一时间内连救两人?

苏莱莱正色道:"黛夕,救你的那人是不是束着长长的马尾,面容清秀,举止很飘逸?而且,他还有许多做工精巧的木工?"

"不是呀!那个人梳着高高的发髻,黝黑壮实,背着一柄好大的利剑,看起来很忠厚的模样,不似姐姐所讲。"苏黛夕思索着道。

那救走两人的侠士应当并非同一人。苏莱莱暗暗叹息一声,没错,那飘逸的小白脸必定是墨门中人,而救走黛夕的人应该是他同门。只是,此人举止洒脱,往来轻松自如,不留姓名出处,甚至连救人的目的也不讲明,种种行为,倒颇有些道家的无为风骨。

那么由此想来,他们救走自己和黛夕,也只是出于路遇不平的行侠仗义而已罢了。只是那皇天神棍的飞鸢和小白脸的飞鸢,看上去如此相似,仿佛出自同源,他们之间,究竟又有何瓜葛?

苏莱莱正思绪不出,却听到杨翱淡淡道:"墨衫巨剑,并且擅使巧工,应当是墨者。"

苏莱莱转眼盯住他,一脸不服气的意味,"我也知道他们是墨者,但是我们同墨家毫无瓜葛,他们为什么要救我?"

杨翱眸里勾起一缕淡淡疑色,"墨家曾风云于世,只是秦廷统一天下之后,他们便逐渐淡出。墨家的机关术曾是一助秦廷夺得天下的主力功臣,嬴政去世之后,秦廷的机关部队便作为随葬被没入了始皇帝陵,加之墨家的行踪难寻,机关术可以说已绝迹。"他微微蹙眉，俊逸的脸上满是清冷，"若是能得墨家机关术，我军必更会有如神助，但墨家向来不依附任何势力，主公曾多次邀他们相助，却连他们的会址所在都不得而知。想不到你们竟会在邯郸遇到两名墨者，只可惜我无缘得见他们的巧工，若是能得其一件，便有机会勘破其中的妙义。"

苏莱莱微有疑虑道："你说他们向来不依附任何势力，但为什么临淄田家的那个神棍会有他们的飞鸢？"

杨翾冷笑一声，眼眸中竟泛浮起一抹怒色，"你以为墨家会依附那帮废物？！"

苏莱莱惶然不解，她瞥过他一眼，"你干吗突然那么生气，他们刨了你祖坟啊，一副苦大仇深的样子。"

杨翾并未回应，只是侧转过脸，清俊的脸上满是寥落。

"噢！"苏莱莱恍然大悟似的大叫出声，指着杨翾道，"你原本也是姓田的！那他们该是你亲戚啊，你干吗那么讨厌他们呀？"

苏莱莱无意的神情却勾起杨翾心底的不快，仿佛在嘲弄着他的身份似的令他怒火猛起。他狠狠盯住她，眼眸森冷得可怕，"我没必要回答你。"

触见他眼中的阴霾，苏莱莱骇然。她不敢大声，只得嘀嘀咕咕道："不答就不答嘛，干吗眼珠子都要蹦出来似的……本来就是僵尸脸了，难道还想变丧尸呀……"

苏莱莱，她依旧是这样口无遮拦般纯净似水，只是望着她那张令自己迷恋的脸，心中却难以释怀，只因为她口中那刺耳的言语，让他难以承受。临淄田家，这个原本令他骄傲的家族，为何这一刻由他挚爱的人说出口，却显得格外讽刺？

深夜，邯郸郡守府内，传来阵阵钟磬敲击的靡靡之音，战乱临世已有多年，唯独邯郸郡守府仍是一片奢靡之地。

繁花入眼，万般尘世荣华也不过如此。

阵阵轻歌曼舞间听见郡守钟兴的缕缕歌赋，"邯郸山，在东城下，单，尽也，城廓从邑，故加邑云。"他坐在下位，身边拥着几名衣着华丽、妆容浓艳的女子，一副尽心享受的模样。

而原本属于郡的正位，却端坐着一名衣着华丽的男子，他身材臃肿，一双眼斗大，却浑浊无神，嘴角的缕缕笑容却显出奸险自得的高傲神态。

"好赋，邯郸果然是个好地！"华服男子端起杯盏，满脸盈盈笑意，目光绽出一缕赞许神色。

"田大人光临邯郸，实乃在下的荣幸。在下已按大人吩咐，派出名震中原的皇天神相为临淄田家大造声势，相信很快便能取得成效！"钟兴露出满是阿谀的笑容。

一番恭维正是恰到好处，田建放声大笑，满面油光的大脸绽出朵朵华彩，"哈哈哈！此次邯郸之行着实值得，不仅能为我田家广造声势，还可借题发挥一番，让洛阳林家颜面丧失！实在是一石二鸟之计呀！"

"这种妙计也只有大人这等人才才能想出呀。田家有大人，想必定能击败各路诸侯，一统这天下！"钟兴立即提高了声调，识时务地奉承道。

"这是当然。"田建得意万分，"只要此次舆论之战中击败林家，我在临淄的地位必会更加稳固。齐衡君年事已高，正是要寻得新任田家统领之时，倘若此计得成，我必能取信齐衡君，成为下届田家统领。"

"这是毫无疑问的事实呀。"钟兴赶紧拍马道，"以大人您的智谋，试问田家还有谁能一争高下？"

"哼，只可惜齐衡君老糊涂了，竟然信任田凛那黄口小儿！"田建肥胖的脸上露出一缕恶毒的妒色，"那小子不过二十来岁，凭何得到如此多器重，齐衡君甚至打算传位于他。若让那自以为是的笑面虎执掌田家，哪还有我等容身之处？！"

"大人息怒，以大人的天纵之资，岂是那二十来岁的小儿可以仰望的？大人尽可放心，此时一旦办妥，大人必定愿望达成。"钟兴真可谓是十足马屁精，连连奉承不绝。

"报——"府外却响起一声长鸣，将这轻歌曼舞的靡色断然搅乱。

"快传！"钟兴令下，继而换上一张笑容满盈的奸狯嘴脸，"大人，定是有喜讯！"

一抹按捺不住的喜悦神色浮上田建的脸。此次临行前他已得批卦，倘若此事得成，自己将在田家风生水起，甚至成为齐衡君的继任者。酒酣之际，他已有些飘飘然，见回报声起，估到多是喜报，于是满心欢喜地等待这来报的结果。

皇天神相和"灰头巾"满脸尘土色地垂头进来，身后还跟着一队武士，均是一脸无精打采的模样。

见此场景，田建脸色陡转，朝向钟兴道："这是怎么一回事？"

钟兴慌忙起身，大步迈到皇天神相面前，"为何这般神情呀，事情办得如何呀？"

皇天神相依旧垂头，声音低沉道，略带着几分惊恐，"回大人，一切按大人吩咐，小的已经以上天启示的方式告知那些愚民，天下将被临淄田家夺得，还指出林家窝藏妖孽，必遭报应……"

钟兴脸上立刻浮起一抹笑容。

皇天神相却话锋猛转，"但……出现一名女子，竟然捣乱小的布局，还揭穿飞鸢的奥秘……"

钟兴立刻暴跳如雷,"什么!"

皇天神相骇然缩紧身子,不住发抖道:"后来发现该女子竟然就是林家少主挚爱的那个妖孽,于是小的立刻派人将该女捉住……"

钟兴的脸又戏剧性地满面转笑,"如此不是甚好吗?不仅能让林家丧失颜面,还能抓到林家少主的未来夫人!"

皇天神相却更埋低头,低声道:"但……竟然出现两名身着墨色长衫、背着巨剑的男子,将那妖孽救走了……"

钟兴原本笑逐颜开的脸顿时再度坠入冰窖。

"你们这帮蠢材,这么一件小事都办不好?抓个女人都抓不住,还他奶奶的活着浪费粮食?!"钟兴咆哮道。他不敢回头去望田建的脸,他能够想象得到可怖。

"小的知罪,求大人饶命……求大人饶命……"皇天神相吓得魂飞魄散,赶紧跪地求饶。见此状,"灰头巾"和一群武士也纷纷下跪祈求饶恕。

"饭桶!全都是饭桶!"钟兴破口大骂,"难为田大人想出如此妙计,你们这帮蠢货竟然如此浪费大人的心血!你们不死,活在世界上丢人现眼吗!"钟兴说着朝田建瞟去,却见他双目微瞠,一副恼怒神色。

田建心中自然是怒气不已,望着皇天神相畏缩的模样,他真恨不得将这个废物活活掐死。他对自己颇为自信,自己如此呕心沥血想出这个妙计,竟然就被这帮蠢材给搅黄了!

他咬着牙关,快步走到皇天神相面前,正要拔出佩剑一剑结果了这让他恼怒的废物,耳边却响起一声高傲清亮的声音。

"田建!你给我住手!"

一名身形修长的年轻男子翩然忽至,身后跟随着大队全副武装的将士。

钟兴猛一抬头,眼前的年轻男子身着淡青色华服,头冠华贵,一张俊美的脸上堆满高傲与不屑,举手投足间都显出大家公子的风范。

田建脸上流露出骇然失色的神情,只得将佩剑推回鞘内,盯住年轻男子道:"田凛,你不是在临淄陪齐衡君吗,为何来邯郸?"

田凛嘴角勾起一缕冷笑,清俊的眼眸里满是鄙夷神色,"我若再不赶来,只怕田家的脸都要被你丢光了!"

"你……"田建欲发作,对着田凛那张目中无人的脸,却生生忍了下去。

"田建,你向齐衡君留书,私自来到邯郸,说已有妙计可抗衡林贼,我还以为你想出什么惊天妙策来。"田凛脸上带着淡淡的笑容,直直走上郡守之位,语气满是讥讽。

第十二章 临淄田氏

"这都是被这蠢货郡守的蠢货手下搞砸的。原本不是……"田建垂头道。

"呵呵，想不到你为天下大势如此尽心尽力，身为田家中人，看来我应该敬佩你，用不用我回临淄向齐衡君替你美言几句呀？"田凛轻声道，脸上依旧挂着柔和的浅笑。

田建竟然没听出这挖苦的言语，满头冒汗道："不敢不敢，多谢凛侄美意……"

田凛已走到郡守的位前，骤然停住脚步，猛然转身，满脸的阴鸷狠辣，两道眉毛好似刀刃般锐利，"竟干出这种低劣的蠢事，还指望我在齐衡君前替你美言？废物！"

田建抬头怒道："田凛！你竟敢辱骂我？我在田家的辈分可是高过你！"

"那又如何？不错，你的辈分是我叔叔，可你的心智却连街边乞儿也不如！"田凛直指着他，咬牙切齿道。

田建怒火中烧，面对田凛的讥讽怒斥，自己竟然毫无能力反驳，即使辈分高出他，在他眼里却一文不值。

"怎么，不做声了？"田凛一脸阴沉，"能想出这般荒谬计策，却不敢同你这侄子据理力争？"

田建强忍住心中怒火，谁让他在田家的势力同地位都远不及田凛，若惹恼了此人，其结果必然得不偿失。

"废物！田家就是被你们这帮不学无术的混账逼成如此境地！"田凛怒斥道，胸腔的怒气直涌而上，"想我田家乃是堂堂大齐正统，竟会被林贼这等草寇紧逼。如今田家地界日渐缩小，你不为齐衡君分忧也就罢了，竟然跑到邯郸丢尽我田家颜面！"田凛怒不可遏，恨不得生啖其肉般，"你们这帮废物，难道想让那叛徒田翱看尽笑话吗？！"

田建叹气不语。

钟兴见田建一副熊样，立刻摆出笑脸朝向田凛："早听说凛公子翩翩人才，智谋出众，今日得见，果如传闻呀！"

谁知田凛却眉心紧拧，冷声道："别把我当田建，你我直说便罢。我来此一是为训斥这蠢材，二是向你询问关于墨者现世之事。"

钟兴眉间浮起一缕疑惑，"大人此为何意？墨者不是早已绝迹多年么？何来现世一说？"

田凛眼中厉色立敛，摆出平时惯有的温和笑容，"郡守大人，邯郸有多少探子你心知肚明，我自然也不愿瞒你。我手下之人告诉我，在邯郸城发现过墨者制作的机关飞鸢。"

钟兴茫然不知所措，望着田凛那张俊美如画，却笑里藏刀的脸，他竟说不出一句话来。

"郡守大人……田大人说的那个飞鸢，正是小的平时表演的那个吧？"

一时间，所有人的目光齐齐转向怯怯出声的皇天神相。

田凛眸里泛起湛然神色，转而一抹浅笑犹然在脸，"不错，难道此物出自你手？"

皇天神相慌忙摆手，"回禀大人，小的何来这等智慧。实不相瞒，这个木制的飞鸢是小的从一个小孩儿手上抢来的。"

田凛冷笑道，满脸戏谑的神情，"言下之意，这小孩智慧远在你之上？"

这挖苦的含义十分明显，但皇天神相却不敢动怒，只好讪讪傻笑，"小的不是此意……小的意思是，这只飞鸢也是旁人送给那小孩儿的。"

田凛敛回笑容，"究竟是何人送的，难道你不知？"

皇天神相应声道："约莫半年前，小的在青州附近的村野外，遇到一只野狼追赶一个小孩子。那野狼生得高壮凶猛，只是一扑就将那小孩儿压在身下。这时突然飞出一名身着墨色长衫的年轻男子，他抽出背后的巨剑，将那野狼斩杀，小孩儿却受惊过度哭个不停。那男子大概是想逗笑小孩儿，于是从怀里掏出一只小木盒，几经翻折，竟然变作一只飞鸢。那男子教了小孩儿几句，小孩儿伸手拉紧飞鸢下的细线，那东西就直冲云霄，久久在空中回旋不落呀！"

田凛眸底生出一丝疑虑，仿佛若有所思般。

皇天神相接道："小的躲在树林旁偷偷观察了三日，那飞鸢才缓缓落下，而且落在腾起的位置，小的着实惊奇。于是叫那小孩儿卖给小的，但那小孩儿说甚也不肯割舍，小的见四下无人，于是硬夺了过来。"

田凛眼里满是蔑视神色，"你还真是有见地，竟然从一小孩儿手上夺到珍宝。"

皇天神相忙应声连连，"田大人训斥得是……"

田凛脑中蓦然闪现，也是大约半年之前，临淄街头四处流传关于"神驹现世"的说法，于是他按照传言的线索赶到了青州，几经折腾，终于在淄河旁的密林间发现一匹通体呈枣色，头细颈高，四肢修长，皮薄毛细的宝马。该马不仅步伐轻盈，神态更是极其高傲，更为惊人的是，该马不仅驰骋疾速，更洒出一身赤色汗血。

据当时的传言所描述，此马正是大宛国赠与秦廷的绝世良驹，该品种的神驹数量极为稀少，而这匹更是其中的佼佼者。只是进贡途中，秦廷失却中原大片土地，大宛国使者仓皇回国，行程太过仓促，回国途中竟然将这神驹遗失。另一说

第十二章 临淄田氏

法却是这神驹原本就是遭一名身着墨色长衫的游侠所劫,但这马脾性太烈,那游侠根本无法驾驭,于是便传出能驾驭此马者便可夺占天下的说法。自己虽寻得此马,甚至以强力将此马留于府中,却无奈始终无法驾驭它,一旦骑跨上去,该马便如癫似狂地将人甩下。

而这神驹和飞鸢,都是跟这身着墨长衫、背负巨剑的男子有关。两者之间,究竟还有何更深的瓜葛呢?多方探查下,才得知此人应是出自墨家的墨者。

墨者闻达于天下,善于巧技机关之术,若能得到墨家的机关秘诀,攻城掠地想必势如破竹般轻松。届时堂堂齐国正统的临淄田家,还会惧怕那草莽之身的洛阳林贼么?

田凛嘴角微微抽动,勾出一抹冷笑,"只可惜那名墨者来去无踪,想必你刚才所讲的救走林贼的游侠正是此人。"他叹息一声,"此人终是可遇不可求之士。"转而朝向皇天神相,"如今那飞鸢可还在你身上?"

皇天神相悻悻道:"回禀大人,那飞鸢经由林家妖孽的手,现在仍在天空飞旋,无法落下呀!"

田凛冷哼一声,"难道你不知道让它如何落下?难道每次都等足三日?"

皇天神相摇头道:"小的蠢笨,每次拉那细线,最多也只能让那飞鸢回旋一个时辰而已。今日是那林家的小妖孽将那东西弄上天去的,到现在还在空中飞旋呢。"

田凛目光微肃,"林家妖孽,就是你口中那个女军师么?"

皇天神相忙点头不止,"没错没错,正是此女,要说她不是个妖精都没人能信!长得一副童颜,身躯娇小得像个孩童。看上去那样娇弱的女子,却顽劣可恨,不仅一眼识破小的布下的局,甚至连那个飞鸢的奥秘都全然知道。"

田凛露出一抹不屑笑容,"纵使该女再博学多才又如何,终究是个女子,难有大作为,林贼以为仰仗这种偏门就能呼风唤雨?简直可笑。"

皇天神相点头哈腰连声应道:"田大人说的是。林家仰仗这女子必是自寻死路,而且据说这女子还是林家军师的师妹,更是林家少主的挚爱。这等不祥妖孽留在林家,不消我们费神,自会搞得他们四分五裂。"

田凛俊逸的脸孔上却突然闪过一抹清晰的怒意,但随即转为阴冷的笑容,"这女子既是那蛮力小贼的心头所好,又是田翳那叛徒的师妹,哼,你竟然让她逃掉了!我真是,想宽恕你都难呐……"说罢挥袖朝向钟兴道,"将这蠢货拖出去斩了!"

皇天神相吓得魂飞魄散,不住惊呼大人饶命。

只是田凛那张满是柔和笑容的脸，却看不出丝毫留情的意味。

皇天神相在嘶声惨号中被无情地拖走，田凛脑中却浮现起十余年前那一幕让他永生难忘的情形。

夜幕浑浑，星斗满缀下，阵阵夜风立尘而起，幕下的邺邹，寂静如籁。

经历一阵疲累奔波，众人已是疲惫不堪，纷纷拥被大眠。唯有苏莱莱躺在榻上翻来覆去辗转难眠。那救人的墨者为何消失得如此迅速？想询问他一些关于机关术的东西也来不及。不过，就算问他，也必定问不出个究竟吧，那人妖不是说，墨家从不依附任何势力么？唉……要是她能知晓机关术的原理，那必定能为林峰帮上大忙。

那个僵尸脸人妖说只要能得到那只飞鸢就能勘破机关术的奥秘，是真的么？哼，肯定是吹牛，墨家的奇术十分精深，怎能任由一个外人轻易勘破呢？可是，人妖虽然高傲自负，却并非吹嘘之徒，若没有足够把握，他从来不会夸夸其谈。

若她没有猜错，只要那两名墨者没有取走那只飞鸢，它一定还在邯郸城上空盘旋。那么，不如去将那东西取来，只是，杨翾已经下了严令，禁止任何人再接近邯郸城。但是，错过这个机会，又不知道何时才能遇到那两名墨者，既然如此，不如再冒一次险吧，她暗暗决定，就这么办！叫上韩希尧，以他的武艺，至少遇到危难还有机会突出。

决定之后，她翻身立起，披上一件黑色连帽斗篷，蹑手蹑脚地推开帘幔，轻轻探出身子。

夜色寂静得可怕，望着空旷天际的野地，丛丛野蒿随风摇曳，朝着不可尽览的远方无限延展。

苏莱莱深吸一口气，缓缓放下营帐的帘幔，望着寂籁的夜空，心中竟泛起一缕惊惧。这荒山野岭的，会不会有冤魂出没……想到此，心中的惊惧不断忽深忽浅而来。别自己吓唬自己，她暗暗安慰自己。怎么穿越到古代，竟变得跟古人一样封建迷信？这个世界哪来的鬼魂呀，小学课本就讲过，鬼魂不过是人类的心里恐惧衍生的死物罢了。

她昂起头，再深深呼吸一口，迈出大步朝着邯郸奔云。

但只跑出几步，却又立刻停止，这可恶的夜色，害我竟然连要找韩希尧都给忘掉。她急忙回转身子，朝向韩希尧的营帐迈去。

她心中既惊恐这寂寥夜色的可怖，又害怕被人发现行踪，不住伸首四处张望着小心前行。她总觉得身后有个影子跟她似的，回头张望间，却蓦地惊觉脚下多出一道障碍一般，猛一下绊住了她的脚步，让她躲闪不及，趔趄摔倒在地。

"啊——"心中的恐惧感犹然飙升，她紧闭上眼颤抖不停，身子却不听使唤

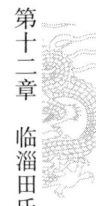

第十二章 临淄田氏

似的直跌而下。

　　一双有力的臂膀却猛地攀上，将她牢牢箍住。

　　惊慌失措中她赫然睁眼，眼前映出杨翾那张俊美冰冷的脸。倏忽之间，一抹绯色泛上她的脸颊。

　　她从未同他如此贴近过，即使上次他的拥抱，也只是善意的安慰而已。为何此刻却会跌摔在他身上？他的手臂怎会变得如此有力，让她几乎挣扎不得？与他的脸靠得太近，她心里竟然有一抹浅浅的起伏。他的脸长得这般精致惑人，就像是画卷中走出的人物一般，一时间令她的心神有些散乱。

　　倏一阵凉意骤然袭来，让她恍然清醒，呸呸呸，我在想什么呀，人家长得好看关我屁事。她立刻回神，发出一声杀猪般的号叫："搞什么呀！大半夜的装鬼吓人，没死也被你吓死啦！"

　　夜澈似水，幽幽冷月下，将杨翾脸上的痴色映衬得如此清晰。他的呼吸骤然急促，一双黑眸竟恍惚失神，紧紧锁在苏莱莱微红的脸颊上，难以游弋而去。

　　夜风徐起，吹乱她的秀发，轻拂得衣衫沙沙作响。为何在这夜色映照下，她那张柔润的脸显得格外娇媚，让杨翾的心涌起一股浓烈的爱意？他竟无法挪开双臂，仍旧将她紧紧揽住，她身上微微的温度令他难以遏制地悸动。

　　他轻轻垂低眼睑，嘴角勾起一缕微笑，眼里满是迷离神色。

　　"人妖！"她惊呼一声，企图挣开他的怀抱。他却加起力道，让她挣扎不了。

　　"人妖！"她再次惊呼道，脸上露出一丝恼怒的神色。他眼里泛起寥落，却仍不愿松开手臂。

　　"杨翾！"她怒吼一声，两道秀眉蓦然拧紧。

　　他骤然惊醒，露出一抹慌乱神情。

　　杨翾松懈劲力的瞬间，苏莱莱撑住他的肩立身站起，一张娇俏的小脸满是愤愤，伸出小手指着他，鼓腮微怒道："你你你平时总是摆个僵尸脸我也就忍了，夜半三更的跑出来扮僵尸就太太太不厚道了！"她面颊上的红润还未尽褪，威风泛拂下依旧撩人心弦。

　　杨翾起身坐起，一抹冷冷浅笑，满目的痴色渐渐隐去，"副军师竟然会吓到利齿打结，实在意外。"

　　苏莱莱略带鄙夷地白他一眼，"大半夜的你试试！再说……再说我是个女的，能跟你们男人比胆大吗？会害怕那也是情理之中嘛！"

　　杨翾只是冷冷应道："副军师不是向来倡导男女平等么？为何此刻公然承认女子不如男子？"

　　"好啦好啦，算你胜我一筹啦！"苏莱莱撇嘴，从鼻子里哼出一声，"喂，人妖，你干吗大半夜的躺在地上装死啊？"

杨翾被她这夸张的言语搅得有些无可奈何，他立而起身，拂却衣袍上的尘土，淡淡道："我只是坐在此地而已，何来装死一说？"

苏莱莱疑惑道："坐在这里也很奇怪呀？这夜深人静的，你不在营帐睡觉跑出来干什么？"

杨翾挑眉，略带讥讽的语气，"副军师不也选在夜深人静出没么？"

"呃……我……那个……这个……"苏莱莱伸出手胡乱比画着，却一时语塞，想不出应对之策。

"是想偷偷潜回邯郸，拿回那只机关飞鸢？"他瞥过她一眼，语调依旧冷漠。

见心思已被人完全揭破，苏莱莱只得悻悻地点头回应。

"那你不必费心了，那只飞鸢已经落入旁人之手。"杨翾眸里始终沉沉冰冷。

苏莱莱抬头望住他，满面疑惑地问道："晚上我被墨者救离邯郸城的时候，那只飞鸢还在的，到现在也不过过去几个时辰而已，怎么会落入旁人之手呢？"

"大约一个时辰前，探子已知会我此事。"杨翾冷眼迎住苏莱莱的目光，"别人已经捷足先登。"

"可恶。"苏莱莱甩了甩衣袖，"究竟是什么人手这么快？"

杨翾眸底忽地浮起一缕难以捉摸的神色，仿佛带着深深怨恨，却又难以割舍的无奈一般，"是田凛。"

"田凛？"苏莱莱微蹙眉头，"就是说是临淄田家的人咯？"

杨翾并未回应，只是望住她，一双眼眸如霜似冻。

自他冷冽刺骨的眼里，仿佛已经寻得索求的答案似的，苏莱莱撇过嘴，闷声自语，"可恶呀！临淄田家也想得到墨家的机关术诀窍，好跟我们一起争夺天下吗？我只听林峰讲过，临淄田家的首领是个叫齐衡君的老不死，那这个田凛又是个什么怪胎呀！"

杨翾愣然一怔，眸底的哀恸悄然隐去，嘴角却转泛起一缕淡淡笑意。听着苏莱莱无意识地嘲讽着田家人，心中为何竟有一股略带痛意的畅快？"田凛，哼。"眼里的冷冽如涟漪般扩散开来，他直起身子，"自小就与我势如水火，总以为自己天纵英才，却恍然不知天下博达，十足一只井底之蛙。"

见他此种回应，苏莱莱伸出食指轻轻刮刮脸颊，语带疑惑，"从小就跟你不和啦？我虽然知道你是姓田的，但是好像你父亲早就成为御史了吧？那就应该和他们毫无瓜葛了呀。"

似乎触及到他心底的痛处，杨翾兀地敛回怒色，只是淡淡神色，仿佛事不关

第十二章 临淄田氏

己般冷漠。

"不想说呀……"苏莱莱讪讪道,转而叹道,"那好吧,算我太八卦。既然是你的私事,你不愿意讲就不讲,反正我知道田凛他不是个好人对吧!"她抬起小脸看着他,纯澈似水的柔色。

她眼底的潋滟却撩起他心中的暗涌,胸腔内一阵炙热扩散,不住蔓延。他竟不自主地沉声低语,"田凛年长我三岁,是我叔父之子,此人从小便憎我入骨。父亲为秦廷效命,田凛更是视我一家为齐人叛徒,誓要除之后快。田凛天资聪颖,饱览群书,近年来,因齐衡君年老体衰,遂将田家的决策权逐渐交予他。若无意外,他将接任齐衡君之位,成为临淄田氏之首。"

秀眉微蹙间,苏莱莱若有所思道:"林峰讲过,田家其实人才众多,只是缺乏一位能统领他们的头领,于是他们各怀鬼胎,成天内斗,所以才会坐拥最大兵力财力却逐年势弱。但现在,如果这个田凛当上了田家的老大,他们会不会猛地势力暴涨,将我们灭掉呀?"

"哼,痴人说梦罢了。"杨翾发出一声不屑哼声,冷然道,"若田凛有此才能,田家早不至于没落至此。田家这帮废物,个个以为自己才是能够掌控天下的大才,殊不知外间尘世早已人才辈出,各大势力对田家已虎视眈眈,却仍固守在区区胶东。此等狭隘寸光,有何能力与林家一争天下?"他眉色轻拧,脸上渗出莫可名状的怒色。

杨翾毕竟还是出生田家呀,即使长久不相往来,甚至互视作死敌,彼此间的血脉亲缘,又怎是一纸降计能够斩断的呢?他虽已改姓做杨,这却始终只是个如同符号一般的代指吧,深刻入痕的,终究是临淄城那扰人心绪的儿时过往。

"杨翾……其实你,还是很在乎他们的吧?"苏莱莱轻声道。

杨翾眸底生出清晰的不快神色,"这玩笑毫无生趣,副军师切勿再提。"

脸上忽涌起一缕悱然神色,苏莱莱吁气道:"毕竟曾经是一家人呀,既然是亲人的话,什么误会不能讲明呢?为何要闹到不可谅解的地步呢?那个田凛虽然讨厌,但是好歹也是你的堂兄吧,你为什么……"

不等她讲完,杨翾已不可抑制的冷声低吼:"田凛凭何算作我亲人?!"

苏莱莱抬眼盯住杨翾,一副不可揣测、难以理解的神色。

只是一声冷厉笑容,杨翾俯下身子狠狠瞪住她,眼神凛冽阴冷,让人心生寒意,"苏莱莱,不要将你那个时代的所谓'亲情论'强加在我身上!"

"我只是……"苏莱莱一时语结,面对他眼里如此慑人的凛冽,竟犹如一泓幽湖般,将他们彼此隔绝在对岸之外。

杨翾却毫不理会她此刻落寞的蜷缩,依旧满眼冷冽如故,犹似利刃般绝无情意,"你要我将这妄图害我性命的孽畜视作亲人?!"

此种场景竟让苏莱莱恍惚颤抖。第一次见到杨翾露出如此恐怖的神情,这唤着田凛的人,对他来说,真恍若恶魔一般难以抹去么?

眼底的哀色却渐渐倾覆,杨翾狠然凝住苏莱莱,脑中竟然风驰电掣般回涌。十年前的记忆在这一刻猛涌而来,恍惚间,如影似痕般一幕幕清晰再现。

那时候杨翾还只是不过韶华光景,父母却已离世数年。齐衡君不愿他漂泊在外,于是向林尚候求得杨翾回归临淄故里。林尚候原本并不情愿,但想到亲情可贵,便同齐衡君立下盟约,以访游临淄之名,将杨翾送回田家。

只是面对阔别多年的临淄,一切都早已物是人非。杨翾凄然发现,自己失去的并非只是父母双亲而已,自己原本拥有的身份、地位、尊重都已全然遗失,甚至让他惦念的亲情,也随着父母的离世而彻底消散。

张张冷漠的脸孔让他的心黯若死水,声声叛徒更是让他难以忍受。只是这所有的漠视也好,羞辱也罢,他都能够隐忍并且承受,但当田凛带着一众束发少年趁着长辈交谈,将他绑到淄河外的树林内时,对方手上那把烁着田家家徽的匕首,彻底剜走了这最后一丝亲情。

那时田凛还只是年方十六,恨意竟然如此之大,呲声怒叱之后,他竟掷起匕首朝杨翾身上不休地猛刺。汩汩殷红的鲜血绽出,疼痛交织间,脑里只剩下一抹死息的鲜红不断晃动。

那日,若不是林峰赶到,他或许已死在田凛的匕首下。

林峰与自己同岁,却赤手空拳将一群十五六岁的少年狠狠击退。他始终记得林峰那刻殷红似血的眼眸,充满煞意的愤怒,当他将田凛压制在地时,那暴戾却霸道的姿态,以及他那声充满威慑力的咆哮。

"若再敢动杨翾分毫,我决不饶你性命!"

田凛意识恍惚间已是浑身伤痕,几近断气,之后卧床半年都难以自如行走。

林峰搀着他直闯林尚候同齐衡君会晤之所。尚是稚子的林峰,竟直叱田家上下所有人,并坚决要求父亲带杨翾回到洛阳。

经此一事,他便同田家人彻底断绝了往来,再不提及,也不念想。

耳畔的风声渐渐狂啸起来,撩动起杨翾长及腰际的头发。月色忽隐渐现,镌刻出他那张俊美无瑕的脸孔,宛若雕塑般沉静。

"对不起……我不应该只站在自己的立场上来替你做决定……"苏莱莱昂着小脸诚然望住他,竟盈溢着楚楚神色。

刹那间,心底再不抑制般的唤起于她的爱意,胸腔的焦灼炙热刺激得杨翾难以自控。凝着她看似无助的眼眸,他竟想狠然拥她入怀,向她倾诉十年前那场令他悚然的回忆。只是瞬间，他却强压了所有狂烈的爱意，他心底阵痛万分，偏因这段回忆，让他再也无法抱她，再也无法爱她。

十年前挺身而出救走自己的林峰，将他视作兄弟至亲的林峰，自己所有的亲情与友情，都深深印刻在他一人身上。

而她要的，也只是林峰。

凛凛冬日将退未退之时，却正是草木隐隐萌动的时分，洛水浇润下的洛阳城，却在缕缕微寒的杨柳风中迎回离去多日的一行人。城门前泛起一蕴阳和气息，旗摆随风起伏，这一派欣欣峥嵘的景色，让所有人的心绪都微微舒展开来。

久违的林宅，卉木已萋萋而生，迟迟春日，温暖柔和的日光下，间奏着喈喈的嘤鸣声。

"姐姐，你为何不下车，林宅到了呀。"苏黛夕朝马车外轻探探头，又倏然搁下幔子，一双秀目中充满疑惑，转而正对住苏莱莱，轻撅起嘴道。

苏莱莱脸上却即刻泛浮起紧张神色，她紧紧拽住手中的镜子，不住凝视踌躇，从身旁的GUCCI袋中摸出化装包，拿出一支粉色唇彩细细涂抹。

"姐姐，你都用这个'唇彩'涂了三遍啦！"苏黛夕指着唇彩，满是无奈。

对于苏黛夕的惊愕，苏莱莱却反蹙起秀眉，"我还是觉得颜色不够好看呢。黛夕，你说到底是粉色好呢还是红色好呢？"

"姐姐，黛夕觉得都很漂亮呀。"苏黛夕一脸无辜神色，轻眨着柔目。

"粉色会不会太淡，红色又会不会太艳……"苏莱莱喃喃自语，随即整理秀发衣袍，"我这个样子不难看吧？"

"姐姐这模样很娇媚呢！"苏黛夕抿嘴笑道，"上将军看到姐姐如此美丽，一定会更加动心，更呵护姐姐！"

"胡说……"苏莱莱随即撇撇嘴，"我才不是打扮给他看的呢。"话虽如此，却仍旧掩不住一脸的娇羞神态，心跳更是不由自主地渐渐加速。已是将近一月的分离，她早已难捺想念，可临到即将见面的时刻，却为何紧张如此，心绪仿佛初涉恋爱的少女一般雀跃？她摸索出那瓶JODORE香水，心情略微忐忑，在自己手腕和耳背处轻轻喷洒了少许。

"姐姐，我们下车吧！"苏黛夕轻吟一声，绽出悦色笑意，随即掀开帘幔，一缕柔目的光线投入。她微微从车上探出，吸一口气，迎来韩希尧满是孺慕的柔色笑容。

车内却猛传来苏莱莱错愕的声音，"怎么先跑啦！喂喂……黛夕，我还没弄完呢，等等我……"

韩希尧抿紧嘴唇，心中暗暗好笑，将苏黛夕扶下马车，朝林尚候等人鞠首叩拜，苏黛夕也一一叩礼。

林峰伫在林尚候左侧，依旧凛凛神色，触及到韩希尧脸孔的刹那，一抹影影绰绰的不快神色渐显，却随即湮没。他侧转向林尚候，正色道："父亲，此人便是孩儿先前所封的先锋。"

"末将韩希尧拜见主公！"一双凛然刀眉下，韩希尧双目炯然拜跪。

林尚候颔首，"不错，不错，即是峰儿器重之人，相信必有过人之处。"

右侧的杨翾则冷冷敛回眸中淡色，朝林尚候拘礼道："诚如少主所言，此次能同燕北苏家顺利结盟，韩希尧功劳甚大。"

眼眸间的余光游弋而过，林尚候留意到韩希尧与苏黛夕紧执的双手，心中已然估到几分。看来杨翾之前的传书不假，苏家小姐属意之人竟是一介平民，并且为之断拒联姻，甚至毅然赴死。也罢，不论如何，此人目前也算作效命于林家，他日若能封王进侯，亦能同苏家大小姐身份匹配。

"此时顺利结盟，辛苦诸位。老夫向来赏罚分明，今夜特意为尔等设宴，另所有北上燕京的将士，一律加衔一级，增俸三倍！"面向众将，林尚候发出一番豪语，随即洒然摆手，展出一缕气度从容的笑。

"谢主公恩典！"浑浑欢呼声随之响彻，众人纷纷跪拜谢恩。

林尚候却扭身转向杨翾，压低嗓音道："此次结盟得成，翾儿应记头功，老夫理当重重犒赏于你。"

杨翾却微摇首，满目清冷神色，嘴边只弯起浅浅弧度，"这是翾儿对伯父的承诺。"

见杨翾如此神情，林尚候已猜度出半分。依旧隐忍的杨翾，为何却不住掩饰着内心的慌乱，他又能如何正视林峰与苏菜菜相聚的那刻？这段纠缠，最终也只能亏欠杨翾。林尚候心中略略不忍，只是纵使想给予他弥补，却又如何能真正将他的心病根除？林尚候脸上虽露出会意笑容，眼里却逸过一丝悲怆神色。

一直倚立在杨翾身侧的林湘儿忽地蹙眉问道："菜菜呢，为何没见到她呀？"

苏黛夕应道："姐姐在车上不肯下来，拿着一大堆胭脂水粉不断涂抹，还反复问我自己好看吗？"

林湘儿忍不住咻声大笑，"一定是多日不见大哥，想打扮得出众点，好让大哥欢心呢！"

闻及此言，一抹浅浅绯色攀上林峰硬朗的脸，却随即转为不屑的高傲神色，"哼，这女人最爱多事。"说罢大步朝马车迈去，猛一把将厚享帘幔掀起。

苏菜菜正手握着唇彩轻抹樱唇，惊觉一斜亮光直入，帘幔掀起的瞬间，心中

第十二章 临淄田氏

一个趔趄，竟吓得右手猛一颤抖，唇彩棒顶端顺着下唇直滑而下，在她白皙柔嫩的下巴上划出一条清晰触目的红线。

"你你你……"她急得满脸红霞，神色尴尬却娇羞。

这蠢笨女人！林峰几乎再被她的举动逗笑，望住她微微锁住的秀眉，弯弯清澈的眸子，娇艳欲滴的朱唇，以及下巴那条意外的红线，所有的心绪感触，糅合成对她浓烈的爱意，在这一瞬间奔涌而来。他伸出大手，将她小小的柔荑捏入掌心，双目微凛，"蜷缩在车上作何？还不出来？"

她蓦然回神，立即抽出另一只手将下巴上的红线抹去，"你……可恶……"她鼓腮微怒，转而轻咬下唇，白皙的脸颊却渗出迷人的绯红。原本想打扮出彩再与他相见，却不想竟又一次在他面前出丑。自己早已不是初次见他，为何依旧会手足无措般蠢笨？

林峰，好久不见！她心中柔柔道，被他大手握住的触感，缭得她的心甜如蜜糖，软若绒絮一般，抬眼望到他那双深邃凌厉的眼眸，却满满盛载着温柔的爱意。她竟顾不得旁人的眼光，探出小手紧紧环住他的颈项，低声娇吟："你最可恶！老是害我出丑！"

林峰嘴角勾起一缕浅笑，直探进身子将她揽入怀中，附在她耳畔沉声低语："可有想我？"

"嗯！"她柔声回应，抬眼凝住那对深黑威严的眸子，神色娇俏，"那你呢，想我了吗？"

"废话。"他厉声道，却随即柔和了声调，"从你离开那日，不曾间断。"

霎时间，红霞迅速由她脸颊蔓延而下，晕染入她洁白如玉的颈子上，润出柔和色彩。他只字片语的关切，也令她心跳不止，她对他又何尝不是如此呢？心中浓烈的思念在离去那日就未曾了断，这一刻重见到他，更让她难以割舍。

林尚候的脸上忽地掠过一丝不快神色，虽然他已承诺不再取走苏莱莱性命，触及此种情形，却仍令他心有戚戚。林峰脸上毫无掩饰的愉悦神色挑得他心绪不顺，他敛回笑容，却转朝杨翾斜兜过去。

出人意料地，杨翾却一如常态地平静，清俊的眸子里始终是淡淡孤冷。难道他已全然释怀？或者，他已将这炽情藏匿于心底，从此不再提及，再不惦念？若真如此，那也算作个最佳结局罢了。他始终比林峰成熟，懂得隐忍进退，倘若他始终坚持不肯放弃，他同林峰之间，又将演化出何种争执？

林尚候自然不愿做猜想，更不能容忍这种情况出现。好在杨翾明白事理，既然他仿佛已掩埋这情感，自己又何须多此一举？林峰他日必定君临天下，又如何不能容纳一个小小的苏莱莱？

"伯父，他们许久未见，由他们独处，翾儿尚有重要讯息禀报。"杨翾垂首沉声道，却闪烁开林峰的背影，黑眸里一片寂寥神色。

林尚候移回目光，眼里泛起一片神采，"那便按翾儿所计。"随即转身下令众人退下，携着杨翾直直朝议事正厅而行。只迈开几步，一缕怒色却犹然浮起，他直朝向杨翾身后的身影厉声道，"湘儿，为父同翾儿谈及正事，你先行退下，吩咐下人替苏家小姐安排住所。"

林湘儿露出满带笑意的娇容，"爹爹，你不要忘了答应迄湘儿的事嘛……"

林尚候脸色忽地斗转，"一月之前为父已经嘱咐你休再提及此事！还不退下?！"

"爹爹一拖再拖，究竟有没有将女儿的请求放在心上?！"林湘儿撅嘴怒道，目光却痴痴缠住杨翾，满脸羞涩神色。

杨翾微微侧过头，静漠似水的姿态，目光中却毫无一丝情绪，对于林湘儿的痴色视而不见。

"湘儿，为父一向纵容于你，但唯独此事毫无商量余地，休要再提！为父尚有要事商议，你若有别事，晚些时刻再讲！"林尚候狠瞪她一眼，满脸威厉神色，转而甩袖直行。

"爹爹……"林湘儿满腔闷气，面对杨翾如此冷冽相对，甚至对她毫无只言片语，心中的郁气猛地涌起。望着他与父亲不带留恋地离去 她恨恨跺脚却无可奈何。心中甚为不解，父亲一向宠爱自己，为何对于她同杨翾的亲事，却一再婉拒，甚至要她"休要再提"?！她只能怏怏忍耐，悻悻离去。对比苏莱莱同林峰此刻相聚的甜蜜，苏黛夕与韩希尧相持相携的默契，她眼眸里干涩得发疼。为何自己，却一无所得?

苏莱莱正依偎在林峰宽阔的胸膛前，微合着双眼，享受着短暂柔和的甜蜜。耳边却忽而传来一声熟悉而粗犷的高号声。

"臭女娃子，你总算回来了！想死老子了……呜呜。"这声音粗声粗气，却分明带着清晰的哭腔。

是老付！苏莱莱猛地惊蛰而起，抬眼的瞬间，触及林峰尴尬恼怒的脸，却又强忍住不发作的模样，竟让她忍耐不住，大笑出声来。

林峰狠狠瞪住她，似要震慑她一般的神情，"有何好笑?！"

"臭野蛮人，我哭我笑你也要管，你就适合去当个城管……"苏莱莱嘟囔道，伸出右手食指轻轻在他高挺的鼻梁上戳戳，一脸顽皮神色。

林峰却狠狠紧捏住她的小手，眼中沁起深深浅浅的迷醉神色。她依旧这样乱七八糟，动若脱兔般，却始终惹他怜惜，她的一颦一笑都能激起他心底难以自制

第十二章 临淄田氏

的悸动。眼里的浓郁痴色渐渐叠加,让他不愿顾及此时身处何地,他轻俯下脸,半合上双眼,将她的柔唇紧紧缠住。他的呼吸急促热烈,不住吮吸着她嘴里的甜蜜,不住释放这一月间分离的思绪苦楚。

帘幔再度被掀起,一声惊愕的尖声响起,却带着点撕裂的沙哑,"啊——"

苏莱莱慌忙羞愧地挣开林峰,眼前猛然晃过老付的脸来。他那张满目惊愕神色的脸孔,此时此刻就好似车祸现场一般惨烈。

林峰微转过头,冷冷盯住老付,目光凌厉,充满高高在上的威严神色,"何事如此惊诧?"

"啊……没什么,少爷,你们继续,老子……属下……属下方才什么也没见到!"老付强压住笑意,摆出一副严肃认真的神情。

林峰眉角微挑,无视于老付尴尬的神情,他宽展出右臂,将满面涨红的苏莱莱揽入怀中,只轻轻一提,便抱着她踱出马车来。

苏莱莱忽地回神,仿佛注了鸡血似的亢奋而起。她企图挣开林峰的怀抱,却毫无力气,只得昂起头,装出可怜兮兮的模样望住林峰,一弯含水双眸直撩人心神,"野蛮人,放我下来嘛!"

林峰对她的娇憨神态无可奈何,遂松开手臂。她斜身落地,迫不及待般冲向老付,笑靥如花,"付老头!本军师回来啦!"

"鬼女娃子……"老付沉吟道,露出一抹凄然神色,映在他粗犷抽象的脸庞上,显得极不协调。他声音略带哽咽,"你这败家老娘们,一去就是个把月,听说中途还遇到劫匪,可有被劫财劫色呀?"

原本被老付感动的心绪,猛一个极度逆转,苏莱莱脸上浮出一丝怒色,愤愤道:"说什么呢!你这个无良大叔,你就巴望着我被劫财劫色吗?!"

老付立刻咬起牙关,一对眼珠狠直瞪住她道:"老子是关心你。你不知好歹还骂老子是无良大叔?老子今年才三十五岁而已,如何是大叔了?!"

苏莱莱掩嘴笑道:"付老头,你真的只有三十五岁吗?看你五十三岁还差不多。"

"老子……"老付恨恨地咬牙切齿,攥起拳头朝苏莱莱送去,却猛触及到林峰肃色的目光,心中不禁骇然一惊,随即刹然收拳,扁嘴道,"你现在得瑟了。立了大功,还要做少夫人了,可以尽情使唤老子了呗!"

苏莱莱会意似的俏皮一笑,转身从马车上拿下自己的GUCCI手袋,拿出一小巧精致的小盒子递给老付,依旧笑意满盈,"这是送给你的礼物。"

老付一头雾水,满脸不解,仿佛不敢相信事实般,"真是给我?"

"当然啦,快打开看看。"苏莱莱只是莞尔。

老付接过小盒,慎然打开来,里面竟是一块暗赤色的粗砂石块。他眉心忽然蹙起,自言自语道:"这小石块仿佛是磨刀石……"

"对呀!但可别小看这个磨刀石,这可是出自燕京制兵的名家之手。人家原本说什么也不肯卖,我软磨硬泡求了一整天才肯割爱。付老头,有了这个东西以后,你的刀会越来越锋利,你也会越来越厉害!"苏莱莱嘴唇微翘,浅浅的笑意却绽着诚挚的色彩。

老付垂下头,静静端详手中的磨刀石,只见色泽纯厚,赤如润玉般,泛起缕缕夺目的闪芒。看来确实历经名刃,才会如此湛然溢彩。心中顿生起阵阵动容,望着苏莱莱清澈无瑕的眼眸,他舌头竟略微打结道:"鬼……鬼鬼女娃子……谢……谢谢呀。"

"哇,你感激涕零了吧,话都不会讲啦!"苏莱莱毫不客气地笑言。

"鬼女娃子……你以后要是真做了少夫人,老子都不敢和你顶嘴了……"老付闷声咕哝,满面伤感委屈的模样。

"哎呀呀,付老头,干吗一副癌症晚期的样子?又不是生离死别,我还会留在林家的嘛,况且……"话及嘴边,苏莱莱眸底却泛浮出惆怅神色,压低声音沉沉道,"我还不知道主公肯不肯接纳我呢……"

即使她寥落的凄色只是短短瞬间,却仍全然投入林峰眼底。他轻拧起剑眉,将苏莱莱轻轻拥揽入怀,肃色目光中渗出无所畏惧的坚定。"父亲接纳与否无关紧要,我已认定你,你休想再逃走!"他的目光死死缠绕在她身上,目光凛凛间,只对她绽出温柔和煦,嘴角一抹斜浮起的笑意,映衬得他的脸孔恍若神明般英武威严,"今晚的宴席,我会向贵族们宣布,我定要娶你为我妻子!"

"林峰……"苏莱莱咬咬嘴唇,面上浮起一抹疑虑,"可是,你父亲……还有那些贵族……"

"我决定的事,岂能由别人改变?!"林峰挑眉,低浑沉声,"之前若不是杨翾知会我暂时等待,你以为我会忍耐到今日?!"

苏莱莱昂首望住他,心中涌上一阵莫名的安心,仿佛冥冥中,那股力量将他们彼此绑缚在一起。恍惚间,她心底充塞满满、坚决而执著的信念。

及夜,整座府邸都沉醉在龠舞笙鼓的筵席中。燕舞翩翩扬起间,贵族们推杯换盏,纷纷为这大快人心的喜讯豪饮。所谓宾之初筵,大抵也不过如此。

作为此次结盟的功臣,苏莱莱同杨翾一齐列座于左上帝。她今夜似乎刻意装扮了一番,一袭瑰色华袍绣工精卓,乌黑秀发略结髻于后。她甚至别出心裁地在衣领上别上丝丝微垂的绒线,在衣摆后缀上叠上一只蝶形后摆,白皙的脸上画着

第十二章 临淄田氏

精致的妆容，那张微微上翘的红唇娇媚如昔。她看上去格外迷人出众，杨翾竟不由得死死凝住她，目光难以从她身上移却。为何自己分明已心静如水，却依旧如此轻易地被她吸引住所有的心神？

"喂……人妖！"一声低唤将他从茫然中拽回，他直盯住她的眼，见她一脸愤愤，"叫你半天啦……"

他只是垂低眼睑，冷冷地回视她一眼。

对于他的冷漠回应，她却并未动怒，自顾自地沉吟道："人妖……林峰怎么还不来呢？宴会都开始好长时间了呢，他不是说……今晚要宣布……"

杨翾并未抬眼，清冷的眸子透不出一丝情绪，淡淡应声："既然已应承你，他自会前来。你还怕他失信于你么？"

"当然不是！我只是……我只是紧张嘛。"苏莱莱忙摇头否认。

杨翾嘴角微微弯起一缕浅笑，依旧垂低着眼帘，毫不正视她一眼。此时此刻，他又能如何言语呢？自己已然决意放弃，只是为何今夜的她，竟娇艳得勾人心魂？但她不断殷望的，却只是林峰而已。这短暂的一月光景，未有林峰的燕京之行，早已渗入心扉，期间与她的种种默契，自己饱受的煎熬也仿佛泛着淡淡甜蜜。他拥有的一切，都在林峰出现之后，彻底碎裂。

既已决意放手，为何又会深感落寞？难道时至今日，你依旧无法释怀？杨翾忽觉心空得可怕，脑里又沉沉忆起十年前那一幕，以及多年来同林峰的所有情谊。心间的苦楚就让自己承受吧，既然他俩如此深爱，又为何不能助她幸福？他端起杯盏，将着烈酒一饮而尽，苦涩灼烧的酒味刺激得他喉间炙疼。他俊逸绝美的脸上泛起酸涩的笑意，望着满场的笙歌，唯独自己却显得如此孤独。本不善饮的他，竟一反平时的冷漠谨慎，频频痛饮。

苏莱莱用小手托住下巴，她并不适应古人这种应酬场景，一副无精打采的模样。她并未能察觉杨翾的反常，此刻她的心中，只满满期待着林峰的到来。

"少主……少主来了！"席间忽地传来阵阵情绪高涨的声音。苏莱莱忙循迹望去，林峰高大挺拔的身影犹然映入眼帘。

他一袭赤色华袍，冠冕下的那张脸，线条依旧硬铄刚毅，傲然神色间，浸出一阵暗藏依旧的坚定。老付紧跟在他身后，扛着铄杀金戟连连气喘，已是浑身大汗淋漓。

这个付老头，看上去块头比林峰还大，却连他主子单手猛挥的金戟都扛那么吃力，看来真是缺乏锻炼，只是空有其表吓唬人罢了。平时也就见他使出那子虚乌有的"付家剑法十三式"，还自命是林峰的近卫队长，负责保护少爷的安全……要是真遇到什么险境，应该是林峰保护他还差不多吧！

念到此时，苏莱莱不禁掩嘴窃笑。

林峰嘴角微扬，朝苏莱莱瞥去一抹柔和迷人的浅笑，继而直直朝向端坐正上方的林尚候，叩礼沉声，"父亲，孩儿因故迟至，望父亲见谅。"

林尚候悦色满盈，轻轻摆手笑应，"无妨，只是今夜乃是祥和喜宴，峰儿为何携'铄杀'入席？似乎不太妥当。"

林峰并未应答，也未入席，依旧凛凛威色，只扬起右手，向后一挥。老付立即会意，拖着铄杀金戟躲向左侧的帘幕后。

老付正好退入苏莱莱身后的帘幕，一垂眼就触见她狡黠的笑容，"付老头，你是年纪太大了吧，这戟林峰一只手就能挥得跟金箍棒似的，你呢，看你扛得都要累死了。"

虽然听不懂她讲所的"金箍棒"是何物，老付却能听明白她略带讥笑的意味。他不服气般低声道："你这鬼女娃子，站着说话不腰疼是吧？要不你来试试'铄杀'？"

"试试就试试……"苏莱莱撅嘴道，随即起身，从老付手中接过铄杀金戟。一阵沉力猛然袭来，死死拖着她的手狠力下坠。她咬紧牙关使出全身气力企图狠狠攥住铄杀金戟，却反而被它牵引着沉落而下，手腕一阵猛烈酸痛，陡然震得她无力紧握，竟然双手一滑，脚下失去重力，重重瘫坐在地上。

"哎呀妈呀，你这笨小姐……"老付喃喃自语道，忙将铄杀金戟扛起，却来不及将苏莱莱搀扶起身。

臀部一阵疼痛，苏莱莱的小脸截然扭曲，却发作不得。她不得不咬紧牙忍住疼痛，摆出一脸毫不在意的别扭笑容来。她这一笨拙举动却同时勾乱林峰与杨翱的心绪，两人的目光齐齐凝住她，心中充涌怜爱情绪，只是两人泛起的愁绪，却各不相同。

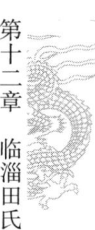

第十二章 临淄田氏

第十三章 力抗群侯

杨翾脑中沉沉,烈酒的作用搅得他神志有些恍惚,他甚至感觉双眼疲惫惺忪,莽莽失措中,竟不顾此种场合,直俯下身子,挽手将她的小手轻轻握住,小心搀起。她抬眼望住他,秀澈的眸子里烁动着感激。如此模样的她,娇弱得柔似细柳,唇上那抹娇娆鲜红却如此勾人心魂,一时间,心中狂烈的触感再掀起无法按捺的冲动,他竟不由自主地想要将她拥入怀中。

"苏莱莱!"林峰低浑却刺耳的吼声将这狂热猛然击退,杨翾惊慌失措,忙冷静情绪,松开手急急退回座上。

苏莱莱昂起小脸,勾起一抹撒娇的神态,迎向林峰的目光,"到!"

"过来!"林峰挑眉道,一派威严肃色。

苏莱莱当着满堂众人朝他而去,此种场景,令心中忐忑不已,望及他那双狭长俊逸的眼,却转而霍然安心。羞涩喜悦的心绪充满心房,她小心翼翼地,用着苏黛夕教她的步伐,摆出宛若大家闺秀的姿态朝他步去。

林峰大步迎上前,紧握住她柔暂的小手,挽拉着她齐朝林尚候跪拜,浓墨般的眸子闪着无尽摄人的光芒,"父亲,今日当着所有中原贵族,孩儿欲娶苏莱莱为妻,望得您首肯!"

顷刻间,苏莱莱霞生玉颊,一双乌黑眼眸骤浮起羞涩和激动,嘴角满是掩饰不住的喜悦。

觥筹交错声戛然而止,众人均被林峰此刻的惊诧言语震惊。身为如今最大势力，洛阳林家唯一的少主，竟然欲娶一名来历不明、身份低微、且古怪疯癫的女子为妻？纵使这女子智谋过人，屡立大功又如何？以她的身份，赏封她一个妾室便已是恩泽浩大，该女子竟然如此不知足，妄图占据正室之位？

贵族们心中各怀鬼意，而家有女儿的一众贵族，更是为此大为震怒。原本为让自己女儿成为林峰正室争个头破血流，却想不到被这毫无家世背景的苏莱莱捷足先登，这又岂是他们所能容忍？

顿时，啧啧嫌隙声、惊讶质疑声，纷纷轰然而起，不绝于耳。

众贵族的反应诚如林尚候所料，他沉下面色，厉声道："峰儿，婚姻大事，向来遵循父命，切不可鲁莽成事。"

贵族中即刻响起一声附和声，"主公所言甚是。少主的婚配应由主公抉择，怎能任凭少主一时喜好，就由得这么一名身份低微的女子成为少夫人?!"

出声的正是原楚国后裔黄炜。此人多年前便已依附林家，因此招得一众楚人为林家效命，在众贵族中地位极高。而他家中正有三名女儿，年长两名已出嫁其余贵族，唯独他最心爱的小女儿，依旧闺中待嫁。这小女儿自小自恃甚高，普通贵族几乎难入她眼，黄炜亦认为，凭女儿的姿色才华，若能嫁到林家，必能得林峰专宠。他日倘若林家称雄天下，那自己的女儿岂不是一国之母，那将是何等的荣华？只是林尚候却偏有意与燕北苏家结为姻亲，苏家贩大势大，自己自然不是对手。原本计划任那苏家小姐占据正室，自己女儿委屈为妾，只要凭借女儿的聪慧计谋，他日同样可击败苏家小姐，成为宠妃，甚至生下嗣子，尽享万千尊崇。

但令他如何也未能想到，命运开了个如此巨大的玩笑，苏家竟然主动退婚。林峰正室的位置算是腾空出来，原本以为非自己女儿莫属，怎料却让这个混迹于军营中的女军师占了先机。黄炜自然绝不能容忍这种情况出现，于是立刻与林尚候同仇敌忾。

林峰眸里凛过一抹冷意，他轻昂起下巴，一副目中无人的傲慢姿态，"黄大人，此乃我林家家事，与你何干?!"

黄炜讨了个不快，恢恢出声，"少主，黄某自投诚洛阳以来，自问兢兢业业，不敢说功勋卓著，至少也能在主公面前讲得上句话！少主此等行径难道不是违逆主公之意么?!"

林尚候转脸瞪住林峰，目光凛冽，"峰儿，黄大人乃是你长辈，不得无礼！"

林峰却望向苏莱莱，目光中的坚定让她踯躅的心安定下来。他直起身子，将苏莱莱揽入怀抱，眸底烁动着不可抗拒的威色，"孩儿已表明心迹，此生非此女不娶。父亲若想强扭我意，只好全力相抗！"

第十三章　力抗群侯

刹那间，两人目光相撞，激起阵阵难以平息的震怒，父子间不可妥协的观念使得场景十分尴尬。

一袭阴鸷神色从林尚候眼底掠过，"峰儿，为父命你退下，不可再胡闹！"

黄炜忙帮腔道："少主，主公乃是为你着想。这女子无论才貌还是身份，都不能与你匹配，况且俗语有云，娶妻娶德，此女子毫无德行可言，又如何能立为正室？此事还是作罢吧！"

林峰嘴角滤过一丝浅意冷笑，他怒目而视，厉声回应："我认为匹配便可，任何人都毋庸置疑！"

"林峰，你是否连为父也不放在眼里？！"林尚候终被林峰激怒，怒吼出声。

"父亲，孩儿不过想决定自己的婚姻，这有何不可？！"林峰亦怒道，双目涨红。

见此种场景，苏莱莱心中不禁戚戚骇然。她轻轻拉住林峰的衣袖，怯声道："林峰，算了……别和你父亲顶嘴……"

对于苏莱莱的劝解，林峰却视而不见，反而愈发恼怒地狠狞怒视众人，发出一声地动山摇的咆哮，"还有谁反对？一并站出来！"

人群中顿时寂然一片，只能听得众人的紧张呼吸声。

此刻林尚候的心中却是闷闷的疼痛，对于林峰执意娶苏莱莱，他本已不愿过问，只是林峰这般盛气凌人的态度、毫无畏惧的神态，以及气势嚣张的话语，都刺得他闷疼不已。难道身为父亲竟已无法凌驾儿子？他厉声呵斥："林峰，你太放肆！"转而沉声令下，"来人！将林峰绑起，押入地牢！"

大批身覆铠甲、手持利刃的护卫陡然涌出，蜂拥般直扑林峰而来。

苏莱莱骇然失色，吓得紧紧抱住林峰，朝林尚候高喊："主公，不要抓林峰，他只是一时冲动！大不了我不嫁他就是了！"

"闭嘴！"林峰怒斥，炯然目光似利刃般锐利，苏莱莱那张白皙的脸印入眼底，依稀能瞥见薄薄泪光。哼，这个笨蛋，他心中漾起深深悯惜。

忽地一缕狠厉神色自他眼底泛起，却挟着自信满满的豪气，他侧首一转，"老付，铄杀！"

"是！"老付嘴角弯起笑意，竟一反之前的颓态，直起身子，抬手高扬起铄杀金戟，从帘幕中飞跃而出。他咬牙飒然大笑，运起劲力将铄杀凌空飞出，朝林峰冲飞而去。

劲力游弋而起，林峰侧身一旋，骤抬手臂，猛一勾将铄杀金戟紧紧攥住。眉角扬起间，他左手狠箍住苏莱莱的腰肢，轻轻一抬便将她扛起，将她柔软的身子直垂在自己肩上，横戟猛挥，顿时间金光湛闪，全场惊愕。

心中满是悚惧，苏莱莱颤抖不已，垂伏在林峰肩上，却觉出阵阵安心，看来他已是决意娶自己为妻。好吧，那么便同他同进共退吧，即使失败，她也无怨无悔，纵然再次被关入令她憎恶的地牢，若身边有他，她又何所谓惧？！

层层护卫附蚁而上，不断向两人扑来。林峰挥旋起铄杀金戟，带出湛湛刃光，强大的魄气使得护卫们难以突入圈围，但双方均不愿伤及对方，只得反复以攻守对抗。

此时的震撼却将昏沉欲醉的杨翾激醒，他心中一阵绞痛，望及两人如此生死相依，权势、命令又如何能将他俩隔离？而自己却企图占据苏莱莱的心，简直荒唐可笑。脑里的刺痛让他不得不清醒，纵使如何不甘，纵使如何深爱，他终究也只是个旁观者。况且，他这一世始终亏欠林峰，若没有林峰当日相救，他又如何能活至今日？他却妄图同林峰争夺挚爱，难道说，当日林峰所救的，只是一条不知感恩的豺狼？

这突如其来的心绪犹若一支利刃，将他的心扎得鲜血淋漓。他从怀里掏出苏方恒的手书，这封被他暗暗藏匿的手书，这个唯有他与苏方恒所知的事实，他原想隐瞒的事实，始终还是在这众目睽睽之下，得以言明。

他起身缓步到林尚候身侧，垂低眼睑，跪拜叩礼，"主公，请应许少主同苏莱莱的婚事。"

林尚候怒气未消，厉色满面，"翾儿，你不必替这逆子说情！"转而朝向护卫，"无须顾忌此人身份，就算伤害他，也要将他擒住！"

杨翾嘴角滤过一丝冰冷淡色，将苏方恒手书的绢绸恭敬献上，"主公，是属下失职，一时贪杯竟忘记苏大人的重要嘱托。"心中猛地一阵刺痛，他脸寒似冰道，"苏大人为感激苏莱莱救苏小姐性命，已收她为义女，恳求主公同苏家联姻。苏大人全当以亲女对待，甚至备以三年无偿军资以做义女嫁妆。"

林尚候双眉忽拧，稳住心绪后接过绢绸，一切全如杨翾所言，历历在目。

苏莱莱与林峰一片惊愕。为何从未听杨翾提及，甚至连苏黛夕都不得而知？难道这是苏方恒同杨翾私下商议的结果？

一抹略微尴尬的颜色浮起，但片刻之间，林尚候已全然透彻因由。垂低头，杨翾眼眸里满是清冷无神，仿佛丧失所有的感官一般僵冷。

看来杨翾始终难以释怀，否则为何明知有苏方恒手书，却迟迟不肯献上？只因他深知，林尚候乃是唯一能阻拦林峰的人。若林峰不能顺利娶得苏莱莱，那么是否表示终有一日，他能得获佳人？

第十三章 力抗群侯

此刻,林尚候已不愿再揣测杨翾的心思,既然他已交出苏方恒的手书,又何必再为难他?此子虽不是自己亲生,却早已亲如子女般,他又如何忍心重责与他。

林尚候怅叹一声,目光凛凛,"众护卫退下!"

护卫们即刻领命散去,只留下林峰揽着苏莱莱立于厅堂正中。他将苏莱莱放下,咬牙挥起铄杀金戟狠狠掷地,发出一声震彻全场的巨响,一双凌厉眼眸中深不见底。

林尚候扶起杨翾,暗暗低叹。事已至此,纵然杨翾心中如何不甘,已无法阻拦林峰的意愿,况且苏莱莱既已得苏家鼎力支撑,又怎能反对她成为林峰的妻子?

"既已如此,此事便作罢。林峰,老夫便恕你今日顶撞之罪!还不认错谢恩么?!"林尚候怒目而语。

林峰却依旧目光凌厉,傲然姿态,"父亲此意何解?只一手书能扭转你意?!"

苏莱莱却昂起小脸,笑意盈溢,"笨野蛮人,你父亲的意思是同意我们的婚事啦!"

浓眉微蹙,林峰略带不解地望向林尚候,只见林尚候低转叹息,神色肃穆间沉沉点头。

贵族中却陡然炸出一众不满情绪,嘶声连连。

"诸位大人不必多虑,既然苏莱莱已为苏大人义女,那便是燕北苏家的千金,更表示得苏家的鼎力支持。此等身份,足以为峰儿妻子,老夫已无异议!"林尚候正色道,言辞铮铮。

位于贵族对面的将士宴席,却轰然响起阵阵热烈的欢呼鼓舞声。

一抹清晰喜悦自林峰脸上溢出,他满脸欢笑,截然转向苏莱莱,满目炽情神色,"苏莱莱,为夫命令你,立刻向父亲跪拜谢恩。"

臭野蛮人,立刻就开始猛耍威风,企图大振夫纲……苏莱莱扁嘴瞪他一眼,心跳却骤然加速,望着他炙热的眼眸,心底充斥着满满柔情。她轻点螓首,脸颊绯红娇俏。

林峰将铄杀金戟放低,携起苏莱莱的小手,缓缓步到林尚候的正位之前。齐齐跪拜下的那刻,两人双目对视,目光绞击间,却缠出缱绻绵绵、痴痴相望。

终已是无可阻挡,历经波折磨难,这原本毫不相及的两人,终在这黯漠夜色下,定下永世盟誓。林尚候起身拂袖,沉声正言:"林峰、苏莱莱,你二人既然诚心相爱,老夫便成全你俩,择下良辰吉日为你二人完婚。"

"谢父亲!"两个声音交织而起,波出阵阵余韵,荡出府邸,回彻在莽莽夜间。

欢呼鼓舞声再度回旋响彻不绝,老付抱怀大笑,不由得自言自语,一张抽象的脸孔笑意蔓延,"这鬼女娃子,还一点也不客气,立刻就喊父亲了!"

此情此景,除却满场失意的贵族,心中疼痛难忍的,唯有杨翾一人。

他心中反复低语,自己也应高兴吧,这承诺,这结果,不正是自己所盼望所祈求的么?凝住苏莱莱脸上难以掩饰的幸福笑意,为何却搅得他的心,痛如刀绞?但今夜,却必是最后一日想念,今夜之后,他将再不妄念。就让她浑然不知,就让她同林峰永世这般幸福。

春日三月,万物生机萌发,已是柳絮飞落,鹃鸟夜啼时分。立春时分多落雨,直至清明时节方才罢休。洛阳城沐浴在丝丝洒洒的春雨中,迷人依旧。而此时林府上下却沉浸在一片喜悦祥和的氛围中,战事暂时被搁置,众人纷纷忙碌于筹备林峰的婚事。

"数"院的正厅内,满满堆放着整间锦缎丝绸,以及各色金缕玉石,耀得整间屋子光芒四溢。苏黛夕与林湘儿端坐在桌案中央,四周的物品将两人挤在一片狭小范围,摆弄着几案上大堆的锦缎绸布。

"姐姐,湘儿姐姐,这匹如何呀?"苏黛夕捻起一匹湖蓝色锦缎,满脸正色道。

林湘儿扁嘴摇头,"不好,大喜日子,这颜色虽然亮眼,却并不喜庆,还是我这颜色好!"说罢拎起一匹色泽鲜红的锦缎,悦色满盈。

"啊?你们的意见不统一嘛!"一声清脆嗓音传来,蹲坐在地的苏莱莱猛然抬手,掀开覆在身上的层层布匹,露出洁白娇俏的脸来。

"姐姐,黛夕觉得这颜色好看啊。若是黛夕出嫁,也必定穿这颜色!"苏黛夕轻轻攥住湖蓝锦缎,仿佛念及情郎模样,竟忽地霞生玉颊,一派羞涩姿态。

林湘儿则抱起怒红锦缎,拉攥出一段展示给苏莱莱道:"莱莱,这颜色比较喜庆祥和呀,当年我姐姐出嫁时便穿的这种颜色!"

苏莱莱瞥过苏黛夕手中的蓝缎,再兜了林湘儿的红缎一眼,轻声叹息道:"这两个颜色我都不喜欢。在我们那个时代,结婚可是要穿婚纱的!"

苏黛夕与林湘儿愕然相觑,"婚纱?"

"对呀,白色的婚纱,象征着新娘的纯洁无瑕。头上还会罩着薄薄的面纱,手上还会拿着一束捧花,非常非常漂亮……"她不住比画,望着另两人疑惑的目光,忽转思绪,"对呀!去年参加副主编 Sophia 婚礼的时候,我用手机拍了好多照片呢,我拿给你们看!"说着低下头,将手探进一堆布匹中,摸索出自己的

第十三章 力抗群侯

GUCCI 手袋，掏出她的手机轻轻开启来。

两人立刻凑向苏莱莱，睁大眼睛盯住手机屏幕。

随着苏莱莱摆弄着按键，一幅幅婚礼的照片全然呈现在眼前。照片中的新娘，一袭洁白长裙，裙摆由两名身着白裙的小女孩托住，新娘头上别着精致的粉蓝珠花，濛濛透明的白纱微罩住头，手上裹着白玉般的手套，双手合拢，捧着一束瑰色似云的鲜花。新娘笑靥如花，轻轻倚挽住身侧的黑衫男子，娇美幸福的模样让人艳羡不已。

"莱莱，这些人的装束都好古怪……他们都是你那个'时代'的人么？"林湘儿轻轻蹙眉，昂首问道。

苏莱莱点点头，眉目间充满笑意，"是呀。"说着指着白纱女子道，"这就是我们的副主编 Sophia，她是那天的新娘。"再移向黑衫男子道，"这就是她老公。"见两人一脸茫然地望住她，忙解释道，"就是她的夫君。"

苏黛夕会意似的笑道："原来姐姐喜欢这样的礼服呀，是否打算同上将军的婚礼时如此装扮？"

未等苏莱莱回应，林湘儿忙高声道："不行不行，这女子穿得如此暴露，若莱莱在婚礼上如此装扮，父亲同大哥一定会反对！"

一袭不快的神色浮上，苏莱莱瞪目道："不是吧？这样也算暴露？主公也就算了，臭野蛮人也反对吗？"

"废话！"一袭低沉浑厚的声音忽至。

三名女孩同时昂首，见到一袭黑衫的林峰已步入房内，他目光凛凛，满脸不悦道："四处堆满绫罗锦缎，苏莱莱，你是否想拆掉整座数院？"

苏莱莱朝他轻吐出舌头，摆出一张顽皮鬼脸，叉起腰肢道："臭野蛮人，没见门口挂着'男子止步'吗？现在是'女人我最大'时间，身为男人，跑来凑什么热闹！"

林湘儿却暗下脸色，低低朝向苏莱莱道："看吧，我早讲过大哥铁定反对……"

"我当然反对！婚礼乃庄重神圣之事，岂能袒胸露乳？！"林峰厉声道，"我已命衣匠依造当年洛儿出嫁所着赶制礼袍。"

"什么袒胸露乳？！这么难听的词你也用！"苏莱莱撅嘴道，"一辈子就结一次婚，为什么不让我穿婚纱？"

"大胆！"林峰怒斥道，沉下脸孔，双目凌厉，"还未出嫁就诸多要求！"

苏莱莱昂起头，狠狠迎住林峰，满是不服气的意味，"难道想在出嫁那天打扮漂亮点也不可以吗?"

林峰朝案上的手机瞥去一眼,冷冷出声,"如此古怪暴露的装束,何来美感?荒谬!"

苏莱莱气呼呼地争辩道:"那是你的想法!在我们那个时代,结婚就要这么穿的嘛!你凭什么这样专制,我想穿什么你都要管!"

一抹凌厉神色掠上林峰的脸,怒目而视,"为夫管教你错了么?!"

苏莱莱牙齿痒痒,恨不得手中立刻多块板砖,好一砖头拍在这蛮横的妖怪头上,将他砸清醒。她拧紧秀眉,愤愤道:"我还没嫁给你呢!臭野蛮人,动不动就拿气势压人,有什么问题大家可以商讨嘛!你干吗什么都替我决定啊!"

缕缕狠厉神色掠过,林峰嗔怒,"你敢不嫁我?!"

苏莱莱迎过他凌厉的目光,直直瞪住他,"你又要威胁我吗?!"

两人目光交击撞裂,顿时氛围骤然紧张。

苏黛夕忙轻轻挽住苏莱莱的臂膀,柔声道:"姐姐息怒,上将军也是关心姐姐呀……"林湘儿也忙朝林峰讪讪笑道:"大哥息怒,莱莱毕竟是女孩子嘛,又是来自另一个时代,想法自然比较出挑……"

"他屁才是关心我,他就是怕我丢他的面子!"苏莱莱撇开苏黛夕的手,神色愤然。

"放肆!"一声低低的怒吼,林峰浓黑的眉顿时拧紧,"你是以这种态度与为夫讲话的么?!"他厉声呵斥,伸出大手直朝苏莱莱攫去。

"啊!护驾——"苏莱莱惊呼高号,朝着林湘儿与苏黛夕挤眉弄眼。两人即刻会意,忙抓起桌案上的锦缎,摆出一副视死如归的神色,犹如两道屏障般横直挡在林峰面前。

这突如其来的举动竟让林峰措手不及,俊逸狭长的眼眸里绽出丝丝惊愕神色。

"臭野蛮人,就知道用蛮力,本姑娘也有保镖,才不怕你!现在还没结婚呢,就想对我使用家庭暴力,做梦吧!"苏莱莱得意扬扬,双手伸张着摆动身体,活脱一副小人得志的模样。

林峰原已怒火中烧,却对她这一举措忍俊不禁。这顽劣女子,时时刻刻都这般斗志激昂,每日都总带给他鲜活的惊喜。一时之间,他的心中竟满是炙热的爱意,这样的她,又叫他如何能够舍弃?他眉角微扬,轻一用力,便将苏黛夕和林湘儿震退,嘴角勾着一缕邪气傲然的笑意,只单手一伸,便将得意忘形的苏莱莱紧箍入怀。

第十三章 力抗群侯

见"保镖"失效，苏莱莱脸上立刻转出一缕讪讪憨笑。

林峰嘴角的笑意却逐渐蔓延开来，语带鄙夷道："苏莱莱，你以为凭你这小伎俩，能奈何为夫？"

依偎在他炙热宽阔的怀抱中，苏莱莱不仅被紧紧攫住难以挣脱，更漾起薄薄卷意，一抹红霞渗出她的小脸，"老自称为夫为夫，你脸皮真厚……"

心中的恼怒犹然退尽，只剩下满腹柔软心绪，林峰飒然一笑，深邃俊逸的眸子满是湛然光芒，"你以为今生今世还有机会逃离我么？"

苏莱莱勾出手臂，轻轻环住他魁梧壮硕的身躯，柔声道："林峰，就让我穿婚纱好么？这是我妈妈的心愿。虽然她不能参加我们的婚礼，但我希望妈妈能在我那个时代感受到我的幸福……我穿上婚纱那刻的幸福……"伏在他胸膛前，她竟觉得鼻腔酸楚，眼眶似乎湿润漾漾。

林峰轻捧起她的脸颊，她眼眶间晶莹闪烁着泪光，挑得他心绪涣散。面对如此娇柔楚楚的她，他总是一再妥协，这次又如何能例外呢？他伸出食指，在她小巧精致的鼻尖轻柔一点，浑厚低沉的声音，呓语："那便依你罢。"

如此甜蜜温柔的气氛，引得苏黛夕和林湘儿也动容起来。苏黛夕脑中自然地掠过韩希尧讷讷却温柔的笑容，心中亦泛起丝丝柔美涟漪。只是林湘儿却深感寂寥与落寞，面对林峰同苏莱莱此刻的柔情蜜意，为何她却不能同挚爱携手？为何林尚候从荥阳归来后，对自己同杨翱的亲事三缄其口，甚至要她也绝口不提？

难道争取自己所爱也有过错么？林湘儿心中略有茫然，可从苏莱莱身上，她却依稀看到坚持的力量。苏莱莱与林峰，又何尝不是遭到父亲及贵族的反对，况且苏莱莱的身份与林峰绝不匹配。差距甚大的两人，却依然能够冲破种种艰难险阻，最终得到父亲的应许，自己又为何不能努力争取幸福？

茫然之后，她心中已有抉择，即使父亲反对，她亦不能放弃。她深知自己的感情，从幼至今，数年累月的积攒，她早已深爱那冷漠睿智的他，她又怎能因为父亲的拒绝就放弃十多年的痴恋？

林湘儿放下手中的红缎，心中的兴奋催促着她再去向父亲恳求。这次她定要当着杨翱讲出口，若他与自己一同请求，纵使父亲再铁石心肠，也绝不会毫无动容。她已拿定心绪，朝众人微笑告别，冲动的脾性促使她不假思索，甚至来不及讲明状况，便径直朝议事厅奔去。

此刻林府议事厅内，却独独只得两人。

林尚候双手负于身后，依旧一派睿智沉稳的姿态，身侧身姿俊拔的男子，却正是杨翱。一袭白色袍子下的脸苍白似冰，神色也淡漠苍白，似乎议事内容与自己毫无瓜葛般。清俊如月的眉下，那双冰冷的眼眸愈发黯淡，仿佛这袭白衫之下裹缚的，不过一具行尸。至宣布林峰与苏莱莱的婚事后，已有多日煎熬，辗转之后，所要面临的，依旧是案上的累累军务。此时除了寄情于即将逼近的战事外，他还能有何所求？他甚至已算好今后的去路，一旦开战，他自请与林峰分离，如此便不用面对苏莱莱，也无需正视此种失落。

仿佛察觉杨翱的错落，林尚候正色道："依老夫初定的意愿，乃是先取临淄，后占蜀中，最后直取咸阳，灭秦廷而代之，对此应已无异议，只是这首战田氏，将从何入手？"

杨翱嘴角掠过一丝冰凉笑意，却分明携着苦涩意味。既然已定下决心，又有何难以释怀？他眼里蒙着一层薄薄雾气，冷然道："伯父的决策绝妙，如今我军已压进胶东地界，与临淄田氏直面而抗。但此次攻据临淄一役，难度非凡，依属下之见，兵分两路逐步围击临淄是为上策，林峰同苏莱莱足以自担任其中一路，属下愿协同伯父共伐齐地。"

一缕犹豫神色从林尚候眼底呈现，他轻摆手道："翱儿，兵分两路的确可行，只是田氏实力非同小可，若你不在峰儿身边，老夫难以放心。"

"林峰治军本就出色，而苏莱莱已同属下习得大量用兵之谋，他二人如今将结为夫妇，此后配合必将更加默契，伯父大可安心。"杨翱拾起眼睑，神色淡漠游离，言语轻描淡写。

"田氏势力庞大，若想连根拔除，集中兵力更是上策。"林尚候沉声反驳。

杨翱目光凛凛道："伯父，想必你深知临淄众人的脾性，田氏向来内斗严重，又如何能团结一心抗衡我军？"

"翱儿，为何不能与峰儿共处，执意以这种方式逃避？"林尚候眼神锐利，一语中的。

错愕神色犹然浮现，却转瞬即逝，杨翱淡然自若道："伯父，属下不过提出最有效的方法，也是丈量日后林峰为君之器的绝佳机会。"

林尚候却仿佛看穿他的诡辩，出乎意料地洒然大笑，"翱儿，老夫也曾年少轻狂，也懂何为柔情蜜意！"见杨翱侧首沉默，清冷的眸子里闪过淡淡苦涩，遂轻拍他的肩膀，不禁感叹道，"峰儿同这苏莱莱乃天作地合，此事已成定局，一女终不能侍二夫。况且依翱儿这等人才身世，足以觅得胜过她百倍的佳人，何必执意于此女。"

杨翱嘴角略略勾起，语调冷漠至极，"属下早已释怀，如今只想助伯父夺得天下，建立万世功名。至于情爱俗事，自有天意安排。"

第十三章　力抗群侯

对于杨翾这官腔似的回应，林尚候自然不予置评，只是叹息一声，眼底浮起浓厚愁绪，"老夫原本欲将湘儿配与你为妻，这丫头自小便痴迷你，已向老夫多次自请亲事，唉，身为女子，竟然自请嫁人，老夫实在是将她宠坏了！"

杨翾冷声婉拒，"湘儿身为林家小姐，加之年轻貌美，定能嫁得一方贵族公子，属下不敢高攀。"

林尚候脸上微有怒色，"翾儿不必妄自菲薄！"转而轻轻步下正座，沉沉道，"老夫也不打算将湘儿许配与你，却并非对你身份有所嫌隙，只因老夫不愿将女儿嫁一个心中只有他人的夫婿！"

"伯父，属下早已释然。"杨翾淡然回应，缓缓走到林尚候身边，声音似乎很辽远，眼里漫起薄雾，苍茫孤冷。

"老夫不认为你已释怀。"林尚候一语道破，脸上却浮起信赖神色，"但老夫信你能克制妄念。"

妄念？原来这心绪不过是妄念么？杨翾侧转过身子，心中冻得发空。刹那间，竟有彻悟的痛感沉沉袭来，仿佛被剥离外壳，鲜血淋漓未干，却不得不将这痛楚淡忘。不错，这种心绪只是妄念而已，苏莱莱，她已将成为林峰的妻，而他的爱意，甚至还不及对她倾吐，却已然彻底掩埋，只是，除了缄默，他已毫无抉择。

挑起俊逸的眉，无奈与苦涩从杨翾脸上褪去，再度藏入厚厚的冰霜下，"诚如伯父所言，属下此时只愿为伐齐之事伤神。"嘴角勾出一抹冻若冰霜的笑意，"墨者现世，为临淄田氏带去与我军抗衡的奢望，属下如今最大的冀望便是将田氏一举歼灭！"

林尚候深知杨翾转移话题的意图，既然他已不愿多言，那自己又何必强人所难？于是微蹙眉头，正色回应："墨者极少现身俗世，此举出现，难道已知未来大势，特来襄助？但为何却襄助田氏……"

杨翾摇头，沉声，"依属下之见，墨者不过是偶然现身行仗义之事，况且那飞鸢由田凛夺走，并非墨者有意相赠。"他淡淡分析，眼底却浮上一缕忧心神色，"只是机关飞鸢落入田凛手中，若此人勘破其中的原理，仿造秦廷造出大批机关投入战事，对于我军攻据临淄将是极大阻碍。"

林尚候威严的神态中显出恍然神色，他轻抚胡须略有踌躇，转向杨翾问道："难怪探子回报说，临淄近日蠢蠢欲动，传言田凛获得神驹，又再得墨者秘诀，准备与我洛阳一争高下。"

杨翾冷笑一声，阴鸷的目光中满是鄙夷与不屑，"这不过是田凛的虚张声势罢了，此人向来目空一切。"

望及此景，林尚候却不禁悲叹，"田氏终究与你渊源极深，若非他们执意不肯归降，老夫又何至与其兵戎相向？可叹命运捉弄呀！"

杨翾只是冷冷地收敛神色，目光中无尽寂寥，"属下与田氏绝无干系。"却转而横眉切齿，满面狠戾神色，闷声低吼，"若临淄乃是阻碍伯父统一天下的石子，属下必将这石子彻底粉碎！"

林尚候脸上虽露出满意笑容，心底却浮起深深焦虑。面对如此冷漠决绝的杨翾，自己究竟应当是喜是悲？杨翾已然斩断与田氏的纠葛，心无旁骛地为攻占临淄尽责，只是血脉亲情终是相融，倘若杨翾离弃这一切，那岂非叛离亲情？如此冷血漠然之人，竟是出自自己的教育下？

声声银铃般的清音直传而来，将林尚候的思绪猛然打断，带着爽朗急促的欢快，"爹爹！爹爹！女儿有要事求您！"接踵而来的，是林湘儿一张振奋喜悦的容颜。

林尚候脸色陡沉，面对脸色泛红、气喘吁吁的女儿，心中泛起无奈闷意。这女儿成日只知儿女情长，却不知惦念之人根本无意。爱女如此娇纵刁蛮，自己也该负全责，若不是多年来过分娇宠，又怎会有今日的烦闷？他恨恨地挥甩衣袖，厉声斥责，"老夫同翾儿商议正事，早令任何人等不得喧扰，你此时闯入所为何事？！"

目光掠过一侧的杨翾，林湘儿娇俏的脸上渗出羞赧笑意，"爹爹，经过这几日的思索，女儿已经思虑清楚！"她垂低蛾首，心中微起羞怯，但想起刚才林峰与苏莱莱的蜜意场景，仿佛给予她极大信心似的，令她不再畏惧，昂起俏脸盯住林尚候，目光格外坚定，"女儿今日前来，是想再向您恳求与……"

"湘儿，你不记得为父的话了么？此事休要再提！"未等林湘儿开头，林尚候忙截断道，目光凌厉无比，"你先退下去，为父尚有正事要议！"

"爹爹为何总不让女儿提及？今日女儿就是要当着翾哥哥的面讲出来！"林湘儿撅嘴，怨气冲冲，不顾林尚候的厉声阻拦，高声道，"恳请爹爹将女儿许配给翾哥哥！"

瞬时间，林尚候竟觉如遇雷击，一张老脸陡然黯下来，低声怒斥，"湘儿，你可知此刻所做之事何其荒谬？身为女儿家，竟然自请出嫁！"

秀目中一片清晰不满，林湘儿抗声道："为何不可以！湘儿今日就是要当着翾哥哥讲，大哥和莱莱不也是当着众贵族的面，求得父亲的默许吗？！爹爹明知女儿爱慕翾哥哥，却为何拒绝我俩的亲事？大哥能娶得挚爱之人为妻，湘儿为何不能

第十三章 力抗群侯

嫁我所爱?!"

　　林尚候只恨此时难以言明,却又无法动于声色。他甚至恼怒地想一掌下去,扇醒这不明所以的痴傻女儿。可她终究无辜,爱慕杨翾又有何过错?然而身为父亲,却总冀望子女幸福,他又怎能将女儿赐予心中痴恋别人的男子,抹杀她一生的情爱?终究只是为人父母的无奈。

　　正当林尚候一筹莫展之际,却响起杨翾冰寒彻骨的声音,仿佛事不关己一般的冷冽,"主公既同小姐有事要谈,属下先行告退。"

　　林湘儿忙转身拽住杨翾的袖口,麦色肌肤渗出点点红润,满目痴色,"翾哥哥,咱们一同请求爹爹,像大哥与菜菜那样,那么父亲定会同意!"

　　杨翾猛然一怔,垂眼望住林湘儿。真挚恳切的神情,以及她拽住自己袖口的模样,为何心中却漾着燕京那夜,苏菜菜拽住自己袖口的情形?胸口竟又掀起了阵阵苦涩,慌忙敛回心神,他扯回长袖,语气冰冷得可怕,"小姐今日似乎异样,属下先退下。"说罢直转过身子,毫不回头地孑然离去,甚至连林尚候脸上的神情,也毫不关心。

　　"翾哥哥!"林湘儿跺脚高吼,却只见得杨翾孤冷的背影,绝无犹豫地离去。冲动的情绪涌上脑颅,她忙追赶而去。

　　"湘儿!由他去吧,莫要再追!"事已至此,林尚候心中亦有些震怒。杨翾太过孤傲冷漠,即使林湘儿鲁莽有错,但他的心绪,林湘儿却始终不明,他的态度为何不能软和些许呢?为何定要如坚冰似刺伤人心?

　　对于林尚候的阻拦,林湘儿却显然未领受,任凭父亲厉言斥责,她仍旧义无反顾地朝着杨翾追上去。

　　"翾哥哥……"林湘儿疾声呼唤,快步跟随着杨翾而行。

　　分明已听见林湘儿急切的呼唤声,杨翾却毫不回头,反而加速了步伐,直朝着"乐"院而去。

　　"等等我!"林湘儿高号道,迈开脚步狂奔。她毕竟习武多年,步伐轻盈疾速,不多时便在"乐"院的院门前追上了杨翾的脚步。她截然抽身向前,直挡在杨翾面前,俏美的脸上泛出阵阵羞涩的红光,却故作生气状道:"为何不等湘儿?!湘儿在后面追了你好半天!"

　　杨翾却并不正视林湘儿,只是侧转身躯,垂低眼睑,一袭冰冷语调,"小姐急忙赶至,所谓何事?"

　　林湘儿戚戚地望了杨翾一眼,轻轻晃动娇躯,微羞神色,"你明明知道……刚才湘儿已经向父亲提及,翾哥哥为何不同湘儿一齐向父亲请求?"

心中一阵烦闷，杨翾抬起眼睑，冷冷瞥过她一眼，漠不关心的姿态，"既然伯父已令小姐不得再提及，小姐又何必多此一举？"

"多此一举？"对于这突如其来的质问，林湘儿原本兴奋的悦色顿消，轻蹙眉头道，"难道翾哥哥也赞同父亲的意图么？"

"伯父既已下令，凭小姐之力只怕难以更改。"杨翾静默神色，依旧漠然回应。

林湘儿秀眉紧拧，微怨神色，伸出双手握住杨翾臂膀，娇嗔道："为何不能？大哥同菜菜如此艰辛都能求得父亲应允，为何湘儿同翾哥哥不能？"见杨翾神情冷淡，她略微疑虑道，"难道翾哥哥认为我俩身份有别么？怎么会呢！大哥和菜菜的身份才更是差距千里，不也最终成功了么？翾哥哥的身份好歹不似菜菜那般来历不明吧……"

正讲到关键，杨翾眸底却掠过一抹森冷凉意。林湘儿虽察觉出不妥，却并不明了其中的深意，甚至还误以为只是触及杨翾伤心的往事，于是忙转圜道："湘儿之意就是你我身份相近，并无区别。我是林家小姐，你也身居要职，应当……应当般配。"说话间，脸色又渐渐发烫。

杨翾苍白俊逸的脸上，依旧是敬而远之的冷漠，他并未正面回应林湘儿，却低低道："属下尚有政务处理，小姐请回。"

林湘儿错愕，杨翾的冷漠显而易见，将她冲动易怒的本性猛然激起，"翾哥哥此话是何意？难道是嫌弃我么？为何非但不肯与我一同说服父亲，反而赶我走？！"

"小姐聪慧，不须属下多言。"杨翾只冷然回应，转身绕过林湘儿，朝院内大步迈去。

怒火猛上，林湘儿直冲过去，再次横身挡在他面前，略不确定的语气，"难道……难道翾哥哥对湘儿无意么？"她死死盯住杨翾，却只觉他神色淡漠依旧，不禁失声自语道，"自小一同长大，怎可能无意呢？翾哥哥不是一向宠爱湘儿么？"

宠爱？杨翾心底冷笑出声，若你不是林峰的妹妹，凭你如此蛮横骄纵的脾气，我岂会时常宽容？且你不过一介女子，竟然将这不屑当做纵容，实在可笑之极。心中油然生起厌恶之情，他嘴角咧出一缕蔑然笑意。

林湘儿却毫无察觉，这忽视而过的冷漠，让她尴尬憋闷，再也按捺不住心中的情绪，她略带哭腔道："难道你从未察觉？湘儿从小就钟情于你……一直以来，湘儿唯一想嫁的人也是你！"

偏是冰棱般的杨翾。他竟能若无其事般，白净脸孔冷漠如旧，只是沉沉道："小姐今日情绪不稳，属下不便奉陪。"

林湘儿低声吼道："你为何不正面回答我?！若你不愿同我一起求父亲大可明说，为何如此推诿神色！"腔内忽地一阵酸涩，充满委屈意味，眼眸里隐隐湿润。

杨翾脸寒似冰，林湘儿的神色让他厌倦。虽然他对此深感烦闷，却不愿对无辜的林湘儿有任何斥责，他只能依旧沉默，不再出声。

"你讲呀！"直性子的林湘儿却无法忍受如此闷意的他，这不做声的缄默甚至比冷言讥讽更令她恼怒。她烦躁不已，难以抑制自己的冲动，竟狠力晃动他的双臂，纤长的手指透过长衫，直陷入肉中，眼眶里的泪水隐隐可见，"说啊！到底与不与我一同求父亲应允?！"

她这直接的逼问反而刺痛杨翾的神经，拨乱他一再隐忍的心绪，终于骤然爆发。他脸上阴霾俱现，憎恶似的使出劲力，将林湘儿狠狠推开，双眸里毫无感情，恍若冰刺一般凛冽，"小姐非要我讲出令你羞愧的话来么?"面对林湘儿满眼的痴色，他却毫不留情，嘴角挽起邪意冷笑，双目寒意无尽，极尽讥讽道，"小姐若需男人抚慰，洛阳城中身强力壮的比比皆是，只怕属下这孱弱身躯难以担此重任。"

林湘儿愕然失措，眼里的泪水崩然滑落。她从小身份高贵，养尊处优，遇到的尽是些奉承顺从之辈。当她鼓起勇气向心爱的人表白，却怎会想到，这曾经的青梅竹马竟然对自己讥言挖苦，何时，究竟是何时，他竟变得如此决绝？以往的他，纵使冷漠，对自己却依旧礼貌客气，为何一趟燕京之行，他的心迹竟如同换作另一个人？

"杨翾！"林湘儿紧咬牙狠声道，却止不住泪水肆虐。恍然这一刻，她原本甜蜜雀跃的心绪也随他绝情的言语，全然消散。这恶意如此伤人，对于出身高贵、骄纵万分的林湘儿，是何等羞辱？她的心虽痛如刀绞，脑中却难压恨意，猛一把扯下腰间的鞭子，大力挥动开，狠朝着杨翾猛抽而下。

噼啪声骤响，杨翾竟全无闪避。鞭子落下间，他俊美的侧脸上随即裂出一道清晰触目的血痕。鞭子狠抽在脸，他却不露一丝痛楚神情，犹似丧失痛觉的尸体一般，任由她猛力鞭笞，盯住她静默不语。

"你为何不躲！难道你愧疚?！"林湘儿咬着下唇，抽泣着高喊。

"愧疚?！"杨翾眼里却泛出阴鸷至极的寒意，似是讥笑着她的错落一般，非但无情，更森冷得骇人，"你未免太高估自己。"

林湘儿咬牙切齿，无法控制般再扬起鞭子，企图再狠狠抽下，发泄她心中的痛楚，只是当她扬起手，却猛触及到杨翾脸上那触目惊心的血痕，在他那张俊美精致的脸上显得极不协调，红得如此狰狞，竟然刺得她的心，连续着不可抑制地扯痛。强烈的酸涩感迫来，她终无法再度出手。这个令她如此深爱、却又无情伤她的男人，她只能狠狠捏紧鞭子，将一腔怒意吞回肚怀，垂低手放声哭泣。

杨翾伸出手掌，纤长食指轻轻滑过，顺着脸上那道灼痛血痕抚下，心中竟然泛起阵阵酸涩的畅快，眸里的森冷褪去之际，不顾林湘儿满面泪水，只撇下一句，"属下尚有政务，恕不奉陪。"遂抽身退去，身后响起林湘儿撕心的抽泣声，眸底却漾起哀恸、无奈，与更深的寒意。

这清朗春日，和煦柔曦的暖阳，却偏偏拂下散落花屑，影影绰绰下，杨翾独自一人徘徊在内院，心绪与孤冷的"乐"院如此协调。难道他已堕落至此？竟用恶语诋毁无辜女子，只是为何，当他触到林湘儿脸上的痛楚，欣赏着她泪似泉涌，却会感到异常开怀？

原来痛楚的人不止是他，林湘儿，可叹你终究定力太浅，若你拥有如同我这般的坚韧意志，又如何不能压抑情感，纵情于别事呢？"呵呵呵……"他已然释出心中的酸涩，轻轻倚低身躯，靠在幼年时母亲所种的樟树上，自得地放声苦笑不绝。摸出那张有苏菜菜模样的照片，将它重重堆进了树下的泥土中，沉沉掩埋。

第十三章　力抗群侯

调教天子

锦代 ◎ 著

下

朝华出版社

第十四章 途逢惊变

是日夜间，林府原本祥和喜庆的气氛中，不合时宜地掺入缕缕忧伤情绪。

林尚候斜身倚在议事厅中的椅上，脸色暗沉无比，手中紧攥着一卷竹简。面对林峰与苏菜菜，即使他试图强压心中怒火，却仍怒不可遏地将竹简狠摔在地，脸上一抹恼怒至极的神色，"刁蛮女儿！老夫真是将她宠坏了！"

位下的林峰目光凛冽，俯身拾起竹简展开看后，却浓眉忽拧，露出不可理解却又清晰的怒色道："这湘儿莫名其妙！稍不遂心愿就离家出走！"

"还声称永不返家！"林尚候厉声吼道，一副震怒的神色，"老夫不过拒绝她的亲事，她竟然就私自离家！她可知如今尚是战乱之世，若由敌对势力得知她的身份，岂非让自己身陷险境？"

"湘儿的亲事？"林峰眉心微蹙，"同杨翱？"

"难道这丫头还欲图嫁别人么？"林尚候怒然叱道。

林峰面有不解，惑然道："父亲为何拒绝？须知湘儿自小爱慕他，他俩也算相配。难道父亲对湘儿的亲事另有安排？"

连连叹息间，林尚候竟不由自主地朝林峰身侧的苏菜菜瞥去，目光中似有微怨，却更多无奈，"老夫反对他二人亲事，自然是为湘儿好，甚至是为他俩人都好！湘儿冲动任性，不明老夫深意也作罢，与翱儿几句不和就私自出走，实在是要气死老夫才肯罢休！"

"湘儿一直深爱杨翱，父亲……"对于这生疏拗口的称呼，苏菜菜微有犹豫，

却仍继续道,"父亲既然也很爱这个女儿,为什么不让她选择自己的幸福呢?"

林尚候似有不快,盯住苏菜菜,心中本有憎恶,却转而念到这又与她何干,她只是不知情者,况且她所讲一切,也是为林湘儿着想。可叹身为父亲,他又如何不想给予女儿幸福?只是,难道他明知这幸福背后隐藏着万丈深渊,却能做到绝无阻拦,任由女儿纵身跃下?苏菜菜虽被牵涉其中,却并非当事者,她又怎知这其中纠葛?林尚候脸上不禁浮起一缕苦笑,缓缓道:"若此路幸福,老夫自然乐于成全,只是湘儿与翾儿命中相克,绝不能结为夫妇。"

"父亲竟然相信术士妄言?!为此种缘由拒绝湘儿,她自然不肯罢休。"林峰信以为真,对于林尚候听信歪理深感意外。

苏菜菜低声应和,"是呀,很多算卦的神棍都是信口胡诌!说的不一定可信呀!"

"老夫自有因由,你们不必为此多言。"林尚候只是摆手,一脸肃色。

苏菜菜心中疑虑起来,自身的事例让她深信,依林尚候这般强烈的门户观念,莫非瞧不上杨翾只是个无父无母的落魄贵族?难道是他又想以林湘儿的婚姻大事为筹码,去换得与强势贵族联盟的机会?那如此说来,林湘儿岂非也沦落为政治的工具?那同之前的苏黛夕又有何区别呢?心中另一个声音却劝诫自己,命她不可言明。林尚候已应允她与林峰的婚事,若此刻她不知好歹,竟在对方怒火中烧时提出如此悖逆的言论,林尚候岂非会翻脸,甚至会否决她与林峰的婚事?她忽然退缩。

只是心中那难以抑制的心绪再度袭来,竟无法自控般,她沉声道:"难道父亲顺意的人选,根本就不是杨翾?父亲只是在替自己选合意的人吗?"

林尚候脸色骤然转沉,厉色立现,"湘儿是老夫的女儿,难道你比老夫更了解她?!"

本想争辩,却全然无奈,面对林尚候此时的怒意,苏菜菜竟不知如何作答。她以为,她能改变自己与苏黛夕的命运,可笑她终不过是一介凡人,怎有能力改变所有人?

正忧悒满怀之时,耳畔传来一缕幽幽冰冷的声音,还透着隐隐怨艾,"逼走小姐的终是我,副军师凭何对主公无礼?!"随之而来的,是一袭薄衫的杨翾。他脸上的寒意依旧,俊逸清隽的眼眸里烁动着阴冷神色,白净细腻的脸颊上一道深痕令人触目。

"杨翾,你的脸……"苏菜菜哑然。

杨翾并未作答,只是淡然垂首,朝向林尚候跪立下来,"伯父,此事全因属下而起，求伯父降罪！"

林尚候叹气道："此事不怨你，是湘儿太过顽劣任性，不知好歹！"

嘴角弯起一弧浅浅苦笑，杨翾微微摇首，"若非属下执意不肯娶小姐，伯父又何至于此？故此事责任仍旧在属下。"

面对将所有错责揽上己身的杨翾，一时间，林尚候竟不知如何作答。

"杨翾，湘儿自小倾心于你，况且美貌纯真，与你有何不能匹配？你何至执意拒绝？"林峰拧紧剑眉，目光中透出凌厉，言之凿凿。

杨翾抬脸，目光冷漠得令人心寒，他瞥过林峰，淡淡的，略带讥讽的口吻，"洛阳城内倾心于你的女子不在少数，个个更是姿容出众，你又何至全然拒绝？"

面对杨翾如此诡辩，林峰大为震怒，大步迈到他面前，将他狠狠拧起，恶声道："如此狡辩，你究竟有何所图？！"

杨翾却毫不抵抗，只任由林峰朝着自己发怒，目光涣散凄冷，却仿佛仍无法自控般，紧紧锁在一侧的苏莱莱身上。

"住手！"林尚候终于按捺不住，赫然呵斥，"湘儿已只身出走，如今你两兄弟却为此相争，可有任何意义？！"

林峰恨恨地瞪住杨翾，脸上的不快清晰可见，却仍松懈了劲力，只轻手一掀，竟将他震得踉跄连连，连退去几步。

林尚候略显苍老的脸孔上，渗出沉沉风霜。他低叹一声，"眼下最紧要的乃是尽快寻回湘儿！这刁蛮丫头一贯骄纵任性，更是冲动无谋！若落入敌对势力之手，必然极为麻烦！"

"父亲，湘儿可有暗示她的去处？"林峰蹙眉。

林尚候无可奈何地摇头道："只说再也不想返家，更劝众人莫要寻她。"

脑中思虑片刻，苏莱莱忙接道："湘儿上午的时候还跟我们在一起疯，现在只是晚上，古代又没有汽车飞机，她应该走不远的！"

林尚候点头认同，却仍有疑虑，"只是不能确认她是朝哪个方向而去。"

"洛阳仅有四道城门，各城门通向四处方位。若小姐中午时分离去，西则不至三门，北尚未及荥阳，南最多至南阳，而东则不达东郡。若派四路飞骑朝这四处寻去，明日便可寻得小姐行踪。"杨翾忽然插嘴，语气却依旧孤冷。

"父亲，此四地数东郡最远，孩儿有'疾夜'，愿向东郡寻去！"林峰正色道，目光中透出缕缕坚定神色。

意想不到的是，林尚候却断然否决，"你正当大婚，当留下尽心筹备婚事，老夫自会命人策你'疾夜'寻去。"

第十四章 途逢惊变

"不寻回湘儿,孩儿又如何能安心成婚?!"林峰一双黑眸炯然,透出凛冽神光,蕴着难以抗拒的威严。

"对!"苏菜菜探出小手,轻轻挽住林峰宽大的手掌,朝着他相视而望,清澈的眸底满是柔和神色,"湘儿是我们的妹妹,要是不能找回她,我们情愿把婚礼推迟!"

林峰垂头望住她,凌厉肃色的目光却骤然隐去,忽转为一片痴色,对她回以温柔笑意。两人纠缠蜜意的目光渐渐互融,任何人都无法阻拦般,浑然一色。

此种场景入目,再次刺痛杨翱混乱的神经,只是他却只能再次压抑,既然他已能纵情于别事,为何又依然深觉心间阵阵痛楚?自己分明已然放弃,甚至连私藏的那张照片都已埋葬,又何必自找没趣、目不转睛地盯着那幸福的两人,连连怨艾?他抬起眼,不由得伸出手,轻轻触及脸上的血痕,心间涌起愧疚心绪,因为他,林湘儿生死不明,他却荒唐可笑地眷恋着林峰的妻。荒谬的是,他如此坚韧的心性却依旧难以释怀。为何在他决意放弃之后,他的心底反而涌起一股莫名的恨意?

沂水以南的薛郡,原是划分林、田两家辖地的边境。近年来,却因林家势力膨胀而成为其扩张的标志。临淄田氏一族逐年将兵力自薛郡撤走,转移到沂水以北的济北郡驻营,一方面为避免与林家发生冲突,另一方面则展露自己甘心称弱,退让谦卑的姿态。只是随着齐衡君年事渐高,不再过问政事,田凛便将实权逐步揽于自身,不再甘心一再退避,于是再度将田氏驻军步步前移。

当日夜间,身处历城的田凛却从济北守将处得到一则令他振奋不已的消息,林尚候的爱女竟被擒获,现今正押解在原田氏驻军守地的济北。

这消息太过震撼,田凛自然大喜过望。自从邯郸回来,他获得墨者的机关飞鸢后,抗衡林家的信心赫然飞涨。他将飞鸢带回临淄,任由府中能人异士研究多日,偏却毫无所获。面对近日来林家大军日渐逼近姿势,他已不只冀望守住短暂平安,他甚至妄图将林家这庞大毒瘤连根剜除。只是机关术的研究毫无进展,近日的心绪已有几分受挫,直至这意外惊喜从天而降。

田凛已是迫不及待,立即亲身起行,连夜赶赴济北。

济北的牢狱中,重重铁链牢牢绑缚着个娇丽女子,正是满面怒色的林湘儿。

面对惊惶失措的林湘儿,阴鸷笑容自田凛脸上浮现,语气略带嘲讽,"想不到洛阳林贼的小姐,竟有如此胆量,敢独自一人闯入两家交界处,莫不是以为田家不敢抓你吧?!"

林湘儿猛力挣扎，拧起秀眉怒骂："你若是识相的话，就赶快放了我，否则我爹爹同大哥定将你们临淄夷为平地！"

"啧啧，好大的口气。"田凛阴笑连连，脸上却浮起鄙夷神色，"小姐不愧出生于蛮夷世家，连狂妄蛮横的性子都与你那哥哥如出一辙！"说着放声狂笑，引得周围众兵士也纷纷噱然呲声。

林湘儿从未遭到如此屈辱，不禁咬牙切齿，放声号道："不准辱骂我大哥！你这小人，也就会背地里放肆言语，若我大哥在场，你一刻也挨不住！叫你死无全尸！"

冷笑声回旋忽断，猛然刹止。田凛脑中蓦地忆起十年前，那令他终生难忘的一幕。那日林峰血色的双眸，暴戾凶狠的气息，以及狠狠落在他身上的重击，都让他倍感羞辱，那刻于心底的回忆，无论如何也擦拭不去。直至如今，他腰椎仍时常隐隐作痛，每逢落雨时候疼痛更盛。这毕生的羞辱，让他如何不嫉恨至今！

一抹阴戾神色尽现于双眸，田凛狠狠扯住林湘儿的发髻，暴烈如雷，"身陷囹圄还能如此大言不惭，我倒要见识，究竟是捏死你比较轻易，还是让我死无全尸更不费事！"说罢侧首朝向手下，厉声下令，"拿剑来！"

"遵命！"身后的济北守将拔出佩剑，恭恭敬敬递给田凛。

接过佩剑，田凛嘴角掠过一抹淡淡嘲笑，"林小姐，刀剑无眼，你若不想如花似玉的俏脸变成马蜂窝……"脸上猛闪过阴沉的狠色，"便立刻修书一封与你父亲，命他将林贼驻军撤出薛郡，退至陈郡。"

"田狗！你休想！"林湘儿怒斥一声，略带哭腔道，"你若敢动我一毫，爹爹定将你碎尸万段！"

"小姐果然深有骨气，那好，既然你们父女情深，我这旁观者正好看看，你们这父女之情，是否比江山大势更为要紧。"田凛依旧不愠不火，眸底却暗藏着隐隐杀机。他松开林湘儿的发髻，却猛一把攥住她的手，目光盯住她纤细小指上的那枚金铸戒指。耀目的光芒下，戒指上林家的家徽若隐若现。田凛腰间的阵痛忽起，将田凛心底深葬的仇恨再度点燃。他眼里掠过一缕阴毒厉色。倏忽间，剑芒突闪，他竟抬手举剑，朝着林湘儿的小指狠狠砍去！

凄厉惨叫声顿时响彻整座济北牢狱，猩红的血液喷洒而出，发出刺鼻而窒闷的气味。手指断落时，套在指头上的戒指仍烁着湛湛金光。林湘儿顿感阵阵灼辣刺痛猛袭而来，钻心般的疼痛犹如万蚁啃心，不断持续。林湘儿彻底失去触感，淡去意识，垂头昏厥过去。

"哼，真是没用。"田凛鼻子里哼出鄙夷一声。望着嘴唇惨白的林湘儿，他脸

第十四章 途逢惊变

上的狠毒神色渐渐退去，竟若无其事般恢复了温和笑容。"立刻命军医来，务必保住这林贼女子的性命。"他将剑交还给济北守将，一副从容姿态，"留着她我还有用呢！"

"是！属下遵命。"济北守将瞥过一眼沾上鲜血的佩剑，稍有犹豫，却听到田凛的讥笑声，"剑本是用来杀人，既然你有犹豫，那不如回家伺候老婆去吧！"

"大人训斥的是！属下知罪！"济北守将立即鞠身垂头，一副颓然姿态。

"还不滚去办事？！"田凛厉斥，一双清俊的眼眸里却满是狠毒神色。

济北守将忙慌不迭，面对这阴晴不定又残忍狠毒的田凛，也只能唯唯诺诺，慌忙退下。

见济北守将已抽身离去，田凛轻轻掸了掸衣衫，冷冷瞥过身侧两名心腹一眼，侧首朝其中一年纪较轻者下令道："张越，立即替我拟书一封，将我的手书连同这女子的手指，一并送给林尚候那老贼。"继而发出一声自得大笑，"哼，这老贼见到自己女儿的手指，必定气急攻心！"

张越垂头领命，沉声应是。身旁的年纪较长者却疑惑道："凛公子，林贼虽有进犯我胶东的趋势，但并无恶意挑衅。我们抓了他女儿，甚至伤其身体，若其他几大势力得知，定会认为我方故意挑衅而加以谴责。"

田凛目带不屑，仄目斜视年长者一眼，"刘允，枉你跟随齐衡君多年，竟然不懂半点权谋之术。"说罢一副自得的高傲神态，又道，"如今另外几大势力，除却苏方恒那老贼外，无一不以林贼为眼中刺，只是林贼势力过大，无法连根拔除罢了！放眼如今天下，也只有我临淄田家能与林贼一较高下！此番送林贼这份大礼，正是要激怒林家上下，尤其是那冲动无脑的蛮力小贼，他定然怒火中烧，兴兵讨伐！既然是林贼先出兵进攻，你以为其余几大势力会发兵襄助？"田凛脸上笑意不住泛散，"他们恨不得瓜分了林贼的肥沃辖地，不襄助我田家已是聪明！绝不可能讨伐临淄！"

刘允若有所思道："原来凛公子心中谋略早已周详，只是属下不明，即使其余几大势力不出手干涉，以我军实力，也未必是林贼对手。况且林贼收了秦廷十万大军，已是今非昔比。"

"蠢货！秦人虽然被收，却自古铁骨铮铮，林贼不过是将其逼服而已。这十万大军，根本就是不定之数。若是生死存亡之战，你以为田翱那叛徒会如此疏忽，启用这不可定数与我军对垒？！"眼里闪过一丝怒意，田凛厉色道："所以林贼的真章，乃是与我军实力相当。但我此番送这女子的手指挑衅，正是要激怒那蛮力小贼，让他为妹复仇，带兵来伐。我军正好布下重重埋伏，以济北城郊野为藏身之所，让这小贼有来无回，将他直接绞杀于济北！贼军定然深受重创，况且一旦诛杀蛮力小贼，贼军等丧失精神领袖，必然军心大失！届时，任凭田翾那叛徒如何翻手为云，也无法力挽狂澜！"说话间，一抹得意狂笑骤然再现。

"高明！凛公子不愧为齐衡君中意之人！果然智谋无双，举世无双！"张越与刘允齐齐拜服道。

田凛脸上露出满意神色，眸间却闪过一缕冷厉神光，心中有个声音沉沉响起，田翾，林峰，十年前的羞辱，就让我一并如数奉还！

几日奔波疲劳，林湘儿仍无半点音讯。

林尚候心中已做出最糟的准备，将四路人马齐齐召回。此时此刻，除了等待敌对势力的传信，便只能祈求上苍庇佑林湘儿平安无恙。林尚候近日夜间时常辗转，甚至在梦中见到过逝多年的妻室，及至她询问湘儿近况，他却全然不知如何作答。

此时正是午后时分，原本明净清朗的天空却乌云骤聚，阳光很快被遮蔽。天际顿现裂空闪电，惊雷震耳，爆响不断，倏忽间已是雷电交加，狂风卷至，仿佛要给这春日和煦安宁的气息，抹上重重一笔惊痕。

天色暗沉无比，"数"院的房内，苏莱莱依靠在林峰肩上，白皙娇柔的小脸，清晰忧悒的神色，心中惴惴不安。林湘儿离家出走已是五日有余，此刻她究竟在何方，是否平安？她想起与林湘儿的初遇，被她误解的痛殴，洛阳守城那夜，彼此在地牢密道里相互依偎……种种往事，让她伤感愁绪不已，忧心忡忡。

一个粗壮高大的身影忽探进来，一张神色慌忙急促的脸，正是满目焦灼神色的老付。他急急出声道："少爷，鬼女娃子，主公吩咐你们立即过议事厅！"

林峰眉心紧拧，随即起身，"难道是湘儿已有消息？"

老付摇头，露出一抹悲怆神色，哀叹道："少爷，还是过议事厅再说吧！"

林峰目光一凛，心中已猜出了几分。他强忍暴怒的心绪，拉着苏莱莱的手，直奔议事厅而去。

进入议事厅，林尚候与杨翾已立身于此，脸色均是黯无光彩。身后的老付转而退出身去，将门紧紧关上，遣退厅前的守卫，只身守在门外。

松开苏莱莱的柔荑，林峰微蹙浓眉道："父亲，何事急召孩儿，莫非湘儿一事已有回报？"

"不错，已得知湘儿下落，只是你须得按捺狂躁心绪。"林尚候双手负于身后伫立厅中，面色铁青暗沉，眉目间略有无奈，闷声道。

林峰一双黑眸中略起疑惑，林尚候此番言语究竟何意？

第十四章 途逢惊变

尚未勘破，却见林尚候转向一侧的杨翾，低低道："将田氏送来的物件给他二人看吧。"

杨翾微垂眼睑，漠然点头应是。他转身面向背后桌几，将摆在桌上的黑漆木盒捧在手心，缓步到林峰与苏莱莱面前。面对两人眸底的焦虑，他强压心中闷然痛楚，轻轻打开盒盖，一根怵目惊心的手指赫然入眼。

这怵目惊心的状况，令苏莱莱愕然失魂，惊声尖叫。林峰忙伸出右臂，将她紧揽入臂弯。他拧紧剑眉，指上的血迹早已干涸，转为暗红深色，即使指头全无血色，却依旧散发出极重的腥味。更为震惊的是，这指头上的金色戒指霍然在眼，正是林湘儿平时所佩戴的那只！

林峰顿然大悟，一抹凌厉怒色涌上双眸，"确认这手指是湘儿的？！"

杨翾合上黑漆木盒，摆回桌几上，一双俊美眼眸冰冷依旧，却依稀含着强压的怒意，"不错，你应知这戒指是小姐十岁时，夫人所赠，一直戴在她小指上。后小姐及笄，那戒指便紧箍小指，无法取下，这断指必定属于小姐。"

一股怒意猛上心头，苏莱莱愤然出声，"是什么人这么狠毒？！"

"主公刚已讲明，此物乃是临淄田氏送来。"杨翾神情冷漠，甚至对苏莱莱并不正视。

"一并送来的，尚有田凛的手书。"林尚候接道，闷叹一声。

"田凛！"林峰双目含煞，眸底的杀意顿然狠生。他转而盯住林尚候，满目怒色，"父亲，孩儿誓要亲临大军踏平临淄，将这畜生挫骨扬灰！"

林尚候原本暗沉的脸色忽地一转，满目厉色怒斥道："你将为父的话全然抛在脑后么？你踏平临淄又如何？杀了田凛又如何？湘儿如今仍在对方手上！"

杨翾脸寒若冰，他正起脸盯住林峰道："主公所言极是，田凛手书已有讲明。他既然不杀小姐，必定想以小姐要挟林家。如今他与小姐都在济北，命主公将薛郡以南至陈郡的范围献给田氏，否则便会伤小姐性命。"

"竟敢要挟我林家？！当年若不是你阻拦，我早已铲除田凛这畜生！"林峰怒火犹盛，转而目光凌厉，朝向林尚候吼道："父亲，大丈夫怎么能受此等羞辱！我即刻率大军直捣济北，杨翾，你带韩希尧率另一支大军纵入敌营救湘儿！"

"冲动！"林尚候怒斥一声，甩袖道，"湘儿难道不是为父子女么？为父怎不心痛！但任你这般冲动妄为，不仅救不了湘儿，更可能连自家性命也赔上！你可知何为大丈夫？乃是能屈能伸之士，而并非你这等恣意妄为冲动行事之辈！"

杨翾冷然接道："况且田凛此举颇为蹊跷，特意命人送此物来，必另有

"不错！经由此战，洛阳林贼必定元气大伤，退出争雄之列！此后天下必是我田家！不，凛公子囊中之物！"张越不停地溜须拍马，连连奉承。

"张越，你不觉今日话有些多么？"田凛狠瞪张越一眼，俊逸的脸孔上却泛浮起阵阵阴毒狠色，心中翻腾不断，田翾，你这叛徒，以为寻得一脉固若金汤的靠山么？十年前你命大逃过一劫，此次你若落入我手，定将你处以极刑，方能解除多年来隐隐不断的恨。

凝着田凛脸上的暗沉颜色，刘允虽默然不语，却泛起不安的心绪，难道齐衡君所担心之事，竟将要证实？戾气如此深重的田凛，纵然有千般才华，却不过是被嫉妒仇恨诱入堕落深渊的厉鬼罢了，这样的他，又如何能击败冷静睿智的田翾？

与之同时，深藏于地底的林府密道中，却烁动着荧荧烛色。

三个身影跂踞于此，苏莱莱双手托住下巴，一副思虑状，嘴里仿佛略有微词，"说什么开秘密会议，偏偏选在这鬼地方，四周乌漆抹黑不说，空气也不新鲜……"

斜卧右侧的杨翾瞥过她一眼，淡淡语调道："既是密议，若在议事厅，又何来隐秘可言。"

"我就是发发牢骚而已嘛……"苏莱莱悻悻道，抬起左手肘轻蹭身侧的林峰，浮现狡黠笑意，"野蛮人，想不到你们父子俩的演技这么出色，要是在我那时代，说不定奥斯卡就让你们拿啦。"

林峰直身而坐，浓黑的眸子中浮起凛冽神色，却只是弯眉淡笑，并未回应苏莱莱，而是转首直面杨翾道："我已依计违逆父亲，并已选出一万精锐骑兵。你计划中的突袭兵马布置得如何？"

杨翾转向林峰，清俊的眸子里一湾凉意，"如今尚不可布置此事，若被田凛的耳目嗅出蹊跷，便会功亏一篑。"

"我将父亲气至重病一事，已为田凛尽知。想必此人如今正设下重重埋伏，意图引我入围。我率一万精骑直攻入济北，必能将田凛的伏兵全数诱出，只是你将如何突袭？"林峰眉心一拧。

"济北乃是胶东小城，兵力必定不足，依田凛脾性，绝不会兵行险着，必从与薛郡济北相邻的历城引入大队人马设下埋伏。届时历城则或孱弱空城，我军只需借历城突入，直击济北。"一抹傲然笑意浮起，杨翾双手抱怀，"我据密探所报分析，此两股人马会合大约有五万余众。田凛旨在诛杀林峰，必不会选老残病弱，那么此五万众也必将是精锐之师。"

苏莱莱轻蹙秀眉，望着林峰不禁插嘴道："哇，精锐对精锐，别人有五万，你

第十四章 途逢惊变

就一万人,怎么打呀?"

"你以为为夫会惧怕这五万'精锐之师?!'"林峰愤然道,眸里似乎喷火一般。

"谁说你怕啦,我是替你担心呀!"苏莱莱撇嘴道,满脸不服气的意味,不禁低声喃喃着,"好心没好报……"

杨翮仄目,淡漠回应,"副军师大可放心,林峰所率的一万人马只是诱饵,将田凛的伏兵引出并且拖滞。待时机已熟,我军亦遣五万人马自历城突袭济北,与林峰内外合击,反将田凛围困剿灭。"

苏莱莱转而耸肩,悻悻一笑,随即摆手道:"人妖你那么一本正经干吗?我就是跟这野蛮人开个玩笑。"她粉白的唇微微上翘,弯月似的弧度如此勾人心扉。只凝住她片刻,杨翮竟觉恍惚失神,忙侧首低头,静默不语。

林峰若有所思,转而目光一凛,"湘儿尚在田凛手中,又当如何救出她?"

"放心吧!"苏莱莱得意一笑,说着探手到身旁的GUCCI包里,摸出一卷羊皮卷轴,轻轻铺展开来,"这就是济北城的地图,湘儿应当被关押在府邸内,但我们不知牢狱的具体位置。到时候我会与韩希尧带少量人马潜入府邸,你们尽量多拖延些时间,确保我们能平安无误地救出湘儿。"

"你去?"林峰刚毅的脸上微微泛起厉色,似是压制住心中怒火一般,"你毫无武艺,行事又拖泥带水,你跟去岂不是成为拖累?!"

苏莱莱的俏脸上掠过一丝尴尬怒色,小手紧紧捏攥成拳,愤愤道:"送来的木盒上有药草的味道,证明他们给湘儿用过止血药草!我是医生,我能根据药草的味道找到湘儿!"

"营中自有军医,你却偏要做这拖累?!"林峰厉声斥责道。

"你嫌我拖你后腿是吗?!"苏莱莱轻轻攥住林峰的衣袖,一副委屈模样。她清澈的眸里,还隐约烁动着淡淡的哀色,竟撩乱了林峰的心绪。一抹浅绯顿现,他转而狠瞪住她道:"若你身陷险境,我又如何能全意领军?那便是拖累!"

这笨蛋野蛮人,又开始口不对心。苏莱莱强忍住笑意,松开紧攥着他衣袖的柔荑,挽住林峰有力的臂膀,轻倚在他宽阔的肩头,满脸柔魅神色。

林峰却尬然,她突如其来的动作宛若涓涓细流淌过,淡淡的气氛中,两人相互对视间,却流溢着隐隐似水的缱绻。

"林峰不过是在意你的安危罢了。"耳边传来杨翮冷冽的低音,伴随慨然的歆歔,"济北府邸并非重地,守兵必不至多,既有韩希尧随行,副军师应当绝无危险。"

"听到了吗,臭野蛮人?你不相信我,总该相信你的好兄弟吧。"苏莱莱轻声生意外，也便是于自己无关。他于是垂头应是，吩咐手下道："打开城门，由他们入城！"

"谢张大人！谢军爷！"苏莱莱忙识趣道谢，朝韩希尧微微点头示意，目光中满是欣然。城门一开，韩希尧随即策马入城。他恭恭敬敬地将锦袋交给张越，满脸憨傻笑容道："多谢大人怜悯，多谢大人开恩，呵呵呵呵……"

张越接过锦袋，夺目的金光晃得他眼睛疼痛。心中一阵大喜，他忙将锦袋收入袖中，朝向苏莱莱道："姑娘既已入城，那在下便不再多事，在下尚有公务在身。"

见张越有意离去，苏莱莱忙道："张大人方才不是说要领小女子医治凛公子么，为何立即又告辞？"

张越恻然笑道："姑娘，方才那不过是借口而已。不若如此，那城卫能由得你们入城么？"

苏莱莱愕然失声，一副失落至极的模样，"啊，我还以为能替大人分忧呢！"说罢探入拴在腰间的GUCCI手袋中，摸出另一只较大锦袋，轻轻拉开袋绳，满目狡黠神色，"小女子早听说田氏一族富庶，凛公子更是位高权重。若小女子能治好公子的顽疾，想必以后也不必与哥哥浪迹天涯，这袋珍宝与安定无忧的未来相比，又有什么舍不得呢……"

湛然金光闪闪，袋中的烁烁景象，让张越垂涎不已。他强忍住心中的贪欲，故作推辞道："姑娘此意何解？张某也是想为凛公子分忧，须知公子每每顽疾发作，都是痛在公子身，伤在我心呐。"

你靠！这样恶心肉麻的话也能讲出来，不明事实的还以为你跟田凛玩断背山呢！苏莱莱心中暗自好笑，看着张越假惺惺的嘴脸，抿嘴笑道："张大人对凛公子一片赤诚之心，令小女子佩服！小女子自问不及大人，不过是想在公子手下谋条生路罢了。"

韩希尧脸上忽露出一抹不快神色。他惑然盯住苏莱莱，浓眉紧蹙，似有心事般。

张越悦然笑道："既然姑娘理解张某一片忠心，那张某便替姑娘引见公子。"说罢目光再次游向那闪光之处。

苏莱莱嘴角勾起一缕笑意，将锦袋呈给张越道："大人放心，若得公子赏识，小女子必牢记大人知遇之恩。"

张越毫不客气地收下锦袋，放入衣袖，两袋珍宝沉坠坠的极为明显。他略显尴尬，领着几人行到济北府邸门外，下马道："不知姑娘作何称呼？"

"小女子姓韩，单名一个苏字。"苏莱莱亦下马叩礼，夷然笑道。

"那请韩姑娘与家人在府外等候，在下须得先向公子禀明此事。"张越拱手道。

"那便有劳大人啦！"

张越颔首，转身朝府内走去。

见张越已进了济北府邸，韩希尧忙将苏莱莱拉到马背后，面色铁青，沉声低语道："副军师，上将军只命属下随你混入济北城，先找到济北府邸，待到两军酣战时再突入牢内救人。副军师为何去见那田凛？"

苏莱莱轻咬下唇，压低嗓音道："反正那田凛也不认识咱们，咱们躲在府邸内不是更好吗？"

"话虽如此，但军师讲过，田凛并非毫无头脑的蠢材。副军师不觉这是多此一举么？在田凛身边无疑会增加危险，恐怕会得不偿失。"韩希尧闷声道。

一抹恨意浮上苏莱莱白皙的脸颊，她怒声低吟道："田凛这垃圾，竟然斩断了湘儿的手指！不教训教训他，我不甘心！"

"副军师！"韩希尧无奈怒叹一声，"你以为近田凛的身就能伤他么？他身边必然守备森严。即便是在下，也无把握能取他性命，更何况你一介柔弱女子！况且，副军师乃是上将军挚爱之人，在下怎能任由副军师深陷险境！"

第十五章 蜀中名医

"你这个脑残!枉你长着我偶像的脸,怎么就不能大胆一些呀!"苏莱莱鼓腮怒道,眼眸里一缕自信满满的神色,"再说,你怎么知道我就会有危险?不是只有用刀枪拼个你死我活才能教训人。我自有办法教训田凛。"

"副军师,还是不可,此举太过凶险。若被识破,在下牺牲倒无关紧要,只怕即使在下拼上一条命也救不出你与小姐!那我们此次行动还有何意义可言?"韩希尧凛然正色道。

苏莱莱愤愤地瞥过他一眼,板起脸孔,"好吧,韩希尧,临行之前,上将军吩咐你什么了?"

一抹为难神色突上脸颊,韩希尧拧眉道:"副军师,你这是为难在下。"

苏莱莱却扁嘴道:"难道你不记得了吗?上将军的军令!"

"记得……上将军吩咐,在济北一切行动听从副军师安排。"韩希尧无可奈何。

"那不就对了!"苏莱莱轻轻打出一声响指,露出安然笑容。见韩希尧仍低垂着头,眉心深锁,一副闷闷不快的模样,她微微笑道,"刚才见到田凛这贪财手下,我就有了这个计策。"她嘴角泛起丝丝笑意,"我虽然不能说比你们古人聪明,但我懂的现代医学知识多。哼哼,就这一点,足够让田凛吃不了兜着走!"

天际一抹斜阳直直坠入地平线,仿佛要将世界倾覆。隐隐苍冷的低吟声,穿透过数千载的时光,漫漫回旋在济北城的上空。此时,林峰正率领一万精锐之士,气势汹汹离开洛阳，直奔济北。一路马不停蹄，日夜兼程，似乎急于发泄心中的怒火般。林峰竟丝毫不体恤车马劳顿，动辄便对麾下将士暴怒重罚。大军虽气势嚣嚣而来，却隐隐藏着将士们的埋怨之声。

而济北府邸内，苏莱莱却如愿以偿，在张越的引荐下，得以面见此战的始作俑者——田凛。

一挽灰蓝色帘幔遮掩下，微微映出依靠在长椅中的颀长身影。一袭浅灰华服下的脸孔清秀俊逸，嘴角布满柔和的笑意。从外表看来，这犹似一名谦谦君子，怎知这看似平和的表皮下，却暗藏着十足的阴狠险恶。

苏莱莱俯身鞠礼，装出一副谦卑屈膝的神情，"久仰临淄凛公子威名，却想不到小女子与家人途经济北，有幸得见公子。"

田凛满脸蔑视与淡漠，轻描淡写问道："听说你乃来自蜀中的名医？为何本公子从未所闻？"

"天下广博，小女子不过在小小的蜀中略有名气罢了，怎敢在公子面前自称闻达！"苏莱莱垂头，极为恭敬的神色，"并非小女子自吹自擂，小女子自幼就谙医术，得知公子为旧疾所烦，故愿替公子分忧。"

惊异却鄙夷的神色忽泛上田凛的脸，他冷笑一声道："你倒是自信从容，当仁不让。"转而审视她一番，厉声命令，"抬起脸来！"

他冷厉的叱声如此突然，苏莱莱心中竟有几分惊惧。倏忽间心跳慌乱起来，她不停地告诫自己，冷静，冷静。她暗暗舒下一口气，抬起小脸，翘起嘴角，露出一缕自信而从容的微笑。

田凛转首正眼凝住苏莱莱，眼前的女子，身段娇小玲珑，长得清秀可人，一袭紫袍更衬得她肌肤透白。似云的发髻上嵌着珍珠色的头饰，浓黑的眸子充满狡黠机灵的神色，微翘起的粉白嘴唇更显出无尽神采。如此自信姿态，怎是平凡女子所能拥有？难道一如她所言，此女乃是闻达蜀中的名医？但既是名医，无理由自己并不知晓。此女究竟有何渊源？

从田凛微微拧起的双眉上，苏莱莱已经瞧出了他心中的疑惑。她粲然一笑，开口道："小女子听张大人所言，凛公子时常腰椎隐隐作痛，每逢下雨潮湿的时节更是疼痛难忍。据小女子所知，此乃可能有两种缘由，一则多为感受外邪、肾虚精亏、年老多病、气血淤滞所致，二则劳损脊椎及外伤所致。公子年轻体壮，气宇轩昂，绝不可能是第一种，那想必应当是因外伤所致。"

此女尚未诊断，便得出因外伤所致的结论！田凛心中泛浮起一阵惊愕感。十年前自己为林峰所重创，留下旧患。多年来自己遍访名医，均是束手无策。眼前这小小的娇美女子，难道真有法子为他根除这旧疾？他垂眼盯住苏莱莱急促问道："言下之意，你可是能根治本公子的旧疾？"

苏莱莱轻点头，瞥住田凛，满盈谄笑道："小女子正是愿意为公子根治这旧疾，替公子分忧乃是小女子全家的荣光。"

田凛毕竟是个聪明人，轻易便听出了她的弦外之音。他冷哼一声，"若能治好本公子，你以为我会亏待你与家人么？"

"多谢凛公子！"苏莱莱欣喜不已，遂正色道，"小女子擅长银针疗法，若能得公子首肯，小女子即刻便替公子把脉行针！"

田凛微蹙眉头，沉声道："此刻？"

"不错，这种针法须得分几次施针，中途需休憩几日，所以小女子需要替公子把脉，以求确诊公子需施针几次。"苏莱莱迎住他疑惑的目光，正视着他道。

心中似乎仍有疑虑，田凛垂低眼睑，并未应允。

一旁的张越见此状，立刻插嘴道："公子，这韩苏姑娘针法神奇，在蜀中已医治太多疑难杂症。莫看她是一介女子，却继承父业，行医多年。公子不妨试试！公子身边高手如云，谅这小小女子也不能伤及公子分毫呀。"

一抹不快的神色蹿上，田凛狠狠瞪过张越一眼，"难道本公子还怕这纤弱女子？"

"不敢不敢……是属下多嘴……"张越忙闷声解释。

田凛盯住苏莱莱，依旧傲然十足的语气，"你唤作韩苏是么？那本公子便让你试试看，若你只是吹嘘妄弄之徒，即使你只是女子，本公子也会叫你身首异处！"

呃，又一个身首异处。苏莱莱咽下一口唾沫，仍旧笑脸相迎，"公子放心！若无把握，小女子绝不敢毛遂自荐。"

思索片刻，田凛终于轻叹一声，好整以暇道："那本公子便信你一次！"说罢略微坐立起，轻轻拉起衣袖，目光一敛，"你立刻过来替本公子过脉。"

"是！"一抹隐隐笑意自苏莱莱脸颊浮起，浅浅而逝，甚至不及为田凛所察觉。

见苏莱莱小心翼翼起身，缓步踱到田凛身侧，韩希尧心中生出一阵不安心绪，竟难以自控地拧紧眉头。

只是短暂瞬间，却为田凛所察觉。他斜兜过韩希尧，语气中满是不屑意味，"你这哥哥眉心紧蹙，好似对你信心不足？"

苏莱莱忙尬然一笑,轻抿嘴唇道:"哥哥乃是乡野村夫,从未见过豪门贵胄。今日有幸得见公子,自然是为公子的气度折服,所以才惶惶失措。"遂转首朝韩希尧狠瞪一眼,目光中暗藏寓意,示意他收敛神色,切勿令田凛起疑。

仿佛也意识到自己的失态,韩希尧蓦然惊醒,一缕憨态掬色渗出脸颊。他摸摸后脑勺,张嘴傻笑道:"呵呵……妹妹,这屋子好大……俺是第一次见哩!公子神态好威严,俺……俺心中畏惧……"

苏莱莱咧嘴微笑,转而朝田凛鞠礼道:"凛公子,我这哥哥少时受过伤。这里……"说着她伸出食指轻轻触碰侧额,柔声道,"这里不太灵光。"脸上浮起一抹淡淡愁绪。她怅叹一声,"枉小女子精通医术,却始终对自己的至亲束手无策。"回转过头,她接着道,"凛公子,哥哥从小未见过这等雕梁楼宇,待小女子替公子施针时,不知能否允许张大人带我哥哥于府中观摩,让他开开眼界,也好让他开心。"

田凛略有不耐烦神色,但见韩希尧一脸痴傻模样,心中鄙夷感顿生,但又深觉好笑。于是,他朝张越吩咐道:"你领这痴儿出去,由他在庭院中玩耍,另赐些糕点与他。"

"是。"张越应声领命。望着一脸木然神色,目光呆滞的韩希尧,他心中亦是充满讥笑意味,但却恭敬道:"韩壮士,请随在下来吧。"

"好耶……妹妹,你好好扎人!我去玩咯!"韩希尧得意地拍手大笑,晃摇着高大的身躯,随着张越而去。

苏莱莱嘴角勾起一丝笑意,果然不愧是深受林峰器重之人。这韩希尧虽看似木讷,心思却细密谨慎,甚至深谙察言观色。这一番假扮痴儿,简直入木三分,相较之前在燕京时假冒仇青的青涩死板,显然已是大有进步。临走前的一语双关,更显出他的过人聪慧。

"谢凛公子!"苏莱莱敛回笑意,目光中烁动着感激神色。

"不必客套,开始吧。"田凛微垂低眼睑,伸出右手道。

苏莱莱略然俯低身子,伸出白皙小手,轻轻按上田凛的手腕,一副专注凝神的神情。田凛冷眼望去,却见她面色微润,一双眼眸秀澈如水,粉白嘴唇微张着。一时间他竟有些心神不宁。哼,不过一介山野女子,稍有姿色而已。田凛仄目而视,心神不禁略微涣然,但随即侧首沉下脸来。

稍许时刻,苏莱莱松开手,扬起脸正色道:"回禀公子,小女子刚已号过公子脉象，看来公子曾身负重伤，所以才会留下腰疼旧疾。若想彻底根除，须得四次施针，外加一剂草药！"

"本公子的旧疾真可根除？"田凛似乎仍有疑虑，将信将疑。

"绝无妄言。"一弯笑意浮现，苏莱莱垂首打开腰侧的GUCCI手袋，拿出一套烁光耀动的银针来。"只是……"她秀美轻蹙，"凛公子，小女子的针法虽有奇效，但施针途中，患者会剧烈疼痛不已，可是常人所不能忍受……普通意志之人时常经受不住而停止。抑或行针时患者剧烈晃动，也会导致针位偏颇而影响疗效，甚至可能起反作用……"她面有难色，看似怯怯般望住田凛。

见她这般娇怯的柔弱模样，田凛心中竟却生出一种莫名意味。仿佛不愿被这娇弱女子菲薄似的，他双眉一抬，淡淡道："你当本公子是普通村夫？若能治好这旧疾，何种疼痛不能忍受？"

苏莱莱狡黠一笑，BINGO！等的就是你这句话！田凛，你既然要保持自己气宇轩昂的贵公子形象，那便怪不得我痛下毒手啦！她俯身行礼道："那便请公子退去外衣，俯身覆于榻上。"

田凛朝身侧的两名侍女警视了一眼。侍女们立刻挽他起身，轻身将他挽至榻前，替他退去厚重华服华冠，伺候他小心轻伏在榻上。四名手持利刃的高壮侍卫立刻围到榻侧，全副戒严的姿态。

苏莱莱缓缓移到榻前，笑意满盈地摸出一支银针。烁动的亮色光华，映出她眼里暗藏的厉色。她垂下手，朝着田凛第三胸椎棘突处的肺俞穴狠狠扎下。

一阵绞心剧痛席卷而来，震动心肺般剧烈难忍，心气断裂似的煎绞反复。田凛几乎惊声怒起，但念及身份姿态，咬紧嘴唇强忍不动。他重重喘息，目光中闪出浓浓厉色。

"公子，是否太过疼痛，小女子早讲过……"苏莱莱装出一副为难神色，满怀怯意道。

"本公子叫疼了么？！"田凛咬紧牙关，目光中满是狠鸷，沉吟一声道，"继续！"

苏莱莱伸出小手轻抚过脸颊，显出微微羞怯神色，柔声道："公子的坚毅，真是令小女子敬佩……"转而勾出另一只银针，眼里闪过一缕冷光，朝着田凛第二腰椎棘突处的肾俞穴狠然刺下。

顿时肾脏震动撕裂般颤起，犹如万蚁啃噬般。密集刺痛猛烈而至，一时间竟然痛到神情恍惚。田凛垂头猛撞床榻，双手紧紧攥捏成拳，牙齿紧咬着嘴唇，竟

有淡淡腥味而来。

"呀！公子……你的嘴唇……怎么会流血……"苏莱莱故作惊慌失措状，樱唇乍启，微拧秀眉。

田凛疼得恨不得痛号出声，目光却游向苏莱莱，犹见一泓清眸，仿佛含着秋水般楚楚可怜。心中竟生出自满至极的意味，他吁下一口气，伸出手指拭过破唇的鲜血，沉声道："本公子怎会畏惧此等疼痛，你继续吧！"

哼，死鸭子嘴硬！好吧，既然你这么爱撑面子耍帅，那我便一针送你上西天！苏莱莱再摸出一根银针，目光游向他第二腰椎与第三腰椎棘突之间的命门穴。她记得课上教授曾讲过，此穴属督脉。击中后，冲击脊椎破气机，极易半身不遂。一抹凛冽神色拂过眼底，田凛，你这豺狼心肠，谋杀杨翾，毒害湘儿，今日乃是你的因果报应！

脑中却骤然闪过林峰那张俊逸威严的脸，以及他凌厉的目光，甚至暴怒时涨红的眼眸。她的手猛然一抖，蓦然惊醒。自己只图一时报复田凛，竟忘记这一针下去，自己也再难活命，不仅救不出湘儿，更会导致林峰与杨翾的计谋全盘落空……

她闷闷呼出一口气，手中的银针颤颤微抖，终于随之游离田凛的命门。

这一幕映入田凛眼底。凝着面前目光潋滟的苏莱莱，他心中不禁泛起噱然情绪，这女子太过仁心，竟不忍见自己痛苦煎熬。如此心思身为医者，究竟是喜是悲？他并不想思考，但他确已至信，这女子着实有趣。

腥味渐退的翌日，迎来柳舒花放的光景。恹恹春倦下的济北城，隐隐绸缪着狂烈的暗涌。

清晨的雾色尚未淡去，光晕斑斓间拂起和煦柔风。苏莱莱接到田凛的传召。她心中一阵踯躅，林峰此刻应已渐渐临近济北，不知是否已如计策所言，展出一派暴烈狂躁的架势？而他麾下那一万精锐之师，纵然心有怨词，是否仍能固守忠义，挺身相随？而自己这步险棋，却不得林峰所知。若他知晓，会如同韩希尧一般断然反对么？

她心神涣散，既然已身陷此局，她只能笑然应对。

眼前的田凛已不像昨日般傲慢神色。见苏莱莱到来，他竟一反常态起身相迎，嘴角一抹淡然笑意，"韩医士，经由你施针，本公子昨夜竟不再辗转，安枕入眠直至天光。想不到你这针法果有奇效。"

望着田凛唇上那道伤痕，苏莱莱强忍笑意，故作骇然道："只是这施针过楚太甚，小女子着实不忍见公子如此煎熬……"

"你倒是挺为本公子着想。"田凛一句清诡言语，似乎还掺杂着试探意味。

苏莱莱面色不改，抿嘴一笑，"小女子尚在蜀中时，早已遍闻公子美名，为公子效力乃是求之不得的事。"

田凛露出一抹阴诡笑意，转而摆出温润神情，"你既有此心，又的确能尽心为本公子化解旧疾，那便收你入我府中做我医士如何？"

做你专属医士？做你的春秋大梦吧，没毒死你已算本军师仁慈。苏莱莱恹恹念道，却强压下心中的怒意，一副受宠若惊的姿态，咧嘴直笑，"谢公子赏识！小女子定不辜负公子殷望，尽心尽力为公子分忧！"说罢不住跪拜躬礼。

见她如此感激涕零的臣服模样，田凛心中不由得泛浮起阵阵畅快。权势的力量，在此刻已展现到极致。任谁娇美如玉或才学横溢，在这权柄的威严前，都恍若蝼蚁一般卑微。田凛满心悦色，转而问道："今日可否施第二次针？"

苏莱莱一脸惑然，"若此针法间隔数日再施行，头次淤藏的邪气得以全然释出，效果会更佳！公子昨日才施过针，为何要急于今日再施针？"

田凛厌目道："这其中缘由自然与你无关。本公子不妨同你讲明，若三日之内能将一套针法施完，本公子必重重有赏于你！"

不须过多猜想，这田凛必是企图在林峰攻来前得以痊愈。届时他旧疾不再，重遇仇人时，必能更有心力与林峰鏖战。他满心确认能将林峰击若困兽，一洗这十年之恨。苏莱莱心中暗忖，田凛这盘算未免太过完美，人类总是乐意高估自己。今人如是，古人亦是如此。她蹙起秀眉，面有难色般，"公子，若间隔数日更有奇效呀，况且……况且……"她垂眉低首，一副忧悒重重的模样。

心中兀地一震，田凛拧眉道："你有何难处？难道你已无能力治愈本公子？！"

"当然不是！"苏莱莱忙高声应着，昂起小脸道，"小女子是怕公子痛楚难熬。只因每次施针会逐步推进，最终深及内脏肺腑，将体内邪气彻底驱散。所以相较上次施针，会愈发剧痛难忍。"

田凛面色铁青，脑中忽地忆起昨日的煎熬剧痛来，原本镇静的脸忽变，掠过犹有余悸的神色。那如刀绞割裂，如万蚁啃噬的痛楚再度袭来，让他额头渗出冷汗。但触及到苏莱莱那一泓清眸，心中竟生出莫名情绪，不允许他失却气度般。他沉下脸，故作淡漠道："本公子既命你施针，自然不会为疼痛所难。你不必顾忌，施针吧！"

苏莱莱轻眨长睫，心中却按捺不住的喜悦，我有何顾忌？我正求之不得呢！

她掩饰住嘴角的笑意，缓缓地掏出针袋，戚戚神色道："那便难为公子忍住疼痛。"

田凛点头默许，敛回漠色，身侧的侍女忙搀他入内堂榻上。

哼哼！田凛狗贼，今天可是你求我扎你的。如果我不把你扎个舒服，岂不是对不住你一番信赖呢！苏莱莱得意想道。望住田凛的背影，她暗暗露出自得笑意。

骤然间传来一声清脆激昂的声音——公子，已有回报！

田凛猛然转身。苏莱莱慌忙敛回窃笑，摆出一副正经凛凛神色，目不斜视。

一名将士装扮的男子大步迈入，掩不住喜色道："公子！大喜呀！"

一抹阴冷却悦然笑容犹现，田凛忙展开双臂，示意侍女们统统退下。见此状，苏莱莱只好收回银针，准备同侍女一道退下。却惊觉一袭赤色长袖落下，直挡在自己眼前。抬眼看去，田凛竟伸手拦挡住她，脸上带着一缕似笑非笑的神情。

心猛然拧紧，苏莱莱只觉额有冷汗。对方眼中的神色仿佛穿透她，凛冽彻骨，难道她的身份已被揭穿？瞬息间她竟觉呼吸停止。望着田凛那张清秀俊逸的脸，即使柔和的笑容，也掩不住暗藏的凶残，她轻咬下唇，深埋低头，不敢抬眼正视这种局势。

出乎意料，田凛竟眉角微舒，语调意外的柔和，"韩姑娘既是本公子随身医士，留于此又何妨，不必退下。"

苏莱莱轻吐一口气，心中的不安，总算缓缓退去。她摆出一脸谄笑，"军政大事，小女子亦不懂，承蒙公子信任……"

田凛冷然一笑，转向那名将士，一副自负姿态，"喜报？可是与那蛮力小贼有关？"

将士欣然，满面掩饰不住的喜悦神色道："回禀公子，正是如此！据探子回报，林峰正领着万余贼军朝济北进发。果不出公子所料，此人气势嚣嚣，誓要踏平济北，故行军甚为急躁，途中更是对将士随意辱骂责打。众将士已甚有微词，更有人生出离心！"

田凛若有所思，却忽转向神色愕然的苏莱莱道："韩医士，你如何看待这捷报？"

心猛烈一震，苏莱莱满脑思绪被搅得杂乱混沌。她先已有表明，自己丝毫不通军政大事，为何田凛却将这话茬转向她？难道田凛心中仍有疑虑？她心紧揪，田凛疑心甚重，竟想出这种方法来试探她。该如何应对？一时间她茫然失措，若她过问军事,岂非自揭身份?可若不答,田凛会不会以为她故意回避?

她虽随林峰驰骋战场几年,可对于这攻人心的阴谋之术并不擅长。田凛眼底隐隐的浅笑,如同一张无尽深网,将她绞裹得挣扎不得。她恨恨咽下一口唾沫,心中满是慌乱,露出错愕神色。

"呵呵,本公子不过逗逗你罢。"田凛洒然微笑,继而道,"韩医士乃是医者,自然仁心,不愿议论这残暴屠戮。"

可恶!田凛你这狗贼,又害我虚惊一场!苏莱莱强压住心中的情绪,讪讪抿嘴而笑,脸上一抹茫然疑惑,"小女子是妇孺,不懂对阵大事。实在不明白,为何林贼气势汹汹而来,公子非但不震怒,反说是捷报?"

显然,田凛对这回答着实满意,露出夷然神色,"姑娘毕竟身为女子。如此讲吧,若本公子深知这林峰攻来,只是自寻死路,又何必震怒?"

苏莱莱立刻张大嘴,一副恍然觉悟的模样,"哦!我明白了,公子已布下陷阱,就等着林贼朝里钻啦!"一缕甜蜜笑意攀爬上脸。她不禁拍手道,"难怪公子说是捷报呢!原来已有必胜把握!公子果然深谋远虑!"

脸上笑意逐现,田凛朝将士挥手道:"命我军将士随时奉命。待林峰攻来,便依照本公子的计略应战!"

将士欣然领命,即刻退去。

田凛轻瞥苏莱莱一眼,嘴角勾起阴沉笑意,自言自语道:"林峰这个只会蛮力的蠢材,好不威风,竟对部下任意责罚。凭这军心涣散之师,妄图铲平济北?简直痴人说梦!"

苏莱莱已猜度出他的意图,于是不徐不急道:"小女子也听说过,那洛阳林氏的少主残暴无道,蜀中对此人也是颇有畏惧。若任由这种人称霸朝堂,岂非比秦廷更过犹不及?"

"哼……韩医士果然是医者出身的柔弱女子。"田凛淡淡道,分明是鄙夷语气,却隐隐含着一缕无可奈何,甚至浅浅怜惜。

"小女子不懂世间政权风云变幻……"苏莱莱埋低小脸,柔声道,"只是不希望生灵涂炭,只盼望公子尽快结束这乱世。小女子也能与哥哥一同回蜀中,平安终老……"

她眸底的激滟,恍然掀起阵阵起伏。田凛微含笑意,转首而视,低吟道:"难道你不欲常伴本公子身侧?"

我呸!苏莱莱心中怒骂一声,你这只自恋的孔雀,不过捧你几句,就飘然冲

第十五章 蜀中名医

上云霄。坐火箭也没这么快吧！虽然心中骂咧不断，她却摆出羞赧模样，"公子若不嫌小女子医术浅薄，小女子自然愿意一世效命公子！"

倏然，田凛忽地一把握住她的手腕，低声道，似乎是从喉中发出："本公子这世最讨厌与人绕话，你是真不明还是装糊涂？"

"啊！"苏莱莱忽地惊呼，转而高声道："难道不能治好公子的旧疾，小女子只有死路一条？！"遂摆出满脸哀色，柔声祈求道，"公子定要饶小女一命呀！小女子自知医术浅薄，却是诚心仰慕公子，绝不敢欺瞒公子呀！"

"……"田凛甚是无语。对于苏莱莱的诡诈狡辩，他并未觉出丝毫不妥，更以为她只是个单纯善意，不通男女情爱的山中女子。田凛心中霍然舒畅，这女子既然纯真，以自己的权势，又如何不能令这女子乖乖就范？况且眼前大战在即，他亦没有过多心思纠结俗世情爱。此刻她不明，那便等此战结束罢。

田凛松开苏莱莱纤细的手腕，朝她宛然一笑，"本公子自然不会要你性命，但若想得赏赐，你可得用尽心力为本公子治愈旧疾。"转而探出手，轻轻松开腰带，勾下衣袍。

脸上的谄笑顿时凝固，苏莱莱尴尬如木雕一般，愣然道："公……公子做何……"

"本公子不是命你施针么？不退去衣袍，如何施针？"田凛惑然，眉梢动了动。

哦！苏莱莱揉揉胸怀。之前田凛一番隐然表露，不得不让她误解，将这一系列动作与不和谐的场景联系起来。还好，这田凛毕竟出身名门贵族，算是知书识礼之士。她心底暗暗庆幸，却略起迷茫：自己这番周折，是否真如韩希尧所讲，不但多此一举，更可能身陷险境？

三日之后，一声厉声号角悠扬而起，伴随着撼天震岳的交击声，阵阵轰鸣伴着号角声自远而近。转瞬间，道道黑色洪流奔袭而至。

战争的起端，总是源于各色的争执，人类的争心，却是乱世最好的温床。

按照田凛的部署，济北城门紧锁。面对来势汹涌的林家骑兵，守城军将颓败连连，直朝城内避去。

外间纷繁喧杂的激战声，澎湃而至。济北府邸屋内的两人，却商议着即将进行的行动。

"战事已开，想必上将军已临至济北。这几日属下装疯扮傻在府中晃荡，已经对这座府邸相当熟悉。现已拟出趁乱救出小姐的绝佳路线，只需费去最少时间，便能将小姐安全无虞地救出。"韩希尧眸里烁光闪动，沉声言语。

"最佳路线？你把那路线图给我看看。"苏莱莱摊开小手。

韩希尧却沉默片刻，摇头道："副军师，属下怎敢绘制成图？若不小心被田氏发觉，岂非全盘皆输？"转而伸手轻点额侧，自得一笑，"属下已全然记在脑中。"

"好你个山寨偶像！有两手呀！"苏莱莱不禁拍了拍韩希尧的肩，满意笑道。

"副军师过奖。"韩希尧抚掌大笑，转而正色道，"田氏应已与上将军成胶着状态。待到战事入盛，田凛将派出济北郊野的伏军。军师亦会准时赶到。我们必须在这段时间内将小姐安然救出。否则一旦田氏溃败，极可能鱼死网破，害小姐性命。"

苏莱莱微微转首。屋外响彻天际的金器撞裂声绵绵不绝，与嘶号声浑然交织，不住宕然传来，凄厉彻骨，如泣如诉。林峰，你如今可好？她心底问道，柔软的思念猛然在心间缓缓旋绕。傻瓜，你在担心什么？难道对也还不信任么？她轻轻吁气，释然一笑，望住韩希尧，满面坚定，"那我们别再浪费时间，现在就去救湘儿！"

沉稳却坚韧的目光犹然再现，韩希尧点头应是，"副军师可对那药草味道还有记忆？"

"那药草是三七、白芨，再加上茜草配制成的止血药物，其中还混杂了另一种奇特草药，味道很奇怪，既像仙鹤草又仿佛是白茅根。不过这味道很特别，虽然不能明辨出来，我却能清晰记得。我们到了地牢只要凭借这个味道，应该能很快找到湘儿。"苏莱莱蹙眉低声道。

韩希尧驻留片刻，转而俯低身子，将置于榻底的一只黑木匣勾出，打开，一只银光烁闪的短枪头赫然入眼，光晕斑斓间，发出凛凛寒芒。

苏莱莱抿嘴笑道："燕京那个名匠果然手艺出众。我告诉他想做这样一支可以收缩的银枪，他做出的武器竟然比我想象的好！"

韩希尧呼出一口气，勾起短枪尾端，正欲将这截枪头抽折成一柄长枪，屋外却不合时宜地响起惊呼声。

"韩姑娘！韩姑娘！公子急召你前去！"

这惊呼声愕然而近，韩希尧目光忽凛，忙不迭将短枪塞回匣内，跨步退去，一反勾手将木匣藏到榻下。

"战事已开，这田凛又召你去，难道有所图谋？！"韩希尧愤然低语。

苏莱莱悲叹一声，"图谋倒不像，只怕是他的腰疼又犯了。"

"不是已治愈了么?"

"那只是暂时止疼,好比饮鸩止渴。他的腰脊会越发糟糕,最后还会瘫痪。"

"……"韩希尧惊愕道,"难道他已有察觉?!"

"不可能,如果察觉,就不是派人来传召我,那必然带人直接要我小命。"苏莱莱叹息一声,从腰间的GUCCI包中摸出一只缎面香包,沉声低语,"这香包里的草药,是我根据送来的木匣而采集。用这东西,即使我不在场,你也能找到湘儿。"说罢将香包塞入韩希尧手心,朝他一抿嘴,嘴角挽起甜甜笑意,"不用担心我,救湘儿要紧,我有的是办法应付田凛。"

见韩希尧已收起香包,她脸上的笑容绽得更深。她径直朝前走去,推开门,迎住来者,"小女子在此,公子可是有急事相召?"

杨花点点,坠落路畔,与园中绿草相映成辉。只是在震耳欲聋的交战声中,这一派谐趣景色显得苍白如纸。苏莱莱无心欣赏此刻的美景,心中惴惴不安。纵使她故作镇定,也不过是安抚韩希尧罢了。田凛性情阴狠,这战时的急召,背后莫非隐含着圈套?

她思索不出,只是愣然随着来者缓缓步入田凛的视线。

"凛公子,战事已开,公子此时急召小女子,不知所为何事?"苏莱莱低垂着头,沉声问到。

田凛侧目,起身道:"依照本公子部署而行,此战很快便会分出胜负。"转而朝向苏莱莱,目光中闪过自信神光,"此次定能将那洛阳的蛮贼剿杀。若不能亲眼目睹他的惨状,又如何能一洗多年之辱?"见苏莱莱满眼迷惑,田凛高声道,一缕诡诈笑容犹现,"今日应是末次施针吧?"

苏莱莱故意露出一抹惊恐神色,戚戚道:"但如今外间战事正激,万一途中有所闪失……伤及公子,小女子死一万次也担当不起呀!"

田凛脸色微黯,似有怒意,"何人要你抵死?本公子早赦免你一切罪责。若途中闪失,那亦是天意罢了!如今正逢敌我对阵,此等紧迫关头,唤召你来,难道不是本公子对你深信么?你如此推诿言语,莫非怀有异心?!"

愕然失措,苏莱莱露出骇然模样,忙连声道:"不敢不敢……小女子甘愿为公子效命,万死不辞……"

"还不快为本公子退去衣袍?"田凛朝身旁的婢女们低声道。

外间的金石交击声作响,田凛却急于治疗旧疾,苏莱莱蹙眉。杨翾讲过,田凛并非脓包，为何此举竟显得这般荒唐可笑？难道他自身的旧疾，竟然比阵前大事更为着紧？苏莱莱暗暗低叹，若田凛真是这般荒谬，又何来威胁呢？她轻挽起衣袖，将针袋拿出，轻轻坐到榻前。

"你还有所犹豫？"田凛伏在榻上，回首道，"难道本公子之前的一番话，讲得还不够明白么？"

苏莱莱默不做声，摸出银针，轻咬柔唇，朝着田凛第五胸椎棘突旁开处直扎而下。不知是是否思念林峰，她只觉心中恍惚，竟不能全力应对。

战事依旧如荼蔓延，济北城内外兵马萧萧，旌旗翻摇，夹杂着鹿鸣钟鼎声，不断起伏。来报者接二连三，都被田凛一一拒于门外。直到苏莱莱施完最后一针，田凛才在婢女的搀挽下，不慌不忙地一声令下：

"命传报者入内！"

吱啦声起，几名全副戎装的武将破门而入，立即跪拜道："回禀公子，贼军气势极盛，城门已快被突破！"

得到颓败讯息，田凛并未震怒，反而轻轻整理衣衫，神色平静道："双方伤亡情况如何？"

"我方守城者一万余人已只剩下半数，而贼军也约有两千伤亡。"

"哈哈，不错！"田凛得意大笑，起身步到武将面前，一副从容姿态，挥手道，"棋子已快消绝，想必蛮贼玩得很是过瘾，是时候派上正角了！"转而狠声，"命伏军全然出击，将贼军围剿至死！另外颁下我手令，若斩得尉校衔者，赏黄金百两，封地十顷，婢女五十；若斩得将者，赏金千两，封地百顷，婢女数百；倘若谁能击杀贼帅，赏金万两，赐封地千顷，更加爵封侯，赐予永世荣享！"

"末将领命！"武将们振振应声，随即赶赴阵前。

"哈哈哈哈！"田凛仰首狂笑，仿佛对手的性命已如探囊之物。他退回座椅中，忽一眼瞥过身侧的苏莱莱，目光中绽出阵阵悸色，"韩苏，你过来。"他招手道。

苏莱莱暗自骂骂咧咧。田凛这得意忘形的模样实在令她生厌，但她仍装出一副悦色，边走边鞠躬，"恭喜公子的大计就要成功啦！"心中却不停地咒骂，朝他缓缓而去。

刚走到他身旁，田凛竟猛勾手一挽，将她反身拥入怀中。一阵强烈的排斥感袭来，苏莱莱几乎惊跳而起。她咬住下唇，正要回首望去，对方却猛力缠住她纤柔腰肢，将她赫然抱坐在腿。

靠！苏莱莱心中怒骂，企图挣扎，却深觉无力，被他反身箍住，还被逼坐在他腿上，胸中涌出一阵沉重的不自在，甚至掺着几缕恶心触感。她恨不得抓出大把银针，将田凛扎成一只刺猬，脑中却连连浮现林峰的身影。想到他此刻仍在阵前厮杀，而自己不但不能与他并肩作战，还被这仇敌亵玩，苏莱莱心中对莽撞举动后悔不已。但事已至此，她也是无路可退，虽然受些委屈，却终究扎乱了田凛的经脉穴位。不出几日，田凛的腰疼将更加剧烈。长此以往，田凛必定半身不遂，瘫病在床。

她暗暗告诫自己忍耐。等到田凛的伏兵倾巢而出，杨翾就会率大路兵马赶至。届时林峰必然攻据济北，这一时片刻的屈辱就暂时忍耐吧！

田凛挽住她的柔腰，抵在她耳畔，声音仿佛不带气力，"你可真是本公子的福星！正是你的到来，本公子不仅旧疾得治，如今更能一雪前耻。"

苏莱莱垂首，细声讲着虚伪言语，心中不禁一阵恶心，"为公子效命……乃是……乃是小女子福分……"心底却不住暗骂，靠你奶奶的，把你这猪蹄子给我挪开！

田凛伸出手，轻轻勾挽着她的发丝，俊逸的脸上泛起柔柔笑意，"效命倒不必，本公子很是喜欢你。你既有过人医术，可愿随本公子回临淄？"

放你的狗屁！你这自以为事的公孔雀，要发春找母孔雀去！苏莱莱暗自怒骂，却摆出受宠若惊，又羞涩万分的姿态，"公子……公子此意……"

田凛伸出手指，在她白净的俏脸上轻柔刮过。这肌肤竟犹若白玉羊脂一般，光滑而细腻。他心中泛起点点涟漪，贴近她的小脸，低吟道："你乃是本公子的福星，况且本公子喜欢你，你可愿随本公子回临淄，做我妾室？"

呸！下流胚子，有了老婆还朝三暮四，竟然要我做你小妾，痴人说梦吧你！苏莱莱再也演不下去，若要她装作对田凛痴心情动的模样，她真情愿被识破身份。她无论如何也不能强迫自己的意愿，将情感也视为工具。可要她当众拒绝田凛，却无疑是自寻死路。进也不得，退亦不可，她真恨不得一头撞晕，至少不必面对这为难情景。

"为何不答我，难道你对本公子的情意视若惘闻？"田凛忽有不快，厉声问道。

"不是……小女子只是……"她只能吞吐言语，蒙混应对。慌乱中，她竟脱口而出，"为何要与别人分享爱人呢？我从来不……"转而想到，这话是对林峰讲的，反正也没指出对象。她抿嘴，露出一丝狡黠的笑意。

田凛惊愕不已，片刻后却飒然大笑，"你果真是山野女子，竟不懂这华夏礼仪！无妨，你随本公子回临淄，自然会慢慢通融礼乐。"

苏菜菜抿住樱唇，牙齿轻触唇的边缘，泛起浅浅红愠。如此娇娆动人的模样，引得田凛心中爱意猛增。只是他并不知道，她此刻的脸红，却是源于对自己的憎恶，还满心自得，误以为她已动心，才会有如此娇羞神色。

暮色渐近，铁蹄纷扬而起，静默了许久的洪流突然冲决，升腾为厮杀的氤氲。济北四周突入汩汩伏兵，豺狼虎豹般奔涌直入，如惊涛裂岸，似山岳崩塌。

正戏终于上场。林峰目光一凛，来势汹涌的田军，纷纷附蚁而至，似要吞天并地般，将这一万精锐层层围击。灰黄色的天空苍茫无际，响彻青空的激战声，仿佛刺破无数岁月层叠，穿梭于此世彼世，隐隐重复着生死的轮回。

生死去来，篷头傀儡，一线断时，落落磊磊，人类之间往来流徙，却不过彼此仇视厮杀，支离破碎的，不止是四肢百骸，更是凄冷的人心。

殷血喷洒，震响连天，仿佛整座济北城也随之战栗。铁蹄隆响已经渐弱，取而代之的则是战马低沉的嘶鸣。残阳斜映出叠叠身影，数万计的战马叩击大地的声音，由远而至，齐整而威壮。这吞噬天地的强大气势，瞬时间将所有声响湮灭。这一刻，仿佛时间静止，寰宇之内，恍若只剩这些铁蹄疯狂前行，天地之间，唯有他们才能冲破任何限制。

危急时刻，刺耳的金石交鸣声撕破四周空气，更断然冲破时空桎梏，直直钻入田氏兵将的耳中。田氏兵将从震惊和惶恐中回过神来，才惊觉，原来所要应对的并非林峰所率的区区万人。抬眼看去，黑压压的兵马狂踏而来，不仅气势狂嚣，为数更是远在己方之上。林家的铁骑，因配备了马镫，自洛阳守城一役后，便震撼华夏，成为令敌军闻风丧胆之师。令田氏兵将如何也想不到的是，这分明乃是田凛的良计，将林峰诱之诛杀，却怎奈落入敌军更深的阴谋中。

朝奔涌而至的铁骑望去，林峰嘴角勾起一弯威赫凛凛的笑意。杨翾，你果然如期而至！

满地殷红，血的尽头，延续着轰然巨响，声声直刺入耳。暮色逐现，天幕渐下，黑如浓墨般，稀疏星斗点缀其间。长及一日的惨烈攻守，反复围剿与突围，腥味弥漫的济北城已经是满目疮痍。林氏旌旗遮天蔽日，缓缓烛影摇起天际的冷月，撕碎的疼痛终于降下。

"报！"济北府邸内，一声凄厉尖声骤然而至。

第十五章　蜀中名医

一抹冰冷月光折入堂内，映照出田凛阴沉的脸，闪烁着隐隐深红，如同血般狰狞。"蠢货！怎么会被林贼反将一军?!"他咆哮起来，声音如震雷般，"那贼帅难道仍安然无恙?!"

"回禀公子，此种战况实在出乎属下意料！原本贼方人马已被我军困在其中，剿杀贼帅指日可待，怎料随后竟涌出大批贼方兵马！对峙之下，我军实在不敌呀！"来者颓然闷声。

"蠢货！我军乃是济北与历城两处精锐！还奈何不了贼军?!"田凛嘶声怒叱。

来者垂首沉声道："贼帅人马虽只是万余，但对方军师所率至少八万之众！战事一开，内围的贼帅人马突围猛攻，与外围贼军相互呼应配合，我军……我军……"他吞吐，怯怯神色，"节节败退，溃不成军呀！"

田凛咬牙切齿，脸色顿时阴沉无比。他猛起身一拳狠狠地砸落在几案上，怒吼道："田翾这叛徒！竟用此种诡计！"

来者骇然惊恐，身躯猛颤，"公子……如今，我军伤亡惨重，眼见这济北城池也保不住了，该……该如何是好……还请公子……明示。"

"我军如今还剩多少人马?!"

"回禀公子，大约一万五千……"

田凛几近捶胸顿足，浩浩五万精锐之师，半日之内而已，竟只剩一万五千！他急喘不止，脑中猛然闪现林峰傲慢的姿态。锐利的眼神透出无尽自负的神色，搅得他闷疼不已。忽一转，竟又浮出杨翾冷肃的脸孔，眼中放出倨傲神光，更是充满鄙夷与不屑。两人齐齐大笑出声，笑声狂妄跋扈，仿佛嘲笑着他的落败，犹如厉鬼般狰狞可怖。

一反平日的沉着，田凛竟怒然高号："命剩余人马拼死应战！若不能杀出血路，就与贼军同归于尽！"

"公子……这……"来者愕然，这意想不到的死令，竟会出自主帅之口，难道田凛只是将兵将们当做赴死的傀儡么？

"还呆滞在此作何?!还不快下去传令！"田凛狠狠指向来者，厉声狂叱。

身为军人，即使主帅的命令是赴死，却仍然不能有丝毫违抗。来者闷叹一声，沉声应道："是！"转而起身得令颓退。

"等等！"传来一声阻拦。

只见刘允气喘吁吁跑进来，转向田凛道："凛公子，此战我方颓势俱现，败局已定呀！理应命残余将士撤离前阵，弃下济北，沿沂水直下，退回临淄呀！"

"放屁！刘允，本公子的决议由得你来质疑么?!"田凛怒目不已，直冲到刘允面前，厉声斥骂。

"公子！对方足足八万大军，我军只剩下万余众。即使我军以死相拼，也不过是以卵击石罢了！这非但无法重创贼军，更让我军将士白白送命！若此时退避临淄，谅贼军再狂妄也不敢贸然来犯！公子为何不选这明策！"刘允铮铮言语，目光没有丝毫畏惧。

躲在幔帐后的苏莱莱朝刘允瞥过一眼。此人约四十岁上下，鬓角已略显花白，神色却正气凛然。原以为田凛这么自以为是的性情，手下都是些类似张越的溜须之徒，却想不到仍有敢于诤言的忠义之士。这刘允一番话正讲到重心，此战田氏已注定败局。林峰杨翾以及自己这三重连环计配合得十分默契。田凛大败，不仅失去手中的把柄林湘儿，更祸及城池，导致济北沦为林家囊中之物。田凛虽不甘心称败，甚至妄图垂死挣扎，但如同刘允所讲，不过是以卵击石，白白送命罢了。

田凛，你要是识得大体，就乖乖俯首称臣，老实退回临淄吧，或许还能保住自己一条狗命。可你不知好歹，还想以这残兵败将同林峰鏖战，无异于自寻死路。

思绪却猛被田凛的怒责打断，声声恨意极盛，"我宁可命丧济北，也不能由田翾这叛徒得意！就算一死，我也要与他同闯地狱！"

田凛脸上近乎癫狂的恨意分外清晰，直投入眼底，刘允心中悲叹不已。固守临淄多年，回望起当年幼时的他，天纵英才，如此得宠于田氏众贵！直到田翾出世，随着所有赞誉凝视的转移，原本才华济济的田凛，竟会堕落的嫉恨深重。这妒意藏于心间，随时随地点燃。多年已过，遭到林峰重创的田凛，更是恨不得生啖田翾的肉，咒他堕为恶鬼，永世不得超生。若说田家意在称雄，田凛的称雄之途中，却旨在复仇。

一切如齐衡君所言，田凛这满含妒意的仇恨，只会寻致田氏的溃败。好在齐衡君早有所察觉，若非如此，今日只能是城破人亡的结局。刘允怅叹一声，从宽大的袖内摸出一块绸布，正色道："凛公子，这是齐衡君的手书！君上有令，若济北失守，公子不得拼死顽抗，须保存性命，率残余将士顺沂水而下，退避临淄！"

霎时间，田凛盛怒的脸上竟涌出愕然神色，低喘急气，虽一副盛然不快，却又无可奈何。

"凛公子，随信附上的，还有君上为公子拟出的撤退路线。沿此路线撤退，保公子途中绝无惊扰，安全抵达临淄。"说罢，刘允将这方绸布交给田凛，接着道，

"君上命属下传话与公子,胜败输赢只是平常之事,若想赢得彻底,就必须先学会如何输!"

齐衡君果然非普通角色!苏菜菜暗自叹息,林峰虽然说他是个老不死,但这一招防患未然,不仅预测极准,更全然料到田凛举动。这番训斥,"如果想赢,就必先学会怎么输。"简直就是拷贝"失败乃成功之母"!拥有超出当世凡人的智慧。看来此人十足是只精明狡猾的老狐狸,不,换句话说,应当是名深谋远虑的智者!

这一纸手书,果然将田凛心中怒意降下,冷静下来思索眼前的状况。正如刘允所言,此战已颓状俱现,败局已定。可恨呐!若非自己太过轻视林峰,满心以为此人必定不顾大局,鲁莽攻来,却想不到反中了这蛮夷的圈套。哼!他心中怒骂,也怪自己一时大意,频频认为已算到林峰的举动,却浑然算漏他身边那只诡计多端的幽灵。

"那就遵君上命令,命前阵将士弃城而退,沿沂水而下,直往临淄撤离!"

"是!"

田凛收摄心神,转向刘允道:"命人将牢里那丫头带出,本公子要带上这筹码一同退回临淄!"

刘允面色却转而忽白,略带尴尬道:"回禀公子,先前外间酣战正浓,突然涌入一列轻兵,闯入地牢,将狱卒杀个精光,强行带那丫头逃走了……"

原本已平静的面色怒意再起,田凛咬牙厉斥道:"何人如此大胆?难道是林贼?!"

"这列轻兵个个武艺出众,动作干净利落,狱卒全被杀光。没人知道来者究竟是何方人马。"

"荒谬!偌大个后院,竟然无人见到贼匪模样么?!"

刘允摇头,"据院中奴仆婢女所讲,这列轻兵突入时,却正有一群山野村夫闯入后院。看模样仿佛是济北郊野的樵夫,却又不能断定,只因这群村夫纷纷手持巨剑,吓得奴仆婢女院中乱窜……情况一片混乱,所以无人留意狱中发生的事。"

韩希尧已顺利救出了湘儿!苏菜菜心中泛起股股喜悦,释然笑意攀上小脸。但她却迅速收敛笑容,心中微微惑然,这群山野村夫捣乱的正是时候,等于为韩希尧做了掩护。难道是杨翾事先安排好,干吗却不告诉自己?可恶,这死人妖,又想独吞功劳。哼,算你这次小聪明耍得不错!

田凛满脸阴霾,怒不可遏,连连狠砸几案,"连王牌也被这两个狗贼夺走!叫我如何安然退下！"

刘允叹气道："公子息怒！人质已失，是属下们大意！但此时应保全自身！既然无路可退，不如尽快撤回临淄吧！"

"无路可退？！"田凛怒吼道，"本公子只是暂时退败！既然君上已有严令，本公子自然不会违令。但这次大辱，他日必定让他加倍奉还！"随即恨吁下一口恶气。隐隐间，忽觉腰间不快，但只是轻微异样。想必应该是如医士所说，邪气没有全然散去吧。这暗暗触感，令他猛地想起幔帐后的苏莱莱来。

他猛转身直去，掀开层层幔帐，眉心微蹙，却收敛回怒意，柔声道："韩苏，时间紧迫，迅速收拾行装，与本公子一同退回临淄。"

什么？自己的耳朵没有听错吧！苏莱莱愕然失措。这太突然，竟让她毫无防备！况且，她怎会料到，田凛竟要带她一同赶赴临淄？！她所做这一切，都只是为计划所演，杜撰的身份，虚情假意的关怀，却想不到，几幕表演下来，却引得田凛动了感情。如今形势，她连全身而退的机会都已丧失。可若她抗拒田凛，极可能连性命都不能保全。

她合住秀目，娇躯微微颤抖。林峰，我该怎么办？！

第十五章 蜀中名医

第十六章 怒神降世

田凛挽住苏莱莱的柔荑，厉声问道："你还有何犹豫？难道不想与本公子一同回临淄？！"

猛然一震，苏莱莱惊然回神，脸色微微一白，仿佛颤抖，却转而柔声道："不，当然不是……只是小女子的家人……"

"本公子既然邀你同行，自然不会抛弃你那傻哥哥，来人！"田凛厉呼一声，唤来一名侍卫，吩咐道，"立刻准备行装，另外上后院，寻到韩医士的行装，护送韩医士家人一同随行！"

"遵命！"

侍卫退去。田凛转而面向苏莱莱，将她拉近自己，勾手揽住她的纤腰，眼中闪烁动情神色，"侍卫自会安全护送你家人随行，你大可放心。"

苏莱莱极不自在，却强压心中的怒意，讪讪笑道："小女子多谢公子好意，那不如小女子同家人一道随行吧。"

田凛脸色微转，眸底泛起不悦颜色，但随即湮没下去，浮上悸动，"韩苏，你难道不知，与本公子同行才是最为安全么？本公子绝不能让你遭遇险境！贼军凶狠残忍，贼帅更是暴戾无道。若被掳去，你可知是何种结局？！"他厉声道，面上泛起黯色。

怎么把话反过来讲也行呀！苏莱莱心中愤愤。看着田凛摆出这副悲天悯人的模样，瞬时间，她心中泛浮起阵阵反胃感，如同吞下只蟑螂般恶心，脑里骤然浮现自己还在现代社会时，编辑部很流行的一句话——变态装正态。她敢确信的说，这句话讲的就是此刻的田凛。

但她却没有表现出丝毫不快，反而羞怯满怀道："小女子早在蜀中便听说人讲过，林氏少主暴戾凶残。但小女子只是一介平民，他们应该不会对无辜下手吧……"

田凛冷哼一声，狠狠道："你什么都好，就是太过慈悲天真！乱世之中，男子犹如洪流猛兽，暴戾的男子更是女子的噩梦。本公子怎能任由你沦入贼匪手中！"

鼓掌！苏莱莱心中大呼，你比喻得相当贴切，看来你对自己非常了解。若然不是，怎么会想出如此精辟的话语来？

俄顷，呼报声起——"凛公子，行装已准备妥当，请公子即刻起行！"

这声传报犹如一支利刺，直扎入苏莱莱的脑中，让她惊骇万分。仿佛已成定局一般，最后的逃离机会，也在这刺耳声中，轰然粉碎。

夜色初临，一轮皓月徐徐升起。惨烈激战之后，撕心裂肺的嚎叫缓缓消去，只剩下阵阵旗帜如云，济北城内外伏尸处处，凋敝入眼，犹似诉说着那场人为浩劫。

穿过血腥入鼻的颓景，跨过残碎狰狞的肢体，一声铁马嘶叫声划破天际，一张刚毅坚韧的脸孔若然在现。

韩希尧飞驰而来，血流满身，背上伏着脸色苍白，气息微弱的林湘儿。他身后尾随着几名浑身血色的将士，脸上布满经历生死的哀恸。

沉沉铁蹄声越过，露出林峰凛凛威赫的脸，嘴角勾起一缕傲然笑意，"韩希尧，果然不愧是本帅的良将！湘儿身子可无恙?!"

韩希尧顿住脚步，长舒一口气，伸手擦去脸角的鲜血，正色回应，"回禀上将军！小姐安然无恙，只是先前受伤，失血过多，暂时体弱气虚。"

"好！"林峰飒然大笑，朝韩希尧仄目兜去，却浓眉忽拧，厉声，"为何不见副军师?!"

韩希尧愕然诧异，不禁迟疑片刻，低声问道："副军师尚未回到军中？"

双目喷火似，林峰恶狠狠道："废话！若她已归来，本帅还会问你?!"

一阵不安感陡然而生，韩希尧忽觉心中慌乱，苏莱莱尚未回到林家军中？如此说来，她必然还留在田凛身边。只是如今田凛已败退，田氏兵马亦接连撤离，她却依旧来不及脱身么？莫非途中有阻滞？更为可怕的是，他脑中竟惴惴想到，苏莱莱极可能被田凛察觉身份，此刻已命丧济北……

原以为凭她的聪慧，理应趁乱逃出。况且田凛大败，自然逃离为上，怎会在

第十六章 怒神降世

意一个毫不起眼的苏莱莱。想不到事情完全出乎估测，这可如何是好？韩希尧惊出浑身冷汗，浑浑失措中，伸出手背擦拭眼角，重重呼吸，不知如何回答林峰。

"韩希尧！"林峰震怒，狠狠咆哮道，"本帅问你，副军师究竟在何处？！"

韩希尧不敢正视林峰，埋低头，沉声道："回禀上将军……若副军师尚未归来，理应……理应还在田凛身边！"

这回应犹若晴天惊闪，霍然震慑全场。林峰暴跳如雷，眸底折出厉芒，扬起手中铄杀金戟，直指韩希尧，咬牙切齿，"韩希尧！你是否已将本帅的命令抛之脑后！？"

"不敢！末将绝不敢违逆上将军！末将一路配合副军师，确保她安全，绝没有忘记上将军的嘱咐！"

"那为何苏莱莱会落到田凛手中！你做何解释？！"林峰切齿，眸底涌起汩汩殷红。

韩希尧仰天大叹，猛跪下身来，"末将失职！只因副军师想出一计，末将无力阻拦！原以为副军师能顺利脱险，却不想沦入如今境地。末将愿受上将军责罚！"

想到苏莱莱落入田凛掌控，极可能受尽折磨，林峰怒意难控。他胸腔猛涌上暴戾火焰，直舞起铄杀金戟，挽出刺目金光，朝着韩希尧恨劈而去！

韩希尧紧闭双目，神色无奈，却毫无怨艾，毅然赴死般。背上的林湘儿缓缓昂起头，露出苍白凄迷的俏脸，怯怯望住林峰。

林湘儿苍白的脸孔映入眼帘，似一阵凉意袭来，将林峰心中的怒火浇灭。他强抑住心中的戾气，猛运起劲力收回金戟，眉心紧拧，目光似利刃。韩希尧终是全力以赴救出林湘儿，若不分清状况便伤他性命，此举与无道暴君又有何区别？他忍下心底怒意，却不由得焦急，"此事究竟为何发展至此？还不如实讲！"

"只因副军师提议，她扮作医士替田凛治疗腰疼旧疾，好暗中用饮鸩止渴的方法，将田凛的穴位扎乱，日后田凛必落个半身不遂。副军师心疼小姐所受折磨，所以想一报还一报，收拾田凛。"韩希尧擦去满额冷汗，接着道，"末将本全力阻拦，副军师却以上将军的军令下令，命末将不得反对，只好配合。计划进行一直顺利，田凛并未察觉任何不妥。只是今日开战后，田凛却唤人将副军师急召去治病。副军师为保证末将顺利救人，毅然赴约，至此就没再归来。"

心中猛然揪紧，林峰略现失魂神色，沉声问道："难道田凛已察觉她身份，欲置她于死地？！"

"绝无可能！"身后响起一个冷肃声音。伴随着轻轻的蹄声而近，杨翾冷然瞥过林峰一眼，依旧冷冽神色，"其一，若田凛得知副军师身份，便绝不会命人召她而去。除非他深信副军师不会趁乱逃走？田凛并非蠢材，没理由不懂这点，必然带大队人马确保将副军师抓住。其二，若副军师身份暴露，田凛更不会置她于死地，此女是林氏军师，更是你的心头肉……"他顿了顿，眼里蒙起冰冷至极的雾色，接道，"依田凛性情，挟制她做你软肋，岂非更好？"

林峰转向杨翾，冷厉神色，"依你之见，苏莱莱现无生命危险？！"

"不错。"杨翾亦回望林峰，目光深邃悠远，"但副军师精灵聪慧，若能抽身，必然会及时赶赴我方。如今大战已过去多时，田凛也早弃城而去，副军师却还不见踪影，想必是遭田凛挟着，一同退避临淄去了。"

"大胆田凛，一再玩弄卑劣手段！"林峰目光如炬，转而朝向身后兵将，令下，"众将听命！即刻随我沿沂水而上！捉拿败将田凛！"继而厉声怒吼，"田凛，我誓要你死无全尸！"

"不可！"杨翾高声道，眸底凛凛寒光，"林峰，不可追去！"

林峰双目湛红，恶声道："你敢阻拦我？！"

杨翾摆手，却脸寒似冰，"林峰，据韩先锋所言，田凛只是召副军师治疗旧疾，既然有效，必定想长留她在身边治他顽疾，副军师此刻应无危险。若你贸然赶去救人，反而将副军师的身份暴露给田凛，无疑将她推向险境。"

"贸然？！"林峰怒斥，眸底透出阵阵寒意，"我此刻恨不得踏平临淄，将那田凛凌迟处死！莫非救我挚爱，却只是你口中一句'贸然'？！"

杨翾仄目，眼眸泛起凛冽却又无奈的神采。

"若有朝一日，你挚爱遭劫，你再将这番话留给自己罢！"林峰铮然，怒意更盛，便不再理会杨翾，气势威厉令下，"追拿穷寇，何须你那八万大军！先前万余众将，即刻随我起行！"说罢，策动马缰，双腿猛夹马腹，"疾夜"发出一声响彻天际的嘶鸣，铁蹄狂奔，疾风般飞掣而去。

"林峰！"杨翾闷吼一声，却只见到阵阵残影散去。他心中揪起无尽绞痛，不需有朝一日，今日被劫去的，又岂止是你的挚爱而已！他又怎不是如坐针毡？他冷冷吸气，若田凛对苏莱莱有何非礼行径，他更恨不得将此人挫骨扬灰！只是，为何他努力忘却这炽热情感，心却越发痛楚难忍？他昂首瞥视天际，一片无边黑幕，如他的心一般黑无光亮。

整夜未眠，脑颅昏昏沉沉，苏莱莱困乏不已。田军沿着沂水而下，疾速南行。沂水纵贯临沂，环山绕岗，清晨的暖阳洒下一抹光芒，映出夹岸郁郁青葱。满覆绿荫下，天光云影中，青幽碧流的沂水迤逦成形，满目旖旎。

第十六章 怒神降世

苏莱莱被田凛紧揽在怀中同骑，心中不住涌起怒意。仿佛随时担心会丧命一般，她不得不提高警惕，甚至不敢合眼，一双秀目中已布满缕缕血丝。更让她恐慌的却是心中的焦虑。眼见离临淄越近，便意味着越发远离济北，即使田凛此刻仍对自己深信无疑，他的身体却终究熬不过几日。几次施针，她已全然扎乱他的脉络。几日后，当腰痛再起时，她必然暴露身份，届时她还能保住小命吗？

见她这般焦愁模样，田凛却以为是她没能寻得家人的伤痛。他柔声道："本公子已命人寻你哥哥。若他安然，自会有人接他到临淄，若寻不得他，你也不必太过伤心，毕竟生死由命。你能平安，他也必定欣慰。"

苏莱莱点点头，垂下长睫，眼中一抹凄然。

田凛并未发现这微妙的表情。他展开双目望向远方。沂水在晨光点点中蜿蜒直下，无尽延伸。这青空下的美景，却抚不去心中的郁气。想到此刻林峰与田翾的模样，脸上似乎洋溢着胜者的笑意，他心中不禁恨意更盛。也罢，此战只怪自己疏忽。这次退回临淄，誓必再做绸缪，下战定要将这二人铩羽！

身后传来隆隆的铁蹄飞踏声，仿佛金戈铁马飒踏而来。漫天尘土飞卷而起，掀起一片混沌，将这清晨的宁静祥和划破。

"公子，大事不妙！林贼竟然追赶来了！"有士兵飞驰奔马而来，沉声回报道。

"什么？！"这突如其来的消息如同一根利刺，扎得田凛霍然转首。他厉声道，"昨夜济北城仍有五千守众。林贼若想占城，必会耗时良久，况且这撤离路线是齐衡君亲拟，林贼根本没有时间追上！你们是否确认追来的是林贼？！"

士兵神情焦虑，应声道："回禀公子，千真万确！为首的正是贼帅林峰！追来的铁骑大约万余人！个个神色凶狠，仿佛恨意冲天！"

林峰……竟然追来了？！这消息犹如提神药剂一般，将苏莱莱昏昏欲睡的神经激醒。苏莱莱不禁满怀欣悦，糅杂着缕缕甜蜜。她心雀跃不已，但蓦然惊觉，勾着自己柔软腰肢的那只手，却是田凛，不禁又忧心忡忡。如今她在田凛手上，林峰如此举动，无疑告知田凛她的身。届时深觉被骗的田凛会不会丧心病狂，一举要了自己小命？更可怕的是，他会不会用自己要挟林峰？眼皮忽地猛跳，心中矛盾不堪，既想投入林峰怀抱，却又深深担忧。

铁骑骤然而至。山色空蒙中，漫山遍野闪起火光，耳内贯满喊杀声，铁蹄叩击地面的尖响声，以及金石摩擦的隆然震声。清晨光芒穿破重重密云，与浓浓尘雾混为一体。

遥遥尘土飞扬中，露出林峰傲立伟岸的身躯。他发出一声震天怒吼，眼里布满红筋,"田凛!若不将人交出,本帅立刻要你狗命!"

果然是这蛮力小贼!田凛转身朝向后方,厉声回喝:"蛮贼!此次只怪本公子失算,若你有本事取本公子性命,便朝临淄攻来!若取不了,给我滚回洛阳!休想在我胶东地界撒野!"

林峰策马而前,一眼便望到田凛怀中的苏莱莱。苍白凄艳的小脸,焦虑柔弱的模样,搅得他怒火中烧,震声咆哮:"田凛!再不放下苏莱莱,本帅叫你尸骨难存!"

放下苏莱莱?!田凛微微诧异,惊觉怀中人娇躯颤抖,再望见林峰满含杀意的眸子,立即就明白了一切。他垂头斥问,恼怒之极的意味,"你的本名,并非韩苏吧?!"

苏莱莱惊惶不安,额头不停地冒出冷汗,不知如何做答。

"你唤作苏莱莱,对吧!"他嘶声道,"你可将本公子骗得好苦呀!"意识到自己被痛耍,田凛恼羞成怒,横出手臂将苏莱莱恨恨压在马头上,怒斥,"枉本公子对你心存感激,乱战之中还担忧你的安危!更想要带你回临淄,想不到你竟是林贼的千年狐妖!"

被田凛重重压靠在马头上,刺面的马鬃刺得苏莱莱小脸发疼。她呼吸困难,心中的恐惧不断增加,几乎快要昏厥过去的痛苦。

"放肆,田凛!"林峰挥起铄杀金戟,策马直奔而来,恶狠狠道,"你敢伤她分毫,本帅定要你田氏众人抵命!"

田凛重重气喘,腰间的疼痛忽然猛起。他俊逸的脸孔忽一阵扭曲,咬牙道:"蛮贼,你有胆便立刻取我性命。否则,本公子定叫你生不如死!"转而朝向苏莱莱,"你这妖女,究竟对我做过什么?"腰间疼痛再起,田凛忽觉手软,竟松懈了劲力。

苏莱莱昂起头来,望向林峰,泪水满盈,"林峰……林峰……我……我……"她抽泣连连,心中恐惧万分,断断续续不知如何求救。

这柔声呼唤却刺激了田凛。他咬紧牙关,攥住苏莱莱的秀发,将她强拉向自己,"妖女,你竟敢暗算本公子!"随即怒吼,"千算万算,竟然算漏你这妖女!枉本公子对你付出真情!今日不杀你,有何脸面见君上!"

泪水顺着脸颊簌簌滑落,望着田凛几近癫狂的脸孔,她心中更是害怕,本能地发出低微呼救,"林峰……"

"田凛!给我放下她!"林峰眼底的煞意不住地扩散,飞驰而来,卷起腾腾尘土,凛冽无畏。

第十六章 怒神降世

"公子！"刘允低吼一声，"林峰武力非常人能抵抗，撤离为上！不可被敌方拖滞啊！"

"闭嘴！"田凛显然已是丧失心智，忽然箕张手指，卡住苏莱莱白皙的颈子，用起劲力狠狠掐下。

呼吸忽地困难起来，喉中一股呛人的痛感，逐渐将她的意识带走。田凛恨意太深，她只觉脖子快要断掉般，只剩下泪水不住肆虐。

心猛一阵刺痛，仿佛刀割过一般，林峰切齿，"田凛！我要将你碎尸万段！"

田凛转首，脸上一抹阴阳怪气的笑意，"蛮贼，你若不想这女子丧命，立刻给我滚回洛阳，否则我立刻掐断她的脖子！"

林峰怒起，却猛见田凛加大了手劲，心中愕然不安。此时此刻，苏莱莱正命悬一线，他心中乱得发空，不由得放低手中的缰绳，"疾夜"随之放慢了脚步。

"哈哈哈哈！"田凛发出声声怪笑，转而沉下脸，"还不快滚！"说罢又扬起手，做出加大力道的动作。

心中一阵闷疼，从未遭受如此羞辱的林峰，暴怒得几乎癫狂而起。他望到苏莱莱那张满是泪水的苍白小脸，强压下所有的震怒，憋回满腔怒火，挥手，"退下。"

"上将军！"阵中响起一声低吟。

林峰转向出声处，正是骑兵首领郑言。此人善使弓箭，几乎百发百中。林峰眼里拂过一丝凌厉，朝郑言投去一抹满含深意的笑意。

郑言立刻会意，随即向骑兵们发出退下的命令，却暗中使出眼色，将林峰的意图传达。林峰心中暗暗自语：拜托，兄弟们，能否救出副军师，便全依仗你们了！

田凛脸上浮现阵阵得意，随即一声令下："迅速前行！淌过沂水，君上自有大军接应！"

"是！"爆出震天应声。

田凛依旧一手卡住苏莱莱的颈子，一手却从她的腰肢移开，勾起缰绳，策马起行。

苏莱莱脑中蓦地闪过一丝念头，伸手探进腰间的GUCCI手袋，偷偷打开针袋，抓出一把银针，趁田凛策马起行的瞬间，用尽全力，直扎入他的手臂！

钻心痛楚卷来，与腰间的疼痛相互呼应。这接连两次的伤害，竟然出自同一人，出自这一个看似柔弱的妖女！手臂疼痛的瞬间，田凛竟松懈了手劲，手从她颈子上移开。

见时机已成熟，林峰狂喝一声，"放箭！"

响声震天，无数利箭雨点般直刺飞去，一时车仰人翻，惨烈之极。

郑言挽弓猛扬，一只劲箭破空而去。田凛忽觉一阵凉意卷来，怔目望去，箭头狠钻猛来。他忙下意识地倾斜身子，却已来不及。箭稍微偏移了寸许，直中他左侧胸膛。

顿时鲜血四溢，浑身剧烈疼痛，田凛颓然垂头，双手随即耷下。苏莱莱趁势猛掀开他，纵身跃马跳下，连滚了几圈后，立身爬起。

"妖女……你站住！"田凛捂住胸口，强忍住剧痛，从喉咙深处发出一声低吼。

苏莱莱大口呼吸，毫不理会田凛的狂呼，甩开身子直朝林峰奔去。她仿佛已望到林峰那张威赫凛凛的脸，以及他盛怒眸中的隐隐柔情。

"公子！"刘允奔到田凛身边，脸上露出缕缕恨意，转而朝向兵将，"放箭！杀了那个妖女！"

田氏骑兵们纷纷拉紧弓弦，却响起田凛低弱而恼怒的声音，"住手！谁敢放箭……本公子要谁狗命！"

"公子！为何到如此境地，你还……"刘允双目一合，露出一抹铁青神色，"得君上手令，确保公子安危，此等伤公子性命的妖女不必怜惜！放箭！"

两个声音同时响起，"混账——"

乱箭飞过，苏莱莱吓得跌跌撞撞，沿着沂水河岸狂奔。

忽一阵痛楚袭来，仿佛贯穿肩膀似的巨疼难忍，刺鼻的腥味传来，殷红的血液汩汩流出，苏莱莱只觉脚底无力，脑中一沉，竟站立不稳，颓然摔跌在地。恍惚中，她睁大眼睛，望向远处，林峰高大伟岸的身躯映入眼底。她却无力起身，脚下忽滑，跌入浩浩沂水。耳边风声猎猎作响，水的味道却扑鼻而来，瞬间将她的耳鼻占据。苏莱莱五感渐渐迷失，身体的痛楚似乎也隐隐退去，发丝缕缕漾起，在水中拖出一条狰狞鲜艳的红线。

"苏莱莱！"轰然巨响中，林峰的脸孔，渗出鲜红的可怖，所有的念头在一瞬间断绝。他猛挥起铄杀金戟，狠狠刺入地面，引起剧烈震荡。他勾紧缰绳，不顾一切的朝沂水奔去。

见林峰丧失常性，如癫似狂般冲向沂水，刘允眉心微蹙。他转向田凛道："公子，林峰已陷入疯狂，此时正是撤离的时机！请迅速下令，全速退避临淄！"

望着林峰朝沂水奔去，田凛却觉心中一阵空痛。脑中不断浮现苏莱莱中箭跌

第十六章　怒神降世

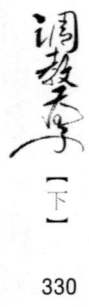

入沂水的情形,左侧胸膛的阵痛却又沉沉而来,搅得他心乱如麻。

"公子!你还迟疑什么!为这个妖女,难道就要辜负君上多年苦心么?!"

田凛蓦然惊醒!一个反复伤他的妖女,与齐衡君多年的苦心,孰轻孰重,如此紧要关头,他竟然不能明么?为何心中却始终不甘,恨意这般清晰?为何他对这妖女付出真情,却换来如此戏弄?他恨不得将她凌迟处死,可见她中箭跌入沂水,却又难以自控般心痛难忍。

捂住伤口,咬紧牙关,他眼中迸出浓烈恨意,转而沉声下令,"全速起行——赶赴临淄!"

风声呼呼而过,跌宕起伏,田氏的残兵败卒在风中隐隐退去。

山色笼葱荫罩下,蜿蜒沂水却见不到半个身影。沂水自古湍急,水性极好的人才敢说畅游此河,而不识水性却又身中一箭的苏莱莱,生还的机会可以说微乎其微。

"苏莱莱——"林峰狂然大吼,眸里绽出鲜红。他猛然扯去身上铠甲,几欲跳入河中。

郑言与另几名武将慌忙奔来,直直挡在林峰面前,"河流湍急,上将军不可冒险呀!"

"滚!"一声震天怒吼。林峰使出劲力,猛一拂手,将众人震得踉跄直退。

"上将军!属下深知上将军心意。副军师乃是将军挚爱,她亦是我们尊敬爱戴的人!我们决不能眼看副军师遇险!但上将军是一军统帅!就让属下们替上将军寻人吧!"郑言跪拜,眸眸中透出阵阵坚定。

"请上将军三思!属下们自当为上将军效力!"众声轰然而起。

心好似被利刃剜去一般,不仅空旷,更是鲜血淋漓。他曾多次几乎错失她,只是这次的感觉,比以往每次更疼痛难忍,甚至连自己那无限膨胀的野心,似已逐渐丧失。他竟会惊恐,害怕失去她!看着她跌落滚滚沂水,他却赶不及将她救出,眼见她痛苦不堪,他却手足无措!从未受过如此挫败的他,头一次明白无力的滋味。

数十名水性甚好的将士毛遂自荐,纷纷跃入沂水寻人。

然而时间流逝,除了那抹随水淡去的鲜红,苏莱莱仿佛蒸发般,消逝无踪。

"啊——"林峰昂首,一声仰天长啸,仿佛诉说无尽痛楚。失望无力的感觉宛若金戟般,将他贯穿撕碎。

天色却偏偏不合时宜的黯去,浮云暴起,大雨汹涌而来,不住拍打岸边林木。雨声簌簌,花草树木亦随雨摇震。雨点纷落而下,打在林峰痛苦的脸上,淌出冰寒彻骨的凉意。

悠悠沂水迤逦而行，直延伸到天际，淅沥的雨水洗刷着千载的哀愁，年复一年，无尽流淌。

暮色再度沉沉降临，为何恍惚之中，眼角的泪水却漾起微温的暖意？

忽觉一股凉意袭来，嘴角冰冷的液体。仿佛是……水？苏莱莱眼睛发痛，却猛然睁眼。苍莽夜空下，映着一泓幽宁湖水。月色下湖面波光粼粼，天空中依稀缀着几点星光，影子纷纷投在湖面上。四周静谧得竟有几分可怕。

我……已经挂了吗？她觉得头颅发疼。抬眼，竟发觉一名男子正给自己喂水，恍惚间骇然失措，只因那男子的脸孔，竟是一张马面！

苏莱莱立刻触电般惊蛰而起，高声尖叫："鬼呀！"

"马面"摇摇头，一副诧异不解的模样。

"你你你……你是牛头马面大哥吗？我我我……我已经挂了吗?!"她吓得直发抖，斜着身子连连后退。

"马面"放下手中水袋，攀着地面，轻飘飘的姿态，朝着她逼近。

"大哥！我生前虽然不是什么大善人，但我也没做什么坏事呀！"她半闭上眼，晃动着娇小的身躯，吞下一口唾沫，"大哥你离我远点好吗！你的样子太吓人啦！"苏莱莱心中惶惶不安，莫非自己真的已经挂掉，现在正在地府，可地府不是阴森恐怖吗？这地方虽黑，在月光下却显出美态。难道阴曹地府也流行城市建设，广植绿地？

不对！她吁气。苏莱莱，你可是接受过现代科学文化教育的现代人，怎么会相信地府鬼蜮这种无稽之谈？还什么牛头马面，一定是你眼花，看错了吧！但是，她一垂头，科技又怎么能解释一切，否则她怎会穿越两千年，回到这秦汉交接的乱世？

她埋首，却发现自己身上裹着一件墨衫。衣衫宽大冗长，袖口直直拖地，将她的小手藏在当中，胸口却开得极低，犹然外敞，缕缕微风拂过，胸间一阵凉意。

这"马面"浑蛋！她心中怒意猛起，顿时驱散了之前的恐惧。管他什么牛鬼蛇神，竟然趁她昏迷，替她换掉衣衫！她攀起身子，伸出小手指住"马面"，怒气冲冲，"好你个牛头马面，分明就是个色中饿鬼！装什么大罗金仙呀！"

"马面"却昂起脸，捋捋长垂直下的发髻，回顶她道，声音有些慵懒，"姑娘，现在分明是你要靠我，还说我是色中饿鬼……"他做出护住胸膛的模样，"想非礼我，门都没有。"

"你……！"苏莱莱鼓起怒腮，不禁直起身子跺脚摇晃道，"胡说八道！谁想

第十六章 怒神降世

非礼你这个丑八怪!"

"晃什么晃,小心将油荤子给甩出来。""马面"伸出纤长手指,轻轻挠挠马脸,一副洒脱姿态。

苏莱莱冲到他面前,伸手抵住他的马脸,愤愤道:"挠个屁!一张面具还能痒吗?!"说罢伸手,想要扯掉他脸上的马面面具。

"马面"却斜身一侧,动作轻灵飘逸,随即旋到苏莱莱身后。他略带得意的语调,"你这小泼妇,枉费我救你一命。贬低我的品格不说,还妄图见我的美貌,有何企图呀你?"

心中一股反胃,苏莱莱撇撇嘴道:"真不要脸!你要真是帅哥,干吗戴这个马脸,还不是为了遮丑吗?"

这小女子,说话粗鲁泼辣,行为举止却颇有意思,这脾性反而显得率直可爱。他嘴角勾起一缕笑意,挽手伸到脑后,解下覆在脸上的马头面具,露出一张清润如玉的脸:白皙干净,高挺隽秀的鼻,微微上翘的唇,那双微含笑意的椭长眼眸,怎会如此熟悉……

脑中如电闪过,苏莱莱恍然大呼:"哦!是你!你是墨者!"她意外兴奋,声音饱含喜悦,"你就是那次救我一命的墨者!想不到今天你又救了我一次!"

墨者却蹙眉,一副不解神情,"我以前救过你这小泼妇?"

你这什么狗屁记性……苏莱莱直冒冷汗,扁起小嘴道:"就一个来月的事,你都不记得了呀!在邯郸呐!你骑着一只超酷的飞鸢,把我救了出来,我问你名字,你根本没回答就走掉啦!"

"哦……"墨者若有所思,"你就是那个大堆废话的小孩?"

"你才是小孩!"苏莱莱不服气地挺起身子。胸脯竟轻微地晃了晃。

墨者目光一转,露出愕然神情,紧盯住她的胸脯,淡淡道:"果然不是小孩……"

"看什么你!"苏莱莱拉起衣衫,紧紧裹住自己,小脸却微微泛起绯色,柔和了语调,"不过话说回来,谢谢你又救了我一次。"

墨者挥手道:"小事而已,何足挂齿。"清俊的脸孔上淡淡神采。

"墨者大侠,还没有请教你的大名……"

墨者狡黠一笑,"姑娘不也没告诉我你的芳名么,却让在下先说,这对我不公哟!"

"我叫……"苏莱莱几乎脱口而出,心中却忽有忧虑,于是改口,将自己的网名告诉他,"我娘亲叫我花生米米。"

"是么?"墨者随口道,轻描淡写般,转而面向她,嬉皮笑脸,"那我可真是与小泼妇有缘,我爹爹唤我做瓜子壳壳。"

放你的狗屁!天下哪有那么凑巧的事!不过,对方应当是有意隐瞒,既然别人有苦衷,如同自己一般,那又何必强人所难呢!苏莱莱脸上浮起会意似的笑容,闪过微妙色彩,"瓜子大侠,你知道这里是什么地方吗?"

瓜子轻舒一口气,眉角微扬,"此地是沂水下游的东海郡,距离济北不远。济北这几日可是战区,你一介女子,找不到地方玩了么,跑济北去送死?"

苏莱莱鼓腮,满脸不服气的意味,"我只是去寻找我的亲人而已!再说我不也没死吗?"她扬起小脸,露出得意却甜美的笑容。薄薄月色影映下,晚风拂发丝,轻盈飘动,一身宽大衣袍的她,竟显得楚楚动人。

这顽劣女子,身上的伤口分明还在隐隐作疼,却不喊疼,反而笑意盈盈。究竟是何种心绪,竟能令她如此开怀,只因逃离生死么?

天空满目灰暗,低沉而空闷,毫无一丝生机。仿佛一切都已黯然落幕般,纵然这大胜结局,也不能遮盖天幕中的残月。望着济北城周颓圮的篱墙,连胜利都显得毫无意义。

济北府邸,韩希尧一人独坐在正厅门外。身上的血迹已清洗去,伤口处缠上绑带,脸色却依旧惨白凄然。雨后的夜空,折射出无尽的苍冷,脑中的记忆犹如幕布般,不断浮现。

若没有苏莱莱,至今他可能仍留在荥阳军中,依旧默默无名。正是因为她,自己才能拥有今日的一切,甚至包括遥不可想的苏黛夕,若不是她一再相助,他又如何能寻得真爱?一步步走来,他后悔不已,为何自己不能坚持己见,不让她插手田凛私事。若是这样,她也不会命葬沂水。虽然林峰不再责罚,他却愧疚万分,闷疼难忍。

夜风忽起,丝毫没有春日的柔和,吹在脸上,冰锥般的凉意。

沉沉的脚步声传来,耳边响起空洞无力的低声,语调却依旧冷冽,"为何在此驻足?"

韩希尧昂首,正是杨翾那张清俊的脸,神色却格外凄冷,眉心始终解不开。

"军师,属下心中愧疚……若不是属下失误,副军师就不会……"韩希尧忽觉喉间哽咽。

"此事与你无关。"杨翾只是淡淡回应。从他苍白的脸上,找不到任何情绪,仿佛已将伤痛深深埋入心间,一张脸孔僵硬得毫无生气。

第十六章 怒神降世

"是属下的过错！若属下强行阻止副军师，必然不会如此结果！"韩希尧咬紧牙关，低声吼道。

　　杨翾俯低身躯，探出手掌轻拍在韩希尧肩上，冷叹一口气道："你只是遵从军令而已。"

　　韩希尧侧转过头，满目痛楚神色。

　　是的，韩希尧又何罪之有？身为一名军人，他只是遵从军令，履行自己职责罢了。杨翾瞳孔中流露出无尽凄迷。救回湘儿，占据济北，甚至重创了田氏，种种喜悦都不能遮却失去苏莱莱的哀恸。他早有不降预感，他甚至竭力阻拦林峰追去，想不到竟一语成谶，得来苏莱莱香消玉殒的消息。

　　他沉声，脸孔黯然苍白，"上将军可在屋内？"

　　韩希尧摇头道："上将军在城外郊野练兵。"

　　"夜间练兵？"

　　"是，上将军欲伐临淄，并吩咐属下今夜休憩一日，明日与大军一同出发。"

　　杨翾蹙眉，胸中涌起不安情绪。这如水夜色，却拂得人心神惶惶，林峰竟要讨伐临淄！难道就以这不足九万的人马？！胸腔一阵闷疼，林峰，你还是不能接受这残酷事实，只凭此刻的情绪决定一切？临淄远在百里之外，更是田氏巢穴，田凛虽好高骛远，但他幕后的齐衡君却并非等闲之辈。九万大军，看似威武雄壮，却身心俱疲，况且临淄必有重兵驻守，兵力至少在二十万以上！林峰竟然想以这九万人踏平临淄？！

　　收回手，眉间一缕焦虑，杨翾沉声道："韩先锋，与我一同去寻上将军。"

　　济北的旷野，天空低沉，茫茫黑幕下，除却那抹冰冷的月光，竟毫无星斗。列列战甲烁动出寒光，将士们发出整齐而雄壮的声音，没入浑浑黑夜，融为一体。

　　抬眼望去，林峰斜倚在一棵参天古树底下，手持着铄杀金戟。身上的铠甲血迹斑驳，他甚至不曾脱下，更是不曾休息，不曾进食。此时他心中，只是燃烧着无尽的复仇烈焰。在仇恨面前，人类总是显得格外脆弱，轻易的选择了堕落。

　　郑言满面肃色，厉声指挥着队列阵型，耳畔却陡然响起一个声音，掩饰不住的暴戾气息。

　　"混账！如此颓然气势，如何踏平临淄？！"

　　郑言怯然回首。果然，林峰极为暴怒，跃身而起，挥动手中的金戟，指向列列将士，狠声咆哮，"混账！使出劲来！"他双眼满布红筋，一片殷红颜色，模样甚为骇人。

　　见主帅仿佛厉鬼般的神情，一名前排士兵吓得手软，忽然一抖，手中的戈竟猛然滑下，直落在地。

林峰立即朝他瞪去，一双锐利眼眸绽出悍然凶色。士兵深觉恐惧，不禁抱住手腕，颤抖不断。

林峰嘴角猛然抽动，勾起无尽凶光。他狠狠挥起铄杀金戟，直指这名可怜的士兵，厉吼道："大胆小卒！竟敢对本帅的命令置若罔闻！来人！"他低吼一声，"将这废物拖下去杀掉！"

几名侍卫涌出，拽住那可怜士兵，直朝阵外拖去。郑言垂低着头，眼眸中涌起不安，却又无力反抗的无奈。

那士兵泪涕满脸，哭号不绝，不住高声求饶。林峰的怒火却丝毫没有降下，浓眉一拧，厉呼："拖下去！"

眼见这无辜士兵无力痛哭，其余兵士眼中，无一不流露出同情情绪，满怀着对林峰的不解，甚至愤怒。上将军虽一向威赫霸道，却并非残暴无道，治军严格，却并非随意残杀。今日却一再违反常态，一切只因失去了副军师么？

"住手！"传来一声冷冽的低喝。

林峰蹙眉，这熟悉的声音，为何总是一次次阻挠着他？！心中暴怒不堪，他猛然转身，迎住来者的目光，高声怒吼："杨翾！此时不需你多管闲事？！"

杨翾闷声低叹，并未回答林峰，转向侍卫道："放掉他，此人并无重罪，绝不至死。"

侍卫只得松开那倒霉士兵。

林峰猛一转首，眸底涌出更为可怖的鲜红，"何人下令放人？！给本帅拖下去！"

侍卫惊惧，只得再次挟起士兵。

"上将军此时心神太过激动，已非正常。本军师命你们将人放下。"杨翾淡淡瞥过一眼，目光中竟拂过阴沉的凛冽。

"荒谬！本帅已非正常？！"林峰咆哮，"本帅命令你们，将人杀掉！"

"放人！"迎住林峰凌厉的目光，杨翾挑眉，神色冷肃，彻骨的寒意。

"放肆！"林峰切齿，脑中的怒意烧尽一切理智。他猛挥起铄杀金戟，朝杨翾狠狠劈去。

杨翾俊美的脸孔却黯淡阴沉，嘴角勾起一抹森冷邪魅的苦笑。

锵——

一声猛烈撞击，迸出炫目烁光。怒目而视，竟是韩希尧手执银枪，横胸作势，紧横抵住金戟，截然挡住这猛烈冲撞，全力护住身后的杨翾。

第十六章 怒神降世

"韩希尧,你竟敢阻拦!"林峰眸中掠过杀机,勾起铄杀金戟,飞旋横下,振出凛凛金光,杀气立即弥漫全场。

韩希尧发出一声低啸,腾身跃起,旋舞起亮银枪架住对方的猛攻。

林峰眼底血红更深,劲力狂起间,反手横劈猛下,带起凌厉啸声,顿时锐利逼人。他心中的怒意陡然而起,面对众人阻拦,竟如同丧失心智的猛兽般,恨劈狂刺,直向韩希尧而去。

若韩希尧未受伤,还能暂且抗衡,只是此刻他已满身伤痕。沉重而威赫的魄力压来,他双手发疼,竟忽地抽干似的无力,随着惨哼一声,银枪啷当坠地,嘴里猛然喷出鲜血,往后踉跄跌退。

"林峰!你是否要杀光所有人?!"杨翾蓦然抬头,森冷无比的目光,"才能浇灭你心中的怒火?抚平所谓的伤痛?!"

"我的心思,由得你来质疑?!"林峰收回铄杀金戟,厉叱道。

"那你便朝我下手吧。"杨翾垂头,眼中无尽寥落。

林峰再挥出金戟,"你以为我不敢?!"

"哈哈——"意外的,杨翾竟仰天狂笑,如此诧异的举动,竟令全场怔然。他眼底淌过彻骨凄厉,"杀了我又何妨,只是你的苏莱莱能复活么?!"讲出这话,他却觉心中猛烈绞痛,仿佛重复着不可抗拒的酸楚,刺得他几乎死去。但面对林峰,面对全军将士,他必须压抑,必须忍耐。

旷野的夜晚,黝黑一片,无声无息,显得凋敝而凄凉。

林峰几近失控,竟将铄杀金戟戳入地面,扬起手掌,猛一拳向杨翾痛砸去。这一击几乎贯注了他所有的愤怒、伤痛、绝望,狠狠落下,毫不留情。

杨翾浑身剧震,极强的震动直刺身躯而过,仿佛击碎肺腑般,疼痛难忍,他站立不稳,趔趄跌倒。这遍及全身的疼痛,仿佛提醒着他,苏莱莱已不存在的事实。心中忽地闷疼不已,呼吸恍然散乱急促,那恼人的哮喘,怎会突然袭来?

忍,必须忍住!他咬紧牙齿,伸出手掌捂住胸口,缓缓吸气,发丝缕缕垂下,刮得他脸疼。他强忍住所有心绪,昂起头,眸里的神色森冷而阴鸷,"你以为你这九万疲军,就能攻下临淄?不过为林氏坟头多添几万亡灵罢了。"他呼出一口凉气,"林峰,多年以来,你依旧如此天真么?"

韩希尧擦去嘴角的血迹,朝向林峰,恳切神色,"上将军!军师所言极是!临淄至少二十万守军,若以我们这九万人攻去,非但不能替副军师报仇,还可能命丧齐地!"

风拂动起草木，簌簌而响。清冷寂寥的月色，投映在旷野间，勾勒出林峰狰狞怒的脸庞。

"林峰，你仅是苏莱莱的夫婿而已么？！"杨翾沉吟，捂住胸口缓缓起身，眉间一缕哀色，"即使她死去，你却仍是主帅。莫非主帅的职责，是不顾及一切，领你的兵将赴死？！"

脑中一阵凉意，蓦地将林峰惊醒。他抬眼望去，这庞大军阵中，堆满伤痕累累的士兵，更掩饰不住的，是所有人脸上的疲惫。纵然眼中充满信任，却仍泛着更多无奈。他心中阵痛不断，此刻恨不得立即将田凛挫骨扬灰。只是脑中忽地清醒，身为一军主帅，他怎能任由麾下将士奔赴黄泉？！

见林峰脸上的怒意缓缓退去，杨翾吁气，冷然道："临淄是一定要攻的，但并非此刻，更不是凭你这九万人。"

心中再起一阵揪痛，田凛，你害死我今生挚爱，我定要你田氏一族抵命！只是，如杨翾所讲，这九万疲兵，根本毫无把握攻破临淄，又如何替苏莱莱报仇？心中的怒火分明熊熊燃起，林峰却强压下来。多年驰骋沙场，生死不断轮回，难道他还不能学会克制？不明白身上的职责么？

他咬牙，双拳狠狠拧紧。宽大的手背绽出青筋，隐隐暗藏在麦色的皮肤下，将这强忍的恨意统统释放。他目光凛凛，转向侍卫沉声道："放掉他。"

"是。"侍卫领命，遂将那无辜士兵松开。

士兵仄悚，却惊觉死里逃生，满脸泪水，不断哭跪谢恩。

林峰扬起手掌，挥手道："今夜无需再练兵，明日全军启程，直回洛阳。"

仿佛不敢相信，将士们脸上满是疑虑神色。

林峰探出手，勾起铄杀金戟，稍一使力，便从地里拔出，扬手挥动间，带出轰轰声响。他满面肃色，眼眸中充满凌厉，声音浑厚利落，"回洛阳整顿之后，再为伐齐做准备。下次定要一击命中，将临淄纳入我军辖地！"

"上将军明智！"郑言立刻跪拜，高呼道。

"上将军明智——"人群中炸出响雷般的回应。

杨翾嘴角掠过一丝淡淡笑意。林峰，看来你已进步，面对如此愤怒，亦能压下心中情绪，从大势考虑。倘若你仍旧只凭一己兴起，他日又如何君临天下？懂得隐忍蛰伏，你的为君之器，已渐渐显露。

夜色空蒙，月色冰凉如水。深夜，万籁俱静的时分，济北府邸深处，窗影上却映出淡淡烛光。

这寂寥长夜，杨翾再度难以入眠，独自倚坐在几案前。烛影不住轻晃，微弱

第十六章 怒神降世

的暖色火光中，竟浮起苏莱莱的模样：仿佛笑意盈溢，又似乎鼓腮动怒，转而却又眸含柔水……一幕幕如此清晰。

他向来不愿回味往事，为何这恼人夜间，让他频频忆起过往。洛阳的雪夜，荥阳的炽吻，邯郸的紧拥，甚至燕京他无礼的行径，竟然都一再出现，搅得他不知所措。他仰首，深深呼出一口气，胸口再度闷疼起来，窒息的痛楚又不断袭来。

苏莱莱，她已消失了么？当得知这讯息时，他甚至情愿相信是她回了故乡，至少如此，他还有个念想，可她却是命丧沂水！连他惦念的机会，都被完全褫夺。劝住了林峰又能如何？任何人眼中，他都是如此理智睿智，只是这强忍面具下的愁容，又岂是他人能够得见？

他早以为，那日掩埋了那张照片，便是掩埋了对她的爱意，可为何这噩耗袭来，他却有种万念俱灰的绝望？这隐藏许久，却又狂炙的爱意，竟未对她讲明，莫非这是天注定？让她翩然出现，却又兀然消失。若她从未出现，又怎会有今日剧痛？种种回忆刻入心间，撕掉一片又鲜血淋漓。此刻只有他自己，能够放下所有背负，毫无顾忌的正视心中的绞痛。但他并非林峰，不能嘶号出声，不能全然宣泄。况且，天明之后，他必须敛回所有沮丧哀恸，摆出那副僵硬的脸孔，继续理智地处理案上军务。

窒闷的感觉又不住卷来，他甚至不想缓解，只是垂低身子，伏在案上。摊开的竹简分外冰凉，他眼中的凄色层层叠加，恍若丧失灵魂般空洞。屋内的气息冷寂得可怕，他再度直起身子，垂下眼睑，凝住那竹简，上面的字迹却恍然散开，如同支支利针飞来。心底极度的绝望和痛苦交织，犹如一张漫然天网，将他牢牢裹缚。他大口喘息，想低低唤出她的名字，眼前却猛一阵黯下，喉间的哽咽退去，一股甜甜的腥味猛然上涌，胸腔间撕碎的触感瞬间贯穿他。刹那间，那股难忍腥味直钻而起，片刻，满目鲜红。

鲜血四溅，点点喷洒在竹简上，触目惊心。他脑中一片浑浊，意识竟恍惚而去，身子无力滑低，斜伏在案头。

难道今夜，竟然就要死去了么？

悠悠沂水顺延而淌，润泽河边方方良田。浑然不知的苏莱莱，却在这归去洛阳的深夜醒来。

"你这花生泼妇，大半夜的肚子饿了。晚上叫你多吃点不肯，现在来折腾我。"瓜子瞥过她一眼，不情愿道："我的那份干粮都给了你，现在上哪儿找吃的去？"

苏莱莱直起身子，一副无精打采的模样，撇撇嘴道："晚上吃太多会胖的嘛……"

瓜子双手抱怀，清俊的脸上满是无奈，浮起一缕笑意，"泼妇姐姐，现在吃了更会胖吧！况且，你这身形，根本无需担心胖瘦问题。"

"啊？你的意思我还挺苗条的？不会发胖吗？"苏莱莱憨笑道。

瓜子耸肩，满脸狡黠笑意，"水缸修炼成精，你已经胖到一定程度，无需担心更胖。"

"你……"苏莱莱气极，恨得牙痒痒。她一向牙尖嘴利，可若论损人，她连这家伙十分之一都不如。她鼓腮，愤愤道："是呀你苗条，全身上下没有五两肉，杀猪的见了你都不知道从哪下手！"

"哈哈——"瓜子飒然大笑，"你刚才不是说没力气了么？为何一骂人就浑身是劲儿？"

"谁让你先挖苦我！"苏莱莱捏紧小拳，扁起小嘴。

瓜子却并未应声，嘴角勾起淡淡笑容，忽一把拔出背后巨剑，烁动出耀目光芒。他迈开大步，直朝不远处的沂河奔去。

"喂！抛下我自己一个人逃跑，休想！"苏莱莱慌忙起身，晃晃悠悠朝瓜子追去。

她气喘吁吁，额头竟渗出点点汗珠，直至沂河岸边，才蓦然停住了脚步。天幕下点点星光映在水中，泛起粼粼波光。瓜子搂起长袍，将衣袖与裤子高高挽起，扬起手中巨剑，步入沂水中。

见他下水去，苏莱莱心中一阵紧张。她张开双手拢在嘴上，敞开嗓子喊道："喂！瓜子大哥，我就是说说而已！其实我不饿的！这条河很危险的！你快上来呀！"

这蠢笨女子，嘴巴总不饶人，心地却分外善良。大概见自己入沂水，便替旁人担忧，深怕遭遇险境。但她却不知，他不正是将她救出的人么？若没有上佳水性，如何能救起奄奄一息的她？

他心底竟浮现那日救起他的场景。那日他已完成计划，正从济北退出。沿着沂水而上，却撞见河中那抹鲜红，仿佛人影泛过。救起她时，她的小脸毫无血色，浑身湿透，苍白的嘴唇微微张着，嘴里连连含糊低唤。

大概这是天意，要他路过此地，将这命悬一线的女子救回。

他抿嘴笑道："笨蛋，当日将你从这沂水救出的人，可是大爷我！你说我会遇险，在侮辱我的能力吗？"他眨眨眼，摆出惯有的懒散笑容。

苏莱莱恍然笑道："哦，我怎么忘记啦！那好吧，你忙活吧！"

第十六章 怒神降世

眼里闪过一道凛光，瓜子运起气劲，劈出巨剑，朝水中直扎而去。

水声噼啪，漾出片片水纹，溅起清亮水花。瓜子的动作灵巧迅捷，又轻盈飘逸，仿佛影子般不停地晃动手臂，带出朵朵剑花。在这天水一色衬映下，显得如此协调，看得苏莱莱瞠目结舌。这瓜子所使的武艺，轻灵飘洒，充满阴柔的巧，与林峰极刚的、充满破坏力的武力，简直大相径庭。

不多时，瓜子眉角微扬，反手挽起巨剑，收剑回鞘，从水中踱上岸来。

他手上竟已多了四尾鲜鱼，鳞片闪出淡淡柔光。

"小花生，这些鱼够不够堵住你那张臭嘴？"他扬起手中那串鱼，飒然笑容，露出洁白整齐的牙齿。

苏莱莱此刻已饿得快无力，一触及到瓜子手中的鱼，眼前竟浮出现代社会中，那"文杏酒楼"的名菜——水煮鱼。那鲜嫩麻辣的滋味，勾起舌尖的刺激，让她嘴馋不已。竟忘记与瓜子斗嘴，兴奋得不住拍手嚷道："好啊好啊！赶快弄来吃！"

瓜子擦掉身上的水渍，放下衣袍，望着她那充满活力的笑脸，心中竟意外漾起舒心的畅快。

第十七章 飞鸢离愁

三日之后，终于抵达洛阳，夕色黄昏中，天边垒砌云层，竟如血渲染。

议事正厅中，林尚候的脸上，毫无一丝悦色。听着林峰禀明一切，望着儿子那略微苍白的脸孔，心中竟泛起阵阵不快，似乎伴着些许痛楚。苏菜菜已死去？这对于他来说，不正是个大好消息么？自己曾处心积虑想要除掉她，为何如今她全然消失，却又心存不快？只因此次营救湘儿，她尽心极力，如今不仅计策得成，更是攻占济北，苏菜菜可谓是功臣之一！只是为何她却无福消受？

身旁传来低低的啜泣声。抬眼看去，老付眼眶湿润，声音哽咽，断断续续道："田凛这狗贼……"转而朝向林尚候，跪拜，"主公，属下请求主公攻打临淄，将田氏一举歼灭！属下自请担任先锋，一定要叫那田凛死无葬身之所！"

林尚候沉声："老付，先起身。"

老付低啜道："请主公成全！即日发兵攻打临淄！为副军师报仇呀！"

林尚候蹙眉，却听到一声低浑的闷叹，竟是林峰，凌厉双目间隐着缕缕怒火，却强抑着心绪，"不宜即刻发兵！我带回的人马近日奔波疲乏，应稍做休整。趁此拟出详尽作战策略，况且，杨翱身体有恙，应先等他康复。"

"翱儿卧病……"林尚候眉心紧蹙，神色有些忧虑，"莫非哮症复发？"

林峰摇头，浑厚低沉的嗓音，"哮症只是其一，更严重的是前几日，夜间竟口吐鲜血。"

"为何会呕出鲜血？莫非伤及肺腑？！"林尚候脑中一片涣散，心中焦虑不已。

"或许是孩儿日前同他争执，无意出手伤他所致。"林峰垂眼，脸上浮起愧疚神色。

林尚候心中却泛起疑虑，难道真是因为与林峰的争执受伤导致？即使林峰出手过重，那也不过是外伤罢了，怎可能导致口吐鲜血？只可能因为内伤。毫无疑问，必定与苏莱莱的死讯有关。杨翱心中必定悲恸欲绝，却不能在人前显露，只能压抑强忍，过多的隐忍和刺痛，心中的郁气无法排出，才会伤及肺腑，引发呕血。

林尚候怅叹一声，轻挥甩衣袖，满面肃色道："命医士即刻照料好翱儿，待他身体康复，再共谋伐齐之事！"

旨意一下，在场的人，却有不同的回应。

林峰目光中厉芒烁动，将心中仇恨隐隐绽出，而老付却伸手擦去眼角的泪，眼里透出一丝坚定神色。

几日阴郁后，天际终于绽开一缕暖阳，偃师城外郊野，却响起声声飞鸢振翅的声音。

瓜子脸色忽地沉下，浮上一抹焦虑神色。他昂首审视四周，扬起嗓子高声道："师兄，莫非你在此处，为何不现身？"

飞鸢扑扑拍打翅翼，一阵微风拂面而过，掀起一股凉意。苏莱莱睁大眼睛望去，天际仿佛有人乘着飞鸢翱然而来，遥遥只看得一袭墨色长衫。那是一个高壮健硕的身影，落地之后，几番折叠，竟将飞鸢折成木匣，如同她初遇瓜子那次，几乎一模一样。

瓜子清俊的脸色浮起一缕不快，眉间仿佛微蹙，见这身影靠近，轻咬住嘴唇，鞠礼道："果真是师兄，为何在此处出现？"

那高壮男子皮肤黝黑，一双眼眸炯然有神。他朝瓜子瞥去一眼，余光不由得扫向一旁的苏莱莱，眼中略带不屑。他转而朝向瓜子，微有怒色，"阿彻，你向师傅请求三百门人助你，现那三百人都已归去，为何你却迟迟游荡在外，不肯回归?！"

原来他叫"阿彻"，果然嘛，还真能叫什么狗屁"瓜子"吗？苏莱莱撇嘴，但望见高壮男子一脸凶色，竟觉浑身发颤，仿佛看到《三国演义》里的周仓一般恐怖。于是她埋下头，不敢做声。

瓜子嘴角浮起一缕淡淡笑意，却抑制住明显的不快，沉声低吟道："弟子本欲回去向师傅复命，但途中遇这无辜女子溺水，将她救起，所以耽误了些时日。"

"这女子如今看似活力十足，并非有恙在身。你却为何还不肯归去？"高壮男子目光凛凛。

"师兄,这女子是洛阳人士,想要回到家乡。这世道混乱,她一名女子孤身上路,极易遭遇危险。弟子不忍,所以打算送她回到洛阳,再只身返回门中,向师傅请罪。"瓜子只是淡淡回应。

"荒谬!我看你是想回洛阳,见那不该见之人吧!"高壮男子冷哼一声,面色无比阴沉。

瓜子脸色忽然转白,一缕淡淡怒色若然再现。他冷冷瞥去高壮男子一眼,"师兄,弟子向来我行我素,从无俗事牵挂。师兄此话,莫非有所暗指?"

高壮男子低垂眼睑,厉声道:"既然毫无牵挂,为何屡屡相助?"

瓜子侧首,清润的脸孔泛起暗沉的神色,眸里闪过一丝锐利神光,"此次行动,出自师傅授意,若师兄有所怀疑,不妨向师父质问!"

一抹无奈神色浮上,高壮男子愤愤叹气,"阿彻,即使你怪我,这难听的话,我依然要讲。既然你已潜心归顺师父门下,又决心斩断过去一切,为何却总是频频回首,一再眷恋?"高壮男子浓眉拧起,眼里仿佛有哀怨神色,"既然和过去已无瓜葛,为何见他们遇险,却不顾一切插手相助?你如此心绪,又怎能潜心修性?"

苏莱莱盯住瓜子,心中满是疑虑,这高壮男子的话讲得蹊跷。难道瓜子与洛阳城有什么关联?或者瓜子的亲人也在洛阳?又或者他的恋人在洛阳?否则他师兄怎会用"频频回首,一再眷恋"这两个满含意味的词呢?

她沉思的神色投入瓜子眼中。莫非这女子已起疑?瓜子心中略有不快。他闷哼一声,迎住高壮男子的目光,轻声道,微微慵懒的语调,"师兄对弟子有所误会,这件事等弟子回门中,自然会向师傅师兄禀明。"

高壮男子目光一凛,"怎么,莫非你还打算继续护送这女子,直到洛阳城内么?"转而满面怒色,"师傅命我来接你回去,还不与我一同走么?!"

瓜子吁出一口气,见高壮男子眼里透出严厉的神色,深知事已成定局,于是转向苏莱莱,缓和了语气,"小花生,我得向你告辞了。"他眼里流露出淡淡情绪,仿佛不舍般,又似乎无可奈何。他探手伸进斜挂在腰间的包袱,摸出一只制工精致的飞鸢,递给她,微笑,"你之前不是一直缠着我,想要一只飞鸢么?这只便送给你吧。"

接过飞鸢,盯住瓜子,苏莱莱心中也泛起点点愁绪。虽然短暂几日相处,瓜子却犹如大哥般,一路照料她,即使总是被她作弄,被她嘲讽,他却都在尽力护着自己。回想起这些,此刻忽然面临分离,苏莱莱心底竟很不是滋味。

第十七章 飞鸢离愁

瓜子接着道："此地距洛阳只消半日路程，你直朝西走，遇到岔路一律不理。切记，一直朝西！"说着从腰间摸出一把匕首，塞给她道，"虽然我知道，你这蠢猪，给你这东西也是多余，但好歹也可算防身用吧。"

临走前还不忘损她一番。她心中愤愤，但见瓜子脸上那抹无奈的笑意，心中的怒火随即消逝。望住他，苏莱莱眼里清澈似水，"瓜子大哥，谢谢你一路照顾我。你放心回墨门吧，我会自己小心，一定会平平安安回到洛阳的！"见他满脸失落，她摆出狡黠笑意，低声道，"原来你的真名是叫'阿彻'，你这个骗子大侠。"

"叫什么名字又有何重要？瓜子也好，阿彻也罢，很快被人忘掉而已。"瓜子抿嘴，淡然一笑，眼眸里流露出淡淡哀愁。

"怎么会？"苏莱莱扁起嘴，蹙起秀眉道，"我怎么会忘掉救命恩人？等我回到洛阳，跟我亲人团聚后，我一定会去找你，感谢你救命之恩的！"

"那倒不必。"瓜子忙摆手，"救你并非为求回报，况且，我们大概不会有机会再见。"

"可是……"

高壮男子脸上浮起不耐烦，打断道："阿彻，既已交代完毕，为何还做拖延？莫非还有其他企图？"

瓜子无奈舒气，伸出大手，拍拍苏莱莱的肩，转身朝那高壮男子走去。

高壮男子随即展开木匣，风声渐渐呼啸，飞鸢扑扇而出。瓜子与高壮男子迈上飞鸢，直朝天际翱翔。

"瓜子大哥！一路平安！再会！再会……"苏莱莱摊开十指，摆在嘴边高声呼叫，朝着疾然飞去的飞鸢。她却并未察觉，眼角有隐隐泪水溢出。

耳畔不住传来她甜美清脆的呼声，与呼啸的风声浑然一色，搅得瓜子闷疼不已。心中泛起伤感的触感，仿佛刺痛着他平静如水的心境般。他合上双目，不再朝下望去，只是在心中低低默念：后会无期，小花生——

夕色缓缓降临，云雾盘踞于天际，晕染出整片绛色。落日之下的林府，笼罩在斑斓晚霞中，隐隐透出凋敝与清冷。

两天一夜的奔波，几近迷路错道，苏莱莱总算摸索着回到了家。她吁出一口气，那狗屁大侠瓜子，不是说半日路程，为何她却足足走了两天！肚子饿得发空，恍惚中头晕目眩，头发也散乱开来，垂落在肩上。恍然间，门前守卫的长戈闪烁出醒目的光芒。

苏菜菜心中大喜，直朝大门撞去。

"站住！"守卫们怒喝一声，一副肃色神情，"哪来的小乞丐，此乃林大人府邸，速速远离。"

这才几天没见，居然就不认得了？苏菜菜撇嘴，难道她真有那么脏？不就是途中不小心跌进泥潭，又被蜜蜂追了半天么？可是她已经扯下头发挡住脸，确保没有被蜇到呀。她昂起小脸，笑容满面，"怎么啦，不认识我啦，我好容易才回来啊！"

守卫惊觉这声音耳熟，却想不起来。他眉心微蹙，略有疑惑地望住她。

苏菜菜抿嘴，勾起浅浅笑意。她撩开挡住小脸的发丝，露出一张娇俏却苍白的容颜。

"啊——"触及到她那张脸的刹那，守卫竟意外地惊声尖叫起来，顷刻间吓得浑身发颤，"副……副军师……你……你回……回来了……"

苏菜菜轻蹙秀眉，微微鼓腮道："是啊，是我呀！好容易回来了。这路上太辛苦啦！一个人影都没有，想找个帮忙的都不行，我又总是迷路……"

她自顾自讲到，却没留意守卫那张惊恐的脸，随着她的话语层层递进，愈发惨白。

"幸好我还记得这里，哈哈！不然就真回不来啦！还好时间赶得及呢……"她舒气，伸出苍白的小手，掌心竟一抹鲜红。

"啊——副……军师……属下……属下……跟你无冤无仇……"那守卫吓得哆嗦不已，狠狠埋低头颅，颤抖道，"冤有头……债有主，田狗害你……副军师……你要报仇……找田狗……别……别找……找属下……"

苏菜菜疑惑不解，这守卫难道是被她吓坏了？莫非以为她已挂掉？这什么狗屁智商，自己明明有呼吸有影子呀！不过，她狡黠一笑，既然这家伙如此蠢笨，那就吓吓他。

她扯下几缕发丝，翻起白眼，憋起嗓子鬼哭狼嚎道，声音格外凄厉："小小守卫，既然知道本军师归位，为何不替本军师领路？"

"副军师……属下……属下不敢……副军师有何吩咐……只要不要属下小命……属下一定照办……"守卫吓得颤颤巍巍道。

"本军师要见上将军……小小守卫还不替本军师传召？"她厉声道，缓缓走上台阶，指住守卫道。

"是……是……副军师不要害属下，属下……属下定替副军师……传达……上将军……"守卫悚然，连连后退。

第十七章 飞鸢离愁

"还不快带路——"她压低嗓子,凄声道,"哇哇哇……我死得好惨啊……快带我去见上将军……"说着朝守卫靠近而去。

守卫触电似闪开,一个趔趄,不小心狠摔在地,模样滑稽十足。

苏莱莱几乎笑出声来,忙伸手捂住嘴,闷哼道:"本军师最讨厌磨磨蹭蹭,还不快找来上将军,本军师拉你下去陪我!"

"是……是!"守卫眼里几乎淌泪,爬起身直朝内廷走去。

苏莱莱得意万分,双手紧捂住嘴狂笑不停,跟着守卫而去。

内廷涌出十几名仆役侍女,见这门外传报的守卫连滚带爬而来,纷纷疑惑不解,拉住他询问。

那守卫战抖着惊呼,却又不知如何解释,只得张大嘴巴,声音断断续续,指着身后的人影,"副……副军师……"

"呼……你们都反了吗?谁挡本军师,本军师拖谁下去陪我……"苏莱莱伸直手臂,发丝垂落面前,随着傍晚的柔风轻轻摇曳,手心的缕缕鲜红绽放出恐怖神采。

"呀——"仆役侍女们吓得厉声惊呼,迈开步伐撒手朝内狂奔,顿时场面一片混乱。

"上将军——上将军——"守卫大声惊呼。

"少爷——少爷——"仆役侍女们也惊声尖叫。

一时之间,各种称呼此起彼伏,偌大的林府响起声声凄厉的不和谐声,并且不断蔓延。

此时此刻,林峰正端坐在"乐"院房内,与斜坐在榻上的杨翾商议伐齐之事。耳畔却不合时宜的传来轰然呲声,仿佛正呼唤着他,撕心裂肺般带着哭腔。

"外间似乎有人唤你。"杨翾轻声道,目光幽冷。

林峰浓眉忽拧,凌厉双目中绽出不快情绪,沉声道:"何人在院中喧闹,早吩咐过不得打扰你休养,何人如此大胆?!"

杨翾侧目,清俊的脸孔格外苍白,一双冷凝眼眸毫无生机,宛若还魂的尸体般,嘴角只是勾起浅浅苦笑,"我已几乎康复,只是不便行走,即日便可参与议事,与主公商议具体伐齐事宜。"

林峰低声叹气,锐利眼眸中,堆满凛冽,"为我私事伤及身体,着实亏欠于你。"

杨翾垂低眼睑,林峰眼中的愧疚神色,搅得他心绪极度不安。仿佛担忧暴露似的,他极力闪避开林峰的目光,心中绞痛忽又再起。分明与他相同,这几日,辗转煎熬的，又岂止是他一人？林峰，你总是让我羡慕，甚至恍惚嫉妒。只是为何面对如此相似的痛楚，两人同样手足无措？他不知如何面对林峰，心中却恍然理解，这失去挚爱的剧痛，又岂是纵情军务能够忘却？

"上将军——""少爷——"惊呼声越发临近。

林峰眉心忽地拧紧，心中的怒火猛然而上。眸中闪过利刃般的厉芒，他骤然起身，掀开房门直冲出去。

眼前竟一片混乱。一群仆役侍女跟着传报的守卫，晃悠着身躯，凄声高呼着在"乐"院中徘徊乱奔。他们脸上满是惊恐的惨白，扯着嗓子叫唤着他。守卫身后仿佛跟着一个娇小身影，穿着宽大的衣袍，横直着双臂僵硬跳动，却蓬头垢面，发丝随风晃荡，看不清真实模样。

见到林峰出现，这群人恍若遇见神明般，露出兴奋而焦虑的神色。那守卫连滚带爬冲到林峰面前，喘息不断道："上……上将军……可算找到您了！"

林峰眉角微扬，满目厉色，怒道："军师在房内休憩。你们何事如此惊慌失措?！"

守卫咽下一口唾沫，颤抖着双臂，放声哭号道："上将军救命！属下……属下遭遇冤魂索命！她……她非要命属下带她……见上将军……否则……否则……"余光扫过披头散发的苏莱莱，心中惊骇不已。

一名胆子稍大的侍女接道："是呀是呀！是只厉鬼啊……她说不带她见上将军……就……就拉我们下去陪她！"

哎呀……苏莱莱心中一叫，双手不由得捏成小拳头。就跟你们闹几下，不用又是冤魂又是厉鬼吧……她透过发丝的间隙，朝林峰望去。

一抹清晰怒意浮现，林峰眼内闪出凛冽神色，低吼一声道："冤魂厉鬼是么？既然有胆子来送死，我就叫他再死一次，让他灰飞烟灭！"说罢眉心一拧，"那鬼呢？"

守卫抹去额上冷汗，却不住摆手道："不可不可呀，上将军……属下……虽然害怕副军师……但她只是回来见您的……求上将军……别打死她……"

仆役侍女们也点头道："是呀……上将军，求你饶恕副军师，别叫她灰飞烟灭……"

林峰双目怒睁，仿佛前所未有的震惊般，"苏莱莱?！她的魂魄在此?！"

"是呀……"众人应声，随即移开身子。

那个娇弱的身影?！林峰脑中一沉，竟仿佛失去心神，不由自控般，心中一片混乱。他大步朝她迈去，那浑身污泥，披散着头发的她，真是她么？

"副军师……属下带您见到上将军了……求您……求您别为难上将军……"那守卫竟鼓起胆子，喊出一声。

林峰扬起右掌，示意他不要出声，转而面对着苏莱莱，眼眸中竟渗出丝丝殷红，却毫无杀意。霎时间，对她难以断绝的爱意汹涌再起，他伸出大手，轻轻撩开她凌乱的发丝，露出那张苍白熟悉的脸，还挂着甜美的微笑。

"哇哇哇！林峰，你害得我好苦啊，还我命来！"她俏皮一笑，张开满是鲜红的手爪，阴阳怪气地笑道，猛一把朝他扑去。

身子却一沉，一股劲力袭来，她尚未回神，却发觉林峰已展开双臂，将她狠狠勾住，紧紧揽入怀中。他眼里的殷红缓缓退去，却盈溢着悱恻的眷恋，仿佛压抑许久的心绪般，竟涌出难以抗拒的痴色。

"拿命来……"她尖声嘶叫着，却深深觉出他的悸动，带着失而复得的喜悦，不可抑制的感触。她昂起小脸，却猛然触及到他凌厉眸底，竟悦然涌动着晶莹，难道，是泪水？傻瓜，她心中满是甜蜜，勾起手臂，轻轻揽住他宽硕的腰肢，露出一抹娇柔笑容，"臭野蛮人，你不怕我找你索命吗？"

他摇头，不发一语，咬紧牙齿，将心中狂乱的涌动吞回，却加大了劲力，似乎惊惧再错失她一般，将她牢牢箍在怀中。心底的酸楚与喜悦不断交织，让他忘却所有，只想要抓紧她，不再让她逃离。

苏莱莱抿嘴笑着，笑容却显得脆弱而疲惫。她深深吸气，柔声道："林峰，我也以为我挂了呢，还能见到你真好！"她撇嘴，"不过，你能不能别箍得那么紧，快憋死我啦！"

林峰蓦然惊起，涣散的心神回转而来。他微微松懈了劲力，拧起浓眉，低声道："你敢再死，我就闯到地狱抓你回来！"

"你恐吓我呢！"苏莱莱吐出舌头，一脸顽劣神情，心中却如糖似蜜。

身后传来守卫颤抖的声音，"上将军……属下刚才掐指算过，今日……应是副军师头七，副军师一定是惦念您……所以才会……千里迢迢赶回来……"

苏莱莱朝守卫回望，只觉全身冒汗，顿然无语。转过小脸，却见林峰紧紧盯住她，嘴角抿起，挽出一缕恬淡浅笑。夕色映照下，将他英俊刚毅的脸庞，勾勒得意外柔和。这一刻的他，狭长的双眼中，不再充盈暴戾与凌厉，满满的只有重逢的喜悦，以及不舍的眷恋。

她探出小手，轻轻抚过他刚毅的脸颊，微微噘起粉白的小嘴，"我才不会死呢！没听过祸害活千年吗？说的就是本军师我！哈哈——"见他微笑不语，她轻轻埋在他怀中，低柔呢喃，"你不让我死，我就一定不会死！一定会来找你，不管多久，也不管多远。"

林峰眼里涌起阵阵动容，他俯下身子，伸出手指轻揉她的小脸，悯惜的语调，"今后留在我身边，不会再有危险！"

"嗯！"她像个孩子似的点头。见他眼中蒙起的氤氲，她仰首望他，"那你也不用哭了呀，大河马。"

原本柔和的脸孔，一瞬间却犹如爆发的怒焰，冲天而起。林峰双目一凛，厉喝，"大胆苏莱莱！"他脸孔忽转一红，"勿要胡乱言语！"

苏莱莱微笑，"怎么算是胡乱言语啦？是说你哭了，还是说你是大河马呀？"

"放肆，苏莱莱，为夫警告你，切勿胡言乱语，否则……"他怒目，暴戾气息迎面直来。

苏莱莱却叉起小手，迎住他的厉色目光，"家法伺候是吗？"

林峰被她的言语激得无可奈何。他拧起她纤细手腕，低吼道："苏莱莱，你是要激怒为夫吗？"

见他那认真的模样，苏莱莱心中也浮起不服气的怒气。她昂起头颅，直抵着他的脸孔，"我千方百计千辛万苦千里迢迢赶回来，一见面你又要使用家庭暴力！"

"为人妻子，屡次同夫君顶嘴，成何体统！"林峰怒气冲冲。

"分明就是你先凶我！"苏莱莱咬咬牙，委屈的声调，"我每天就吃一点硬邦邦的干粮，走了两天一夜！还总是迷路，还摔进泥潭，还被蜜蜂蜇……你……你还凶我！"声音微微哽咽，似乎低啜般。

"摔进泥潭，被蜜蜂蜇……"林峰原本怒意满盛的脸孔，竟瞬时降下火来，泛起一缕怜惜的忧色，"这途中还遇到何种险境？可有受伤？"

她抿嘴，轻轻摇头，"这都要感激瓜子大侠！要不是他救了我，一路护送我回洛阳，我早葬身水底了！可是他只陪我走了五天，快到洛阳时，他师兄就叫走了他。我只好瞎子乱撞，游荡了两天才回来。"

"瓜子大侠？"林峰浓眉忽蹙，转而狠瞪住她，厉呼道，"你竟同此人独处五日?!"

"瓜子大侠是墨者！以前在邯郸救过我一命呢！这次又救我一次，是我的大恩人呀！"苏莱莱眨着长睫。

"那也不可！侠士也罢，墨者也好，孤男寡女怎可独处！况且，你是我妻子，怎能与陌生男子独处?!"林峰咆哮道，双目几欲喷出火来。

第十七章　飞鸢离愁

"蛮不讲理的原始人！就知道跟你讲什么都没用！人家是我的救命恩人，你不说谢谢也就算了，还一通训斥！"苏菜菜气呼呼，直跺脚。

"放肆，何人允许你训斥夫君。"见她满腹怒气的模样，林峰心中却漫溢着舒心的畅快，反而柔和了语调，摆出一脸冷然神色。

臭野蛮人！什么好的不学，学那个僵尸脸死人妖装酷摆帅，她心中暗暗道。

身后传来守卫惊讶的声音，"上将军同副军师的对话……很蹊跷……莫非……副军师……没死？"

随即有声音附和，"不错，我看也是呐。上将军能拥抱副军师，况且，副军师走路还有影子呢。"

"哈哈——"苏菜菜挽起秀发，转向众人，满脸灿烂笑容，"都怪我不好，想捉弄你们玩玩，没想到把你们吓坏啦！"

"不敢不敢……是我们愚笨……"

苏菜菜飒然大笑，心中却忽地浮起杨翾那清冷俊逸的脸孔。哼，我挂这一回，这死人妖一定高兴得半死，想不到我又归来啦！等会我就在你面前装鬼，气不死你吓死你！她得意地暗自偷笑，扬起小脸，"林峰，怎么没见杨翾？我记得这里好像是他住的地方呀！"

林峰低叹一声，脸色拂过些许愁色，却又随即隐去，"他前些日子受伤呕血，现仍在房内休养。"

杨翾竟受伤呕血？苏菜菜心中不由得涌起一阵不快。她忙问道："伤得严重吗？没什么危险吧？"

林峰闷声叹息，低语，"此事皆因我而起。"

"因你而起……"苏菜菜喃喃道，"难道是你打伤的？"

林峰侧首，眸中闪过凛冽神色，却点头道："不错。"

"臭野蛮人，总是那么冲动！"她柔声埋怨，却转而疑虑道，"不对呀，如果是你打伤，只是外伤罢了。吐血是内伤，多是因为郁怒忧思，或者劳累体虚引起。难道他遭遇了什么变故？"

林峰胸中泛起一股莫名的心绪，目光触及苏菜菜无邪的双眼，竟不安地想到，莫非与她的死讯有关？

苏菜菜却恍然大悟般，伸出食指道："哦！我明白了，应该是这段时间他太操劳，急于替你分忧。夜间不能入眠，白天又与你争执，还被你这个臭野蛮人暴打一顿，于是越想越气，越气越想，太过纠结的情况下，所以引发了吐血。"

林峰垂首望她，清澈的眼眸毫无杂色，或者正如她所言，或者，是自己多虑了吧！这短暂的猜疑，只稍稍浮起，便被他全然压制下去。

"他现在在房内？"苏莱莱指指身后，轻声问道。

林峰眉间却漾起不快情绪，沉声道："你如此邋遢模样，不宜见他。你先去沐浴更衣吧。"

"我就是要装鬼吓吓他，谁让他老装鬼吓我，这叫一报还一报。"她振振有辞。

一抹无奈笑意浮上，林峰摆摆手，"以他的聪慧，绝不可能上当。"

苏莱莱却喃喃说着："正好去看看他呀！反正这么近，免得我又绕到这里来看望他。"

"那去吧。"林峰无可奈何，伸手轻握住她的狭窄的肩，"我正与父亲有要事商议，你看望完杨翾便去沐浴更衣。"说罢转向身后仆役侍女道，"照料好副军师。"

"林峰，你不去吗？"苏莱莱满脸疑惑。

"我已驻足半日。况且，你突然出现，正好给他惊喜。"林峰淡淡道，随即转身离去。

望着他离去的背影，夕色投映下，身躯高大而威慑，苏莱莱心中竟泛起不知名的愁绪。具体是为何，又是出自何种缘由，她却不得而知。

她将头发拉垂下来，推开房门，透过发丝间隙，映出杨翾苍白的脸，双眼满是空洞的深黑，恍若隐藏无尽凄厉。他只是冷然地朝她瞥来一眼。

"哦——我是回来索命的——，你这个可恶人妖，竟敢长得比我美，身材还比我好……我嫉妒，我要拖你下去陪我——"她压低嗓子，装出阴沉的怪调。

杨翾嘴角猛然抽动，清俊的脸孔上猛溢出惊愕神色。这熟悉的声音，深刻于心的身影，难道是她？他心间迅速悸动，撕起一片阵痛。他用力咬住下唇，强忍住胸腔那股窒闷郁气，却仍不由急喘道："苏莱莱，是你么？！"

哇，被我吓得脸都发绿了！苏莱莱暗暗得意，朝他缓缓靠近，猛一把掀起头发，吐出舌头，尖声道："下去陪我……"

心中一阵强烈暖意泛起，挑得他心绪跌宕不已，竟在瞬间暖开心怀，掩去满腹心酸。他清俊冷厉的瞳孔，即刻凝滞，浓如深墨般，深不见底。

片刻之后，他嘴边竟漾起淡淡笑意，苍凉的笑容，遮不住极深的悦色。胸腔一阵抽动，引得他猛然急喘，脸孔也随之痛苦俱现。

"啊？！你没事吧！"苏莱莱挽起秀发，急急坐到杨翾榻前，满脸忧虑神色，大为紧张。她低声道，"我就是跟你闹着玩……我不是故意的……你没事吧！"她

第十七章 飞鸢离愁

想为他揉抚胸口,以缓和他的哮症,只是伸出手后,脑中却想起林峰之前的训斥,于是迟疑着不敢触他。

犹豫之时,忽觉一阵凉意袭来,她惊呼一声,竟发觉杨翾握住她的小手。他的手冰凉无比,眼里却流溢出炽热的悸动,仿佛熔岩般,携着蚀骨热意席卷而来。一抹红霞泛浮上脸,她触电般地猛然惊起,企图从他手中逃离,却发觉他冰凉的手掌紧紧裹住自己的小手,狠狠捏入掌心,一步也不肯退让。

苏莱莱微微一震,白皙的小脸攀满红霞。她不自在地咬咬下唇,心中却撩起羞赧情绪。她甚至不敢直视杨翾,只好轻埋下脸,喃喃,"你没事吧……最近……身体还好吧……"

仿佛意识到此刻的失态,杨翾舒了一口气,转而松开她的小手,将心中炽烈的冲动压抑。他目光孤寂而清冷,凝住她,淡淡语调,"如你所见,依旧活着。"

她一时竟语塞,不知如何作答,气氛突然尴尬。

望着她娇柔的脸,杨翾心中拂过强烈悸动,却堵在胸间,不得释放。这张让他失魂落魄的脸,为何真正面对时,竟讲不出一丝心绪?他侧首,眸底涌起寥落,将那盈溢的爱意,统统湮没。失去她时,万般阵痛,如今她归来,却依旧与他毫无关联。她不属于他,他早已惯于寂寞,早已善于隐忍,可为何独独这绝无结果的痴恋,他始终无法斩断?纵使将这炽情掩埋,往来归复,他已全然失控,一再强忍,得到的,却是下次更激烈的爆发!

杨翾微合上眼,竭力让心绪沉寂如水。片刻后,他睁开双目,嘴角滤过一丝浅显笑意,低声,"同你讲笑罢了,不必惊愕。"

"哇……"苏莱莱脸上浮起鲜活笑意,"讲笑也能这么冷场,也就你这个孤僻人妖啦!"

杨翾淡淡道:"副军师大难不死,真是可喜可贺!"

"是呀!我还以为自己一定挂了呢!"苏莱莱笑道,转而微微叹了口气,"多亏了瓜子大侠呀,否则我就真回不来了。可惜快到洛阳时,跟他分道扬镳了,不然真应该好好谢他!"

杨翾苍白的脸依旧清冷似冰,蹙眉道:"瓜子大侠?救你的人?"

她满脸感激笑意,点头,"是呀,就是他救我一命,还护送我回洛阳……"转而兴奋道,"他就是上次在邯郸,把我从皇天神相手里救出来的墨者!"

"墨者?!"杨翾一怔,沉声道,"看来此人与你有缘,竟数次救你。"

苏莱莱抿嘴,"也许是吧……"俄而仿佛若有所思般大呼一声,"对了!你猜我给你带回什么东西！"

杨翾凝住她不语，一副疑惑神情，依旧冷峻模样。

苏莱莱得意地一笑，把手伸进腰间的 GUCCI 手袋，摸出一只机关飞鸢，"你看！"

一抹诧异神色涌上眉间，但只片刻。杨翾淡然道："是那墨者所赠？"

"嗯！是我问他要的。我还记得你说过，要是能弄到这玩意，就能研究机关术。所以我问他要，没想到他那么爽快，送了只给我！"苏莱莱将飞鸢递给他，洋溢着甜美笑意，露出整齐洁白的贝齿。

杨翾接过飞鸢，发觉她手心发红，沉声低吟，"你手心为何如此鲜红？"

"哈哈——"她脸上布满狡黠笑意，唇边一对浅浅酒窝，纵然浑身脏乱，却显得娇娆可爱。杨翾心中再泛起甜甜感触，搅着悸动而来，让他几近失神，只是望住她，静默不语。

"这件事我只告诉你哦。你要答应我，不准告诉任何人！"她俏皮一笑，脸上涌起淡淡绯色。"我路过一座城市，饿得半死，于是就抢了一个小孩的窝头，结果他使劲哭，他父母和他家的恶狗，追了我三条街！气死我了，就一个窝头，至于这么小气吗？我都说等我回了洛阳，还他们一车窝头。可他们不信，非让我帮他们搬东西，算是出苦力还窝头钱。本来就快到洛阳了，帮他们搬东西就耽误了大半天！"

望着她的俏丽脸孔，杨翾忍住心中笑意，冷冷道："副军师洋洋洒洒说了好大一段，却仍旧没绕回主题。"

"我还没说完嘛。"苏莱莱喘一口气，瞥了杨翾一眼，自顾自的喃喃，"搬东西就搬东西呀，非让搬个油漆未干的红柜子。我手一粘上去，就成这样了！你们古代没有洗手液，根本洗不掉，只能等慢慢脱落。"

杨翾低低吁气，心中泛起怜惜之情，清冷目光中，却盛满眷恋的神色。

苏莱莱轻轻移动娇躯，更靠近他，一脸威胁神色，"这可是我的糗事，看你是好军师才告诉你的，要是敢说出去，哼——"她说着伸出小手，挥出一记劈刀动作，脸上盛满得意笑容。

杨翾依旧默默不语，俊美的脸上满是倨傲神色，仿佛不屑她的威胁。相反的，此刻他的心中，却上下颠簸不已，这原本天人永隔的痛楚，却在瞬间消弭而去。苏莱莱，她依旧如此灵动娇俏，将他的心全然撩乱，这几日如霜冻般的心绪退去，只剩下甜蜜缱绻，纵然折磨，也好过再不相见。他不愿再揣测自己，她，甚至林峰的心绪，即使只能藏匿暗处，他也难以遗忘。

第十七章 飞鸢离愁

她眼中的潋滟，不住吸引着他，令他毫无抵抗，闷声回应，"此事，只有你我知道。"

最后一抹寒汐退去时，漫山遍野的黄花开满沂蒙山头，如同披上金色亮芒，天际淡淡蔚蓝，缓然铺满穹苍。

淄河蜿蜒勾勒，将临淄城无尽润泽。

田府的深处，此刻却堆满沉重的脸孔。众人围簇着一名老者，从他雪白的须发能够看出，应已是年近耄耋。老者身姿佝偻，衣着气态却截然不凡，脸孔窄而瘦长，须发银白，双目炯炯，似乎蕴藏睿智神光。这老者，正是田氏一族的首领——齐衡君田泯。

齐衡君面色凝重，双眉紧拧，朝向身侧的世医，发出一声沉厚低音，"凛儿的身子可有大碍？"

目光的尽头，正是田氏的世医。他端坐在榻前，目光焦虑，略有忐忑般，"属下只得尽力而为……"转而朝向榻上人望去，微微叹了口气，"凛公子不仅身中一箭，更是被银针扎乱了脉络，不仅邪气不泄，更是伤及多处致命穴位，稍有不慎，极可能瘫卧不起呀！"

世医的表情非常焦虑，甚至带着几分惊恐，仿佛惧怕责罚一般。齐衡君的心中，已渐渐涌起不祥的预感。他喃喃，苍老的手背上，条条皱纹，映衬出他的忧虑，"难道凛儿下半世只能偎卧在床？！"

众人轰然，随即响起一个震雷般的声音，"大胆世医，当着君上也胡言乱语！治不好凛公子，你可知是死罪？！"讲话的是个高大壮实的男子，衣着华贵，相貌端正，声音却带着明显的怒意。

齐衡君却目光一转，满面肃色道："田予，多事！"

田予悻悻止声，却仍闷闷低语。

见此情况，世医急忙下跪，满脸惊惧，神色恳切道："君上，属下已经尽力！只能说力保公子暂时行动无虞，但日后能否康复，还需得长期调养呀！"说着他勾起长袖擦拭额上冷汗，吞下一口气，低声道，"只怪这施针之人医术怪异，所使的针法前所未见，属下着实费解呀！"

齐衡君轻捋长须，低叹道："老夫没有怪责你的意思。你不必如此惊惶不安！"他转向身后的刘允，沉声道，"施针毒害凛儿的，果真只是一名纤柔女子？"

刘允怅然叹了一口气，眼中溢出哀色，"回禀君上，正是林氏的妖女。她以医士身份接近公子，对公子施针数次，暗中施以毒手！"

齐衡君忍住怒意，侧目道："所谓报应之理，循环罢了。凛儿先斩断她人手指，怎会料到今日的下场!"转向众人，却依稀觉察出人群中隐隐的悦色。自己纵然睿智，却终不能协调这庞大田氏宗族。如今自己已是暮年，即将接任的田凛却遭此横祸，难道说，这些人脸上的悦色，不过是因为多了份取代田凛的机会？他随即愤愤道，"但凛儿是谬公长孙，绝对的田氏正统，怎能任由区区女子所伤!"随即转向刘允道，"那施毒手的妖女，如今仍在洛阳？"

刘允脸上浮起一缕笑意，正色道："那妖女已被属下命人射杀，跌入沂水，想必已经命陨黄泉了吧。"

齐衡君颔首，"不错，处决了凶手，凛儿想必也会欣慰稍许。"

床榻上却发出一声凄冷疾呼，"不——不——"

齐衡君眉间泛起愁色，忙俯低身子，望着榻上田凛惨白虚弱的脸孔，伸出手轻按上他的手腕，"凛儿，你醒过来了？"

田凛重重喘息，目光中充满恨意。他狠狠咬紧牙齿，朝榻旁的侍女吼道："扶我起身!"

侍女们惊恐不已，忙将田凛小心扶起。

半起身后，田凛猛地甩开侍女，转而扶住齐衡君，眼眸中流露出清晰恨意，"君上，我今后是否难以如常人一般，正常行动？"

齐衡君垂低眼眸，只是暗暗憋下心中郁气。

蓦然发现榻前围簇着众人，田凛忽地恼怒而起，高声厉呼："你们为何在此？统统给我退下!"

众人无不露出不快神色，或鄙夷，或无奈。

"滚！是否要本公子将你们杀光才肯退下?!"田凛如同丧失心智般，疾声狂吼。

齐衡君无奈，只得摆摆手，"退下吧。"众人这才恹恹离去，嘴里还低声咕哝着，仿佛对田凛极度不满。

见众人退下，田凛才舒下一口气，喃喃，"刘允，本公子有话要问你。"他昂起头，一副清冷苍白神色。

刘允走到榻前，刚俯下身子，却听得"啪"一声刺耳惊响，侧脸随即一阵火辣疼痛。

"混账！何人允许你杀她?!"伴随着这记重重耳光的，是田凛盛怒的厉吼。

刘允愕然呆住。这一耳光如此冷漠无情，将他忠心护主的心，瞬间撕得疼痛不已。

"凛儿！你太过放肆!"齐衡君终于按捺不住，挥起袖口怒吼出声，"若非刘

第十七章 飞鸢离愁

允,你岂有命回来临淄?早就命丧林峰手下!你非但不知感恩,反而为个妖女痛打功臣?!"

田凛却忽反常态般的垂头,伸出手掌捏攥成拳,狠狠朝着床榻捶下。他脸色苍白如纸,眸里却隐隐溢出无尽哀伤,甚至饱含痛楚,难以忍受的抑郁。心中的恨意与爱意反复交织,终令他不可自控,咬牙切齿,狂躁出声,"林峰——我要你生不如死!"

田凛满腔怒火,心中的恨意更是层层叠加,并未留意齐衡君眼眸中,浮起的深深焦虑。他直扬起脸,挑了挑眉,恨恨道:"君上,请下令讨伐林贼!"

齐衡君却欷歔一声,银白的眉浅浅起伏,摆手道:"不可,如今济北、历城均纳入林氏辖地,我胶东的屏障已失,此时只能力求守住临淄,方能再有所图。"

田凛咽不下这口恶气,颤抖着嘴唇,字字句句宛若利刃,厉声道:"君上难道对林贼有所畏惧?济北历城沦陷又如何?这两座小城,兵力总共也不过六万,而我胶东尚大有人马!东海郡,驻兵八万,琅琊郡,驻兵六万,临海的即墨有十万驻兵,加之临淄的二十万驻兵,足有近四十万之多!竟不能与林贼相抗衡么?!"

齐衡君怅然叹气,脸上拂过浅浅笑意,却随即消逝。他凝住田凛,正色道:"你手上的数字倒是确切。只是济北已失,薛郡必然不保,东海乃是我胶东边境重地,此地的兵马绝不可用于讨伐林氏,琅琊附近山川连绵,虽有兵力六万,却极易因地势被敌军利用,即墨临海,路途遥远不说,更用于抵御莱夷,一旦调走即墨驻军,莱夷必然趁乱入侵,届时更可能腹背受敌!试问从何调集兵马讨伐洛阳?难道以临淄的二十万守军么?"

田凛仿佛有所顿悟,心中的怒火却不得熄灭,仍作狡辩道:"临淄只需谴兵十万,另外从各城调集部分人马,足以组成一支二十万雄师,沿沂水而上,直捣洛阳!"

齐衡君却飒然大笑,笑声中却夹杂着些许凄然,额上的条条皱纹,也随之展开,"凛儿,你并非初次参与战事,为何讲出如此荒唐幼稚的话?"转而敛回笑容,满脸肃穆神色,沉声道,"难道攻打洛阳,不需途径东郡,三川,颍川,以及河内?仅此四郡,就足以消耗我军半数人马!那还只是确保场场必胜,并且林氏不对这四郡增援的情况下!若林氏出兵迎战,我军定然无力相抗!"

田凛咬牙道:"那便与林贼背后的秦廷,以及蜀中联盟!我军将林贼诱出,盟友即可攻占洛阳巢穴!"

齐衡君冷笑一声,略带嘲讽语气,"痴心妄想!秦廷蜀中亦是豺狼虎豹,更不知他们究竟何意，如此意向未定，极可能反与林氏携手，将我军彻底扼杀！唯有如今这种相持状态，才能保全胶东。"

田凛仍旧不服，"君上！林贼野心明显，早晚会攻来临淄！若不能取得主动，只能被对方吞并而已！"

一缕凄迷神色拂过，齐衡君仿佛有所思绪，神色恍惚颓然，"天下大势，自然有其趋势，非人力所能抵抗。"

说话间，他缓缓转头，那抹鲜艳青绿，投入眼帘。这融融春日，却俨然被灰暗所遮盖么？浮云自有变幻，若是大雨将至，纵然全力撑起雨伞，又怎能保证绝不会淋湿？多年以来，他一直竭力与林氏维持平衡状态，既不侵扰，也不联谊。只是如今大势，却终不能融合，即使挑起者是田凛，根本的缘由，却源于林氏称雄天下的野心。

这彼此间的平衡，早已被打破了么？近年来，林氏驰骋四方，不仅荡平疆界，更是重创秦廷，俨然掌握天下命脉的霸主。即使田凛不挑起此战，不出半年，林氏的铁骑亦会伸向胶东，这固守百年的基业，届时仍可能付之一炬。

齐衡君脑中泛起阵痛，他已有心无力。田氏内斗多年，如今已是千疮百孔，济北一役，更是重创了宗族信心。空有浩大兵力，却根本各有所想，若真正临战，只是残兵败卒罢了，只怕林氏攻来，临淄连五日都撑不过。他头痛不已，却又不知该如何是好，如今已是避无可避，为保田氏一脉，只得拼尽全力守住临淄。若林氏久攻不下，自然能保短暂平安。他心底竟涌起阵阵无力情绪，终于到了这日么？

胸中一阵不畅，引得齐衡君咳嗽不止。刘允忙小心搀扶住他，喃喃低语，"君上，可是身子有恙？"

齐衡君微微点头，转向田凛，沉下脸孔，满脸的肃色，"凛儿，田氏与林氏，这场生死之战不可避免。若不出老夫所料，不出半月，林氏必然攻来。"

田凛闷声道："任由林贼攻上门来，不如拼死同他们一较高低！"

齐衡君却合眼，眉心紧锁，缓缓摇头道："若主动出击，田氏只会落个宗庙不保，若死守临淄，还有一线生机。"

田凛切齿，伸出手狠捶床榻，重重喘息道："君上，我不明！为何要死守临淄？！难道我堂堂大齐正统，竟然还敌不过贱民出身的林贼？！"

"如今乱世，无人管你出身如何，只凭势力财力论事。"齐衡君淡淡回应。

田凛心中再度燃起熊熊妒火，眸底渗出血色，怒吼道："若不是田尹这叛徒，将全部家财相赠，林贼又何来势力财力？！"

第十七章　飞鸢离愁

"放肆！"齐衡君忽然怒起，狠狠怒道，"怎可直呼长辈姓名！"

田凛愤愤，"他凭何算我长辈?！若是自家人，为何竟将万金家财送给外人！如今他那儿子，更是对林贼摇尾乞怜，从何看出，他们是田家人?！"他几乎暴怒，心中的恨意再度沉沉而来，转而怪笑道，"哈哈——错，他们本就不是田家人，君上难道忘了，他父子俩早就改头换面，一个叫杨尹，一个叫杨翱。与我们早已不是一家人，何来长辈一说！"

齐衡君垂头，忍住心底的怒气，这只是尴尬事实，可为何到田凛嘴里，竟变得如此恶劣。他不愿提及那些伤痛往事，无奈田凛却深深铭刻，反复纠结在心中，念念不忘，愈发怨怒。

"老夫不想提及这些往事！但辈分在眼前，田尹是你亲二叔，与你父亲同为谬公子嗣，这一点，任谁也不可改变。"齐衡君说道，却觉喉间再度痛痒起来，又是一阵咳嗽不断。

"君上……还是先回房休息片刻吧！"刘允眉间流露出忧虑神色。

齐衡君微微点头，随着刘允的搀扶起身。他强忍住咳嗽，摆出一副冷肃面孔，下令道："凛儿，你身子尚未康复，暂时不宜参与军事，老夫已将你的虎符收回，你近日便安心养病吧！"说罢转向刘允，压低声音，"命人盯住公子，切忌不可任由他随意走动。"

刘允望了一眼田凛，见他眸里喷火，仿佛欲要杀人似的目光，随即转回首，应道："是，属下遵命。"转而搀扶着齐衡君，缓缓离去。

两人背影渐渐远去，投入田凛眼里，却撩起他心底深处的恨意。君上，为何多年来，你对田翱这叛徒依旧格外宽容？难道还对此人抱有冀望？想要他回归胶东？今后我极可能卧床不起，难道你要这叛徒归来，取代我，成为田氏首领？

林府的议事正厅，传来阵阵欢声笑语。原来议论军务的场所，却因苏莱莱的归来，顿然变作了聚会聊天的大礼堂。

老付满脸愉悦，不住摩拳擦掌，"鬼女娃子平安回来，真是上天保佑！我们正好一鼓作气，将临淄攻下！"转而面向林尚候，跪拜道，"老付还是自请担任先锋，请主公批准！"

林尚候嘴角难掩的悦色，却肃穆不语。

苏莱莱朝老付挤眉弄眼，插嘴道："付老头，让你当先锋，那我山寨偶像怎么办？你要是打得过他，让给你就是了，要是打不过，还是老老实实给野蛮人当跟屁虫吧！"

"就是就是！"苏黛夕接道，一手挽住苏莱莱的臂膀，一手挽住韩希尧，满脸得意笑容,"你要是打得过仇青哥哥,先锋就让给你!"

韩希尧脸色泛起微红,望着老付似要瞪出的眼珠子,尴尬笑道:"不必了吧,既然付队长有心杀敌,做先锋又如何不可呢?"

"怕什么!跟他比比!"苏莱莱拍拍韩希尧的肩,扬起下巴,得意地望向老付,"别看他虎背熊腰,其实是外强中干,他连野蛮人的金戟都抬不动。山寨偶像,我看好你!别让我们失望!"说着转向苏黛夕,略带调笑的语气,"最关键是别让我们黛夕失望。"

老付不住地吹胡子瞪眼,一副怒气冲冲的模样。

"瞪什么瞪,再瞪你的眼睛还是那么小!"苏莱莱顽皮笑道,吐吐舌头,"要是打得过韩希尧,这先锋就让给你!"

"就是!不敢打吗?是不是怕仇青哥哥啊?"见苏莱莱这嚣张模样,苏黛夕也扮起了鬼脸。

老付伸出大手,左手恨恨叉起腰,右手指向韩希尧,声震如雷,"韩小白脸!找两个婆娘给你当帮凶算什么本事!出来跟老子比画比画!"

韩希尧却恭敬摆手,一脸客气笑意,"付队长,大家是同僚,争个输赢实在没有必要,若队长有意做先锋,在下自当让贤。"

老付即刻转向林尚候,满脸笑意,"主公,您可听到,这小子说让给属下。那此次攻伐临淄,就请主公命属下担任先锋吧!"

林尚候却转而一笑,头一次用打趣的口吻道:"但似乎并未经过比试,老夫不知何人更适合呀。"

苏莱莱即刻伸出小手,不住摇晃道:"看到没,主公已下圣旨了!付老头,想堂堂正正当先锋,就跟韩希尧来比试一场!"

"比试!比试!"苏黛夕噘起小嘴,连连拍手。

"还有啊,付老头,你看看你,人气多差,一个支持者也没有,我们韩先锋就不一样了!有我,还有黛夕全力支持!"苏莱莱也挽起苏黛夕,两人互相搀扶,模样十分亲密。

老付气得直扁嘴,扭过高壮的身子,面向身后的两人,露出一脸憨傻的笑容,"呵呵……少爷,军师……"

"干什么,想找后援团啊!"苏莱莱大呼道,松开苏黛夕的手,直朝老付走去。轻轻推开老付,她昂起小脸,瞪住神色冷峻的两人,摆出一副恶狠狠的模样,"你们两个,不准支持付老头!"

望着她张牙舞爪的姿态,杨翾心中泛起阵阵悸动,却只能忍住笑意,依旧一

第十七章 飞鸢离愁

副倨傲的冷漠。林峰却目光凛冽，厉声道："大胆苏菜菜，竟敢命令为夫，太不像话！"

"怎么啦怎么啦！反正叫你不准支持付老头！"她顶嘴道，伸出小手拉下眼角，"臭野蛮人，你也来支持我的山寨偶像呀！"

林峰朝韩希尧瞥去一眼，凌厉目光中却泛起清晰不快，转而双手抱怀，昂起下巴，朝老付厉声道："此次出征，本帅力荐老付做先锋。"

"你……"苏菜菜恨得牙痒痒，耳旁却传来一个清冷声音，略带轻蔑的语调，"本军师也赞同林峰。"

"你们……"苏菜菜狠狠捏紧小拳，憋回一口恶气，不住地小声磨牙。一昂头，她却发觉两人的脸上，同时罩着浅浅的笑意，柔和而安然。

第十八章 猛将之争

得到林峰与杨翾的鼎力支持,老付顿时信心狂增,嘴角那截胡子也随之上翘,十足趾高气扬的模样。他大步迈出,扬起眉毛,傲然大笑道:"看到了没,老子可是得到上将军和军师的支持!两个老娘们给我靠边站!"

苏莱莱不服气地哼出一声,朝林峰与杨翾撇嘴埋怨,转而朝向老付,"他们支持你又怎么样,老大可是主公,你刚才没听到主公让你们比试吗?"

老付挽起衣袖,狠狠捏动手骨,发出咯吱声响,一派豪迈状,"比就比,难道我堂堂侍卫队长,还怕这小白脸不成?!"他高吼一声,指向韩希尧,"韩小白脸,丑话讲在前面,待会儿被打趴下了,可别说我老付倚老卖老,欺负你这后辈!"

韩希尧白净的脸上泛起青色,无奈地摇头道:"付队长既是前辈,晚辈自然乐意将这先锋位置让出。"

"韩希尧,主公都下令了,你想抗旨啊!再说你的功夫我见过,绝对在付老头之上。你不要被他的气势吓倒了呀!"苏莱莱高声道。

"付队长既得上将军与军师力荐,在下理应让贤……"韩希尧低语,谦和姿态。

苏莱莱笑了笑,毫不客气的语调,"你还是上将军封的先锋呢,这家伙现在摆明了就是以大欺小,要是不教训教训他,还以为你真那么好欺负呢!"

苏黛夕也帮腔道:"仇青哥哥,跟他打!我和姐姐相信你!"

韩希尧本还想推辞,触及到苏黛夕娇俏的脸孔,心底不禁泛起一阵爱意,仿佛六神无主似，木讷出声，"小姐说打……那……那就打吧。"

林尚候捋起胡须，一派慈和笑容，转向林峰，"此处不宜动武，不如移到你平日的练武场。场地大，二人更可尽力。"

林峰沉声应道："孩儿也正有此意。"

众人皆表示赞同，苏莱莱若有所思，惊呼道："让湘儿也去看看吧！湘儿这段时间身体恢复得很快，我们请她也来当裁判，看看这付老头怎么被痛扁！"

林尚候颔首道："这提议不错，这孩子回洛阳后一直待在房内，让她出来看看也好。"转而道，"那便去练武场罢，峰儿，命人将湘儿接来。"

"是。"林峰淡淡应道，得到林尚候应许后，转而斜身朝外行去。刚走到门口，却惊觉身后一个影子飞扑而来，他挑眉侧首望去，竟是苏莱莱疾扑来，动作意外的迅捷，直从他身侧掠来。他眉心微蹙，展开手臂直挡住门口。

苏莱莱使出力气，努力从他臂下钻过，更是故意将他朝旁猛挤。她仰起小脸，柳眉倒竖，一副怒气冲冲的模样，"让开让开，不准挡道！"随即将他挤开，率先冲出门外。他正欲恼怒爆发，却发觉她突然回头，抛下一个顽劣至极的表情，"谁让你不跟我同一战线！哼！"说罢扭身奔去，"接湘儿去啦！"

一抹无奈笑意浮现，林峰只是微微摇头。仿佛这就是她的本性，而自己深爱的，也正是这个不拘一格，却又真实可爱的她。如此特立独行，纵然顽劣，却依旧深深被她吸引，越发深刻。

而身后的杨翾，心中却不安地泛起涟漪，清冷的眼眸中折射出淡淡哀色。只是这一刻，他脑子里却是一片浑浊，连他自己也陷入迷惑，究竟是源于嫉妒，还是愧疚。

比武场内，老付迫不及待挥起长剑，口中嗷嗷直呼："韩小白脸，今日老子就将你打个服气，也让大家看看，谁才是林府第一猛将！"

韩希尧礼貌地回敬笑容，抱拳道："付队长承让了！晚辈不敢向队长挑战，不过主公与小姐盛情难却。晚辈便向队长切磋学习。"

"废话少说，现在跪地求饶还得来及，不然等会开打，落个残废下场，老付我可不管你下半辈子！"老付嘴里喊道，转而运起劲力，挽出道道剑光，直朝韩希尧攻去。

"耍赖！"苏莱莱惊呼，不由得连连跺脚。

"仇青哥哥还没拿出武器！"苏黛夕不禁捏一把汗。

韩希尧眸里却掠过一抹光芒，似乎满含胸有成竹的沉着。他运劲于右臂，忽地勾到腰间，抖出一只亮银枪头，横直枪头，硬生生将老付的刃劲直挡回去。

这小子功夫果然不赖！老付心中惊叹，遂回转长剑，再次猛然刺来。

韩希尧侧身一旋，遂闪过剑锋，旋即集中劲力，双手疾速而过，转瞬间，一柄亮银长枪已然紧握在手。

"哇！好神奇！"苏黛夕拍手惊呼。

"哼哼，这可是根据周董的双截棍设计的武器，不仅巧妙，攻击力也非常强，最适合你家韩希尧用了！"苏莱莱双手抱怀，一副得意洋洋模样。

苏黛夕俏脸随即泛起绯色，满面娇羞神色。

劲力刹那间流遍全身，点点星芒穿枪而出，骤然剧盛。韩希尧长枪刺去，倏然间，化出千盏耀光，卷着气流，直朝老付呼啸而去。

老付持剑而立，高壮身躯爆发出无尽蛮力，硬将银枪的刃光挡格而回。

观战的人群中，爆出阵阵欢呼声。

众人的欢呼激起老付的信心。他狠力震退韩希尧，高喝道："嘿嘿，鬼女娃子，你不是说老子连少爷的金戟都拿不动么？老子就让你看看，你支持的这小白脸，如何成为老子的手下败将。"

"韩希尧！你要是敢被打败，我……我就送黛夕回燕京！"苏莱莱急中生智，忙不住大呼，连连挥拳道。

这一招然奏效，韩希尧心中忽一振动，仿佛生出惊涛般，心思忽地通明。他微闭上眼，排除万念，脑中出现无数身影，交错着猛攻而来，却虚虚实实，唯有一只，卷起阵阵尖锐杀气，朝着他猛攻而来。他面容平静，犹如止水般，却在老付攻来的瞬间，猛然绽出似火厉芒。他忽地腾身而起，挑起枪尖反手横挡而下，亮色尖刃闪过，老付双手被这猛力震得发抖，竟握不住剑柄，颓然摔落在地上。

这转瞬的扭转，短短的几招，众人纷纷瞪目结舌。

"哇！胜利了！胜利了！"苏黛夕惊呼出声，脸上漾起甜美的笑容，格外激动地抱住苏莱莱欢呼道，"姐姐！仇青哥哥胜利了！"

苏莱莱欣喜万分，转向斜倚在软椅中的林湘儿，满脸笑意，"湘儿刚才就说过，付老头挨不过十招，现在才三招，就败阵下来！湘儿真是厉害！"

阴霾散去，林湘儿脸上，露出久违的笑容。她握住苏莱莱的手连连点头，自得道："我时常跟老付练武，他有几斤重我是最清楚的。韩先锋又是救出我的人，我也见识过他的武艺，两人根本不在同一层次。"

"哈哈哈哈——听到了没？湘儿最有发言权了，你们不在同一层次，还不认输呀付老头……"苏莱莱眯起眼，笑容充满暖意。

"认输——认输——"人群中喊叫连连，众人不住起哄道。

第十八章 猛将之争

老付自感脸上无光,却故作轻松,悻悻一笑,"老子看他是后辈,先让他几招,等老子动真章了,就有得他苦头吃!"

韩希尧勾起亮银枪,鞠礼道:"付队长承让了,晚辈赢得侥幸。"

林湘儿悦然道:"韩先锋太谦虚啦!湘儿见过你的身手,只怕天下只有大哥才能敌过你。老付嘛,平时就是吹嘘的厉害,实际不过是绣花枕头罢了。"

老付愕然失色,摆出一脸委屈模样,"三小姐,为何连你也贬低老付……你忘了这些年是谁给你当靶子,陪你练武啊……"

"呵呵——"林湘儿被老付的言语逗乐,捂住嘴娇笑起来。目光却忽地游弋,直到触及到那个修长冰冷的身影,心中泛起一阵痛楚,不禁闪避开来,回转向苏黛夕,"那这次的先锋,就是韩公子咯!恭喜黛夕妹妹。"

苏黛夕张开双臂,将林湘儿与苏莱莱一同紧紧拥住,眼眸间充盈着甜蜜笑意,"多谢两位姐姐支持!我们姐妹三个团结一心,才不怕他们呢!"

"对呀,那几个臭男人成天耀武扬威,我们就该团结一心一致对外!"苏莱莱点头道。

"嗯!头一场比试他们就败阵下来,等我伤好了,亲自上阵,跟他们比比!"林湘儿也是满面喜悦,转而朝向林尚候道,"爹爹,你说好不好?"

望见林湘儿无邪的笑容,林尚候心底的阴霾渐渐退去。她心底的创伤,正在慢慢消退,这让他甚感欣慰,于是应声道:"好,既然我宝贝女儿提议,那便等你养好伤,与他们好好比试一场。"

林湘儿笑道:"嗯,我们已经胜了一场,还剩两场,就由我和莱莱跟那边的两个人……"说着指向林峰与杨翾道,"跟他们比试。"

老付满脸不快,插嘴道:"三小姐,就算属下输了,那也是输给韩希尧,不是输给苏小姐呀!"

苏莱莱忙撇嘴,"付老头,韩希尧可是黛夕的人,他胜了你,就等于黛夕胜了你!"

"对呀!"林湘儿笑道,转向林尚候,"爹爹,你说算么?"

对于苏莱莱的狡辩,林尚候深感无奈,却甚觉有趣。于是他捋起胡须,沉声道:"老夫也觉得有道理,算作你们姐妹三人先胜一场。"

老付恨得牙痒痒,狠狠瞪住韩希尧,"韩小白脸,你还是不是男人,帮这帮女人打老子,还跟他们组一队。你要还是个爷们,就给老子过来,让她们三个婆娘得瑟!"

韩希尧颇感为难,只得尴尬笑笑,不作回应。

见韩希尧无动于衷，老付更加恼怒，"耍赖，你们这帮婆娘耍赖。说是对抗男人，还不是利用男人赢了一局，接下来的两场，又想耍赖呀！"

苏菜菜探出身子，朝老付吐吐舌头，"不用耍赖，剩下的两个，我和湘儿轻松搞定！"说罢伸手指向老付身侧的两人，嘴唇微微上翘，一脸顽皮笑容。

林峰凌厉的眼眸中，绽出如刃光芒，威赫凛凛道："苏菜菜，你竟如此狂妄！纵然湘儿功力恢复，你以为，她是为夫的对手么？纵然杨翾不通武艺，打败你这柔弱女子也不在话下！"

苏菜菜白皙娇俏的脸上，却露出狡黠笑意。她咧开小嘴，浅浅的酒窝可爱耀目，"谁说我要跟人妖比试，我的对手是你！"

"我？"林峰忍俊不禁，狂然大笑道，"苏菜菜，你还真是不自量力，以为为夫会让你？"

"既然比试，就堂堂正正，我可没打算你让我！"苏菜菜抿嘴一笑，"反正只是说比试，没有规定内容是什么，湘儿嘛，就跟杨翾比武，你嘛，就跟我比脑筋！"

"……"林峰愕然，咬着牙齿，一副怒意满脸的神色。

同他比试……林湘儿心底忽地一阵窘意，不由得朝杨翾瞥去。却见他垂低眼睑，脸寒似冰，仿佛毫无情绪，更像一座长年累积的冰川，不得融化，永远无情。他的目光，依旧如此清冷，可为何，她却感觉，一直凝住同个方向，不曾转移一般？究竟是朝向何处？她不得而知，或者只是自己多虑，只是为何，她却察觉出隐隐心痛，仿佛自己于他似的，被忽视的心痛。

齐都临淄，不仅是太昊伏羲氏兴起之地，更是五帝之一的颛顼高阳氏的故墟。周武王推翻殷商，改国号为周，封开国第一功臣姜尚于齐地，都治营丘，几经时光流徙，营丘亦改名为临淄，自春秋五霸之首小白以来，齐终位列强势之地。

姜氏自太公始，经西周、春秋时期，传位三十一代，治齐达六七百年之久，史称姜齐。大夫田和迁康公于东海，篡权自立，立都临淄。改邑为安平，改棘邑为画。历经八代君主，治齐达一百六十余年，史称田齐。

齐国冠带衣履天下的鼎盛时期，临淄曾是天下礼乐昌盛之都，齐宣王曾有"以万乘之国伐万乘之国，五旬而举之！"的豪言壮语，当时的强齐，可见一斑。然而前燕名将乐毅攻入齐地，占齐七十余城，田齐迅速由盛转衰。后秦灭六国，临淄从此风光不再。秦廷推行郡县制，始置临淄为郡。

临淄城西依淄河而建，由大小两城巧相衔接而成，依山傍水。城内建构恢弘

第十八章 猛将之争

雄伟，纵使战火纷乱，临淄仍是一派欣欣繁荣。

夜色莹然，华灯初上的临淄城内，却流传着林氏与蜀中共同伐齐的传言，人心惶惶而乱。眼见着林氏大军渐渐逼近，守城军士恍现颓败姿态。

这让调养之中的田凛几近狂暴。这暖意春日，纵然芳草萋萋，花香馥郁，却丝毫抹不去他心中的怒意。遥想齐地当年的鼎盛，如今这众多人口的临淄，却宛然被林氏玩弄于股掌之上。

蜀中竟与林贼联盟伐齐？！这消息太突如其来，并且凶狠无比，倘若属实，无疑相当于截断齐人后路。面对林氏铁骑攻来，北上有其盟友燕苏，临海更有莱夷虎视眈眈，如今唯一能够朝西退去的蜀中之地，也成为林氏的帮凶，看来林氏此举已是痛下决心，对临淄志在必得。田凛心急如焚，可为何偏偏这燃眉时刻，齐衡君却夺去他的兵权，命他在府内"安心静养"！

"公子……公子！"一声急促呼声，疾然而至。竟是张越破门而入，神色慌张，额头布满冷汗。

"何事如此惊慌？"田凛倚在软椅中，斜兜了他一眼，满脸不快神色。

"林贼已连取三郡，如今连琅琊都已城破，沦入林贼之手！"张越声音略微颤抖，望着田凛，他不知如何将这颗报告知。

"守城的兵士都是脓么？！"田凛怒目。

张越伸袖，擦去额头汗水，怯怯道："并非我方将士不才，只是林贼……林贼太强大……"他垂下头，吞吐道，"据探子回报……林贼派出二十万大军……而蜀中也有五万余众参与伐齐……他们……他们说……"

田凛目光似刃，怒吼道："他们讲什么？！"

"他们说，定要踏平临淄，令八百年齐都……寸草不生……"张越埋低头，仿佛已经预见结果般，不敢直视田凛。

"混账！"田凛恨得龇牙怒起，双拳狠狠捏紧，眉间划过怨怒深痕，"林贼太张狂！竟然如此目中无人！"转而审视张越道，"君上可有任何指令？"

张越无奈叹气，继而摇头道："君上仍旧命死守临淄，绝不开城应战。"

"眼看齐地各郡都快被林贼吞并，君上竟然还是死守不出？！"田凛咆哮道，怒意扑面而来。"这时还不让我参与军务！君上是不是老糊涂了！连基本的判断力都丧失了么？！"田凛切齿，双眼渗出清晰恨意。

"如今林贼兵分两路夹攻临淄，东路由贼帅林峰统领，大约二十余万，基本为林贼兵将；而西路却是蜀中兵马，约有五万余众……"望着田凛眼里绽出的怨恨厉芒，张越轻声道，小心翼翼。

田凛吁出一口怒气，强抑住暴怒的火焰，脑中思绪起来，转而凝住张越，"西路可是由蜀中将领统率？"

张越思索状，继而摇头道，满面疑惑神色，"属下不知。但据探子回报，西路主帅是一名女子。"

"女子？！"田凛忽地惊起，心中不可控制地疾然扯疼，难道她还活着？仿佛一则意外惊喜，但只片刻，却再度被失望淹没。纵然她有命存活，也只是林贼军师罢了。她如此娇小柔弱，又怎能作为一军统帅？况且，林峰更不会任由她奔赴前线，如此无疑令她身陷险境。林峰……一想到这狰狞名字，他心中的恨意骤然更深，他拧眉，"该女子并非林贼中人？！"

"回禀公子，探子回报说，这统帅女子既妖冶艳丽，又冷酷残忍，一路破我多个郡县。这女子手段极度凶残，屠戮众多降将。"张越眉心忽紧，一副惑然不解模样，"至于该女子是否为蜀将，探子不得而知，只说并非林贼将领。"

"是么……"田凛喃喃道，心思却转而邈远。果然不是她，妖冶艳丽，冷酷残忍，凶残嗜杀，这些词语同她简直毫不相干。他脑中忽地浮起她柔弱的模样，白皙脸颊上的粉色樱唇，甚至依偎在他怀中，微微颤抖的神态，都是如此纯净柔和。这统帅女子，又怎可能是她呢？他心中忽地一拧，想这妖女作何？她不仅屡次欺骗，更是林峰那个蛮贼的所爱，更何况，这妖女已命丧沂水！若不是这妖女，又怎会有今日的颓败？！若不是这妖女，八百年基业的临淄，又怎会面临坍塌的命运！

他狠狠咬牙，将心中那缕爱意吞回，厉声道："既是帮凶，蜀军必然军心不稳，况且仅有五万余人，此路必是林贼软肋。若先拿下此路，更能从半腰伏击林贼。"

张越疑惑道："公子此意……"

"蠢货！依本公子之意，理应剿灭西路，再做图谋！"

"但……君上已罢免公子兵权……"张越蹙眉道。

田凛唇边绽出一缕冷笑，充满阴狠意味，"君上老矣，若兵符在手，君上又如何能束缚我？"

张越恍然大悟，眼里浮起诡诈神色，"莫非公子已有全盘计谋？"

嘴角勾起一抹鄙夷笑意，田凛轻蔑地瞥过张越一眼，直起身子。这多日疗养，虽腰间仍常有阵痛，却暂时已能行动自如，他深信，这是上天给予他复仇的机会。济北一役，他几乎丧失一切，此次对战，占据天时地利，他定能将林贼扼杀至此！

他挑眉，眸底泛出狠鸷神色，"难道本公子的门人，竟连一名耄耋老者都奈何

第十八章 猛将之争

367

不得么？"

"是！属下明白！"张越会意道，露出狡诈诡笑。

"这可是君上教会本公子的，若不是被禁锢几日，我又怎能如此通彻呢？"田凛合眼，胸中塞满恨意，将齐衡君的嘱咐，全然抛之脑后。

天近黎明，朝阳跃跳而出，靛青苍空中，透出隐隐绯红。

齐衡君双手负在身后，望着透窗直入的那缕晨曦柔光，脸色平静祥和，心中却翻腾着缕缕暗涌。

刘允伫立于身后，低声沉吟道："林氏大军已经压境，现东西两侧已是声势浩然。君上的意思，依旧是闭门不出，死守不攻么？"

齐衡君轻声叹息，银白眉间堆起一抹焦虑，"军情来报说，蜀中也派出五万人参战？刘允，对此你有何看法？"

刘允蹙眉道："属下深有疑惑，蜀中向来与林氏毫无往来，甚至可以说互怀敌意，如今为何与林氏携手？难道他们之间有协议，欲图瓜分胶东？"

齐衡君怔了一下，随即不可置否的笑道："以林氏的野心，蜀中深信能从中获得利益？"他叹气，"蜀中纵然奸臣当道，当权者的政治头脑，也不至于如此稚嫩，难道不知'狡兔死走狗烹'的道理么？"

刘允微微诧异，低声问道："属下不明君上的意思……"

齐衡君昂首望住窗外，失笑道："蜀中做了林氏的帮凶，灭掉胶东之后，却依旧只是喽啰的命运，如此浅显的道理，蜀中不可能不明白。既然知晓这道理，为何还派出五万人，难道不蹊跷么？"

刘允垂头，喃喃："难道蜀中并非想分一杯羹，或者只是为林氏胁迫？"

"浩浩五万大军，能够从蜀中一路胁迫至此？"齐衡君冷笑一声，喉间却忽地痒痛，不由得重重咳嗽起来，"此事实在蹊跷，老夫疑心其中有诈……"

刘允斜歪着头，一副惑然不解的模样，"属下也曾深觉疑惑，但探子回报，西侧的蜀军统帅并非林氏中人，而是一名妖冶女子，而且此路兵士的确都是蜀中口音，应当不会有假。"

"莫非你以为该女子……"齐衡君眼中掠过惊疑。

"不错，君上，十年前，蜀王曾赐封过一名女子将军。据说该女子武力出众，堪比男子。但近年蜀中极少干预中原战事，女子将军这一传奇事件，便湮没在时光中……"刘允叹了一口气。

"他莫孤醒……"齐衡君的语气飘忽而远，忽地凝目道，"这剽悍女子，一心只忠于蜀王，竟也被林氏驯服了么。难道林氏称霸，真是大势所趋？！"

门外，却传来阵阵金器霍霍的响声。齐衡君陡然惊起，抬眼一看，竟是十几名身着黑衣，手持长剑的守卫破门闯入。他们目光中满是凶狠，面对齐衡君，竟毫无一丝敬意。

"大胆，你们是何人手下，竟然手持兵器闯入君上房内！"刘允怒斥一声。

齐衡君的脸上，泛起一缕凄迷神色。他挥起手，朝向守卫，叹气道："老夫早预计到，只是还是错算一步。凛儿，想不到你竟然如此坐捺不住，要夺兵权么？"

"既然君上早有准备，那不如将虎符交出，以免侄孙对君上不敬呀。"人群中，缓缓踱出一个颀长身影，伴随着的，是田凛阴沉无比的脸孔。

此时此刻，田凛的眼神，仿佛蕴藏着无尽狠厉，嘴角却掠过一丝笑意，转向身旁的守卫，低语，"君上年老体衰，已是力不从心，替本公子送君上到内院静养。"他转头望向窗外的曙光，笑容意味深长，"这田氏也是时候易主了。"随即厉声下令，"送君上回房！但切勿伤及君上！"

刘允狠狠瞪住田凛，满目怒色道："凛公子！你怎么敢做出如此违逆行为！此举与篡夺政权有何区别?!"

晨风习习，带来阵阵凉意。田凛回转头来，狠狠盯住刘允，眼里凝出一丝阴狠深痕。他厉声怒斥，"刘允，本公子同你的账还未算清，你竟然有胆子多管闲事?!"

刘允眼中蒙上一层薄雾，充满哀恸，"公子仍在为那妖女一事，嫉恨属下么？若属下一死，能换来公子对君上的让步，那么属下愿意赴死！"

田凛眼神忽地黯下，一把拧住刘允的衣领，重重喘着气，咬牙切齿，怒吼："你以为你的狗命很有价值？"转而唇边勾起一缕诡诈笑意，阴冷而怪异，"纵然将你千刀万剐，她也不能复生。本公子要你的命有何用？"

刘允微微诧异，失声呼道："公子，这妖女如此害你，你却万般袒护……君上是你亲人，你却狠心下手！难道你的良心，就这么安然么?!"

绯色霞光泛过田凛的脸庞，竟衍生出阵阵凄冷神色。他颓叹一声，转而脸色大变，目光灼灼，发出声声狂笑，"在本公子眼里，良心不过是软弱者为自己找的借口罢了！刘允，你以为有君上庇护，可以肆无忌惮？如今临淄之主，乃是本公子！"说罢转向守卫，"将这废物押入地牢，慢慢折磨至死！"

守卫露出凶狠神色，狠狠拖拽住刘允离去，绝无丝毫不忍。

"凛儿！"齐衡君闷声一叹，苍老的面容，折射出清晰的哀恸，"如今林氏已经兵临城下，为保田氏宗族平安，守住临淄才是上策！为何老夫的苦劝，你却始

第十八章 猛将之争

终不能会意?"

田凛脸上却溢出鄙夷神色,勾起清晰漠然,"君上老矣,侄孙奉劝你通晓事理,切莫做这无谓挣扎。"转而露出一抹阴沉笑容,"只要将西路的蜀军歼灭,便能捉住林贼软肋。君上却要闭门死守,龟缩在城内。如此怯弱作派,就不怕为田家祖宗蒙羞?"

这番言论……齐衡君不由得一怔,原本凝重的面容,却浮起深深凄然。他苦笑,声音格外低沉,"凛儿,你已被仇恨蒙蔽了心智,你以为你的举动,能拯救田氏宗族?却不过是更快奔赴灭亡。"望着窗外粲然明霞,心中却不禁涌出种种忧悒情绪,他悲叹道,目光深邃复杂,"一旦与你个人私仇有关,你便不可抑止的丧失常性。若不能将那翱儿置于死地,你从未甘心。那么老夫问你,纵然任由你将他千刀万剐,便是化解你多年宿恨,可临淄却落入林氏手中,田氏宗族沦为阶下囚,你依旧无所谓么?"

田凛摇头,转身盯住窗外明霞,发出声声怪笑。阳光衍射下,他此刻的心思,昭然若揭。他忽地收起笑声,恶声道:"侄孙爱谁恨谁,无需君上操劳!至于军政大事,侄孙亦自有安排!君上,请吧!"他转向守卫,面上的神色毫无一丝亲情,"送君上到内院长住,绝不可任其踏入前院一步!"

"凛儿,你对这权势,就如此贪恋么?!"齐衡君失声厉呼。

"若君上不贪恋,何必如此高龄,还不肯退位禅让?"田凛嘴角抽动,露出一抹阴诡笑意,随即脸色一沉,挥手道,"带君上下去!"

田凛篡权自立,将兵权全掌控在手,当日便开城应战,将大批兵力投入西路,意图剿灭相对弱势的五万"蜀军"。

然而事与愿违,城门大开之后,西路的累累人群,原本满口蜀地乡音的兵众,竟顿然改头换面,而位于前行的骑兵先阵,更是手持长枪重斧,脚踩马镫,狂然厮杀而来,凶悍无比。这意料之外的估算,五万蜀军竟会摇身一变,成为林氏兵将,而令田凛所恼怒的,却是探子的错误军情,西路岂止五万之众。这分明就是林贼的绝妙幌子,以西路弱势姿态出现,将田氏重兵引诱至此,却想不到,等待他们的,竟是望无边际的黑流。

面对如此颓势,田凛只得连连后退,闭门守城。

冷月西沉,临淄迎来了破晓前的黑暗,一场又一场的厮杀已经过去,郊野路道上空无一人,只有压抑的哭泣声不断隐隐传出,回荡在充满血腥的城中。凄凉之外,更是满含缕缕阴森。

连日的血战短暂停止。城外,处处散落车辙的残片,以及人马的残肢,在靛蓝青空映照下，蕴染出一片绚烂殷红。

田府的深处，却传来阵阵悚厉的争执声。

几日困锢，齐衡君卧依在榻上，苍老的面容生出更多皱纹，散布在眼睛周围，堆起清晰的忧悒。此时此刻，败阵的噩耗，正无情地啃噬着他存活的信心。他不停地咳嗽，望着匆忙赶来的田凛，声息微弱道："你还来做何？是否要弃城逃去？"

田凛强抑住心中的怒火，沉声问道："君上，为何你分明知道蜀军只是幌子，却不肯告诉侄孙？！"

齐衡君苦笑一声，眉头蹙起，低语："纵然告知你，又能有用么？"他转过头，盯住田凛淡淡道，"你一心认为老夫已是衰败朽木，若不是遭遇败阵，你又怎会有闲情来探望老夫？"

"若侄孙早得知蜀中只是林贼所扮，又怎么会败退？！"田凛恶声道，转而咬牙，"君上安的是何心？莫非想将胶东向林贼双手奉上？！"

"荒唐！"齐衡君怒斥道，"将临淄引向灭亡，将胶东拱手相让的人是你！老夫早命人死守，林氏久攻不下，况且更是远征，必然疲乏，一旦粮草耗尽，只得退回洛阳！而你倒好，非但不听老夫命令，更是擅自夺去兵权！你以为你这些浅薄计谋，能瞒得过对方么？"他心中阵痛，闷哼一声，"你已被仇恨烧昏头脑，如今你已全然丧失理智，试问你如何与他斗智？！"

田凛双眉一挑，怒道："他？君上所指是谁？"

齐衡君重重咳嗽，却冷笑一声，"你嫉恨了他二十多年，难道还要老夫示明？"

"果然！"田凛忽地起身，狂然癫笑道，"君上果然期望田翾这叛徒归来！不错，侄孙是嫉恨他，可他父子俩背叛田齐却是铮铮事实！君上竟想等他归来，将统领传位于他么？！"

"田凛！你疯了！"齐衡君咬紧牙，狠声怒斥，"大敌临前，你不想如何保我宗族家园，却仍在与田翾做意气之争。况且，只是你一厢情愿！事到临头，你竟然还分不清，你的死敌究竟是林氏，还是田翾？！"

田凛切齿道："林贼是豺狼虎豹，田翾却是他们的走狗！身为我田家人，非但不共同抵御外敌，竟作为对方臂膀，助纣为虐！他如何不是我死敌？！"

意外的，齐衡君豪然狂笑起来，笑声满含凄冷与苦楚，在这孤冷寥落的内院反复回荡。"此时此刻，你却口口声声当他田氏中人？"转而降低了声音，齐衡君满眼哀恸，"田氏的败落，正是毁在人心不稳，各自为政。田氏子弟彼此猜忌，

第十八章 猛将之争

偏偏个个都自以为是，非但不能理解旁人苦心，却因此反复忌恨恼怒。落到今日的地步，是老夫无能，愧对先祖！"

"胡说！田翾有何苦心，难道依附林贼，卑躬屈膝，也算是苦心?！侄孙并非三岁小儿！君上，侄孙本打算与你协商抵御林贼之事，想不到君上仍对这叛徒念念不忘！"田凛咆哮道，嘴角抽动起凶悍神色，仿佛隐隐蕴出玉石俱焚的诡诈，"纵然城破人亡，侄孙也绝不与那叛徒妥协！"

望着田凛恼怒离去的背影，以及那微微俯曲的身姿，齐衡君脑中一阵绞痛。胸腔一股闷气直冲上脑，令他猝不及防，竟将要沉沉昏厥，脑中却不可自控的反复低呼，难道也是退无可退了么？他已毫无心力阻拦一切，眼看着田凛被多年宿怨迷惑，一步步将临淄葬送，眼看着两个侄孙生死相搏，直至万劫不复，他却只能恍若病叟，瘫软在冰冷的床榻上，郁郁终了。

天宇无尽苍莽，和丽春日下，却仍隐约绽出凋敝的凉意。八百载繁华临淄，在这战火掠劫后，满目废墟颓垣。风华数世的强齐，曾经车来人往的繁盛，终于在光华流徙中，黯然落幕，只剩下累累残断的篱墙，苍凉而孤冷。

此时，田凛却意外清醒起来。望着满目凋败景色，纵然他数次几近狂乱，恨不得将林氏豺狼扒皮拆骨，可面对如此颓态，却只能依循齐衡君之前的战术，闭城死守，以临淄城多年囤积为后盾，与来犯的林氏做长期拉锯战。林氏虽来势汹汹，事实却如齐衡君所言，是长途征战，一路攻下东海，琅琊，胶东三郡，战线拉得过长，对于林氏车马来说，已是疲惫不堪。若能死守临淄，便可暂时从即墨抽调部分兵力，以求增援。届时林氏久攻不下，只能暂且退避。临淄城便可获得短暂的喘息时机，若能与林氏背后的蜀中结盟，便还能以前后合围的方式抗衡洛阳，若与蜀中合作，还可与林氏持衡数年。至于这更后，任谁也不敢多做猜想。

田凛心中悔恨不已，若开始就依齐衡君命令，死守不出，也不会陷入林贼的"西路"诡计中，白白耗费近十万兵力。但此时，悔恨无用，除了死守，已是别无他法。即使已知他的失策，一想到齐衡君对田翾的偏袒，胸中的怒火便猛然直上，以致对于逼死齐衡君，竟无丝毫悔意。

临淄的西侧郊野，正是姜齐曾经的宗庙祭祀所在，林氏主力驻军在此。几日攻城，均以失败告终。林峰心绪未免有些烦躁，在军帐中对部下连连发怒。

这日黄昏，苏莱莱与杨翾却不合时宜地拽住他，说是想去祭拜姜氏宗庙。他心绪烦闷，却终拗不过他们，只得一同前往。

三人只带上少量护卫，沿着连绵营帐，顺荒草缓缓踏行。傍晚时分，昏晕的暖阳衍出金色光芒，一片荒芜在阳光下无限扩展。四周由树林所围，树影婆娑，迎着柔风沙沙作响。地上散落着残垣断瓦，已不知经历多少次雨水冲刷，残片上布满层层青苔，静默在草中，安然数年。分明是满目郁郁葱葱，却只有林木树草，野蒿遍生，一派凋敝之景。

已是多年没有人祭拜，苏菜菜吁出一口气。人类对于神灵的信念，本是如此执著，却终敌不过时间飞逝，祭台神宇多为世人遗忘，只有人的本性却如此辗转反侧，生生不息。

自姜太公受封齐主，姜齐统治胶东已近七百载，曾经巍然一世的姜氏先祖，却只能湮没在这片荒芜之中？人至人去，往来流徙，临淄已易主多年，太公曾经的封神台也只剩下散落残片。曾经繁盛的姜氏一族，又怎会料到今日的凄凉结局，究竟是人性愚昧，还是命运嘲弄？

她轻闭秀目，柔风徐起，吹拂她的秀发，轻拂着三人衣衫沙沙作响。此时心境也随风远行，凄迷也好，茫然也罢，她为这无奈历史所震撼。千古基业，万世膜拜，却仍抵不过命运摧毁，这自然之力可将万物尽埋，即使功绩如何显著，却也只能由这风雨淡化，在这历史卷轴内徐然退去。

正凝神失神中，耳边却传来一声冰冷语调，"太公封神，成为齐地之主，却想不到姜氏一族，落得个宗庙破败的地步。"

转眼望去，正是杨翾冷然低语，苍白的脸孔，毫无一丝暖意。晚风轻拂起他的白色衣袍，衬得他整个人，更像一座冰雕般，轮廓如此完美，却不带表情，木然而决绝。

林峰厉眉微挑，只是淡淡慨叹一声，转而笑道，笑声豪迈不羁，"姜氏落得今日的破败，还不是拜田氏所赐。田氏一族诡诈篡权，窃笑了数百年，也终到没落时日。世间本就如此，胜者流芳千古，败者没入尘土罢了。"

仿佛触及杨翾心中痛楚，他轻咬住嘴唇，不做回答，苍白的脸上，竟泛起不自在的尴尬神色。只是短短刹那，苏菜菜却无意察觉。她探出小手，轻轻拍了拍林峰的背脊，故作高声笑道："是啦是啦，你马上就要取代田氏，开始得意忘形了是吧。小心过几天，再冒出个张氏刘氏，把你这个野蛮人给取代了！"

"一派胡言！"林峰怒斥，浓厚的眉狠狠勾起，"你既为我军军师，又是我妻子，竟说出这等颓败泄气的话来！"

苏菜菜撇嘴，一副委屈神色，"我只是按你说的推论而已嘛！难道句句话都要遂你心愿呀？"

林峰狠瞪她一眼，"苏菜菜，你究竟是带我出来散心，还是有意气我？"

第十八章 猛将之争

苏莱莱绕到他身前,轻轻勾住他的大手,低声咕哝道:"我说了你不爱听的话,你不高兴了就骂我,那要是你说了旁人不爱听的话呢,难道——"

"你为人妻子,不知体恤夫君心绪,言语伤人,我自然应当管教你!"不等她说完,林峰便是一声厉喝道。

"那对朋友呢?要是你不体恤他的心绪,言语伤害他,是不是有错呢?"她扬起小脸,认真而严肃的神情。

林峰恍然觉出她话中的含义,却仍放不下姿态,一副倨傲神色道:"你凭何约束为夫?"

苏莱莱鼓腮,愤愤道:"就准许你管教我,我提点建议也不行?!"

"丈夫管教妻子本就天经地义,反之就是有违常理。"林峰双目锐利,满眼肃色。

"臭野蛮人!那套专制臭屁又来了!"她捏紧小手,本想跺脚怒斥,却忍住心中怒气,正色道,"你只想去管制旁人,却不懂得尊重,这样怎能获得别人的顺从?"

林峰狂然大笑,"不顺从者,自然是杀!难道身为强者,竟还要恳求弱者?"

苏莱莱叹一口气,摇头道:"不是恳求,是尊重!"她微垂眼睑,长长的睫毛随着眨动,"没错,野蛮人你是很强,可是再强大的武力,也征服不了人心呀。"她昂首望住他,柔声低语。

她眼中满是潋滟,清晰烁动着诚挚和恳切,清澈见底。风拂动起她的发丝,她白瓷般的小脸上泛起柔润光泽。为何她的话,竟一语中的?再强大的武力,也征服不了人心……多年以来,他总是习惯以强横获得顺从,甚至对她,也是一再的强力。只是在与她的争斗中,一次次退败,让他洞彻了太多曾经不曾知晓的道理。

林峰嘴角勾起一缕飒然笑意,目光凌厉。他伸出大手将她揽入怀中,心中充满悯惜的缱绻。他转向身侧的杨翱,略带歉然道:"我早已将你视作亲弟,难免言语无所避忌,若有不自在,你定要讲明。"

杨翱微微一怔,心中恍恍愕然,却极快掩盖去,冰冷的眸子却浓如神墨,唇角微微扬起,"对我自然无须避忌,只是倘若他日你成为君主,必然要懂得如何笼络人心。强压或利诱只是下等权术,让臣子甘心为你卖命,才是最明智的君王。"

两人相视而笑,彼此的目光中,充满于对方的信任。多年相持相交,战场上的互辅,生活中的互补,两人之间,早已超出友情,更多的却是亲情,仿佛手足般的依赖。纵然林峰时常以高态自居,对杨翾呼喝怒斥,却无疑将他视作亲人般信赖。纵然杨翾心中时常鄙夷林峰,认为他有勇无谋,却仍是甘心为他殚精竭虑。

"你们两个,呆啦?!"苏菜菜惊呼一声,遂将两人的思绪打断。两人齐望向她。

"你你你!"苏菜菜扁嘴,指向林峰道,"你这个野蛮人,成天臭屁得不得了,动不动就对他呼来喝去。他可是你最好的朋友,不是你的家仆,你为什么不能态度亲和点呢?"

林峰冷哼一声,狠狠瞪她一眼,遂转首避开杨翾。

"还有你——"苏菜菜饶到杨翾身前,昂起小脸,"瞪我干吗,对,就是这副表情,要死不活的。你说说,就你这张僵尸脸,去演生化危机,都不用化妆的!"她娇俏笑道,唇边的小酒窝微微起伏,"你心里如果高兴就笑出来,如果伤心你就哭,要是生气,那就怒!上天既然给人类那么多表情,就是让我们可以表达自己的心情呀!你呢,高兴也不笑,伤心也不哭,每天都板着这张脸,给你这么多表情,全部都浪费了!不知道的人,还以为你面瘫呢!"

杨翾闷叹一声,微微张开嘴,却立刻合上,仍旧一副冷漠似冰的表情。

"说这么多,什么用都没有,你们还是这个样子!"苏菜菜摊手,却忽地惊呼起来,仿佛发现奇珍异宝般惊讶,"呀!那边那条河!好像披着红缎子一样!太美啦!"说着她埋下头,甩开脚步,直朝不远处奔去。

两人无奈一笑,心中却同时涌起甜蜜的爱意,迈开步伐,踏着遍地野蒿,追着她而去。

淄河千古流长,延绵不绝,滋润着古齐大地,也孕育出临淄文明。此时正逢春末夏初,涓涓淄河,缓缓流淌,落日的斜阳铺射而下,洒下一片红彩。

耳边传来潺潺溪流的水声,夹道两侧,竟有朵朵繁花落下,金光焕闪的淄河在三人眼前蜿蜒而下,闪射出一抹红缎般的光泽。河面上散落花屑,霎时间芳香馥郁,混入丝丝清淡的河水香味,在暮色微垂下,恍若天际。

林峰侧首,一副威赫利落神色,"临淄因淄河得名,千百年来得淄河灌溉,才有八百年的欣荣昌盛。"

杨翾叹一口气,清俊的眼眸却毫无情绪,"齐国故城紧邻淄水,随河而弯。自古便有堤防,齐景公尝欲堕东门之堤,晏婴谏以'古者不为,殆有为也',此种抵御措施,使敌军急切不能偷渡,若强行过河,也难以靠近城墙。所以自古以来,临淄城便是易守难攻。"

第十八章 猛将之争

望及两人的慨叹，苏菜菜若有所思道："古代没有空军，不能空中轰炸，高墙自然成为最好的屏障。而且临淄城内粮草富足，他们有足够时间与我军拉锯，而我军后勤路途遥远，长此以往，胜利的几率就会越来越小。"她挽手扶住岸边的老树，喃喃自语，"'断岸潆洄碎石津，波光遥映月生春。于今偶见垂钓叟，回忆当年钓渭人。'这作者缅怀的就是齐国始祖太公，不过你们这些古人又怎么会想到，千年后的淄河，却一度干涸呢……"

她的柔声低语，却猛然引出杨翾脑中的思绪，他语调有些惊诧道："淄河为何会干涸？"

苏菜菜嘴唇微翘，轻描淡写道："因为在淄河旁边修了水库呀。"她叹气一声，"现代人对效率的追求从未止步，修葺水库虽然利在当代，却对自然生态造成巨大破坏，导致淄河部分河段干涸，河底布满河沙。而且两岸企业排出大量废水，直接污染了淄河，河中的鱼虾蟹都死光了，淄河面目前非，几乎全部干涸。"

林峰蹙眉，满面疑惑道："如此污浊的河水，怎能饮用？你那时代的人，该从何处取水？"

"笨野蛮人，淄河水那么脏，当然没人喝了呀。况且我们那时代的水源，大多受过污染，所以我们的饮用水，都是经过机器过滤，要消毒杀菌之后才能喝。如果直接喝，肯定会坏肚子的！"她抿嘴笑道，露出几颗洁白的牙齿。

杨翾忽地发出一声低呼，冰冷的脸上，却绽出一缕邪魅的笑意，"我已想到计策，几日之内必攻下临淄。"

林峰瞥过他一眼，满目肃色道："你有何妙计？"

朝涓涓淄河凝去，杨翾勾手抱怀，目光冷峻而利落，"正是副军师的话，引我想到攻城良计。"他转向林峰，眼底掠过一抹阴冷，"淄河正是临淄的命脉，也是齐人饮水的源头，若是在淄河投毒，齐人必将束手就擒。"他眼中充满森冷，残忍而无情，"临淄城内虽贮备粮食，饮水却仍要由淄河汲取，只需命我军避开取用淄河水，在水中投下剧毒，届时田氏纵然有高墙为盾，寥寥众人却终抵不住我军强攻，将临淄城完整奉上。"

"投毒？"林峰眼里满是凛冽，却滤过一抹疑虑，"此计自然可行，但临淄城中饮用淄水者，并非只是田氏兵将，必然大批平民夹杂其中。若投毒于淄河，难免伤及无辜百姓。"

"是呀！"苏菜菜高声接道，微翘着小嘴，挂着明显的不满，"那些百姓很无辜呀，他们又不是咱们的敌人！就算是田氏兵将，把他们全部毒死，那也未免太残忍了呀！"她鄙夷地瞪住杨翾，低声道，"你这个死人妖，长那么斯文秀气，心肠太狠啦!"

杨翾清冷的眸底,淌过一丝凄冷神色,仿佛无奈,他冷哼一声,"攻城掠地难免伤及无辜。若凡事都有顾忌,何以成就大事?!"转而走向林峰,朝他斜兜去一眼,"成大事者,应当机立断。这计策究竟采用与否,你自己掂量。"

"不要不要!"苏莱莱娇嗔道,伸出小手紧紧勾住林峰的手掌,眼中一湾清水,"野蛮人,如果要成就大事,非要踏着百姓的尸骨,那不就和你们起兵的意义违背了吗?你们不是想给这些普通人,开创一个幸福的盛世吗?既然是要救他们,为什么还要杀他们?"

杨翾眼底蓦地掠过刺目厉芒,阴鸷而决绝,声音低浑冷漠道:"副军师终究只是柔弱女子而已,果然如此妇人之仁。"

"是你太残忍嗜杀!"苏莱莱转向杨翾,愤愤道,"野蛮人命你统领西路,可一路攻来,你杀了多少降将?!甚至好多真心投诚的守将,你也一概屠杀。难道人命在你们眼里,真的这么没有价值吗?"

杨翾冷冷哼出一声,清俊的眼底结冰似的无情,"这是战争,难道杀人还需要理由?"他心中分明泛起一丝痛楚,可为何,望着她对自己咬牙愤怒的模样,却反而衍生出撕碎的愉悦。

"你没听过'仁者无敌'这句吗?"苏莱莱狠狠盯住他,清澈的眼底,却涌动着希冀神色,"你那么聪明,为什么不能明白这个道理?就连这个脑残都明白的道理,你却想不明白?"她暗笑,小手指向林峰。

"大胆苏莱莱,又敢辱骂为夫!"林峰横眉,怒不可遏的姿态。

她只是轻轻依偎在他臂弯中,低笑不语,眼中却满满盈溢着对他的全然信赖。

林峰侧首,目光投向杨翾,神态威赫,厉声道:"秦廷当年是何等强势,却因缺了这个'仁'字,短短数载便崩塌倒地。你一向睿智善谋,孟子应对梁惠王的名言,没理由不知晓。"

杨翾心中略微一震,心中仿佛漾起莫名愁绪,不知究竟是不安,还是欣喜。苏莱莱到来的半年多来,纵然林峰依旧时常冲动暴怒,却已渐渐懂得退让,不再一味以强势压人。多年来,他一直尽力辅佐林峰,但只是暂且的束缚,始终不能左右林峰的心绪。苏莱莱这娇柔女子,却能让林峰随她改变。他胸中涌起一股闷痛,转而垂低眼睑,冷冰冰的语调,"既然你要做个仁者,那便随你意,继续拉锯。"

苏莱莱望住杨翾,扬高声音,露出俏皮笑容道:"又变丧尸脸了!"继而望向林峰,"其实我也赞同杨翾的计策,但是下毒太狠,我可以配制一种药粉,吃了

第十八章 猛将之争

让人上吐下泻，不会太伤身体，但至少几天都没气力，城里的那些兵士喝了下药的水，自然没有力气跟我们打，那我们当然就能攻下城了呀！"

林峰垂头，凝住她，目光灼灼，充满怜恤之情，"不错，你提议的正是两全之策。"

得到他的赞许，苏莱莱心中满是甜蜜的欣喜，白皙的小脸上，泛起微润的红光。她轻咬住下唇，柔柔依偎在他怀中，一副羞赧神色。落日的红霞洒在两人身上，泛浮起浓郁的缱绻。两人炽情的目光，却勾出旁观者心底那抹无尽凄冷。

杨翾忽觉胸中窒闷，仿佛哮喘又隐隐袭来。他们两人是如此合拍般配，天意已定下此局，又岂是旁人所能分隔。更何况，他是个后来者！

三日之期，淄河泛出隐隐黯淡。临淄城依旧高墙深锁，城外却响起漫天震声。高耸的临淄城墙，纵然竖起展展旌旗，却抵不住城下的猛攻。列列骑兵，高扬着长矛利刺，叩塌出震天撼地的巨响，毫无畏惧的朝着城门猛扑而上。隆隆轰响声掀起半片殷红天空，冲锋的队伍分散成快快方阵，嘶吼着汹涌而来。

高墙上抛出滚滚巨石，漫天的箭雨落下，在人群中溅出阵阵猩红。不少攻城将士中箭倒下，却仍强忍着痛楚昂身立起，以身体为盾，替身后的同伴挡住铺天箭矢。骑兵对阵后的步兵们，纷纷单手擎刃，沿着城墙疾速攀爬，不住附蚁直上。

骑兵们涌至城前，扬着手中利刃巨斧，朝着厚重的临淄城门猛劈狠砍，木屑飞溅，城内响起哭号奔走声，撕心裂肺，响彻天际。

城墙上的田氏守众渐渐不济，几日的痛楚摧残，身子已是毫无力气，一旦被城下飞涌而来的箭矢刺中，只得颓然坠下城墙，化为肉泥。纵目四望，鲜红的颜色，溅满临淄城墙，却也晕红无尽天宇。

轰然倒塌声扬起，城门垮塌开启的刹那，涌出殷红色泽。田氏军将嘶声力竭的喑呜声骤然退去。浑浑厌恶中，林氏大军踏着遍地残肢碎尸，卷着飞扬的尘砂，如天下之主般，豪然踏入久违的临淄。

第十九章 齐都末路

临淄城破,城内交织起尖锐的惊呼声。守城的将士们顿时乱作一团,争相而逃。战鼓声息止,高墙之上,却耀起猎猎火光,晕得天际只剩一片血红。墙头上伏尸处处,鲜血融入焦土,惨烈至极。

仿佛倾诉这末世的降临,声声惨嚎声传入田氏府邸。冷而幻灭,反复刺痛着田凛的心绪。

见城被林氏攻破,田氏族人纷纷收拾细软,携着家小四散逃离,而府中仆役,也慌忙着奔走离去。火光冲天,杀喊声与哭号声交织往复,恍若天塌般的混乱。

竟已是末路来临?!田凛心中疼痛难忍。多日的惶惶不安,却始终落得城破的命运,屋外箭雨纷至,而他却已是退无可退,难道一切都是天注定?天意要他一败再败,如今国破家败,腰间的痛楚又沉沉袭来,八百年繁盛的过往,如今竟就断送在自己手上?!纵然死去,他又有何面目去见田氏先祖,甚至被他逼死的齐衡君。他脑中一片慌茫,回想过去的前簇后拥,又怎会料到此刻,他身边竟空无一人!

田凛似乎已经隐隐听到,林氏铁骑踏入殿宇的声音,簇簇火把猛然涌现,喊杀声连天而来。他脑中竟浮现幼年的种种,那时兴盛的临淄城,车来人往,玉壶光转间流连不绝,可叹繁华终究似梦。面对如今满目的疮痍颓败,他闭上双目,心中漾起无言绝望,仿佛将他全然撕碎般,血肉骨骼一并模糊,无力而悚然。此时此刻,除了与临淄共亡,他已别无选择。

拖着阵痛的身躯，田凛点燃了支支火把，沿着通往内院的小径，一路扔向四处。连阙的楼宇，不住冒出火光浓烟，遮天蔽日。四处哭声震天，他已无心过问，他已全然丧失抵抗的心，缓缓朝着齐衡君谢世的内院踱去。

火光掩映下，恢弘的田府变得地狱般惨烈。田凛倒吸一口凉气，耳畔忽地传来一声骏马的呼啸声。

那匹神驹！他蓦然惊醒，这传闻中，只有得天下者才能驾驭的神驹，他始终无法征服的烈马，为何竟会在这穷途末路的时刻，传来凄厉嘶鸣？

他忍住腰间剧痛，朝拴着那匹神驹的内院奔去。

田凛狠狠望住那匹烈马，对方眼中竟绽出凶狠煞意，仿佛急于离去般。通体的鲜红宛若血色般艳丽，这劣性神驹，纵然千般优异，却始终不属于自己。即使将它禁锢在府中数月，却仍无法将其驯服。

传闻若能得此马为坐骑，即可谋得天下，难道真是天命不可违？纵然田氏兵强势大，却仍旧落得个城破人亡的下场？！田凛心中涌起一阵猛烈郁气。你这劣马，既然今生你不为我所得，那就带你共赴黄泉！他咬紧牙齿，掏出腰间的匕首，朝着骏马的颈项，猛力刺下！

"呜——"骏马高昂起首，发出声声惨烈无比的嘶鸣。飘逸的红鬃上，挥洒出点点血痕。

"哈哈哈哈——"田凛不断癫笑，笑声凄厉而无奈，蔓入火光浓烟中，越发飘远。

"田凛。"顷刻间，一个清冷的声音，悠远而来。

这声音，如此熟悉，却又犹如芒刺般刺痛田凛的神经。这生死之仇，为何竟在他终了那一刻，兀然来临？！浓烟中，那个缓缓踱出的身影，颀长瘦削，一袭白衫，发丝随风轻摇，犹如地狱归来的幽灵般，阴冷而邪魅。

田凛咬牙切齿，紧握住手中匕首，狠狠转首，不可抑制地怒吼，"田翾！你怎会来此？！"

杨翾嘴角勾起一丝笑意，冷漠而鄙夷，"临淄已破，莫非你认为我不敢踏入此地？"

"哼——"田凛亦回以冷笑，"你还有脸归来么？身为田氏子孙，竟帮林贼攻破临淄。你有何面目见田氏先祖？！"

杨翾微垂眼睑，冷冷朝他瞥去一眼，淡淡道："怎么，你还当我是田氏子孙？"

"难道不是么？！纵使你跟你那叛徒父亲改名换姓，却改不了事实！你身上流的是田家人的血，君上是你叔公，你却领着豺狼林贼攻伐临淄！你这欺师灭祖的叛徒，如今田府遭毁，也是你一手造成！"田凛厉声呵斥道。

"将所有过错推到我身上，就能让你好过些，下到阴间乜可向先祖交代？"杨翾冷哼道，清俊的眼眸中，充满不屑与轻蔑。他朝那骏马瞥去一眼，声音忽转阴沉，"你死前仍要作恶么？"

田凛恶声怒吼，"你何时变得悲天悯人了？！谁人不知，你的狠毒，绝不在我之下！"他转向骏马，眼里渗出隐隐鲜红，"我早已知结局，纵然尸骨无存，也不向你摇尾乞怜！这马便是传闻中的神驹，你或是你的主子都休想得到！"他忽地癫狂起来，发出飒然狂笑，"驾驭此马者便可得天下——既然我得不到，就算玉石俱焚，也绝不让给你！"他好似丧失了心智般，挥着匕首朝着骏马再刺而下。

鲜血飞溅，那马猛然乱挣，剧烈的疼痛迫出全身的狠力，骏马不住嘶嚎，勾起马蹄朝着他狠狠踢去。田凛忙斜身躲避，腰间的疼痛却忽转而来，犹若拆骨抽筋一般，他竟痛得无力转身，被骏马狠力踢中，登时五脏六腑碎裂般绞痛，直喷出一口鲜血。

田凛踉跄直退，颓摔在地，眼眸中的恨意却依旧浓厚，直直瞪住杨翾，恍然不甘心般。

杨翾毫无一丝怜悯，唇边只是冰霜似寒意。他俯下身子，伸手勾起田凛散乱的发丝，苍白俊美的脸孔上，隐隐渗出残忍的凶色。"怎么，很无力么？求生不得求死不能的滋味，头一次尝吧。"

田凛咬紧牙齿，嘴唇里不住涌出殷红血液。他嘴里喃喃低语，不住咒骂，却因被骏马伤及肺腑，言语含混不清。

杨翾压低嗓音，清冷的面孔淡淡神色，"这滋味，我十年前就已尝过，一切还是拜你所赐。"他冷哼一声，脸色忽转，犹若修罗般凶煞，"你想过这般结局？耗费十年，我等的只是今日！"他重重喘息一声，伸手夺过田凛手中的匕首，沿着胸骨，一刀刀狠狠扎下。

鲜血喷溅满目，染红了田凛身上的华服，触目惊心。他喊不出话，只能悲咽着哀嚎出声，眼里的痛楚和憎恨融为一体，不绝不休。

耳边却忽地传来轻盈的脚步声。杨翾垂头望去，竟发现田凛眼眸中的恨意退去，取代的，是一抹哀恸而黯然的错落，恍惚隐隐湿润般。杨翾心中一股不安情绪涌起。他拧眉，猛然回首，却撞上一张纯净无邪的面孔，略微苍白，娇柔而温暖。

第十九章　齐都末路

苏莱莱……他愕然，难怪田凛的目光会突然变得柔和！但只片刻失措，他嘴

角勾起一缕阴笑,迅速侧转身子,将匕首塞回田凛身下。冰冷的眼眸中,却透出几缕淡淡哀色,似乎遭遇痛楚般。

"田……田凛……"苏莱莱微微诧异,见着满身鲜血、奄奄一息的他,纵然心中对他百般厌恶,却仍不由得泛起一丝不忍,"你……怎么会这样……"她轻轻走到他面前,蹙眉道。

她脸上泛出的关切神色,撩乱了杨翾的心绪。杨翾捂住胸口,急促喘息起来,脸上泛开的点点血迹,显得狰狞却无助。

果然,苏莱莱转向杨翾。望着他一脸痛苦神情,苏莱莱轻轻挽住他道:"人妖,你没事吧,难道哮喘又犯了?!"她急切问道,勾起他的大手,在他鱼际穴缓缓揉下,白皙的俏脸上,满是焦灼神色。"你说要来这里找齐衡君,为什么不带上我一起呀?这里烟雾这么重,你的哮喘会容易犯的。我在你身边,就算犯了也不用怕呀!"她娇声道,粉色的嘴唇微微上翘,浓浓火光映照下,恍若月光般温暖。

杨翾有些失神,眸间的余光却游向地上的田凛。见他眼中充满无奈的凄凉,以及深深的哀恸,杨翾心中竟泛起一阵愉悦,恍若胜者般得意。他摩挲着苏莱莱的小手。她却浑然不知,只是垂头轻轻替他按揉。

望着杨翾眼中浓重的痴色,田凛心中的恨意,却反而缓缓消退下去,意识恍然淡去,心中却泛起欣然。自己终究是一败涂地,不论战场,或是情场。但令他憎恨的田翾,纵然此刻如何摆出一副胜者姿态,却仍掩盖不住他同样是个败者的事实。既然你想在她面前做个好人,那便成全你吧!并非对你抱愧,只是,你越是自以为成功,就会败得越惨!我的今日,便是你明日的下场。他合上双目,下意识地握紧匕首,呼吸缓缓止去。

"田凛突然袭击我,我失手……杀了他。"杨翾垂头,急促喘息着,冰冷的眸子中淌出淡淡凄然。

苏莱莱朝田凛望去,长长叹息一声,秀眸涌动着清澈。"他本性其实并不是很坏,只是走了歪道,陷入嫉妒的轮回。现在死去,可能是最好的解脱……"她眼里掠过一丝黯然,"虽然他作恶多端,但却尽力保护过我,我却欺骗过他,哎……"

杨翾嘴边却掠过一缕笑意,不仅森冷,更是充满邪意,"天理昭彰,报应不爽,副军师又何须自责。"

苏莱莱转过小脸,愣愣望住杨翾。望着他那张俊逸精致的脸孔,为何自己却总是看不透他?他究竟在绸缪着些什么?难道与她,或者与林峰有关?又或者,只是自己多疑呢？

一丝裂空嘶鸣，夹杂着风声，骤然在身后响起。浑浑浓烟掩映中，一匹通体殷赤的骏马正长嘶乱踢，充满狂躁暴怒的神色。

转首望去，这马头细颈高，四肢修长，鬃毛俊逸，虽然身上伤痕累累，姿态却极其高傲。苏莱莱轻蹙眉头，脑中似乎正有思绪，忽地起身惊呼道："啊！这马……"

杨翾随即立身，依旧淡然语调，"此马正是传闻中的神驹，本是大宛国赠与秦廷的贡礼，却为墨者劫去。传言此马肋如插翅，却性情桀骜狂躁，非常人所能驾驭。于是便传出'驾驭此马者便可夺取天下'的荒谬说法，田凛一直将此马深锁内院，大概也是因为自己无法驾驭，却又不愿它落入旁人之手。"

苏莱莱笑了笑，语气中透出丝丝欣喜，"这马叫汗血宝马，因为肩上出汗时殷红如血，所以得来这个名字。这马步伐轻盈，难以捕捉，却真能日行千里，是难得的良驹。在我那时代，汗血宝马几乎已经绝迹了，想不到穿越回来一趟，竟然还有幸见到这稀奇玩意儿！"她脸上洋溢着兴奋的笑容，不由自主的朝着骏马走去。

"等等！"杨翾惊呼一声，清俊的眼眸中透出焦虑，"这马被田凛刺伤，此时定然狂躁大怒。你贸然过去，极易被它所伤！"

苏莱莱目光中恍然不解，却转而抿嘴一笑道："我的袋子里正好有止血的草药。你看它，好像很痛苦的样子，它一定不是在发怒，而是叫我过去帮它呢！"

"不可，刚才正是这马狠踢田凛，将他脏腑踢伤。足以见这马极其凶悍狂暴，你一介柔弱女子，还是暂且不要靠近。"杨翾冷冷瞥过她一眼。

"那……那等野蛮人来吧，可是它，好像在求我帮它……"苏莱莱轻蹙秀眉，转眼望向骏马，神态虽然倨傲，目光中却清晰涌动着莫名神色，仿佛哀求，又似凄然。

杨翾转向她，低声道："将那草药给我。"

苏莱莱微噘起小嘴，愣然出声，"你不是说它凶悍狂暴吗？你去……会不会也有危险？要不我去叫野蛮人来吧……"

一抹冷厉神色迅然掠过，杨翾脸寒似冰，"给我草药！"

苏莱莱心中猛然一怔，似乎惊恐一般。她竟呆呆地从袋中摸出草药，递给杨翾，"那你小心呀……"

接过草药，杨翾嘴边泛开一丝笑意，冰冷却柔和，"你不是要我替你找匹好马

第十九章　齐都末路

么?这匹如何?"

苏莱莱大感诧异,撇嘴拧眉道:"我叫你替我找匹好马?什么时候的事,我怎么不记得了呀?"

"是么?"杨翾苍白的脸上,泛起一缕淡淡失落。他仰首吐了一口气,依旧清冷的语调,"那就当我自作主张。"他转身,不再言语,只是直朝那马走去。

我曾经求他替我找匹好马?苏莱莱反复思索。为何她自己却全然忘却?究竟是何时?她长睫微垂,努力捕捉记忆中的蛛丝马迹。

杨翾走到骏马身侧,朝它投去一缕冷漠笑容,却泛浮起淡淡苦楚,无奈而悲哀。那马似乎能窥视他内心,仿佛体恤他心中阵痛,竟不再嘶鸣,转而低垂马首,轻轻甩动马鬃,一副柔和姿态。他伸手轻轻抚过马背,摊开草药,小心翼翼的为它敷上,冰冷的眸子中,涌动着无尽哀伤。

身后传来苏莱莱清脆的呼声,"哦!我想起来了,是在荥阳。我那次跟野蛮人吵架,我想逃走,却骑不上他的'疾夜',所以我开玩笑的叫你帮我找马!想不到你还记得……"她讪讪笑笑,一脸的歉然神色。

杨翾嘴角微微扯动,却欲言又止,只是冷冷垂首,眼眸中毫无情绪。他望向骏马,见那马眼中的凶色渐渐退去,于是勾手拉住缰绳,忽地斜身跃起,直直跨上马背。那马略微一震,猛一阵狂癫。杨翾眉心紧拧,挽手勾住马缰,双腿夹紧马腹,一双眼眸寒芒直射。

那马似乎感激他的救治,竟放慢了马蹄,轻轻摇摆着头,眼中流露出清晰的亲切。

"副军师,你过来。"杨翾转首,冷肃的脸孔,却目光灼灼。

苏莱莱蓦然惊起,忙摆手道:"不用了不用了,我不敢骑这马……"

"不必惊恐,这马并非想象中的狂躁,刚才只是被田凛所伤。"杨翾挑眉,淡淡道,"你定能驾驭此马。"

"我……"苏莱莱微咬下唇,心中踌躇不定。但望见那马狂气退去,任由杨翾骑驾的温顺模样,她心中的骇然也散了几分。她从未见过汗血宝马,更别提骑上去了,如今这驾乘良驹的机会就摆在眼前,让她不由得心动,遂壮起胆子,朝骏马走去。

杨翾伸出大手,挽住苏莱莱,将她勾上马来。那马却出乎意料地狂躁跃起,似乎并不认同她一般,不住猛踢后腿,有如着魔般癫狂。

"它……它……不喜欢我,要甩我下去呀!"苏莱莱骇然惊呼。

杨翾却低低浅笑,目光清冷无光,望着苏莱莱吓得惨白的小脸,心中却涌起淡淡激动。他解开拴缚着骏马的绳索，策起缰绳。那马忽地化作一支利箭般，狂奔出城。

耳边满是风驰电掣声，那马不住地狂奔，伴随着桀骜的猛癫，似乎要将身上的她狠狠甩下。苏莱莱吓得紧闭双眼，蜷缩着身体不敢睁眼。

怀中人不住地娇躯微颤，杨翾心中却漾起甜蜜涌动。他将苏莱莱箍入臂膀，紧紧贴服住她的身躯。已是许久不曾触碰她，为何此时此刻，他胸中那股无法压抑的冲动，不住地疯长？他沉声低吟："别怕，抱紧马颈，双腿夹住马腹，尽力别让它甩下你。"

苏莱莱颤抖不已，慌忙中伸出手臂，环抱住马颈，咬紧牙齿，紧闭着眼，双腿勾紧马腹，宛若抓住救命稻草般。骏马不住鼓噪，翻腾呼啸着狂奔向前，却始终无法将她甩下。那马仿佛也知无法摆脱般，只得长啸一声，遂放慢脚步，缓缓朝前踱去。

杨翾淡淡道："副军师，它已被你驯服了。"

蓦然睁眼，竟是一片翠绿旷野，却因战乱洗劫，泛出微微焦黄。光晕斑斓下，天际斜阳映出满目荒芜，影影绰绰的，只是满地散落的残片。

苏莱莱大舒一口气，满脸惊喜，"我成功了！我能驾驭这匹汗血宝马了！"她回转小脸，掩饰不住的悦色，"人妖！我竟然把这么凶悍的马驯服了！谢谢你！"

回首间，身后的杨翾却浓眉紧拧，急促喘息，苍白的脸上，渗出浅浅的痛苦神色。

"人妖，你怎么了？是不是哮喘又犯了？"她焦急问道，这才意识到，之前在身后稳稳护住她的杨翾，强忍着窒闷的哮喘，助她驯服了这骏马。

她白瓷般娇俏的脸颊，不住吸引出杨翾心底的爱意，她清澈的双目，将他的心绪彻底缭乱。顷刻间，他竟难以自制，将理智与冷静全然忘却。他伸手揽住她柔软的腰肢，脸上泛起一缕淡漠笑意。

他的举动如此明显！苏莱莱骤然惊起，小脸泛起红霞，如触电似的想要挣扎开，却反而被他狠狠箍住，与他紧贴。他的双手冰凉无比，身躯却温暖火热。她慌忙着颤抖，却惊觉他竟然更靠近来。他垂头抵住她，下巴轻蹭着她的小脸，嘴里喘息着低柔而浑浊的声音。

苏莱莱尴尬不已，他怎会有如此越界的行径？但此刻不容她多想，她咬住嘴唇，用尽全身力气狠狠推他，却毫无作用。他的臂膀怎会这么有力？她挣扎不开，焦躁不堪的心里拂过一缕羞赧。她哑然失声，喉中似乎被堵塞住一般。

杨翾俯低身子，一手仍紧揽住她的腰肢，另一手却微微扬起，手指在她脸颊

第十九章 齐都末路

上轻柔抚下。她的肌肤如凝脂般滑腻,他竟贪恋起这瞬时的触感,不肯抽回手去。

他轻薄的举止,令她骤然难堪。她不知所措,只得探出小拳,朝身下的骏马拍下。那马果然惊蛰而起,摇摆起身子。杨翾忙拉紧缰绳,苏莱莱却放开双手,不再抱住马颈,斜身不稳,从马上翻摔下来。

猝然坠下地,臀部一阵剧疼,"呃……好疼……"她伸手揉揉臀部,垂头蹙眉。

一抹焦灼神色闪过,杨翾慌忙翻身下马,大步迈到她身前。厉眉紧拧,眼眸中充满急促神色,他勾手,想要抱她,"你……可有受伤?"

苏莱莱眼中却满是惊恐神色,双手紧抱住后退,仿佛面对恶魔似的悚惧。

她无意识的排斥,却将杨翾心中的郁气激起。这压抑许久的爱意,难以忍耐的冲动,终于在这一刻全然绽裂。

他眼中掠过浓重痴色,失魂而落魄。转而闪过一抹阴沉,他骤然扑身上前,将她勾入怀中,凝住她涨红的小脸,眼中充满敌意的愕然。他心底却涌起无所畏惧的冲动,不等她惊呼出声,他已缠上了她的唇。

苏莱莱双目怒睁,心中难堪至极,却被他紧抱在怀中,无法抵抗。他狠狠含住她的唇瓣,不住汲取着她的甜美。任她如何挣扎抵抗,他只是不断深吻,似乎要将这长久压抑的心绪,全然释放般,激烈而缠绵。

心中的羞愧急涌而上,竟令苏莱莱咬紧牙齿,鼓起全部力气,将杨翾猛力推开。望着他满眼的痴色,她沉沉喘息,怒吼道:"你……你……在做什么……发……发什么疯?!"

杨翾冷冷瞥她,清俊的眉下满目寒光,"我想做什么,难道你不知么?"

"神经病!"苏莱莱低斥一声,企图起身离去,却被杨翾捉住手臂,再度拉回怀中。她眼里浮起尴尬神色,正要放声怒骂,却见他寒若冰霜的双眼中,盈溢着寥落的哀恸。

他出神地凝住她,声若梦呓般低吟,"你这般愚钝,难道此时此刻,你也不知么?"他抚住她的小脸,清冷的眼眸,绽出隐隐深色,"难道非要我说出爱你,你才能察觉?"

这惊愕时刻,苏莱莱已别无他法。秀眉紧拧间,她竟猛一转脸,捉住他的手掌,狠狠咬下。

一阵尖锐痛楚猛袭而来,杨翾下意识地松开右手。垂头望去,手背上竟一排清晰的牙印,隐隐泛红,痕迹却并不太深。

苏菜菜捏紧手掌，挥出拳头朝他捶下，白皙娇俏的脸上，满是恼怒的意味，"你……你今天吃错药了是不是……"她埋低头，不敢直视对方炽热的眼眸。

杨翾仿佛灼伤般地移开了视线，眼中蒙起的寒意，融为一层白雾，显得落寞而寂寥。"我的举动，在你眼里，只是癫狂而已？"他苦笑，凝望住手上的红印，喃声低语，"这便是你的回应？"

"我……我……"苏菜菜哑然失声。杨翾的表白太过突然，毫无征兆般，她显然已不知所措，心中惶惶不安。拒绝……自然是要拒绝的，可是，为何她却不知道如何开口。他眼中的神色，孤冷而凄迷，她竟然隐隐不忍。

苏菜菜倒吸一口凉气，那只骏马的身影，殷赤似血的影子，直投入眼底。那马仿佛体会到杨翾的心意般，痴痴凝住他们，轻轻甩摆着长尾，反复晃动着马首。耳际扬起一阵风声，如泣如诉般，搅得她心底一阵愕然，糅杂着丝丝惊惧，令她几乎不知所措。那风啸声猛地撩醒她，四周荒芜无尽，她大口吸气，努力企图挣脱他的禁锢，却被他死死扣住。

远处传来串串马蹄飞扬声，急促而激烈，宛若狂浪般，汹涌而至。苏菜菜猛然转首，遥遥望见大队疾奔的黑影。为首那高大壮硕的骏马，低沉而稳健的嘶鸣，仿佛直冲身旁的汗血宝马而来。而马上那个英武威赫的身影，熟悉而期盼，将她心中的惊愕与踌躇统统驱散。顷刻间，她苍白的小脸竟泛起淡淡红霞，唇边那抹笑容，充满了依赖。

林峰……杨翾心中猛然一震，嘴角竟微微抽动，心中忽地涌上惊惧心绪。仿佛不敢面对来者一般，他忙松开怀中人，骤然垂首。

苏菜菜随即兴奋着起身，丝毫不顾及杨翾慌乱的神情，嘴角挂着掩饰不住的喜悦，直朝林峰狂奔而去。

"疾夜"嘶鸣一声，在苏菜菜面前猛然刹止，眼里却泛起一丝敌意，盯着前方的汗血宝马。

林峰眉头紧拧，一副怒气汹汹的模样，眸底却隐隐藏着焦虑神色。见着苏菜菜，他厉色呵斥，"苏菜菜！为何又擅自行动？你可知此处还是战区？随时可能身处险境？！"

不知为何，她心中竟涌起一股柔软心绪，似乎将刚才的难堪轻轻拂去。见着了林峰，所有的尴尬与愕然，一律消失不见，那种安心而眷恋的触感，让她竟不再同他斗嘴，只是扬起小脸，咧开嘴，娇声道："对不起……是我不好……"

林峰蹙眉，英俊的脸上泛起惑然，为何此刻，她竟一反常态的温顺？她这可恶的娇柔，竟将心中的怒火全然浇灭，原本想狂风暴雨般的怒斥，竟一扫而散。

第十九章　齐都末路

他仍故作凶狠地瞪她一眼，翻身下马，锐利的刀眉，透出不容抗拒的威严，"你可知为夫有多担心?！"他心中喃声沉吟，自上次她跌入沂水，他已暗下决心，定不能再任她身陷险境。可这顽劣女子，总是如风般飘忽不定，转眼之间，竟已不知飘向何处。他恨不得将她关在深闺，但他深知，这跳动女子，精灵古怪，又怎能任人禁锢？

"对不起……"她朝林峰走去，不住重复着歉然的话语。望着他深邃的眼眸，她心中漾起淡淡的愧意。她所有的爱意，分明都在他身上，她早已深爱他至此，对于杨翾突然而至的爱意，竟会惶然失措……她暗暗埋怨自己，嘴角泛起柔软笑意，展开双臂紧紧环抱住他，柔声呢喃，"是我太贪玩，到处乱跑，害你担心，我向你认错！"

林峰眼中泛出丝丝悸动，伸出大手，轻轻抚过她的发丝。嘴角勾起怜惜笑意，低浑的嗓音，命令般的语气，"若再擅自行动，便将你锁在房里，寸步不得逃离！"

"好！我保证遵命……"苏莱莱轻声回应。她暗暗长舒了一口气，靠在他宽阔的胸膛前，心中的羞愧，终于缓缓退去。

"疾夜"却忽地鼓噪起来，不住刮动着地面，蹭出龇龇声响。这明显的敌意，正是对着那满身伤痕的汗血宝马而去。

林峰随声望去，这马通体殷红，身形纤长隽秀，虽满身鲜血淋漓，神态却倨傲无比，仿佛睥睨众生般，不可方物。他蹙眉，却骤然望见骏马的目光，直直望向身旁的身影。

杨翾神态漠然如水，脸色苍白似冰，一双俊逸眼眸却犹若死灵般，毫无一丝生气。仿佛这天地万物，都与他无关般，孤僻而寥落。

"杨翾，这红马是你寻得的?"林峰目光一凛。

杨翾并未回答，甚至连目光也不投向林峰，只是盯住手背上的印记，失魂落魄。

面对林峰的惑然不解，苏莱莱顿感尴尬。她轻咬嘴唇，挽起一抹甜美笑容，"是呀，是刚才我和人妖一起找到的！"她摊开手，摆出惊讶的姿态，"你知道吗，这马是汗血宝马，是难得一见的珍品！能够日行千里！而且有传言说，能驾驭这马的人，就能坐拥天下呢！"

"噢？"林峰拧眉，不屑般的一笑，"驾驭一匹野马，便可坐拥天下？你从何听得如此荒谬传言？"

苏莱莱噘起小嘴，一副不服气的模样，"传闻就是这样的嘛！田凛抓来这马，却一直驯服不了它,但是刚才——"她得意地努嘴,指向汗血宝马,"本军师把它给驯服了!"

林峰掩饰不住满脸笑意,"这么说,你今后便是天下之主?"

"对呀!"她得意地扬起小脸,瞪圆一双杏目,"难道你不相信我能驯服它吗?"

一阵洒然狂笑,林峰脸上却泛过怜惜神色。他抚过她脸颊,豪迈而威严,"若无杨翾帮你,你又如何能驯服此马?"

"啊!"苏菜菜尖声惊呼,随即吐吐舌头,满脸俏皮笑容,"想不到野蛮人也变得这么聪明啦!"

"放肆!"林峰瞪她一眼,目光威赫,"你在侮辱为夫的智力?!"

"臭野蛮人,开两句玩笑就生气……"她鼓腮,小声吐哝。

林峰斜兜她一眼,将她轻轻放开,转而迈向杨翾,敛回脸上怒意,沉声低吟,"你无恙么?"随即朝他摊出手掌,眼中浅浅关切神色。

杨翾脸色却忽地阴沉,深眸中掠过一抹森冷,冰冷无情。此刻林峰的好意,在他眼里却无疑是胜者的嘲弄。他心底竟涌出狠鸷的怒意,激得他几乎扬手,将林峰一掌掀开。他咬牙,重重喘息,却猛地触及到林峰的脸,落日的余晖,映射在那张英武威严的脸孔上,却泛着真挚的神色。他脑中轰然巨响,幼年的场景,十年前的恩情,在这一刻,犹若洪水猛兽般,将他的恨意彻底吞噬。

心中满是阵痛,为何一再压抑,一再强忍,爱意却依旧蔓延?杨翾闷叹一声,如今的自己,丑陋而自私。当林峰毫无顾忌地关怀自己,他却一次又一次的怨恨,狂烈的嫉妒烧得他几乎丧失理智,只能依凭着多年的情谊强撑。

杨翾咽下胸口那缕憋闷的怒气,嘴角微微扬起,伸手握住林峰,任由他搀扶而起。

所有的尴尬与难堪,在心底一扫而尽。苏菜菜狡黠一笑,望住林峰道:"野蛮人,要不你试试这匹汗血宝马,看看你到底是不是未来的天下之主?"

林峰朝红马冷眼瞥去,露出一抹大气从容的笑意,"既然此马是杨翾替你驯服,那便是你的坐骑。我已有'疾夜',纵使此马是稀世良驹,也绝不能取代它。"

良驹自有灵性,林峰话一出,"疾夜"怒目的神色便逐渐隐消,眼中的敌意缓缓隐去,转而凝向主人,轻点马首,亲昵而温顺。

苏菜菜走向"疾夜",抬高手轻抚过马背,笑意盈溢,"原来你刚才那么不开心,是怕野蛮人要那小红马,把你抛弃了呀!"她像个孩子般咧嘴,"你这笨马,跟你主人一模一样，四肢发达头脑简单，还总是乱吃飞醋！呵呵——"

"苏菜菜！"林峰眉心忽拧，正欲发怒，却见她挤眉弄眼，甩开小手向红马奔去，高声吼道："笨马都有个拉风的名字，你跟我一样聪明，也应该有个飘逸的名字！叫你什么好呢？"她斜首撇嘴，伸出手掌轻轻托出小脸，一副沉思状。

"此马已有名。"冰冷低浑的声音，似乎从喉咙深处迫出一般。杨翾转向苏菜菜，眼中却掩饰不住的痴色，他浑然忘却身旁的林峰，只是冷冷地凝住她，"副军师，此马名为'红流'。"

苏菜菜慌忙不迭，闪避着他的目光，闷声应道："呃……那就叫'红流'吧……"

此刻的静默，或者绝口不提，反而是解决尴尬的最佳途径。她除了闪躲，已毫无决策。她心中只有林峰，而杨翾，更是背负着因他断指的湘儿。如此的两人，毫无关联，绝无交集。苏菜菜心中确定，杨翾只是一时迷乱，或许她也有过错，是否她太将他视为挚友，竟然惶惶忽略，他也是个血性男儿的事实。她仰天深吸一口气，抿嘴浅笑，今日的一切，就全然忘却吧！

杨翾眼底拂起怨艾深色，阴沉而冷厉。她想要将发生过的事，全然抹去么？只是，两人之间的关联，这匹伤痕累累的"红流"，又能如何抹去？

临淄城在火光掩映下，狼藉满地。风声跌宕着猎猎作响，八百年齐都，在浑浑尘火中，起伏崩落，临淄的历史使命，也已到了尽头。千古功业，终不过埋入轰轰黄土，湮于滚滚沙砾，淄水悠悠，却洗涤不去苍凉血色。

田府内院冰冷的榻上，齐衡君的尸首静静安躺，双目紧闭，临终前的痛楚从皱纹间退去，只遗下淡淡安详。杨翾带领一队守卫，将齐衡君的尸首从内院移出，安葬于临淄东南面的田齐王陵。

杨翾跪拜于王陵前，苍白清冷的脸上，竟意外的淌满泪痕。齐衡君终踏入永恒长眠，战乱临世已有数年，唯有这坟茔隐隐僻出尘世。繁华过往终是案上一笔深痕，临淄曾是纷奢如此，歌台暖舞，鼎铛玉石，转眼之间，竟已遗落万年盟誓。时光流转，人世变迁，当繁盛逐然淡去，只剩得满目残垣断壁。

碧草染绿，稼禾盈畴间，封冢高耸的田齐王陵，缓缓响起遗恨钟声。经历了漫长岁月长河，田氏终能代齐，太公绝祀多年，怎能料到，田氏竟会篡夺姜齐之位？数百载的苦熬，田氏采取稳妥的手段，以媚君术、惑君术、欺君术、政争术等循序渐进，表现出极大的耐心与策略，成为后世阴谋家的旌旗。但如今，随着齐衡君的离世，田齐也步入姜氏后尘，在田氏族人声声悲泣中，凄然谢幕。

山色笼苋,岩嶂苍翠间,云岚万变。雨水沥沥降下,淌过苍白的脸颊,苏莱莱心中却泛起意外的苍茫。胶东的归降,天下已基本大定,只余下荒蛮之地蜀中,以及苟延残喘的秦廷。一步步征战而来,她也经历太多惨烈厮杀,对阵的每一日,都不断有人死去。

战乱一日不止息,万民就不得安居,面临这残虐乱世,心绪一再起伏,恍惚中,她竟不自主地喃声低吟——骊山四顾,阿房一炬,当时奢侈今何处?只见草萧疏,水萦纡。至今遗恨迷烟树,列国周齐秦汉楚。赢,都变做了土;输,都变做了土!峰峦如聚,波涛如怒,山河表里潼关路。望西都,意踟蹰,伤心秦汉经行处,宫阙万间都做了土。兴,百姓苦;亡,百姓苦!

见身旁的她如此神情,林峰一抹凝重神色浮现,拧眉道:"这赋是你所作?"

苏莱莱摇头,唇边泛起浅浅笑意,"这是后世感叹秦亡所写,我暂时借过来抒发感慨。"

林峰眼中的凌厉却转为柔和,伸出臂膀,将她挽入怀中,沉声道:"你性情如此悲悯,不忍见平民受战乱荼毒么?"

她抿嘴一笑,扬起小脸,柔润的目光中,却清晰烁动着坚定,"我只是一时感慨,况且,我一直都相信,你一定会结束这乱世,为还活着的平民开辟一个盛世。"

林峰飒然狂笑,笑声豪迈而浑厚,漫入湿润的空气中,反复传递。望着她满是希冀的眼眸,心中涌起多年来的信念,但如今,这信念中,更多了份缱绻的心意。

田凛乱政,不仅逼死齐衡君,更囚禁忠良,如林氏不及时破城,刘允等人亦会惨死于其手。临淄一役,胶东田氏彻底降伏,只剩下即墨一郡。残余的田氏宗族,已无力再与林氏做任何对抗。齐衡君入土为安,忠臣的释放,从另一种意义上来讲,是对田氏宗族一个交代,也给了族人的一个台阶。

经此一役,纷争不断的田氏内部,终于迎来了珍贵的团结,为保宗族完整,不得不臣服于强势的林氏。临淄的五万余残部,即墨的七万余残部,均被林氏收纳入帐。在杨翾的周旋下,林峰将财物归还田氏宗族,并颁下号令,若愿归降林氏,一同征战天下,他日必可分享荣华;若无意归降,即可携财物离去,但若投诚敌对势力,他日战场再会,必定生死相搏。

刘允获释,一方面感激林氏的大度,一方面缘于齐衡君生前的夙愿。由于杨翾毕竟为谬公次孙,也是田氏正统,刘允表示归降,亦使得田氏宗族众人效仿,表示愿意追随杨翾,辅佐林氏谋得天下。

第十九章 齐都末路

继赵后裔,楚后裔归附后,掌控胶东数百年的齐后裔田氏,也终于降伏洛阳,成为林氏附属。齐统治八百年的胶东半岛,亦纳入林氏版图。

林氏攻破临淄,收降田氏一族,这惊天巨变疾速传遍大陆。而僻处西部的古蜀朝廷,君臣上下,却为这讯息而惶惶失措。

蜀中大殿正中央,蜀王的宝座旁,一名身裹铠甲的女子正凝立。她身姿高挑,面容清秀,柳眉之下的双眼,更显得英气十足,浑身上下无不透出不输须眉的气势。面对座下来报的信使,她不禁拧紧眉头,脑中思虑起来。

这女子正是蜀中的传奇女子,深得蜀王信任的女将军——他莫孤醒。

她娇小身影,白皙的脸孔上,绽出阵阵惊惧神色。蜀王倒吸一口冷气,昂起脸望住他莫孤醒,目光充满踌躇,"阿醒,连胶东也被林氏吞并了……那我们……"

他莫孤醒半垂眼睑。赤子般柔弱温和的蜀王,面对这惊愕讯息,难免愕然。蜀中地小国弱,军力也无法与其他四大势力抗衡。自古一来,蜀国地处西南腹地,四面环山,占天据水,尽得地势上的优势,才能安然应对数次外敌侵略。

但十年前,年仅五岁的现任蜀王开明景黛即位,因太过年幼,毫无政治斗争能力,为内臣掌控朝政。大概前任蜀王也料到他去后的光景,便在重病时,封赐忠心耿耿的他莫孤氏长女——那时年仅及笄,却文武出众的他莫孤醒为蜀军统帅。

于是便有了剽悍如狼般的女子将军的传说。对于流言蜚语,他莫孤醒并不理会,只是竭尽全力效忠开明王族。而开明景黛,这前任蜀王的唯一独子,性情温柔纯真。蜀国朝政明争暗斗数年,对于强势的臣子,他只能委曲求全,听之任之,名义上虽是蜀国的决策者,实则只是个傀儡罢了。他莫孤醒虽然人才出众,却毕竟势单力薄,十年来,她唯有死攥住将军之位不放,不轻易出兵搅扰其余势力,才能全力应对内政。若无他莫孤醒数年的暗中保护,开明景黛恐怕早已葬身在纷杂的政斗中。所以两人之间,不仅是君臣,更犹若相互依偎的亲人般,在这腐朽的蜀廷中,如履薄冰的生存。

他莫孤醒舒了一口气,隐去眼中的怒色,朝开明景黛颔首道,"王上不必担忧,林氏吞并田氏,只是迟早的事。"她叹气一声,目光略有凄色,"林氏收纳天下,是大势所趋。待中原、胶东之后,蜀中无疑也将成为林氏大业的阻碍,我们已无法再偏安一隅。现四大势力只剩其二,面对蜀中的抉择,只有两选而已。"

开明景黛的脸忽地惨白,眉心深锁不解,"如何的两个选择?"

"其一,效仿燕北苏家,与林氏结盟同灭秦廷;其二,与林氏顽死相抗。"他莫孤醒目光凛冽,低声分析。

开明景黛咬咬嘴唇，满脸惑然疑虑，"那么阿醒你说，我们究竟该与林氏结盟，还是与他们对抗呢？"

他莫孤醒起身，凝住座上人道："林氏虽来势汹汹，却并非师出无名，况且现在看来，林氏从未屠戮平民百姓，臣以为，王上应与林氏结盟。"

不等开明景黛出声，一个略带沙哑却狠力的恶声骤然响起，"上将军竟要王上向林贼投诚？！讲出如此荒谬可笑的话，可是别有居心？！"

他莫孤醒循声转首。这出声的人，正是内史大夫柏灌岷。此人党羽众多，把持朝政多年，正是内臣乱政之首。

柏灌岷嘴角弯起一缕笑容，阴险而诡诈，"上将军莫不是怕了林贼？效仿燕北苏家？哼，真是可笑！可知这名为结盟，实则依附，与弃械投降有何区别？！"

"柏灌大人，依你之意，结盟不可行，难道拼死相抗？蜀中兵力如何，想必在座各位都很清楚！大人要在下不顾王上安危，不顾蜀中百姓福祉，以卵击石，对抗林氏？"他莫孤醒愤然道。

柏灌岷却冷哼一声，一双狡目中满是鄙夷神色，"枉王上夸赞上将军智勇双全！难道不知，我蜀地天险，那林贼要攻下，也并非一件易事！况且，上将军莫要忘了，林氏可还有一方死敌。"

一抹凌厉神色掠过，他莫孤醒厉声道："莫非大人的意图，是要与秦廷结盟？！"

"不错，秦廷虽失却中原大片，在关中沃野却仍有庞大兵力。若我们与秦廷联合，定能抗衡林贼。"

心中一阵怒意陡然而起，他莫孤醒咬牙，满眼厉色道："暴秦无道，人人得而诛之！大人竟要与暴秦合作？！"

面对愤慨的他莫孤醒，柏灌岷眼角却拂起一丝笑意，显得莫名其妙，仿佛早有预备般。"战场之上，向来都是以利益划分，而道义，只是空谈罢了！"他转向开明景黛，眼底隐隐藏着凶恶神色，"王上，如今与秦廷结盟，共同抗击林贼，乃是为蜀中争取最大的利益！请王上下诏，即刻派人前往咸阳商讨结盟事宜。"

开明景黛白皙的脸上，露出悚惧的神色。座下一片寂然，他却能嗅出寂静下的汹涌。面对满含恶意的目光，他不禁颤抖，怯怯地望向他莫孤醒，望向他唯一的倚靠，"阿醒……你说……"

"王上！"不等他莫孤醒作答，柏灌岷已经截断道，厉声呵斥，"王上才是蜀中的君王，是臣等效忠之主！为何却事事都要问过上将军？！"

开明景黛骇然一惊,张开嘴却不知如何作答。

他莫孤醒怒喝:"大人言下之意,是要王上依从大人的意图,与暴秦结谊?!"

"王上年幼,老夫身为辅政忠臣,理应替王上做出最有利蜀中的抉择!"柏灌岷丝毫不退让,与他莫孤醒争锋相对。

一抹怒意猛涌而上,印在两道英气十足的眉间。他莫孤醒怒斥道:"王上已到束发之年,何来年幼之说?大人凭何越俎代庖,替王上做出决议?!"

"那么上将军又何必越俎代庖,强令王上顺从你的意图?"柏灌岷一声冷笑。

"哈哈哈哈——"一连串诡诈的笑声响起,在殿宇中反复回荡。柏灌岷得意忘形的脸孔后,满是众臣趋炎附势的嘴脸。

笑声激得他莫孤醒心中阵痛。她恨不得劈出利刃,将这帮乱臣贼子全然斩杀。但这朝堂之上的众人,几乎全为柏灌岷的党羽,她又如何能将这毒瘤彻底根除?!

"王上还有何犹豫?"柏灌岷斜兜了开明景黛一眼,望着那颤颤巍巍身躯,心中浮起一阵鄙夷,转而大步迈到王座前,高声呼喝道:"王上,速速下诏,与秦廷共抗林贼!"

"大胆柏灌岷,竟敢对王上下令!"眼前开明景黛被逼迫的惊恐模样,心中的怒意难以再忍。他莫孤醒咬紧牙关,猛一把挥出佩剑,直指向柏灌岷。

剑光闪烁而来,柏灌岷却并不惊惧,脸上反而浮起一缕凶诈神色。他猛一转眼,开明景黛身后的守卫竟齐齐挥手,利刃烁光耀目,直架在开明景黛的颈项上。

顷刻间,开明景黛的脸色惨白无比,仿佛预见着死亡般惊恐,不住颤抖着身躯。心中的惊骇催促着眼泪,却哑然失声,只得呆呆睁大双目,甚至不敢移动。

他莫孤醒心中一拧,手中的力道不由得骤然减弱,剑光剎然而止。她收回剑刃,怒吼出声,"柏灌岷!你竟敢胁迫王上!难道你想谋反?!"

柏灌岷冷哼一声,傲慢无比的目光,"老夫效忠开明王族多年,若要谋反,这懦弱小子岂能活到今日!"继而狂放大笑,笑声飞扬跋扈,"他莫孤醒,老夫见你是个将帅之材,若你愿领兵抗击林贼,老夫今日就当着众臣承诺,力保你与王上的安危。但倘若你执意不从——"他嘴角抽动起,眼光转向颤抖不断的开明景黛,目光中绽出血红凶色,"休怪老夫废除庸主,另立新王!"

开明景黛眸底涌出盈盈泪水,显得柔弱而无助,搅得他莫孤醒心中一片混乱。战,可能亡国,但若不战,必定亡君!多年以来,她已习惯保护着柔弱的蜀王,无论外间如何战乱纷繁,不论蜀廷怎般风雨飘摇。她又怎能舍下多年来的亲人,眼睁睁见他葬送在佞臣之手?!

他莫孤醒怅然叹气,微微合上双目,心中涌起阵阵无力。她还有别的选择么?

除了战,她已无路可退。纵然这将是个已知的命运,她唯有赌上毕生精力,与林氏一战至死。

初夏的洛阳夜晚,满缀着星芒,昼夜连天的烽火浑然退去,伴着豪壮的行歌声,在洛阳上空连连回荡。

洛阳城中一片欢腾,而郊野驻军营地,众人正为即将开始的庆功会,忙碌不已。

临淄一役的战果,可谓意义重大,不仅收服田氏一族,占据胶东半岛,更向其余势力展示出浩浩军威。伐齐将士一律论功行赏,而为犒赏众将,苏菜菜别出心裁地想出一场庆功会。

美其名曰庆功会,实际上却是她的一场个人时装秀。自从穿越来到这时代,不断地为战事忙碌,她已许久没有经营自己的本行。好不容易获得这难得时机,她异常兴奋,连熬几夜,以现代服装与秦汉装束结合,设计出几十套别致衣衫,其中更包括五套婚纱。她迫不及待想要展示自己的成果。

按照苏菜菜提供的图样,耗时几日,驻军营地前终于搭建起一架庞大长台。台下将士分列席地而坐,架架火把映出一张张喜悦脸孔。从未见识过这种古怪欢庆形式,将士们心中充满了期待。

苏菜菜事先已挑出二十名将士,二十名侍女,个个身型出众。经历暂时的培训,他们已经基本掌握了走秀的步伐,虽然对于副军师古怪的服装大感羞涩,但碍于军令,不得不纷纷换上。后台,苏菜菜,苏黛夕,林湘儿三人正忙碌着,替这些业余模特化妆打扮。

"姐姐,你看,这样好看吧。"苏黛夕替一名侍女整妆完毕,眨巴着长睫,笑意盈盈。

苏菜菜转过脸,微微扁嘴,似乎不太满意,但望见苏黛夕清澈的眼眸,抿嘴笑道:"还好,就是腮红打得太多了点。你看,她的脸太红啦,就好像很不好意思似的。不过妹妹初次化妆,就做得这么好,真是要表扬!"

"那我呢……菜菜你说,我这个化得如何?"林湘儿故意娇嗔道,将她装扮那名将士推到苏菜菜面前。

蓦然间,苏菜菜竟有些惊慌,不敢面对林湘儿似的,脑中竟浮现出杨翦越界的行径,令她尴尬不已。她微垂头,闷声笑道:"很好呀……湘儿化得很好。"

"你敷衍我呢!"林湘儿伸手推推她,努起嘴,仿佛恼怒的神色。

"没……"苏菜菜闷声应道,却猛然触及林湘儿无辜似水的目光,撩乱了她的心绪。她一时间不知所措,心底却自语道,为何要愧对湘儿?那日之后,杨翦

第十九章 齐都末路

已然静默,不再提及。那么那日冲动,也已作罢吧!若自己还莫名自责,那岂不是自寻烦恼?她释然一笑,斜着小嘴哼一声道:"夸你还不高兴了,非要说难看,你才觉得是真话吗?相信自己呀!"

仿佛得到鼓励,林湘儿脸上泛起红霞,火光映照下,格外娇丽。

"哈哈……看看老子化的如何!"一声粗犷的声音响起,伴随着丝丝不和谐。众人循声望去,只见老付晃动着粗壮的身躯,得意满满地大步迈来。他身后跟着一个高长的身影,看姿态却像个被强娶的小女子般委屈。

苏莱莱轻蹙秀眉,将老付推开,后面露出一张鬼画桃符般的脸来。那脸上红一块、白一块,更夹杂着不协调的黑彩,俨然马戏团中倒霉的小丑。不!她摇摇头,这场景如此熟悉。她确信,这张滑稽的花脸,更让她想起周星星片中的如花。

她看不出这倒霉的家伙是谁,却觉这面孔似乎眼熟。正在犹豫中,却听到苏黛夕尖叫一声,伴随着丝丝怒意,"付老头!你又欺负仇青哥哥!"

这是……韩希尧?!众人惊诧不已,转而强忍住心中的笑意,死死盯住花脸男子,似乎想找出些蛛丝马迹,好与韩希尧联系起来。

"靠,还是苏小姐厉害。这样都能认出你的情郎哥哥!"老付跷起大拇指,转而朝向苏莱莱,嬉皮笑脸道,"副军师,你看看,老子的化妆技巧如何?够不够好呀?"

"好你个大头鬼!"苏莱莱怒骂一声,"好好一个帅哥,让你化成了个兵马俑!"苏莱莱忙从架子上抽出一块绸布,递给苏黛夕道:"快去给他擦干净。"

苏黛夕接过绸布,朝韩希尧走去,却听见老付大吼一声,"干啥干啥,老子刚化完,你们就要擦掉!你们这帮老娘们,还有没有天理!"

"好你个付老头,又欺负韩希尧老实,站住!就让本军师替你也化个兵马俑妆!等下让你上台客串模特!"苏莱莱叉腰笑道,转向林湘儿,"湘儿捉住他,别叫他溜掉了!"

"好!"林湘儿嘴角勾起一抹狡黠笑意,伸手做出捏动手骨的姿势,朝老付冲过去。林湘儿一把攥住他高壮的身躯,直拖到苏莱莱面前。

"鬼女娃子,你要让老子上台当'摸得'!让下面那帮孙子摸老子,你皮痒了是吧!看老子不抽死你——"老付骂骂咧咧,摆出一副凶神恶煞的模样。

"湘儿按住他!"

"是!"

老付失声惊呼,一阵杀猪般的凄厉叫声响彻天际。

第二十章 夜籁缠绵

不多时过去，被林湘儿牢牢攥住的老付，脸上涂满了花彩的颜色，盖住他粗犷凶恶的脸孔，显得谐趣而滑稽。

月光洒下，映在老付拧起的眉上，泛起一片亮彩。他一副委屈的姿态，就连嘴上的那撇胡子，也一副丧气模样。

他抬头望住眼前的苏莱莱，扁嘴道："鬼女娃子，你们倒是闹腾够了。难道真让老子上台丢人去？"

苏莱莱抿嘴一笑，眼中却洋溢着狡黠神色，"大家都想看看副队长的英姿，你就委曲求全一下嘛。"

"就是，上个台又不丢人，等下我们也要上台'走秀'，你怕什么！"林湘儿拍拍老付的背，接嘴道。

老付却努起嘴，垂下眼睑，仿佛被逼迫上轿的小媳妇般，与之前韩希尧的神情，如出一辙。

"今天是大喜日子，付老头你怎么垮着个脸？"苏莱莱微蹙秀眉，咧嘴浅笑道，"你有什么不开心的事，说出来让我们大家开心一下。"

"放屁！"老付怒骂一声，狠狠瞪她一眼，"你这臭豆腐嘴，成日就会损人。"

"生气啦……"苏莱莱怏怏道，随即垂头自言自语，"我本想你要是肯上台，就让你作婚纱模特，让你和她——"说着她指向一名装扮妥当的侍女，笑意满盈，"让你跟她凑成一对，一同上台呢。"

老付顺眼望去，那侍女换上了一袭白色长裙，衣袍紧紧裹住身体，衬出纤细的腰肢，更是衬出挺立高耸的胸脯，经过装扮的脸孔，娇媚诱人。一时间，老付竟愣然失神，只是张着嘴呆呆盯着。

苏莱莱伸出小手，轻轻将他的头拧转过来，故意一脸怒色，"看什么看！见到美女，口水都要掉下来了！"转而喃喃自语，"天下男人都这么好色，付老头更是色中之色。"

"你瞎扯！"老付瞪圆眼睛，不服气的模样。

"那你……愿意跟她配对，一起上台吗？"苏莱莱伸手钩钩下巴，轻声问道。

老付几乎一脸高兴大喊愿意，但却摆出矜持姿态，似乎为难一般，"我自然不愿意上台丢人……但……"他双眉舒展，满脸自得神色，"老子堂堂副队长，如果这点小事都怕，那如何上战场杀敌呀？"

"真会狡辩……"一旁的林湘儿也看不下去，接过话茬道。

老付却嬉皮笑脸，"三小姐，老付我向来实话实说，上台丢我自己人不要紧，关键不能丢了主公与少爷的面子，对吧。"

苏莱莱嘴边浮起笑容，朝林湘儿眨眨眼。对方亦向她投来一抹笑意，充满诚挚与信赖。这一笑，竟忽地撩起她心底的不安，仿佛那隐隐的愧疚，又微微泛起。

她垂低眼睑，脸上掠过淡淡不自在的神色，耳边却忽地传来仆役的呼声，急促而焦灼。

"副军师……副军师……"

那奔来的少年仆役，满头大汗，气喘吁吁，一脸的焦虑不安。

苏莱莱转身，略带疑惑道："出什么事了？怎么这么慌张？"

那仆役垂头，脸上满是颓败神色，怯怯低语："副军师命小奴伺候上少主更衣，可……可……"他吞吐的，"少主见那衣袍后，勃然大怒，一掌将小奴劈开……"说着他紧按住腰腹，脸上淌过痛苦神色，"好在少主并未太用力，否则……小奴今夜怎样死的都不知呀……"

一缕轻微怒意浮上脸颊，苏莱莱眼神微变。她沉声自语道："这个基因突变的野蛮人，又开始无理取闹了！"她将仆役搀到软垫旁，关切道："你身体不要紧吧？"

那仆役受宠若惊，忙颤抖着摇头，"谢副军师关心，小奴无碍。只是少主他不肯换副军师给的衣衫……"

苏莱莱颔首道："没关系，这件事交给我好了。你先在这里休息下，等下出去跟大家一起看表演。"

仆役仍有余悸道:"可是,少主怪罪下来,小奴担当不起呀……"

"不用担心,我现在就去找野蛮人,这家伙嘴硬心软,再说这本来就是件小事,他不会怪罪你的。"苏莱莱微笑着起身,朝众人辞别后,嘴里嘀嘀咕咕骂咧着,朝着另一侧的后台走去。

苏莱莱迈进暂时搭建起的屋子,满目凌乱。地上铺满衣衫,层层叠叠,色彩斑斓。正中央的宽大几案上,覆着厚厚的衣袍,而最上层醒目的长袍,不正是她亲自为林峰设计的那套吗?

她略有不快,转眼望去,却见到斜坐在几案前、只穿着薄薄白色里衣的林峰。他双手抱怀,一脸怒色,正气势汹汹的怒视着闯入者。

苏莱莱小心翼翼朝他走去,却分明嗅出空气中那清晰的暴怒气息。她走到几案前,拎起那套被他甩下的衣袍,满眼委屈神色,"这可是我辛苦设计了好多天的成果!你干吗不肯穿啊?"

林峰双目泛起厉芒,恶声道:"这也算是衣袍?简直同亵衣毫无区别!你竟要为夫穿这东西出去?!"

"胡说八道!"苏莱莱高声回斥,轻轻甩动着长袍,"这怎么是内衣了!这是我根据你们这时代的衣服,结合我那个时代的流行趋势设计的!而且……"她垂头,轻咬住嘴唇,脸色泛起红润,娇羞姿态,"而且是我专门给你设计的呀!"

林峰却冷哼一声,满眼凛冽,充满盛气凌人的威赫道:"一派胡言!自古以来,衣袍均是宽大,唯有亵衣才如此贴身!你这袍子如此紧贴,还敢说不是亵衣?!"

他的辩解似乎极有道理,望着苏莱莱无奈的模样,他心中不禁涌起一股得意情绪。这桀骜女子,总与他争锋相对,每每争吵,总是自己无奈败阵。他对她毫无对策,以至于见被辩驳的无言以对,竟会大感欣悦。

苏莱莱却呼出一口气,撇撇嘴唇,白皙的小脸上泛起柔和笑意。林峰顿时愕然,依照常性,她不是应该跳起身来,与他据理力争么?为何此刻,她却一反常态的娇柔?

他惑然不解,浓眉微微拧起,凌厉的目光中,泛起淡淡疑惑。

出人意料的,苏莱莱直冲到他面前,鼓腮蹙眉道:"你都没试,怎么知道是内衣呢?!要是试过不好看,你再脱下来不行吗?"她昂起小脸,盯住他的清眸,含情脉脉般地,"我熬了好几个晚上,费尽脑汁,才给你设计出来这套衣服。你穿上一定很好看的!"她睁大眼睛,恳切神色。

林峰心中一震,几乎软下心意。他于是竭力克制,立即沉下脸,满眼肃色转

第二十章 夜籁缠绵

向一侧。

　　她却凑过身来，展开双臂，轻轻环住他的颈项，脸上泛起润泽红光，粉白的嘴唇微翘，凝住他娇声低语："野蛮人，你知道吗，你身材好，长得又好看，其实我……"她强忍心中想笑的情绪，摆出一副痴情神色，"其实我花痴你很久了，时常幻想你穿上我那时代衣服的样子……一定比我的偶像还帅。"

　　一抹绯色立刻掠过脸颊，却转瞬而去，林峰厉声怒斥，"不必将为夫与那眯眼男人比较！"转而哼声道："再者，大丈夫只需强势，脸孔外貌又有何重要？"

　　"说你好看还不乐意……"她恹恹自语，"难道说你长得跟付老头那么丑，你才高兴呀……"她垂头扁嘴，伸出手指在他胸膛前胡乱画圈，喃声自语，"大不了你不穿出去，就穿给我看看好啦……"她突然扬起脸，眼里泛起希冀光芒，"那现在就穿给我看看？"

　　"绝不。"林峰拒绝，语气却明显软和了不少。

　　这可恶的野蛮人，可怜也装了，马屁也拍了，竟然还是不为所动。她心中暗暗自语，既然如此，那只好……

　　她撑住他宽阔的胸膛，在他侧脸上，柔柔吻下，落下一个暖暖淡淡的印记，倚着他耳畔亲密低语："林峰，穿上那套衣服给我看看好吗……"

　　柔软的触感猛袭而来，脸颊竟暖得发烫。望着她那双柔光烁动的眼眸，林峰心中的抵抗情绪，竟在顷刻间全然丧失。他收紧浓眉，眸底的凛冽缓缓退去，无奈地舒一口气，向她回应，声音浑厚低沉，"替我换上那衣袍。"

　　"遵命！"她顽皮一笑，整理好长袍，勾手替他脱下里衣。

　　霎时间，她脸上的红润骤然加深。眼前的林峰，俊伟的身型，精硕而修长，浑身紧绷结实的肌肉，泛着麦色的光泽。左侧胸前，横着一道清晰伤口。这伤，是那次救她所受。她心中泛起淡淡酸楚，却又交织着甜蜜。这是两人紧连的痕迹，割舍不断的羁绊，令她永远无法忘却。

　　她伸手轻抚过那道伤痕，眼中的激滟不住晃动。正是这无法割舍的眷恋，她才有勇气离弃故乡，在这不属于她的世界永远停伫。

　　她眸珠蒙起薄薄白雾，挑得他悸动难忍。她娇艳的樱唇略略张合，柔润的小脸渗出红彩，她依服着自己的顺从模样，陡然撩起他心底深处的爱欲。他猛一俯身，直直将她压在身下。凝住她的眼眸里，充满爱意的冲动。他紧扣住她的柔荑，紧缠住她的嘴唇，不住地狠狠吮吸。

　　她心中亦燃起强烈爱火，紧闭上双眼，环住他的颈项，任由他撬开贝齿，与他唇舌交缠，心中一片昏然，遗忘天地般沉溺。

他的喘息不断加重，身躯火热滚烫。他眼里泛起的炽热，顷刻间化为洪水猛兽般，无法抵挡的迫切，难以遏制的爱意挑得他几欲爆发。他展开大掌，将她腰间的缎带狠然解开。

衣袍散开，她娇羞无比，不由得收回圈住他颈项的手，轻咬着下唇，抵挡在胸前。他的气息狂烈而近。她心中恍惚惊恐，却又充满坦然与安心。他是自己认定的那个人，她深知，这一日迟早会降临。纵然此刻她几多惊惧担忧，但在他身边，却早已全然无虑。她已决定托付一生，又怎么惧怕她的未来呢？她心底涌起幸福与羞赧，只是紧紧抱着他不语。

朗月星空下，夜似乎不再静谧。两人这片刻的炽情，却投入一双邪芒闪烁的冰冷眼中。望着屋内传来的那缕光线，杨翾心底的恨意竟在这一刻，失控般地蔓延。

胸腔一阵阵窒闷的痛楚，如洗的月色洒在杨翾脸上，将他颀长的身影，映衬得更加白皙清瘦。他想要沉沉喘息，却猛捂住胸口，紧咬牙齿，不发一语，眸底冰冷的雾气，凝成霜冻。

透过昏黄光线，隐隐见到苏莱莱躺在覆满衣衫的地二，娇躯微颤着。她脸颊飞红，娇羞无比的半合上眼眸。林峰双手展开撑住地面，微红的眼底，盈出炙热的爱意，沿着她白瓷般的颈项轻下，在她锁骨周围轻柔细吻。

剧烈的痛觉扯动脑颅，令杨翾几乎昏厥。眼底灼灼发烫，眼见两人身躯逐渐纠缠，顷刻之间，他竟丧失理智般冲动，喷张的双目隐隐渗红。他已顾不得情谊与大势，脑中一片空白。此时此刻，纵然是垂死挣扎，他亦要全力阻止。强烈的嫉意将他的冷静烧毁，他伸手，正要掀起厚厚帘幔，直闯而入。

眼前却发生出乎意料的一幕。林峰的眼神忽地凝聚，竟停止了深吻。他竭力克制住心底的爱欲，只是凝住她的眼睛，深深喘息，声音低浑，"外面……快开始了么？"

"嗯……"苏莱莱轻咬嘴唇，微微点头，脸上的红霞依然未退。

"我今日……太无礼……"他竟有些吞吐，刚毅的脸庞上，竟泛出柔和的羞涩。

"……野蛮人……"一时之间，她也不知如何作答，只是娇俏作答，低低轻唤着他。

"莱莱……"他的声音愈发浑浊，似乎从喉咙深处探出一般，浑厚低沉。他叹一口气，似乎思虑着什么，眼神略显凝重。

迎住他痴色却肃穆的目光，苏莱莱心中泛起一阵忧虑，难道他对自己还有怀疑？她不禁惑然问道，声音轻柔细微，"怎么了，你是想起了什么不开心的事吗？"

林峰嘴角低扬起浅浅弧度，锐利的眼眸却一反常态，温润如露般。他勾手轻抚过她的脸颊，悯惜的笑容，"当然不是。"他低语，"我想要你，但并非今日。"他深深吸一口气，脸上溢出释然笑意，"我会等到新婚那日。"

原来如此。苏莱莱紧拧的心绪总算放松下来，不由得吁气，点着头抿嘴道："我明白……"心中的羞怯逐渐退去，见他脸色发红的模样，引得她心中不住起伏。她撇撇嘴，打趣的语气道："笨野蛮人，原来你也有胆小的时候呀——"

"一派胡言！"他怒斥，挑起浓如深墨的眉，恶声道，"为夫是为你着想！此事有损声誉，若传扬出去，你如何见人？！"

苏莱莱却撇起嘴，拉下眼角，一脸不满，"这怎么不能见人呀，没偷没抢的，两人相爱，做什么事也是正常的呀。"

"荒谬！"他厉声道，责怪的语调，"身为女子，你难道不懂何为矜持？！"

"谁说我不懂了！"苏莱莱抬高声音，略带埋怨的语气，"你老拿你们这套老古董来约束我！没错，女人是应懂得矜持，可那也要看对象是谁呀！对外人矜持是理所应当，难道对你，也要成天羞羞涩涩，装得一尘不染呀？"

见她反而怒起，林峰心中泛起一阵不快。似乎勾出长久的怨气，他低吼道："我是在教你识礼仪廉耻！若他日为夫君临天下，你就是一国之母，言行举止，均要端庄止雅！你如此辩驳，是否有意作对？！"

"我哪有狡辩呀？"她委屈的鼓腮，"我是现代人，做不到像你们古人那么拘谨，但是我对无关的旁人，一直都很有分寸的呀！"她努起小嘴，脸色泛起微红，"你看我几时像对你那样……对那付老头，韩希尧，还有那个人妖呀……"

林峰闷哼一声，嘴角却勾起一缕笑意。他伸手捧起她的小脸，目光如水般深沉，"你这狡黠女子，一向诡计多端。"

"我再聪明，那还是得听从上将军您的吩咐嘛。"她轻声，露出一抹娇憨笑容。

林峰眼里透出满意神色，不禁得意一笑，却丝毫没有留意，苏莱莱背过手，正偷偷的将身后的一堆衣袍慢慢聚拢。趁他分神片刻，她猛然一个起身，抱起大堆衣袍直朝他脸上扑去。

一声恼怒之极的怒吼震响而起。

"放肆苏莱莱——为夫定要将你剥皮拆骨！"

随之响起她的笑声，一连串的清脆与欢悦。

此刻两人的怒吼与笑声，反复交织，浑然互溶，却引得帐外的杨翙恨意更重。只是这一袭帘幔，却将他的心与她，遥遥隔断千里。

原来自始至终，他不过是个"无关的旁人"罢了！纵使他几多进改，却依旧一无所获，只不过是自欺欺人罢了。他本不信天命，自以为能以他的能力改变命运，然而天意注定，命运如此乖舛，失去的身份、地位、权势等等，他都能够全然作罢，只是为何连唯一深陷的情爱，也沦入必败结局？情爱于他来说，本无关痛痒，只是度过无数庸碌岁月，他竟会一再沉醉。

杨翙垂下眼睑，半合上双目，转身子然离去，将那令他妒火中烧的场景，全然抛却。

天幕浑黑，荧荧篝火映出无尽苍穹。不时传来的阵阵欢声笑语，刺得杨翙心中更闷得发疼。他急切想要逃离，可这融洽欢欣的场面却犹若芒刺般，不住狠扎着他的神经，令他难以忍受。此时此刻，孤冷落寞的暗屋，似乎更适合他的心境。

杨翙脸上毫无表情，心中却泛起满满苦涩，沿着后台，朝拴马的营地而去。空旷的营地，四周一片寂静，只剩下满目的骏马，轻轻搓动这马蹄，叩出浑浑的声响，

一个纤长身影迎面而来，在望住他之后，竟愕然停住步伐。

他蓦然抬头，眉心深锁不解，如万年坚冰般，冻如霜雪。远处的火光浮动，隐隐约约透出一片绰约，唯独他的脸色，黯淡无光。

"翙哥哥……"林湘儿脑中却忽地一闪，转而改口轻声道。声音漫入空旷气息中，显出几分寥落。"杨翙，你为何一个人在此？不参加那庆功会么？"

脑中骤然掠过猎猎风声，杨翙冷然叹气。苍白的脸孔浮起缕缕苍冷，仿佛陷入迷阵般，瞳孔中满布朦胧。

本想拖攮住他，讲些趣事逗他开心，可察觉出他的郁气，林湘儿尴尬地悻悻一笑。垂下眼睑，余光却扫过右手小指上的指套，黑色的指套融入夜色，本已不再清晰，却偏在此刻显得如此触目。那股强烈的自卑猛然而起。她垂下头，轻声问道："你似乎不开心，何事让你如此烦闷？"

杨翙侧首，转眼直视住她。一道冷厉目光电掣而过，森冷而决绝，狠狠钻入她的心间，霎时之间，她脑中竟浮现出那日，他脸上那道狰狞血痕，以及那狠厉彻骨的话语，引得她脑中一阵剧痛。她愣然失魂，只能呆呆凝望住他，不知道如何应对。

空气凝滞般，冷冷相对的两人，彼此的心中，泛出不同的酸楚。

"你要离开么？"林湘儿终于打破僵持，"你也要上台呢……你走了，找谁替代？"她声音湿润，一语双关。

"总会有人替代。"他脸寒似冰，漠然回应。

"可是，你那套衣衫是好早之前，菜菜设计的，让我给你缝制。可是我笨手笨脚，多亏她帮我……"她喃喃道，"就算体谅下我的心意，回去好么？"

那个名字，竟猛地激起杨翱心中的念头，让他如梦初醒。他只是个无关的旁人么？那她为何也替他设计衣袍？她不是讲过，只对林峰如此么？他竟惑然，那聪慧善谋的头脑，怎会如此蠢笨？他思绪不出，却也无法抗拒，心底的念头催促着他回去。

他终究割舍不下，即使远离，他也难以释然，纵然是已知的结局，他也要全力挣扎。阴冷的笑意从杨翱唇边漾出。他压下所有痛觉，毫无瑕疵的脸孔，绽出邪魅般的神色，仿佛不曾经历过痛楚一般。他颔首道："那里太吵闹，我不过过来透透气罢了，自然还会回去。"

仰首瞥过天际，全然认定他此刻的执念。

杨翱返回后台时，已经满满簇拥着一堆人。仿佛众星拱月般围得层层累叠，究竟是谁在这中央？他眉心忽拧，却听得身旁的林湘儿高声呼喊起来，脸上漾起欣然笑意。

"菜菜，我找到他啦——"

人群骤然散开。他们身上穿着奇异衣衫，却并不难看，反而将各人身型的优点突出：女子均显娇娆有致，男子则更显挺拔俊伟。这都是出自苏菜菜之手？杨翱深吸一口气，心中泛起阵阵波澜，她总是如此别出心裁，敢做这世所有女子不敢为之事，如此与众不同的她，又如何不让他迷乱呢？

"来啦！"传来苏菜菜清亮的声音，接转而至的，是她笑意盈溢的小脸。她亦换上一袭短袍子，并未梳发髻，秀发垂肩，红润的嘴唇泛起闪亮的光泽。

一时间他竟恍惚呆滞，目光无法转移，双眼即使冷漠，却掩不住满目痴色。

"杨翱，你去哪里了呢，大家都换好衣服了……"苏菜菜轻声低吟，脸上不禁掠过一缕尴尬神色，却即刻淹没。她抿嘴笑笑，嘴唇轻微上翘，"连野蛮人都换好衣服啦，就等你啦。"

杨翱脑中一怔，目光舒展，愣然移向她身侧的高大身影。

那包裹着林峰的白色衣衫，贴服在身躯上，将他胸膛的肌肉，突显得分外明显，深灰外袍虽然外敞，却只是长及膝处，肩线方而狭窄，袖口竟是紧收。虽能寻得这世衣袍的影子，却明显是另一种奇特风格。他并未梳理发髻，长发却低束起，直垂在肩，两道浓眉间，似在竭力隐忍不快气息。

平日的林峰，不是一身戎装，便是暗色长袍，今日这衣袍穿在身上，竟会将他俊拔的身型全然呈现。杨翾眼神冷冽，一种莫名滋味竟涌上心间，似乎有些自卑意味，一向冷傲自负的他，此刻竟会自怨自艾。或许他与林峰，身高接近，加之以前均是宽袍覆身，他从未意识到两人的区别，这奇装异袍，竟勾勒出强烈对比。林峰这般威武挺拔，而自己，空有身长却苍白清瘦。与林峰相比，他又何来阳刚之气。他脑中浮现起，初次见面时被她当作女子的场景。纵然这甜蜜记忆，令他反复回味，却无疑刺中他的软肋，难怪她会选择林峰！自己头脑过人那又如何，女子终需要一个强大的守护，而这所有的一切，他都无能为力。

杨翾暗暗闷叹，转首一侧，躲闪着苏莱莱的目光，漠视着令他自卑的对比。

仿佛察觉到他的低落，苏莱莱心中也拂过一缕难堪。那日的纠葛不了了之，她本以为，两人都可以断然抹去，视若旧事罢，只是为何对面相对，却依旧陷入尴尬境地。

"杨翾，这是你那套，赶快换上吧……"她轻咬嘴唇，并不直视他。

杨翾接过衣袍，冰冷的眼眸却燃起痴色火焰。他终究不可逃离，他已有决意，为何偏要如此畏惧？嘴角勾起一抹冷肃笑意，驱散心底所有怯意。他狠狠盯住她，淡淡道："既然是副军师亲自缝制，那我便遂你心愿罢。"

扔下这句冷若冰霜的话语，杨翾随即转身而去。目光中冷冽无光，甚至对所有旁人，也断然无视。

面对他如此态度，苏莱莱心中的尴尬竟全然退去。她不禁撇嘴，喃喃道："死人妖……又板起那张僵尸脸……好像全世界都欠他钱似的。"转而嬉皮笑脸地走向林峰，抬手拍他的背，"还是某人好，总是吹胡子瞪眼的，表情极为丰富！"

林峰却意外地并未动怒，只是望着杨翾离去的身影，脸上微起惑色，低声自言自语，"他似乎有心事。"

苏莱莱眼里骤然拂过一丝惧色，她竭力隐去慌乱神色，扬起笑脸，故作镇定道："没有吧，那人妖一向都爱摆酷装帅，脸上向来没有表情。要是他大哭大笑，那才叫有心事呢！"

"或许……是我多想了吧。"林峰沉声道，双眉渐渐舒展。

镇定，镇定，苏莱莱的心狂跳不止。那日的意外，已过去多时，况且也只是杨翾单方面而已。既然自己无错之有，为何又会这般惴惴不安？她心中责怪自己，杨翾已不再提及此事，而且从刚才的情形看来，他已释然，自己又何必杞人忧天。

第二十章　夜籁缠绵

心底恍然放松,她长长舒下一口气,眯起眼,轻轻挽住林峰的臂膀,白皙的脸孔上,满满的安然。

俄顷,几名侍女领着已穿好着装的杨翾,缓缓而来。

"哇——太有型啦!"苏莱莱惊呼起来,几乎雀跃似的神情。周围的人却浑然不解,甚至连杨翾自己也大感惊愕。

她朝眼前的颀长身影望去:精致冷俊的面孔,窄直的长裤与衬衫意外契合,简洁利落的半身外衣,将他修长的身形勾勒得更为明显。

杨翾心中隐隐不快,为何她竟如此欢欣?林峰那身衣袍,正将他身形的优势展露无遗,而自己的却将缺陷全然暴露,平日的宽大衣袍还能稍微做掩饰,但此刻的自己,犹如一支孤竹般,纤细而羸弱。难道她此举,竟是为了突出这鲜明对比?由自己的缺陷,更衬托出林峰的伟岸?脑中犹生起窒闷恨意,激得他脸色几乎大变,愤然离去。

他却不知,苏莱莱却是发自内心的赞叹。千年前的杨翾,又怎能料到,遥远的千年之后,苍白也能成为浪漫,纤细更是优雅,阴郁面孔、羸弱身材的男子,颠覆般的成为美的主流。

苏莱莱乐意得大笑,不禁感叹,不断说着旁人听不懂的言语,"这身是我按 Hedi 给 Dior Homme 的 07 年最热款改装的呢,众人之中,只有你的身材和气质才能穿呢!"

在时尚杂志工作的她,对 Dior Homme 的迷恋到了极致,但这享誉时尚界的男装品牌,却无疑是最挑人的男装,除非几乎病态的消瘦,苍白并且高挑的男子。否则一般的男人完全穿不出那种极致的、诡异而高贵的效果。她头一次遇到杨翾,就已认定他是绝佳人选,那种决然、妖冶,却又清凌的气质,在这一刻,更是展露到了极致。

杨翾心中不快,侧首拧眉,紧闭的嘴唇边,泛着冷冽的色泽。他心中不住怒责,为何一想到她,就如此轻易的妥协?为何不予然离去?如今在这众目睽睽下出丑,又岂是他那高傲阴郁的性情所能接受?他暗暗咬牙,强抑制住恼怒情绪,转身就要离去。

苏莱莱浑然不知,兴奋地拉起林峰的手,直蹦到杨翾面前。不等他喷然离去,已然开口笑道:"杨翾,你的身材真好!简直就是古代版的'Boyd Holbrook'……不不,Boyd 有点孩子气,你比他更成熟,更妖艳,哈哈!"

顿时空气结霜般尴尬,只因无一人能听懂苏莱莱自顾自的旁白。

林峰心中却泛起微微悸动,每每见她重复着旁人不懂的言语,却又毫不在意回应般，仿佛只是要讲给她自己，脸上依然满满专注认真的神情，总是令他忍俊不禁。

苏莱莱猛然昂首，盯住林峰，一弯清眸含水般清澈，"野蛮人，你就别指望了，你这辈子也穿不上 Dior Homme 的，你就好比 LouisVuitton 家的猛男 Oliver Altman，只能卖弄胸肌……哇哈哈……"她掩嘴大笑，挤眉弄眼。

众人愕然不语，老付却凑上前，摆出几个威猛的姿势，指着自己问道："那老子呢，老子这条件，能算 XX 家的 XXX？"

"你？"苏莱莱几乎笑喷，"付老头就别在这边搔首弄姿啦，你跟'美'都不沾边！就算回炉重造，也不能以次充好呀！"

"老子——"老付怒气冲冲，直捏拳挥掌，但一触及林峰凌厉眼眸，便软了气势，只得闷声直骂。

众人轰然狂笑，凝结的尴尬气氛骤然散去。每个人的脸上，都洋溢着明亮笑容。

昂首望住林峰，她眼里满是甜蜜的柔色，他的眼中，也布满怜惜神色，两人相视对望，绽出幸福笑意。眼角的余光忽地扫过杨翾孤寂身影，他依旧冷漠如昔，眸底的炽色，却深如黑夜般，绝无光亮。

夜籁似水，月色倏隐乍现，荡漾起光影。初夏的夜，还残留着微微凉意，柔风飘拂作响。天宇如幕，将这热闹纷繁、却又别出心裁的庆功会，逐然呈现。天幕下的洛阳旷野，笑语远喧，士兵的欢呼击掌声，在荧荧火光映照下，将此刻的欢欣，更全然勾勒。

人声喧闹下，气氛炽热沸腾，仿佛一切的不快与寥落，都在这一刻欣然化解。就连幽郁阴冷的杨翾，脸上也蒙起淡淡的柔色。

韩希尧与苏黛夕的婚纱套装，两人红霞满脸的神情，相互搀着走出……台下立刻响起阵阵欢呼声，"韩先锋——亲一个——"

苏黛夕大感窘意，一时间竟不小心踩着裙摆，满脸惊恐的惧色，娇躯猛然斜落，几乎摔倒。韩希尧眼疾手快，箭步突上，急忙扶住恋人，眼眸中透出缕缕悸色，"小姐无事吧？"

苏黛夕轻咬下唇，白皙脸庞一片深红，只是愣愣点头。

一缕笑意从韩希尧嘴边划出，正要将苏黛夕缓缓扶起，却忽感脚底不稳，心底一阵发紧，副军师给他的这鞋，鞋底又硬又滑，刹然间他竟失去平衡，猛一个踉跄直摔在地。

第二十章　夜籁缠绵

这军中的第一猛将粉墨登场,竟然会身子不稳摔倒在地,当众出丑!

"哈哈啊哈哈——"人群中炸雷似的狂笑,而最明显的那声狂放笑声,竟是后台传来。

老付不顾仆役们阻止,提前冲出去,掩饰不住的狂喜,指着韩希尧道:"活该,遭罪了吧,韩小白脸!就你还号称军中第一猛将,我呸!先锋的位置,我看你还是乖乖地让给老子吧!"

台下的哄笑却更为高扬。老付哼出一声,毫不在意似的大摆姿态,自在从容,引得台下掌声连连,不时夹杂着起伏的哨声。

这浑蛋付老头,好好的一场时装秀,就被他给搞成了个大杂烩……苏莱莱捏出拳头,无可奈何地轻捶额头。站在台下正前方,她这刻的心情却舒展而惬意,之前的种种紧张、惆怅、尴尬已经一扫而去,脑中忽地灵光闪过,嘴上浮起一缕笑意。她摸出已关机许久的手机,将这欢欣时刻拍下,全然记录。

直至林峰的身影投入眼底,她心中隐隐泛起一缕惆怅,眼里竟有轻泪迷蒙。累的时候,总是会想念家里最初的甜蜜。远行多年,才知原来咫尺天涯,虽不过是寥寥数笔,但当她将所有负担离弃,才发觉自己已绕行太远。

朦胧泪光中,现代社会所有喧哗的过往,统统消失不见。爸爸,妈妈……她心中低声轻语,原谅我的抉择,你们一定要平安健康!女儿一定会幸福,纵使相隔千里,纵然离散千年,也斩不断彼此的深深思念。

将手机关上放回袋中,这里面所记载的一切,两千年前也好,两千后也罢,都必然是她最珍贵的记忆。苏莱莱轻轻抹去眼角的泪水,舒下一口气,用甜蜜笑意将哀色取代,融入此刻的悦色中,尽情欢闹。

望着这片欢歌乐舞,林尚候心中亦一片安然。苏莱莱这来历不明的女子,却偏偏拥有过人的魅力,原本担心她这古怪庆功,会引起兵士反感,可出乎意料的是将士们多日来的疲惫却被庆功会一扫而去。此举无疑将为她在军中赢得赞誉,更能促使军将们放松心绪,全力为今后备战。这女子灵动精灵,又学识广博,更是智慧过人,今夜看来,她又满具亲和之力,再加上对过往不究的大度,即使她并非名门贵族,却足以匹配他的独子。他日成为一国之母,她的善谋与亲和力,正是君王之妻所需。

林尚候眸底流露出丝丝赞许神色,心底暗暗慨叹,当年牙牙学语、雁雁成行的孩子们,如今均已长大成人,即使之前遭受断指之痛的湘儿,今日也能走出阴霾,渐渐释然。这满目欢愉境况,却独缺了一人。

蹙眉叹息一声,林尚候合上双目,心中默默低念,彻儿,何日才能重聚?

但这欣欣寰宇中,却有一个身影匆忙赶至,神色焦灼,满目慌乱惊惧。他直直走向林尚候,附耳低语,两道眉毛更显焦虑不安。

林尚候原本笑意满盈的脸孔,倏地颜色骤变,眉心陡然拧紧,湛然幽邃的眼眸中,绽出难以掩饰的怒色。

为何这狂喜之夜,却传来如此扰人心绪,且令人愤慨的讯息?!

次日清晨,林家议事厅内,坐满一张张神情肃穆的面孔。

林尚候双手负于身后,神色凌厉凝重,望下座下的众将,沉声道:"昨夜蜀地传来密报,我洛阳派去蜀中结盟的使者,已被蜀王诛杀。"

"什么——蜀王竟如此大胆?!"

"太不将我洛阳林氏放在眼里,小小蜀国,竟然如此张汪!"

众将啧啧,纷纷愤慨出声,无不充满恼怒神色。

林峰浓眉忽挑,一抹凌利神色涌上,却转而隐隐掩下,朝向林尚候,语气中略有疑惑,"父亲,蜀中地小国弱,何来如此魄力,竟敢斩杀我方使者?!其中必有缘由。"

"不错。"杨翾冷声接应,双目透出幽郁神色,似乎若有所思般,"交战两方斩杀来使,自古就是兵家大忌。此类行径,通常被视作有意挑衅,况且我方使者并非求战,乃是求和,蜀中却不顾道义,将使者斩杀,此举无疑等同于向我方宣战。"他冷肃的眼里,微起惑然薄雾,"如林峰所言,蜀中辖地较小,且国势甚弱,何来如此底气,公然挑衅如今最大势力的我方?此事颇为蹊跷。"

有武将问道:"难道蜀中自知难逃亡国,故作垂死挣扎,与我军力抗到底?"

杨翾伸出手掌,只是轻挥道:"并非如此,使者名为求和,虽主公意在整个蜀中,却已是攫取秦廷之后。况且我军同燕北苏氏已有盟约,全天下可鉴,我军并非背信弃义之徒,对苏家的承诺,从未违背。"他淡淡道,"此举正是我军自降身价,与蜀中示好,他们绝无理由怀疑我方诚意。"

"那有没可能是这蜀中目光短浅,自以为能与我军一争天下?"另有将领揣测般问道。

杨翾嘴角勾起一抹冰冷笑谑,神色倨傲清冷,"蜀中是何等角色,纵然敝处西南荒蛮之地,却不至于如此自不量力,妄图挑战如今最强势力?若然如此蠢笨,又如何能固守蜀地数百年?"

见众人的猜想都被杨翾否认,苏莱莱喃喃自语,白皙的脸颊泛起淡淡神采,"会不会有人在背后给他们撑腰呢?"

林峰拧眉,浑然沉声低吟:"杨翾,我也正有此意,蜀中背后是否另有一股势

力支撑？"

"不错。"杨翾低垂眼睑，声音飘忽而冰冷，却不由自主地望向苏莱莱，却惨然惊觉，她的目光始终望向身旁那个高大俊挺的声影。他心中一阵刺痛，仿佛受伤般挪开了视线，转而满目冰冷妒意，略带戏谑的语气，"你二人果然心意相通……"遂咽下胸腔的郁气，冷冷道，"如今田齐已灭，燕苏已是盟友，唯一能够与蜀中勾结，且令蜀中嚣涨气焰的，也只有一方。"

顷刻间，在场者皆恍然彻悟。

林尚候眉心不解，心中郁郁发闷。暴秦，你还要继续掀起无止境的战争，继续荼毒天下苍生？一日不将你推翻，便一日不得止息战乱！

杨翾脸上的寒意骤然加深，俊逸狭长的眼眸蒙起薄霜，深邃而幽郁道："当今天下形势看来，燕北苏氏已然退出争雄行列，临淄田齐降伏我洛阳，只余下蜀中及秦廷与我方并立抗争。"他吁一口气，瞳孔微微收拢，"只是三方力量不断消长变化，此种局面正渐趋崩溃。"遂转向众将，"各位应有所知，蜀国前代君王死后，新君年幼无能，辅佐君王的将帅虽有才华，却无奈身为女子。蜀廷早已内争迭起，朝廷上下矛盾极为尖锐。而曾为辅政重臣的御史柏灌岷，非但不思励精图治，反而取宠弄权，结党营私，蜀国朝政已日益腐朽，如今已是面目全非。"

一抹自信笑意浮上，林峰眉角一扬，满目肃色道："蜀中的辅政女将遵循先君遗诏，内部齐心，不对外轻易用兵，曾一度为国内维持较为稳定的局面。及后柏灌氏乱政，蜀中已是师老民疲，犹如风中之烛，如今更是攀附暴秦，竟斩杀我方使者。"随即转向林尚候，目光炯然，声音豪迈，"父亲，此时伐蜀，易如反掌。如此绝佳时机，决不可错过！请父亲务必下令讨伐蜀中！"

人群中却有质疑声响起，"若只是一方孤势，尚可言手到擒来，但如今蜀中已与秦廷勾结，两股势力一旦合并，只怕伐蜀会有阻滞呀！"循声看去，正是曾统帅南阳一役的柳志展。

林峰冷哼一声，一副不屑神色，"柳将军此言，莫非是惧怕这两股势力合流？"遂转向柳志展，目光冷峻利落，"蜀中虽近距暴秦，却因山势险据，易守难攻，极不适应融合作战。若此两方势力联合，蜀中只能以守为主，而暴秦则从后攻来，形成合围趋势罢，对此情形，只需逐个击破！"

杨翾亦斜兜柳志展一眼，冰冷的眸子中满是鄙夷，"另一种可能，秦廷以蜀中为饵，引诱我重兵压境，蜀军利用蜀道天险将我军拖滞，秦军便以关中破口长驱直入，捣入洛阳腹地，将洛河地区据为己有。"

言罢，杨翾朝向林峰，俊美的脸上，一抹夷然笑意。林峰领会般，嘴角拂过淡笑，信赖般的目光，宛若将柳志展径直忽视，从容而大气。

望着如此默契的两人，柳志展悻悻退后，不敢再多嘴出声。

相视而笑的两人，这融洽的刹那，投入一旁苏莱菜的眼底。心中的波澜缓缓散去，她如释重负般舒下一口气。杨翾终能忽略那日尴尬。既然所有愕然与不快已统统消散，那一切便照旧吧！如此念到，她心底隐隐漾起幸福的滋味。

余光微微扫过，苏莱菜白皙的脸颊依旧动人，引得杨翾心中一阵窒闷。只是战事在即，他不得不放下私人情爱，况且，如今这僵持而和谐的状态，也许更适合即将开幕的战局。

杨翾舒展拧起的眉心，面色静若止水般，冷冷道："如今应提早做作伐蜀准备，为混淆视听，同时向外扬言先攻秦廷，以迷惑蜀国上下。"

"聪明呀！"苏莱菜惊呼而起，娇俏的小脸上，洋溢着敬佩的神色，"就算不能迷惑蜀中，但是也能对秦廷起到一定的威慑作用！果然不愧是人妖！脑子真是打得滑！"她大方地朝他投去赞许的微笑，眯起的清眸中，烁动着柔美的光泽。

这个短暂的浅笑，却偏偏挑得杨翾心绪不宁，令他不敢直视她清澈的眼眸。他侧首，稍不自在的神色。心底却温温的暖意，仿佛和煦的日光，将心间的阴霾耀开。他缓缓走到议事厅正前，林尚候的座位后方，朝林尚候叩礼，转向挂在墙上那卷羊皮地图，目光却不由自控的，朝向苏莱菜的方向，空茫的眼神仿佛穿过了她的躯体，落下满满寂寥。

杨翾暗暗叹气，收摄目光，继而朝向众将，伸出纤长手指，轻触羊皮地图，肃目道："蜀中与秦廷，千万年来，均为秦岭所阻断。秦军若想与蜀军并肩作战，必先翻过秦岭。众所周知，秦岭山体雄伟，势如屏壁，若大批军力翻越秦岭，无疑类同长线作战，必然疲乏不堪，且耗时需久。秦军若意欲赶赴蜀地，与蜀军合围我军，届时翻越秦岭将是巨大考验，极可能秦军到达之时，我军已攻破蜀地天险，若由得我军占据蜀地门户，无疑扭转形势，秦军贸然赶来，不过是送死罢了！"他顿了顿，吁出一口气，"由此推论，秦军绝无可能冒此大险，翻越秦岭与蜀中合围。"

林峰抱怀，浓黑的眸子，释出从容笑意，"依你所言，秦廷只可能采取第二种战略？"

杨翾点头道："不错，既然与蜀军合围已不可行，那秦廷必然牺牲蜀中，利用蜀地天险为饵，引诱我大军突入，待我大批军力投入讨伐蜀地，秦军定然踏过关中沃野，直捣洛阳，妄图攻据洛河地区。"他指向关中地区，"而关中尚属秦廷，

第二十章 夜籁缠绵

411

只有少部分沦入我方。关中沃野四塞险固，易守难攻，虽不及蜀山险峻，却山川环抱，气势团聚，其以下兵于诸侯，如高屋之上建瓴水，绝对是称霸天下的帝王之资。秦廷之所以能一再垂死挣扎，也是赖于关中地势。"

苏菜菜听得头大，扁嘴绞着衣袖把玩，不禁噤声问道："人妖，你不是说秦军会来攻洛阳吗？为什么又说关中易守难攻？"

杨翾依旧冷若冰霜，俊逸眼眸中，却隐含着深不可测的异芒，"我正是在分析秦人意图，关中既然易守难攻，同时秦人亦欲反袭洛阳，此举有何隐意？"他嘴角浮起一抹冷笑，包含深意般，又似乎笑谑，"副军师，莫非你不明白？"

他目光如此深邃，似乎话中有话般，灼烧而来。苏菜菜却并未留意，满心以为他早已释然，思索片刻，惊呼道："哦！我知道了，你是想说，秦军既然知道关中易守难攻，所以一定会放心大胆，竭尽全力攻打洛阳！"

"副军师果然聪慧。"杨翾微微颔首，俊美的脸孔却澄净冰冷，宛若千年难融的积雪，苍白而寥落。

"杨翾，依你所言，秦军定会力求一击必杀，重兵攻伐洛阳，那秦人巢穴的咸阳，必然后防空虚？！"林峰若有所思，浓眉忽拧。

"正是如此。"杨翾点头，继而转向林尚候，"主公，对此次伐蜀，属下提议兵分三路。"

林尚候蹙眉，目光略有疑惑，却仿佛信赖般，"为何兵分三路，翾儿可是有对战之策？"

杨翾满眼肃色，沉声应道："分三路备战：一路征讨蜀中，由林峰率兵；另一路驻守洛阳，恳请主公亲自坐镇；至于最后一路……"他放低了声音，目光中透出忧郁难解的神色，似乎满含痛楚般，"属下愿亲自领兵，趁秦廷攻至洛阳时，直破秦人老巢。"

人群中立刻响起赞许声，夹杂着啧啧议论声。

林尚候赞许般点头。杨翾心思缜密，这布局可谓极为谨慎，绝不令自身陷入丝毫险境。林尚候敛回笑意，一脸肃色面向众人道："军师所言在理，老夫赞同此提议！"

杨翾深吸一口气，露出冰冷却倨傲的笑意，指向地图道："进攻蜀中只需投入十万兵力。林峰可率兵六万，自狄道，向利州，剑阁，进攻驻守在此的蜀军主帅他莫孤醒。韩希尧可率四万人马，自祁山向阴平山头，切断他莫孤醒后路。"他冷哼一声，脸上泛起一抹阴狠的笑意，"如此一来，他莫孤醒既不能勇往而直前，又不能固守以善后，唯有陷入进退两难之地。任她如何天纵英才，却也无力回天，只得束手待毙罢了！"

苏莱莱却疑惑道："自古以来，剑阁都是一夫当关万夫莫开，蜀军只需要少量驻兵就能守住这里。为什么我们不避开剑阁，直取成都呢。"

"副军师，纵然直捣成都，颠覆蜀宫又如何，此战旨在消灭蜀军有生战力。那孤儿妇孺的蜀国王族，挟来又有何用。"杨翾淡淡道，目光中蕴含无尽阴冷。

林峰却望向她，颔首道："苏莱莱，你可知成都乃是蜀中腹地，向来极为繁华富庶，而且人烟稠密，若我军直攻入成都，定会误伤大批无辜平民。"

"嗯！你说得对！"苏莱莱迎住他的目光，甜蜜笑道，"我还以为野蛮人你也只是……不屑要挟成都的蜀国王族呢，原来是为了百姓打算！"

两人甜蜜对视，双手紧叩，彼此的信任和依赖，在此刻展露无疑。

杨翾心中隐隐生出恨意，咬牙切齿，林峰，为何竟然一句理由，你也可以讲的如此冠冕堂皇？究竟是你果真如此仁慈，还是有意而为，目的，只是要在她面前，将我彻底丑化？！

第二十章 夜籁缠绵

第二十一章 剑阁遇阻

夏日时节,却正是秦历岁末,林氏分三路作战,其中进攻蜀地的大军,分别由林峰与韩希尧率领,前后出击。柏灌岷不顾他莫孤醒反对,强令汉中外围据点的蜀军撤退。林氏大军在无抵抗的情况下,疾速攻入汉中,并随即进逼阳安关前。蜀中阳安守将坚守苦战多日,最终因力不从心,终开城出降。进占阳安关后,大军又长驱直入,进逼至剑阁,与驻守在此的蜀军主帅他莫孤醒直面而战。

巍峨剑阁,峥嵘而崔嵬,直扼入蜀地的咽喉。因居于大剑山中断处,峭壁连绵,横亘似城,绝崖断离,两壁相对,其状似门,故也称为"剑门"。

剑阁苍山绵延,四周均是深沟险壑,突兀而拔张。由于地势险要,成为历代兵家必争之地。相传战国时期,古蜀国第十二世开明王朝国力衰退,蜀王荒淫无道,秦惠王欲吞蜀,苦于无路进蜀,谎称赠五金牛、五美女给蜀王。蜀王信以为真,派身边五大力士,劈山开道,入秦迎美女,运金牛,才开通了这条蜀道,称为"金牛道",又称剑阁蜀道,此为剑阁蜀道的最初来历。

剑阁蜀道位于蜀北部,南起梓潼石牛,北至利州七盘关,东横阆中,纵横蜀地,一路壁立千仞,峰峦叠嶂,千百年来,是由旱路出入蜀的必经之道,也成为蜀国防御北方部族入侵的屏障,可谓之"蜀北之屏障,两川之咽喉"。数百里古蜀道延绵而下,将战乱的硝烟,与这天府国度,断然阻隔。

然而,剑阁注定成为生死的疆场,以及孤魂野鬼的墓地。它流淌的气息里必定存留着鲜血、悲壮、厮杀、惨烈、阴谋与阳谋。历史不断前行,剑阁也在不断的更替着主人。每一次的主客易手，都要伴随无数次的拼杀，如雷的呐喊，撕肝裂胆的惨叫，喷涌如注的热血。

如今，历经漫长岁月流徙，这闻名于世的雄关险隘，在数百载的轮回枯荣中，全然呈现。

而剑阁西部，有相连的两座山川，名曰小剑山与大剑山，其道小谷深，易守难攻，但却又是通往成都的必经之道。他莫孤醒利用这种有利于防守的地形，布下重兵，列营守险。一旦林氏大军突入，便采取死守狭口，且战且退的应对策略，并不时利用对地形的熟悉，反复偷袭扰乱。多日对战，却屡攻不下，林军将不禁深感疲乏。面对此种颓态，林峰大为恼怒。

临江驻扎的林氏军营，传来阵阵震怒的训斥声。

议事营中，众将垂头丧气，面对暴怒的林峰，不敢出一言以复。

他指着一名武将，双眉紧拧怒斥道："李耕草！你身为左路副将，竟敢如此渎职！将副军师的命令置若罔闻！"

被唤作李耕草的副将骇然失色，脸孔惨白难堪，颤颤巍巍道："上将军……末将……末将罪该万死，竟疏忽了粮草……被敌军乘虚而入……"

"混账，若非及时发现，粮草定被敌军烧个精光！此等重罪，你如何承担？"林峰咬牙切齿，凌厉双目中，掩饰不住的暴戾气息。

李耕草被这威厉气势骇住，双腿发软，垂头颤抖道："上将军恕罪……末将自知罪责难担，只求上将军饶末将一命。末将愿降为士兵，再为上将军效命……"

"粮草大半遭毁，军心必然受损！你这狗命死万次也不过！如今你竟斗胆向本帅要求活命？！"林峰双目隐隐泛红，厉喝一声，狠狠一拳砸在几案上。

呲——木块裂开的声响，伴随着众将惊恐万分的眼神。整座营帐内，人人慌乱失措，只求上苍保佑，不要激怒上将军。

李耕草只觉脑中一沉，泛起万念俱灰的惊骇。双腿竟瘫软不稳，一副颓败姿态跪倒在地，满面泪水不住哭求，"上将军饶命！末将为林家效忠多年，此次实属无心之失！求上将军饶命！末将尚有妻子长女，求上将军网开一面……"

林峰此刻却怒火中烧，丝毫不理会李耕草的哭求，恶狠狠道："废物，自知罪责难逃，为何不敢凛然赴死，跪地求饶又有何用？！"他双目怒睁，转向身侧侍卫，一声令下，"将他拖下去，军法处置！"

众人纷纷露出不忍神色，却对此时暴怒至极的林峰惊骇不已，只得咽下唾沫，暗暗默念。

"上将军饶命呀……饶命呀……"李耕草不住哭喊，似乎欲图垂死挣扎。两

名侍卫却大步迈到他身边，将他头盔卸去，紧紧绑了个牢固。

"将他拖下去！"林峰眸珠一转，眼中的凶色犹然清晰。

众人不敢议论，甚至连大口喘息，也憋闷着不敢发出。望着李耕草嘶声痛哭的模样，苏莱莱心中一阵不忍。

她早料到他莫孤醒死守剑阁的同时，必然会盯上军储粮草，以乱林氏军心，故命身为中路副将的李耕草带兵看守。但多日死守，士兵疲乏，李耕草心疼手下士兵，于是顶着烈日，带着几名手下潜入江中捕鱼。本打算为连日劳累的手下们开荤，却不想被蜀军逮住机会，一路轻兵潜入，放火将粮草烧了个大半。

李耕草纵然有错，却源于他的一个不忍。他心疼手下并无错，却疏忽了本职，导致了局势的大变。她本不该反驳林峰的命令，但望见李耕草苍白无力的脸，想起他家中的妻长子女，她如何也不忍眼睁睁见他赴死。她忽地起身，直面林峰，白皙的小脸上，一片肃色，"上将军，求您放过李副将！"

林峰脸上的怒意骤然加深，仿佛不确信她的举动般，浓厚的眉忽地紧蹙，沉声道："副军师，你可知此人犯下重罪？！为何还如此庇护？！"

"我知道！李副将带着一群手下去抓鱼，结果让蜀军钻了空子，害得我军粮草被毁掉大半！"她振振有词，不卑不亢的神色，"李副将的确犯下重罪，但念在他为林家效力这么多年，一直尽心尽职，饶他一命好吗？！"

"放肆！副军师，你意欲违逆本帅？！"林峰咬牙怒吼，侧额的青筋猛然突现。

"属下不敢！"苏莱莱高声呼喝，却昂起小脸，满目坚定神色，"现在我军军心已经动摇，上将军如果还随意斩杀将领，大家更会岌岌自危，生怕犯点错误就小命不保！这个危难关头，正是考验我们团结力的时刻呀！"

"军令为上！李耕草犯下军令，乃是他渎职应得！与我军心有何关联？！"林峰狠狠瞪她一眼，双目隐隐煞意，"莫非副军师意欲混淆视听？！"

苏莱莱秀眉微蹙，粉白的嘴唇轻轻努起，叹一口气道："所谓凝聚力，正是在共同面对危难的时刻，相互宽容，彼此扶持的力量！"她紧紧凝住林峰的双眼，目光如炬，"上将军，属下斗胆问您一句，您的敌人，究竟是蜀军，还是李副将？"

林峰凝住她，猛然惊愕。那淡紫色的古怪短袍，裹住的那副柔弱纤小的娇躯，为何却能蕴含着如此庞大的力量？她的无所畏惧，她的字字珠玑，她白瓷般的脸颊，均令他心悦诚服。对于她，他已不止是无可奈何，更多的是隐隐被她牵引。

那狂躁的心绪，竟在她清澈的目光中，缓缓散去，漫入这片刻的窒闷气息中。

他狠狠盯住她，目光却渐渐柔和，唇边勾起一抹倨傲笑意，低低自语："副军师,你太过奸狡善辩。诚如你言,本帅的敌人只是蜀军!"他转向侍卫,威赫令下,"李耕草可免一死,但违反军令,现降为伍长!"

"谢上将军恩德!谢上将军恩德——"李耕草连连磕头,脸上淌着劫后余生的悲壮。

林峰,谢谢你!她不住默念,抿嘴朝他投去微笑,心中不住默念,交织着浓郁的爱意。即使在这令她烦闷的关头,无计可施的困境,与他并肩作战,却依然甜蜜而安然。

林峰挑起了眉头,眸里厉芒闪动,却漾着一丝凝重。他转向苏莱莱道:"他莫孤醒原本驻军利州,按原定军略,已命左、中、右三路将军,分别自东、西、北三面进攻利州。韩希尧所率的大军亦翻越祁山,绕至阴平山后,切断了他莫孤醒的退路。她为了引开阴平山后的我军,只能引军从函谷绕到韩希尧后侧,伏击我军。而依你之计,已命韩希尧佯装惊恐,后退数十里,给予机会令他莫孤醒撤离,一切均进行顺利。"他蹙眉,声音略微疑惑。

苏莱莱点头道:"没错,因为要将他莫孤醒逼退,只能让韩希尧装作怕自己的后路反被切断,后退的时候故意让他莫孤醒越过阴平山,而韩希尧惊醒时,蜀军已经远远离去,来不及追赶了。这样他莫孤醒就会自以为计成,继续朝南撤离。而另一方面,咱们将阳平关攻陷,他莫孤醒无路可行,只好退守剑阁。"她不禁略微失意,叹了口气道,"原来想在剑阁下发起总攻,将他莫孤醒一举击败,却想不到她竟懂得利用这里的地形,把守住各路要道,设下坚固屏障。她深知我军长途行军,如果久攻不下,粮草肯定会紧张,于是随时对峙,偷袭我军后勤,烧毁粮草。"

林峰脸上泛起一缕犹然不退的怒意,厉声扬眉道:"如今粮草大半遭毁,剑阁却依然毫无进展,战况已陷入艰难,我军形势极为不利!"

苏莱莱双手抱拳,不住轻捶额头,一副焦灼神色,心中更是乱作一团。见林峰为战事如此伤神,她却毫无对策,胸腔竟泛起隐隐闷疼。如今战势进行如此不顺,随时都将面临粮尽退兵,前功尽弃的可能。预测与实战,总是分外有异,只是想不到,这次竟会截然反常,陷入颓败状况。

林峰神情凌厉,眼神中透出忧虑神情。现粮草只剩少量,撑不住六日,若六日之内不能攻下剑阁,他只能颓然退兵。他胸中郁气骤增,纵横沙场多年,虽不能说每战皆胜,却也从未遭遇如此败局,输在这战场之外的较量上。

他眼中泛起凛冽芒彩,满目肃色道:"不可就此退兵,若不及时攻下蜀地,秦廷必从后侵扰洛阳。唯今之计，只能将韩希尧急召至剑阁，两股兵力汇合，尚能以兵力强势采取疾攻，速战速决！"

苏莱莱无奈摇头，白皙的脸上泛出哀色，"第一，韩希尧赶来需要耗费时间。那时候军心很可能已经一蹶不振，就算人数占优，对方也有蜀山天险作为屏障，我们还是白白浪费人力罢了！第二，韩希尧的任务正是切断他莫孤醒的后路。一旦韩希尧撤离驻地，到时候就算我们攻下了剑阁，他莫孤醒也能带兵北逃，到时候没有韩希尧拦截，他们大有机会逃到秦岭下，一旦任由他们翻越了秦岭，将会汇入秦军，那我军不但鞭长莫及，更会给洛阳增加阻力。所以，韩希尧作为后防和屏障，绝对不能撤离。"

众将不禁啧啧低语，扰得林峰更为暴怒。他厉喝一声，"低声私语作何？若无计可施，都给我闭嘴！"

众将惊惧万分，不敢再交头接耳，顿时帐中一片静寂，只能听得到焦急的呼吸声，杂乱而惶恐。

林峰眼中的凌厉不断加深。思绪片刻，他满脸坚毅道："如今粮草遭毁，又不可能召韩希尧，只好拼上这六日之期，命麾下军焚舟破釜，誓死决战！"

苏莱莱猛然一震，心中泛起愕然滋味，脑中竟呈现出那巨鹿之野的项羽，难道这野蛮人想要效仿霸王？等等，不对，此时秦未灭，项羽应未存于世，况且穿越这趟，她才发觉真实与史书大为不同。难怪后人说，史书是胜者所书写。她望向林峰，柔声道："上将军请息怒。"唇边绽出一缕柔光，伸出手，轻咬着大拇指，脸上的神色不断变换，脑中隐隐约约想到些片段，竟逐渐组合起来，她惊喜的笑起来，"咱们就学金庸大侠笔下的慕容世家！"

众人不解，惶然望向苏莱莱，却见她满脸兴奋道："既然他莫孤醒懂得烧毁我方粮草，那我们就来个'以彼之道还施彼身'，也烧掉他们的！"粉色的嘴唇略略上翘，一副娇俏姿态，"我在我爸爸的兵法书里读过，《军谶》有讲：'用兵之要，必先察敌情，视其仓库，度其粮食，卜其强弱，察其天地，伺其空隙。'敌情我们早已观察过了，他莫孤醒带兵八万余人，中途一路撤离，现在也只剩下大约五万，而从实力上来讲，蜀军更不是我军对手，但他们唯一的优势就是这个剑阁的地势！我大学毕业那年，跟我父母去剑阁旅游过，虽然千年后的构造也许有不同，但大体应该相似！我还记得那导游说，古时作战，基本都把粮食存在点将台下一片较为平坦的山崖上。所以我想，他们的粮草应该就是那里！我们也效仿他们的方法，先去捣乱，把他们的粮草给毁掉！那他们的军心也会受损，这样从攻心之战来说，两方算是扯平！"

林峰若有所思，许久才厉声开口，"纵然攻心之战与他莫孤醒持平，但剑阁始终攻不下，而剑阁附近皆为蜀地，若不能疾速取胜，他莫孤醒还可从蜀地补给粮草。相较而言，我军驻地较远，粮草很难及时补给。"

苏莱莱笑了一笑，"我还记得那个导游说过，剑阁西面有一条羊肠小道，叫做'邪径'，这一带人迹罕至，我军可以从这里偷渡。"她抿嘴，眼里含着聪慧神色，走向前，指着帐中垂挂的羊皮地图，"我们可以从邪径经汉德攻找涪水。这个涪水是蜀地的一个军事重镇，离剑阁西大约百里，而距离成都大概三百余里。我们攻打那里，他莫孤醒一定会从剑阁来增援。那么剑阁就恍如无人之境，反过来，要是他莫孤醒死守不去增援，那我们就把涪水给吞下来，同时也切断了他莫孤醒的另一条退路，并且还能直指成都！"她飒然一笑，语气充满自信，"不过我基本可以保证，他莫孤醒一定会增援。"

人群中有惊讶声，"副军师何出此言？"

苏莱莱脸上盈溢出自得笑意，"因为你们讲过，他莫孤醒是个大忠臣啊！大家想想，如果她不去增援涪水，那成都将受到我军的直接威胁，对她来说，这意味着什么呢？"

林峰眉角微扬，露出一抹豪迈而从容的笑意，"成都临危，便是蜀王有难，他莫孤醒一心效忠蜀王，绝不会放任蜀王面临危机。她必然会增援涪水，以确保成都安稳。"

"对呀！就是上将军说的这样！"苏莱莱轻叹道，清脆的声音充满了雀跃。"从剑阁到涪水，高山险阻，人迹罕至，行军十分艰难，不过也因为这个原因，蜀军没有在此设防。我们只需要留少部分兵力在剑阁，继续佯装，以迷惑他莫孤醒，另外带上大队精兵，一路逢山开路，遇河架桥，绕到涪水，杀他们个措手不及！"她说完咬着嘴唇耸肩大笑，一脸狡黠与得意。

"苏莱莱！"林峰挑眉，眸子中的锐利却转为欣喜，嘴角勾起一抹笑容，大气而自得，"此计确实精妙！"望着她苍白娇柔的脸颊，林峰心中隐隐透出由衷的敬佩，糅杂着满满的爱意。如此聪慧多谋的她，这般与众不同的她，他又如何能割舍？他心中忽地漾起一缕愁绪，千年后的时光，她的天下，究竟是何种状况？！

望见林峰脸上的欣喜神色，众将纷纷赞叹不已。这燃眉之急的困境，可能退兵的颓态，竟由一名女子轻易解决。难怪这女子毫无势力背景，却能占据少主的全部情爱。众将心中虽有意外感，却仍不由得敬佩苏莱莱的绝妙策略。

林峰纵声狂笑，笑声豪迈而从容，眸中的凌厉化为睥睨群岭的气势。他一声

第二十一章 剑阁遇阻

令下,"一切便按副军师之计,即刻传令下去,选出约五万人马,即日随本帅自'邪径'险道,赶赴涪水!余下的一万余众,留守此地,以混淆他莫孤醒。"

苏莱莱却连连摆手,微微撇嘴道:"请上将军留驻在这里。偷渡的五万人马,请章将军率领就可以了!"见林峰隐隐恼怒,并且略带疑惑的神情,她忙解释道,"他莫孤醒与田凛不同,她智勇双全,思虑精密,处事也比较沉稳,主帅不在营中,她不会轻易上当的,肯定会疑心其中有诈,如果不小心被她发现我军偷渡'邪径'险道,那我们的计策,就会功亏一篑。"

她竟主张命章邯率五万大军?林峰转向章邯,脸上暗暗渗出不快,章邯虽稳重老成,并且经验丰富,但始终是暴秦降将,况且,此人曾是秦廷的支柱,叱咤风云的秦军主帅。更为传奇的是,此人曾由一名掌管后勤的少府,一跃成为秦人统帅。作为当年镇压陈胜吴广的名将,他的能力无须置疑,但此人的忠诚,却极值得斟酌。若将五万大军交到章邯手中,所谓"将在外军令有所不受",他大有可能临阵反戈,再度投入秦廷怀抱。

仿佛看出林峰的疑虑,苏莱莱嘴角拂起一抹轻柔笑容。她缓缓走到林峰身旁,轻轻招手低声道:"野蛮人,过来呀。"

面对众将,林峰顿感惊讶尴尬,但这女子一向如此,行事极为古怪,或许她又有妙计?即使心中不快,他却也俯低身子,浓眉紧拧。

苏莱莱忙凑到他身边,轻附在他耳边,低声细语:"你是不是担心章将军的忠诚问题?"

林峰面色冷肃,只是点头不语。

"章邯是历史名将,他在战术指挥上有着很强的能力,但缺乏大局观与战略眼光,这次战略已经拟好,由他来统领最好不过啦!另外呢,历史上,他只降过一次,后来……"她突然顿住,面色有些苍白无光。

"后来如何?"林峰沉声低问。

"他战败,自刎而死,没有投降其他势力。"她心中略有愁绪,却竭力朝他笑道,"所以,不用担心他的忠诚度问题,反秦并不是碍于战况不得已,他对腐朽的秦廷早已经失望。更何况,如今秦廷的掌权人是赵高,他更没有理由对一个阉人效忠。"

紧拧的浓眉渐渐舒开。林峰转向众将,目光中满是肃色,沉声道:"依副军师提议,本帅便命左将军章邯率领这五万人马,由'邪径'向南,奇袭涪水。"

章邯躬身领命,苏莱莱却颔首道:"请上将军命属下随章将军奇袭涪水。"

林峰脸上的寒意骤然加深,继而化为隐隐怒火。他恶声怒斥道:"战略已拟定,左将军自会领命行军。你身为军师,不留在本帅身旁,跟去奇袭作何?!"

苏莱莱扁嘴,一脸委屈神色,"那我问你们,你们谁对'邪径'的路程了若指掌?"她瞥过林峰一眼,咕哝着低语,声音细微得几乎听不见,"再说,我跟去也是为你打预防针,替你督促章邯嘛。"

见她的嘴形,林峰已全然猜到她的言语,监督章邯,哼,这顽劣女子,计谋奇策她总是聪明异常,揣度人心却无异三岁稚儿。若章邯真有心反叛,就凭她这柔弱女子,只会沦为他的软肋,反被挟为人质罢了。

他伸出大掌,示意她不必多言,冷峻利落的眼神,"此次战事,副军师随本帅留守此地。"

苏莱莱眼中却掠过一抹凝重,"这偷渡的行程,将会很辛苦。我懂得很多我那时代的知识,如果有我跟随着五万人去,能够避免走很多弯路……"她忽地叹气一声,"而且如果我去,我有办法令这五万人只带少量粮草,这样你们留守就可以多支撑几天。"

"荒唐!"林峰厉声呵斥,"本帅深知粮草短缺,但浩浩五万大军,若不带足粮草,岂是你一人之力能补救?!"

苏莱莱啧啧摆手:"这条险道山高谷深,我们需要轻装简行,如果带粮草,不利于行军。"她转向林峰,白皙的脸上,竟溢出不可抗拒的气势,"上将军,眼下大局为重,属下的个人安危不值一提。"

"一派胡言!"林峰怒斥。脸色却泛起微微的绯色,略透着一丝尴尬,仿佛被她一语中的般。这狡黠苏莱莱,看来她已猜中了自己的心思。自上次她跌入沂水,但凡战事,他绝不让她离开自己身边。此番她竟提出分头行事,他又如何能安然应允。但这诡计多端的顽劣女子,竟当众直指,更是抬出大局之势,身为主帅的他,面对众将,又岂能因一己私心,而影响局势战况呢?他闷闷不快,却又无可奈何,狠狠瞪住苏莱莱,咬牙切齿道,"副军师难道真有把握协助章将军,顺利奇袭?!"

"当然啦!"苏莱莱欢快道,"我也不想跟你分开呀,但这一战想要取胜,我必须协助章将军。"她脸上渗出微红润泽,凝住他柔声道。

他心中即使恼怒,也必须面对,眼下粮草已撑不过六日。若章邯与苏莱莱率这五万人绕道奇袭,将大部分粮草留给此地剩余兵力,那尚能维持二十日左右。二十日之内,这剑阁必然被他踩于脚下!

林峰双目含着深不可测的异芒,唇边洒然笑意,朝身侧的侍卫令道:"交两份兵符于章将军及副军师。"转而厉声下令,英俊坚毅的脸孔上,凛凛威赫神色,

第二十一章　剑阁遇阻

"章邯，苏莱莱，本帅便命你两人率五万人马，即日起程，不得延误。务必在二十日内成功奇袭涪水！"

"是！"两人同时领命。坚定的回应，融入这夏日的热浪中，充满力量。

夏日炎炎燥热，马蹄前行扬起滚滚尘土，车轮碾过透出尖厉声响，空中的飞鸟，振翅往来飞旋，剑阁却迎来一场场暴雨侵袭。

苏莱莱随着这五万大军，在章邯的率领下，一路凿山通道，造桥梁，在极其艰苦的条件下，已行军近十日。这期间随身携带的粮草早已耗尽，凭借着对草木的认知，苏莱莱为大军找出可食用的野菜，此地僻处深山，却赖以山峻天然，夏日雨后，山林中覆满丛丛腐木，菌类满岭。蜀地盛产山珍，这些古人又如何能知，千百年之后，这些如今无人问津的山菌，竟会成为昂贵的美味佳肴。

这五万大军，硬是凭着顽强意志，靠着野菜山菌，继续昂然前行。

眼见"邪径"已快行至尽头，涪水已愈发临近。连续几日的暴雨却引来山洪险出。夏雨后的晴空，清新而畅快的气息，将士们心中却难以愉悦。由于山洪倾泻，山体大幅度垮塌，众人虽在苏莱莱的指引下避过危难，却被眼前的一条绝谷困匿，陷入无奈境地。这横斜的深谷，宛若一条绝路，既不能前，亦难退步。

一抹凝重而焦灼的神色浮上，苏莱莱不住捶着额头。眼见涪水已逐渐临近，却无奈遭遇山洪，难道天意弄人？一时间她脑中愁闷不已，望着明昼的晴空，一种无力的感觉袭上心头。林峰，此刻你可安好？我究竟该如何走出这困境？！

她脑中反复思索，竟猛然想起她在父亲书柜中读过的《三国志》，书中曾提及魏将邓艾偷渡剑阁时的场景，如此相似的场景，恍然重现，同样面对这绝地困境，邓艾身先士卒，遇到绝险处，"以毡自裹，推转而下，将士皆攀木缘崖，鱼贯而进。"

不错！现今之计，唯有如此！她转向众兵士，神色坚定道："涪水就近在眼前，现在这深谷却挡住了我们的去路，唯一的解决办法——就是大家用睡觉时铺在地上的毡毯，裹住身体，沿着悬崖峭壁滚下去！"

众人脸色忽地大变，望着这深邃不见底的深谷，无一人有胆量敢纵身滚下。

苏莱莱心中泛起阵阵无奈。人性本是这般软弱，面对可能的死亡威胁，无人能够从容应对。纵然是自己，竟也忧心忡忡。但若止步于此，无异于半途而废，整场战事都会因此面临大败。

纵然骇然，她亦只能坦然面对。她深吸了一口气，昂首望住晴空，心中鼓起无尽勇气，转向章邯道："章将军，我们身为统帅，就身先士卒，先裹住毡毯滑下去吧！"

章邯心中也略有惧然，但苏莱莱一介女子，却也能无所畏惧，他自然也生出豪迈的壮志，点头道："不错，老夫也正有此意，副军师身为女子，还是由老夫先下吧！"

"不用不用，章将军，既然我是受上将军的命令协助你，你就是我的上级，呵呵，你不用认为我是女人就行！"苏莱莱咧嘴一笑。

她朝众兵士望去，他们眼中的悚惧依然毫无减退。哎！她低叹道。希望上苍庇佑，他们能安然到达，也希望这些将士能克服恐惧，一产进退。

人群中扬起一声高昂而响亮的振呼："你们怕什么！将军和副军师身为统帅，不顾个人安危前行，咱们当小兵的，有何好怕的！"那声音充满震力，掷地有声，"副军师是一名女子，都敢滑下去，咱们这些大老爷们儿，还不如女么？！涪水就在眼前，你们可知上将军为保我们顺利奇袭，只有一万人与蜀军抵抗。这小小深谷，就退缩不敢前行了，试问我们对得住副军师，对得住上将军么？！"那声音越发激昂，厉声高呼道，"我头一个滑下去！反正我的命也是上将军和副军师给的！就算死了也毫无可怕，下世还是好汉一条！"

苏莱莱循声望去，见一个身影紧紧裹住毡毯，朝深谷滑去……那人不是前几日触犯军令，几乎丧命，却被她所救的李耕草么？这一刻也竟不顾生死，头一个站出来……她眼眶竟恍然湿润。人类始终是懂得感恩的生物！正因如此，才会克服一次又一次险境，正因如此，千万年来，人类才能对抗着强大的自然之力，在反复挫败中，不断前行。

片刻静谧，人群中竟炸出震天声响，那无所畏惧，不可阻挡的气势，宛若洪流般震山撼岳。

"涪水就在眼前，冲吧——"

浑浑夏日，腾云烟涌般浮现，场场暴雨不断席卷而来，簌簌雨声狂烈交织，将花草林木反复摇撼。风潇雨晦的时节，将天下倾覆般，笼罩住整个中原地区。

秦军由王离统帅，气势汹汹，所向披靡，直迈过关中沃野，自函谷关而下，一举连取三川、河内，声威大震，一路奔袭直指洛河地区的第二大城市——启封。

古都启封，其城垣恢弘，建城的历史可追溯数千年。相传夏代第七世帝杼迁都于老丘，直至第十三世胤甲才迁至西河，共历六世，成为当时政治、经济中心。春秋时郑庄公命郑邢在此筑城，名为启封，取开拓封疆之意。战国时魏国在此建都，名大梁，简称梁，秦一统天下后，于此设浚仪、启封两郡县，互不隶属。直至秦末动乱，两郡自秦廷版图脱离，才又合为启封一城。

春暮如雪烟絮散去，炎炎气息，扬起的卷卷沙尘中，一场惨烈的攻城战正进行。

秦军如豺狼虎豹般汹涌而至，连取两郡的胜利，带给秦人极大的信心。如今这壮观美景下的启封，正如同羞怯少女般，全然在眼。

马蹄叩地，震出连续重响，秦军铁骑如狂浪般飞扬而至。为首的统帅正是意气风发的王离，夕色的斜阳映衬出刚直的浓眉，坚毅的轮廓勾勒出此时的心境。林峰，我早知会有今日，之前自你身上承受的种种耻辱，我定加倍奉还！

那日洛阳之围，赵冽以性命保全王离，原本冀望他归隐避出尘世，却无奈王离心中仇念太深，背负着名将之后的身份，更难放下老秦人的骨中血性，纵然此刻秦廷的当政者实为赵高，但为保关中数百万秦人不至沦入林氏之下，他不惜背负一世重责。自洛阳逃回咸阳后，他每日勤读兵法谋虑，并针对林氏强大的骑兵，创出多套阵型，以束缚骑兵攻击力，更是效仿林氏的马镫，虽不能掌握精髓，制出足以媲美的马镫，却能造出类似的物件，大大提高秦军骑兵的作战能力。

秦人原本源自姜戎民族，生性坚毅刚强，骁勇善战。随着战争装备的提升，秦军的攻击力已远不同于洛阳守卫战时期，更是由于王离的统帅，秦军早已不可同日而语。如今十万秦军浩荡而来，宛若夏日暴雨般，疾涌而至。

王离昂首端坐在高大骏马上，经历这长日锤炼，绽出吞天纳地般的狂然气度。面对眼前的启封城，望着城墙上随风飘展的林氏旌旗，他眼中闪过一道凌厉神光，猛挥手令下。登时呐喊轰鸣声交织而起，震动天地般，不可阻挡的气势，在纵声长啸中，摧枯拉朽般横扫。

一声撕裂狂吼声猛然而至，将洛阳的夏日，划出令人恼怒的气息。

"主公！启封危急！"

林尚候铁青的面孔上，生出更清晰的皱纹，显得他愈发苍老。此时两子一在蜀地，陷入断粮境地，一在从后绕至秦地，战况未明。更令他愁烦的竟是，秦军竟已今非昔比，一路直取两郡，如今更是攻至启封城下。

启封自古以来便是足以与洛阳比肩的重镇，更是洛阳的重要屏障。它与洛阳相辅相成，其关系之密切，可谓唇亡齿寒。现今秦军竟如此嚣张，不仅在林氏辖地纵横驰骋，更是连连攻城拔寨。若启封沦陷，洛阳将极为危急！

这颇败噩报，扰得林尚候心绪不宁。近日他心间时常剧痛不已，更伴随着隐隐心悸感，令他不得安宁。

启封不可失守！林尚候脑中一阵轰鸣，朝着来报之人怒吼道："立即自洛阳调兵，增援启封！务必守住启封城！"

"主公，属下愿随援兵前往启封，誓要将秦贼拦截在启封城外！"老付目光炯炯，充满决心，仿佛已将生死抛却般，毫无畏惧。

林尚候目光冷峻，摆手道："老付，你留守洛阳，与老夫共同抗敌。"

"主公……"老付默然，望着林尚候苍老而惨白的脸孔，心中泛起一阵莫名惆怅。为何脑中，竟隐约蕴着不祥预感？

心绞痛的感觉又沉沉袭来。林尚候强忍住这烧心痛楚，仍竭力维持着沉稳，转向来者，厉声令下，"命洛阳左右两路守将，程舟、吕十率十万兵力增援启封！"

洛阳援军飞驰赶至，程舟、吕十率领大军，与启封剩余兵力汇合，竭力对抗秦人入侵，保卫家园的信念使得守军顽强抵抗。激战数日，秦军多次猛烈攻势，仍不能将启封城攻下。

多日久攻不下，随着暴雨侵袭，秦人的攻势渐渐减弱。王离心中烦闷，正一筹莫展之际，又传来丹水城遭袭的战报。他狠狠咬牙，林氏那俊美军师，果然诡计多端，竟能识破自己联蜀的计谋，趁秦大军突入河洛地区，绕路偷袭关中腹地。眼前启封仍不能攻下，那便意味着突袭洛阳无望，若依旧再次拉锯，丹水一旦被破城，将直接威胁咸阳。

如今两方的局势，竟充满讽刺般的如出一辙。这智力与实力的较量，正是决策天下未来之主的戏码，启封与丹水，洛阳与咸阳，先破城的一方，必然笑傲最后，成为此战的最大赢家。

这僵局究竟该如何打破？！望着天际漫无边境的暴雨，王离心中竟生出取胜的唯一之法！只是，他稍有犹豫，若采取此法，启封数十万无辜生灵必然遭殃，但此刻他已无暇顾及，相较数百万计的秦人，他已别无抉择。

大雨依旧瓢泼，仿佛倾诉这即将降临的惨剧，暗暗低吟出千百年的哀号。

王离率大部分秦军撤至浚仪高地，命小队秦兵乘舟潜度黄河以北，于黑罡口处掘开黄河堤坝。

数日之后，滔滔黄河水自秦军掘口处崩溃而出，水势在暴雨倾灌下疾速扩大，波涛汹涌、势不可当般席卷而来。滚滚洪水狂浪而来，挟着巨流冲破启封四门，无可控制的一泻千里。短短半日，狂流便泛滥至城墙般高，启封城内顿时一片汪洋。房屋轰塌泄落，啸声如钟磬频敲般，刹那间，整个天地尽是怒号的悚惧声响，凄厉的惨嚎声交织而起。繁华的启封城，顷刻之间，化为一座人间炼狱。

人性晦暗如此，惯于纷争纠葛，只求尽达目的，纵然荼毒万千生灵，也在所不惜。可叹的是，即使千古功业，待到身躯腐朽那日，终不过为尘土掩埋而已。

第二十一章 剑阁遇阻

只可惜,蒙昧人类,始终不得而知。

历经漫漫岁月长河,曾繁华似梦的启封,在辗转梦徊间,彻底遗失,全然覆灭。

秦王政二十二年(公元前225年),秦名将王翦之子王贲率兵攻魏,久攻大梁不下,遂引黄河水灌魏都大梁,大梁城毁,魏王请降,秦人尽取魏地。及后秦人如同决堤洪水般,迅速覆灭六国,统一天下。如今,重建于大梁旧地的启封,再次遭受黄河灌城,而引水秦军的统帅,竟是王贲之子王离,历史重演着惊人而荒诞的轮回。

浩浩黄河磅礴奔流,蜿蜒着从未停息,流淌出千万年华夏精魂。这俯瞰众生的中华图腾,却将昔日繁华似锦的启封,埋入累累黄沙,令数十万计的无辜生灵,化作缕缕冤魂,直至支离粉碎。

天地间扬起无尽哀鸿惨嚎,距启封仅仅数百里的洛阳,一片悲泣之声。

林尚侯面色惨白,宛若冥灵般,毫无生气,洛阳增援的十万将士,大部分葬身于鱼腹,有幸存活的数千余人,也遭到秦军屠戮。吕十、程舟二将力战至死。秦军气势高涨,直朝洛阳狂奔而来。

即使战事如何颓败,也从未如此困扰他的心绪。他这一世,均是在战乱纷争中度过,早已习惯马革裹尸的生涯,只是这惨烈至极的炼狱,竟在他的辖地中降临。林尚侯眉头紧拧,眼中犹似化不开的坚冰,却漾着悲苦愤慨的神色。他怒吼道:"残暴秦贼!简直与孽畜无异!竟又一次做出这等罪恶滔天之事!王翦,枉你一代名将!你若天地有灵,为何不睁眼看看你子你孙的禽兽行径!"

老付站在林尚侯身旁,手握着大刀,紧紧攥入手心,仿佛恨不得这利器钻入掌心,不再分离般,咬紧牙齿,狠狠出声,"秦狗丧尽天良!前有白起老贼在长平坑杀四十万赵兵,后有王贲王离父子先后引黄河残害百姓!老天为何如此无眼!竟让秦狗掌控天下数年!"

林尚侯胸间忽涌起一阵闷胀,煎绞着阵痛不止,似乎压榨着心一般,端端直入肩部,竟传来濒死般的惶恐感,身体忽地寒冷无比,额头不禁渗出串串汗珠。

"主公!您的身子有碍么?"老付忙收刀回鞘,大步迈上前,扶住面色苍白的林尚侯,焦灼问道。

林尚侯闷叹一声,惨白的脸上,条条皱纹的深痕,愈发明显。他轻轻摆手,按住胸腔,声音低沉而颓弱,"老夫无碍,你立刻修书与杨翱,命他速速赶回洛阳……"他叹息一声,充满无奈神色,"若然他赶不及时,此战我军必败!届时洛阳只会再度沦入暴秦之手……"

"是！主公放心，属下立刻就传书给军师，召他赶回增援洛阳！"老付点头，坚定的眼眸中，却透出深深浅浅的哀色。

"如不出老夫所料，秦军三日之内必将来攻洛阳，而洛阳兵力仅三万余众，数量差距还不算要紧，重要的是如今秦军气势高昂，势如破竹，急于吞并洛阳，势必竭尽全力。而我军……"林尚候悲叹一声，眸中蒙起黯色，"我十万增援启封大军，尽数亡于秦军手下，这决堤浩劫更是极大挫伤我军军心。若秦军攻来，洛阳城……"他顿了顿，目光悲哀而幽远，"必然撑不过三日。"

老付咬紧牙齿，不住垂首点头道："属下明白！属下必会讲明，责令军师五日内赶回洛阳！"

林尚候欣慰点头，惨白如纸的嘴唇边，微微浮起笑容，似乎宽慰身边人一般。心中却不住地作痛。这原本完美无缺的战略，却因一场惨绝人寰的人为浩劫，罩上了一抹鲜红愁色。是自己太过不济么？竟辜负两个儿子不顾艰险的长线作战，难道自己真已老态龙钟，身心俱疲?！

恍然之间，心底竟浮起前所未有的疲惫感，脑中隐约有个声音急急呼唤，叫他停下步伐，稍作歇息，他的意识却又不住排斥……林尚候不由心悸起来。

林尚候合上双目，心中暗暗低语，翾儿，五日之内，你定要及时赶回。这洛阳的命运，林氏基业的存亡，全在你一举之间。

一切果然如林尚候所料。三日之后，秦军的虎狼之师，在王离的率领下，浩浩荡荡前行，渡过逶迤洛水，直扑洛阳而来。

天际降下暗红色泽，近一年前的情景，再次在这古都洛阳上演。依旧气势汹涌的秦军，只是守城的却不再是洛阳的战神，也没了那两立才智过人的军师。

为鼓舞士气，林尚候不顾身体微恙，亲自赶赴前阵，凭着顽强战意，洛阳守军已粉碎了秦军的数次攻势。地上铺满无数人马尸体，碎裂成片的战车残骸，以及沾满鲜血的破损兵器。而秦军气势丝毫未减，残兵才刚刚退下，又一支骑兵突来，朝着洛阳高固的城墙推进，宛若决堤狂流般，不绝不休。

秦人天性剽悍坚韧，不战至最后一刻，绝不轻言放弃。王离双眉紧拧，举刃高喊："赳赳老秦，复我河山！血不流干，死不休战！"

顿时秦军军阵中，炸出激昂响应，呼声雷动，"大秦必胜——必胜——"震天撼地的战鼓声，金器击鸣声，无数劲箭飞梭声，融入呐喊声中，浑浑交织，霎时间，天地也为之动摇。

秦军冒着漫天箭雨直朝前阵而来，围绕洛阳城墙四周，铺上厚厚柴禾干草，城下死伤无数，秦兵却无所畏惧，踩踏着前人尸体凛然前行，点燃柴草，四周浓烟轰天而起，遮得天地无光，只剩下深红烈焰。

"林贼之首在那城墙上督战，拿住林贼——"

无数利箭从秦人军阵射出，直冲着城墙之上的林尚候飞掣而来，迅疾，精准并且狠厉。城下烈火蔓延扑上，火光掩映中，映出林尚候疲惫苍老的脸孔。胸间的悸痛又不住袭来，犹若刀绞般，啃噬着心口，豆大汗珠不住直冒，呼吸竟也慌乱不已。

"主公！四周起火，洛阳城将破！请主公前行撤离！末将们自当与洛阳共存亡！"洛阳守将马福满脸鲜红，震声恳求道。

难道，今日便是洛阳的末日，林氏的死期?！林尚候心中漾起前所未有的绝望。不，即使城破，为庇护万千洛阳子民，他亦不能退却！他怎么能容忍启封的惨剧再度上演，千万无辜民众，或流离失所，或化为枯骨？若秦人旨在他的项上人头，那便以自己的性命，保全洛阳一邑臣民的安危！反正他已年届日暮，主掌这未来大势的，始终还是那潜力无边的孩子们。

一抹悲壮却豪迈的笑意泛浮，林尚候嘴角抽动，"马福，你与将士们，为我林家尽忠尽职，却要奈何你们替老夫成仁。尚候老矣，却仍志在天下！只可惜纵然万千豪气，铁马金戈，相较芸芸众生的性命，也只是沧海一粟罢了！大丈夫谁不想建功立业，笑纳巍峨江山！但老夫决不能愧对启封无辜丧命的十万生灵！"他转向身旁老付，目光中拂过湛然坚定，"老付，眼下不足五日，翾儿尚赶不及增援，洛阳已是守不住了！只怪老夫不济，无法为儿女们铺出天下！你传讯与秦军主帅王离，说老夫愿以命奉上，只求换得洛阳民众平安！"

老付愕然惊惧，扑通一声重重跪倒在地，粗犷豪放的脸孔上，竟拧出无尽哀色，"主公！不可如此呀！林家没了您，就算称霸天下又有何意义呢?！属下得上将军军令，力保主公安危，绝不能任由主公陷入险境！"老付咬牙，叩首道，"请主公随老夫躲入密道！"

林尚候摆手，一脸肃色，"老夫绝不能让洛阳城遭秦人屠戮！若然保全我性命，留着满目疮痍的洛阳，又有何用?！"

脑中恍然飘忽，老付竟回忆起年少时，与林尚候的初遇，暴秦无道，不仅穷兵黩武，更是大兴土木，劳民伤财，那时他还只是村野中一名少年，却遭遇一小队秦兵屠村，为救村中妇孺，老付打伤一名秦兵，并夺走他的佩剑，不通武艺却力大无穷的他，硬生生咬紧牙关朝着残暴秦兵胡戳乱砍，不知多少个动作之后，十三名秦兵全然倒地身亡。

杀了秦兵的老付，走投无路之际，被林尚候收纳帐下。自此，便成了林家的老臣，追随林尚候林峰父子南征北讨。正因当日挥剑怒斩十三名秦兵，便有了"付家剑法十三式"的说法。

林尚候于他，是恩人，是主公，更是敬仰而崇慕的英雄！纵然愧对天下万民，他也不能任由主公殒命。这罪责与不敬，就由他一人承担吧！

忽一支利矢直面林尚候锥来，老付大喝一声，扑身直挡在身前，眼底渗出隐隐暗红，"主公，切勿因小失大！老付不懂大势，却也深知，若主公能保全性命，才能拯救更多苍生万民！秦廷一日不除，百姓必将遭受残虐！即使主公以性命，与王离换一个不杀百姓的盟约，可这终究只是口头的承诺！何人能保证王离能履行承诺？主公！请您三思，今日躲入密道，是为保存实力，等军师回撤增援，才有机会击退秦狗啊！"

老付，只是个粗野莽夫，为何却能在燃眉时刻，讲出如此铮然有词的话来？林尚候脑中一片震动，响起阵阵轰鸣。不错，诚如老付所言，即使自己牺牲性命，也未必能保全洛阳一邑百姓。若想真正护住他们，唯一能做的，就是活下来，等待时机！

第二十一章 剑阁遇阻

第二十二章 忠义老付

无数喊杀声腾然四响,城墙下火焰烈烈高燃,火光映红天幕,秦兵个个眼眸血红,宛若失去意识的机械,脑中只剩下一个目的,就是攻下洛阳,击败对手。

檑木重重撞击城门,发出震天声响,瞬时间脚下轰然地摇,犹如地震一般猛烈晃动。箭矢如雨点交射,遍地燃起熊熊烈焰,城门似乎碎裂般,发出吱裂声响。墙头上已冲上轰然火焰,将逃离的去路横挡在前。

老付脸色凝重,眉心紧拧,回头望见身后紧捂着心口、神色痛苦的林尚候,心中泛起一阵愁绪,但此刻他不可畏惧。他的职责便是护住林尚候,力保主公全身而退。他咬紧牙关,背起步履艰难的林尚候,挥着大刀挑开燃烧的柴火,直朝城下奔去。

城门摇摇欲碎般,震出一道道裂痕。火光漫无边际般蔓延,搅得守城军士忧心忡忡。老付背着林尚候下到城门下,城下的守卫早已备好了战马,正要跨上马背,城门竟轰然崩落,一条横木大梁直落而下,骏马狂嘶一声,扑倒在地。老付忙高声惊喝,展开双臂将林尚候挡在身后,烈焰疾然燎过,扑面热浪舔舐而来,烫过皮肤,扯出撕心痛楚。老付咬牙强忍,转身扶起林尚候,急喘着道:"主公无恙么?"

火焰喷噬而前,虽然有老付全力护主,林尚候的手臂、下颚仍均被烈焰烫过,揪起钻心阵痛。望着老付焦灼的神色,他却硬吞下这啃噬般的剧痛,摆手道,声音却微微断续而虚弱,"老夫无碍……迅速撤离吧……"

老付扶起林尚候，重唤来一匹骏马，将他小心搀上马背。身后的金鼓喊杀声愈来愈近，马蹄车轮声响彻天际。回头望去，火光热浪下，洛阳城门轰然倒地，绽出片片燃火飞屑。

"城破了……秦人竟如此神速！"林尚候脸色惨白，口中喃喃低吟，喘息着悲切出声。

门前立刻涌出无数秦兵，手中挺着亮闪闪的利刃，在血色火焰映照之下，绽着炼狱般的凶狠。见着骏马上的林尚候，秦兵仿佛眼前惊现稀世珍宝般兴奋激昂，瞬时间如狂潮般猛杀入城来。

"主公！请即刻回府！务必撑到军师增援！"老付高喝一声，伸出大掌朝着马腔猛拍下去，那马撒蹄狂奔。

心口的疼痛不住袭来，与身上的灼痛交织，林尚候心中却无法安然离去，脑中竟念起二十年前，将老付救回，收纳他入臣下时的情形。回忆隐隐酸楚，竟让他频频回首。胯下的骏马似乎深知老付心意般，朝着林府似箭疾奔，绝不停歇。

身边赫然涌出如蚁秦兵。老付唇边拂上一抹狂洒笑意，嘴角的胡子绽出无惧神采。他猛抡起大刀，奋力朝着扑上的秦兵猛力砍去，仿佛回到二十年前的那个山村，守护亲人的信念在他心中奔涌直上。秦军附蚁而来，手中枪如苇列般亮闪，却晃得老付的信念更加坚定。

"秦狗！老子今日就与你们拼了！绝不让你们动主公一根毫毛！"

老付已浑然忘却痛楚，秦兵的利刃砍在身上，血流如注，他却全然不顾，依旧挥着大刀，高声骂咧着死战不绝……耳边响起风驰电掣般的声响，眼中殷红骤然不减，此时此刻，那个信念给予他无穷力量，支撑着他绝不倒下。

扑上的秦兵不断毙命，见着如鬼神般的老付，竟闻风丧胆，手脚发软。这一刻，宛若见着那勇猛冠绝天下的洛阳战神，秦兵惊呼着不敢近前。

"哈哈哈哈——秦狗，别以为洛阳只有少爷才是无双猛将，今日就叫你们记得我老付的名号！"身上的痛楚不断加深，鲜血发出刺鼻腥味，老付却飒然大笑，粗犷的脸上，满是豪迈与不羁。

见此状况，王离心中竟一阵揪紧，纵然身为敌对一方，却也对老付的忠肝义胆与勇猛充满敬佩。他悲叹一声，目光中闪过凌厉神色，挥手下令道："令骑兵突围，踏过那猛汉！若谁能擒获林贼头目，赏金五千！"

"诺——"

秦军炸出轰鸣呐喊，一列列骑兵自阵前踏骑而来。

秦人骑兵如此之多，一眼望去不着边际，难道今日便是死期?！老付心中竟无奈涌上悲壮。也罢！就算今日战死，只要能保全主公安危，又有何所畏惧！原本老子的命，也是属于主公的。若此战身亡，几十年后，老子还是好汉一条！还要效忠主公！他咬咬牙，鼓起全身劲力，狂喊一声，"来吧，秦狗，老子今日就与你们一算这二十年的仇！"

天际泛起一阵黯色，充斥着飞鸟振翅的狂响，遮天蔽日般陡然而来。一阵狂风随地而起，吹得众人衣衫拂动。天地一阵昏暗，漫空箭雨竟无边际般朝着秦军骑兵飞去，空中身影如闪电般掠过，嘶号声骤然不绝，鲜血不断飞溅。

老付眉心紧蹙，这意外的突发状况，竟犹如及时暴雨般，将这恼人火焰浇灭，身上的痛楚浑然不觉。他昂首朝天空望去，不禁哑然呆滞，这满目箭雨，竟是空中一只只飞鸢喷出！而且一弩竟十箭连发！

霎时间，天昏地暗一般，秦兵的骑兵应声倒地，人仰马翻，鲜血绽出朵朵殷花，惨烈哭号声不绝不休。

王离猛然仰首，见识出众的他，也为眼前这一幕意外场景所震惊。但身为王翦之孙，他猛然忆起祖父的传书中，曾经提及的墨家机关之术。当年秦人驰骋沙场，秦始皇为求战无不胜，将秦廷强大的机关部队派与王翦，作为统军主帅，这机关术的绝妙自然被王翦记录在案。但随着秦廷统一天下，始皇帝唯恐后人利用机关术篡夺赢秦皇位，便将这支精妙机关部队，以及制作手札，统统埋入秦始皇陵，与万年兵马俑一道，世世代代为始皇帝效忠。

墨家助秦廷夺得天下，自知功劳彰著，为免招致灭门之灾，遂僻出尘世。自秦统一之后，墨家离奇般失去踪迹，只遗下只言片语的传说。

但如今，曾闻达天下，助秦廷的墨家机关术，为何竟会在这危难时刻，襄助这草莽林贼？！

王离咬牙，正为这突如其来的墨者机关部队深感头痛，远处更是不合时宜的蹄响震天。遥遥望见秦军身后，黑压压的人群，如狂潮奔涌般，澎湃卷来。遥见那随风飘摆的旗帜，王离的心顿时降到了冰点。

老付抹去脸上的黑灰，吐出一口带血唾沫，发出豪迈狂笑，"他奶奶的，军师你可算来了，再不来老子就顶不住了！"

洛阳西侧郊野，大约数百人列阵在此，正忙着装卸着机关飞鸢。

一名身形纤瘦、姿容清秀的少年凝起眉毛，转向身侧那个颀长清俊的身影，"彻师兄，我们背着师父和大师兄，偷偷跑来襄助洛阳林氏，会不会惹恼师傅呀？"

林彻转向少年，清润的脸上，泛起淡淡哀色，低声沉吟，仿佛心不在焉般，

"少沁，若师傅与大师兄怪罪，所有责任都由我一人承担。"

少沁撇撇嘴，一脸惑然神色，"彻师兄，师傅讲过，洛阳林氏是天命所归，定能取得天下，命咱们不用管尘间俗世，免得重遭秦廷残杀的悲剧。为何师兄却一再相助？莫非真如门中传言，师兄本是出身林氏？"少年嘿嘿笑道，露出一抹狡黠笑容。

林彻脸色却猛一黯淡，转而摆出一副似乎恼怒的模样，伸手一拍少沁的头，瞪圆双目道："放屁！大爷我姓林，就是林氏的人啦？那师傅还姓嬴呢，你说他是不是秦狗出身呀？"

"那……应该算是吧……"少沁扁嘴，悻悻神色。

"好！"林彻伸出手指，直指向少沁，一抹诡诈笑意，"你说师父是秦狗出身，当心我回门中告诉大师兄。"

"没有没有呀……"少沁慌忙摆手，一脸尴尬的窘色，"彻师兄，少沁只是说说而已，绝无冒犯师傅之意！求师兄莫要告诉大师兄呀！"说罢垂下头，咕哝道，"若是大师兄知道，又要倒霉了……"

"哈哈……放心吧，大爷我最讲义气，大家都深受大师兄其害，师兄我向来待人厚道，绝不会做出卖师弟的行为。"见少沁紧张神色，林彻心中暗暗欣喜。看来这转移话题的方法，依然奏效，少沁这孩子立刻上了道。他望朝东望去，心间泛浮起隐隐焦虑，怅然叹息一声。

洛阳，那个遗失多年的家，纵然他离去千万里，却仍滞留心底，隐约割舍不下，那城中不仅有着幼年的回忆，更有令他挂念的一切，父母，妹妹，甚至那与他不和的哥哥。

大批飞鸢云集在洛阳正门上空，足有数百只之多，飞屉的羽翼遮天蔽日，支支箭矢如暴雨般倾泻，秦兵惨嚎着逃亡，却仍避不过密集的箭雨，鲜血晕染天际，折出触目惊心的猩红。

王离朝洛阳城内望去，林尚候的身影早已消失无踪。他恨得咬牙切齿，脸上泛出黯淡的苦笑，不禁怅然大叹："为何此时竟会出现墨者机关！莫非天助林贼？！"身后隆隆战马叩地声，却愈发临近，那整齐却又激愤的声响，数十万计的重重喘息，充满怨毒而仇视的目光，从身后奔涌而来。

心底竟涌起莫名情绪，莫非林峰赶回增援？不，他随即否认了这个念头，林峰远在蜀地，此刻应正被他莫孤醒拖滞，完全抽不开身。那么，增援的贼军，应是那军师率领，那么如此说来，丹水城已破？！心忽一阵发空，他咽一口唾沫，转

第二十二章　忠义老付

向身旁副将,"丹水可传来讯息?!"

副将颓然垂首,只是默然摇头不语。

"天意——天意呐——"王离闷声长叹,竟无奈地纵声长笑,为求能将林贼连根拔除,为求此战胜利,他不惜掘开黄河,牺牲十数万无辜启封生灵。莫非决堤的举动真是背离天道?竟会攻破城门,眼见胜利在望的时刻,遭遇前所未有的逆转?!

此刻他只有两种选择,一是与增援的十万大军拼死力战,二是全力突围,退避回函谷关后。若死战,战胜几率仅有三成,若退兵,即使将损失数万计人马,却能保存实力,更能夺回丹水,为咸阳守住最后屏障。

他已别无选择,面对前不可攻破,后又有猛烈攻势的战况,唯有退去而已。

王离狠狠咽下一口怒气,转向副将,"传令下去,全军退至函谷关后!尽量保存实力,避免与林贼援军正面交锋!"

这场惨烈对战,终因王离的退兵而中止。战后的洛阳城门附近,一片狼藉散乱,遍地洒满碎裂的战车的残片,与城门的木屑交缠一体,分不出差别。城门内外堆满累累尸体,鲜血尚未干涸,在满是焦土的地面蜿蜒。

机关飞鸢喷完腹中箭矢,仿佛被牵引着一般,调头直转离去。

洛阳除了城门受损较重外,城内民众几乎安然无恙。这场原本将降临的浩劫,终于在众人的齐心下,得以避免。淡淡的月光洒在洛阳静谧的街道上,却耀不去林府深处的隐隐黯淡。

"礼"院深处,那窸窸窣窣的啜泣声,却格外真实起来,再次面临夫君的病重,宁氏的脸色苍白无比,眼角的皱纹刻出心底痛楚,那朦胧的月光透过窗垣,榻边的人,不是泪水满盈便是面色凝重。

"老爷……您一定要撑住,这个家不能没有您……"宁氏抽泣不断,呜咽着出声,满目的泪水顺着脸颊流下,心中的痛楚,甚至卷起令她错愕的恐惧。韶华白首,青丝总是在不经意间染霜,好在她能遇得倾心之人,否则纵然一生无悔等待,即使容颜老去,却只能在静默中屈指流年。只是此时此刻,为何一切却恍若天塌般,暗无光亮?

天际混沌渊深,月光下林尚候的脸孔,似乎苍老了数十岁,双目空旷辽远,隐隐流露出哀伤与怅然,却有一种安然的祥和。他轻声道,声音略显虚弱,"夫人……不必难过……生死有命……今日想必……就是大限之期……"

"不,才不是呢!爹爹胡说!爹爹一定不会离开我们,爹爹绝不会抛下湘儿离开……"不等宁氏回答,林湘儿已经伏在榻边,一张苍白俏脸满脸泪水,毫无血色的嘴唇泛着乌青，她伸出手紧紧挽住林尚候苍老的手背，心中的痛楚刺得她不愿面对这事实，只是竭力否认着，妄图欺瞒自己。

林尚候强撑住绞痛，叹息一声，勉强挤出笑容，"湘儿……你这孩子……"他望向窗外，那轮明月映照下的夜空，拂动着黯色的风，他低低出声："老夫……最放心不下的……就是彻儿和……你这孩子……"悲叹一声，凝住泪水满盈的宁氏，伸出手握住她的手掌，沉声，满是歉然语意，"我……终是亏欠于你……直至今日，还不能……寻到彻儿……"

"不……妾身这世能常伴老爷身侧，已是几世福祉……"对于林尚候的抱愧，宁氏更是心痛难忍。这生死别离时刻，除了留住眼前人，她还能作何想？只是为何这卑微心愿，此刻却也成了违逆天意的妄求。

林尚候一手紧握住宁氏的手，一手握住林湘儿，脸上浮出慈和笑意，眼底的余光游向榻边那两个身影：那静漠如冰般毫无生气的杨翾，苍白的脸孔上却露出无法抑制的痛，还有满身伤痕、却已不住低泣的老付。林尚候看到日间拼命想要救他的老付，心中兀地泛浮起一种温温的暖意。他低吟："翾儿，老付……你们也……过来。"

杨翾脸寒似冰，眉心紧拧着走向林尚候。老付愕然一惊，伸手抹去眼角泪水，朝榻前凑去。

"你们……也是老夫的家人……"林尚候沉沉低语，却引起心口一阵剧痛。他硬生生吞回这痛意，泛出一抹微笑，"若此刻峰儿……衍儿……菜菜都在，那就完满了……哎……"他怅叹道："不知为何……大限之前……那争雄天下的心愿……竟如此……无关紧要……只想与家人团聚……如此而已……"

林尚候眼里渗出淡淡泪光。在场的每个人，心间都翻涌着绞痛，难以释怀。这世人皆有亲友，纵然能看破生死，却又如何能离弃深埋的情感。人类降生或离去，本无关外人悲喜，但是对于至亲的人来说，却是生死别离的烈酒。人本不善饮，只好故作强忍，吞咽下离别痛楚，夜夜宿醉。

他半合上眼，浑浑低语："老夫尚有事……要向翾儿……交代……你们所有人……先退下……"

"是……"宁氏对林尚候向来言听计从，遂轻拭泪水，拉起林湘儿起身。

林湘儿本不愿退下，触及到杨翾冰棱般的神色，却依旧手足无措般，转向老付轻声吩咐道："老付，咱们先退下吧。"

老付悲叹一声，心底那拂不去的阵痛，依旧清晰而渐进，望见奄奄一息的林尚候，心底那个声音不住高吼——少爷，鬼女娃子，为何你们此刻竟不在？！

第二十二章　忠义老付

众人退到门外，望着屋内荧荧烛光，心如锥刺般。

林尚候轻轻抬眼，凝住杨翱，伸手朝内衫摸去，眼神充满歉然与无奈。他探手摸去，竟掏出一只精致的青铜虎符。他目光充满复杂与难解，颤抖着枯老的手，执起虎符，"翱儿……此物……你应识得吧……"

杨翱冰冻的眼神，微微变色。林尚候为何拿出这虎符，难道对他心存疑虑，想趁离世前了结他性命？不会……林尚候不致如此，若有意防他，又何来这几十年如亲子般的待遇？那么，这虎符的意义？他紧蹙眉心低语："翱儿自然认得这统帅的符印。伯父若有命于翱儿，直接下令便可，为何要拿出林氏统兵的虎符？"

林尚候面色微沉下，叹出一口气，"十六年前，正是你父……将这虎符交到我手上……才有了如今的……林氏霸业……翱儿……老夫想问你……"他眼里泛起淡淡哀伤，"你可有怨过……可有不甘……"

心间漾出淡淡愁绪，却抵不过他此刻的伤怀，纵使他脸孔依旧冰冷，却不可抑制的伤痛。他摇头，冷肃的眸底，隐隐满是伤色，"这世本就是适者生存，父亲正是明白此理，才会将家业交予伯父。若无伯父抚养，翱儿早不知命丧何地，又何来怨恨，何来不甘呢？"

一抹欣慰笑意浮上，林尚候长长呼出一口气，望着天际清月，竟伸出微颤的手，将虎符交给杨翱。

"伯父，莫非要翱儿将这虎符……"杨翱眉角舒展，"交予林峰？"

出乎意料的，林尚候唇边挽起笑意，显得安然与宁静，仿佛看破事实般，"虎符……既然给了你……那便……由你决定吧……若你不愿再……臣服他人……你可使此符……峰儿自当……效忠于你……若你愿辅佐他……那便给他吧……"

收下统军虎符，望着林尚候空茫的眼神，杨翱心底涌出不可名状的悲凉。为何生死之际，他竟想要将这统帅全军的命脉交给自己？而自己，竟不怀好意地揣测？他暗暗叹气，自他跟随林氏起义来，历经几多沉浮生灭，见证几许兴衰枯荣，往事终究不可追回，而来世始终未可知晓。

风声勾勒出夜色苍茫，脉息声终于断断而止。这交接时刻到来，暗夜的时代终将结束。青空之下的明日，将在尘土飞扬的战阵中腾起，伴随着光亮白昼，一个万舸争流的时代终于降临。

夏夜的剑阁，万籁俱静，漆黑无月的幕布下，笼罩着淡淡云雾。经历了一整日的激战，曾经的雄关只剩一片死寂，满目空旷与荒凉，反复徊旋在剑阁上空，宛若废墟。

数日僵局已全然终结，他莫孤醒获悉涪水遭遇奇袭，遂急于撤离，于是无心恋战，蜀军损失二万余众，他莫孤醒担心成都安危，不顾柏灌岷极力反对，慌忙从剑门关隘退兵，率近三万精锐沿蜀道直朝西行，全速赶去涪水增援。

山涧多寒意，夜风呼啸着吹拂而来，撩开营帐的幕布，发出狠冽的撕扯声，如诉如泣般。这个夜晚，林峰却辗转不能入眠。前些日获知王离水淹启封，一举攻到洛阳脚下，虽然杨翾已及时从丹水回撤增援，心间的焦虑依旧久久无法散去。夜幕深沉，毫无一丝光亮，恍若他的心绪一般，格外慌乱不宁。

"报——"一声尖锐呼报陡然响起。一名传报士兵冲进主帅营帐，掩不住的慌乱神色，颤抖着嘴唇，断断续续，"上……上将军……军师……军师赶来了……"

杨翾竟会赶来剑阁？！这消息太过突如其来，令林峰毫无防备，眉心猛一拧起，斜身立起，眸底闪过一缕疑惑厉芒。

天幕依旧黯淡无光，迢迢黑夜中，隐约传来一声叹息，声音冰冷而生涩，却掩不住错落的哀调，"林峰——"

林峰寻迹望去，那站在黑暗夜色中的修长身影，在孤零摇曳的残烛下，显得影影绰绰。帘幕缝隙透过微微月光，映出那张俊美却苍白的脸孔。顿时间，气息似乎停滞，当一袭素服的杨翾，穿过黑夜帷幕而来，心中的不祥痛觉，竟如证实般，催促着猛涌。

嘴角挽起一丝苦笑，林峰心底深处那模糊的影子，又逐渐清晰起来。自洛阳遭袭，他终夜难以入眠，即使浅浅睡去，却总反复出现幼年时的情形，父亲那张逐渐苍老的面容，在梦中尤为深刻。这如水梦境，纵然温馨恬淡，却仿佛生死离别般，充满苦涩意味。此时此刻，眼前这身装束的杨翾，已然道明一切，洛阳城内，配得杨翾服素衫的，也唯独那一人而已。

"林峰。"杨翾再度开了口，苍白的脸孔毫无血色，宛若丧失生气的冥灵，声音低沉，"我连日赶赴此地，是要告知你……"他突然顿住，望着林峰锐利眼眸里蒙起的白雾，竟不知如何启齿。这暗夜气息，为何如此沉闷，胸口一阵窒息的空疼，他垂低眼睑，压下心中痛楚，沉声低语："伯父的死讯。"杨翾拧住眉心，紧合双目，似乎不敢面对即将爆发的林峰。

然而，一反常态，林峰虽眼中凛冽却暗无光彩，俊挺刚毅的轮廓没入隐隐黑夜，一线光亮映照在他脸上，绽出无尽凄迷。他猝然间头痛欲裂，一切似乎噩梦一场，竟冰冷得无法撩出如火怒意，心底充塞着无法言明的痛觉。

月色温润明亮，如莲似玉般，宛若泪水凝固。眼前的林峰，意外般平静沉着，漠然得极不真实。杨翾微微一震，蹙紧眉心，煞白无血的脸颊，清俊的眸子恍然

第二十二章 忠义老付

涌动着哀色。他低低叹息一声，紧咬嘴唇，胸口的窒闷愈发临近，心底泛起不可名状的忧虑。杨翾深知林峰脾性，按常性来说，他必然狂躁失态，难以控制心中怒意，不顾一切发兵攻打咸阳。但这一刻却如此意外，林峰冷静沉稳得可怕，只是那双凌厉眸底，分明漾着竭力压抑的光，手指仿佛脱离身体控制般，不停地轻微战栗着。

这样的林峰，即使相处二十余年的杨翾，也从未所见。那次苏莱莱跌入沂水，林峰癫狂的几近失去常性，却也不像此时一般，宛若掏空的躯壳般，魂不附体。

"林峰，你……"杨翾试探着轻声低语，眸子浑浊无光。

林峰只是轻微扬掌，示意他不必言语。空茫的眼神凝向黑暗，静默的气息中，除了风声拂动，两人的呼吸声也骤然清冷般，静若死水。

时间如沙，在两人相对无言的寥落中流逝。暗夜渐渐退隐，靛青色的天际，在一线暖黄明霞映射下，透出轻柔的蓝。夏日的剑阁，晨风依旧拂起微微凉意。霞光中，杨翾身上的素衫随风猎猎作响，这悲风阵阵，荒凉而落寞。

杨翾垂低眼睑，心底似乎已有了决意。他从腰间掏出那只青黑虎符，沉默片刻，长长叹息一声，声音飘忽却坚定，"这虎符，是伯父离世前所托付……"他顿了一顿，接着道，"以后，你便是林氏之主，全军统帅。"

林峰沉默无声，接过虎符，静静望着帐外的晴空，那霞光分明微弱，却刺得他眼睛疼痛。明亮的日出，竟将他心底的晦暗，毫无声息的全然揭露。他已分不清此刻的心绪，吼不出声的浑噩，喉间突涌着嘶哑的阵痛。他眼底的深红激不出一丝暴怒，紧握住冰冷的虎符，林峰昂首朝后轻仰，清晨的光晕斜斜映在手心，绝无暖意。

沉默许久，林峰终于开口，苍白的嘴唇微微抽动，声音低浑深沉，更是充满冷肃与坚毅，"天色已亮，传本帅军令，即日三路伐蜀大军汇合，全力攻下成都！"

"是！"杨翾冷冷回应，朝林峰望去一眼，脸上的寒意更加深刻，双目透出忧郁难解的神色，心中满是焦虑不安。这意外冷静的林峰，一反常态的行径，似乎暗暗埋下了更深、更令人惊惧的隐患。此刻的竭力压抑，恍若鸱枭般的沉稳阴沉，与他平日的性情相去太远，日后一旦爆发，将比任何时刻还要凶狠暴戾。

林峰已无法恣情放纵，接过虎符之后的他，身上肩负的，早已不是林氏一族，抑或是洛阳一城的命运，此刻的他，终究只是痛到极致的无言，并非常性的沉稳，只是作为旁人，杨翾能深深体会林峰的心绪。十五年前的那夜，当母亲将他推翻在地，一步步走向莲池时，那种无能为力的触感，当母亲的身影沉入那一泓碧水，之事似乎已经无可阻挡,眼前的局势,已不是她一人之力能够逆转。

听说今日午前,林峰已派出数千人着手掘堰,曾经巍峨浩大,耗尽李冰父子,甚至几代蜀人心血的湔堋,即将随着汹涌澎湃的岷江,在漫漫无际的暴雨中,狂泻千里,将那繁华似锦的成都,摧毁成冢。

难道一切都已成定局,不可挽回了么?苏莱莱胸口发闷的痛。纵然如此,她又怎能任由事态不可挽回,即使只有一线可能,她也绝不放弃。眼眶中的泪水顺脸颊而下,空旷的低泣声,她昂起头,望着眼前的老付,低低轻问:"付老头,你会一直待在这里看守我吗?"

老付听出她话中的暗语,微转过头,十指绞在一起,无奈地苦笑一声,沉声应道:"鬼女娃子,你是想让老子放你走?"

苏莱莱咬住嘴唇,沉沉点头,"你帮帮我好吗?难道你要眼睁睁看着那些无辜平民葬身岷江?难道……难道你能眼看林峰变得跟秦君一样残暴?!"她一双眸子明澈见底,眸底似水涌动,显得无助而恳切。

老付心中隐约闷疼,脑中反复忆起少年时光,那遭秦军屠戮的一村无辜百姓,染红天际的血色,至今仍藏匿他心底,永远无法抹去。原本美好宁静的家园,一夕之间竟然化作炼狱般惨烈凋敝。若不是林尚候相救,他恐怕早已成为秦军手下亡魂,但他深能体会林峰的心绪,丧失至亲的震痛,那万念俱灰的心境,他早已体会过,那时他已顾不上任何道义,只求将心底剧痛宣泄。

他叹了口气,眼神略微幽远,"鬼女娃子,你既然深爱少爷,为何你体会不到他此刻的心境?"

"谁说我体会不到!?"苏莱莱不服气地低吼一声,"没有什么比失去亲人更痛苦了!我知道……我不能见我父母……再也不能回到他们身边……"

"但你父母至少活着。"老付长吁一口气,"你还能有个念想,至少还存着一丝希望。"他低声,目光微微深邃难解,"若结果是已知,任你作何努力,都不能挽回逝去的亲人,你又将是何种心境?"眼前恍惚出现村里人的笑容,那样清晰而临近,仿佛就在眼前般,二十年已过,依旧如此深刻。"鬼女娃子,你可知道,在这种情况下,若不能将心中的郁气宣泄出去,人只会被逼疯,丧失常性。所以……"他无奈而自顾自的摇头,"为人子女,少爷只能如此宣泄埋在心中的怨恨。"

"不……你错了,你们都错了!"她抬高了嗓音,"正是为人子女,我才能体会他的心情!他需要将这伤痛宣泄,但不是这样的方式!难道你们不明白,一旦飞沙堰决堤,成都无疑将变成废墟,无数的人将流离失所,无数的子女……也将

第二十二章 忠义老付

失去父母……"她垂头，哑声悲泣，"难道真的要让那些无辜的人，陪他一起体会失去至亲的痛楚吗？……他们没有罪，林峰却要葬送他们的人生！从古至今，这种灭绝人性的屠杀都不会有好下场……"她再度抬起头，死死盯住老付，原本停滞的泪水再度肆虐而下。"这次他如果不收手，今后还会肆无忌惮，随意杀戮！难道你忍心看主公艰苦建立的伟业，一步步演化成秦廷的缩影？"她越说越激动，竟嘶声高吼起来，"你们不是要反秦吗？怎么到现在，却在做着和暴秦一样的行径？！"

老付脑中猛一震痛，竟如此震惊，令他错愕得朝后退去一步。反秦……不错，是在反秦！为何反秦？因为秦人残暴，随意屠戮无辜百姓，而林尚候起兵的初衷，正是为将无辜万民从暴秦统治下解救出来，即使征战的过程，众人生出了称霸天下的私心，而那最根本的初始，却是为改变这困境。若任由这惨剧发生，岂不是背离反秦的初衷，无疑陷入另一个更深困境！

老付嘴唇抽动了一下，下意识地上前一步，望着眼前满脸泪水的苏莱莱，心中恍然犹豫。一切如她所言，若任由岷江吞没成都，林峰将走上一条不归路，背负万千骂名外，原本明澈的心更会堕化成魔，今后的杀戮，必将源源不断，永无休止。

"付老头，你放我走，我们一起去阻止林峰！趁现在才刚开始掘堰，一切都还来得及！"苏莱莱盯住他，带着浓浓的鼻音。

一抹不安又焦灼的神色浮上脸，老付摇头道："就算老子放了你，凭你我之力，又怎么能扭转少爷的心意？"他眼神灰暗，低低道，"少爷平日最信任军师，若得军师支持，也许还能说动他，但如今军师正是提议决堤的人，少爷更是深信军师的理由。你我二人的话，他又怎会听得进去？"

苏莱莱喃喃道："这冷脸人妖最可恶，残忍又狠毒！他从来不把人命当回事，想杀就杀，绝不留情。上次他就提议在淄河投毒，还好林峰明智，没有采纳他的建议。可现在林峰因为主公的去世迷失了本性，如果继续被他这么蛊惑下去，也会慢慢地朝他靠拢，那结果……"说到这里她忽然挣扎道，"你先放了我，我们一起想办法呀！"

老付叹气，显得略有无奈，"哎，军师本性并不坏，只是多年来小心翼翼的生活惯了，对待世事比较冷漠现实罢了。"他拔出大刀，将绑在苏莱莱手脚上的绳索轻轻割开。

绳索的断截，纷纷掉落在地。苏莱莱揉揉发痛的手腕脚腕，白皙的皮肤上，道道触目的红痕。她已无暇顾及身上的痛意，慌忙站起身子，就要朝帐外奔去。

"鬼女娃子,你这是要做什么?"老付一把拖住她手腕,蹙紧眉头,粗声粗气地问道。

"我去劝他们住手呀!"她伸出另一只手,抹去脸上的泪痕,"我去求林峰!"

"没用。"老付淡淡道,神色显得有些低落,"你闯到主营帐去,少爷只会认为你大发厥词,再命人把你绑回来罢了!更何况,你如今被免了军职,印绶还在少爷手上,你连主营帐都进不去!"

脑中一阵轰响!老付一语中的,令她醍醐灌顶般清醒过来。她垂下头,烦躁地咬着嘴唇,轻颦着愁眉,心中不住思虑。正如老付所说,她如今已被林峰免去了副军师的职位,甚至连印绶也被收回了,她在军中可以说毫无说服力,没人愿意听一名小兵的命令。她想要说服林峰,却几乎忽略,如今军职全无的她,却只会被侍卫阻拦在外,连林峰的面都见不到。

帐外的雨声瓢泼不断,风声呼啸着嘶吼,宛若悲泣,为这即将降临的惨剧,似乎这片黑暗,将无尽蔓延!她心中充满恨意,自己终究无力改变一切么?

老付在一旁闷声低语:"若是主公还在,定能用虎符阻止少爷,可如今虎符也在少爷手上……"

脑里猛然震起,苏莱莱失声惊呼,一抹笑意随即浮上,"信陵君窃符救赵!对!就是这样!老付,多亏了你!"

老付惑然不解,依旧愁眉不展道:"鬼女娃子,难道你已有对策?"

苏莱莱伸手拭去眼泪,露出一缕甜美笑容,充满了坚定神色,"我们去偷虎符!这样就可以阻止掘堰的大军!"

老付瞪她一眼,似乎不敢相信般,目光满是鄙夷道:"鬼女娃子,你不是在说笑吧,凭你我二人,能从少爷身上偷走虎符?!"

一抹狡黠笑意浮出,苏莱莱嘴唇微微上翘,"笨蛋付老头,当然不是从他手上硬抢呀!他那个基因突变的妖怪,十个咱们也不够他打的!"她得意地抿嘴笑道,"我们用计呀!趁现在天黑,那个诡计多端的人妖不在他身边,正是下手的好机会!"

"用计?如何用计?"

"你等会带我去他帐中,就说我承认错误,不跟他作对了,然后我……"她微微低头,脸色绯红,顿了顿道,"我就去色诱他,趁机把虎符扔在几案附近,再之后我突然大叫,你就装作以为有事冲进来,摔在几案旁,偷偷把虎符弄走。"

老付忙摆手,撇嘴道,一脸疑惑神色,"丝毫的风吹草动都逃不过少爷的眼睛,就算你再神机妙算,也会被他发现的。那不前功尽弃,枉费一番心血!"

第二十二章 忠义老付

"我说你怎么这么不开窍呢!"苏莱莱叉起腰,微红的小脸罩着淡淡怒意,"我会那么笨,在他清醒的时候下手吗?!"

"啊?"老付愕然惊呼,"你要对他下药?你这是谋杀亲夫呀!"

苏莱莱咬牙切齿,捏紧拳头瞪住老付道:"脑残呀你!我怎么可能毒害他!我是……用黛夕给我的那种香料……"她脸色再度微红,"吸入这种香料会让人头脑昏昏沉沉,会恍惚迷幻,但对身体无害,到时候他神智不太清醒,我再在旁边跟他讲话,分他的神,小心行事的话,一定能得手的,关键是你——"她说着指向老付,"你可得机灵点,冲进来的时候别看到我就愣着发傻,也别看到他就怕,手脚麻利点。我会扔在靠右边的脚下,你一次就要找对位置,然后迅速摔在那里,把虎符藏到袖子里。"

"老子手脚几时不麻利了!倒是你,别偷的时候给逮个正着,连累老子一起被罚。"

"要是被他抓到,那就算我一个人的主意,天塌下来有我扛着,你怕个屁!"苏莱莱瞪圆杏眼,朝他不住撇嘴,一副不屑神情。

"哎……为了少爷,老子就豁出去了!"老付拍拍胸脯,目光中隐隐透出视死如归的坚定。

"再去找几根绳子,把我手绑上。"她轻声命令道,望向天际的夜雨,随即微合上眼,心中暗暗祈求,一切进行顺利。

第二十三章 色诱亲夫

炸雷不断闷响,携着狂风骤雨而来,席卷过崇山万野,在这毫无星辉月照的夜晚,撩得林峰心绪烦闷,辗转难以入眠。日间,他已命人着手掘堰。连日暴雨侵袭,飞沙堰裂出断痕,可这堤堰修筑得坚固异常,若想掘毁飞沙堰,需耗时几日。这相对边修栈道边行军的方法,已是节约太多时间。

他已是迫不及待,父亲离世的伤痛仍旧闷在心间,从未消散。他只想尽快攻下蜀地,无论耗费几多人力,无论牺牲几多生灵。只是,这是恨么?他并不明了,他本与蜀人毫无仇怨,却为何竟会不顾一切,企盼着毁灭?

帐外却扬起传报声,打断了他的思绪。

"上将军,付队长求见!"

林峰眉心蹙起,这深夜时分,老付为何求见?他不是被下令看守苏莱莱么?难道那奸狡女子又一次金蝉脱壳?不可能,任她如何诡计多谋,她已被绑住手脚,更何况他已严令老付,决不能放她,莫非她还能生出双翼,飞出营帐么?

他从榻上坐起,罩上长衫,沉声命道:"让他进来。"

两个身影,一大一小,一高一低,蹑手蹑脚地踱进帐来。

林峰浓眉一拧,脸上随即浮上不快神色,转向老付,目光锐利得如刀刃般可怕,厉声道:"老付,本帅命你严加看守苏莱莱。为何深夜时刻,带她来此?!"

见林峰如此可怖的威严斥责,老付长大嘴巴哑然失声。苏莱莱忙用手肘轻轻撞他,偷偷朝他使着眼色。

"呃……这个……"老付咽下一口唾沫,一脸不自在,缓缓道,"这个鬼女娃子,她说……她很后悔……说不该与上将军作对,还说……还说……"

这笨蛋付老头,就这么怕那野蛮人吗?撒个谎都吞吞吐吐,断断续续。让他这么折腾,没等我动手,就会被林峰看出破绽,苏莱莱忙狠狠瞪了老付一眼,抢过话茬,微微垂首,一脸愧疚神色,"野蛮人,对不起,我是来向你道歉的。"她撇撇嘴,微微咬住下唇,泛起温润的粉色,"之前是我不对,不应该不顾及你的感受。我既然将要成为你的妻子,理应支持你的所有决定……"她喃喃低语道,声音细微而轻柔。

林峰瞥过她一眼,眉宇间隐隐透出疑虑,但望见她那双清眸,却又泛起无奈而悯惜的心绪。他斜兜住她,冷冰冰道:"既然你知错,即日便归还你印绶。此时已夜深,回你帐中歇息吧。"

"可是……我……我想……"她柔声,浓密的长睫微微颤动,"我睡不着,我想你陪我。"

不用讲得这么直接吧!你好歹是个女子,也注意下羞耻呀……一旁的老付瞪圆了眼珠,惊愕得几乎跳起,却被苏莱莱剜了一眼,只好垂下头来不敢做声。

一抹淡淡笑意浮上,绽开在林峰刚毅英俊的脸庞。他轻描淡写,目光微微幽远,"那你便留下吧。"

老付忙将苏莱莱手上的绳索解开,朝林峰道:"上将军,那属下先行告退。"

林峰朝他轻轻挥手,示意他退下,苏莱莱忙柳眉倒竖,瞪圆眼睛,恶狠狠地朝老付投去一个警示般的眼色。

凶个屁,老子又不是傻子,会见机行事的!老付回瞪苏莱莱一眼,心中喃喃自语,一脸不快的神色,暗暗骂咧着退出了营帐。

夜风拂起营帘,飘进几缕微碎的雨丝,传来清晰的凉意。

林峰望住她,目光中凌厉隐约退去,只剩下深深爱意与淡淡凄然融合一体,浑浊而深邃。

"你头一次对我妥协。"他嗓音低浑,却似乎不带情绪般淡漠。

她缓缓走到几案旁,抓起案上的竹简摆弄着,露出轻柔的微笑,"不是头一次呢。"她抿嘴道:"我想回家,你不让我走,我妥协了,这是第一次妥协;你讨厌周董,我把他的照片都藏起来了,这是第二次妥协;还有这一次,这是第三次妥协呢!"她掰着指头,一脸认真的模样。

林峰心底溢过一丝动容。他的心本已一片冰凉,唯有在她身边,才能感到隐隐暖意,令他松懈,毫无防备。他嘴角勾起一缕浅浅笑意,"你在与我讨价还价?"

"可不是!"她嘴唇微翘,望着他的眸子,直直的勾住他的目光,幽幽道,"你很讨厌这样固执又任性的我吗?"

林峰没有作答,只是轻轻踱到她身旁,一股馥郁四溢的香气从她身上缓缓散发,清香却迷醉,竟搅得他思绪有些涣散。他伸出大掌,箍住她纤细的腰肢,将她拉入怀中,浓黑的眸子,绽出威严的肃色,却在触及她目光的刹那,凝出深深悸色。他垂下头,下巴贴着她的小脸,沉声道,声音浑浊不堪,"那你呢,厌恶我么?"

苏莱莱昂起头,转过脸望住他,眼眸里清润如露。她勾手紧紧抱住他,紧倚在他宽阔坚实的胸膛前,挽起甜美笑容,"当然厌恶你,就因为你这个野蛮人,害我有家不能回,你还总是对我呼呼喝喝,凶得不得了,一点也不温柔……"她撇着嘴,望着他深邃眼眸里泛出的点点波纹,却压低了嗓音,低低道,"所以我就留在你身边,每天都跟你作对,哈哈……"她得意地笑道,身上的香气飘忽直来,不可阻挡般,直渗入脑髓,撩拨得他思绪格外混乱。

林峰伸出大掌,指尖缓缓划过她的脸颊,白瓷般的脸颊如绸缎光滑,他轻轻触碰着她粉润的唇。眼前的她,娇嫩得恍若凝露般,引得他几乎失控。他忽觉眼皮恍惚沉重,却又毫无困意,不觉疲惫。

一抹红晕突上脸颊,她伸出小手,轻轻撑在他胸前,绯色的嘴唇娇柔欲滴,不住地吸引出他心底的爱意。他合上双眼,罩住她柔润的唇,在她唇瓣上温柔吮吸。她也紧闭双目,全心回应着他火热的唇。

夜雨依旧连绵不绝,就连冰冷的雨丝,也充满了暖色而迷醉的气息。

他撬开她紧抵的贝齿,温柔地与她的舌纠缠,贪婪地吸取着她嘴里的甜蜜。他的手臂如此有力,箍得她几乎窒息。她的思绪恍惚飘远,只是不住地回吻着他,心中对他割舍不下的浓烈爱意,搅得她快要昏厥过去。

帐外似乎隐隐传来断续的咳嗽声。她停住嘴唇,脸色泛起更深红晕,声音细微得几乎听不见,"林峰……帐外是不是有人传报……"

"不用理会。"林峰的声音浑厚低沉,仿佛从喉咙深处探出来。他的大掌绕到她腰间,将她拉得更贴近自己,寻到她的唇,继续狂热吮吻。他气喘吁吁,眼里却溢出隐隐的悲伤,无法言明的痛厥。他竭力掩饰的软弱,竟在这一刻,展露无疑。

苏莱莱的心泛起一阵疼痛。她头一次见到如此无助的林峰。平日那个狂傲暴戾的战神,傲视众生的凌厉,却在她这个娇弱女子面前手足无措。

第二十三章 色诱亲夫

　　她的思绪恍惚混乱,耳边却再度传来断续的咳嗽声。那声音格外熟悉而有规律,令苏莱莱蓦然清醒。她愕然惊起,自己竟然忘记此举的目的!她深深吸气,合上双目,羞赧地在他耳边呢喃。

　　她的嘴唇柔软而甜蜜,浑身散发着令林峰迷醉的香气。只是为何他的思绪却越发迷糊,分明毫无困意,却意识缓缓混乱,眼中只剩下她的身影,为何也渐渐模糊而远……

　　苏莱莱收回小手,再度展开双臂勾住他壮硕的腰,极轻地在他腰间摸索。指尖仿佛触碰到一个冰凉的铜制器物,那一定就是虎符!她努力想要勾出虎符,却觉那器物紧紧勾住他的衣袍。她不敢大力,生怕被他发现。可恶,眼看就要得手,这虎符竟然勾不出来。她试着加大力气,本想一点点缓缓拽出,却不小心猛一个用力,那虎符从他腰带中倏地拔了出来。她惊吓得睁圆双目,慌忙圈住他的颈子,缠住他的唇温柔深吻。

　　显然香料起了作用!林峰脑中一片浑噩,意识反应也随之迟钝,竟对她的举动毫无察觉。他只是钳住她不盈一握的腰,如火的嘴唇沿着她滑腻的脸颊朝下游弋,滑过她白皙如绸的玉颈,勾过她狭窄柔软的肩,缓缓地朝下移去,在她柔软圆润的胸前停留。

　　她一手仍勾着他的颈项,另一手却将虎符朝右扔去。

　　靠——她几乎骂出,因为害怕,她用力太小,虎符仅仅落在他的长袍下。若老付冲进来,稍不留意便会被他抓个正着。她脑中快速思考对策,却忽觉胸前一阵火热,红晕立刻飞上。她咬着嘴唇,几乎就要对他妥协般,脑中却强撑着意志。她闭上双眼,扯起嗓子尖叫起来。

　　"妈呀——"

　　林峰尚未做出任何反应,却见老付如迅雷疾闪般冲入帐内,满脸激昂神色大呼道:"怎么啦,怎么啦!出什么事啦?!"

　　靠——付老头,你这蠢猪!苏莱莱狠狠瞪住他,额头直冒冷汗,几乎没气晕过去。虽然事先已讲明白了是演戏,可好歹你也应该配合点呀,哪有刚叫出声不到一秒钟,就冲进来的?!就算反应快也得有个好几秒吧!她捏紧小拳头,恨不得将那笨蛋付老头的大脑壳砸开,看看里面到底装的究竟是稻草还是棉絮。

　　林峰望向老付,浓眉紧紧拧起,脸上的寒意骤然转深,目光凌厉如刃般,低低从喉中吐出几个冷冰冰的字眼,"你来作何?!"

　　望见林峰带着杀气般令人震慑的目光,老付心里惊慌失措,一时竟惊恐得不知作何解释，只是呆愣愣地望住他，张着嘴发不出声。

苏莱莱秀眉倒竖，直朝老付挤眉弄眼，眼神斜斜投向林峰脚下，长袍右角处的虎符泛起微微的光泽。她努着小嘴，示意老付迅速行动。

老付似乎并未留意苏莱莱的暗示，心中对林峰的悚惧搅得他一片混乱。他颤抖着手指，断续回应，"属下……属下……刚才听到……一声尖叫……以为是有人……行刺上将军呢……"

会有人敢来行刺这个妖怪……拜托，撒谎也找个听起来像点的吧！讲个这么滑稽的谎言，能瞒得过谁呀！苏莱莱紧闭双眼，此刻她只恨手上为何不多出块板砖，就算一瓶矿泉水也行，好让她把那脑残付老头砸醒。

林峰却目光一凛，视线投向帐外，微微凝滞般。他的头窒闷发昏，思绪也恍惚迟钝，只是静默地盯住眼前的老付，漠然出声，硬生生下令道："退下。"

"哦……是……"老付喃喃道，抹抹额上冷汗，正准备转身退出去，却惊觉身后一双恼怒至极的眼眸，正恶狠狠地瞪着他，充满了怨毒般闪过，令他再惊出一身冷汗。他讪讪地望向苏莱莱，心中不住咕哝，你这老娘们，这般凶狠眼神做什么？想谋杀老子么？老子这是见机行事，借此转移少爷的视线，你难道看不出来么，还自命聪明，我呸！

苏莱莱瞪住他，撕磨着牙齿，缝隙间隐隐发出声响，细微得只有她自己听得见，"快拿那个虎符呀，还磨磨蹭蹭干什么，快行动——"

老付撇撇嘴，见她如此神情，只好硬着头皮，猛一个急涌，伴随着一声惊呼，直扑到林峰脚下，紧抱住他笔直修长的腿，一脸凄色号啕大哭，"上将军……可吓死属下了呀，您可知您的安危关系全军命运……您务必要保重呀——"

哎妈呀，这付老头有断背的潜质呀！苏莱莱只觉胃部翻涌，一股恶心钻心而上，猛一阵毛发倒竖，直起鸡皮疙瘩。

林峰咬牙，触电似的后仰，拧起的浓眉更扭起不展，脸上肃色的表情，冰冷的可怕。他脑颅一片混沌，对老付的举动略感不快，甚至迟钝得来不及暴怒，只是怒目狠瞪住他。

老付却依旧自顾自的卖力演出，抽泣着伸出手指，缓缓将林峰长袍衣角上的虎符勾入手心。明明满脸泪水的脸上，一双小眼却贼眉鼠眼的目溜四周，悲泣着哭号："属下是上将军的近卫队长……必定誓死效忠，护卫上将军安全……绝不允许任何居心叵测之人……接近上将军……"

苏莱莱再也忍不下去，瞪住老付尖声道："付老头，这里根本没什么事，就是我刚才看到一只壁虎，吓了一跳罢了！帐里就我跟上将军，你说谁居心叵测

第二十三章 色诱亲夫

呢……"她说着，见老付已经得手，于是朝他使着眼色，示意他立刻退下。

"啊……是属下失言……"老付立刻会意似垂头，迅速将虎符塞入腰带中，慌忙松开林峰的腿，讪讪傻笑道，"属下只是忠心护主……才会一时情急冲进帐来，望上将军宽恕！"

脑颅内那幽然的浑浊感，又飘忽而近，林峰伸出大掌按住额头，脸上露出一抹恍惚神情，片刻后，才冷肃低语："你退下吧。"

"是。"老付叩礼离去，临行前朝苏莱莱投去一线鄙夷眼神。

靠，办得那么糟糕，竟然还鄙视我！苏莱莱心中恨得牙痒痒。若不是这香味迷惑了林峰心神，依付老头这么莽撞行事，他们早就当场被擒。见老付高壮的身躯消失在视线中，她转向身侧的林峰，柔声细语："野蛮人，你的脸色不太好，身体不舒服吗？"

脑颅昏厥感更盛，带着迷乱的醉意。林峰并未作答，只是半垂下眼睑，摆了摆手。

"你的头很疼吗？"苏莱莱关切道，"我看你眉心紧拧着，是不是这几天都没有休息好？身体太劳累了？"

林峰撑起眼睑，出神地凝住她。锐利的目光缓缓隐去，只剩下柔和似水的缱绻，他伸手抚住她的小脸，浓如黑墨的眼眸深不见底，唇边一抹温柔笑意，"这几日总是夜不能寐，为攻蜀之事辗转，或许如你所言，我太过疲惫。"

清澈的眸子里泛起涓涓潋滟，苏莱莱圈住他的颈子，在他侧脸上轻柔吻下，声音轻甜，"那今晚就好好睡一觉……"

林峰眸底闪过清晰悸动神色，却加大了手劲，如铁铸般将她紧箍在怀，嘴唇微微翕张，却欲言又止，流露出寂寥而落寞的神色。他那如像稚子般的目光，拂动她的心绪。她垂下头，轻轻倚靠在他胸前，声音低哑却柔和，"我陪在你身边，你安心睡吧！闭上眼，什么也不用想，什么也不用问……"她的声音宛若催眠的咒语，飘忽柔软，甜腻得好似糖浆般，缓缓划过，挑得他眼皮愈加沉重，竟生出困乏的倦意，那香气萦绕不去，与她的柔声融合，渐渐遥远，缓缓模糊。

淅沥雨声逐渐息止，只剩下风声凛冽呼啸着，在青峰峻岭间，静谧而荒落，仿佛低沉的叹息，宕出忽远忽近的纹路。蜷缩在林峰怀中，苏莱莱抿住柔唇，痴痴地望着眼前的他：紧闭的双目，刚毅俊逸的脸，冷肃利落的唇边，漾着松懈的安然，沉沉熟睡，呼吸沉静而均匀……

苏莱莱轻轻叹息一声，他令她如此深爱，她不忍再欺骗，却更不能见他坠入深渊，就算会被他憎恶，她也绝无悔意。她俯下小脸，轻轻吻上他饱满的唇，小心翼翼地挣脱他的怀抱，起身朝帐外而去。回头望去，林峰依旧平静安睡。自从林尚候离世，他已许久没能如此放松。她心中突然涌起一股莫名的难受，自小已失去母亲的他，父亲就是唯一的亲人，如山般深沉的父爱，又怎能轻易淡忘，纵使刚强坚毅的他，也会如此无助而失落。

一抹凄然笑意浮在她脸上，难怪老付会要她理解他。若换作自己，或许比他更为激烈，更为癫狂吧！她终究是个旁观者，所以能够冷静面对世事。一时间，她竟恍惚有点理解他。

苏莱莱摇摇头，暗暗责怪自己，咬咬牙，迈开脚步，融入冰冷湿润的空气中。

营帐区外的密林前，老付拉着两匹骏马伫立在那里，不住朝前反复张望，终于迎来那个纤小的身影。

苏莱莱颔首，转向那匹高大俊逸的红马，伸出小手轻抚过马背，喃喃，"红流，让你久等啦。"

"红流"轻摆动起马首，鲜红的鬃须随风飞逸，仿佛见了亲人般，模样分外亲昵。

老付却扁起嘴，两撇小胡子也随之上翘，气呼呼道："这么磨磨蹭蹭，天都快亮了！"

苏莱莱回瞪他一眼，怨气冲冲道："你还好意思说，刚才你那什么狗屁演技！竟然跑去抱人家大腿！要不是那香料麻醉了野蛮人，我们俩早被他识破了！"

老付不服气地白她一眼，恶声道："还不是怪你这老娘们笨手笨脚，将虎符扔在少爷脚下！老子若是不抱他大腿，如何能拿到虎符?！"

"好吧！扯平吧，大家都有错，现在办正事要紧，没功夫跟你瞎闹腾！"苏莱莱摊开手，斜睨他一眼，"虎符呢？"

老付从腰中摸出虎符，笑意盈溢道："在这呢。"他将虎符交给苏莱莱，蹙眉问道，略微焦虑神色，"少爷没事吧？"

"放心吧，他只是吸了太多那种香料，加上他这几天本来就没睡好，现在正在熟睡呢。"

老付满脸疑惑道："奇怪，为何咱们吸这香料却没事？"

苏莱莱鄙视地剜他一眼，"笨蛋付老头，你不记得我们行动前，喝过薄荷和艾蓝熬制的汤了吗？这种汤能够提神，所以咱们没事！"她死死拽住马鞍，却总跨不上去，费了半天劲才勉强爬上马背，引得老付大笑不止。

"笑个屁！趁现在天还没亮，赶紧赶到飞沙堰去！"苏莱莱扶住"红流"，这

第二十三章 色诱亲夫

些日子虽然她已学会骑马,却并不熟练,好在"红流"很是体贴主人,对她也极为温和。

"掘堰的士兵们还在睡觉呢,为何要此刻赶去呀?"老付惑然不解。

苏莱莱望住他,正色道:"等到天亮,你的少爷醒过来,我们还没赶到飞沙堰,就会被抓回去。拜托你动动脑子想想,趁他现在还在睡,我们赶到那附近。天一亮,立刻下令停止掘堰,把这些士兵都遣回各自营地。这样就算他们赶来,人也散了呀!"

"可就算停得了这次,少爷下次还会继续派人掘堰呀!"

苏莱莱怅然叹息一声,"如今只能走一步算一步了,先阻止这次掘堰,然后再说服林峰吧!我总感觉,他不会这样执迷不悟的。"

老付冷笑一声,不屑的语气道:"你这老娘们,就如此自信,少爷能顺你意?"

苏莱莱摇头,唇边却一弯柔美笑意,"我不是相信自己。"她转向老付,目光坚定,"我是相信他。"

黑夜仍无尽蔓延,却隐隐泛起微弱曙光,马蹄飞扬腾起,将湿漉漉的气息,更为宽广的渲染。

天空一片靛蓝,晨曦中渗出微微的暖意,雨水依旧淅沥不断,在晨光中溅起晶莹光泽。

一连串清晰急促的马蹄声,绵延而近,疾疾落在恢弘的飞沙堰脚下,引得掘堰的士兵们纷纷侧目。那如血通红的骏马,骤然停滞了脚步,片刻后,一只娇小身影翩然而来。

负责掘堰的统领,正是在偷渡涪水一役中,将功抵罪的李耕草。望见苏莱莱亲自赶来,身后还跟着一副肃色的老付,他略微不解,蹙眉道:"副军师,天只是刚刚微亮,为何风尘仆仆的赶来此处?莫非上将军有军令传达?"

苏莱莱勾眉一笑,清亮的眸子中,泛起狡黠的芒彩,"不错呀,如李副将所言,本军师正是要传达上将军的军令。"她唇边泛起微带笑意的波纹,咧开小嘴道,"上将军昨夜已接受本军师建议,决定停止掘堰。"

李耕草眼底泛起疑虑神色,低低问道:"军中不是传言,副军师正是因为反对掘堰一事,被上将军免职么?为何一夜之间,上将军不仅转变心意,更命副军师前来……"他瞥过苏莱莱一眼,略不信任的目光,"副军师可有上将军手谕?"

苏莱莱瞪他一眼,扁嘴一笑道:"就知道你会怀疑。本军师可不是坑蒙拐骗,当然是有凭有据啦！"说着从腰间的GUCCI手袋中勾出虎符来，眼里烁动着得意的光芒，"看到了么，这可是能够号令全军的虎符。上将军既然把虎符交给我，难道你们还怀疑，停止掘堰不是出自他的授意吗？"

"属下不敢！"李耕草恍然般笑起来，抱手叩礼道，"既然上将军已将虎符交予副军师，那此事便是上将军授意了！属下自当遵上将军的军令。"他回转脸，朝身旁士兵道，"传令下去，上将军已下令，即刻停止掘堰！"

"是。"士兵领命，正要传下停止掘堰的命令，身后却响起另一阵震山撼岳的铁蹄声。轰然而至，将清澄的空气，蕴出淡淡的泥土腥味，似乎大队人马正疾然赶至。

苏莱莱颦起秀眉，身下的"红流"却不安地烦躁起来，仿佛遇见仇敌般，不住地叩动着马蹄，双眼直直勾向前方。眼前扬尘而至的大队人马，一眼便望见那两个颀长的、再熟悉不过的身影，浑身上下裹缚着的恼怒气息，投入苏莱莱的眼底。她竟不自控地一阵寒战。

"苏莱莱，你好大的胆子！"杨翾熟悉的嗓音传来，伴随着马蹄声而近，冰棱般的冷漠，夹杂着清晰的怒意。

苏莱莱咬起牙齿，恨恨瞪向他。为何偏在这千钧一发的时刻，这僵尸脸人妖竟会突然出现！她攥紧手中的马缰，目光直刺向杨翾，心中泛起隐隐怨气，却猛触及到他身旁那张刚毅的脸。那张充满失望神色的脸，嵌在脸上那双黯淡的眸子，让她心底隐隐的恨意顿时全然消散，竟骤然凝起一股莫名的难受。

林峰……她竟丧失一跃而起的怒意，只是愕然地望住他。他的眸子毫无神采，一片浑浊，隐隐含满痛楚，以及对她的深深失望。

"你又一次欺骗。"林峰冷冷道，声音低沉却生涩。他的嘴唇微微泛白，晨曦映照下竟显不出血色般。他凝住眼前的苏莱莱，眸子中泛起彻底的凄然，以及难以言明的痛意。他叹息一声，浑厚的嗓音掩盖了恼怒，"你妥协一次，必然玩弄我一次！"

"我……"原本满腔狡辩的词汇，为何在触及到他目光的那一刻，一句也讲不出口。她只能愣愣的凝住他，眸子里充满失神与失落。

"苏莱莱，想不到你为了阻止掘堰，竟然对林峰下迷药?！"杨翾怒斥道，咬着牙齿。冰冷的目光中，却隐隐泛起邪异的光芒，谁人能够得知，此刻他心底所想？连他自己都不知晓，只是看到苏莱莱与林峰彼此误解，甚至仇视，他竟暗暗欣喜。那股莫名的怨艾，搅得他失去理智。他淡淡道，略带讥讽的语气，"你这般聪慧头脑，不用在制敌上，反而用在你夫君身上，莫非你以为他爱你，便会纵

第二十三章 色诱亲夫

容你一再作弄？"

"我没有作弄林峰！"苏莱莱终于按捺不住，大喊出声。"我只是……我只是……"喊出声后，却又丧失底气般，她轻咬着唇低语，"我绝不能看着他……成为暴君！"她咽下一口怒气，闷声低语，"杨翾，你想给我张罗什么罪名都随你！可是就算林峰厌恶我，我也要这么做！"她扬起手中虎符，目光一闪，"反正我也对上将军下了迷香，并且偷了虎符，我不在乎多一条罪名！虎符在我手上，立刻停止掘堰！只要停止掘堰，之后什么惩罚我都接受！"

一抹冷冽笑意浮现，杨翾语带不屑道："苏莱莱，你还真是天真……"望见她略微苍白的小脸，心底却泛起浓郁的爱意。纵然此刻他不断用恶毒的言语攻击，却为何还是如此割舍不下地深深痴迷？

杨翾眸中充满邪妄神色，冷笑道，"若按你所想，林峰此刻应还在熟睡，为何却能及时赶来，难道你还不明白？"

苏莱莱疑惑地蹙起秀眉，转向林峰，却见他眸子依旧浓黑无光，声音浑厚低沉，宛若从喉咙深处迫出来一般，"苏莱莱，你偷的虎符，只是假的罢了。"他垂低眼睑，那失望的神色，更不可阻挡般地扩散。

一阵惊愕，她猛地盯向手中的虎符，却不知所措般，"怎么会……难道你们……早就知道？"她猛地转向老付，眸光中竟泛起浓烈怨艾。"付老头，难道你和他们是一伙的？！"

老付愕然摆手，一副不解神色，却明显充满惊惧。

"老付事先并不知晓，但我已料到，以你的伶牙俐齿，必定能说服他帮你。"杨翾淡淡道，声音飘忽轻远，冷冷瞥过苏莱莱一眼，"既不能说动林峰，唯一能阻止掘堰的，便只有这虎符，于是你便迷惑他心神，趁机偷走虎符。"他唇边勾起一抹邪意笑容，"但你莫要忘记了，每回博弈，你都是我的手下败将。"他昂起头狠狠盯住苏莱莱，目光中充满了挑衅，却又隐隐含着浓郁的爱意。

"你早就料到我会去偷虎符，所以你都计划好了？！把虎符换成假的，让林峰假装被我迷惑？！"苏莱莱失声喊道，眼底竟恍然湿润，"然后让我拿着假的虎符来这里，再让我在众目睽睽下出丑！"她垂下头，鼻中的酸楚竟猛然涌上。原来她自以为精妙的步骤，却仍不过是别人安排好的棋局罢了，自己的每一步，根本还是掌控在他人手中。她做这么多，只是为了林峰，为何林峰却不理解她，反而和杨翾一起设局，将她引入这个局中？！

泪水再也无法抵挡般的决堤，直滴落在"红流"背上，细细的凉意。努力如此多，纵使绞尽脑汁，却依旧功亏一篑，非但不能被谅解，反而招来无休止的误会，以及抹不去的罪责。

　　她哭泣的娇柔模样，顿时撩乱了两人的心，清晰的痛觉浮上，只是苏莱莱终究是盗取虎符，重重触犯军令，面对众将，即使如何不忍，也不可如此纵容。

　　林峰吞回心底的悯惜，挥手令下，目光如刃般锐利，"苏莱莱盗取虎符，假传军令，来人！将她押解回洛阳，关入地牢，待此战结束再做处罚！"

　　杨翾脸色猛一阵惨白，林峰竟会下此狠心？！若她抵受不住……但随即，一抹冷笑却拂上唇旁。他深知林峰心意，他又如何狠下心肠责罚苏莱莱，不过是当着众人不可徇私罢了。将她押回洛阳，自然是关在府中，又怎会押入地牢呢。不过如此正好，也免得她在战场上，总是挑乱林峰与自己的心绪。

　　苏莱莱却不明白林峰的深意，脑中一片空白。洛阳地牢，这个令她悚惧的地方，若是再被关入那里，她的小命，又怎样能保住？！但这都不重要，她介意的却是林峰，为何他竟然忍心，给出如此绝情的命令？她伸手拭去泪水，泪水却脱离她控制般，反复汹涌。

　　侍卫跂到苏莱莱身旁，正要将她拉下马，身下的"红流"却狂暴惊起，不住嘶号怒动，似乎急于解救主人脱离险境般，全然不将身旁的侍卫放在眼内，猛扬蹄疾奔，宛若离弦之箭般，沿着浩大的堰堤直冲而去。

　　"红流"，你是要救我么……她心中甚是慌乱惊恐，紧闭双眼，紧紧攥住马缰，耳边风声跌宕，眼前的景色恍惚离散，她脑中一片模糊，只得跟随着"红流"的步伐，懵然昏去。

　　"放肆！"林峰怒吼一声，心中的怒意却猛然散去，望见"红流"狂奔而去的方向，他心里竟无比的发空，莫名的骇然狂涌而上。他立刻策动缰绳，直朝她追去。

　　"红流"奔去的方向，竟是青城山脉下，那片传说中的"山林迷阵"，千百年来，从无一人能安然走出的迷阵！杨翾紧拧起眉，狠狠咬紧牙齿，见林峰疾然追去的身影，心底泛起复杂的滋味。为何纵然怨她，他依旧不顾一切，甚至连性命也不顾及？！为何当自己犹豫着是否迈入那迷阵寻她，林峰却依然能够不假思索，难道自己终究不如他么？！

　　"红流"如电掣般疾奔，不多时已全然没入那山间密林，恍恍消失。当"疾夜"赶到密林入口时，微薄朦胧的雾气已然腾升，渲绕笼罩住山脉，遥遥望去，恍若幻境般迷离。仿佛嗅出异样气息般，"疾夜"竟止步不前，只是反复晃首，一副烦躁不安的模样。

第二十三章　色诱亲夫

林峰拧起眉头，勾手狠狠拽动缰绳，"疾夜"却依旧垂首，任由他如何催促暴怒，也绝不朝前迈进一步。见"疾夜"惶恐不前的姿态，一抹焦灼神色泅过眼眸，林峰咬牙闷哼一声，翻身跨下马来。

一缕缕黯色雾气飘忽而来，竟夹杂着些许淡淡的血腥味。顷刻间刺痛林峰的神经，令他惊蛰而起，脑中沉得发痛，充满惊惧。他重重喘息，横起铄杀金戟，直朝密林迈去。

"疾夜"却猛然烦躁起来。它不停地狠踏着马蹄，发出悲凄的嘶鸣，如泣声般尖利，仿佛全力阻止着他迈入密林般，一双金褐色的眸内，隐隐满含着焦急。

身后那声悲鸣，如泣如诉般尖锐。林峰停住脚步，却只微微垂头，眉心紧紧凝住，嘴角却泛起一缕飒然笑意，目光中一片从容气度。是想告知我这山林的凶险么？他脑中泛起思绪，可你究竟不明白我意，她已经进入这山间密林，纵然此地险若地狱，他也义无反顾。心中一片浑浊，他并未回头，再度迈开脚步前行。

林峰高大的身躯隐入迷雾，"疾夜"终于仰首狂啸，那凄厉的嘶鸣声，响彻山间林野，反复徊旋。

"红流"带着苏莱莱沿山道而行，途中岩幛苍翠相间，峰间云岚万变，倚石俯瞰，脚下峰壑开绽，白云蓬蓬忽合，缥缈梦幻，如纱似帐。山林的一端，却仿佛传来一声辽远嘶鸣，苏莱莱轻颦秀眉，心中一片踌躇慌乱，洛阳的地牢令她深深悚惧，这陡峭入云的山岭，遮天蔽日的密林，以及迷雾缭绕的气息，更让她惴惴不安。

空气中缓缓扬起声声低叹声，犹如孩童的哭诉，又宛若女子悲泣，渗入湿润的空气中，一片灰蒙无际。苏莱莱心中惊恐万分，只好紧紧靠在"红流"身上，仿佛死拽住救命的稻草。一股淡淡腥甜随之飘来，愈发临近般，血的滋味，如幽灵般可怖。一阵发毛倒竖，浑身猛然寒战，心底的恐惧不断扩撒。苏莱莱屏住呼吸，紧咬住嘴唇，心底默念着菩萨保佑，后悔的念头猛涌而上。早知如此，还不如被关入洛阳地牢，好歹还有生还的可能，而不至于沦入这么恐怖的境地。

树影婆娑，却掀起窸窣声响，仿佛有人马穿梭其间。骤然而近，苏莱莱猛睁眼望去，骇得几乎惊吼出声，一大片黑影蜂拥而至，定眼看去，那飞蹿来的人影，个个骑着彪悍肥马，皮肤深色泛红，身躯壮硕如牛，脸色更是凶神恶煞般恐怖。他们纷纷右手握斧，左手持着木盾。她仿佛隐隐看到，那斧尖尚未凝固的鲜血，不住地向她传递着死亡气息。

"啊！"苏莱莱尖声呼叫，无尽的恐慌激得她不顾一切地策起缰绳，凄声尖叫道："'红流'快跑！快跑——"

"红流"却龇牙咧嘴地怒视着涌来的人影,一双炯然双眸中,充满狂躁的怒意,却在原地反复踱着脚步,始终不肯迈开步伐。

苏莱莱急切不已,不禁伸手恨拍"红流"一掌,怨声道:"破马——关键时候竟然怕事!快跑啊——"眼见人影不停朝前扑来,那凶悍劲勇的气息,清晰的敌意,无不震得她脑中反复轰鸣。影影绰绰中,缕缕微弱光芒折射下,人影的衣衫上,晃动着触目的字迹,那斗大的篆字,虽然她并不认识,却依稀在剑门见过。他莫孤醒率领的大军,随风飘展的旌旗上的字,与这些可怖人影衣衫上的篆字,如出一辙。

他们是蜀军?!蜀军怎会隐匿在这山间密林中?!她脑中恍惚失措,一时竟解不开这困局,那一双双狰狞的目光渐渐逼近,可这破马却偏偏停步不前,胸腔猛涌上一股透凉寒意。她紧闭双眼,咬住牙关死死拽住马缰。这一刻,仿佛气息凝滞般,她几乎昏厥。

这时,耳边猛响起呼啸风声,身体轻盈轻晃,吓得她猛睁双眼,竟然发现"红流"陡然跃起,猛一阵狂奔而去。

仿佛被激怒般,那一群群凶悍人影晃动起手中利斧,嘴里嘶喊着呼号,朝着"红流"猛追而上。

"红流"自是大宛名驹,肋如插翅般飞奔,很快便将那一众人马远远甩下。

苏莱莱心底微微松气,脑颅却裂痛起来。眼前这山林迷离怪异,为何绕来绕去,竟又回到原地般?那群凶悍蜀军又再度出现在眼前!她惊呼出声,策动马缰再度狂奔逃离。

该死的蜀军,他们不是死守成都么?为何在这青城山脉的密林间,竟然还藏匿着这么一支如此凶悍的队伍?!难道他们是打算偷袭我军?!但他们仅仅数百人而已,如何能对数万大军造成威胁呢?不,她并不能确定这林中,是否还有更多蜀军,若是将我军分批引入这充满惶恐的山林……凭借对这地势的熟知,只需数千彪勇猛汉,便足以啃噬掉万人劲旅!

她脑中忽然清晰,这些蜀军劲勇凶恶,她依稀在书中见过,莫非正是传说中的"版盾蛮"?!

但林峰和杨翱却还不知此事!她心中泛起一股灼烧,那充满矛盾的心绪,撩得她心神涣散不已。若不及时告知他们,我军极可能遭受重创,可此刻他们的气还未消,她若赶回去,岂不是自投罗网?她脑中正莫衷一是,却猛然拂过"红流"带着她狂奔逃离时,身后那个紧追而上的身影。

心骤然揪紧,她愕然失神。林峰,他毫不犹豫的追了上来!那么此刻,他也

第二十三章 色诱亲夫

陷入这幻意山林？纵然他强若鬼神，却又如何能在这朦胧劣势中，以一单骑面临数以百计的剽悍"版盾蛮"？！

苏莱莱几乎停滞呼吸，心中那股凉意猛冲上脑，搅得她忘却所有的惊恐。她绝不能由他一人面对，纵然她对他毫无所助，即使是死亡深渊，她也决意相随。

苏莱莱攥起马缰，朝着"红流"闷声低吼："红流！我们去找林峰，他一定还在这林子里，你能记得他追来的方向吗？"

"红流"似乎并不理会她，垂首扬蹄，带着她在林中穿梭，仿佛只是急于躲避"版盾蛮"的追击，时而疾奔不止，时而却又刹然止步，兜转往复着前行。

心中一片低迷，这恍若迷宫的幻境，如血般的雾色，眼前的场景，无不搅得苏莱莱心烦意乱。而"红流"似乎只是想护住她的安危，完全无视她的主意，带着她不断往来绕行，只求躲开"版盾蛮"。她心底空得发痛，愤然怒吼："停下来！你这破马！你要是再带我乱蹿，我……我就毒死你！"她蹙眉，寻不到更合适的恐吓言语。

"红流"却并不惊惧，一双深眸满满坚定，依旧毫不理会她，只顾着在林中反复穿行。

苏莱莱咬牙，脑颅一阵裂痛，她狠狠收紧缰绳，伸出手掌用尽全力拍打着"红流"，仿佛要将心中的郁气全然倾泻。眼眶渗出点点湿润，晶莹明亮，她呜咽着出声，"停下来……红流——"

似乎察觉出她的悲伤，"红流"竟止住脚步，轻轻晃动着马首，嘴里咧出低低悲鸣。苏莱莱立刻翻身下马，直朝着山林深处钻去。

"红流"似乎烦躁气急，不住撵踏着马蹄，却徒劳无益，那个纤小的身影，一没入密林，便如轻雾般消散不见。

苏莱莱在林中漫无目的地乱窜，一阵清悠琴音飘然而至，恍若空谷幽曲般忽远忽近。似是凄艳，又暗挟哀楚，清幽而绝美，却又刺痛着神经，宛若飘然起舞的长袖，脑中竟闪出一幕幕浑浊的幻觉，仿佛穿透神经，直刺入心脉一般痛楚。她定睛看去，眼前恍惚迷糊，难道这浑浊雾气有毒？那琴音又是从何而来……莫非是"版盾蛮"的巴渝舞？她伸出小手堵住耳脉，那声响却依旧绵绵不休。

血的甜腥味再度飘忽而来，眼前一簇簇壮硕身影，利刃的光芒折射出凶悍如鬼的脸来，苏莱莱慌忙转身狂奔，脚步却愈发沉重，心中仍惦念着林峰，眼里的泪水似泉狂涌。此刻若他在身旁，她又何所谓惧呢？她闭上眼没命的疾奔，脚下却骤然踩空，松软的草丛掩映下，似乎是无尽深渊，犹若正张着的大口，等待猎物的陷入。

"啊——"她失声惊呼一声，身子轻盈下坠，意识陡然截断。

山林的入口，数万兵马正聚集于此，杨翾脸色苍白，神情淡漠似冰，心中却绞痛难忍，如今不仅是苏莱莱，就连林峰也进入了这迷阵，若派遣大批人马潜入山林，或许还能破除这恐怖迷阵，若只因畏惧而止步不前，他二人则必定凶多吉少。

杨翾低低叹息一声，俊逸的眉凝然不展，眸中闪过一抹清冷芒彩，他挥手，沉声令下，"众骑听令，即刻兵分三路，务必寻得上将军与副军师！"

"是。"震起整齐而雄壮的声响。

杨翾昂首望向天际，明黄色的暖阳已缓缓降临，只是眼前那密林，却依旧昏暗如夜。

四周气息寂寞如死，铄杀金戟也蜕为灰色，黯淡无光。林峰拧紧浓眉，似乎嗅出这隐隐藏匿的凶悍暗涌，他骤然转首，凌厉眼眸中寒光闪动，戟尖上杀气隐现。

"杀！"一声声整齐暴喝，夹着凛冽的攻势，将四周静默幽谧的气息，骤然撕碎。

一众黑影犹然涌现，正是藏匿在林中的"版盾蛮"，个个目光狰狞剽悍，手中的利斧闪出亮光，投映在宽大的木盾上，扑出阵阵压抑的重感。

为首的人影身型巨硕，斜兜过眼前的来者，目光中扫过不屑神色。

蜀军?！林峰脑中忽闪而过，嘴角却随即泛开一缕狂放笑意，哼，来送死么？他运起劲力，箕张出一股狠厉重力，挥起铄杀金戟旋身猛攻而前，带出阵阵风声呼啸。

为首的人影高壮笨重，来不及躲过林峰的攻势，只得扬起手中木盾，竭以全力抵挡在前。

木盾碎裂声尖锐轰起，顿时震出片片木屑，洒落满地，伴随着撕裂的惨嚎声，与浑浊的雾气融为一体。

霎时间血色四漫，"版盾蛮"们发出惊呼，蜀地之中，他们向来以彪悍劲力著称，而最为凶猛的首领，竟会被眼前的来者一击击伤?！为首的人影脸色忽变，渗出清晰怒意，心中不断涌起恼羞愤怒的情绪，他嘶吼着扔掉木盾残片，大呼："何人如此大胆，竟敢单人来寻死?！"

林峰淡淡一笑，执戟斜指，笑容充满威赫自信，尽是挑衅的意味。

倏忽间，四周却瘴气四起，山石轰裂声颤抖着巨响，挟带着一抹清幽伤感的琴声，搅得林峰脑颅欲裂般疼痛，他垂低头，竟觉恍惚失神。

"哈哈哈哈——""版盾蛮"们得意狂笑，一同鼓噪起来，声势浩然增加。

为首的"版盾蛮"大呼道："这密林作战，还没人能打败咱们！兄弟们上，将这不知好歹的小子碎尸万段！"

林峰倒吸一口凉气，依旧紧握住铄杀金戟，脑颅内却扯痛不绝，眼前也蒙起一层薄雾般，浑身的劲力仿佛被封锁在体内，完全无法使出。意识恍惚散乱，却见四周涌来的人影，脸上的邪肆笑容越来越临近，刀锋闪过，他竟不能轻灵躲避。

浑身剧震，一阵撕扯的痛楚，迅速遍及全身，顿时血味弥散。林峰脑中只剩下一片空白，贯穿全身的剧痛猛袭而来，更是涌出一丝眩晕感，几近让他无法站立，这恼人的迷雾！若非如此，任凭这些猛汉如何狂暴，又岂能伤他？苏莱莱……她此刻是否平安，她只是一介柔弱女子，若遇到这些蜀军，又如何有幸存活？

林峰骤然惊起，心里的执念宛若芒刺，促使他强忍疼痛，用铄杀金戟撑住地面，咬紧牙关，再度运起劲力。眸底仿佛泣血般深红，凌厉的目光带着杀气狂涌而出，四溢的鲜血使他的俊脸怖若戾鬼。他猛一震身躯，以回旋步伐狠踏着攻上前来，再度运起全力挥起金戟横扫而过，他一双眼眸血芒精现，不断散射出神魔威色，无尽内力在这一刻绽裂而出，掀起阵阵尖锐如芒的腥风，猝不及防。

一众"版盾蛮"躲闪不及，被贯注全力的金戟扫中，腰腹猛然深深翻开巨大裂口，皮开肉绽般狰狞，血花不住飞溅，林峰的脸立刻溅上点点血迹。

"……"为首的"版盾蛮"愕然失声，眼前这人，分明已是遍体伤痕，为何能恍若厉鬼般不可阻挡？他猛然惊醒，那金光烁闪的金戟，凌驾于众生之上的威赫气质，莫非此人竟然是林氏的少主，传闻之中的"洛阳战神"？！

脸上淌着清晰的凉意，耳边传来细碎的水滴声，头还有些微微发疼……苏莱莱舒开紧蹙的眉，缓缓睁开双眼。身上缠裹着的山藤树枝，将她白皙细腻的肌肤划出道道血痕。她叹一口气，总算她命大，滚下山崖竟还能活下来。

眼前轻雾缭绕，直朝着黑深的前方蔓延，她心里有些发怵，却听得水滴声从那黑处穿来，清亮而柔和，这……应该是个山洞吧？

苏莱莱深吸一口气，昂首四望，四周林木遮天蔽日，洞口前满是山藤野蒿，正好将这山洞完美的荫蔽，这洞里不会住着那些"版盾蛮"吧……她咽下一口唾沫，拨开身上的藤木，衣衫却撕破开来，凉风拂起，冻得她不停地颤抖。脚踝处划开一道深痕，鲜血不住外涌，疼得她几乎流泪，喉咙干涩发疼。她从袋中摸出止血药粉,轻扑在脚上,又一阵火辣灼疼。

她的脚已受了伤,短时间内根本无法跑动,若那群"版盾蛮"追来,只能束手待毙。反正左右也是个死,也许这洞里住的,是个世外高人也不一定。如今状况如此恶劣,也只能撞撞大运,兴许她能像杨过一样绝处逢生,在这隐秘山洞间,遇到孤独求败一般的世外高人。

苏莱莱忍住疼痛,扶着树干站立起身,鼓起勇气朝着洞里轻吼:"喂……有人在吗?"

洞里毫无声息,只传来清晰的回响。

她又怯怯低声道:"有人……在吗……"

除了风声,依旧静无回应。

看来洞中似乎没人,她舒了一口气,小心翼翼地扶住树木,缓缓朝洞内走去。

血腥刺鼻,眼前只剩一片殷红。此刻,林峰已分不出身上的血,究竟属于自己或是身下的具具狰狞尸首。身体绞痛难忍,脑颅内更是扯痛迷离,他几乎支撑不住要倒地昏厥,脑里却不断闪现苏莱莱向他求救的画面。他撑住铄杀金戟,凭着刚强意志,泅过满地鲜血,踏着斜倒在地的尸首,孑然前行,嘴里不断沉沉唤着她的名字,却越发低微。

四周毫无声息,只剩下满地散落的残肢。

不知已迈出多远,也不知翻过几多山道,树木缝隙间的光芒缓缓退去,依稀升上静静冷月。天色已黑了么?林峰昂首望天,为何还不能寻到苏莱莱?!她究竟身处何地,是否平安?他心底发痛,那丧失至亲的惊恐涌上心间,犹若那日父亲离世的哀恸,不可言明的无助。林峰竟悔恨不绝,若他肯凌纳她的意见,又何至落入这种境地?他已失去唯一至亲,若她也离去……他竟不敢想。

清冷月光投下,耳边竟传来细微的哆嗦声,似远忽近,声音恍惚熟悉。他浑浊的眼眸顿然凛起,心底竟涌出狂然欣喜。他拨开眼前满布的藤木,那低弱的声音,从黑幕深处断续传来。身心的痛楚顿然全消,宛若触及曙光般,他俯下身子钻入山洞。

苏莱莱清洗过身上伤口,抹好了药粉,抱了大堆藤木准备闭眼睡上一觉,无奈山间寒意太重,冻得她不停地哆嗦。忽然,她惊觉洞口隐约有人影闯入,微微晃动的光芒中,夹杂着浓郁的血腥味。

不是吧……难道真那么倒霉?!这里会是那帮"版盾蛮"的巢穴?!苏莱莱悚惧万分,脚上的伤还隐隐作痛,她又怎能逃走?!见那人影越发临近,血味越发浓

第二十三章 色诱亲夫

重,猛一阵毛发倒竖,她本能得拣起脚下的小石子,用尽全力朝那攀来的人影掷去,鼓起勇气摆出一副凌然气势,怒吼:"滚开——"

石子撞击铠甲,绽出清脆击响,眼前的人影却毫无退意,重重喘息着直朝前来。

苏莱莱双手发抖,只得不住捡起小石子,反复朝他扔去,哭喊:"不准过来!走开!走开!"

一声低沉叹息,浑厚而磁性的嗓音,充满悯惜的爱意,"傻瓜!"薄薄轻雾散去,那张刚毅俊挺的脸,萦绕不去的容颜,竟在此刻赫然出现。

铛——手中的小石子愕然落地,眸底的泪水惜然凝固,她愣然凝住他。片刻之后,苏莱莱大哭出声,哭声在清冷的洞中反复回响。

冥冥中,仿佛命运牵引似,跌跌撞撞着前行,却又依旧是他寻到了自己。这割不断的羁绊,纵然如何兜转离散,却依旧踱回了原点。

浑浑轻雾弥入冰冷气息,两人紧紧相拥,犹然忘却一切。

第二十四章 爱欲交融

黑幕的天际,暗无星日,黝黑的洞内,却浮动起荧荧火光,泛着幽幽的淡紫,融合着暖黄的晕染。

苏莱莱昂起小脸,紧紧盯住眼前的林峰:发丝凌乱,浑身上下充满浓重的血色,俊挺的脸颊上,沾染着斑驳血迹,浓眉下那双凌厉双眸中,杀气渐渐隐去,浮上浓郁的痴色。他嘴角浮起如释重负的笑意,展开手掌扶住她苍白的小脸,指缝间透出淡淡的暖色光芒,

心中泛起难言的酸楚,如此伤痕累累的他,搅得苏莱莱心痛不已。她伸出手握住他的大掌,柔声问道,清澈的眸底,烁动着焦虑神色,"你流了好多血,受了很重的伤吗?"

林峰抿唇,轻轻摇头,只顾痴痴凝住她,心底泛起柔腻的甜蜜,却又夹杂着极深的惊惧,仿佛唯恐失去她一般。毫无底气的挫败,不可展示人前的无助与寥落,唯独与她独处,才在此刻绝无保留地沁出。

"路上遇到那些拿盾的蛮人了吗……"她关切问道,俯下头从腰间的手袋中摸出伤药,轻咬着嘴唇,"这林子里的雾气好像有毒一样,会搅乱人的神经。我想,一定是这样,你才会受伤……"她喃喃自语,将伤药轻放在石块上,勾住他的衣袖,轻凝住他,满目柔和,"你身上的伤口还没处理呢,这洞里有一脉山泉,泉水清澈明净,我帮你清洗伤口,再上好药,然后我们再一起出去好吗?"

林峰低低叹息一声,目光中充满对她的信赖,以及深深眷恋,望住她明澈的

眸子,他点头,闷声应是。

苏莱莱甜甜一笑,松开他的衣袖站立起身,一瘸一拐地朝着山洞深处走去。

没迈出几步,身后那个高大的身影却骤然扑来,倾身贴靠住她,一双强有力的手臂挽上,牢牢环住她的腰肢。一抹绯色渗出脸颊,她微微垂头,轻蹙起秀眉。

林峰俯身环抱住她,声音低沉无比,却充满焦灼与不安,以及深深的暴躁,"谁伤了你?!"

"是我逃跑的时候,从山崖上翻下来,脚踝被树枝荆棘之类的划伤了吧。"苏莱莱轻声解释,释然笑道,"放心吧,不是大伤,而且已经上过药了,只是现在还有点疼,过两天就没事啦。"她撇嘴道,"你箍得我那么紧,不想让我帮你清洗伤口呀?"

"我自己来。"他淡淡道,反手将她拦腰抱起,狠狠盯住她,略带怨艾的语气,"不准你离开!"说着死死勾紧她,朝山泉迈去。

这笨蛋野蛮人……他以为她又要逃跑吗?苏莱莱抿嘴而笑,心中却泛起充满怜惜的甜蜜。经历如此多波折坎坷,她怎又能逃离他?她早已决意陪他一世。她喃喃呓语,勾住他健硕的身躯,温顺地依偎在他怀中。

泉水沥沥轻响,在石间细细蜿蜒。苏莱莱伸手解开林峰的铠甲,身上的血迹已经凝固,与衣衫粘为一体,扯出一阵撕碎的疼痛,他咬着牙齿,浓眉紧紧拧住,望见身旁那双关切的眼眸,似乎觉不出痛意。

她捧起泉水,指尖轻轻抚过他的伤口,温暖而柔和,轻抿着小嘴,粉润的嘴唇微微龛张,隐约露出洁白如玉的牙齿。

他恍惚失神,凝住他,任由她摆弄,不知所措。

苏莱莱苍白的脸颊飞过淡淡红霞,略带羞怯道:"好了,我替你上药……"说着起身,朝他俏皮眨眼,"不要怕疼哦!"

正要转身去拿药,却被他猛一把勾入怀中。她愕然惊呼,想要挣扎着起身,他的手臂如铁铸般有力。她无法抵抗,昂起小脸,颤颤凝住他。

林峰的眸子浓如深幕般,浑浊无光,隐隐透着寥落的气息,如刃的剑眉深深锁紧。他低低道,浑厚的嗓音,却充满犹有余悸的慌乱,"别走……一刻也不要离开……"似乎多日来的哀恸与无助,终于在此刻,不可掩饰的爆发。

心中柔柔的愁绪搅得苏莱莱难以抗拒。她展开双臂紧紧抱住他,大口吸着气,坚定而执著的声音,"我不走!我不离开你……这辈子都留在你身边!"眼里似乎有晶莹涌动,对家乡对父母深沉的思念,也只能深深掩埋,她已如此深爱,这一世盟誓已扎入她心中,不可忘却,难以离弃,甚至毫无悔意。

林峰的眸光缓缓转为深幽，渗出清晰的爱意。眼前的她，白瓷般光洁似玉的脸颊，晶莹剔透的肌肤，粉润的双唇滴水般娇艳，破烂衣衫下雪白丰盈的胸脯，正微微起伏。挑起他心底无尽的爱欲。他眼底血脉喷张，毫无征兆的覆上她的唇，霸道而热烈地吸取她的甜蜜，喘息着呓语。

　　她轻柔地回应，却见他停住深吻，双眉再次紧紧锁起，低沉厉声，"你又诱惑我！"他侧首，咬着牙齿低语，"穿好衣衫……"

　　夜澈如水，盈盈月光轻洒在林间细隙中，耸入云霄的树木，与丝丝蔓藤交融成线，织缀成纱，卷帘成帐。

　　苏菜菜的目光却炽热起来，浮上温柔的笑意，伴随着浑浑的呓语，"你不准我诱惑你吗……"她狡黠地轻笑，声音略带沙哑，"那我偏要引诱你……"她勾起手臂，环住他的颈项，轻咬住他的嘴唇，柔柔深吻。她已深知他意，经历无数患难，她已决意与他生死相随。

　　她眼中的坚定与激滟，终于击溃他的犹豫，两人已无法分离。他不能再有失去她的惊恐和痛楚，她已是他唯一的亲人，他一定要守护她一世。

　　林峰扯下披风，覆盖在松软的蒿草上，又伸手轻轻退去她的长袍，将她腰间的缎带抽离。微弱的火光在他身上轻移，凌厉深邃的眸内，满是无尽爱意。当他的手轻触到她腰间时，她竟是一阵酥软的颤抖，衣衫滑下的刹那，他灼热的双唇已再次啄上了她。

　　两人的呼吸愈加急促，静谧的夜境中漾着丝丝暖色。他的吻渐渐由温柔转为粗暴，如同呼吸般燥热紧促。阵阵眩晕袭来，她竟已不知呼吸节奏，只得任由他狂烈的激吻，思绪已经紊乱。她炙热的身体好似脱离思绪，如蔓藤一般紧缠在他火热的躯体上，仿佛溶化般瘫软如绵。

　　他的唇渐行向下，如青绸般滑过她的肩，触过她的锁骨，轻移到她挺立洁白的玉峰前，灼烫的唇在她胸前轻旋，眩晕瘫软的柔感再度猛烈而起，愈发让她迷醉，羞怯的愉悦让她面色涨红如霞。他的吻忽然再度狂烈，双手轻抚她红烫的脸颊，唇渐渐返回，轻移到她耳垂边，温柔地轻咬，强烈的酥麻感瞬间占据她的大脑。随着他的手在腿间游走，她的眼神已全然朦胧，散乱的思绪只能任由他主宰，灼烫的身体只好任他侵入。

　　沿山巅而下，布满蒿草的山岩，恍惚藏匿着黑黝黝的洞口，深不见底。洞里隐隐透出幽幽暖色光芒，若有若无地传来沉沉的喘息声，莫非洞中有人？杨翾翻身下马，猛然怔住，蹙起浓眉，朝身后的大队骑兵道："此地已无路可寻，你们先朝西而去。"

第二十四章　爱欲交融

骑兵统领郑言惑然不解,问道:"军师莫非要独自在此搜寻?"

一抹狠厉阴鸷掠过,杨翾冰冷的眼眸如霜冻般,幽深阴郁,"我在何处搜寻,与你何干?!退下!"

郑言如受电击般一震,只得咽回腹中郁气,闷声领命。

望着逐渐退去的大队人马,杨翾径直上前,倚靠在洞前的树上,伸出纤长手指,挑开覆在洞口的缕缕枝丫,昏暖明黄的萤火下,那锥心刺骨的一幕,全然投映入眼。

杨翾几近癫狂失控。她绯红的脸颊渗水一般,娇俏如昔,只是与她纠缠的身影,却并非自己。胸腔那股窒闷的气,仿佛又隐隐钻起,令他猝不及防。他痛苦喘息,紧咬着牙齿,眼底的血红如火狂燃,双腿却灌铅似的沉重,喉间堵塞似的刺痛,喊不出声的绝望。他狠狠掐住树干,手指深深陷入,尖锐木屑直扎入指尖,渗出满目殷红的鲜血。

他已丧失痛觉,脸色惨白如冥灵般可怖,心绪终于坠入无尽深渊。

眼前荧荧暖芒轻柔晃动,杨翾却再也无法继续驻足。身体的痛楚恍惚散去,脑颅内却一片空白,深不见底般,这神伤魂断的纠缠,啃噬的裂痛贯盈心间,他恨不得立即死去,断绝这一切的爱恨。这宛若注定的结局,如梦魇般挥之不去,他早已习惯孤独,为何竟会如此莫名其妙,坠入这不可追寻的荒唐中?

他仰天苦笑,狠狠扯碎掌中的木屑,落寞着离去。

一夜温柔缱绻,望着怀中熟睡的苏莱莱,长长的睫毛微微垂低,泛着红润的脸颊娇似凝脂,宛若清晨的露水一般,晶莹剔透。林峰嘴角勾起一抹悯惜笑意,轻俯下脸,细细轻吻起她的脸颊,心底满满甜腻滋味。

"咕……"苏莱莱的头在他怀中轻轻攒动,仿佛吸取温暖似的钻来钻去。她嘴角微张,发出一声类似呓语的沉吟,竟溢出丝丝清亮液体。

林峰顿时愣然,却忍俊不禁。这烦人的女人,睡梦中竟然还大流口水,莫非正梦见珍馐美味?期盼着大快朵颐么?他轻叹一声,她的种种惊人举动,都与这世淑女大相径庭,却为何总能拂乱他的心绪,撩得他频频妥协?他俊挺刚毅的脸上,泛起无奈笑意,勾住双臂,仿佛惊恐她离去般,将她更牢地箍入怀中。

天终破晓,靛青色的一片,如清泉般明澈,淅沥多日的雨,竟在这清冷黎明断续停滞下来。一缕缕暖阳透过树木间的缝隙,悠悠洒入这浑浊山林,那如纱萦绕的青雾,终随着清晨的阳光,飘然散去。

身上的伤口已不再疼痛,林峰穿上衣袍,扯下披风裹在苏莱莱身上,抱起依旧熟睡的她朝洞外走去。

迈出洞外，顿时愕然怔住，眼前竟伫立着重重骑兵，整齐地排列。仿佛经历一夜驻足，士兵们的脸上挂着点点晨露，隐隐透出略微疲惫，却在顷刻间绽出欣喜至极的悦色。

骑兵统领郑言随即翻身下马，跪拜在林峰面前，露出一抹掩饰不住的狡黠笑容，"末将恭迎上将军！"

顿时气息凝结似的尴尬。林峰眉心紧紧拧起，刚毅的脸孔却渗出微微绯色。他狠狠瞪过郑言一眼，侧首道："你们在这洞前驻守了一夜？"

郑言点头："正是，这山林中藏有蜀军，末将们一路已斩除不少，我们担心上将军与副军师安危，却又不忍惊扰上将军……"他颔首道，"于是便自作主张，在这洞口驻足一夜。"

林峰目光一凛，冷声道："既已无事，那便回营吧。"

"是——"郑言躬身领命，昂起头，忽地低声问道："山中夜间寒意甚重，昨夜……没有冻着上将军与副军师吧？"

"多事！"林峰厉声，目光凌厉得如刀似刃般，直刺向郑言，骇得他猛然一震，不敢再出声。

气息顿时静谧肃色，忽然一声"哈……哈欠……"凌空而起，将这室闷气息断然撕破。

苏莱莱蹙起眉头，鼻子好痒，伴随着微微发堵的感觉。该死，不是着凉了吧！她还没睡醒呢，四周的空气怎么毫无暖意？她揉揉眼，缓缓撑开眼皮，却蓦地一声尖叫，撕心裂肺般惨号。

"郑言！还有……大家?!"她惊窘万分，昨夜她不是睡在林峰怀里吗？为何一醒来，眼前竟然满目人马？她顿感尴尬羞怯，小脸更渗出红润光泽。她几乎翻身跃起，却惊觉身上未着衣衫，只是被他的披风缠裹着，她蜷缩在他怀中，轻咬着下唇，"我……我……我们……其实……你……你……你们……"

"此等私事，需要解释么?!"林峰脸色沉下，剑眉一挑，厉声道。

"可是……我……我……我……"她继续结舌着笨拙出声。

林峰心中好笑，这牙尖嘴利的女子，竟也有利舌打结的时刻，望着苏莱莱急于解释的模样，心底漫起浓浓爱意。这世上，也唯有她才能撩乱他的心扉，聪慧却又笨拙的她，狡猾却又单纯的她，能言善辩却又愕然结舌的她，甚至昨夜，那个魅惑诱人，却又羞涩纯净的她，这般多样特别的女子，也唯独她而已，自己全部的爱，也独属她一人。

他嘴角泛出威严而从容的笑意，眉角扬起，厉色下令道："即刻回营！"

"遵命！"郑言起身领命，转而朝人群步去，骑兵们纷纷散开，一匹高大俊逸的乌黑骏马缓缓奔来。

"疾夜！"苏莱莱惊呼道，昂起小脸望住林峰，"它也来找你了呢！"转而脑中却泛起一缕失落神色，叹息着喃喃，"我的那破马红流却不知道跑哪里去了？我跟它分开后，它也没来找过我……"

林峰兜她一眼，目光转而柔和，"良驹自有灵性，既然红流已忠心于你，必定会寻来，你勿需担忧。"

"是呀……可是，红流好像更听那个人妖的话……"她撇嘴，轻声呢喃，蓦然惊醒般，"对了，那个人妖呢？好像没看到他……"

郑言见状接道："回禀副军师，正是军师告知末将们，你与上将军在此处……"他脸色微微一红，悻悻笑道，"但军师说身子不适，于是先行回营了。他命我们在此地等候……"

杨翾命骑兵们在洞外守候？如此说来，难道他看到了昨夜她与林峰……猛一阵深红涌上她脸颊，随即却泛起一抹浅浅愁绪，仿佛挟着淡淡哀伤一般，莫名而荒谬，似乎穿透她的内心，涌出不可名状的忧悒。

脑里却忽地闪现，飞沙堰决堤的场景，恍若幕布般犹然在眼。她勾起手臂环住林峰，面色微微凝重，"你还记得你昨天答应我……停止掘堰吗？"

林峰冷哼一声，"立刻就朝我讨价还价。"转而沉声朝向郑言，"即刻命人停止掘开飞沙堰。"

"不光是停止掘堰！"苏莱莱立刻接道，"上将军还应该派人修葺飞沙堰的裂痕！确保飞沙堰不会垮塌！"

见林峰浓眉紧拧，脸上罩着惑然疑虑的神色，她立刻解释道："修缮飞沙堰，能确保成都百姓避免遭受岷江泛滥，是一件造福万民的功德！这才是明君所为呀！野蛮人，你昨天答应我要做个明君的！不准你反悔！"

林峰唇角轻微一勾，绽出一抹威赫却无奈的笑容，目光如刃凌厉，"苏莱莱，好一个'明君所为'，你是在威胁为夫？"

"不——错——"她拖长了声音，"就是胁迫你。你既然答应了要做明君，那修堰是明君所为，你当然要答应啦！"

这明目张胆的女人，当着众将面前，也敢如此嚣张狂妄。林峰无奈地瞪她一眼，但他却又如何能拒绝，他已决意守护她一世，更何况，昨夜之后，她已全然属于他。面对她的张狂，他竟丧失倨傲，一再纵容。

他释然一笑，目光中泛浮上深不可测的涌动，气度宛若君王般从容，绝不可撼动。

"命我军即日修葺飞沙堰，确保此堰无损！"

几日雨歇，透出清雅气息，暮色再度降临，一轮明月正缓缓攀升，顿时柔光洒满青城。夜晚山林风声轻轻作响，延绵营帐在一片郁郁葱葱中，宛若轻影般若隐若现。

山间夜凉如水，山风徐徐拂动，轻如流水猛似波涛，穿梭过层层叠嶂山峦，搂散浑浑夜雾。

这几日奔波惊险，苏莱莱已是身心俱疲，回营后便倒在榻上钻入梦乡。恍惚迷离间，耳畔却隐约传来清晰的争执声，似乎近在咫尺，却又飘忽天涯，难道只是梦境？她不愿睁眼，继续沉溺在甜美的梦境中。那声音陡然高了起来，挟着浓浓的委屈鼻音。

"副军师已经休息，上将军吩咐过，任何人都不得惊扰！军师……请莫要为难属下们！"

一个冷冽低音沉沉响起，一反常态的，带着清晰的暴躁，却短短两个字，"让开！"

那声音如刃锋利，直扎入耳脉，绞起轻微的扯痛。苏莱莱颦起秀眉，伸出小手揉揉眼睛，穿好衣衫，翻身从榻上立起身，朝帐外走去。

"这么晚有什么急事呀？"苏莱莱探出一个脑袋，眼前依旧朦朦胧胧，仿佛蒙着一层白雾，睁不开眼的困倦，依旧缠绕着，令她不得清醒。

杨翾那张模糊的俊脸，倏然间绽出冰棱般的冷刺，他猛一把伸出大掌，狠狠箍住她纤细的手腕，目光充满凶狠，完全不见了平日的阴冷沉静，咬牙切齿，"让侍卫退下！"

一阵清晰痛意猛涌而出，拧得苏莱莱骤然清醒。她蹙眉，瞪住眼前的杨翾，不服气的神色，"干吗要侍卫退下呀，就因为人家拦了你呀，他们也是奉命行事，这叫尽职！"

阴骛神色从杨翾眼底涌上，如寒光似，不带丝毫情绪，却又冻如冰刃，仿佛四周也腾升起令人颤抖的寒意。

如此令人惊惧的目光，苏莱莱猛一个寒战，随即吞咽下一口郁气，心中升起毫无底气的畏惧。她竟愕然转首朝向侍卫，低低吩咐，"那你们……先退下吧……"

"是!"侍卫们领命,随即转身离去,身影没入浊浊夜色,转而消失不见。

"你有什么急事不能当着侍卫说呀……"苏莱莱低声嘀咕,昂首望住杨翦,略微怨艾的目光,"你先松手好吗,捏得我手腕疼死了!"

杨翦却并不理会她的要求,反而更紧攥住她的小手,忽然转身,拖拽着她直钻入帐中。

"喂喂……人妖!你要讲什么快说呀,想掐断我的手呀!"苏莱莱不满地尖声呼叫。

杨翦冰冷的眸子,却泛起深红的血色,隐隐含着暴怒般,掠过森冷寒光,他猛一扬手,将她狠摔在榻上。

背部脊椎撞在榻上,猛一阵剧痛。苏莱莱忙翻身坐起,眼里渗出点点泪珠,冲着他高声大骂道:"神经病呀你!"她咬着牙齿,伸出手轻揉着背,目光中充满怨恨。

杨翦脸上却绝无丝毫悯惜,反而渗出从未所见的暴戾,"你竟然令林峰停止掘堰?!"

迎住他的凛冽目光,苏莱莱理直气壮地昂起首,"是呀!那又怎么样!"她挺起胸膛,一副凛然气势,仿佛不肯服输似的。"掘开飞沙堰,引岷江残害百姓的行为,本来就是灭绝人性的禽兽行为!我决不能见林峰成为暴君,我当然要尽我所能去阻止!"

"哼。"杨翦冷笑一声,俊美的脸孔竟因狰狞而显出几分扭曲,他鄙夷地盯住她,言语冷漠得似刀刃般,直扎在身,"为顺你意,果然无所不用其极。你不仅盗取虎符,甚至不惜献身于他,以一夜销魂换来个停止掘堰的承诺么?"

苏莱莱愕然怔住,如此讥讽,宛若冬日的寒风,毫不留情,绝无怜惜,甚至带着极大的羞辱。为何他竟能讲出这般伤人言语?!心底的怒气陡然而上,她高声怒责,"你胡说八道!"

"难道不是么?"杨翦却仍不肯罢休般,目光冷若霜冻,"幕天席地,一夜缠绵后,他便下令停止掘堰,这一切难道不是拜你所赐?!"

"你……你血口喷人!"苏莱莱哑声呼起,清澈的眸底,泛起晶莹湿润。

她的声音微微嘶哑,眼眶泛出的浅红清晰可见。那委屈而娇弱的模样,竟搅得杨翦脑中一片混乱,令他几乎停止嘲讽,恨不得将她紧拥入怀,脑中却隐约浮现昨夜那恍若梦魇的一幕。他重重喘息,胸腔的窒闷仿佛暗暗渗起,他强忍住,仍旧摆出那副冷若冰霜的脸孔,恶声呼喝,"你我对弈,你向来大败!你唯有借助女色诱惑,来达到目的,此举与青楼卖笑者有何区别?!"他怒不可遏,直直迈到她身前，按住她的双手，将她强压在榻上，目光森冷阴狠，勾住她苍白的小脸，充满邪异的气息。

苏菜菜挣扎不得，被他强有力的双手箍住肩，眼里的泪水不住肆虐，心中莫名地涌起痛意，委屈而烦闷。她不住地抽泣着，喃喃自语："我没有……他在那洞中……找到我……我就求他了……他早就有悔意……当时就……当时就答应了……"身下的她微微颤抖着，苍白的小脸毫无血色般，宛若一折就断的枝丫。她笨拙而断续的解释，却轻柔的渗入他的心中，挑得他心绪再度狂乱起来。

"为何解释？"杨翾冷冷道，目光紧紧锁住她，嗓音忽地低哑浓郁，"在意我误解么？"他情不自禁地伸出手掌，勾住她的手指，眸底越发深邃，浓烈的爱意狂烈燃起，刺得他无法自拔。昨夜令他痛苦的一幕，令他无法忍受般阵痛。他低吼出声，俯首紧紧压住她，将她娇柔的双唇吮入，嘴里喃喃倾诉着极致的爱意。

一股恼怒的羞愧直涌而上，苏菜菜蓦然怒目，倒竖起秀眉，用劲想要推开他，却毫无力气。那股钻心的怒气陡然冲上，竟令她生出无穷劲力，猛将他掀开。她咬紧牙齿，勾起手掌狠落而下。

"啪"——清脆的撞击声回旋而起。

心顿时如跌入深谷般，暗无光亮。杨翾漠然起身，俊美无瑕的侧脸上，一道清晰触目的掌印，胸腔那股窒闷的郁气，终于不可阻挡地狂升而起，满布整个胸腔。他竟呼吸不得，仿佛断绝气息般痛苦。他急急喘息，捂住胸口，似乎要撕裂般的痛楚，几乎陷入死寂的恨意，源源不断地占据着他。

"人妖……你……你没事吧……是不是哮喘又犯了？"苏菜菜慌忙起身，轻轻扶住他的手臂，蹙起的秀眉，透出关切焦灼的神色。"你先慢慢喘气，我帮你按鱼际穴……"她喃喃自语，伸手触上他的大掌。他却触电般地狠甩开她的小手，冰冷浑浊的眸子，充满了爱恨交织的怨艾神色。

"这与你何干?！你以为……世人都要接受你的悲天悯人?！"杨翾低吼道，掩饰不住的暴戾，几近错乱的癫狂，他不住喘息，一掌将她掀翻在地，紧咬着牙关起身朝帐外而去。

杨翾的眉心痛苦紧蹙，窒闷的气息越发浓重，脸上的掌印还隐约火辣灼烧，却抵不上心上一丝绞痛。他苦笑着，宛若丧失理智的空灵，头也不回地离去。每走一步，苏菜菜深刻的模样便在他的强迫下，在脑中一片片消逝而去。他低低叹息，反复着绝望的悲鸣。

"为何是你！为何是他?！"

心中终于有了决意，纵使他如何不甘，除却遗忘，他已别无选择。

第二十四章 爱欲交融

夜，沉沉可怖。跌落在浩瀚黑暗中的人，不知不觉间，已是蓦然不知来时方向。

杨翾的心，悲凄一如这暗夜，几点孤星，洗不尽些许尘世的悲凉。有些事，清清楚楚地记得，不如明明白白地遗忘。

当清晨的第一缕阳光，横过亘远绵延的崇山峻岭，染碧漫山的苍丛绿树后，杨翾心中的痛楚，才在这晨曦的洗涤下，减却少许。只不过苏菜菜蹁跹的影子，却缠绕在他的心头，一如纠结的情丝，百转千回，百炼钢做绕指柔，始终不能淡去。

是林峰！若不是林峰，他与苏菜菜也许早已"骊山语罢清宵半，泪雨零铃终不怨"，又怎生会落得黄昏青冢、西风画扇一般的凄迷如许。

杨翾满心怒气，踏着初晨的旭华，大步来到林峰的营帐前。

他心中有气，也顾不得其他，径自走入营帐之中。

林峰一夜觉酣，刚刚起来，就听说杨翾来到，忙整理衣衫，迎了出去。

杨翾直直盯着林峰，一时之间，营帐中沉静得如同死水一般，经过寒风吹拂，在人的心中，荡漾起层层的褶皱，生生不息。

林峰敏锐地觉察到气氛的诡异。他微微一愣，旋即面色沉静如常，沉声问道："军师一大早不请自来，可有要事回报么？"

疼痛，如同翻滚不息的波澜一样，暗流汹涌。杨翾想起苏菜菜纯净的眼神，只觉得一颗心，竟被硬生生地扯开了好几瓣。那种悲痛，那种绝望，如同野草一般肆无忌惮地在他胸怀中疯狂滋长。

为什么？为什么？

可是看到林峰沉沉清眸，感受到林峰身上散发出的那种缁衣白马的气势，那种高高在上的威严，那种卓尔不群的冷傲，还有——还有让他想忘也终不能忘却的兄弟情义。顿时，他觉得心中有冷雨敲打，慢慢把愤怒的气焰淋湿，化为灰烬，不复狂热。

也许，像苏菜菜这样的女子，只有林峰才配得起吧！他言不由衷地对自己说。

"上将军，我今日前来，是想与你商议商议修补飞沙堰一事。既然决意不掘堰，那便修补飞沙堰来笼络民心。"杨翾定定地说道，眼神中射出的清冷之色，让林峰心中微微一颤。

但是他随即把头转向了别处。他是何等聪明的人，杨翾的一举一动，又如何能瞒得了他？只不过有些事，既然可以陨化于无形，又何必苦苦追究？

不管是谁负了谁，谁伤了谁，追究到头来，只会落得一场曲终人散的清梦，伤己，伤人！

"既然军师如此决定，就这么办吧。军师还有何高见。"林峰气度非凡，那份波澜不惊中隐隐藏着的霸气，已是常人远远不及。

杨翾不敢直视林峰锋锐如剑的目光，他缓缓地把头低了下去，回道："依我所见，我军可先在蜀地民众中散播流言，就说林氏统一天下，乃是苍天注定。蜀王不肯归降，才招致飞沙堰裂痕。我们修堰，自然是顺应天命民心。若是在修堰中，能挖到一块奇石，上书'紫气东来，林氏称孤。天命所归，万众一心'十六个字。百姓们自然会深信不疑。民心所向，攻下蜀地，指日可待。"

林峰凌厉的目光带着豪然狂涌而出，一抹睥睨众生的笑意自他眼角泛开来。他瞥过杨翾一眼，沉沉道："如今蜀地国内局势波谲云诡，甚至分为主战与主和两派，你可有听闻？"

杨翾眸光倏地转为深幽冰冷，缓缓露出邪魅笑容，语气充满鄙夷的意味，"此等传闻怎能不知，我方探子早有回报，此事确属实。他莫孤醒本意在求和，御史大夫柏灌岷却执意对抗林氏，甚至不惜联合秦廷，如今秦军败退，蜀军也只剩死守成都而已。此等燃眉之际，若这两派依然内斗，那便大大有利与我军。"他淡淡道，清冷的眼眸微微黯淡，"所以我才提出拉拢蜀地民心的策略，此计策也正符合捭阖之道。"

林峰浓眉一扬，洒然大笑道："利用他莫孤醒体恤蜀地民众的心理，彻底将此两派分化，以求分裂蜀国内部，此所谓捭阖为先乃纵横天下。"他目光凛起，气态威赫从容，朝向座下众将，"即刻命人依军师的计策行事！几日内，本帅必要见到此传闻遍及成都！"

"是！"众将目光炯然坚定，齐声回应，充满自信神色，一扫之前种种颓态。

杨翾轻轻抱怀，清俊的脸孔上依旧淡漠如昔，嘴角虽缓缓漾出浅显笑意，如水般泛开波纹，却如冰般无情，心中空旷一片，隐隐涌上不可名状的窒闷，似乎卷着难以理解的伤感般。纵然他一再压抑，目光却脱离思绪般，不可自控地游弋四周，那个令他萦绕阵痛的身影，为何却未出现在众人中？

难道她有意躲避？！他有些失态地露出一丝恨意，昂起首盯住林峰，依旧冰冷的语调，"为何不见副军师？"

一提及苏莱莱，林峰紧拧的浓眉竟意外舒展，转而蹙起深深担忧神色。他重重叹息一声，目光略微遥远，"副军师昨夜受凉，染上风寒，如今正卧床休养，

第二十四章 爱欲交融

几日之内恐怕无力参与军政议事。"

风寒?!杨翾心底一震,心绪蓦然缭乱。昨夜的争执仿佛犹然在眼前,苏莱莱低弱的哭泣声隐约传来,在耳畔不断回响,她那张苍白娇弱的脸孔,如深痕般挥之不去。他冷若冰霜的眸底现出深深落寞,竟无可掩饰般的全然涌现。

苏莱莱染上风寒,莫非与昨夜他的举动有关?莫非她心中难受?她本可以无所顾忌,却笨拙着对他解释,她本可以断然决绝,远远躲开他,却依顺着他的固执,她甚至可以对他不屑一顾,为何见到他哮喘反复时,却依旧慌乱失措?为何如此,他想不明白,她也会伤也会痛么?心底的空洞不停地扩散,扎得杨翾截然清醒。他咬起牙齿,强迫着自己吞回这错落的神色,他已决意遗忘,自昨夜起,她的一切都与他无关,为何他却如此落魄,竟丧失自己的意志,频频回首,一再惦念?!

杨翾眼中那藏匿不住的落寞,飘忽般缓缓退去,却在不经意间,投入林峰眼底,那双深邃锐利的眼眸,泛起一缕淡淡惑色,以及隐隐忧悒。

分明心底已有疑虑,林峰却垂下眼睑,如刀削斧凿般的棱角分明的脸孔,罩上薄薄愁绪。他暗自冷冷一笑,将一切归咎于自己的多心猜测。面临如此境地,他依旧选择了信任,对于这寥寥几名值得他信任的人,他早已不愿猜忌。

异彩的明霞绽开整个天际,一股股明澈的风在山间旋转,悄无声息的暗涌,终于随着轻柔的雾气,全然渗入成都。这座蕴藏了千年古蜀文明的城市,即将在风云突变中,迎来新生。

短短几日内,林氏修补飞沙堰一事,已遍及整个成都,天降奇石的神迹,有如暴雨侵袭般,撩得成都的百姓对林氏敬慕万分,甚至传出成都民众生出离心,意图臣服林氏的讯息。

柏灌岷惶惶不安,蜀军一直占尽上风,原以为凭借剑门天险,蜀道艰难,能将林氏大军阻隔在外,却不想林氏妙计迭出,一再破解蜀地战略,将蜀军一步步逼入了死路!

他莫孤醒的统军才能在蜀地自然不用怀疑,也是唯一有能力对抗林氏大军的人才,但多次博弈对战,却被林氏全然击败。原本蜀军在剑门烧毁林氏粮草,完全将林氏隔绝在蜀地崇山峻岭之外,却被林氏以障眼法迷惑他莫孤醒,偷渡邪径转攻涪水,将蜀军主力全然吸引走,令他莫孤醒不得不为蜀王撤回成都。再者他莫孤醒力求死守成都,烧毁青城栈道,林氏却一面修补飞沙堰,一面重建栈道,直朝成都狂奔而至。

而近日更有传言,青城山下民众为感激林氏修补飞沙堰,保全了他们的家园,纷纷主动协助林氏修筑栈道，势要恭迎林氏进驻成都的姿态。眼见民心已全然偏向林氏，唯今之计，只能鱼死网破，拼尽全力守住成都。况且成都驻军数十万，若由他莫孤醒统帅，对抗一路疲乏的林氏大军，或许还有扳回一子的可能。

位于成都东侧太城的蜀宫中，升腾起隐隐黑雾，泛出邪恶的气息。

柏灌岷狠狠瞪住座下跪立的他莫孤醒，咬着牙齿恶狠狠道："上将军，老夫命你迎战林氏，你却一再败退，凭借着剑门天险，竟然还能被林氏逼到成都脚下！莫非你假意迎战，私下已与林氏达成协议？妄图卖国求得平安？！"

他莫孤醒昂首怒目，眼中掩饰不住的恨意，"御史大人切莫含血喷人！本帅已全力应战，但林氏帐中人才济济，并且妙计迭出！本帅已尽力而为！原本我军与林氏就差距甚大，除却蜀地天险，可谓毫无优势！大人要本帅如何击溃林氏？！"

柏灌岷阴沉下脸，恶声道："老夫曾命你不得擅离剑阁！你为何违逆命令？！"

"若我不回撤，只怕大人如今已沦为林氏的刀下亡魂了吧！"他莫孤醒冷冷道，语带不屑地瞥过柏灌岷一眼。

柏灌岷愕然尴尬，却死撑住脸皮，阴沉沉的脸色，语气充满诡诈意味，"如今多说无益！林氏修补飞沙堰一事，已赢得我国百姓的民心。青城山民众更是协助林氏大军入成都！上将军，只怕你烧毁栈道的良策又要毁于一旦了！等到林氏攻入成都，你我都休想指望活命，只是可惜了王上，年纪轻轻也只好跟着我等殉国——"他故意拖长了声音，眼珠中透出阴诡的神色。

果不其然，他莫孤醒如芒刺般地惊起，"柏灌岷！你此言何意？！"

"老夫不过希望上将军死守住成都罢了。成都得保，不仅有益于你我，更是保住王上的性命，上将军务必三思！"柏灌岷撇嘴，目光斜兜着他莫孤醒。

他莫孤醒右手狠狠攥住腰间的佩刀，恨不得拔刀将眼前这佞臣贼子劈成几段，转而念到被柏灌岷软禁的蜀王开明景黛，一腔的怨气只得郁郁咽下。她英眉狠挑，厉声道："历代建城，或凭山险或占水利，唯独成都既无险阻可恃，更无舟楫之利。城址更是建在平原低洼地方，潮湿多雨，附近更多沼泽，毫无优势可言！大人要本帅如何死守成都？！"

"战事老夫一向不过问，也毫无兴趣去琢磨。上将军，既然你长于攻守，那便由你定夺。不管你用何种战略，哪怕牺牲此地民众也罢，务必阻拦林氏进驻成都！"柏灌岷目中寒光一闪，转而低声喃喃道，满满挑衅意味，"哼，若任由林氏豺狼攻入成都，蜀国必亡！那我们大家便一同殉国吧！"

死守，又一次死守！为何她总是身不由己地遵循着命令？他莫孤醒心底痛意交织。她深知成都守军实力，一旦林氏大军临近，此城必然沦陷，终究逃不过家

破人亡的命运,只是开明景黛在柏灌岷手中,她唯有顺从,与林氏对抗到底。她狠狠咬牙,死守毫无意义,甚至更会连累数十万成都百姓。唯今之计,也唯有击毙对方统帅,方能暂时阻止林氏铁骑,可对方统帅……她无奈苦笑,那个名震天下的"洛阳战神"么,放眼蜀中,除了她自己,又有何人能抵得住那战神的一击?她唯有豁出自己性命,借助对蜀地的熟知,潜入林氏帐中行刺,若上苍庇佑能事成,便有机会阻拦林氏大军。若她不幸失手,那便是天意注定要她死去,要她为这两难境地做出一个抉择。

他莫孤醒叹息一声,明澈的眸子却渐渐黯淡,缓缓开口,"大人,本帅务必保住我蜀人家园。即日便死守成都!"

或者这结果早已是注定,她却深知,这次荒唐举动,不过是为自己寻一条可行之路罢了,纵使此路,毫无疑问地通向死亡。

第二十五章 暗夜行刺

　　暮色苍茫，夜又一次沉沉降临。夜幕中明月星稀，澂弱的星芒起伏于晦暗湿润的空气中，斑斑驳驳的闪烁。葱茏静谧的山林间，偶有飞鸟拍翅而起，却转而隐匿在白茫凝滞的烟雾中。那个纤长的黑影，穿过散布在山间的薄雾，拖出一片长长的孤寂。

　　异变，冲破这隐逸黑雾，兀然而至。

　　气氛凝重得瘆人，手中的佩刀融入暗无光华的夜色中，泛起微薄亮白的光芒，眼前那沉重而安稳的呼吸声，显得极不自然。他莫孤醒心中涌起阵阵疑虑，纵使自己武艺如何出众，为何已然闯入林氏主营帐，榻上的身影却依旧无所顾忌的沉睡？莫非这是个引她入局的陷阱？但……那呼吸声却自然而顺畅，或者说，林氏主帅如此自信？竟从不防备刺客突袭？

　　她屏住气息，脑中一片空白，如此室闷的氛围，已容不得她多做思考，手中的佩刀挑身而起，如一道闪电般，挟起耀目光芒，震出无尽劲力，直朝榻上那个高大的身影猛刺而去。

　　叮——

　　清亮刺耳的金器撞击声陡然炸开。他莫孤醒蓦然睁目而视，一只金光烁闪的金戟猛然架在她刀刃的锋锐处，狠狠格挡住了这雷霆万钧的一击。

　　榻上的身影迅捷翻身跃起。光芒骤闪中，晃晃映出那张英俊而威赫的面孔，唇边微微漾起的笑意，充满了傲慢与自信。

他莫孤醒骤然惊醒，林峰果然并未熟睡！她狠狠咬牙，却惊觉刀刃上传递来的压力沉重，仿佛漫天盖地般涌来，似乎要将眼前的阻碍一一碾碎般，震得刀刃不住惊颤，发出嗤然的声响。而从刀刃上传来的重力，如狂雷般轰然压来，绞得她手腕毫无抵抗之力，似乎要碎裂般的疼痛，手中的佩刀几乎要脱手飞出。

他莫孤醒心中蓦然失重。她抬头怒视着眼前的人，身上那豪然傲慢的气度，足以傲视天下的威严，源于这无可比拟的武力么？可是，她已是无所畏惧之人，纵然被他击毙于此，不也正好了结那两难境地？！她吐出一口闷气，运起劲力全力拉扯刀刃，佩刀却纹丝不动。

林峰眼中绽出不屑的狂然，锐利的目光凝于眸底，转而微微散开，似乎戏谑般的笑意在他刚毅的脸颊缓缓腾升。任你再扬名蜀中，终究是个女子罢了！他心中淡淡自语，松懈般放松了力道。

铄杀金戟略略轻扬，那沉重的压迫力瞬间淡去。一抹厉芒从他莫孤醒眼中闪过，她心中暗叹一声，正是林峰的傲慢，给了她一丝喘息的机会。她运起劲力，挑起佩刀倏然腾起，绞出满目金屑飞溅，发出震耳狂响。

那扑面而来的力道，如暴风般腾然卷起，竟将铄杀金戟猛然震开。这猝不及防的突袭，令林峰愕然后仰。心中骤然拧起，眼前这身影，果真只是女子？！这女子的武艺及力道，已是出类拔萃，而最令他刮目的，却是她临危不惧的气度，寻常人等若面临如此压抑状况，不是弃械跪地求饶，便如蝼蚁般不知进退地拼死顽抗。这女子却偏能盯住他松懈的刹那，做出最有效的一击！

哼，果如传闻中所言！他莫孤醒，文武双全的剽悍女子，不仅武艺出众，更有一颗明澈聪慧的头脑！毫无疑问，她正是蜀地当之无愧的大材。这等人才，却偏偏效忠于昏庸无能的蜀廷，且至死不渝般的坚守！林峰冷哼一声，眸底渗出狠烈凌厉，运起自身劲力，猛一震身躯，将全身猛劲贯汇其中，金戟与他自身劲力合鸣互融，如漫天风暴般汹涌而来。

他莫孤醒惶然仰身，凌空后移，企图避过林峰凌轹的攻势，却明显轻灵不足，铄杀金戟迅疾般转而直追她扑去，朝着她沉沉劈下。她只得扬起手中佩刀，咬紧牙关全力抵抗。

轰然声彻空响起，串串急促脚步狂涌而来，伴随着烁目的火光，一众身影突然涌现。原本深暗无光的营帐内，顿时灯火通明，亮如白昼。

他莫孤醒眼角的余光扫过身后簇簇身影，眼底升起一股无言的绝望。终于还是来了么？即使对抗林峰一人，她已力不从心，更何况大队林氏武将？看来天意早定，她又何必无谓挣扎？不如束手待毙吧……她微微合上双眼，脑中却骤然如电闪现,开明景黛那张惶恐无助的脸孔,不住朝她呼救的模样,她如何能舍弃她不顾?!纵然一死,她也绝不能毫无抵抗!

那沉重力道狠扑而来,即使她挥起佩刀绞击而上,却仍避免不了被那重力震中。铄杀金戟横压而下,戟声捶打在她胸腔前,发出闷声巨响,顿时心肺欲裂般的剧痛,喉中涌上腥甜的鲜红。她咬紧牙关仄身立起,鲜血不住。她双唇泛白,面上血色尽退,双腿支撑不住地瘫软,唯有意志仍强撑着她抵抗着后退。

林峰眸中绽出威严神光,厉声呼道:"他莫孤醒,你根本不是本帅对手,还不弃械降伏?!"

他莫孤醒脸色惨白如纸,眼内却凶光猛现,朝着林峰愤然而视,"你果如传闻中一般强如鬼神!但我既然敢来行刺,便早有绝意战死,断不会向你摇尾乞怜!"

"放肆!"林峰怒吼一声,目光藏匿无尽暴戾,狂然冷笑一声,笑声凛冽而自信,"本帅欣赏你这份忠勇!但你竟如此有勇无谋,实在令本帅大失所望!"他冷瞥过他莫孤醒一眼,充满不屑的语调,声音浑厚而沉重,"既不得本帅所用,那便叫你横尸于此!"

林峰双目内寒芒尽闪,狠劲直逼他莫孤醒。铄杀金戟似乎饮血而狂,不断狠劈猛刺,霎时间,掀起阵阵猩红血风,刺鼻般窒闷难忍。

叮叮——

佩刀终于落地,倏忽间,只剩凌厉之气直钻而来,顿时血光骤聚。他莫孤醒已无力相抗,大势已去,已是无力回天,眼见这一幕,已将自己这最后一着破去,昏厥窒息感接踵而至,意识消散的瞬间,心脉欲断般的疼痛,而五感也逐渐消退。那毫无取胜可能的无助,从未面临如此强敌的憋闷,在她心底交织不绝。

"啊——"

他莫孤醒昂首望天,发出撕裂般的哀号,眼角渗出血色泪珠,隐隐满目鲜红。开明景黛的模样在她脑中缓缓散去,终已是尽力么,她合上双目,颓然等待着死神的宣判。

一众侍卫即刻涌上,将她绑个了结实。

林峰轻旋回铄杀金戟,目光一凛,转向侍卫道:"今夜务必严加看守住她!明日当着我军将士的面,将这蜀军主帅斩首!"

"遵命!"侍卫们齐齐领命。

林峰冷兜过他莫孤醒一眼,心底隐隐生出莫名恨意。正是蜀军与秦廷结盟,正是这女将军将他拖滞于剑门,才会导致洛阳遭袭,直接导致林尚候含恨离世。原本打算攻下成都,若此人肯归附,便饶她一命,但她如此食古不化。更如杨翾

第二十五章 暗夜行刺

所言,她蠢笨得亲自行刺,若不当众将这女子凌迟处死,又怎能解他心中之恨?

一抹邪妄笑意从林峰嘴角泛开,他沉声道:"将她拖下去!"

"等等!"

那声冷冽的嗓音,再度沉沉响起,突如其来的宛若凛冽寒风,却显得毫无情绪。

"林峰,不可杀她。"杨翮淡淡道,声音依旧飘忽清冷,"他莫孤醒乃是一代名将,深受蜀民爱戴,况且……"他轻轻叹息一声,夹杂着浅浅哀色,"她会一反常态来行刺,正是为求一死,想必她已无路可选,陷入两难境地。"

这冰冷的声音,为何竟一语中的!将她心底的焦虑全然揭示?!他莫孤醒骤然睁眼,一个颀长的身影投入眼帘。那白皙清瘦的模样,俊美如画般的脸孔,淡漠似冰般的神态,以及那双澄净而静默的眼眸,竟在这一刻,在她眼前清晰出现。

他究竟是何人?为何竟能洞彻她的内心?!

这突如其来的变动,凛空而降的逆转,令他莫孤醒如受电击般震惊。她仿佛忆起临行前,部将们的愕然不解,以及言辞凿凿的阻拦。亲近自己数十余年的部将们啊,为何却不能明彻她的心迹?偏偏这无法言明的两难境地,竟在失手被擒时,由这敌将口中,纤毫毕现。

眼前那对清芒闪烁的冷冽眸子,如暗夜般深邃的瞳孔,隐隐绽出幽冷湛然的神采,霎时间,她竟愕然失措。

杨翮冷冷瞥过他莫孤醒一眼,这便是传闻中的女将军?他曾设想的对手?并不如传言般强壮威猛,相反显得纤瘦修长,清秀素雅的脸庞,不施粉黛却洋溢着英气的光芒。哼,他嘴角缕起一丝冰冷笑意,转而望向林峰,目光微微散乱。

林峰拧起浓眉,刚毅的脸颊折出一抹惑色,"何为两难境地?莫非你竟知晓这敌将心中所想?!"

杨翮眸珠微转,朝着他莫孤醒略带无奈地游弋而过,转而回应道:"之前数次交手,足以证明这女子并非蠢材,乃是有些智谋的对手。"他双手抱怀,缓步迈到他莫孤醒身侧,转向林峰,淡淡语调道,"上将军,莫非能想出烧毁栈道以断绝我军进路的智者,竟会做出行刺敌军主帅这种荒谬之事?"

"当然不会。"林峰凝他一眼,目光依旧锐利如昔,"但此时我军距成都仅仅数十里之遥,她对己军兵力应了若指掌,自知无力顽抗,极可能在佞臣怂恿下,做出如此失策之事。"

杨翮唇边浮起轻微笑意,伸出纤长手指轻轻摇晃,一副淡然自若神色,"以此人如此刚毅的脾性，宁死不肯屈服的顽固，何人能够怂恿她？"他轻叹了一口气，"想必佞臣并非怂恿，而是胁迫。"

他莫孤醒猛然昂首，一双清秀眼眸渗出惊惶却震慑的神色，直愣愣盯住身旁的杨翾，心中翻腾交击。胁迫？！他甚至连自己的苦衷都能猜测得出，他究竟是何人？怎会如此机智聪慧，更能揣测人心？

那清俊如画的脸孔，冰凌般的冷漠语调，以及沉着睿智的头脑，难道……他就是林氏的军师？那个传闻中外表俊美，心思却深沉缜密的军师？林氏多年来戎马倥偬，能驰骋四方，荡平疆界六合，不仅仅因为林峰这位强有力的统帅，更极大倚重于这名幕后的智者！今日终能得见此人，却想不到竟是在此种形势下。自己的心绪，不仅被他一语中的，俨然毫无机密般暴露于空气中。

她无奈地叹息一声，心底涌起莫可名状的愁绪，眼角竟隐约湿润。

"如上将军之前所言，蜀国内部如今分为两派，一派不忍百姓遭祸，主张与我军联盟；而另一派却倾向秦廷，主张与我军力抗到底。他莫孤醒正是主和一派，却偏偏成为统帅，并且愚蠢之极地潜入我军行刺主帅！此举难道毫无破绽么？"杨翾依旧冰冷语调，却略微扬高了声音。

林峰若有所思道："莫非依你之意，胁迫她的是主战一派？"

"不错，正是如此。"杨翾点头，转而压低嗓音，隐然透出低落情绪，仿佛动容般，"他莫孤氏历代效忠开明王室，而此人对如今蜀王极为效忠，可以说为了蜀王不惜牺牲一切。"他叹出一口气，"想必蜀王正遭主战一派掌控，他莫孤醒为保蜀王安危，只得听命于主战佞臣。但迎战林氏无疑自取灭亡，更极可能为成都百姓招致战祸，她又不忍见百姓遭战乱荼毒。一方是沦为不忠之臣，另一方则坠入自愧深渊，她无疑陷入进退两难之地，不得已只得偏激行事，做出如此愚蠢行为。"

林峰蹙眉，目光中透出些许无奈，却即刻厉芒突现，狠狠瞪住他莫孤醒，"他莫孤醒，你也太过天真，莫非你以为行刺本帅，能赢得丝毫胜算？！"

眼角的泪水却刺眼般地凝起，无可控制般地奔涌而出。他莫孤醒昂首苦笑，只是不住摇头，却不知如何作答。

"她从未想过胜算。"一旁的杨翾轻蹙起眉，声音恍惚飘忽，"她独自行刺，不过祈求一死罢了。"

求死？！林峰怔然，浓黑的眸子凝出凌轹的异芒，这女子贸然行刺，在众人眼中荒唐可笑的举止，对于一军统帅失常愚昧的决策，却不过是为求得一死？！顷刻间，他心底竟沉沉震响，恍惚生出一丝悲壮的敬佩心绪。

杨翦似乎从林峰眼中看出了隐隐震撼，转而目光一凛，冷声向侍卫下令，"替她松绑。"

侍卫们似乎为难的神色，只能愕然望向林峰，不知如何是好。

"按军师所言，替她松绑。"林峰低低叹息一声，挥手示意松绑。侍卫领命，即刻松开了绑缚在他莫孤醒身上的重重绳索。

杨翦俯低身子，挽出大手轻轻将她搀扶起。清冷的脸孔却一反常态的，漾起温柔的笑意，宛若暖阳般的光芒，俊逸狭长的眸子里，隐约涌现满满关切，微微湿润而柔和的语调，"他莫孤醒将军，你有何难处，不妨告知上将军，我军定会协助你脱离困境。"

他莫孤醒投向林峰，那威赫的气度中，恍惚透出一缕宽容。她心底的焦虑缓缓淡去，而眼前这双清俊的眼眸，却闪烁着令她无法抗拒的光泽，仿佛不断吸引着她，道出心底的无奈般。那看似邪魅妖异的眸子，为何却充满了温暖的关切？

她已不知自己的情绪，面对眼前一众敌将，泪水终不住肆虐。

空气静默无言，只能听得他莫孤醒一人的啜泣声，渐渐退去后，她脑中已有了决意。这雪中送炭般的理解，或许，她笃信的信念，却正与他们一致。她轻咬住嘴唇，目光中充满坚定，"我原本主张与林氏结盟，王上却被柏灌岷那奸臣挟持，他以王上的性命要挟我与林氏力抗到底。但如今林氏已是势不可当，况且，成都已有一百余年平安祥和，我怎能任由成都数十万百姓遭受战乱洗劫？！"她重重叹息，昂首望住杨翦，竟是希求的眼神，"他莫孤醒在此立誓，若林氏能帮我救出王上，我必定说服王上归服林氏！"

杨翦嘴角浮起一抹笑意，紧紧挽住他莫孤醒，"他莫孤醒将军，你既有难处，我军自然乐于相助，归降之事暂且不必提及。"他压低声音，充满柔和的声调道："将军之前与上将军交手，多有受伤，今夜便在我林氏帐中休养一夜，明日一同商议营救蜀王事宜，将军意下如何？"

他莫孤醒眼角的泪水再度猛涌而出，眼底满满藏着无尽感激。她不住点头，对杨翦此刻的关怀，截然不作他想。

林峰厉令道："送他莫孤醒将军入帐休息。"

"谢上将军，谢军师……"他莫孤醒朝两人叩礼，随着侍卫退去。离开营帐前，却不由自主地回首，眸光闪过那个清俊颀长的身影，心中浮起莫名的滋味，仿佛糅杂着感激，却又有道不出的愁绪。

黑幕渐渐隐去，山风猎猎作响，青城山脉的尽头，却绽出一线隐隐的红光，破晓终将降临。

杨翾轻依在几案前，身旁伫立着的，是自临淄一役后，奉齐衡君遗命追随他的刘允。

"翾公子，他莫孤醒真会诚心降伏么？她此番难道不是诡计？"刘允轻声问道。

杨翾脸上毫无情绪，依旧如冰棱般，绝无温度，"你以为她耍诡计能瞒得过我？"

"那公子肯定此女真心降伏？所以今夜才会当着上将军的面，对她格外宽容？"

"哼，任她如何强悍，她终究只是女子。"杨翾冷哼一声，"难道你未曾察觉，她当时满脸泪水么？！"一抹邪意阴沉的笑意浮现，"女子最易被情感左右，她们认为知心往往更甚于救命之恩。我今夜一番关切言语，正是要令此人感激动容，今后长期为我军所用。"

刘允不解道："那公子为何不与上将军商议，令上将军收服此女？"

一缕如刀般冷冽刺骨的目光折射而出，杨翾俊美的脸孔上，却满是阴鸷狠厉的神色，仿佛不容对方再多言语般，充满了震慑与恐惧的气息。

刘允立刻会意，忙不住抱愧道："属下多嘴，不应乱作猜想，恳请公子不必计较。"

杨翾并未回应他，只是垂低眼睑，森冷的目光缓缓退去，浮上清晰的寥落。嗓音低沉而辽远，宛若白雾般漫入空气，转眼隐匿不见，"掌控女子何其容易，根本不需多费心思。"

他自己却也漫无底气，任他如何善使计谋，纵然能收得全天下女子听从于他，却仍不能掌控那个令他失魂落魄的身影。那印刻在脑中萦绕不去的影子，他深爱入骨的女子，却始终不断地逃离着他的视线，无法捕捉，不可磨灭。

黎明的微曦逐渐亲临，映入天际，晕染出炫目暖芒，将前夜的跌宕齐齐抹平。

侍卫送他莫孤醒赶到主营帐时，其间已经站满了全副铠甲的武将。一众人等神情凝肃，脸上却洋溢着满满的坚定，以及从容的自信。令他莫孤醒不禁感叹，林氏治军甚严，统军的将领也都是出众之人。别的不讲，光是这清晨议事的整齐威壮，众将那枕戈待旦的神色，便足以震撼她。哎，蜀军之中，又何来如此多济济人才？这便是为何如此战乱临世，林氏却能争雄天下拓野千里，成为命定的天下共主的关键吧！

他莫孤醒昂首望去，林峰正伫立于主帅位上。那双锐利眼眸，隐含着深不可

测的芒彩,姿态威赫肃穆,却静若止水,修挺伟岸的身躯如崇山般,使人生出难以动摇的感觉。而他身侧负手静立的杨翱,那张毫无瑕疵的俊美脸孔上,隐隐透出沉静却又难以捉摸的神色,嘴角微微扬起,冷冽目光朝她掠过来。

顿时她竟觉得心间恍惚颤动,不由自主地泛起莫名涟漪,昨夜那难以言明的愁绪,又不住猛涌而上。他莫孤醒脑中一震,急急慌忙垂首,不敢直视那双邪魅的眸子。

"他莫孤醒将军已起,看来众将已到齐,可以开始议事。"杨翱转向林峰,淡淡道。

低微窸窣的喧杂声戛然而止,整个主营帐立刻静默下来,如水般缓然无声,气氛竟有肃然的尴尬。

一个不协调的女声却高高扬起,声音清脆而清甜,仿佛扑面而来的清风。

"谁说人到齐啦?本军师还没到呢,怎么可以开始!"

他莫孤醒急忙循声望去,一个纤小的身影投入眼帘,正迈开步伐朝前行来。一身杏色袍子裹着娇小的身躯,柔顺似云般的秀发,盈盈眼眸含水般明澈,小巧粉润的嘴唇微微上翘,隐约露出洁白光亮的牙齿,还挂着掩饰不住的俏皮。精致剔透的肌肤,却略微有些血色不足的苍白。这女子是何人?听她仿佛自称军师,难道此女正是传闻中狐妖降世的军师?但她的模样,看上去如此亲善娇俏,毫无妖孽气息,反倒充满了不染凡尘般的脱俗。

苏莱莱……杨翱的脸色忽地转白,浓重带情的眉不由自主地拧起,胸间那股窒闷气息,又不合时宜的隐隐作痛。他侧首向林峰,更是垂低眼眸,竭力掩饰住慌乱与落寞的神色。

林峰嘴角浮起一抹欣然,却蹙起浓眉,一副怒目厉色道:"副军师,你风寒已痊愈?"

"好得七七八八啦……"苏莱莱扁起小嘴,苍白的脸颊渗出清晰焦虑,"听说昨夜上将军遭遇敌将行刺!"她猛然咬起嘴唇,愁眉深锁的模样,"没有受什么重伤吧?!"

一抹截然不快浮上林峰俊逸刚毅的脸孔。他狠狠瞪住苏莱莱,目光无比凌厉,"荒谬!何人能重伤本帅?!副军师,你是在怀疑本帅的能力么?!"他厉声,充满暴怒气息。

苏莱莱急忙不住摇头,昂起小脸盯住林峰,清澈的双目里满含不服气的意味,"谁问你有没有受重伤啊!你这个基因突变的妖怪……"她喃喃道,不断放低了自语,转而又再度抬高,朝身旁的他莫孤醒微微一笑,直凝住林峰,"我是担心他莫孤醒将军有没有被你打伤！"

林峰咬牙切齿，却对着狡黠女子毫无对策，只得恶狠狠瞪住她，一副恨不得生啖其肉的表情。苏菜菜却瞪圆了大眼，毫不畏惧似地收纳他的怒意。

众将不禁笑逐颜开，原本尴尬整肃的气息，顿时在扬扬笑声中全然化开。

他莫孤醒心中不禁猛然一震，这女军师看似娇柔似水，却能在顷刻间，由几句谐趣话语将气氛调节开，她竟有如此过人本领？！他莫孤醒倒抽一口冷气，这一次潜入林氏行刺，可谓获益良多，也让她彻底清醒而来，林氏帐中人才均如此出众，试问暴秦又如何能与之抗衡？！

她叹息一声，目光却不由自控般移向杨翾，却蓦然怔住。那双清冷冰冽的眸子，恍若失魂落魄般的空灵，只是死死缠住那娇小身影，不可转移般，却又灼伤般不住流露出错落，仿佛重复着矛盾而复杂的纠结。

他们彼此间，究竟是何种关联？她只是隐约察觉疑虑，或许只是自己太过敏感吧！她垂低头，不愿再做任何猜想。

苏菜菜笑意满盈，伸出手挽住他莫孤醒的臂膀，朝她昂着小脸，笑容宛若和煦暖阳，"他莫孤醒将军，你的事我已经听说了，放心吧，我们一定会帮你救出蜀王的！"她眨了眨长睫，"对了，我叫苏菜菜，是林氏的副军师！"她摊开右掌伸向他莫孤醒，依然柔和的笑容，"很高兴认识你！"

他莫孤醒愕然愣住，面对苏菜菜奇异的举动，竟然不知要如何应对。

苏菜菜勾起她的手掌，紧紧握住上下轻摆了几下，咧开笑脸，隐约透出两颗光洁可爱的门牙，"这是握手，是我们那时代的礼仪，是表示友好呢！"

"苏副军师……"他莫孤醒抿嘴笑道，对于这古怪的礼仪略显尴尬。

"呵呵，副军师又别出心裁啦……"

"不错，这礼仪还颇有意思……"

众将发出啧啧轻声感叹，夹杂着柔和笑意，犹如怜爱晚辈的长者般，充满悯惜的意味。

这女军师，在军中竟如此有威望？！不，与其说威望，不如说是人缘。她并非以强势或者威严震慑将领，却是在平凡温暖中，将这一众将士统统俘获！他莫孤醒眉心忽蹙，却又片刻舒展，眼前这娇俏女子，小小的身躯里，蕴藏着巨大而充沛的力量，令她不得不感叹，甚至深深敬佩。

而伫立于正位的那两名男子，统领林氏一族，主宰天下命运的决策人物，那截然不同的两幅神情，充斥着令人惑然的迷茫。只是为何，他们的目光，却绝无区别地交结在同一个人身上？

第二十五章　暗夜行刺

仿佛惊恐被看破内心似的,一抹凛冽不快神色罩起,将杨翱原本苍白的脸孔,映衬得愈发如纸般毫无血色。他低垂下眼睑,清冷而寂寥的目光轻扫而过,唇边却如涟漪般宕起浅浅笑意,"副军师,既然你风寒已愈,正适时参与议事。不知你对营救蜀王有何对策?"

苏莱莱摊开手掌,无可奈何地耸耸肩,白皙脸孔上的粉润嘴唇微微咧开,"暂时没想到十全十美的对策,每一步都有缺憾。"

林峰眉心拧起,沉声问道:"缺憾?"

"是呀,我想了两个营救方案,可是每一个都可能造成失误。"苏莱莱应声点头,眸光略微暗沉。

林峰瞥过她一眼,神色依旧威严,"先讲讲你的对策。"

"啊哦……"苏莱莱憨然吐吐舌头,转身踱上前去,昂首直迎住林峰的目光,正色道,"蜀王被佞臣禁锢,跟上次营救湘儿不同,我们手上一点线索都没有。"她转向他莫孤醒,"我们唯一的把握,就是他莫孤醒将军。可据将军所言,连你自己都不知道柏灌岷把蜀王关在什么地方。所以我猜测……"她抿嘴,微微笑道,"蜀王藏身的地方可能三处:第一处,当然就是蜀王皇宫,第二处就是柏灌岷的府邸,第三处……"她微微咬唇,一副欲言又止的神色。

"副军师,第三处究竟会是何处?"见她如此神情,他莫孤醒心中一拧,眉头紧紧蹙起,急忙问道。

苏莱莱小脸微转白,压低声音道:"他莫孤醒将军,自从蜀王被柏灌岷抓走后,你还有没有见过他?"

脑中思绪忽地凌乱起来,他莫孤醒若有所思喃喃低语:"自王上被柏灌岷那佞臣禁锢,我一直在外征战,及后我返回成都,也被禁止入宫面见王上。柏灌岷对外宣称王上身体不适,却从不肯让他亲信之外的人见到王上……"

苏莱莱低叹一口气,声音微微遥远飘忽,"所以这第三处……"她不由自主地咬起下唇,望着他莫孤醒那一脸焦虑神色,却觉嘴唇发僵般,干涩而生疼,难以讲出口来。

一道阴沉眸光掠过,杨翱漠然地凝住她。苏莱莱,你那令人厌恶的悲天悯人又隐隐而来么?莫非和你毫无瓜葛之人,你也能心生怜悯?又有何不能道明?他淡淡道:"副军师所指的第三处,便是蜀王已不在人世。"

心中猛烈一刺,他莫孤醒愕然抬头,只是愣然紧盯住杨翱,截然不知所措。

杨翱却只是冷冷道,似乎回避她的目光般,"柏灌岷深知将军对蜀王忠心可鉴，所以才以蜀王性命要挟，一再逼将军就范。却为何不让将军见蜀王面，莫非不怕将军起疑？"

仿佛不敢相信，他莫孤醒咬紧牙齿，神色坚定无比，"不会的！王上一定还在人世⋯⋯"她垂低头，却毫无底气的喃声低吟，"不会的⋯⋯一定不会的⋯⋯王上答应过我，一定会拼尽力气，好好地活下去⋯⋯"

她眼中那抹丧失魂魄般的痛意，搅得苏莱莱心中荡起莫名的酸楚。她慌忙抿嘴笑道："他莫孤醒将军，你别担心，这只是可能之一，而且呢，"她故作轻松地一笑，笑容柔和，充满清晰暖意，"我觉得，这是最不可能的可能之一，因为蜀王要是真挂了的话，柏灌岷也知道瞒不过你多久的呀，按照常理，他应该尽快逃亡到秦地去，但是他没有啊，所以他不让你见蜀王，应该是出于另外一种目的。"

"另外一种目的？"他莫孤醒不解地望着苏莱莱。

"嗯！他肯定是怕你知道蜀王究竟是被关在哪里，再找人去救走蜀王。如果你救走蜀王，那他不是没办法要挟你啦，所以他就故弄玄虚，不让你知道蜀王究竟在哪里。"苏莱莱眯起眼睛，笑意满盈道。

"所以这也是我们的难题呀，要准确地找到蜀王所在地。"苏莱莱叹息一口气，转向众将，"我觉得呢，最可能的其实是蜀王宫，这是最容易的囚禁之所。柏灌岷一定自信将军不会认为，他会就在王宫里囚禁蜀王，而是自信你会朝隐蔽而秘密的地方猜想。人的心理就是这样的呀，往往最容易的时候，却总有真相，这是障眼法来的。"她接着道，"而且在这里囚禁蜀王，说出去也是名正言顺。不会背负上乱臣贼子的罪名。你们古人最害怕臭了名声，所以柏灌岷自然要给自己拣一条可进可退的路。"

林峰瞥过她一眼，满脸的肃色，"依副军师所言，我军应潜入蜀王宫营救？"

苏莱莱勾起手，轻轻托住小脸，露出一抹无奈神情，"这就是方案之一啊，可是这得撞大运，万一蜀王没被关在蜀王宫的话，那就是打草惊蛇了。"

林峰摆手，浓眉却丝毫不见舒展，"无把握的对策便没有采取的必要。"

"我都说了有缺憾⋯⋯是你要我先说的⋯⋯"苏莱莱不服气的扁嘴。她舒了一口气，"第二个方案就是我们制造些事件，与柏灌岷在蜀王宫会谈，我们的人分头潜入王宫与他的府邸，趁着他们不注意，救出蜀王，至于事件，当然就是例如讲和或者投降等谈判咯⋯⋯"她撇嘴，"而缺憾嘛，就是如果被对方察觉，不仅救不出蜀王，更可能害我们的人，甚至他莫孤醒将军也陷入险境。"

林峰眸光倏地转为深幽暗沉，厉声道："既要潜入敌营救人，自然务必保证不被察觉，副军师莫非不明此理？"

"就怕万一啊……我只是提出各种可能嘛……"苏莱莱悻悻回应，深深吸气，"所以我才觉得很难办，想一晚上也没想出来。"

林峰转眼望向苏莱莱，她的眼略微惺忪，隐约可看出深暗的眼圈，看来昨夜并未休息好。也确实太难为她，风寒才愈不久，又要参与作战。她本是一介女子，他又如何忍心见她一再劳累，他恨不得命她回洛阳，与家中女眷相伴，但他深知，她这样的女子，又怎能守候深闺，静默一生呢？或许正是这战场，才能令她更绚烂的绽放。

身旁冷冷的声音，猛然将林峰的思绪打断。

"第二种营救方案或许可行。"

众人齐齐望向杨翦，那阴郁淡漠的眸子，渗出笃定而睿智的芒采，他毫不带情绪般的沉声道："只不过目的应当有别。"他望向众将，目光森冷，"与柏灌岷会谈，拖滞转移他的注意力只是一方面，另一方面，应反客为主，将柏灌岷生擒。"

"啊！你不是说笑吧！"苏莱莱忙接道，"蜀王宫是柏灌岷地盘，肯定守备森严，他怎么可能掉以轻心，给我们机会生擒他？"

"我军中人自然会令柏灌岷加强戒备，可若此人是他蜀军中人呢？"杨翦幽然道，嘴角勾起一抹清冷笑意。

众人的目光如出一辙般，直转向他莫孤醒。

苏莱莱蹙眉道："你让他莫孤醒将军去生擒柏灌岷？！你不是让她陷入险境吗？这怎么行啊？"

"只要能救出王上，就算牺牲在下性命也在所不辞！"他莫孤醒却凛然回应。

"将军武艺出众，但要在众多守卫中生擒柏灌岷，还是有些难度呀……"苏莱莱垂头自语，"这个人必须要能在万军之中安然突围，就只有……"她不自觉地望向眼前的身影，语言却凝滞而止，慌忙摇头道，"不行不行，野蛮人是主帅，不能轻易离阵潜入敌营的！"她艾艾道，"本来想说是骗柏灌岷，他莫孤醒将军把野蛮人擒住了，然后献给他，这样就……"

"副军师竟会生出如此幼稚的想法。"杨翦双眼空冷，略带讥讽般，依旧淡淡道，"柏灌岷再蠢，也断不会相信如此无稽之谈。副军师这几日风寒，烧坏了脑子么？"他冷冷道，眸子里充满挑衅，却掩饰不住地纠缠着她。

"是啊……我太着急了，呵呵……一心就想着只有野蛮人能在众侍卫中突围，而把野蛮人带入蜀王宫的方法就只有这样……没有考虑到其他的……"她憨笑着望着杨翦。

为何如此无邪神情?！竟然毫不对抗，难道只是敷衍么？她如此淡然的态度，竟挑得杨翾心绪杂乱，为何自己种种挑衅甚至针对，在她面前却变得如此苍白，甚至毫无意义。他吞咽下所有不快，闷声道："除却上将军，军中还有一人能担任此责。"

苏菜菜轻颦秀眉，片刻，咧嘴笑起，"对呀！我怎么把我的山寨偶像给忘啦！"

杨翾依旧冰冷如昔，转向林峰道："他莫孤醒私自潜入林氏军营，遭主帅发现并且击毙，而韩希尧，正是送还他莫孤醒尸首的来使。"

果然，还是要付出自己的命么？他莫孤醒心中骤然一空，望着眼前那清癯的身影，也罢，既已托付于他们，便是全权信任！若不是他，等待她依旧只是一死，只要能救出开明景黛，她的生死又何足挂齿呢？她释然一笑道："在下宁愿一死，以在下尸首协助你们救出王上！在下唯一心愿便是恳请二将军善待王上！"她叹息一声，蓦然拔出佩刀。

那声冰棱般的声音又沉沉刺来，"谁要你死?！"她抬头，却见杨翾双目结冰般凝住她，"将军既是真心投诚，又何须一死呢？"他淡淡道，"只需令柏灌岷'认为'你已死便可。"

"不错不错！他莫孤醒将军你只需要假装死了，躺在棺木里就行了啊！"苏菜菜拍手叫好，转而不禁朝向杨翾，掩饰不住的笑意，"不愧是人妖，做事情是比我考虑得周全！这个计划好！嘻嘻……"

她依然这般无所顾忌的畅怀，却不知此刻杨翾心绪的煎绞。杨翾不愿再与她直视，挑衅也好，嘲讽也罢，越面对她，越将他的挫败曝光在明暖的阳光下。他认为每次对弈，她都大败于他，只是在这情爱博弈，他却一败涂地。

身侧的林峰只是凝住杨翾，双目透出幽郁难解的神色，随即灼伤般地挪开了视线。

第二十五章 暗夜行刺

第二十六章 不速之客

暮光微熹而现，从葱葱郁郁的青城山脉间跃出，缓缓照耀整片蜀中大地，释放出延绵无尽的暖意。这令人神往的日出时分，将一切生灵唤醒。天地间晃动着一片片耀目光芒，与空气中隐约散去的薄雾相映成趣，顷刻间化作颗颗晶莹晨露。

守备森严的蜀王宫殿外，却迎来一众气势嚣嚣的不速之客。

"报——"一声凄厉而尖锐的惊呼声高扬而起，急促而焦躁，显得分外不安。

柏灌岷抬眼望去，只见传报士兵脸色煞白，狂喘不止着直冲而来，甚至步伐也凌乱不堪。究竟发生何种大事？早前几日，他不是命他莫孤醒死守成都，按理她应已领命部署驻防，莫非林氏大军已攻至城下？不可能，短短两日，况且，丝毫未见战况发生。那么，究竟是何事能令传报士兵如此惊恐慌乱？

他拧起眉，带着一丝怒意道："何事如此慌张？"

传报士兵慌忙止住脚步，却猛一个趔趄狠狠摔倒在地，仓促之中急忙抬头，迎住柏灌岷的目光，身体颤颤巍巍摇摆不停，嘴唇不住颤抖，更泛出乌青颜色，"禀告……禀告御史大人……上将军……上将军……"

柏灌岷不耐烦地哼了一声，转而瞪住传报士兵，一脸的不快神色，"吞吞吐吐作何？有话快报！上将军如何了？"

传报士兵生咽下一口唾沫，额头不住渗出豆大汗珠，"上……上将军……回来了……"

柏灌岷横眉瞪眼，狠狠剜了传报士兵一眼，露出清晰而暴躁的神情，"上将军回来有何惊奇！犯得着大清早这么慌张失措么？你看看你，一副撞鬼似的神色，如此小事也能惊恐至此，你还能继续当任传报之职么?！"

传报士兵惊骇不已，脑颅里顿时一阵空茫，双腿猛一阵发软，骤地颓然跪倒在地，断续着颤抖，"御史大人……大人……恕罪……"他紧咬着牙齿，从牙缝间迸出，"回来的是……是……是上将军的……尸首……"

脑里猛然一阵轰鸣，柏灌岷触电似的后仰，宽长的衣袖直垂而下，发出窸窣的褶褶声响。顿时间，气息凝滞般，他竟浑然不知所措，死死屏住呼吸，盯住传报士兵，咬牙切齿道："你从何听来的无稽之谈?！上将军……前日还同本御史商谈过抗敌之策，怎会今日就毙命?！"

传报士兵依旧颤抖不断，惊惧地垂低头，不敢直视柏灌岷，怯怯回应道："据……送回上将军的……来者说……上将军……上将军……"他接道，"上将军前夜独自潜入敌营……意图……刺杀对方主帅……却失手被擒……"他埋低头，不敢迎住柏灌岷暴怒的目光，轻咬着嘴唇沉声低语，"上将军不肯投降敌军……所以……所以……被敌军主帅斩杀……现在正是敌军使者……送回了上将军的……尸首……"

柏灌岷狠狠一甩衣袖，喘息着怒骂道："不可能，不可能！他莫孤醒死了?！事态怎会如此?！这娘们不是自命才智出众么？！竟然会蠢到孤身潜入敌营行刺?！"

柏灌岷不住骂咧，一双眼珠仿佛渗血般，隐隐透出猩红而阴狠的光芒，心中的怨气似乎随着语句奔涌而出，他怒吼着。这消息太过意外，犹如一剂猛烈毒药，催生出无尽恼怒。"林氏主帅正是那个名震天下的'洛阳战神'！谁不知道此人从未有敌手?！他莫孤醒这不知好歹的娘们竟然做出这等愚昧行径！"他喃喃自语，不住狠搓着手掌，"若她真命丧林氏之手，那何人来守成都……此战必败……"

柏灌岷眼珠上下转动着，显出万分奸狡，心底却担忧起自己的结局。如今秦军遥在秦岭之外，王离突袭洛阳失败，仓皇赶回咸阳，此时正忙于休整洛阳一役的伤亡，如何能分出精力助蜀中一力呢？莫非……只得降伏于林氏？可林氏如今掌权之人已是林峰，秦军害死林尚候，柏灌岷深知这父仇之深，他曾与秦人联盟，依林峰那般暴戾易怒的性情，怎能轻易绕过他？纵然此刻留他一命，荣华却难保，更难说日后是否会翻出旧账，令他落个惨淡收场。如今他无疑陷入两难境地，原本他囚禁了蜀王，还有他莫孤醒这棋子可用，可谁会料到，他莫孤醒竟然……

"御史大人，此刻很为难么？"一声平静却豪然的声音传来，随之而来的，是一身文士装扮，面容白净的男子。身后跟着一众侍卫，正抬着一副黑纹棺木迎面

第二十六章 不速之客

前来。

他们是何时进来的?! 柏灌岷倒吸一口冷气，忙抬眼怒视眼前来者，"大胆！你是何人，竟然擅闯蜀王宫！"

韩希尧嘴角勾起一抹笑意，"御史大人，我已传令多时，大人却不肯迎我们入殿，此种待客之道，似乎不太友善哦。"

柏灌岷斜兜了韩希尧一眼，见这小子虽然一身锦袍裹身，却掩饰不住憨傻气息，随即露出鄙夷目光，语带不屑道："带着棺木上殿的客人，老夫也是头一回见识，况且还是我方主帅的尸首，不友善在先的，似乎是你们林氏吧。"

一抹淡然笑意浮出，韩希尧啧啧两声，微微摇头道："大人此言差矣！我林氏上将军从迈入蜀地之初，便一再展示出友善之意，可是你们屡屡不友善呀。"

"荒谬！你这黄毛小子信口雌黄！"柏灌岷愤愤出声。

韩希尧目光微微收敛，露出严肃而坚定的神色，转而轻柔笑道："御史大人，我军踏入蜀地至今，可有伤及平民无辜？非但如此，更助蜀民修缮裂堰，修补栈道，而他莫孤醒将军却潜入我军营，意图行刺我上将军，由此可见，不友善的……"韩希尧忽地抬头，目光中闪过一抹狠厉的怒色道，"正是贵方吧！"

柏灌岷惊出一身虚汗，这小子并非池中之物！看似憨傻呆愣，却伶牙俐齿，不仅善辩，思路条理更是格外清晰，而刚才那抹充满煞意的眼神，竟骇得他暗暗颤抖不止。看来林氏此番前来，不止是送还他莫孤醒的尸首如此简单。眼前这来使，只是林氏的使者么？为何竟有些令他惑然，他脑中恍惚忆起，却飘忽着模糊起来，宛若潮汐般渐渐退去，心底隐隐约约渗出莫可名状的忧虑。

他愕然转首，目光落在那副斑斑黑纹的棺木上，那深黑黯淡的色泽，毫无光芒般黑暗，察觉不出一丝生息。他莫孤醒就这么轻易的沉睡于此，并且永不复起？

一切都太过突然，老奸巨猾的柏灌岷，心中恍然生出缕缕疑虑。

即使柏灌岷竭力掩饰，皱纹满布的眼角，却依旧隐约渗透出丝丝慌乱不安，显得仓皇而错乱。一切短暂的瞬息，全然投入韩希尧眼底。他微微抿嘴，露出一抹从容笑意，"大人似乎心有疑虑，莫非对于棺木中人，尚存怀疑？"

好个目光如炬的小子！不仅洞察一流，更善于言辞挑衅，妄图将老夫一步步引向慌神么？柏灌岷暗暗感叹，心底微微起伏颤抖，狡诈的瞳孔随即射出一缕无奈芒采，"若他莫孤醒真这般不知好歹，竟敢以卵击石，孤身行刺林氏主帅，那么她也是死而无怨。只是他莫孤醒乃是蜀中名将，深受蜀地民众爱戴，若林氏不能保全她尸首，或企图以假乱真，只怕难以服众吧。"

韩希尧口唇翕动，心中暗自低语，柏灌岷果然对棺木中的他莫孤醒"尸首"尚存疑虑，好在一切早已如两位军师所料，更是做足充分准备。潜入蜀皇宫行动之前，苏莱莱让他莫孤醒服下一剂奇药，能够使得她暂时停止呼吸，陷入"假死"状态，再加上一副苍白的妆容，此时昏迷的他莫孤醒，便如同僵死已久的尸首一般，寻常人根本无法辨别真伪。但那奇药时效有限，仅有三个时辰之久，若这之间韩希尧不能顺利拖滞住柏灌岷，便极有可能暴露，以至功亏一篑。

韩希尧吞咽下一口唾沫，他肩上职责重大，不容有丝毫失误，而林峰能将如此重任委托于他，正是对自己的分外信任，他又如何能慌神乱意呢？念到此，他竟意外的嗤笑一声，脸上绽出略微讥讽的神情，浓眉轻微挑起，沉声道："大人此话何意，纵然对我方诚意深含怀疑，又何至对棺木中人惑然？莫非大人竟以为我方会耍诈，随便寻个尸首替代他莫孤醒将军？"

见柏灌岷嘴唇微启，却又一副欲言又止的模样，韩希尧冷笑一声，径直走向棺木前侧，勾起手掌，运起劲力将棺盖猛朝后狠狠推出。

木板重摩声吱吱而响，深黑雕纹的巨大棺盖缓缓推开，露出静躺在棺木中的身影。那张熟悉的面容，苍白如纸般地萧瑟，夹杂着毫无血色的暗青，向人传达着充满死息的气味。

柏灌岷几乎屏止呼吸，眼前那不可否认的容颜，并非想象中的残肢断手，只是颈处一道暗红血痕，即使深红血迹已然凝固，却仍隐隐传来浓郁而腐朽的血腥味道。

脑里交绞着泛起疼痛，双手竟不自控般不住颤抖，柏灌岷奸猾的老脸上，竟清晰露出仄悚的神情，伴随着毫无底气的错落。他重重喘息，慌忙后仰着猛退，犹若预见死亡般的惊恐，失声高号起来："怎会如此！……这婆娘竟真如此蠢钝?！不可能……她怎能如此死去?！……竟然抛下万千蜀中百姓，做出如此荒唐举措?！"

短暂瞬间，在柏灌岷慌乱失措的刹那，韩希尧露出一抹浅浅笑意，却随即湮没而消，转而故意蹙起浓眉，一副略有为难的模样，"我方上将军已大感意外，扬名蜀中内外的传奇女将军，怎会做出这般有违常理的举动？这他莫孤醒将军已是香消玉殒，但她的忠义之心却从未磨灭，上将军敬佩她的忠勇，故遣在下前来送还将军尸首，好令她死后能够回归故里，不必颠沛在我军营中，生生世世不得解脱。"

"败军蠢将，即使回归，又有何面目面对王上?！"柏灌岷咬牙切齿，对待毫无气息的他莫孤醒，绝无半丝怜悯之心。

　　面对同僚惨死敌军之手,柏灌岷竟然还能讲出如此决绝话语,韩希尧心中暗暗叹息。难怪即使舍去性命,他莫孤醒也决意与柏灌岷彻底决裂,从而全力投诚林氏。

　　韩希尧狠狠瞪过柏灌岷一眼,随即隐去眸中恨意,换上一副柔和神色,微微颔首道:"事已至此,大人如何怪责他莫孤醒将军,已是于事无补,在下无意多嘴,不过传达上将军意图罢,若大人愿投诚我林氏,免得一番战事对垒,上将军必感激涕零,自会厚待大人。"

　　柏灌岷斜兜向韩希尧,思索片刻后却蹙眉道:"我蜀中自古偏处一隅,不曾轻易归附任何势力,况且是和是战,乃是王上决断,上将军不必命人向老夫传递意图。"

　　哼,事到如今却还要惺惺作态!若不是你专断独权,擅自囚禁蜀王,他莫孤醒又何必躺在棺木中装死?韩希尧鄙夷地低哼一声,嘴角勾起笑意,正色道:"大人,既然上将军命在下来此,那便无须此等冠冕堂皇的言语。"他低头垂首,从腰间摸出一张羊皮卷,微笑着轻轻摊开,望向柏灌岷道,"此乃蜀中地图,上将军承诺,若大人肯投诚林氏,他日上将军得成天命,必将岷江以西及至羌地划与大人,并允诺对大人加封王爵,依旧以'蜀王'而称呼。"

　　柏灌岷双目一闪,露出贪婪狼光,却敛回神色,故作严正般低语:"上将军此举何意,老夫效忠开明王室多年,岂能背离蜀地依附林氏,更又如何能取代王族以蜀王自称?!老夫可怕天下人耻笑!"

　　一抹狡黠笑意浮上,韩希尧仄目道:"大人乃是柏灌一脉,正是早先的蜀地王族,后历经沧桑变迁,蜀地掌权之人,辗转落入开明一氏手中,大人心中可是甘心?!"见柏灌岷狠狠拧紧眉心,韩希尧继而接道,"大人,上将军心怀仁慈,深知倘若两方战事一开,难免荼毒成都百姓,故诚心与大人合作。大人既是为民为主的忠臣,更应心怀蜀地百姓疾苦,又如何忍心见这繁华似锦的成都城,被两军铁骑踏为废墟?"

　　柏灌岷嘴角抽动了一下,似乎就要点头应允,却随即思绪陡转,阴沉下脸孔,摆出一副道貌岸然的姿态,厉声道:"上将军以为区区岷江以西之地,就能引得老夫离弃家国?!上将军将老夫看作甚了?!"

　　这老奸巨猾的狗贼,表面言辞凿凿,却不过是想多索取封地而已!好在棺木中的他莫孤醒尚在昏睡状态,若被她听到柏灌岷此番言语,岂非猛跃出一刀结果了他?!也罢,为了安抚这奸臣,为另一队营救蜀王的同伴争取更多时间,那便让这奸臣暂时得意片刻吧!

韩希尧竭力抑制住心中怒意，转而眯眼笑道："那便以嘉陵江为界，以西之地尽数归于大人如何？"他轻咳一声，露出一抹深沉且阴郁的目光，"秦廷也不过划出岷江以西与大人，但面对如今我方这般势无可挡的状况，试问秦廷又何来能力兑现这承诺呢？大人，一切以百姓为重呀！"他蹙眉，神色略微为难。

柏灌岷何其奸诈，即刻便明白韩希尧的弦外之音，随即顺着他的话道："老夫当然不忍见成都百姓受苦。既然事已至此，上将军又心怀仁德，老夫自然应顺应天意。"

韩希尧收起羊皮卷，叩礼道："既然大人应允，便请大人与在下立此协约。"说着拿出一卷文牒交给柏灌岷，见他细览后缓缓签署，便在旁喃声，"爱民如子，实乃成都百姓之福。"

柏灌岷签署完毕，韩希尧随即收起文牒，转而轻抿住嘴唇道："听闻大人精通棋艺，乃是闻名蜀地内外的'棋王'，不巧在下也正是一名棋痴，不知可否有幸受大人指教一番？"

柏灌岷正沉浸在封地加爵的梦幻未来中，丝毫未察觉这期间的种种不合理，更不知韩希尧一番讨教棋艺的深意。他欣然与韩希尧对弈。

天色阴郁暗沉，偌大的蜀王宫殿内外，却涌动着更密布的风云，仿佛等待着冲破黑暗的晨曦，隐隐掩盖了即将到来的屠掠。战争，本是生命和荣誉的相互掠夺，人类的狡猾却赋予了它更波谲云诡的意义。

天幕底下，层层黑云暗暗涌动，遮天蔽日般，酝酿许久的变动，掩盖在看似平和的气息中，如波澜般跌宕着起伏而来。

当柏灌岷沉醉于同韩希尧的快意博弈中时，蜀皇宫内外却是战甲如云，锋利的武器烁动出阵阵炫目的光泽，四处烟火陡起，隆隆轰裂声夹杂着呐喊声，将原本静谧的状况截然撕破，仿佛整座蜀皇宫殿都在随之震动。

烟火掩映下，数十万计的士兵傲然前行，朝着繁烟似锦的成都城踏进。

一缕耀目烟火直冲云霄，将逐渐黯淡转黑的天幕，点缀出一片光芒。仿佛令人期盼许久的乐章，终于在这混乱却激昂的时刻，拉开了帷幕。

韩希尧嘴角泛起一抹发自内心的欣喜笑意，这暖黄色的烟火，正是行动前约好的讯号，看来营救蜀王的那路人马相当顺利，果然不出两位军师所料，柏灌岷藏匿蜀王之所，正是最容易被人忽略的蜀王宫。如今轰响四起，想必偷驻扎城外的大军，已朝城内攻来。成都城失却他莫孤醒的防备部署，宛若一座孤城，而守城士兵，此刻也不过是强弩之末，反复多次的抵抗外敌，已令他们精疲力竭，而

第二十六章 不速之客

失去主帅的统领,他们更犹若溃散的众蚁般,面对火舌喷吐而上,只得惊呼着逃窜四散。

轰然巨响不住传来,柏灌岷心中顿时生出了疑虑。他直起身子,双眉紧紧拧起,手中的棋子来不及放落棋盘,目光中绽出惑然并且不快的神色,却又若有所思般,狠狠盯住眼前笑意盈溢的韩希尧。

"你究竟是何人?!"柏灌岷将棋子狠捏入掌心,气急败坏地怒吼出声。

"在下早就禀明,大人您的记性可不大好。"韩希尧却故作糊涂。

"林氏不是派你前来求和的么?为何却引大军突入成都?!你们这般欺诈,简直有违事理!"柏灌岷咬牙切齿,不住咆哮。

"看来大人已察觉此事的真意,那便无须在下多言。"韩希尧摊开双手,一副自得轻松的模样。

"杀我蜀军统帅,以诈和前来商谈,却引大军攻城!好一个美其名曰'仁治'的林氏,若老夫今日在此殉国,林氏也绝捞不到好处!只会背上'狡诈凶残'之名,哈哈哈哈,我看你们如何降伏这数百万计的蜀人!"柏灌岷露出一抹阴毒神色,仰天嘶吼起来。

韩希尧鄙夷地瞥过柏灌岷一眼,微带着蔑视的笑意,淡淡道:"燃眉时刻,大人还有心殉国?果真是忠君爱主!倘若大人真有此气量为蜀地洒尽鲜血,我等必然对大人心怀敬意,只怕大人不过是呼喝几句而已。"他轻轻吁一口气,"难怪他莫孤醒将军不惜一死,也托付我们定要将你铲除!"

脑中一阵轰鸣,韩希尧的话一语直击命脉,令柏灌岷如梦惊醒。原来他莫孤醒这个女流之辈,早已与林氏勾结,更不惜牺牲性命替林氏开路!心中的怒火不住陡燃而上,灼得柏灌岷恨不得将棺木中那具尸首拖出,剁成肉酱来解恨。只是此刻,他已无心过问一具尸体,眼下成都城即将攻破,林氏的态度又陡然转变,若失手被擒住,等待他的无疑只是死亡。他绝不能任由这状况发生,纵然仓皇逃离,他也绝不能命丧于此!

柏灌岷眼珠一转,身后立刻涌出一众装备齐全的侍卫,将他死死包围在内。

"将这林氏的使者小子拿下!"柏灌岷怒吼着发令,侍卫们随即挥舞起手中兵器,狰狞着面容附蚁而上。

看来免不了一场恶战,韩希尧叹息一声,伸手探向长袍身后,拉出一支耀目亮银短枪,使出劲力横拉而出,化为一柄锋利长枪,挑出朵朵银花,漫天利影交织撞击,振得侍卫们忽退忽闪。

侍卫们旋劈着长剑涌上,韩希尧眸内寒光骤增,忽地脊挺肩张,猛然仄身晃过，身姿轻盈，步伐快速，他忽一俯身前倾，直以长枪抵开侍卫们的围攻，转而疾速倾身前攻，挥出一系列令人眼花缭乱的枪花，竟枪枪命中，登时血味四溢，涌动的狂风也触染上猩红的色泽。

血味四处扩散，浓厚刺鼻，韩希尧踏着浓重的血味，直朝着神色仓皇的柏灌岷猛攻去。

忽一声巨响传入耳中，仿佛整座宫殿都在随之战栗。韩希尧微微诧异，眉心轻轻蹙起，短暂走神的瞬息，却给了柏灌岷逃离的时机，他面前的侍卫又层层围上，将他挡在身后。

眼见着柏灌岷鼠窜而逃，韩希尧心中却生出窒闷的不快。他咬紧牙齿，挥起长枪攻上前去，却被层层侍卫纠缠住步伐。

柏灌岷深知此时大势已去，惊呼着吩咐手下，"将那个小丫头带出来！押着她逃去咸阳！"

"是！"侍卫正领命时，却有士兵飞驰着来报，"大人……大人……王上……王上已经遭人掳走了！"

蜀王已遭人劫走?！这消息太过突如其来，犹若利针扎心般恼人。为何偏偏在这千钧一发之际，竟遭遇如此焦头烂额的境况！柏灌岷脑中陡然闪过，商谈、划地、对弈、围城、救人……这一系列的举措，无论从何看来，都互相紧密着关联。宛若一套设计精密的陷阱，由他莫孤醒这诱饵，再借由眼前这小子之口，将他一步一步诱入万劫不复之地。

可恨呐！柏灌岷心中阵痛万分，更是一腔郁气无处发泄。原本还想拽着蜀王这个筹码逃至秦地，还能捞个安栖之所，只是如今失去蜀王，他独自投奔秦地，就只等同于丧家之犬，又何来资格与秦人谈条件！他恨不能将眼前这狡诈小子千刀万剐，脑子却意外的冷静，纵然不能尽享荣华，也好过命丧此地。此时此刻，除了保住性命，他还能作何多想?！只是这可恶的他莫孤醒……他的目光移向中央的那棺木，望着安然静躺的那张容颜，心中的恨意陡然升起，顾不得趁机逃离，竟丧失理智般拔出佩剑，狠狠挥舞着朝那棺木中人猛劈而去。

"铛"一声尖锐刺耳的金器撞击声轰然而起，在蜀王宫殿中反复回荡。

眼前这一幕，几乎令柏灌岷停止呼吸，手中紧拽的佩剑也瞬时战栗起来。

棺木中的他莫孤醒，竟然立身而起，那柄亮光闪烁的大刀，正狠狠抵在他劈下的佩剑上，紧紧拧起的双眉上，传递出不绝不休的恨意，直对着眼前愕然失措的柏灌岷。

偌大的蜀王宫殿竟毫无灯光，昏暗异常。柏灌岷感觉到那无尽劲力正从刀刃

第二十六章 不速之客

上传来，沉重而坚硬，而他莫孤醒脸上冰冷的表情，更宛若利箭般刺人心肺，凛冽而绝决。

空气只是瞬息凝结，却又在瞬息间撕裂出道道深痕。夜色退去，一抹霞光从青城山脉跃出，将安宁祥和的成都平原，映照出一片令人悚惧的鲜红。

清晨的成都城，风声猎猎，晨光里渗透出微弱的暖意。在这夜幕交接的时刻，从青城山脉涌入的大军，也已经来到城野东侧。

天幕间掺和着靛青色的柔云，隐隐约约被曙光冲破着，似乎急于撕裂这阴郁的黑暗。一声尖锐而重如洪钟的轰响，直钻入云霄，仿佛漫天烟幕般炸裂开来，响彻于整个天际。道道耀眼夺目的光芒四射开来，绽放出无尽激昂。

四周震天的响声直钻入耳，朝着蜀王宫步步逼近，整齐而雄壮的踏步声，这一刻宛若催夺性命的符咒，将柏灌岷心中的不安层层推进，直至退无可避。他脑中恍受电击，这座令蜀人敬畏膜拜的蜀王宫，伫立于繁华似云的成都中央，数百年来蜀地王权与荣耀的象征，竟在这微寒清晨，被一众外来之人倾覆，显得如此凄凉而无助。

宫殿外的厮杀声愈发临近，空气中的腥味也渐渐浓重起来。风声断续再起，卷过殿内微弱的残烛，毫不留情地带走最后一丝暖黄。

"如今已是应了结之时。"他莫孤醒低低沉吟，不由自主地握紧了刀柄。冰凉的刀刃耀出冷冽的光芒，映照在柏灌岷惊恐失措的脸上，终于沾染出一丝刺目的鲜红。

蜀王宫殿外伏尸处处，歪歪斜斜倒伏在路旁。血的腥味与烟雾糅合着四散，将整个王宫占据，似乎不给侵入者留下一丝落脚之地。

他莫孤醒望着倒伏在地的尸首，那印着清晰"蜀"字的衣衫绽出朵朵血花，鲜红的色泽浸染着这个令她揪心的字迹，这些原本的同伴，此刻却命丧于她的抉择中。只是，倘若她不作出这令她阵痛的抉择，只怕此刻堆垒的尸首，将会是成都城内数以万计的无辜平民。

她终究只是女子，即使从军多年，却始终抛却不掉心底的那抹悲悯。她忽觉鼻中酸楚，眼眶竟湿润发红，紧握着刀柄的手，竟不由自主地微微颤抖不已。

似乎看破他莫孤醒这一刻的伤怀，韩希尧轻轻暗叹一声，朝着她领首道："他莫孤醒将军，营救蜀王的分队已传来讯号，在下即刻领将军前往！"

蜀王……对，她为何犹豫，又为何伤怀，她所做一切，难道不正是为了蜀王么？纵然牺牲曾经同伴，纵然她落得个"引狼入室"的恶名，若能救蜀王脱离柏灌岷的掌控,她也绝无犹豫!多年来的相依为命,或许"蜀王"早已并非王权,并非命令,不顾一切救出她,也并非她的那份"职责",而是她对蜀王的承诺,相守十五年的约定!

她微微合上双眼,叹息一声,转向韩希尧,将此刻的伤感与惆怅统统抑制,露出一个释然笑意,"多谢韩将军,那便有劳将军领在下与王上见面!"

韩希尧领着他莫孤醒前行,朝着林氏营帐而去。天色越发明亮,暖意不住占据着晨曦,轻柔地环绕漂浮。林氏的营帐区距离成都城野不到十里,与蜀王宫内外截然不同的情景,隐匿在广阔的翠竹间,轻雾缭绕下,竹影婆娑,蕴出一片青葱碧意。

他莫孤醒心中微微一震,竹不仅象征清幽高雅,其碧叶更是经冬不凋。蜀地自古多有竹,皆因前人寄意于此,蜀地四面环山,千百年正与外界隔绝,宛若翠竹般孤芳自赏。而蜀地自古气候湿润,竹林聚密之地,必然易生雾气,林氏将营帐建于竹间,其一既可隐匿其间,以便于攻蜀军其不备,其二竹林亦可作为一道天然屏障,便于抵御来袭的蜀军。自己统领蜀军多年,为何竟从未想到以竹为介,附身于期间呢?

他莫孤醒仰首叹气,也罢,一切都已是天意,这未来之势,已是不可更改,林氏帐中人才毕竟出类拔萃,那行径奇特、言语随和的女军师已是机智多谋,而那位清冷俊美的军师,更显得睿智深沉。念及此,她脑中骤然闪过那个清瘦修长的身影,心底不由得猛然一抖,脸颊竟意外的泛出绯色。

清晨的风柔柔卷过,掀起片片翠叶,在风中发出柔美的摇响,伴随着淡淡的清新气息,扑面而来。

韩希尧在一座较大营帐前止住了脚步,侧转过身子,面上浮出一抹笑意,"他莫孤醒将军,蜀王便在这营帐中休息。"

"王上!"他莫孤醒掀开帘帐,低声呼唤,"您还好么?"

"叮——"金器摔落地面的响声,榻上的身影猛然颤抖起来,惊魂未定的脸上,终于渗出一丝安心的神色,仿佛长久的悚惧,终于在这一刻终结。

"阿醒!"那怯弱却又充满信任的声音,略带着稚嫩的无助,以及浓浓的哭腔,"我……我还好!我还好!"

他莫孤醒直冲到榻前,紧紧盯住眼前的开明景黛——脸色苍白,双眼一片空洞黑色,隐约传递着惊惧的气息,仿佛之前的惊魂仍然不能全然退去。她伸出双手,轻轻握住开明景黛的小手,却惊觉冰凉无比。她重重叹息,喃喃自语道:"是臣不好,未能保护好您,王上受苦了!"

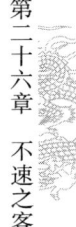

开明景黛手指猛然颤了一颤，望着眼前这令她安心的人，终于渐渐放松下来，空洞的双目也透露出一抹坚定。她轻咬住下唇，轻柔低语："不是……我没有受苦！是你受苦了！你为我受那么多苦，还被柏灌岷要挟……是我对不住你……"

他莫孤醒露出一个释然的笑意，笑容却显得格外疲惫，眼底隐约渗出点点晶莹，心中的触感一片糟乱，那远去的蜀王宫，抛离在后的家园，难道终究已然落幕？此刻身处敌营，为何她却能感到阵阵温暖，只是因为这里有她所担心、所思念的人么？

"王上，只要你平安便是……臣无所牵挂，唯独你……"她紧握着那双冰凉的小手，泪水终不可阻挡而下。

"阿醒，谢谢你……为我做如此多。"开明景黛喃喃道，抿嘴微笑着，眼眶却渗晶莹泪珠，"从今天起，我已不再是蜀王，你也无需继续背负那么多重担。"她望着他莫孤醒，眼里充满坚定，"你应该选择你自己的路，跟随你认定的人。"

"臣……我……我认定的人便是你，即使你不再是王上，却也是我的亲人呀！"他莫孤醒失声低吼道。

"阿醒，你就是我的姐姐。一直以来，都是你在我身边，保护我这个懦弱无能的妹妹，你已为我失去太多！如今既然蜀国将不复存在，我作为蜀王也失去意义。成为平民的我，再也不会有之前种种险境，你为何不能走你选择的路，跟随你认定的人呢？"开明景黛低头，轻依住他莫孤醒的肩，目光望向营帐外，清幽而悠远，"阿醒，我相信你的抉择，你永远都是我的姐姐……"

清晨的烟氲日影，以及不及散去的雾气不住浮动，在疏枝密叶间，掀起幽簧拂帘，清气四溢着开来，轻撩着帐外一高一矮两个身影。

苏莱莱倚靠在林峰怀中，白皙的脸上漾着明亮的芒采，微微上翘的唇勾勒出清晰的笑意。

林峰勾手紧揽住她的腰肢，浓眉却拧起，凌厉的目光中透出一丝不快，"此乃他人私事，为何你执意偷听？！"

"死心眼儿！"苏莱莱白他一眼，却转而露出动容神色，"他莫孤醒虽然失去了上将军之职，开明景黛虽然也失去了蜀王的头衔，她们却彼此很安心呢！真让人羡慕啊！"

林峰怒目道："失去家国还能如此安心？！不知你何来羡慕！"

"家国，故乡么……"苏莱莱喃喃低语，"或许你不能明白……"却转而绽出一抹温柔笑意，"我记得以前在书上看过，一个人的归处，正是那个关心他，思念他的人。她们互相关心，互相思念，所以即使她们都失去了故乡，却仍然是彼此的归处呀。"

"荒谬！"林峰厉声低叱，嘴角勾起一丝威赫笑意，冷峻而利落，却隐约透露出丝丝怜惜。

苏菜菜并未同林峰顶嘴，反而更温柔地依偎着他。心中暗自喃呢，却始终并未说出口，令她关切令她思念的人，她早已确认，又何需多言呢！

"思念之人……"不远处的杨翾独自伫立，冰棱般毫无情绪的嗓音，低低重复着，望着相互依偎的俩人，心底的灼痛再度袭来，转而化为一抹森冷邪魅的笑意。她说，思念之人便是彼此的归处么，那便由他们彼此如此这般纠缠甜蜜吧！为何他仍不愿舍弃那份情感？即使飞蛾扑火般绝无所终，也要追寻那个归处呢?!

洹水悠悠，覆盖关中之地的重重风沙，终于掀开长久的裹缚。

商朝武丁时期，司天官吴回后裔受封于渭城，北塬一带，建立"郢"国，亦称"程"国。周灭商后，即为周文王第十五子毕公姬高的封地，称"毕郢国"。

秦部族原居西戎之地，与狄戎杂居，以畜马为主，襄公以马匹护送周公王有功而得以建立诸侯国。

秦君曾先后在西垂、犬丘、秦、千渭之会、平阳、雍、泾阳、栎阳等八地建立国都。九迁将都步步东移，孝公时期，终落都于退可守、进可攻的渭泾两水交汇之地——咸阳。

如梦寐般，黄沙飞扬的咸阳在历史长河中繁荣与凋落，几世轮回，曾在赢秦手中恍如沙漠中的珍宝，异彩纷呈，而如今随着秦廷的衰败，咸阳也在历经枯荣后，避于黄沙之背，辗转于莽莽渭泾之间。

秦地咸阳。

西方苍穹暮现金光点点，非纱非雾，烁得人头晕目眩，映照在连绵起伏的沙丘上，折射出凌厉却萧瑟的光泽，柔风立沙而起，四目尘土飞扬，回荡在黄土垒成的城墙边。这颓败的日落时分，宛若秦廷的末日般，崩落着坍塌而来。

绕过盘结旋绕的缓回宫廊，踱过廊腰缦回的宫阁。一脉宏伟耸直的宫殿赫然在目。此宫结群于间，为众宫群屈曲簇拥，以木为构，飞阁重檐，雕梁画栋，奢贵典雅。与四周连连黄沙不同，此地四周花木环绕，欣欣峥嵘，一目青葱舒爽之态。数株高至宫顶的杉木似荫伞般将宫殿佑护于脚下，隔离天日般直钻入云。

宫内传来阵阵乐曲悠扬之声，与此时落日的颓然极不协调。大殿之中，随曲起舞的美人衣着华丽似锦，如蛇一般的腰肢节节慢扭，吸力展现着摄人心魄的

第二十六章 不速之客

身姿。

大殿两侧，大秦朝官们一个个笑逐颜开，目光中隐隐射出无尽贪婪，游走在舞女的身上，夹杂着不时的谈笑畅饮，一派淫靡之风。

赵高眯着眼睛半俯卧在殿堂上位，一副慵懒无神的模样，脸上毫无半分表情，无人能揣度其心思。这位出身宦官的阉人，早已是位及人臣的丞相。数月前逼杀秦二世之后，他便公然独揽大秦朝政，朝内各级官员不服者被全然诛杀，余下些见风使舵、贪婪成性之辈。整个秦庭早已失却当年之盛。此时朝政弥乱、外敌四起，偌大的秦帝国，已然折射出亡灭之景，坠入深渊境地。

内宫大门外，八名铜甲武士靠站在城门两面，无一例外的半耷拉着眼，瞌睡连连。将眠未眠之时，猛听见久未闻得的战马嘶鸣由远及近，众人不由吓得心神一荡，几乎同时间直起身子，慌忙着连问："何事如此紧急！？"

对面伫立的另一位守卫，则一脸的惶恐惊呼道："何事？！何事？！莫非林贼攻入咸阳……"

"放你的屁！"听到如此言论，另一声怒斥声起，斥责者看来有些威势，接着怒声骂道，"一匹马乱叫而已，你们慌个屁，不知是哪个吃了豹子胆的鸟人，竟敢骑马入宫！"

话音稍落间，一匹高俊威武的赤黑色战马已经飞奔至眼前，毫无一丝停歇的意味，神态凶猛之极，横然冲撞了过来。铜甲武士本是秦宫最高卫士，始皇帝当年的威武善战之风早被磨灭殆尽，可傲慢自大的心气却被保留下来。

"哪来的莽夫，竟敢闯宫！"八名武士异口同声，喊得虽凶，人却瞬间让开了位置，散在两边，远远的伸出长戟，支个把式，显然无人愿意以血肉之躯直接阻挡这匹悍勇战马。

"大秦将士都如同你们这般，哪里还有一点老秦人的气魄！"来者怒斥道，似乎咬牙切齿般怨恨，一张本就严肃的脸越发暗沉。那黑甲将军忽一把勒住马缰，战马当即止住了癫狂姿态，稳稳当当地停在了宫门之前。

众铜甲武士抬眼一瞥，纷纷认出了来者。守卫头目咽下一口唾沫，脸上充满不屑的神色，"王离，满朝上下就你一个不识抬举！若不是看在你爷爷王翦将军的分上，丞相早就取了你项上人头了，哪里还轮到你如此嚣张！"

"噢……"王离垂目凝视，双目如电般冷击而过，由守卫头目转而扫向所有人，发出一声厉斥，分外掷地有声，"为兵者不尊官将，依大秦律法，当斩！"

厉芒闪动间，八名铜甲卫士顿时骇然失魂，不禁黯然垂首，猛地抽回了已高举的兵戟。

如此威势，他们已是许久未见到了。自章邯叛出、赵冽战死之后，满朝文武已经丧失了精魄，除了赵丞相那阴鸷凶残的眼神能让人心生恐惧外，剩下的都只是一些见风使舵，贪婪淫靡的官员，见到了赔笑几声便就了事。

此刻的王离，却带给他们久违的震撼，那种唯有老秦武者才有的气势，一股刚正精魂，一股不屈之魄。

望着眼前颓然散开的守卫，王离轻蔑地哼了一声，便不再看这群拦路走狗，仍旧策马直冲入内宫。八名守卫呆若木鸡，恍若丧失魂魄般悚惧，直到战马的蹄声渐然远去，才从恍惚中回过神来，面面相觑。自赵冽死后，王离便一直纵情于军事，终日驻于军营之间，此次竟是首次见到他入宫。虽然数月前听说他借水攻胜过林贼的威武，却又如何能料到，今日的王离，竟早已脱胎换骨，俨如当日的王翦老将军一般，浑身充满慑人的雄浑气魄。

或许……或许老秦人尚有希望……守卫们惊魂稍定的脑中，竟齐齐挤满了这意外的臆想。

"何人如此大胆，竟敢殿外肆意喧哗……"殿中各人也已被这战马声惊起，一名宦官率先出声，尖锐嘶哑地高声直嚷。

王离蹙起眉头，脸上渗出清晰的不快神色。赵冽殉职前，他毕竟只是帐中副将，自赵冽离世，他接任秦庭统帅一职，才有如今的感同身受。朝政萎靡颓败，掌权者赵高奸佞诡诈，那份守家报国的雄心，在一次次否决怒斥中飘然消逝。秦既是家，又是国，纵然此刻无奈遭奸人窃取，他又如何能抛家弃国，任由关中数百万秦人丧失故里?!

他不想面对这令他燥怒的阉人，却又对此时的现状无可奈何，唯有将一腔怒火敛回，直愣愣道："末将有军情禀报！"

王离身上的威武气度，浩然刚正的气息，立即冲散了满朝的奢靡。甚至连两侧鸣钟敲鼓奏瑟的乐师，也不由自主地停下演奏，舞女们咬住嘴唇，惊恐慌乱的迅速退下，垂低着头不敢出声。

在座的官员更是骇然失色，甚至不敢睁眼直视眼前来者，只是闷哼着重重喘息。"铛——"忽一声金器落地声起，打破了这短暂而窒息的静谧。王离斜兜去，一名贵族慌忙着垂低下头，那张因纵欲过度的肉脸，瞬间惨白无比。

这便是今日掌控朝政的重臣们么？王离的心顿然降到谷底，如霜似冻般凄凉。

"王离，好大的胆子，为何有军情也不事先在宫外等传奏，就如此直闯殿堂……"一个尖锐的嗓子，发出阴阳怪气的声音，毫不留情面地直斥王离。说话者稍微扭曲的面孔上，充满了阴诡如鸱枭的神色。赵高狠狠剜住王离，目光中充

第二十六章 不速之客

满了凶狠。

王离却并不退却,反而朗声应道:"末将有紧急军情,不得不报!"

"荒谬!"赵高咬牙切齿,猛然狠拍桌案,嘶吼着,"本相任命你为上将军,军情自然由你处理!你却斗胆私闯内宫,扰了众公卿听曲赏舞的兴致不说,更是触犯了大秦律法!"

"丞相若是因此迁怒于末将,那便下令责罚!末将死不足惜,只是末将一死,丞相欲命何人对抗林贼?!"王离心中已是无法再忍,面对如此境地,他早已忘却生死,唯有针锋相对。

"……"赵高微微一怔,愕然间竟不知如何作答。那对诡诈的眼珠转动起来,迟疑片刻后,终于按捺住满腔怒火,不徐不急道:"军情如何,你速报速回!"

"据探子回报,蜀军统帅他莫孤醒已投降林贼,更协同林贼诛杀蜀相柏灌岷,大秦与蜀联合之势已然全破。"王离脸寒似冰,声音冷硬如冰,沉沉道,"请丞相赐我大秦虎符,统领全朝军队,于林贼返回洛阳巢穴之前,将其伏击……"

话语刚落,却见赵高满脸不耐烦的神色,猛然伸出苍白干枯的手,挥向他道:"本相已讲明,既然委以重任与你,战事自然都是你王离的事,至于虎符容后再议,你如今手上不是尚有五万兵马么?!"

"不错,但林贼兵强马壮,若想伏击,五万人马又如何能够?末将恳请丞相……"王离话语未尽,却被赵高再次打断,"退下吧,本相已经饶恕你私闯皇殿之罪,你还想何如?莫非要以一人之力,统领全朝之兵,学章邯那老匹夫谋反不成?!"

王离怔然无言,双目的神光瞬间黯然。章邯……莫非他如今的境地,已是如同此人了么?他并不渴求赵高的信任,他早已无所谓,只是这一腔保家卫国的热血,就任由在赵高的讥言下,冷寂着消散么?可他又能怎么办?这进退两难的时刻,无法抉择的困境,恍惚间,他蓦然忆起赵冽那张枯黄无奈的脸。

"末将绝无此意……末将告退……"王离强抑住心中的种种怨艾,重重叹息着离去。

望着王离的背影,赵高随即冷笑,露出稍稍满意的神色。

"叮叮咚咚……"轻歌曼舞随即再度而起,荡漾着弥漫开来。惊慌失措的朝臣们似乎忘却之前的一幕,如同一具具丧失灵魂的空壳般,再度纵身融入流光潋滟的淫靡中。

血色退去的清晨,如珍似露。成都城内再度恢复往昔的平静,似乎将一切殷红杀戮全然洗净。最初的一抹阳光渗进蜀王宫殿,内堂之中,满眼烁目光芒。华贵而舒适的软榻上,蜀王开明景黛缓缓睁开惺忪的睡眼。

再有三日,王殿即将改成王府,自己也将被封为蜀地郡主,不知父王泉下有知,又会是何种心绪呢?开明景黛微微蹙眉,略微苍白娇俏的脸上,隐隐荡着焦虑。

"王上,你醒了。"与蜀王同榻而眠的他莫孤醒伸出双手,轻握住开明景黛,声音柔和而和煦,"王上是否焦虑愧对先王?"

"阿醒,你总是能猜到我的心思……"开明景黛垂首,目光恍惚幽然,轻轻点了点头。

他莫孤醒柔声低语:"王上无须担心!先王乃是贤君,绝无称王为霸之心,他最大的希望,便是王上的幸福,只是为了蜀地的百姓,先王不得不由你担上蜀王的重任。但如今,林氏将行仁义之师,况且人才众多,定能令我蜀地更繁荣。如今王上卸去蜀王之名,却依旧为蜀地郡主,依旧维系着蜀地民众的福祉。先王必定不会责怪王上,反而会深感欣慰。"

见他莫孤醒言之凿凿,句句在理,开明景黛微展眉心,露出一抹似若涟漪的笑意,"阿醒,以后我仍唤你做姐姐好么,就像小时候那般。"

"……"他莫孤醒愕然语塞,望着开明景黛稚气未脱的脸颊,她竟不知如何作答。心中浮起莹莹暖意,宛若前日的再遇,她那句发自内心的言语,在这朦胧一刻,绝无保留地宣泄而出。恍惚间光华流转,一切褪色而去,这座古老庄严的宫殿,解读出十五年前那场永远铭记的初遇,任凭人事变迁,依旧不可阻挡般清晰再现。

"臣与殿下尊卑有别,不可如此称呼。"十五岁的他莫孤醒已然沉稳而冷冽,纵然身为女子,却为他莫孤家族铁硬豪迈的血液所影响,年纪轻轻便一派上将之风。

"不嘛,我想叫你姐姐,不然都没人陪我玩。宫里那些人,个个都拿我当未来的蜀王。每个人都怕我……"开明景黛撒娇似的嘟囔,雪白娇嫩的小手紧握住她,柔弱的脸庞,充满委屈与倔强。

那一刻她仿佛有些触动,却依旧稳住心绪,只是轻微地应了一声,脸上一成不变的神情,依旧不见丝毫波动,排斥般地与儿时的开明景黛拉开距离。

开明景黛却并不生怒,清澈的目光浑无杂质,只是紧拉住她的手,重复着之前的祈求,"答应我么,阿醒姐姐。"

"臣尚未答应,殿下为何唤我作姐姐?!"凝视着眼前的女孩,这从小便视作男

第二十六章 不速之客

孩来养育的未来蜀王，他莫孤醒心中竟漾起不可名状的心绪，如同窥见自己的童年，不可选择的身份，俨然顺从的命运。

霎时间，心间恍然跌宕，宛若淡淡酸楚。仿佛悯惜的认同，他莫孤醒深深叹息，缓缓说道："殿下倘若能像臣这般坚强，臣便愿意做你的姐姐。"

"嗯……"年幼的开明景黛轻眨着眼。此时的她，并不能透彻这"坚强"的所有含义，只是单纯地欣喜着，显得兴奋异常，"姐姐，阿醒姐姐，我答应你，一定会像姐姐一样坚强！"

"呵……"他莫孤醒淡淡一笑，渐渐在英气的脸线边扩散，"但臣恳请殿下应承，当众之下不可乱了君臣之礼，殿下始终是臣之主。"

"嗯，我明白。"开明景黛一把拉住他莫孤醒的手，娇然喊道，"姐姐，陪我骑象好么。"

"阿醒，你在想什么……"思绪忽断，他莫孤醒蓦然惊醒。她眼前晃动着开明景黛白皙的小手，纯净无邪的笑容，耳际传来"你不愿么，我已并非蜀王，叫你姐姐又何妨？"

"啊……"似乎并不在意他莫孤醒的回答，开明景黛深吸着气息。窗外透进来缕缕阳光，明媚而清晰，如同她此刻的心境般，毫无杂质，纯澈而清明，"不知为何，我觉得如今好轻松。姐姐，你呢？"

"呵呵，王上还与幼时一样，我还未答应，便直呼出口了！"他莫孤醒轻声道，言语间充满轻柔的关怀，脸上溢着释然笑意。

多年已过，开明景黛未曾改变，只是万钧重担压在她稚嫩的肩上，纵然坚强，却遗失了原本的纯真。蜀王，这看似令人艳羡的称号，又有多少人能看破隐匿其间的种种悲愁？流逝的尚不止她无奈的命运，更是静默中毫无希望的年华。如今国破家亡，这看似悲苦的结局，却成全了她一生的转圜，令她摆脱长年的枷锁。

"昨夜姐姐求你一起睡，你都答应了，倘若你还视我为君，此举已经违反君臣之理，还有何可说的。再者，前天你不是也唤我做你妹妹了么？那么，从今往后我们做一对亲姐妹又何妨？"开明景黛狡黠眨眼，明澈的眸子里，涌动着殷切而真实的期盼。

他莫孤醒恍惚愕然，回神之后，她叹了口气，目光中有些无奈。思绪万千，仿佛前日初见开明景黛，那张毫无血色的小脸，一双空洞而迷茫的眸珠。仅仅一日之隔，这判若两人的境况，无不昭示着阴霾的退散。原来，抛去蜀王的滞压，远离宫政与战争的纠结，她才毫无顾忌地恢复了本能。

这份错落的重责，才是最完整的终结？！他莫孤醒怅然若失，那么这些年自己兢兢业业，究竟所为何？她思索不出，脑中恍惚混乱。

"阿醒姐姐，起床咯……"开明景黛浑然不觉对方的失落，脸上依旧挂着无邪笑意，甚至探出小手，顽皮的轻挠眼前这最为可信的'姐姐"，口中念念有词，"过两日我们去骑大象玩，好么？"

骑象？恍然间时光竟如梭倒流，那幼时初遇的无所顾忌，身负重任的无可奈何，甚至影影绰绰的生死离别，竟如影随形般挥之不去。她究竟为何？她原以为，她忠于家国，直至离弃生死，乃是为大义所执著，只是此刻她却大悟，她终究也只是凡人女子，始终无法将情感搁浅，回首每一步她所行的路，竟宛若她们亲情的印迹，而她一直坚守的信念，却不过是守护着那个她所认定、所思念的人。

她为何犹豫，又为何为难？这一日不正是多年来的夙愿么？她所惦念的，并非那个身心俱疲的蜀王，唯独只是她轻灵活泼的妹妹呀！那么，她又何来不甘呢？他莫孤醒长叹一声，清秀英然的面庞上，绽放出久违的欢畅。

"好的，妹妹！姐姐陪你去！"

朝阳摇曳出丝丝金色光芒，与两人清亮的眸色交相辉映，折射出绚烂的色泽。

第二十六章 不速之客

第二十七章 受封之日

三日之期如约而至。云开雨散的晴空，将蜀中大地的未来，映出一片霞光暖意。

终于到了接受林家赐封，应允为林氏效力的时刻。碧空映衬下的成都，显得清宁而恬淡。仪式简单而庄重，林峰的仁义早已在数日的刻意渲染下，令整座蜀都的臣民敬服万分。

蜀王殿上，有别于寻常的阴郁，一派欣荣豪壮的景象。当那个高大身影现身于此时，殿上群臣，殿外的军士，乃至簇拥于此的蜀地民众，纷纷齐声呐喊，雄浑震天。

苏菜菜与杨翱分别并立在林峰的两侧，宛若他最得力的左右臂膀般，举足轻重。她不禁侧瞥过身旁那张俊挺刚毅的脸，心中隐隐浮起阵阵欣然，甚至不由自主地暗暗倾慕。此刻的他，不同于平日那凶蛮的模样，他屹立若山的身姿，刀削斧凿般的脸孔，雄浑威赫的气度，种种凝出不可抗拒的帝王之势。他已从丧失亲人的阴影中走出，经历这次彻骨伤痛，他已不仅仅是人们口中传颂的"洛阳战神"，他已蜕变成王。

沿着痛彻的伤痕前行，或许，这便是成长。她不禁掩嘴而笑，白皙的小脸上，现出浅浅酒窝，甜美而宁静。

她不经意的笑意全然投入眼底。林峰挑眉，厉声低斥道："苏菜菜，如此庄严场合，不得这般恣意放肆！"他凌厉的眼神轻扫而过，却并不充满怨艾，相反却是轻柔的责备,带着点怜惜的意味。仿佛意识到自己的失态,苏菜菜慌忙不迭,尴尬地吐吐舌头,随即敛回了笑意,一脸肃然。

眼前的种种,却毫无掩饰地映入杨翾眼眸。他依旧静默似水,那张如霜似雪的脸孔上,仍不见任何表情,愈发苍白。心中久久蛰伏的痛楚,早已隐忍多时,又何须此刻宣泄呢?他暗暗自嘲,眼中的寒意却缓缓加剧,仿佛深渊的冰雪般,毫无融化之日。

欢呼声此起彼伏,俨然盛世的降临。这令人兴奋,勾人澎湃的时刻,却仿佛与杨翾毫无关联。他澄净的脸孔上,既不见丝毫雀跃,更无丝毫不快,宛若置身世外之人,只是冷眼凝视着眼前的一切。

蜀王宫殿下,置身于军士中的他莫孤醒隐约注目着杨翾,为何这令人欣然的时刻,他神色,却依旧这般深幽暗沉?仿佛将所有心事藏匿心底,不愿吐露,更不与旁人分享。只是他的目光,纵然飘忽而前,兜兜转转却依旧投向那不曾变换的人影。

一个时辰之后,群臣军士们纷纷退去。这承载了千百年蜀地精髓,代表着蜀人至上的权势、荣耀、记忆的蜀王宫,终随着渐渐退去的人流,为昔日的辉煌画上了终结,却又在蜀地臣民的呼声中,镌刻上新的印迹。

蜀郡府,这个得来不易的称号,将承负起不可预知的全新历史。

"开明景黛,你可愿效命于林氏,受封为蜀地郡主?"林峰沉声问道,浓黑的眼眸烁着威严神色。

心中陡然一震,隐隐浮出折服的意味,更夹杂着些许畏惧。林氏之主,如此豪迈威赫的姿态,令人无法抗拒,更震得她不敢直视,轻声回应道:"时值乱世,唯有林氏兴仁义之师,更修葺大坝,有恩于我蜀地百姓。开明深信,由林氏治理蜀地,必将为蜀地带来欣荣。此乃我蜀人之福。所以,臣开明氏诚心降服,甘愿效忠林氏,受封为蜀地郡主。"开明景黛深吸一口气,不禁瞥向身旁的他莫孤醒。心中低低暗叹,阿醒姐姐,为何连日以来,你的目光,始终都望着同一方向呢?她虽年少,却并非无知,对于他莫孤醒的神色,她心中已有抉择。

林峰潇洒笑道:"开明景黛,今日起你便暂代蜀郡太守之职,待日后林氏取得天下,再赐封你蜀地郡主。"

"臣开明领命,只是仍有一事望上将军应允。"开明景黛鼓起勇气,昂首望住林峰道,"旧蜀国统将他莫孤醒,人才出众,不仅武力惊人,更是聪慧善谋,多年来统兵征战,为旧蜀国他莫孤氏名门之后。臣恳求上将军收纳他莫孤醒于帐下,让她追随上将军。臣相信她定能为林氏征伐天下效全力。"

第二十七章 受封之日

"王上！"对于开明景黛如此意外的举动，他莫孤醒措手不及，不禁失声喊出，却奈何此种庄严时刻，又不可失态，只好随即收止声音。瞬时间，她脸色却陡转苍白，显得慌乱而急切。

"噢？"林峰斜兜过他莫孤醒，一双凌厉眼眸微微散出浅浅疑虑，却随即淹没，转而纵声笑道，"林氏若能得他莫孤醒将军相助，确实不失为一大幸事。只可惜，本帅曾力邀将军相助，却得将军严词拒绝。不知今日，他莫孤醒将军是否心意有变？"

哼，林峰！想不到你竟会这般出其不意。杨翾心中暗暗自语，蜀王初受封于此，便突然提出由他莫孤醒追随林氏，表面上乃是为林氏参谋，有助林氏征战，暗地里却绝不排除另一种可能，那便是蜀王为求翻身，将他莫孤醒作为棋子安插于林氏身边。林峰深知其理，便以此直截了当的试探，既挑明了自身的顾虑，也可做对蜀王的警示。林峰已非同往日，渐渐展露出如林尚侯一般的沉稳及老辣。

"臣，容臣考虑……"他莫孤醒愕然回应，脑中却蓦然觉悟。这几日，纵然同自己恣情玩闹，开明景黛却时常失神，莫非，这便是一切的症结？莫非自己连续多日来的心神不宁，惶惶失态，已然为王上所察觉？！

她不停地阻拦自己，却仍无法控制地转向杨翾。那双清冷的双眸，宛若霏霏漱雪，淡淡地凝望着自己，深幽却又明净，仿佛看穿她的魂魄般。这让她手足无措，心禁不住凛然颤抖，脸上渗出丝丝绯红颜色。

恍惚间，她脑中却猛闪过开明景黛的模样，深知她纯净的呼喊，她怎能遗忘曾经的坚持呢？她怎能有离她而去的念头？！这忽然间，令她惊醒，叹息道："上将军，太守有如臣的亲人，臣不能抛下她。"

"他莫孤醒将军！你……"开明景黛本想再讲，却被他莫孤醒陡然抬高的声音打断，"臣恳请上将军给臣三日，容臣考虑三日！"她直望向林峰，目光中充满着坚定神色。

"既然太守与将军意见不合，那本帅便给你三日！"林峰欣然应允，脸上笑意淡淡，却透出冷肃而豪迈的气息，"本帅既已颠覆蜀国，也必能等得到蜀臣！"

林峰，这些时日，你已成长至此了么……林峰即称开明景黛为太守，便是要告诫对方，明示其林氏臣下的身份。再者给予三日时间考虑，更是暗示开明景黛及他莫孤醒，若是真心臣服便罢，切勿藏有借林氏求复国的念头。他话中有话，最后一句更是直言，你等皆是我林氏阶下之囚，今日既可救你，他日也必能杀你！杨翾垂低眼睑，心中顿如繁絮，如今的林峰，已俨然尽显帝王姿态，这难道不是他多年来的夙愿么？为何他心底深处的阴郁，却不断挑起令他难以抑制的不甘？

夕色光晕如荧渲染，望着林峰凌厉肃色的眸光中徐徐露出一个满意而深沉的笑容，杨翦心中不禁泛起丝丝阵痛。如此莫可名状，难以揣度！他只好压抑住脑中纷杂混乱的念头，反复强调着林尚侯临终前所托。这不正是他与林尚侯的约定么？如今林峰已渐露锋芒，他日身为帝王，也定能统御天下，震慑四方。

林尚侯胸怀大志，本想有生之年俯瞰天下，却又期盼着林峰的成长，只是世间之事，从未完美无憾，时常偏离的，不仅是命运，更有随时变动的人心。林尚侯又如何能料到，正是他的离去，斩断了林峰心中隐匿的依赖，以及对亲情强烈的牵绊。人与人之间最纯美的牵绊，也正是懦弱的根源，人类害怕失去，通常迷失自我。只是当人有勇气离弃这份思念时，也终将摆脱软弱。杨翦轻叹了口气，冻如冰棱的眼中，依旧布满漠然，却依旧克制不住的望向那个身影，心中不住暗暗自嘲。可笑他自以为能看破世事，却始终斩不断这份徒劳无益的牵绊。

杨翦短暂的落寞，却纤毫毕现般投入他莫孤醒的眼中。只要目光投向他，她心中骤然慌乱失措，仿佛被窥视出内心一般，显得坐立不安。眸光仿佛脱离思维般，一再地反复游弋，心底那个声音却反复低语。多年来，她早已为战事而生，亦为战事而亡，似乎早已融入男子的世界，彻底忘却了自己女子的身份。她原以为这一世将在利刃的冷锋与殷红的热血中度过，却为何在触及到那双冷冽深幽的眸子后，陷入不可逃离的忧悒中？这感觉如蚁啃噬，却又欣然甜美，但她又如何能为这莫名心绪，将相依多年的开明景黛抛下呢？她垂下眼睑，不再反复凝视。

一个肃然声音响起，却刻意镶上了丝丝喜悦。林峰眉角微扬，一副豪然神色，"如此大喜之日，今夜便设宴全军，明日由开明太守呈上旧蜀民情，力求尽快恢复商交文政。"

众臣应声领命，领下具体事务，纷纷离散而去。

残阳斜映下的簇簇影子，终在暮色降临时，再度深深藏匿。曾经的蜀王宫殿，如今也改名蜀郡太守府，未曾改变的，是轻绕四周的葱郁草木，以及古老陈旧的铜色鱿筹，掩映在萤萤烛火中，依旧影影绰绰，绽出昏黄光晕。

他莫孤醒与开明景黛对坐于案前，正是用膳时间，仍旧沿用着旧蜀王御用的膳食，同这几日一样，并未有任何人前来监视。这静籁时刻，完全属于相依为命的两人。

"姐姐，吃菜！"开明景黛夹起菜放入他莫孤醒碗中，抿嘴轻柔一笑，随即自顾自道，"从今往后，姐姐不用再唤我做王上，我也不用总是将军将军的唤你！"

他莫孤醒轻声道谢，露出一丝恬淡笑意，轻轻点头应承，却并未多出半句

第二十七章 受封之日

言语。

　　两人相对无语，他莫孤醒望着碗中的米粒，心中似乎哽咽着些许愁绪，一抹淡淡忧色浮入眼眸，幽然叹息一声道："妹妹，你既已将我视作亲人，为何今日在殿中又要恳求林峰收纳我入林氏帐下？你明知我绝不可能抛下你一人，更何况，现在蜀地已改为林氏辖属，我随你留在成都，也同是为林氏效力。为何你偏偏要我离你而去？"她双眉深锁，目光中闪烁着浅浅的怨艾。

　　开明景黛颔首，探出小手，轻轻握住他莫孤醒的手，明澈的目光中，充满坚定，"姐姐，那个承诺你已背负了十五年，你真的无须再为此付出余生，你也该去追寻属于你的幸福……"

　　仿佛被窥视出内心，不等开明景黛讲完，他莫孤醒便惊呼道："同你相伴便是我的幸福！你又何故总是赶我走？莫非你已不再将我视作亲人，或者说，你以为，如今的我，早已无力再守护你？！"

　　"当然不是！"开明景黛猛然摇头，白皙的小脸上露出缕缕焦灼神色，慌乱地紧紧抓住他莫孤醒的手指，"姐姐，一直以来，你都是为我而活，只是你并非任何人的从属，你也该试着为自己而活……"开明景黛一字一句地说着，却明显透出清晰的鼻音，眼眶也渐渐发红，隐隐湿润。她微微侧首，目光转向窗外，"姐姐自幼熟读兵法，深谙韬略，更是志向远大。如今林氏拓野千里，正是姐姐一展所长的绝好机会，姐姐又怎能甘心一世留守在这闲逸的成都？！"她深吸一口气，唇边漾起一抹笑容，"更何况，任姐姐如何刚强，却同妹妹一样，终究是女子，始终要寻得那个归宿……姐姐这几日的反常妹妹早已看在心里，莫非那个令妹妹佩服的坚强女子，竟毫无勇气去追寻那个归宿么？"

　　他莫孤醒愕然道："你年幼无知，从何知我哪来什么归宿……"

　　"姐姐这几日心神不宁，妹妹早就有所察觉。姐姐，军师人才出众，不仅在军中地位极高，更是深得林峰信任。他日林氏称雄天下，军师必定位及人臣，姐姐好眼光呢！"开明景黛随即俏皮笑道。

　　"你胡说！我……我……我跟军师……有……有何关联……"他莫孤醒竭力辩解，脸上却溢出深色红霞。

　　"姐姐别急着否认啦……"开明景黛掩嘴偷笑，"你的脸都红了呢。"

　　他莫孤醒心中越发的慌乱，竟几乎失态。她忙咬住嘴唇，强自镇定心神，沉声正色道："妹妹！即……即使如此，你我的情谊……又怎能还不如一名男子么？"

　　"好。"开明景黛忙道，"我不再提及此事，既然还有三日可考虑，姐姐便深思熟虑吧。今夜我以姐姐的名义约了军师来此听琴，恳请姐姐同军师商讨蜀郡的治理之道，妹妹先行退下。"

语毕，开明景黛立即起身，任由他莫孤醒如何呼唤，头也不回的决然离去。

"这孩子！竟然这么任性！"他莫孤醒愤愤自语，随即起身，顾不上握住佩刀，直朝外冲去。

一声清幽冷冽的声音响起，"将军既邀在下听琴，为何又如此神色匆匆，急于离去？"

眼前那个颀长身影，一身素色白衫，俊逸精致的脸孔上，挂着清冷笑意，那双眼眸依旧如同往常一般直视她内心，凝得她惶恐不安。

"我……我……"他莫孤醒顿时语塞，心跳竟禁不住狂跳不止。她不敢抬眼正视眼前人，只是不住暗暗埋怨自己，竭力稳住自己的情绪，应声道："我跟太守闹着玩……她刚跑了出去，我本想捉她回来……"

"是么。"他低声轻应。冷峻清冽的眸底，隐含一种深不可测的异芒，却隐隐空茫，仿佛穿透她的躯体，落向不知名的方向。

"是……"她生硬的回应，显得有些局促不安。为何每每面对他时，心绪总是跌宕起伏，既没有往常的洒脱，更不能毫无顾忌的畅所欲言。

暮色轻盈笼罩，清幽的琴音缓缓而来，藏匿于暗夜之中，宛若清冷的月光，熠熠生辉。冷冷琴音清然而起，拨动起粼粼微光，仿佛风吹拂过松林，又似砌桥下蜿蜒而过的流水，不曾停歇，在这一片绿漪之地，无尽流淌。

他莫孤醒心中蓦然一惊，想不到开明景黛早已安排妥当。这丫头，平日羞羞怯怯，却为她多番费心。既然事已至此，她又如何能辜负开明景黛一番苦心呢？她既为将多年，又如何不能稍显大方呢？他莫孤醒轻咬下唇，暗暗调顿心绪，颔首道："久闻军师才华横溢，深谙琴音棋理，在下斗胆请军师前来听琴，一是想拜谢军师救命之恩，再则是想借此机会，向军事讨教治蜀的韬略。"

杨翾微垂眼睑，木然沉静的脸徐徐绽出一个柔和笑容，温暖而明亮，如清风拂来般，低语："蒙将军赏识，在下不敢班门弄斧。"

他莫孤醒忙道："军师过谦了……"却惊觉两人已经依门而立，随即面带尴尬，讪讪笑道，"只顾着与军师讲话，却不知请军师入座，真是抱歉。"她摊手，一副礼貌姿态，"请军师上座。"

杨翾旋身迈入屋内，在几案旁坐下，转而侧首望向她，浓眉却轻微蹙起，冷肃的目光却凝望住眼前人，深邃而澄净。他嘴唇微微上扬，"将军不必如此多礼，

第二十七章 受封之日

听琴既是雅致之事,又何须牵扯上繁杂军政。"

他莫孤醒顿觉窘迫,面对他这一番论调,她竟不知如何作答。她深知向他求问治国策略,不过是为这室闷场面寻的借口罢了,为何他却冷然回绝,甚至不留她反驳的机会。如此窘境,纵然她心中尚有多样理由,面对那张苍白俊逸的脸孔时,竟然哑声无语。

见她骤然泛红的脸颊,以及不知所措的神色,杨翾的眸光却忽然转出亮色,直直投向几案上的觥筹,嘴角缓缓勾起笑意,清诡而邪魅,"不过,将军今夜既有心邀约在下,兴之所至,又何妨与君共饮?"

仿佛被他鼓励起兴致,之前的种种尴尬与窘迫顿然消失,胸腔满是豪迈与清朗的舒畅。他莫孤醒笑道:"古人有言:'道之所在,虽千万人吾往矣;义之所当,千金散尽不后悔;情之所钟,世俗礼法如粪土。'军师随性一言,兴之所至,看来军师也是洒脱之人呀!"

洒脱?杨翾几乎嗤笑出声。这词太过久远,更是与他格格不入,倘若他是洒脱之人,又怎会为这纠结情感反复流连?若他能潇洒离去,又何来种种苦楚,以至夜夜难以安睡?既无法离弃痴恋,更难以直面现状,他只能毫无抵抗地由这纠葛制约,由其缓缓侵蚀。只是此刻,他甚至连自己都不可知,他所有的举动,究竟是想为他的未来埋下怎样的伏笔?

他不愿过多思考,他害怕自己失控,甚至狂乱。既已决意如此,又何必将每个环节细细看破?杨翾强压下胸间的闷疼,敛回散乱的眸光,深深凝住眼前人,淡淡道:"在下并非洒脱之人,只是视将军为知己,方才畅所欲言。"

知己……他莫孤醒正端起酒壶,听到此言,心中猛然一颤,竟不觉红霞上脸,慌忙着斟酒,嘴里念念有词,"请……请……"

如此一句稍稍亲近的言语,便令她不知所措么?看来果如他所料,早在那日挺身营救,这女子心中便已埋下了对他的好感。看她微微泛红的脸颊,显然是初次触及情感,竟丝毫察觉不出对方话中藏匿的用心。他莫孤醒啊,你即使驰骋沙场多年,却依旧这般毫无防备么?

杨翾只是冷冷一笑,心中并没有半分不忍,相较起他多年的隐忍与孤寂,这对于他莫孤醒的些许伤害,又何足挂齿呢?他低低叹息一声,举起酒樽一饮而尽。

纵然酒香芳醇,入口之后却依旧苦涩刺鼻,令杨翾厌恶无比。他始终无法像林峰一般喜好此物,如同多年来,他始终不愿像林峰一般习武。这份偏执如影相随多年,只是此刻,他却能孑然享受着恼人黄汤,置酒弦琴,自得其乐。

望着他一如既往的落寞清冷,他莫孤醒本想关切询问,却又莫名地转向了军政上，似乎只有谈论治国治军的策略，她才能沉稳下凌乱心绪，"秦失众望，暴动蜂起，诸侯都已叛离秦廷，纵然林氏如今占据中原之地，收复胶东，又将我蜀地纳入辖属。只是北方大片土地，却是当初秦将蒙恬所平复的匈奴人之所，如今暴乱起，匈奴人已趁机复占了河套地区。倘若秦人与匈奴合谋，只恐怕……"

杨翾轻凝过她一眼，这担忧合乎情理，他也曾多次与林峰商酌此事。近年以来，随着秦廷的腐朽没落，匈奴不仅竭力扩展军力，实行大举反扑，其旨在绝非仅仅河套地区而已。如今暂时按兵不动，不过是妄图利用林氏摧毁秦廷，再趁两股势力胶着之时，实行渔翁之利。匈奴，这隐藏于砾砾荒沙之后的劲敌，蛰伏多年，在这纷争动乱的局势中，掀起阵阵阴鸷暗涌，染指着尚不确定的大陆版图。

只是此刻，他不愿同他莫孤醒商讨此事，也并非仅仅他俩人足以讲清。这暗藏的隐患，还是等到她诚心归顺后，再作为正式军政大事，与林峰苏莱莱一齐商讨吧。

"若将军归得我林氏帐下，尽可朝上将军提议。"杨翾轻描淡写，依旧自顾自地饮酒。酒入肚肠，灼烧着火辣，却不断刺激着他此刻的心绪，而眼前的他莫孤醒，却慌乱地闪躲着他灼热的目光。

她不是枕戈待旦，浴血生死多么？又怎会露出羞怯而害怕的神情？莫非女子都如此荒谬，纵使再强若神明，却总是为情感轻易折服。杨翾脑中恍惚迷乱，心中漠然低语着，苏莱莱，为何柔弱如你，却从未折服？

"军师，在下确想报答军师救命之恩，但太守与我情若姐妹，我又怎能离她而去。"他莫孤醒幽幽道。

"将军离去，是否深信无归来之日？将军既然担心命丧沙场，再无机会与太守重聚，那在下也不便强求。三日之后，将军自可婉拒上将军。"杨翾脸寒似冰，以退为进道。

"不不不，绝非如此！"他莫孤醒连忙摆手，"我只是……"她讲不出，也无法成全自己执意离去的理由。

"将军这等人才，正是为战乱而生，若一世安守于蜀地，想必只会逐渐凋零。何不跟随林氏建功立业？在下以为，也正是对你名将世家先祖的绝佳告慰。"杨翾叹息一声道，脑颅内的清晰痛意，却隐隐而来。他伸出手轻触额头，垂低眼睫，轻轻喘息着。

他莫孤醒似有些触动，却仍旧垂首，拨弄着纤长手指，仿佛难以下定决心，充满犹豫。

杨翾倨傲一笑，目光却一反常态的充满迫切与真挚，"初遇将军，在下就已深

第二十七章 受封之日

知,将军正是我所需要的帮手。"心中意外的不快,他却抑制住那股不协调的触感,轻轻朝她靠近,冰冷的眸子渗出慑人的魅光,用他自己都深感陌生的声音温柔低语,"可否留下……"

窗外,夜风盈动,如泣如诉般低语,这令人沉溺的时刻,似乎有人反复吟唱着,惆怅而断续。

茫茫人海,你遇见了谁,谁又遇见了你?

"在下……"他莫孤醒心绪顿然慌乱不已,几乎脱口而出,"在下……"只是脑中却反复浮现开明景黛那张笑意盈盈的小脸,以及那对澄澈无邪的眸珠,又令她再一次陷入深深的犹豫不定中。

"将军,是否已有抉择?"杨翾幽幽道,修长的身躯更朝前倾进,声音飘忽而冰冷,伴随着轻柔而缓慢的呼吸,却夹杂着浓郁的低音。这轻幽却冷冽的声响,令他莫孤醒恍若梦境,心中满满甜蜜和惶恐。

杨翾唇角勾起一缕淡淡笑意,眸光却微微暗淡下来,沉声低语道:"阿醒,这决意在你,在下权当竭力支持。"望见他莫孤醒随即涨红的脸颊,他话锋一转,轻轻叹息一声道,"既然将军为难,那此事便暂且搁置。今夜便依将军之意,与你置酒弦琴,谈谈治蜀方略。"

前后不过片刻之间而已,杨翾的言语却如此进退自然,轻重有度。凝着眼前那张精致如画的脸孔,依旧优雅俊逸的神态,眸底泛起的浅浅悱恻,却如同诱人光芒,吸引着他莫孤醒难以自控,心神愈发恍惚缥缈。

他竟然直呼自己的名字……

她恍惚失措,更是愈见迷离,他的信手轻拈,便已将她的心扉彻底搅乱。她不懂抗拒,却又不知如何应对,只好垂低头,眼神垂落在纤长的手指间,静默无言。

"将军既为难,在下亦不勉强,今夜暂且搁置。"杨翾轻声道,依旧淡淡神情。

他莫孤醒蓦然回神,愕然自语:"什么……呃……军师刚才讲什么,如何治蜀?"

"将军走神了。"杨翾微微侧首,渐渐远离她,似乎完全从之前种种亲密举动中脱离,浓黑的眸子绽出清冷而坚毅的光芒,回复了平常的冷静。

"是……"他莫孤醒讪讪点头,"实在抱歉!"转而举起酒樽,散乱的目光忽凝视,射出湛然坚定,"在下再敬军师一杯,算做赔罪!"说着她截然干下,一股辛辣灼烧直下肚腹,却烧得她心尖暖暖和煦。她悠然地舒一口气,脸上露出欣然而豪爽的笑意,映衬着她微微泛红的清秀脸颊,显出难得一见的美态。

见杨翾面色冷肃的饮下美酒,她咧嘴笑道:"在下正想请教军师呢!军师可知我蜀国山川延绵,雨露润泽,一直以来均是鱼米丰硕。只是近年丞相为一己之私,不断加重赋税,不仅使得百姓苦不堪言,更是连连克扣军队粮饷,以至蜀军虽众,毫无战斗力。如今的蜀地,早已丧失昔日繁华。如何振兴蜀地,在下实在毫无头绪,而太守年幼,更是不知从何着手。"

杨翾嘴唇略微上扬,一抹自信而静雅的笑意浮现,"治理蜀地并不难,若分析清楚蜀地地形气候等现状及蜀人喜好,便可知如何着手。"他伸出一支手指,言语利落,"治蜀关键不过一点而已。"

他莫孤醒忙道:"究竟是哪一点?军师可否言明?"

杨翾瞥过她一眼,依旧目光淡然,若即若离,"管子有言'凡治国之道,必先富民。民富则易治也,民贫则难治也。奚以知其然也?民富则安乡重家,安乡重家则敬上畏罪,敬上畏罪则易治也。民贫则危乡轻家,危乡轻家则敢陵上犯禁,陵上犯禁则难治也。故治国常富,而乱国常贫。是以善为国者,必先富民,然后治之。'"他冷哼一声,"所以,治蜀的原则无非一句话而已,一切以富民为先。"

"军师之意,一切均以蜀地百姓为本?"他莫孤醒若有所思地问道。

杨翾淡淡应声,"不错,正是此意,在此原则之下便可生出多种途径……"

夜,将圆未圆的明月,轻盈穿梭于薄若纱雾的云层中,笼起片片空濛青烟,如同坠入柔美梦寐。清溪的潺潺声,微微衬出秉烛夜谈的声响,冲洗出静谧的夜色。

深夜,静籁如水,他莫孤醒却辗转难眠。点点烛光,昏黄却温暖,仿佛映出杨翾那张冷魅的脸,脑中更是反复响却那句"可否留下……",甚至他呼唤自己名字的模样。她的心欣喜不堪,却又忧闷悱恻。他的目光,始终是望向那个较小身影……那古灵精怪,却又敏锐善谋的副军师。若非如此,他又怎会在封蜀郡那日,在殿前毫不掩饰的狠狠深剜住她?那目光不仅落寞而萧瑟,更无法掩饰他心中极致的爱意。杨翾,他果然是深爱着副军师的吧……他莫孤醒幽幽地想到,心中抑不住一阵酸楚。

只是这酸楚,却令她恍惚混乱,因为连她自己也难以分辨,这份酸楚究竟是为自己,抑或是为杨翾。因为无论他如何失魂落魄,那副军师的目光却从未转移,只停留在林峰身上。

即使睿智如杨翾,却依然逃不开情爱侵蚀么?

"阿醒姐姐！"

一声尖细的女声传扬而至，他莫孤醒忙坐立起身，却发现开明景黛忽然闯了进来。只着一身素白内衬，依旧满脸笑意盈盈，俏皮地嘟起小嘴道："我睡不着！过来陪你一起睡！"说着她便朝榻上而来。

"这么晚还睡不着么？妹妹真是顽皮……"他莫孤醒无可奈何地笑笑，"妹妹总不能夜夜要姐姐陪着一起睡吧。"

开明景黛狡黠一笑，轻咳两声，故作男子声调道："咳咳，不错，太守妹妹，你姐姐今后可是得陪本军师，你不可过分依赖她……"

"好哇，你现在胆子大起来，连姐姐也敢笑话！"他莫孤醒即刻涨红双颊，忙伸出双手，朝着开明景黛胡挠起来。

"呀！姐姐饶命……姐姐饶命……"

声响回绕不绝，充满着欢快的气息。他莫孤醒心中的阴霾，也缓缓地驱散，心绪似乎也飘忽着浅浅平静。她一直守护着她所珍惜的人，以前如是，今后，也必然如此。

爱也并非占据的快意，而是甘愿给予的牺牲。这个道理，十五年前，她便已经深深所知。纵然未来不可预知，她却认定了那不易转移的方向。

次日清晨，由原蜀王宫偏殿所改成的临时府邸内，林氏一众要臣正商议着即将要规划的战事。

杨翾返回驻地后，林峰随即连夜召见，一见面便开门见山，直接询问起攻秦之策来。

片刻愣然，恍惚间竟略微走神。杨翾轻叹一口气，瞥过林峰一眼，心间生出复杂的心绪。林峰的确日渐成熟，纵使此刻已成功占据蜀地，他却并未沉浸于这短暂的狂喜中难以抽身，反而为日后破秦做出最佳的筹备。他的为君之器已渐露，并非初战中原时的尖锐及豪迈锋芒，而是沉稳的凝练，气魄的承载，以及谋定天下的统摄姿态。

难道，他不该为林峰欣喜么？为何却衍生出惶惶不安的莫名？杨翾转而舒眉，并未正面回应林峰的问题，而是反问道："上将军应已得知，赵高弑杀胡亥之后，秦君之位一直悬空，秦臣对此大怒，赵高不得已，只好拥立子婴即位。"

林峰点头，凌厉的目光绽出毅然气度，"不错，子婴是始皇嫡孙，扶苏之子，虽为人良善，却如同他父亲一般，软弱且毫无主见。若此人生于盛世，或许可为贤君，生逢乱世，注定沦为佞臣的傀儡。"

杨翾嘴角勾起浅浅弧度，淡然一笑，问道："那么秦之战力又如何？"

殿外忽地传来一声清丽声响，带着清晰而欢快的语调，"现在只剩下王离一路军队啦！赵高手上的军队都是些乌合之众。"声音由远及近，伴随而至的，是苏菜菜那张娇憨俏丽的面容。

"苏菜菜，身为副军师，竟又如此不守规矩！为何不经通报直闯而入?!"林峰厉声斥责，眸中满是恼怒神色。

苏菜菜无奈地吐吐舌头，转而撇嘴道："又不是在大殿上，哪那么多繁文缛节呀！再说，我可是林氏的副军师呀，你们商议大计，干吗不叫我来?!"她不服气的自语，随即迈开大步，轻甩着袖口径直朝林峰走去，却忽地脚步一转，踱向几案，毫不客气地端起案上的茶杯，抿着嘴直喝下肚，似乎害怕林峰的再度责怪，她更不时地露出讪讪的笑容。

望着她那双俏皮的清眸，心中拂过一缕暖暖的爱意，林峰眸底的凌厉之色逐渐退去，眼眸间只剩下缱绻的埋怨，嘴角更是勾起暖阳一般的笑意。

这一幕又一次投入杨翾眼底，丝毫不差，完整而残酷。他们依旧如此亲密，纵然嘴上争执不绝，却宛若一体，更是映衬得在场的每一个人，都如此多余，更包括他这个无关的外人。他还妄想分享这柔情么？即使占据她心中一个灰暗的角落，他也无能为力。

杨翾强抑下心中的苦楚，瞥开眼光，心中反复自语，既已遗忘，又如何不能放下？况且他还要履行那个约定，那个他同林尚侯的生死约定。他既已决意辅佐林峰成就大业，那么，君与臣，主与次的位置，已在那个夜里确定，不可逆转。

他落寞的模样如此明显，更显得有些异样。林峰眸光一转，沉声道："杨翾，为何失神？"

"失神？"仿佛察觉出林峰语中的不快，杨翾的目光，随即转向他，声音却冻若冰霜，"我已有一策，攻秦无需耗费多少兵力。"瞬间恢复镇定，嘴角又再度弯起了弧度，露出那抹彻骨的邪魅笑容。

"哦？"林峰朝杨翾瞥去一眼，狭长深邃的眸中，渗出惊喜的神色。

苏菜菜心中却惶惶不快，倘若林尚侯还在世，她必定会请求林峰饶王离性命，只是一切是否太过戏剧性？林尚侯终因王离而死，而林峰对父亲的离世仇恨甚深，又怎是她一人能够化解？若要令林峰饶了王离，甚至难于登天。

可她终究是生于和平年代的女子，对于狰狞的战争，冷酷的人性都不能完全的接受。她只知滴水之恩涌泉相报的道理，王离的相救，令她始终心存感激，不忍见他命丧于林氏。只可惜王离太过迂腐，即使深知秦廷已由赵高把持，却仍固

守着老秦人的铁血尊严，绝不肯降服。她必须尽快想出对策，她不只是要保住王离的性命，还报他的恩情，更主要的是她不能任由林峰走上暴君的修罗之路。她不禁抬起眼皮，暗暗凝了一眼林峰，他目光炙热，眼中隐约浮现的浅浅殷红，似乎比攻蜀之时更甚。胸间随即开起的那抹闷塞，令她无所适从。

杨翾正色道："由我修书一封笼络子婴，派遣一能言善辩的文武之才送给子婴，首先令他恐慌，向他陈述存亡利害，协助他设计除去赵高，再施以利诱，许诺子婴善待嬴氏宗族，事成之后，更将赏地封王，如此有利协约，他必欣然联合。"

林峰浓眉一拧，似乎心有不解，"子婴不过是个傀儡，毫无权势，又如何能诛杀赵高？"他脸色微沉，转而从怀中取出一卷丝绢，淡淡道，"这封书信，正是秦使前夜送来。"他望向杨翾，将绢布交给他，正色道，"你念给众将听。"

杨翾接过绢布，浑浊的目光顿然绽出亮芒来，"林氏少主，自秦受命于天，多行暴虐无道，高已是深恶痛绝，高本是赵人，不得已屈从暴秦数年，为报六国之仇，高诚心与少主合作，诛杀秦嬴宗室，更劝服关中百万秦人归降林家，自此天下一统，百姓拥护。高已是苟延残喘，不求一文赏金，只求少主念高一番诚意，由高携家眷远遁。"

"什么，赵高要投降我们？！"苏莱莱惊呼一声，这消息太过意外，竟将她的思绪全然搅乱，令她无心再去思索庇护王离。

杨翾转向苏莱莱，眼眸清冷如昔，声音更是不带情绪，宛若空灵，"正是，副军师有何良策？"他朝她投去一眼，心中立刻窒闷异常，他便灼伤似地转向了林峰。

杨翾，他依然还在意着么……他俊逸苍白的脸孔，闪躲的目光，宛若受伤的流萤，如芒刺般尖锐，扎得她手足无措。

苏莱莱眼神呆滞，轻颦起秀眉，白皙的脸孔上现出恍惚错落的神色。

两人的目光几乎同时转向她，却又不期而遇的纠葛碰撞，不同的心境，生出不同的愁绪，仿佛时间在这一刻凝固，既不能前行，亦无法退去。

林峰凌厉的眸光微微转变，竟意外地露出隐隐狠色，对视的那双冰冷深邃的眸子，似乎也不甘示弱般绽出阴鸷而凶狠的厉色。

林峰正要暴怒，父亲离世的哀恸却在胸间煎绞着再现，他强压下心中的怒火，转而轻描淡写道："赵高势力远大于子婴，若与他联合，必能吞并暴虐弱秦。"

杨翾亦垂低眼睑，敛回那森冷目光，淡淡道："为赵高颠覆秦国，并非为赵国，他不过是一己私利而已。只是他的行为，却的确摧毁了整个大秦帝国，也算是冥冥之中，帮六国报了亡国之仇。但赵高残暴荒诞更甚嬴秦，百姓恨不得生啖其肉，若同此人联合破秦，林氏威名必损。得天下，尚可不择手段，但破秦之后，天下已经唾手可得，只是旧楚、旧吴国乃至旧齐等地虽已归顺，却仍大有隐患，若林氏与这阉人合谋，极易留给这些旧部反叛的理由。所以，诛杀赵高，势在必行。"

林峰露出一抹欣然笑意，杨翱毕竟还是那值得信任之人，仍全力地辅佐着他。那么，之前那冰冷的对峙时刻，究竟会否只是他的错觉？

苏莱莱忽地插话道，声音却意外的沉重，喃喃自语："其实，就我个人来说，我并不讨厌秦朝。虽然他的严刑酷法，他的穷兵黩武，他的大兴土木等都受到了后人的质疑。可如果没有秦朝，那么，也许我们看不到雄伟壮观的万里长城、秦直道、阿房宫、兵马俑……"

似乎她曾在哪看到过，秦人骨子里的那种坚毅、勇敢、执著……正是后代世人所匮乏的、所遗失的美德。如果说魏晋代表着一种风度，盛唐代表的是一种气象，那么秦朝无疑也代表着一种风骨，一种傲然于世、顽强不息、勇于开创的风骨！

或许，灭秦，这个话题原本就过于沉重。相较起人世间种种情爱纠葛，那碾碎在历史车轮下的繁盛，更显得珍贵弥足。

林峰神色静若止水，修挺的躯体如崇山般，充满着不可动摇的坚定，目光依旧凌厉，却隐约透出几许歔欷，"秦人虽只是西夷牧马出身，却能在大才如云、名将迭起的时代称霸于诸侯，扫平六合，结束战国长达三百余年的纷争。嬴政纵然好大喜功，却也雄才伟略，若非胡亥以来横征暴敛，秦人的命数还不至于如此之短。"

杨翱却若有所思，那双清俊漠然的眸子绽出不以为然的神色，语气冰冷如旧道："秦的国策就注定了它今日的结局。商鞅所推行的变法确实将秦帝国推向了巅峰，却也埋下了灭亡的隐患。"

苏莱莱转向杨翱，不由得轻颦起秀眉，语带疑惑道："商鞅鼓励农耕，提倡军功，严惩过失，就连太史公都说秦人'道不拾遗，山无盗贼，家给人足，勇于公战，怯于私斗'。"见众人一副惑色不解的模样，她随即耸肩笑道，"呵呵，当然你们不知道太史公是谁，他比你们还要晚生几百年……"

她依旧这么不拘一格，特立独行，那清澈眸子宛若湖水般，却又在不经意间荡起杨翱心中的波澜。他只是瞥她一眼，藏匿起淡淡哀色，随即转向林峰，"商

第二十七章 受封之日

鞅虽因变法而死，秦廷却将其法规延续。他虽鼓励农耕，却摧抑工商，他更是焚书禁学，使民不得擅徙，从而阻碍民众交流，使得秦人只能局限于狭隘之中。自此秦人的生活中只剩下农耕与征战，也无怪为何秦人均粗暴低俗，却总能笑傲于战场。"他喃喃自语，似乎深含怨艾，"商鞅变法虽有短期成效，却无疑将秦民生计穷隘，将秦人变作不通文雅，只知耕地杀戮的粗鄙愚民，又如何能千秋万世？"

"你怎么能说秦人都是愚民？！如果他们一个个都是笨蛋，当初又是怎么击败六国，将天下统一的呢？"苏莱莱仰起小脸，秀眉轻竖道。

杨翾露出一缕鄙夷神色，转而不疾不徐道，仿佛不带力气般，"短期效应不足为训，怎么，副军师似乎没听明白？"

"什么短期！一百五十多年也算短期？！"苏莱莱瞪圆了眼，略微急促吼道。

杨翾并未睁眼看她，只是若无其事般回应，一如往常的冷冽语调，"涿鹿一战早已去两千四百余年，一百五十年算长么？"

"你……！"对着他那张争锋相对，却又冷若冰霜的脸，阴郁得不见一丝光芒。苏莱莱心中的怒火猛燃而起，她恨恨地咬住牙齿，清秀的面孔渗出清晰的怒意。

杨翾却挑衅似地挑眉，微微轻扬下巴，似笑非笑，仿佛不屑嘲笑与轻视。只是为何触及到她那张苍白小脸时，却身不由己般痛彻，他迫切的想要追寻，他们之间的交集，却又极度惶恐真实的答案。他反复追寻，却仍然徒劳无益。

苏莱莱正要上前同杨翾理论一番，抬头望向林峰，却见他暗暗摇头，似乎示意她不必动怒。冷静，逞一时口舌之快又有何用呢？现时众目睽睽，若她当着众将的面一再同杨翾争执这些毫无意义的事，只会损及林峰的威信，况且如今要事，并非讨论秦的功过，而是商议攻秦大计，她又怎能不分轻重，肆意言语呢？苏莱莱吸一口气，竭力冷静下来，抿起小嘴，勉强地朝杨翾抛去一个微笑，更附上一个不太明显的白眼。

这并非刻意的白眼，却挑得杨翾心绪纷乱。苏莱莱，她也懂得隐忍了么？这娇俏精灵的女子，已不同往日那般肆无忌惮，一次次征战与变故，将她打磨得愈发坚韧成熟。这样也好，他怅然想到，她终要扛起"一国之母"的重责，成为天下女子的表率。若他种种刻意的挑衅，能如此助她成长，那么，便做她眼里的恶人吧！

"言归正传，"林峰望向杨翾，目光严肃威赫，"杨翾，如你所言，赵高只是个臭名远扬的阉人，此人品行低劣，若我林氏同此人连手灭秦，只会招来天下嗤笑。只是联合子婴是否确实可行，我并无把握，既然你亦有此意，那便以此计行事,你可有送信的人选?"

杨翾尚未回应,却被苏莱莱抢过话:"不如让我跟韩希尧一起去呀!"

林峰侧目,隐约可见清晰的恼怒,厉声道:"不行,已有前车之鉴,你又想以身犯险?!"语气虽震怒,望向她的目光,却转为柔和,充满了悯惜与爱意。

似乎早知林峰的阻拦,苏莱莱狡黠一笑,咧起小嘴,伸出小手指向身旁的杨翾,充满自信道:"那就让他去……"她得意洋洋,似乎等着林峰的否决,"你要是不怕他遇险的话……反正他的身体那么差,比我还要危险几分。上将军,你想想看,这军中还有谁比我跟他还能狡辩?"她随即再朝杨翾白了一眼,低声喃喃自语道,"非要跟我争个输赢……"转而昂起头直面林峰,"上将军若不放心我,可以与我同去呀。"

"放肆!本帅怎能轻易离阵!"林峰怒斥道,却又无可奈何,苏莱莱虽巧言多诡,却总令他难以抗拒。他原本只意属韩希尧一人前去,只是韩希尧虽深明事理,口才亦属上乘,但此次非同攻蜀一战,若非巧舌如簧者,将很难应对。偏偏军中有此才者,却唯苏莱莱与杨翾两人而已,只是这两人均是毫无自保能力。

见林峰面有难色,踌躇不决,苏莱莱轻轻上前,笑意盈盈道:"上将军大可放心啦,我这个人命大,多少次身处险境,每次都以为小命不保,却想不到都化险为夷啦!就让我去啦!"她心中其实已有盘算,计策正是要笼络子婴,她何不借此送信机会前去咸阳,将这说客之职两用呢?一则说服子婴,再则,她更要说服的人,是王离。

"满口胡言!本帅心意已决,你再多言便给我退下!"林峰狠狠瞪住她,拒绝得斩钉截铁。

林峰终究不愿她身陷险境。那他呢?又怎能若然无睹?那夜的腥甜血味犹然清晰,纵然终其一生,他与她只能相隔彼岸,也好过她消失不见。杨翾脑中已有决意,沉声道:"由我随韩将军同去。"语气依旧清冷,却满满地绽放出坚定而执著的信念。

"不可。你与苏莱莱缺一不可,必须与本帅随行!"林峰摆手,断然否决了杨翾的自荐。

"什么呀,他身体差当然不让他去了,我身体又不差!"苏莱莱狡辩道,一脸不快神色。"韩希尧一个人怎么能胜任,怎么说也该派个人当他助手啊!"她似乎颇有理由。

杨翾低低喘息,本想辩解,却触及到林峰那不可拒绝的眼神,绝不可触犯的威严,宛若帝王的气势,他心意已决了么?只是苏莱莱,却依旧不见死心,若不

能找出个随同韩希尧前去的人,只怕依她的脾性,还会继续纠缠。

他嘴唇翕动,露出一抹邪意笑意,"刚降服的蜀地女将他莫孤醒,武力出众,谋略口才亦不在韩希尧之下,由此人协助韩希尧,想必副军师也是赞同吧?"

"……"苏莱莱愕然,竟顿时语塞,他莫孤醒,不仅聪慧善辩,更为重要的是,她精通武艺,如此文武全才,她又有何理由反对呢?

林峰会意似地点头,思虑道:"他莫孤醒确实人才出众,只是她刚降服于我军,忠诚尚不可确信。由她前去咸阳,倘若倒戈秦人,必然影响我军计划。"

杨翾脸上的寒意缓缓加深,却透射出坦然的决意,"若我以性命担保,他莫孤醒绝不会倒戈,上将军还有何疑虑?"

以性命担保……杨翾对她,已是如此深信么?竟能这般执意?苏莱莱猛然回转头,直直盯住那杨翾苍白的俊脸,眸底泛浮起深深浅浅的忧悒神色。

杨翾却触电似地侧首,仿佛受伤般地慌乱躲开了她的视线,目光中,隐约可见一泓苦涩与空茫。

第二十八章　梦魇征兆

　　林峰似乎踟蹰，棱角分明的脸上露出莫衷一是的神情。他转而重重叹息一声，眸底似乎隐现无奈神色，"你同他莫孤醒也不过相交几日，她竟值得你以命相荐？"

　　迎住林峰的目光，杨翾清冷的目光渗出隐隐寒意，"所谓知己，又何需时光历练？几日虽短，却值得知己性命托付。上将军此话，莫非是不信任我？"

　　这话尖锐而冷冽，甚至略微带着点挑衅的意味，似乎有意让林峰不知如何作答。林峰浓眉拧起，嘴角微微抽动了一下，舒了一口气，目光凌厉如刃，厉声道："本帅不信又能如何？能绝了军师的念头？！"

　　心底一股郁气飘忽而上，想不到林峰竟能如此作答。一个"本帅"及"军师"便将两人的身份刻意的澄清，他何时竟有这般深沉心思？这不像他，恍惚陌生，可这一切，难道不是自己所希望的么？胸口愈发窒闷，面对林峰的反问，他又能做出何种回答？过去数年，林氏之主都是林尚侯，他同林峰犹若其膝下之子，虽然身份有别，却地位相当。随着林尚侯的离世，林氏政权的转移，他虽仍是军师位置，却已不可能再如同过去一般，享受着平等而亲切的融洽。

　　仿佛恍惚之间，竟已错落下整个光华，他同林峰之间的距离，不言而喻的，在这权势和阴诡中日渐远离。

　　杨翾冷冷一笑，苍白的嘴唇只是略微勾起，显得无奈而寂寥，"主仆有别，上将军若不赞同这提议大可作罢，我绝不至违逆上将军之意。"

似乎得到满意的回应，林峰凌厉的目光倏转柔和，随即露出一抹淡淡笑意道："一直以来，我对你还不够信任么?!"转而朝向众将，"本帅信任军师所言，便派他莫孤醒担此重任，协助韩希尧前往咸阳！"

　　"是——"众人齐声领命。唯独夹杂着一声清亮的低吼，充满着不肯妥协的意味，"就这么定啦……我呢……应该派我去呀……我比那个他莫孤醒更适合啊！……"

　　声音嘶哑而失落，却又涌出阵阵怨艾，回荡在府邸中，如风般反复跌宕。

　　日光温暖如昔，洒出道道明霞，宛若从天而降的金色露珠，卷开一片光晕，缤纷而斑斓。

　　苏莱莱缓缓步下横在殿外的层层石阶，心神却思索着该如何去咸阳。眼见以使者身份光明正大前去已不可能，唯今之计只好瞒天过海，混在行使队伍中。只是该如何瞒过林峰的眼，安静无虞的顺利出城？正想得出神，耳边却想起一声幽然而阴冷的叹息声。

　　那声音飘忽冰冷，却阴寒彻骨，如同附在她耳边低叹而出，更显得几分诡异悚然，吓得她满头冷汗，步伐也随即紊乱，一个趔趄几乎跌翻下去。

　　她骤然惊醒，慌忙稳住心绪，小心平衡身躯，深吸一口气，向那叹息传来的方向吼道："大白天的，谁在这里鬼叫呀?!"

　　伫立眼前的，正是杨翾白皙清瘦的身影。脸上挂着一抹笑谑神情，双目透出幽郁深沉的颜色，他不以为然道："莫非副军师罪孽深重，白日也撞见邪物？"

　　"你才罪孽深重！"苏莱莱捏紧拳头，轻轻一跺脚，瞪住他低低骂道。转而却又露出得意的目光，语带讥讽，"大概是不小心说话得罪了老天吧，不然怎么撞见你这个恶鬼呀！"

　　杨翾并未动怒，反而淡淡一笑，一副俊逸清雅的神色，"副军师仍在为未能成为使者而动怒？"

　　苏莱莱嘟囔着小嘴，本想对他动怒，却竭力抑制已到唇边的怒气，略微无奈而埋怨的语气，"还不是你干的好事……你既然推荐他莫孤醒去，我的理由也没办法成立了。"

　　"咸阳是秦人巢穴，处处危机四伏，你又何必令自己深陷险境。"他叹息一声，低声道，似乎心有悯惜，却又不可表露。

　　虽然深知杨翾的话理由充足，她仍不甘示弱地辩解道："济北那会不是更危险吗？我不也照样安然无恙！况且还有韩希尧，还有众多林氏将士，我哪那么容易出事？"

杨翾眼中的寒意骤然加深，薄薄的暮光轻洒在他苍白的脸上，忽地没入眼角，消失不见，只剩下一片落寞寂寥。他垂低眼睑，幽幽道："如今状况已不同往日，天下即将归一，你终将成为林峰妻室，怎能以身犯险？"

片刻，他又再抬眼，直直勾住苏莱莱。眸光如霜，却宛若涟漪般逐渐涌动起波纹，顿时搅乱她心绪，令她尴尬不已，不知如何作答，只是绞着衣角不发一言。见她陷入沉默，一抹苦涩笑意从杨翾唇边泛起。他不再如此深情凝住她，只是侧转身躯，迈开脚步，缓缓超前而行。

仿佛蓦然惊起似的，苏莱莱昂起头，惊呼："等等——'

他停住步伐，却并未回头，仍旧直直看向前方。

"杨翾，你……有意阻拦我去咸阳，是这个……理由？"她低头，语气有些慌乱，显得踌躇不决。

杨翾似乎沉默，片刻之间竟做不出任何回答，却微微侧过半张脸，目光空茫而寥落，小心翼翼得扫过她一眼，却随即灼伤似地敛回了眸光。

他犹豫片刻，沉沉低语，声音生涩无比，"你无需我的理由，有他的理由已足够。"语毕，随即转回侧脸，继续着前行。

看来他心中已然释怀，不再纠结痛彻。若是如此，她又如何不能畅怀呢？苏莱莱叹一口气，绽出一抹温柔笑容，"那谢谢你哦，不过我才不会轻易妥协！"

他并未作答，只是孑然离去，暖阳犹如横贯天际的金虹，烁动着炫目流光，斜斜坠落在他颀长挺拔的身躯上，长垂及腰的发丝深若浓墨，与彩芒交相成辉，恍恍投入眸间，如同晨曦中逐渐消弭的朝露，绝美却凄冷。

几日后，一切已准备妥当，因此事涉及重大，所以并未大张旗鼓地动身，而是秘密进行。韩希尧一行人顶着夕色悄然出城，步入无人送行的夜幕中。

夜色冷籁如洗，朦胧如幻境般诡异而阴郁。深黑的天幕似乎刺裂开，洒落下串串清冷寒雨，将缭绕天际的夜雾统统驱散。

杨翾重重喘息，却抑制不住心中的惶恐，漫无边际的荒野，布满分岔的小径，溅起湿润而恼人的泥泞，竟骤然化作狰狞荆棘，死死攀住他的双脚，任他不断尝试着逃离，始终将他拉回深幽的原地。

雨水卷起彻骨凉意，身旁却缓缓碾过一架马车，夜风拂起车幔，竟露出苏莱莱那张白皙的脸孔，黑夜顿时生出阵阵悚瑟，仿佛厉鬼般将马车拖去，眼前却陡然变幻，延伸至前的古陌，竟消失不见，只剩下一片无尽深渊。

那载着她的马车不断向前，他心如针扎，咬紧牙齿试图超前狂奔，双脚却失去控制般地始终驻足。脚下的浑浑泥泞拖拽住他，死死不休。

第二十八章 梦魇征兆

杨翾狂吼出声，企图令她回头，纵使他在竭力呼啸，却发不出声，马车前行而去，仿佛步入死亡的孤灵，他狠狠咬住牙齿，胸间那股窒闷而痛苦的气息，又混乱来袭，呼吸似乎凌乱，意识缓缓遗失。

"哐"——碎裂的声响传来，直刺他的耳膜。

头痛欲裂，这短暂瞬间，他竟有如死去，彻底撕碎的殷红，竟令他发出无助而绝望的悲鸣。

"苏菜菜！"杨翾惊呼一声，陡然惊醒，眼前却归复平静。

"是梦……"他喃喃自语，这悚惧梦魇，为何竟在此刻突现？是否预示着与她有关？脑中似乎浮现几日前，她那不愿妥协的言语。莫非，她竟已有盘算？她这么固执，怎能轻易被说服？如此特立独行，视世间礼教如尘土的她，怎能轻易妥协？按照她的脾性，莫非又要上演一次燕京私逃的戏吗？这念头有如芒刺，令杨翾如受电击，随即立身而起，厉声低吼，"来人！"

两名侍女同时推门而入，慌忙着问道："军师何事吩咐？"

"替我更衣。"杨翾只是冷冷回应，并不抬眼正视。

其中一名侍女略有疑惑问道："夜寒风凉，军师此时出去极易受寒。不知道军师究竟有何要事……"

杨翾陡然转首，一抹阴鸷的森冷掠过，充满狠厉的语气，"你是何身份？！"

"奴婢知罪……奴婢知罪……"侍女惶恐不已，连连歉然道。

他闷声叹一口气，伸出拳头轻捶额头。他的头沉重无比，纵然他智者千虑，却仍不可避免地算漏一步。若这梦正是征兆，那此刻苏菜菜是否已私自藏在出行队伍中，离开了成都？为何这女人如此执拗，一次又一次地刺痛他的脑髓？只是他又究竟为何，反复却又甘心地痴迷着她？

万籁俱静，天幕下冷月如洗。暮色初现，悄然而轻柔的将夜幕晕染，浓黑渐去，天空缓缓泛出靛灰色的烟云。一身尖锐而急促的呼噜声却划破这份宁静，陡然而至。

"报——上将军，军师求见！"

眼睑似乎还很沉重，意识恍惚不明，林峰竭力撑开眼皮，眉心深深锁起，如此深夜，究竟是谁扰人清梦？

房外的侍卫再次提起嗓子高吼道："上将军！军师求见——"

林峰忽生惊兆，蓦地睁眼，杨翾？他怎会夜半求见？他向来行事谨慎，凡事都会细细斟酌，这夜半三更惊扰旁人的行为，并不似他的常性。若非的确事态紧急,依杨翾的脾性,决不会做出如此冲动莽撞的举动。

他直立起身子,轻翻下榻来,拎起挂在衣桁上的披风,随意地轻裹在身,沉声回应道:"让他进来。"

语音刚落,那个清瘦修长的身影,已经出现在林峰眼前。毫无血色的苍白脸孔,透出难得一见的焦灼神色,他紧盯住林峰,声音冰冷而生涩道:"林峰,韩希尧等人已于何时起程?"

林峰蹙眉,似乎心有不解,"昨日黄昏已起程,此事虽极为隐秘,却是你一手安排。为何如此深夜前来,莫非有何不妥?"

杨翾满脸阴霾,略微沙哑的声音,低低道:"黄昏之后,你可有再见过苏莱莱?"

"晚膳时她还在,只是用过膳后,她说身体不适,想早些休息,于是我便送她回房,闲谈片刻后便离开了。"林峰思索着回忆,神色亦有几分不安,不禁低声轻问道,"为何询问起苏莱莱来?"

"林峰,立刻命人去她房里,看她究竟是否还在?!"杨翾骤然抬头,冰冷的目光却反常地燃起焦灼火焰,声音也随之发抖。

一抹惊愕神色随即浮现,心猛一阵刺痛,仿佛毫无底气的忽然发空,令林峰顿然无措。他凝住眼前的杨翾,讷讷下令:"来人!速去命副军师来此!"

天际尽处,泛起明黄的暖意,一缕微弱红霞穿破窗棂,静静斜落。那引人牵萦的人影,却已在这片朝暮青雾中,渐渐行远。

绯色霞光轻扫过韩希尧的脸庞,慵懒而温柔,他不禁舒展臂膀,长长舒下一口气。一路上他们快马疾鞭,轻装简行,已安然行至蜀秦边境。越接近秦境,景致也随之变幻,绿意渐被尘土色吞噬,黄沙笼罩下的树影依稀可数。风声也似乎急于脱离蜀地的禁锢,不再温柔轻盈,时常呼啸着狂躁,偶尔更卷起满地沙尘,将四周抹成一片苍黄。

"这还只是秦蜀交境处,若我们全进入秦境,岂不是要被这黄沙吞噬?"韩希尧朝向他莫孤醒颔首道,似乎有意缓和尴尬无言的氛围,"环境如此恶劣,秦人如何能在咸阳建立繁盛都城?莫非咸阳,只是个砂土堆垒成的城池?"

他莫孤醒礼貌地回以笑容,转而环视四周,正色道:"秦境广博,并非只有这些砂土而已。关西及北秦地,沙尘较为严重,人迹罕至,毫无农耕贸易。但关中秦地却地处渭泾两水交汇,山川环抱,沃野千里,那里人烟稠密,不仅耕织商贸极为繁荣,更有秦岭做屏障,易守难攻。所以秦人才会历经九迁而最终定都咸阳。"

第二十八章 梦魇征兆

韩希尧露出一缕欣然深色，"他莫孤醒将军真是广闻博达，令在下钦佩不已。"他微笑道，"难怪军师视将军为知己，将军的确有如军师一般练达。"

"啊……"他莫孤醒低声回应，脸上却泛浮出隐隐绯红，"韩将军太抬举在下……军师何等睿智，在下又怎能与他相提并论……"她喃喃自语，那声音越发细微，似乎只有她自己才能完全听清。

眼前映入一片绿意，韩希尧抿嘴微笑，吸一口气道："看来此地还不算太坏，我们已奔波一夜，将士们也必定疲乏，不如就地休息一阵，若继续向前，只怕会更多黄沙。"

"一切就依韩将军之意。"他莫孤醒点头道，随即扭头转向身后的将士们，"我们先在此地落脚，休息一阵后再继续启程。"

"是！"将士们齐齐领命，继而翻下马背，找出随身携带的毡毯，在地面上平铺开来。

众人都已困乏不堪，正要躺上毡毯安睡一觉，黄沙却陡然扑来，直朝鼻口猛钻，呛出一片窒闷，飞起的砂砾拍打在脸上，轻微的刺痛。远处传来的马蹄声，与风卷黄沙的声音交相辉映，狂奔而来，

那疾奔而至的影子越发临近，在黄沙中隐约绽出嫣红的色泽，随之传来清脆的高声呼喊："韩希尧——，山寨偶像——等等我——"

韩希尧顿然惊愕，"啊"一声脱口而出，身体不由自主地后退了几步，捻起衣袖擦了擦眼睛，似乎急于确认眼前的身影。

身影越发临近，漫天黄沙下，露出一张满脸尘土的花脸，却能依稀看清尘土掩盖下的面孔，那张娇俏的脸，带着自得满满的笑容，正大口喘息着，试图摆脱着呛咪沙尘。她身下的殷红骏马，似乎更是兴奋不已，不断踢踏着脚下的砂土。

"红流，安静点，你这样会弄得大家呼吸不顺畅的。"她轻柔道，伸出手拍拍"红流"的长颈。那马似乎听懂了她的话，随即收起大蹄，静静伫立。

眼前的来者，竟是并未获得参与此次任务的苏莱莱！韩希尧猛地回过神来，失声问道："副军师？你怎会来此？！"

"当然是上将军命令我来的呀，协助你们完成任务嘛。"她不慌不忙回应，眼里泛起狡黠的光芒。

韩希尧稳住了刚才诧愕的心神，目光转为严肃，"事实并非如此吧，若上将军有意命副军师同行，为何之前态度如此明确，坚决不让副军师参与！再者，即使上将军默许副军师前往咸阳，又为何不派人一路保护？上将军深爱副军师，又怎会让你独自一人启程？！"他瞥了苏莱莱一眼，略有怨艾不满的目光，"副军师此

次又是私自行动的吧?"

"呃……"苏莱莱讪讪笑道,仿佛个做错事的孩子,垂低头轻声低语,"是呀……既然你是我的山寨偶像,干吗不帮我。"

"副军师,你太胡闹了!"韩希尧拧起浓眉,愤愤怒斥,"上将军竭力阻拦副军师前往咸阳,正是为副军师的安危着想,为何副军师又私自行动?!"

"我是想帮你们呀!再说,也是想林峰能顺利攻下秦朝,顺利结束战乱嘛!"她不服气地撇嘴。

"此次行动上将军与军师早已安排妥当,副军师却贸然赶来,倘若你再出意外,试问在下还有何脸面向上将军请罪?!"韩希尧怒不可遏,"在下生死是小,副军师却是上将军挚爱,将来或许便是帝后,为何副军师总是依着自己的性子行事,丝毫不顾及旁人心绪……副军师如此这般……"

韩希尧不住指责,反复指出她此举的荒唐,苏莱莱无可奈何地昂头望天,翻翻白眼,轻晃着小脑袋道:"没完没了,没完没了……"

"……"韩希尧愣然,却又极为无奈,不知做何回应。

苏莱莱,令杨翾迷恋的她……她果然如此匪夷所思,非同寻常。她的举动,看似荒诞不羁,却充满勇气和坚定,这世女子无不唯唯诺诺,绝不敢反抗男子的决意,她却悠然自得,既不依附于人,更是坚持己见,纵然在旁人眼中深感不解,她却认同着自己的想法,坚持着前行。

或许,正是她种种炫目光彩,才能使得主宰天下命运的两个男子,都不可避免地钟情于她,更沉沦于此,不可自拔。

心绪竟是如此莫名,他莫孤醒竟无法厌恶苏莱莱。望着那张沾满黄沙的花脸,她竟生出呵护她的念头,不可自控地朝向韩希尧,笑意盈溢道:"副军师独自一人,我们又怎能任由她一人回去?不如就带上副军师一起吧!副军师能言善辩,对此次行动一定大有帮助!"

韩希尧咬着牙齿道:"副军师身份非同寻常,此前更是曾身陷险境,正是在下的退让所至!上将军若知情必然大怒,我们还是派几名将士送副军师回去为妥。"

他莫孤醒笑道:"若韩将军忧虑副军师安危,在下虽是女子,自愿随时保护副军师,韩将军认为这样可否?"

望着苏莱莱一身尘土的模样,韩希尧面有难色,她私下跟随到此,想必是定了主意,只是……

苏莱莱慌忙着开口,语气似乎委屈不已,"这次我一定加倍小心,老老实实不做那些危险的事!韩将军……山寨偶像……拜托了……"见到韩希尧似乎动摇,

第二十八章 梦魇征兆

露出踌躇神色,她幽幽道,"我怎么说也是黛夕的姐姐,你就这么不帮忙呀……"

摆出苏黛夕造势,这一招果然奏效。韩希尧顿时乱了心神,恍惚回忆起燕京时,苏莱莱帮助他的种种,她的恩情太深,若非她的任意妄为,他又怎能与苏黛夕相守?

韩希尧低首闷哼一声,随即背转身子,勉强地点了点头。

坐在空荡荡的床榻上,林峰几乎狂躁而起,暗红色的眸子宛若燃起的怒焰,眸底的煞意不住地扩散开,咬牙切齿道:"又妄自逃离!"他狠狠低吼,"命人将苏莱莱给我捉回来,严加看守!"

杨翾脸寒似冰,目光静如深夜,却藏着恍惚的忧伤。他低叹一声,语气似乎无可奈何,"她必定骑红流出城,以那马的神速机警,想必已经追上韩希尧一行。你若再派人追去,只怕已是鞭长莫及。"

"这放肆女人,简直无法无天!"林峰咆哮道,心中凝起陡然怒气,竟一掌狠拍下榻旁的几案,碎裂声陡然而起,木制的几案顿时坍塌粉碎。

杨翾竭力稳住心神,"唯今之计只得迅速派人分为几路,一路赶上韩希尧一行,确认副军师是否已经与其会合,另几路沿出蜀入秦的可行路线搜寻副军师的踪迹。"他深吸一口气,若有所思道,"副军师虽聪慧伶俐,却不一定熟知由蜀入秦的路线,红流兴许知晓,只是……"他似乎欲言又止。

"你有何顾忌?"仿佛察觉出他的踌躇,林峰扬眉,神色威赫。

杨翾抿唇,脸上的神色始终冷淡如昔,转眼正视住眼前人,双目透出幽郁神色,"副军师为何急于赴秦?秦人既无关于她,她又何必冒此危险长途跋涉?"他垂头,嘴角却微微僵住,"林峰,你是否还记得最初遇见她的情形?"

"你怀疑她?"林峰厉声问道,旋即摆手,目光凌厉而坚决,"苏莱莱的出现纵然蹊跷,这一年来,她却诚心为林氏出谋奔走,我绝对信任她!"他冷眼扫过杨翾,"她的才能绝非当世凡人所有,她所言都是事实,她不属于这乱世,更不可能与秦人有何瓜葛。"

"如此更好。"杨翾只是冷声回应,似乎并不在意般,眸中的冰棱轻微闪动,"只是何人做何事,均有执意的理由,副军师一介柔弱女子,既执意往秦,甚至不惧怕种种险境,你可想过个中缘由?"

心中的怒意渐渐退散,林峰沉下心境,紧抿着唇,面孔上罩着一种恍惚的漠然,喃喃低语:"她不知人心险恶,以为世人皆是善类,更极易轻信谎言,却偏偏任性妄为,屡次吃亏却不知提防,个中缘由?哼。"他冷笑一声,似乎自嘲的语气,"你以为会是谁?"

似乎心照不宣的共鸣,杨翾却只是漠然看着他,依旧冷肃神色。凝视良久,才微启僵住的嘴角,反问:"莫非秦人之中,还有第二人有恩于副军师?"

林峰凝眉,浓黑的眸底燃起熊熊怒火,却又随即湮没。他直立起身,斜扫过杨翾一眼,倨傲的神情,充满自信的勾唇冷笑道:"她绝不可能得逞。"

夕暮中的晚风卷起层层沙砾,渭泾之尖的咸阳城越发临近。连年征战,咸阳早已遗失当年的繁华兴盛,郊野散落分布着秦国历代君主的陵冢,断碑破碣处处可见。千百年来,累累陵冢静立于荒芜中,低诉着无人凭吊的寂寥。唯有日复一日的残阳,依稀映射出墓中人昔日的显赫与辉煌。

此时天已微微黯淡,一行人扮作四处游历的行商,顺利步入咸阳。

纵然秦帝国已是末路之相,纷乱战事中的咸阳城,却依旧古朴雄浑,城中宫阙连绵如岳,纵横贯穿整座城池,宛若天宫。众多宫室楼宇拥簇着中心的建信宫,宛若紫微帝居般豪壮。渭水贯通都城,宛若银河,更是横桥南渡,犹若天阙阁道。战国时期,秦每破一国,遂令工匠原样仿造其宫室作之咸阳北阪上。而始皇帝统一天下后,更是大兴土木,筑万里长城,造骊山陵寝、盖连阙宫宇,至二世亡国,无时休息,才有今日的恢弘气势。

苏莱莱看得惊愕,不住直咽唾沫。咸阳宫阙这雄浑威壮的气势,确实前所未见,不愧是秦帝国的都城。繁华如洛阳燕京,与这帝都相较也逊色一筹,若非要对等,纵然千年后名扬海外的明朝帝都紫禁城,也只是伯仲之间而已。

在林氏内应的带领下,一行人顶着清朗月色,沿着盘围困的宫廊缓回前行,穿过一座座高低错落的宫阁,一重隔天蔽日的宫殿出现在眼前。苏莱莱忽然感觉氛围压抑,似乎隐约窒息。宫殿古朴雄厚,宫墙上暗浮刻着各色神兽祥禽,宫门正中央则雕着伏羲八卦之图,每一卦位上均饰以碧绿翡翠。

内应露出愤然神色,叹道:"这便是秦皇三宫之一的'章台宫',原本只是祭祀的宗庙,如今却是秦帝子婴的住所。赵高早已将历代帝寝'建信宫'鹊巢鸠占。而'兴乐宫'中全是胡亥的妃嫔宫婢,身为阉人的赵高自然无法享用,便命朝中官员可自由居住,'兴乐宫'如今已俨然一个乌烟瘴气、供人寻欢作乐的淫窝。"

秦,已没落至此了么?夜风徐起,轻拂青丝,掀出阵阵凉意。一朝一夕,看似极为短暂,却足以葬送一个种族的文明。

止步殿前,内应拦住前行的路道:"秦君子婴已有交代,唯有少主任命的密使方可与他会见。"

第二十八章 梦魇征兆

其余将士均已经明白此理,遂安然静守在殿外。

望着殿内射出的烛光,祥和而暖黄,苏莱莱追着韩希尧与他莫孤醒的步法,小心翼翼地进入章台正殿内。

"陛下,密使已到。"

正殿中央,端坐在几案后的少年,一袭龙纹黑袍裹着他单薄的身躯,略显稚嫩的苍白脸孔,渗出掩不住的愁色。他正低垂着头,焦急地绞着手指。听到这声急盼已久的传报,他恍然惊起,露出狂喜的神色,随即起身相迎。他似乎腿脚不良于行,跛着脚朝他们缓缓走来。

这便是子婴?秦朝的最后一位帝王。身为嬴秦皇室的一员,如今却要联合对手,将嬴氏先祖们的千古伟业掩埋,更将见证家国的覆灭!这苍凉痛苦的抉择,又岂是那稚嫩的肩所能承担?

然而,命运始终如此精妙,正是由于这孱弱的子婴,方能令秦这朵炫目昙花怒放而亡。

子婴跛着左脚,略微颤巍地迈下台阶,缓缓走到三人面前。他肤色苍白无血,带着病弱的姿态。他甩一甩衣袖,轻抿起嘴,脸上满是谦和的笑意。

三人随即叩礼道:"参见陛下。"

"密使无须多礼。"子婴轻声回拜,一抹苦涩笑容却攀上脸颊。他连连摆手,自怨自艾道:"亡国之君罢了,又如何经得起众生朝拜。"

韩希尧扬起浓眉,笑道:"朝廷一日尚在,我等理应尊崇陛下的名号。"

听闻此言,子婴垂首,无可奈何的神色,微微颤起双肩,低叹道:"如今朕也只剩得这个空头衔罢。赵高专权以来,大秦已是名存实亡,如今朕也只能在这阉人布控下,生存已是步履薄冰,还有何尊崇可言?"

韩希尧点头,嘴角挽起浅显笑意,"陛下既然能放下执念宣见我们,已足见您的深明大义。"

子婴长长叹息,遂微合双目,声音喑哑,"朕早不寄望嬴氏还能执掌天下,只是老秦先祖创立的这千古伟业,数百年的根基怎能拱手让给一介图谋不轨的阉人!"他似乎激动,喘息着,"朕更不能眼见嬴氏宗庙遭毁,先祖坟茔不保!"他咬住下唇,脸上印出无所适从的伤痕,"若非如此,朕怎能可能与叛军商谈……纵然林氏好过赵高千万,却仍旨在覆灭大秦!"他颤抖着,情绪愈发激动,隐约略微失控。

身旁的太监察觉出不妥,遂低声细语道:"陛下,请稳住心绪。"

"……"子婴沉默了片刻,终于止住了话语,躬下身子微微致歉,目光直直望向前方,怅然而空茫。

一声清音扬起,"我知道你心里难受,看着自己的国家成为别人的天下,换谁都接受不了。不过,我们始终是要面对现实的,不是吗?"

子婴敛回目光,随即投向插话的女子,她体态娇弱玲珑,容貌秀美,肌肤白皙如瓷,清亮的眸子中涌动着灵魅的光泽,似乎直视内心。他愕然望住苏莱莱,心中已是翻腾不断。他低声道,怨艾的情绪,"现实,何为现实?莫非保全家国的意念,只是朕心中的虚妄?"

苏莱莱慌忙摆手道:"当然不是啦!陛下您爱自己的家国没有错!只是您想过吗,您的家,您的国,是嬴氏一族的家国,还是天下万民的家国呢?"

子婴露出不解的神色,撇嘴,"这有何关联?"

"当然是有关联啦。"苏莱莱颔首,黑眸泛起熠熠光芒,"陛下,小女子斗胆向您求证,您现在想要保全的,是嬴氏一族的家国,还是天下万民的家国呢?"

她果然一语中的,世人为表象所沉迷之时,苏莱莱却总能看破内里,讲出更深邃的意义。有时难免显得过于直白,甚至残酷,人类往往拒绝被认知,更不愿被剥开腔腹,毫无顾忌地剖析内心。韩希尧暗暗想到,她看似心思浅薄,却总能窥视到人心中深层的意念。

子婴露出尴尬而急促的神色,嘴角也僵直起来,愣然道:"朕……朕自然是……是想既保嬴氏先祖伟业,又保天下万民福祉……"

"陛下口不应心,分明是想保全您和您族人的尊享。"苏莱莱淡淡道,目光却始终凝住子婴,"但陛下却也是个不会隐藏心思的单纯人,您还是老老实实地先说了嬴氏伟业……呵呵"她掩嘴浅笑,笑容甜美而柔丽。

她白皙粉润的脸颊,洋溢着素净而清澈的神采,清眸中的潋滟时起,宛若清晨的薄雾。子婴竟恍然失声,胡亥在位时,他曾随胡亥流连"兴乐宫",那里佳丽如云,无一不是瑰姿艳逸,柔媚绰约。相较后宫倾城美色,眼前这女子不过芳眸皓质罢了。莫非仅仅只是她有别于她人的举止?弱小的身子却蕴藏着巨大的力量,烁动着智者的耀芒。

"那……那又如何?"子婴不知如何争辩,闷哼着反问。

苏莱莱颔首低眉道:"陛下承认就好。"清丽的面容却缓缓凝重,露出难得一见的严肃,"陛下的私心并没有过错,只是,世间万物都有它自己的轨迹,而且奉守着阴阳平衡的规律,秦人强大的军事力量造就了统一天下的局面,却也忽视了凡人百姓的生存状况。"她叹息一声,悠悠道,"自古以来,民生问题都是重中

第二十八章 梦魇征兆

之重，孟子更有'民为贵，社稷次之，君为轻'的说法，可是嬴秦当政一来，不断倡导的只是陛下口中的'千古伟业''万年根基'这些光鲜的宏图，更从未停止过劳民伤财的举措。"她撇嘴，低声喃喃自语，"当然，嬴秦确实如愿以偿。万里长城、兵马俑都差不多成为中华民族的象征了……但……"她凝住子婴，正色道，"丧失了民心，对于一个政权来说，的确是一败涂地，注定将被他者取代，成为历史。"

子婴恍然失措，徒张着嘴言语不出。这女子的言语虽然直白，却直指根源，秦人故祖出身西戎御马一族，本性淳朴剽悍。自孝公施行变法以来，极强势的军事为秦人拓野千里，却也将秦人好战嗜杀的本性更极致播散，成为嬴秦政权的桎梏。自天下一统，嬴秦一族更是丧失以前的质朴品性，变得纷奢荒淫，大量的奢靡开销已非国库所能及，当权者却毫不自省，遂横征暴敛，将天下万民逼入重重绝境。

丧失民心的秦，早已无力统摄天下。嬴氏宗族迎来的，只是一波波抗争的狂潮。

见子婴踌躇的神情，苏莱莱忙道："陛下是个仁慈的人，为了天下万民，不惜牺牲尊荣和权势与我们见面，又怎会不甘心呢？"

他莫孤醒抬眼望去，苏莱莱正挽着手指，那泓清眸宛若净湖，心中不禁暗暗感叹。好一招捭阖计策，以开合之道作为权变的根据，并且恰好的用于游说中，先以游说拨动对方，将子婴的私心与忧惧暴露人前，以便确切地估量判断对方，随即以阖之据理说服，言明是失人心者失天下，更直指秦已失民心的事实，正是为了进一步说服对方。最后见其心动，更是不惜赞誉对方，以坚定对方的抉择。言语据理，弛张有度。

子婴果然颔首唇，先前的不甘随之消弭，却有些意气颓唐道："朕真是没用，枉为嬴氏后人，却始终保不住先祖宗庙。"

苏莱莱摇头，抬起长长睫毛，"陛下怎会没用？什么庙堂坟茔，都是已经作古的死物，相比活着的嬴氏族人，简直一文不值！您知道吗，这世间最珍贵的，并不是奇珍异宝，也不是功名虚号，而是人仅此一次的生命！"

子婴愕然，"朕所保全的，正是嬴氏一族最珍贵之物……"他不禁喃喃慨叹。不错，这世间变幻纷繁，更自蒙昧人世来，亘古未变，却是对生命的珍视。宗庙陵寝，终不过化为尘埃，世人亦将化作枯骨。性命却不似死物，唯有血脉才可代代延续，生生不息。

"如你所言，朕应为活着的嬴氏族人打算。"子婴凝住眼前人，字字坚毅，

"密使可否谈谈林氏少主与我族人的承诺？"

韩希尧随即从怀中掏出一张绢布，低头呈上，"上将军命草民送来一封手书。联手的事宜均已写明其间，望陛下先阅！"

身旁的太监接过绢布，忙铺展开来交给子婴。

子婴眉角微挑，却逐渐露出欣慰神色，不禁长舒一口气，正视三人，神色严正，"林氏少主通情明理，给予朕的和谈条件也颇为合情，朕亦是恨那赵高阉人入骨，自然愿意协助你们除去此人。但若论降城，朕尚有两个条件，若林氏不肯，朕宁愿惨死阉人之手，也绝不将咸阳奉上！"

韩希尧微一抬手："陛下请讲。"

"其一，我秦兵尚有五万余人，林氏不可强硬收归旗下，应征得他们意愿，若将士们愿效命林氏便罢，若有不服者，请令他们回乡务农，不可伤其性命。"

"这是自然，林氏军政向来如此。"

"这可未必。"子婴冷冷道，"林氏虽向来仁义，却也并非十全。当年赵列降服林氏，我秦人不肯投诚者亡者不在少数，而后更有胶东齐军降服林氏也被屠杀的事实，若林氏少主无法保我秦人将士性命，朕决死不降。"

早劝过那死人妖收敛点，如今种下苦果了吧！苏菜菜心中愤愤，憋气不已。

似乎情况尴尬，韩希尧讪讪笑道："我等接受陛下的条件，恳请陛下信赖，上将军既有承诺，必会恪守诺言。"

"林氏少主若要天下臣服，料他也会信守承诺。"子婴叹息道，转而蹙眉，"其二，我秦人统帅王离一心忠于嬴秦，唯恐此人定会顽抗不服，但此人有恩与朕，更是开朝名将王翦之孙。朕知王离将军同林氏少主尚有私仇，但朕不可坐视不理，望林氏少主给朕一个人情，保王离周全。朕亦给少主一个承诺，必保王离归隐田园，绝无时机作乱。"

韩希尧微一转眸，脸上渗出稍稍不适的难色，却随即淹没。正要出声回应，身旁的苏菜菜却扬起了粉唇，高声道："放心吧！既然是陛下的要求，我们一定会同意的！保证王离将军平安无事！"

韩希尧浓眉忽拧，隐约透出怨艾不安的神色，望向身旁毫无所察的苏菜菜，心中似乎蒙起一层不可言明的忧悒，似乎倾诉着将要进行的愁绪，与她所寄望的结局，如此背离。

第二十八章 梦魇征兆

夜隐阑珊，宛若藏青色的帷幕，绣缀着清冷月光，照及咸阳每个角落。隐匿在沉寂中的身影，却在窸窣风声中，逐渐清晰。

咸阳郊野一如常往，荫荫树影淹没在野草满蒿间，散落着古老而颓圮的残瓦碎碣，纷呈于银白的月色下，显得凄冷而萧索。月光轻移，缓缓拖映出两个正面相对的挺拔身影。

"为何相约在此单独会面？"一声冷肃的询问，讲话的黑甲男子，硬朗的面孔带着不苟言笑的耿直。月影拂过脸线，王离正横眉，似乎心有不快。

换做任何人也难有欣然的理由，如此静悚阑珊的深夜时刻，却邀约他独自一人在这漫布荒坟野茔的郊外会面，更何况这邀约之人，却是不怀好意的敌军先锋——武艺过人的韩希尧。虽然守时赴约，王离却深感疑惑，莫非此举正是林氏的陷阱？如此幼稚荒谬的举措，并不像是出自林峰授意。倘若是韩希尧私下邀约，他是否心有他意？人往往如此，越是不可预知且危机四伏的事情，越要不计后果的去求个真相。

韩希尧斜咧起嘴，露出一抹平和笑意道："在下斗胆约将军来此，正是为近日和谈之事。"他轻舒口气道，"想必陛下已向将军提及和谈之事。放眼天下大势，林氏灭秦已是势不可当，况且如今秦廷由赵高当政，更是岌岌可危。陛下胸怀宽广，为天下万民着眼，甘愿与我军联手铲除赵高，再归降林氏，届时……"

不等及韩希尧讲完，王离已是怒目直视，紧蹙起浓眉，狠一摆手，斩钉截铁道："陛下究竟意欲何为，做臣子的无权掌控！但林贼休想我王离降你麾下！乱臣贼子心怀不轨，草莽出身却斗胆起兵反叛大秦！我王离虽不及祖父贤明勇武，骨子里老秦人的热血却从未冷过！若想灭秦，便从我尸首上迈过去！否则，王某苟活一日，也要同林贼誓死顽抗！"

"哎……"韩希尧并未动怒，只是深深叹息一声，不疾不徐道，"将军这又是何必呢？陛下身为嬴秦皇族，亦能深谙局势，将军为何却不能看清时局？况且，两军对峙，伤亡的乃是各自将士，纷扰的更是关中百姓！将军爱国爱家令在下佩服，只是将军既然爱家，为何又不为众生所想呢？"

王离心底噱然一震，黑眸隐约泛起茫恍神色，却随即敛回眸珠，扯开唇正色严词，"为众生所想？！林贼还真会装腔作势！分明是借仁义之名，行反叛之实！更是贪恋这皇权天下！哼，劝我降服，也不过是想不费一矢一镞便占据咸阳！好个如意抉择！有王某在此，绝不令林贼奸计得逞！"他勾唇冷笑，"我既有本事结果老贼性命，难道还会畏惧他的小贼儿子么？！"

话语轻蔑讥讽，更是直刺痛处。王离虽痛恨林氏，却也是出身贵胄之人，绝不会言语伤人，那他种种激烈态度究竟意欲何为？是否有意激怒？韩希尧暗暗思虑，只是不论情形如何，却已确认他绝无降服之心，甚至连假扮平和，他也不愿施行。既是如此，此人必成隐患，若不可为所用，那唯有——杀之！

夜风徐起，卷出暗藏许久的哀伤，微微烁动的月光下，亮色的银枪耀得双眼发涩，在瞬间划出狰狞而凶狠的残光。

似乎嗅到空气中的凛凛杀气，王离眸光忽闪，迅疾旋身躲过这陡来的一刺。

月色似乎凝滞，漾出韩希尧满是怒色的脸，那双绽出愤然青筋的掌，紧握住手中银枪，不断挽起亮色的光芒。

"王离！此事本已是过往！少主并未因私仇记恨于你，反而怜你有统军之才，方才命在下私约你，劝你放下私心为大义而降！想不到你非但顽固不化，更是语出伤人！纵使少主容得下你，在下也不容你肆意中伤逝者"他咬牙，怒目呵斥，"先主既遭你害死！如今又是你挑衅在先，在下便顾不得与陛下的承诺，今日便为先主报仇！"

风擦过脸颊，猎猎作响，狂乱的混沌吼叫着。韩希尧猛然沉眉，重重抖手，星芒沿枪而起，骤然剧盛，狠厉而尖锐的劲力自枪尖涌出，直向王离扑去。

王离慌忙抽出长剑退挡，却明显力不从心，唯有闪避着后退，渐渐放缓了步伐，似乎已难以招架韩希尧迅疾猛烈的攻势。他遂拧紧眉心，高扯嗓音，"来人！将这林氏贼人拿下！"

四周火光顿起，将黯淡无光的天际，耀出血红深色，一簇簇持械披甲的士兵忽然窜出，后更有大量骑兵，似有数百人之多，个个神色鸷猛，狠狠瞪着只身一人的韩希尧，

王离随即扑入人群中，露出得意的笑意，"早料到林贼心怀不轨！岂能轻易命丧你手！韩希尧，听闻你武力超群，仅在林峰之下，可纵然你如何强势，又怎能以一敌百！你既然如此效忠林氏，今日便送你归天，上你死后也可继续效忠老贼！"他冷哼一声，渗出彻意凌厉，毫不留情地挥手。

一抹欣然笑意却从韩希尧嘴边勾起，双目射出熠熠奇光，"将军，那可未必。"

气氛似乎愈发凝滞，挑起王离心中暗藏的隐隐不安。火光迅速蔓延，风声中竟陡然出现不协调的音调。

"嗖嗖——"数声弓弦弹啸，震出锋锐声响。

数支劲箭宛若雷光电闪般，分别自不同方向，扑胸刺背而来。

箭速犹似疾风，王离慌忙挥剑相挡，而身旁尚有一些兵士不及拔剑出手，就惨嚎着坠马倒地。

无数的戎装骑兵跃出，伴随着震天撼岳的呐喊，从四面八方狂涌而来，随即

第二十八章 梦魇征兆

搭起一列列战阵，将逃散的路径全然截断。火影掩映下，手中的利器烁动着冰冷的光芒，宛若张开一面插翅难飞的天罗地网。

王离随即倒抽了一口凉气，挥起怒目低吼："韩希尧！你算计我?!"

韩希尧眼中散出欣悦神色，弯唇笑道："将军不也是早有防备么？在下只是效仿将军罢了。"他蓦地敛回笑意，挥枪直指王离，神色整肃，"王离将军，在下亦不想同你生死相搏，所以奉劝你多加考虑。就凭你一旅残兵，战场相较时，只会惨败林氏大军，既然陛下已有意归降，将军何不……"

"废话少说！王离从不惧死！今日既中林贼奸计，那便在此做了断！若要王某投降林贼——"王离蹙紧眉心，狠狠咬着牙齿一字一句顿出，"绝——无——可——能！"

仍誓死不降么？韩希尧心中暗叹，泛起悠悠落寞。此人虽是敌方，那铮铮风骨却令人佩服。只可惜太过顽固，既不可令他心悦诚服，那唯有杀之。或者……一个惊惊念头竟从脑中掠过，那个人已认定王离必然誓死不从，便早有决意，而所谓的劝降，也只不过是诛杀他的艳丽幌子么？

金器相击，交织惨嚎疾呼声，激鸣响彻天际，震得人人耳鼓嗡鸣。

火光越发明晰，甚至掩藏了天际的星月。王离脑中混乱不已，一次细小失误竟造成即将末路的状况。任他如何参破棋局，却怎能料到千里跋涉而来的林贼，竟带有大批骑兵战将！不，若有数千人马入城，怎会绕过秦人耳目？那这众人马，竟是潜伏于咸阳的贼人？为何竟数日不为所查？不，这众人马个个甲械齐全，如此大的阵仗，又怎能瞒得过他的眼线?！咸阳毕竟是秦人地盘，林贼又如何能渗透入此?！

脑中似乎骤然醍醐灌顶，却不禁令王离背脊发麻。咸阳城中，能派出如此大量兵马之人，唯有那心思恶毒的阉人赵高！林贼竟与此人联合?！那与子婴所谓的联合，究竟只是作势而已？子婴却信以为真……

心中戾气激得王离按捺不住，扯声怒斥："韩希尧，林贼何来的兵马?！"

"这与将军有关么？"韩希尧只是淡淡回应。

"贼便是贼！永远卑鄙下作！竟借用阉人的兵马！"王离怒吼，声音略略沙哑，"所谓的和谈不过是幌子罢！陛下心思纯净，以为贼人是真心为民，竟会甘愿国破家亡由林贼得益！却想不到贼人早与阉人暗中勾结！王某今日绝不会战死！定要将林贼的诡计告知陛下！"

韩希尧微一合眸，平静的语气，"王将军，在下敬你顶天立地，今日定留你全尸，将你厚葬。"

风声泣唳而过，凄厉刻骨，天际绽开韫红的裂痕，仿佛倾诉着末日的来临。世人终有各自坚守的信念，为此桀骜一生，为此郁郁而终，甚至为此遭受良心谴责，只是支撑这信念的，往往却是更为偏执的信赖。

第二十八章 梦魇征兆

第二十九章 王离之殇

秋意丰盈流溢,却始终略显清高与孤寂,雨丝潺潺飞洒,如雾如烟,在夕色的苍茫中抹上一层薄纱,雨霁虹现的黄昏,宛若晨光晓色,微寒的秋风徐徐扬起,吞噬了那抹葱绿。

子婴已幽缩于"章台宫"三日有余,与苏莱莱等人商酌着如何诛杀赵高。此时赵高却不知出自何种目的,竟以承嗣大典为由,相约他前往宗庙赴会,并承诺当面授予传国玉玺。子婴深感状况有异,虽及时应承了赵高的相约,心中却惴惴不安。待使者离去,他便匆忙赶回内廷,与林氏三位密使商议。

天色微黯,夜间凉意更甚白日。窗外窸窣的风声,搅得子婴心绪杂乱不堪。他竭力稳住情绪,低低出声,"方才赵高派使者来此,竟要邀约朕三日后前往宗庙,参与继嗣大典,并会当面传授传国玉玺予朕。"他叹息一声,"朕已应承使者,却心怀不安。"

韩希尧问道:"陛下既已应承使者前往赴约,又为何不安?"

子婴哑声苦笑,却转为肃穆神色,"朕深知赵高为人,此人阴险狠毒,居心叵测。胡亥正是遭他毒手。赵高却深恐群臣共同声讨,所以才立朕为君,却始终不授传国玉玺,只尊朕为王。足见此人何其贪慕权势。如今赵高却主动提出承嗣于朕,更将玉玺相授,朕若孤身前往宗庙,只怕会遭此贼暗算。"

苏莱莱轻颦秀眉,伸出小手轻抚着下巴,喃喃自语:"怎么赵高懂得先发制人了?难道他已经知道我们秘会陛下的事?"

他莫孤醒点头道:"极有可能,赵高一直把持朝纲,陛下手中更无兵权,对他可谓毫无威胁可言,况且陛下即位时日尚短,赵高绝无理由急于铲除陛下。"她垂首沉思状,"赵高如此急于出牌,或许已得知我们与陛下结盟之事,再或者……"她蓦地抬头,望向众人,"另有其余势力暗中拉拢赵高,意图谋划秦地。"

一抹惊愕却慌乱的神色惊现,韩希尧忙垂下眼睑,将这瞬间的失态全力掩饰,随即故作惊讶道:"其余势力均是苟延残喘,即使笼络赵高也是徒劳无益,莫非还能与林氏抗衡么?"

"韩将军所言极是,在下也只是揣测而已。"他莫孤醒闷声应道。

子婴握紧双拳,僵直的嘴唇微动,"以三位之见,朕是否应前去赴约?"

韩希尧微微弯唇道:"去宗庙参与承嗣大典,不失为光明正大取得玉玺的一个方法,但赵高必会使计谋害陛下。我们不如先发制人,带上人马前往赴约。若赵高途中暗算陛下,我们正可以此为由,将赵高诛杀。"

子婴微怔,一缕忧虑却随即泛上眉心,"朕手上并无兵马,咸阳城中,唯有王离将军方能与赵高一抗高下,只是王离将军已三日不见人影,坊间众说纷纭,甚至有传言说将军已带数百人叛逃匈奴……"

"王离不是那种人!"苏莱莱似嗔非嗔道,"他那么古板,成天老秦人老秦人挂在嘴边,心里更是对嬴秦忠诚至极,怎么可能带着几百人跑去匈奴,这不是丢他爷爷的人吗?"她轻摇着头,"他不会那么蠢的!"

韩希尧瞥过苏莱莱一眼,神色莫辨,"不错,在下已派出手下与内应一同询查此事。这几日并未收到王离将军可能叛逃匈奴的讯息。"他转向子婴,"不知除却将军本人,陛下是否能调遣将军麾下数万兵马?"

子婴垂动眉头,似乎为难神色,"师出无名,将士们未必肯任由朕调遣。"

"哦……"韩希尧若有所思地轻应一声。

他莫孤醒开口道:"那不如改变形势,将我们被动的形势改为主动。相约赵高于别处会面,趁机隐伏人马,等他赴会便将他诛杀,如此出击赵高并无精心准备,少量人马即可击毙此人。"

韩希尧摆手,"此提议不错,但施行却极为困难。赵高既有心设陷阱谋害陛下,岂会轻易与陛下相会于别处,难道他不怕反遭暗算么?"

众人陷入屏息沉思中。

俄顷,苏莱莱忽地耸起僵直的肩,满脸笑意呼道:"我想到了!我想到怎么对付赵高啦!"

众人皆满眼疑惑望向她，却见她得意地耸肩，直立起食指，"一个字，拖！"她抿唇笑道，"陛下应承了去参加没错，但是三天后陛下却不去，就待在宫里不出去。赵高等不及一定会派人来催请，陛下就声称病倒了，坚决不出门。赵高既然如此心急，必定会亲自上门催促陛下。嘿嘿，咱们事先就在宫里布置好一切，就等着他自投罗网吧！"

子婴微一侧身，露出惊喜欣悦神色，"不错！好计策！苏姑娘真是聪慧机敏！若用此招，朕不信赵高那阉人不上门送死！"

苏莱莱颔首，清眸中隐约涌出羞赧芒采，微红的小脸显得格外娇俏。

若任由苏莱莱的计策，王离之事又该如何交代……韩希尧心中泛起略略不忍。只是，这关乎灭秦的大事，他又怎能任由苏莱莱擅自决策呢？若非如此，那个人又怎会竭力阻止她同行。只是他却始终不明，秦灭只是朝夕之间，为何那个人，却要用如此繁琐而纷杂的计谋？莫非只为些许飘忽的理由？闷叹一声，他又如何能揣度出那个人的心思？或许至今，仍无人能够揣度。

他已不可多想，此时的状况，已如离弦之箭，除却尽力飞刺敌人，确已别无选择。他重重咳嗽三声，竭力做出自然而平静的状态。

良久，庭外响起传报声，来者似乎急迫万分。

戏终上演，韩希尧微一合目，将胸中所有的郁气与不忍抑下，抬高嗓音回应："让他进来。"

来者正是韩希尧麾下骑兵之一，也正是他派出查询王离踪迹者之一。此刻的他神色慌乱，脸孔似乎因惊恐而微微扭曲，更是急急喘息着，仿佛难压心中的震惊。

"何事如此着急？莫非已有王离将军的踪迹？"

"回将军，经属下及兄弟们多日查探，确实已有王离将军的讯息……只是……"来人面有难色。

苏莱莱性子较急，忙插嘴问道："只是什么呀？"

那人狠狠埋头，似乎恸哭却愤恨状，"只是王离将军……三日前……已遭赵高暗算……命丧渭水……"

这消息犹如惊雷，怔住在场所有人。苏莱莱倒吸一口凉气，嘴角几乎僵止，转而高声问道："怎么可能？王离将军手下兵马众多，而且他也不笨，怎么会轻易被赵高暗算？"

那人抬头，愤愤道："赵高夜约将军于城郊会面，将军唯恐有诈，遂隐伏了几百人马于此。哪知赵高更先有预谋，藏匿更大量兵马，将王离将军重重包围，当夜激战甚烈，将军终因寡不敌众……"他叹气道，"众将为将军杀出血路，却无力回天。将军不愿尸首遭赵高羞辱，遂跃入渭水……"他伸手抹抹眼角，闷声道，"赵高更是将当夜阵亡的将士们抛尸渭水，可谓凶残至极……但那夜将军的贴身侍卫却幸存下来，属下多日查探，终于找到此人，才得知将军遇害的周遭，此人更是将沾满将军血迹的配件交予属下……"他言语哽咽，似乎难以出口，随即垂头从身后勾出一柄佩剑，呈给子婴。

子婴颤颤接过佩剑，泪水从眼角沁出，沿着脸颊滚落而下。"这的确是王将军的佩剑……"

他抹泪，随即嘶声怒吼，"赵高阉人！你这卖主求荣的狗贼！朕与你势不两立！"

王离……就这样逝去？不，这太不现实，似乎更有些缥缈，这仿佛宛若个故事，为何竟在如此关键时刻，他却离奇丧命？更不似他的性情，那么坚毅执著的他，坚持多年顽抗赵高的他，怎会在即将诛杀此贼的前夕，莫名地葬送了性命？苏莱莱抹去眼角的泪珠，转向来者道："王离将军的侍卫在哪？我们可以去问问他具体情况吗？"

果如他所想，苏莱莱并不轻易相信。韩希尧抬眼望向来者，却见那人若无其事地回应道："将军的侍卫目前已送回兵营，有军医替也疗伤。副军师随时可去探望。"

既已回兵营，侍卫的身份还有何可疑？副军师，任你如何聪慧，又怎能全然估算权势与金钱的力量呢？望着苏莱莱微怔的模样，韩希尧暗自叹息，将你卷入其中，又怎是那个人所期望？

韩希尧长叹一声，遂问："将军的将士们此刻情绪如何？"

"他们情绪激烈，纷纷急于为将军报仇，更直言请陛下率领他们将赵高一家碎尸万段。"

子婴紧握住手中佩剑，目光如炬，"朕也要为将军报仇！将军已逝，他手上的五万将士仍在！他们仍有我大秦铁骨！绝不能眼见这个阉人祸乱朝纲，残害忠良！朕意已决，三日之后带兵赴会！定要将赵高剥皮拆骨！"

"可是，这样与赵高正面冲突，秦兵一定会死伤惨重，更可能陷入其他势力的阴谋中……"苏莱莱忧心忡忡。

"苏姑娘，朕一世软弱，步步退让，任由赵高欺凌至今！这次纵然死于这阉人之手，朕也要活出仅剩的尊严！"子婴激烈怒吼，眉心紧紧拧起。

尊严，孱弱如子婴，即使贵为帝王，却也从未体验。之前，他只是囚迫于赵

第二十九章　王离之殇

高掌中的孺儿，今后，他也只是个国破家亡的降君。或没入芸芸众生，或恋于宫廷权政，如何都由不得他自作抉择。或许唯独一次，将不再重现，那便由他一舒这多年窒闷寂寥的郁气吧。

她始终不忍，她又怎料到，她次次的不忍，却最终造就出更多的纷扰。

三日之后的咸阳，四周耀起猎猎火光，撕裂浓重的乌云，天际宛若泣血，巨雷嘶喊着咆哮而落，瓢泼的密雨，犹如幻灭的帷幕，穿破宁静的梦寐，碾碎了战争的是非黑白。

嬴秦宗庙前，嘶鸣惨嚎声交织不绝，沉重的金器重撞声连连而起，不断叩击着双方士兵的心脏。滂沱暴雨呼啸而下，反复敲打在秦兵将士的脸上，冲出清晰的凉意，却丝毫无法浇熄胸中那充满仇恨的熊熊欲焰。

混乱之中，王离麾下的秦兵已渐占优势。赵高节节溃败，只得由众侍卫围挟着由偏径而逃。天空阴霾翻涌起伏，四处充满浓重腥味，随处可见的伏尸，狰狞的面孔，仍带着死前的恐惧。赵高看得胆战心寒，不停地催促着侍卫迅速离去。

众侍卫护着赵高沿偏径朝"建行宫"而去，一路惶恐，小心翼翼地迈着前行的脚步。

"赵高！今日便是你的死期！"

那声音穿透而来，直刺入脑髓，带着反复而尖锐的回响，仿佛将他卷入惊惧中。赵高颤抖着循声看去，前方凛然而至的，竟是那软弱无能的子婴。他目光如血，渗出深红的恨意，手中所持的，正是那沾染王离鲜血的佩剑。而更令赵高悚惧的，却是子婴身后那众若群蚁的秦兵。那凶恶而怨怒的眼神，满身鲜血使他们扭曲的脸怖若戾鬼。他们挥动起手中的利器，直朝他猛攻而来。

一声绝望惨嚎顿起，声声巨响却化作炸雷，催动暴风，响彻天地，将赵高无助而绝望的临终惨嚎吞噬，飞过末世，覆盖昼夜。

阵阵刺痛钻心而来，气息腥甜而颓靡，渐渐消弭而去，在这冰冷而幻灭的时刻，终还是梦残魂断。

赵高，这个飞扬跋扈、不可一世的权奸，沿着他亲手酿制的血腥道路，在风雨飘摇的秦帝国中尽享了权势的极致，却也倒在狰狞的殷红血泊中，宛若他一步步艰辛走来的回归。用尽阴谋、诡诈、权术与恐惧，却仍跌碎在自己亲手布控的阴谋之中，甚至断气之前，他也不曾明了，这场争夺权势与生存的战役中，究竟谁做了谁的棋子？

咸阳已是多年未有如此连绵不绝的雨，似乎欲将满城的罪恶与血腥洗去，以新生的澄澈迎接即将更替的时代。

公元前二百零七年，秦历甲午元年，经历足足一日的浴血激战，掌控秦帝国数年之久的佞臣赵高，亡于秦君子婴之手。两军于嬴氏宗庙前对垒，双方死伤惨烈，赵高残部几近全数阵亡，而原王离旗下五万精锐秦兵，也只剩下不足一万余人。曾锋利无韬、所向披靡的秦军，多年来驰骋四方、拓野千里，却又怎知，竟会如此颓唐终了。

秦军多葬于咸阳郊野，荒烟埋恨，浩浩无际的荒野，极目不见人迹。渭水逶迤而下，将咸阳缓缓萦绕，远处山峰凌乱重叠。夕色昏黄下，悲风成阵，蓬蒿断落满地，野草萎枯无力，一派阴幽凛冽的景色，凄迷而落寞。

大秦帝国最后的支柱也终于崩毁，仅不足万人的残兵，已无力对抗各方势力，秦军叱咤天下的时代，终于走到了尽头。千古雄图伟业，也终只添作这案上一笔深痕，化为一方冷碑罢了。

秦亡，其开创的制度却并不会亡，甚至延续千年，以至"百代皆行秦政治"。覆灭的，不过形式罢，或是顺应历史潮流，或者做气数已尽，王朝的更替却宛若自然更新，新陈交替。

而洛阳林氏，不费一矢一镞，不仅成功夺取嬴秦政权，更将秦人最后一丝有生力量彻底瓦解，长达十年的忍耐与蛰伏，及后数年枕戈待旦的征战，无数将士收尸马革，无尽枯骨埋入荒岭，终铸就出强于众势力的林氏，不仅将齐、楚、燕、蜀等强大势力一一击败，更是彻底击溃曾强压群雄的秦帝国，成为笑傲终局的胜者。

几日雨歇，落日熔金，终绽放出夺目的光华。

一月之后，林氏大军踏着洒然步伐，豪壮威武的进驻咸阳。子婴乘坐于白马车内，身着一袭斩衰素缟，手捧传国玉玺，以亡国之君的身份向林氏归降。

渭水悠悠，斜阳红树，遗恨鸦声时而低鸣，亡秦的丧钟似乎在耳边不住彷徨。子婴抬眉，望着眼前这高大骏马上的男子，那威赫的神情，如利刃般凌厉的双目，浑身上下满是睥睨天下的气度。这便是林氏少主？子婴幽幽暗叹，果如传闻所言，威风凛凛，十足人中之龙。自己这残缺的身躯，又如何能与这等人才一争天下？败，他竟败得如此甘心！

"罪秦废帝嬴子婴，今日代嬴氏宗族归降林氏，数年以至，嬴氏遗弃宗庙，巡幸不息，外勤征伐，内极奢淫，使丁壮尽于矢刃，老弱填于沟壑，四民丧业，盗贼蜂起，更复专任奸谀，饰非拒谏。今嬴氏子婴愿奉上玉玺，甘禅其位，还望上将军念及此，恕族人罪责。"子婴垂低头颅，遂捧起传国玉玺，高过头顶，呈给

第二十九章 王离之殇

林峰，一派恭敬姿态。

　　林峰接过玉玺，目光凛冽扫过子婴，却见子婴眼角凝起微弱光芒，随后旋即滚落，嗒嗒地轻落在手上，闪烁着晶莹的光泽。

　　似乎触及心底一丝不忍，林峰眉峰微挑，敛回原本苛肃的神色，目光稍微柔和些许。他微扬下巴，露出一抹冷峻利落的笑意道："嬴秦既已成过去，本帅自会宽待阁下。"随即面向前来迎接大军的咸阳民众，眼底烁烁神光，"今日废止暴秦严刑苛法，唯有杀人者偿命，伤人盗窃劫夺者入狱……"

　　人群中立刻炸出阵阵欢呼雀跃声，宛若扑面而来的狂潮，热烈而汹涌。

　　他脸色却微凉，目光穿过重重人影，却寻不见急切所盼的身影。一缕悲鸣般的低音风一样吹过耳际，如泣如诉，仿佛低述出纠葛于心的不快。

　　行动达成后，必然将面对结果！即使他将成为俯瞰天下的帝王，也绝无可能摆脱这必然，追寻这结果的后续，是背负那隐匿的罪孽，还是承担过错的责罚，无论如何，却都并非他预期的结局。

　　繁华落尽，如梦无痕，当一切恍若隔世而去，终如浮烟掠过，流年始终菲薄。天空飘起缠绵细雨，朦胧而忧郁，苏莱莱垂眸，似乎忆起那相识的最初，凡事手足无措，跌跌撞撞走来，纵然绕过段段远路，却终究走到了结果。

　　如昔平静，"建行宫"正殿上，似乎她与林峰那久未成的婚事，又再度提上议程。

　　仿佛前所未有的顺利，竟不再有反对的声音。林尚侯离世，林氏上下已无人敢违逆林峰，更是长久以来，苏莱莱为林氏霸业贡献甚伟，在军中更是极富威望。只是众臣提出，如今秦廷初破，天下虽已大统，却并不稳定，林氏更未建国称帝，似乎比起那私自的缱绻缠绵，称帝封爵更显至关紧要。

　　婚礼又要再次搁浅么？她心中恍惚不快，却暗自慰藉。她已静待许久，又何妨等到建国之后呢？若能常伴他身侧，即使毫无那尊荣头衔，她亦绝无怨艾。

　　林峰却断然拒绝，眸光凌厉如刃，挑眉道："建国称帝，需祭拜天地诸神，祀告先祖宗庙，目前却定都何处、朝名为何都尚无头绪，若待建国，至少还需三月之久。"他眉扬更陡，"本帅已无耐性再等！"

　　林峰转向身旁的苏莱莱，勾出大手紧揽住她的纤腰，一抹悯惜笑意滑过刀唇，下巴轻柔滑过她的青丝，声音低浑而温柔，"本月暂且搁置一切军政事宜，全力筹备婚礼事宜，下月初便迎娶你。"

　　她纤眉微颤，心忽地猛跳，一抹红霞攀上如白瓷般的小脸，耳根也浅浅泛红，绞着手指羞然低语："我……我都听你的……"

他满意地勾唇一笑，如刀削斧凿般的俊脸上，徜徉着目空一切的邪妄。

"不过我还有件事要拜托你……"她怯生生道，"前段时间我一直沿着渭水河畔查探王离的下落，渭水下游的老伯告诉我，他们曾救过一名奄奄一息的秦军将领。后来那人转醒，竟不辞而别了。老伯说那人去的方向好像是大漠……"她双眸忽转明亮，"你说，那个人会不会是王离？如果他还没死，我们把他找回来，子婴一定会很开心！"

一缕仄然惊愕掠过眼眸，林峰陡然拧眉，面庞青寒若冰，阴沉得仿佛深渊的极昼，黯无天日。

"此事容后再谈。"他淡淡道。

"可是，我好容易才找到的线索……"她撅嘴，似乎对此回应不满。

眸光如刃刺过，林峰摆手，不容置喙的神态。

她不再争辩，望着朝臣们灼灼的目光，或许在这大胜时刻，却提及敌将，始终不妥吧，她幽幽想到。

只是短暂的一刹，林峰那震怒却愕然的眼神，却全然投入了那双冷冽的眸底。

夜色如墨，暗无星辉。风声萧瑟而起，似乎牵引着季节，缓缓踱入深秋。

烛光下，映出林峰伟岸挺拔的身影，眸子内燃着如神明般的威焰，语调却冻若冰棱，"王离竟然未死?!"

林峰宽厚的双肩微移，露出韩希尧那张神色微慌的脸来。他慌忙叩首，抬头望住林峰道："末将全照少主吩咐，将王离诱至咸阳郊外，再假借赵高的兵马诛杀此人，此人身负重伤跌入渭水，按理绝无可能幸存。只是今日副军师所言……此事是末将疏忽，甘愿受罚！"

林峰斜兜韩希尧一眼，探出左手轻抚右腕，冷然道："与你无关，只是苏菜菜太过机敏，她从未信你所言。"他冷哼一声，唇角微微上扬，"所以这女人才让本帅如此痴迷。"

韩希尧略有不解神色，"末将已按少主所言，以重金官爵收买了王离的侍卫，命他挑起子婴的怒火。当时副军师也并未怀疑，甚至赞同子婴诛杀赵高。"

林峰面庞却严肃起来，"她精明，却并非神明，如何能估算每一步？况且，此局中本就不该有她！"

韩希尧舒一口气，"好在子婴眼疾手快一刀结果了赵高，否则若是赵高讲出末将与他的密约，只怕副军师定会怀疑少主。"

林峰怒目，恶声道："你竟能容许赵高出声?！莫非你从未将本帅的嘱咐放在

第二十九章　王离之殇

心上?!"

"不敢……"韩希尧垂头,"末将只是一说,当时赵高若胆敢出口,末将必会先于子婴取他性命。"

林峰敛目,语气淡淡道:"王离那侍卫如今如何?"

韩希尧蹙眉道:"已回渭阳老家,少主,莫非此人应当消失?"

林峰摇头,脸上攀起凝重神色,从未所见的沉稳,缓缓道:"若此人暴毙,苏莱莱必然起疑。"他思索着,浓眉深锁,"如今先去苏莱莱口中的村落,确认村民所救秦人的身份,再暗中追其踪迹。"

他松下一口气,浓黑的眸子溅起锋锐神光,狠厉出声,"王离,本帅倒要看看,你究竟有何好运!"

而另一侧的房中,烛光犹明。

杨翱伏案而坐,那张苍无血色的脸上,寒意依旧,却勾起一缕莫名笑意。

"公子是为今日殿上副军师所言,大感怀疑?"身后伫立的刘允,低声问道。

杨翱抿嘴,寒若冰霜的眸子蒙起浅色光芒,冷冷道:"王离遭赵高暗算,随即暴毙。赵高又恰到好处地遭子婴诛杀,一切衔接如此有序,规律得竟不似自然因果。"

刘允大惊道:"依公子所言,莫非这背后有人主使?!"

杨翱捻起案上竹简,随手轻铺开来,依旧淡淡语调,"世人最怕两事,一是背叛,二是谎言。背叛令人孤独,谎言则使人狂乱。子婴遭赵高背叛,又陷入王离已死的谎言,自然成为此局中最悲惨的棋子。"

"真是有人指使!"刘允喃喃自语,却随即恍然大悟般,"公子,莫非这幕后指使之人……"他颤抖着,似乎仍有余悸,"是少主?!"

"怎么,很惊讶么?"杨翱目光僵直,冷漠而平静。

刘允倒吸一口凉气,叹息道:"在下只是以为,少主心思纯澈,并不像是能想出此种计策的人,况且少主不是一直信奉'取信于民'么?"

杨翱微微挑眉道:"'取信于民'与'守信于敌'乃是两回事。"

刘允若有所思,闷声道:"想不到经历亡父之痛,少主竟变得如此深幽难测。"

"身为帝王,这是他的必经之道,今后他只会愈发深沉。"他低叹一声,声音冰冷暗哑。他抬眼望向窗外,目光飘忽幽远,"如今的林峰,究竟是否是你所期望……"

门外却不合时宜的响起敲门声,伴随着微羞的女声,"军师可在房中?"

刘允露出慌乱神色,杨翱却冷然瞥视,"不必惊慌,阿醒的声音。"

门开,露出他莫孤醒羞怯的面容,她低低道:"不知军师深夜约在下,有何要事?"

杨翾舒展冷眉,问道:"夜不能寐,只是想同阿醒共商治国之策罢。"他抿唇,"建国在即,阿醒不会怪我唐突吧?"

"不,自然不会……"他莫孤醒羞红脸颊,只好埋低额头。

风瑟瑟颤抖。那张俊美无暇的面孔,如同鬼魅般吸引着她,令她恍然失措,句句策略,已全不入耳。唯有最后那句,冰冷却夹着淡淡哀愁。

"若有一日,我不再效命林氏,恳请阿醒仍效忠少主……"

不,她脑中陡然一震,不可自控地手臂一横,脱口而出,"在下……在下誓死追随的,唯有军师,绝无他人!"

杨翾静默无声,双目透出幽郁森冷的神色,许久。他探出手,轻捏住他莫孤醒的纤指,苍白的唇边,徐徐勾出一抹邪异莫名的笑容。

"野蛮人,你在吗?"门外响起苏莱莱清脆而娇嫩的呼声。

林峰眸光骤闪,如利刃扫过,骇人无比,喉底深处探出低沉一声,"退下。"

韩希尧点头,随即伏身从侧窗翻跃而出,动作迅疾如风。苏莱莱竟毫无察觉,依旧自顾自道:"再不说话我就闯进来啦!"她哼哼笑着,推开门径直闯而入。

一缕夜风顺势钻入,榻上纱帐随风轻摇。那个端坐在榻上的俊挺身影,烛光下,映出刚毅俊逸的脸孔,恍若初识那日,宛若神明般英俊,强大,威赫。

苏莱莱钻到他眼前,娇腻的柔音,"我睡不着,我想你了!你有想我吗?!"

他眉峰微挑,眸底爱意顿生,她依旧如此纯澈。她既是天下最聪慧的女子,却又是他怀中最蠢的挚爱。任由这世如何繁乱迁徙,世人如何尔虞我诈,她始终不染纤尘,如白瓷般光滑无暇。

凡事都会出现破绽,何事都会诞生迷茫。林峰深知,他早已蜕变,唯有与她相处的时刻,他始终绝无彷徨,从未迷茫。

"想,每时每刻。"

第二十九章 王离之殇